t

LA CONSPIRATION HADRIEN

DU MÊME AUTEUR

Le Complot Machiavel, L'Archipel, 2008.

L'Exilé, L'Archipel, 2005.

Jour de confession, Presses de la Cité, 1999.

L'Empire du mal, Belfond, 1996.

ALLAN FOLSOM

LA CONSPIRATION HADRIEN

traduit de l'américain
par Danièle Momont

ARCHIPOCHE

Ce livre a été publié sous le titre
The Hadrian Memorandum
par Forge, New York, 2009.

www.archipoche.com

Si vous désirez recevoir notre catalogue
et être tenu au courant de nos publications,
envoyez vos nom et adresse, en citant ce livre,
aux Éditions Archipoche,
34, rue des Bourdonnais 75001 Paris.
Et, pour le Canada,
à Édipresse Inc., 945, avenue Beaumont,
Montréal, Québec, H3N 1W3.

ISBN 978-2-35287-303-7

1

Nicolas Marten savait qu'on les épiait. Mais de qui s'agissait-il ? Combien étaient-ils ? Impossible à déterminer. Il observa le père Willy Dorhn, son compagnon de route, comme en quête d'une réponse, mais le prêtre allemand se taisait. À soixante-dix-huit ans, l'homme était grand, aussi mince qu'une lame de rasoir. Ils avançaient toujours, louvoyant parmi les feuillages épais, franchissant d'étroits ruisseaux aux eaux vives, le long d'une piste presque invisible qui sinuait à travers la forêt.

Le chemin se mit à grimper, ils s'élevèrent avec lui. Il faisait chaud. Quarante degrés au moins, peut-être davantage. L'humidité accentuait la sensation de canicule. Marten essuya la sueur de son cou et de son front, chassa un nuage de moustiques qui les harcelait depuis leur départ. Ses vêtements lui collaient à la peau. La végétation empestait, comme un parfum capiteux auquel il était impossible d'échapper. Les cris stridents des oiseaux exotiques résonnaient partout dans les cimes des arbres, si touffues qu'elles arrêtaient les rayons du soleil. Des clameurs plus bruyantes et plus aiguës que tous les sons naturels jamais imaginés par Marten. Pourtant, le père Willy – Willy tout court, ainsi qu'il avait demandé à son

7

visiteur de l'appeler – ne disait rien, il suivait un parcours qu'il connaissait si bien, après un demi-siècle passé sur l'île, que ses pieds semblaient prendre seuls toutes les décisions.

Enfin, il ouvrit la bouche.

— Je ne sais absolument pas qui vous êtes, monsieur Marten, commença-t-il sans regarder son interlocuteur.

Quoique l'espagnol fût la langue officielle de la Guinée équatoriale, il s'adressait à Marten en anglais.

— Il va bientôt falloir que je décide si je peux ou non vous faire confiance. J'espère que vous me comprenez.

— Je vous comprends.

Sur quoi les deux hommes poursuivirent leur périple. Au bout de quelques minutes, Marten repéra une faible rumeur, dont il était incapable de situer l'origine. Peu à peu, cette rumeur s'amplifia jusqu'à couvrir le tapage des oiseaux ; presque un rugissement à présent. Alors Marten comprit. Des chutes d'eau ! Une poignée de secondes encore et, au sortir d'un virage, ils firent halte devant une cascade qui dégringolait en grondant au cœur de la brume pour disparaître dans la jungle, trois cents mètres plus bas. Willy contempla longuement le spectacle avant de se tourner sans hâte vers Marten.

— Mon frère m'a informé de votre visite, dit-il. Mais lui-même ne vous a jamais rencontré. Il ne vous a jamais parlé. Je n'ai donc aucun moyen de savoir si vous êtes bien l'homme dont il m'a annoncé l'arrivée ou si vous vous faites passer pour lui.

— Tout ce que je peux vous dire, c'est qu'on m'a demandé de venir vous voir. Pour écouter ce que vous avez à me dire avant de rentrer chez moi. Je n'en sais pas beaucoup plus, si ce n'est que vous pensez qu'il se passe de drôles de choses dans la région.

Le prêtre l'examina avec attention, toujours méfiant.

— C'est où, « chez vous » ? interrogea-t-il.

— Une ville dans le nord de l'Angleterre.

— Vous êtes américain.

— J'étais. Je suis un expatrié. Je possède un passeport britannique.

— Vous êtes journaliste.

— Non, architecte paysagiste.

— Pourquoi vous ?

— L'un de mes amis, qui connaît votre frère par personne interposée, m'a demandé de venir.

— Quel ami ?

— Un autre Américain.

— Un journaliste ?

— Non. C'est un homme politique.

Les yeux de Willy vinrent se ficher dans ceux de Marten.

— Qui que vous soyez, je vais être obligé de vous faire confiance, parce que je crains qu'il ne me reste de moins en moins de temps. Et puis je n'ai personne d'autre vers qui me tourner.

— Vous pouvez me faire confiance, insista Marten avant de regarder autour de lui.

Ils étaient complètement seuls, mais il avait toujours l'impression qu'on les épiait.

— Ils sont partis, lui indiqua Willy d'une voix paisible. Ce sont des Fangs. De bons amis à moi. Ils nous ont filés un moment jusqu'à ce que je leur fasse comprendre que tout allait bien. Ils vont s'assurer que personne ne s'aventure dans notre direction.

Il passa prestement la main sous sa robe de bure pour en extraire une enveloppe. Il fit apparaître plusieurs feuillets pliés qu'il conserva dans sa main sans les ouvrir.

— Que savez-vous de la Guinée équatoriale ? s'enquit-il auprès de Marten.

— Pas grand-chose. Ce que j'en ai lu dans l'avion. C'est un petit pays très pauvre gouverné par un président dictateur nommé Francisco Tiombe. Au cours de ces dix dernières années, on y a découvert du pétrole et…

— Francisco Tiombe, le coupa Willy d'un ton rageur, est le chef d'une famille cruelle et sans pitié qui se prend pour une dynastie royale, mais c'est loin d'être le cas. Tiombe a tué l'ancien président, son propre cousin, pour s'emparer du pouvoir et faire main basse sur les richesses engendrées par les concessions pétrolières. Et riche, il l'est devenu. Immensément. Il vient d'acheter un château en Californie, qui lui a coûté quarante millions de dollars. Et il en possède une bonne demi-douzaine à travers le monde. Hélas, il refuse de partager cette manne avec son peuple, qui croupit dans une pauvreté extrême.

Willy s'échauffait de plus en plus.

— Ils n'ont rien, monsieur Marten. Les rares emplois qu'ils parviennent à décrocher sont sous-payés. Ou alors ils vendent les quelques légumes qu'ils cultivent, ou le poisson qu'ils ont pêché. L'eau potable est un véritable trésor, on la vend d'ailleurs à prix d'or. Quand bien même un village bénéficie de l'électricité, les coupures sont incessantes. Il y a de quoi pleurer en songeant aux équipements médicaux. On ne trouve pratiquement pas d'écoles. Personne ici ne peut prétendre mener une vie simplement décente.

Le prêtre plongea les yeux dans ceux de son interlocuteur avant de poursuivre.

— Les gens sont en colère. On observe des accès de violence, et la situation empire. Les troupes gouvernementales réagissent avec une brutalité indescriptible. Jusqu'ici, les troubles se sont cantonnés à la partie continentale du pays. Rien n'est encore survenu sur Bioko, mais on sent la peur partout. Les habitants sont persuadés que les émeutes vont bientôt se propager dans l'île. Pendant ce temps, de nombreux Occidentaux sont arrivés pour travailler sur les exploitations pétrolières. La plupart sont employés par une compagnie américaine du nom de Striker. Tout le monde devine qu'il est en train de se passer, ou qu'il va se passer, quelque chose d'énorme, mais personne ne sait encore quoi. Vu le climat de violence, Striker a fait venir des mercenaires appartenant à une société militaire privée, SimCo. Ils sont chargés d'assurer la sécurité de ses salariés et de ses installations.

Willy brandit soudain les feuilles sorties de l'enveloppe et les déplia une à une. Des photographies en couleurs imprimées et portant, en bas à droite, la date de la prise de vue. La première montrait l'entrée principale d'une vaste zone d'exploration pétrolière. Le terrain était délimité par un haut grillage couronné de barbelés. Des hommes armés, en uniforme, gardaient l'accès aux lieux.

— Ce sont des gens d'ici, qui ont eu la chance d'être recrutés, puis initiés par les mercenaires à la protection du complexe. Regardez attentivement…

Willy pointa de l'index deux Occidentaux à l'arrière-plan, muscles saillants et cheveux ras, T-shirts noirs ajustés, pantalons de camouflage et lunettes de soleil panoramiques.

— Voici les deux mercenaires de SimCo qui les ont formés, expliqua le prêtre. On les voit mieux là-dessus, le logiciel a permis de zoomer.

Il présenta à Marten la deuxième photo.

On distinguait parfaitement les deux hommes. Le premier, une armoire à glace, était pourvu d'oreilles étonnamment plates qui saillaient à peine de sa tête. L'autre était sec et nerveux, nettement plus grand que son compère.

— Je fais de la photo amateur depuis plus de soixante-dix ans. Je me suis toujours efforcé de me tenir au courant des dernières innovations en la matière. Je possède un appareil numérique. Lorsque nous avons de l'électricité, je transfère les images sur mon ordinateur, puis je les imprime. J'ai initié beaucoup de villageois à la photographie.

— Je ne comprends pas.

— Un soir, un jeune garçon a souhaité emprunter mon appareil et je le lui ai prêté. Puis la curiosité m'a piqué, je lui ai demandé à quoi il comptait l'utiliser. « Le gros oiseau dans la jungle arrive très tôt, m'a-t-il répondu, presque tous les jours, à des endroits différents. Demain, je sais où il sera. » Quel gros oiseau ? « Viens avec moi », m'a-t-il répondu. Et je l'ai suivi.

Sur ce, Willy déplia le troisième feuillet. On y voyait un hélicoptère kaki, banalisé, posé au milieu d'une clairière dans le jour naissant. Plusieurs hommes en déchargeaient des caisses, qu'ils remettaient à une demi-douzaine d'autochtones qui, à leur tour, les rangeaient sur la plate-forme d'un vieux camion.

Le prêtre présenta le quatrième cliché à Marten. Un gros plan des deux hommes postés à la porte de l'hélicoptère.

— Ce sont les mêmes que ceux qui surveillaient les installations pétrolières, observa Marten.

— En effet.

Willy déplia la photo suivante : un autre gros plan, sur le camion cette fois, permettant de distinguer le contenu des caisses qu'on avait ouvertes pour inspection. L'une était emplie de fusils d'assaut, une autre de munitions, une autre encore d'une bonne douzaine de tubes d'un mètre ou un mètre et demi de long qui ressemblaient fort à des lance-roquettes portables. Les autres caisses renfermaient les projectiles, de toute évidence. Dans le coin supérieur droit de l'image, on observait un troisième Blanc en T-shirt noir et treillis de camouflage. Un grand type aux cheveux courts, au visage buriné, qui accusait au moins dix ans de plus que ses collègues.

— Les fusils sont des AK-47. Quant aux indigènes, ce sont des membres des tribus Fang et Bubi. Ils participent à un mouvement d'insurrection contre le gouvernement, un mouvement en pleine expansion. Plus de six cents personnes ont déjà trouvé la mort, des Équato-Guinéens pour la plupart, mais aussi quelques salariés de la compagnie pétrolière.

— En d'autres termes, les hommes recrutés pour protéger les employés de Striker fournissent aussi des armes à ceux qui se révoltent contre eux ?

Marten était abasourdi.

— J'en ai bien l'impression.

— Pourquoi ?

— Ce n'est pas à moi de le dire, monsieur Marten. Mais je suppose que c'est pour cela que vous êtes venu. Pour le découvrir. (Willy fit surgir un briquet de sa veste.) J'ai arrêté de fumer il y a trente-deux ans, quatre mois et sept jours. Mais ce briquet continue de me rassurer.

Son pouce glissa brusquement sur l'objet. Il y eut un clic, puis la flamme jaillit. Quelques secondes plus tard, les photographies partaient en fumée. Le prêtre les lâcha aussitôt et les regarda se consumer sur le sol. Il se tourna vers Marten.

— Il est temps de rentrer. Je dois célébrer l'office du soir.

Il fit demi-tour, invitant son compagnon à le suivre sur la piste qu'ils avaient empruntée à l'aller.

Vingt minutes plus tard, ils touchaient au but. Ils distinguaient la route de terre par laquelle ils étaient montés depuis le village ; le clocher de la petite église en bois de Willy dépassait le faîte des arbres. Au-dessus de leurs têtes, un singe sautait de branche en branche. Un autre était sur ses talons. Ils s'interrompirent tous deux pour contempler les hommes en contrebas sans cesser leurs jacasseries délirantes. Des oiseaux leur répondirent par des cris stridents et, pendant un moment, l'agitation à travers la forêt parut à son comble. Soudain, tout se tut. Quelques instants plus tard, une grosse averse se déclencha. Une demi-minute encore et c'était le déluge.

Marten et le prêtre avaient rejoint la route, qui se muait en coulée de boue. Pour la première fois depuis qu'ils avaient quitté la cascade, Willy reprit la parole.

— Je vous ai fait confiance, monsieur Marten, parce qu'il le fallait. Je ne pouvais pas vous remettre les clichés parce que j'ignore à qui vous allez vous confier lorsque nous nous serons séparés. J'espère que vous vous souvenez bien de ce que vous avez vu et de ce que je vous ai dit. Gardez ces informations pour vous et quittez Bioko le plus vite possible. Mon frère se trouve à Berlin, c'est un homme plein de ressources. Je prie pour que vous n'ayez pas à lui raconter tout ça, pas plus qu'à votre ami américain, l'homme politique. Mais lorsque vous le rencontrerez, racontez-lui quand même. Peut-être est-il encore possible d'agir avant qu'il soit trop tard. On est en train de faire la guerre ici, monsieur Marten, pour des raisons que je ne connais pas. La situation va forcément empirer, elle se soldera par des carnages et de terribles souffrances. J'en suis certain.

— Padre ! Padre !

Les voix affolées des enfants avaient surgi de nulle part. Puis les deux hommes avisèrent deux petits villageois de dix ou douze ans, qui couraient vers eux le long de la route luisante de boue.

— Padre ! Padre ! crièrent-ils de nouveau en chœur. Padre ! Padre !

Au même moment retentit, en direction des habitations, le crépitement d'armes automatiques.

— Oh mon Dieu ! Non !

Willy se précipita vers les garçonnets aussi vite que sa carcasse vieillissante le lui permettait. Bientôt, un camion militaire bourré à craquer de soldats lourdement armés se matérialisa à la sortie d'un virage. Un second véhicule le suivait de près. Marten s'élança derrière le prêtre. Celui-ci dut le percevoir, car il se retourna tout à coup, les yeux emplis d'effroi.

— Non ! hurla-t-il. Allez-vous-en ! Dites-leur ce que vous avez vu ! Courez ! Fuyez dans la jungle ! Tâchez de vous en tirer vivant !

2

Marten hésita, puis il fit volte-face et se rua sous la pluie torrentielle, le long de la piste que le prêtre et lui venaient de redescendre. Mais déjà, il s'en écartait pour se couler parmi d'immenses fougères ; il se retourna pour observer la scène.

Ce dont il fut témoin le bouleversa. Le camion de tête s'immobilisa dans un dérapage tandis que le père Willy rejoignait les garçons. Aussitôt, les soldats sautèrent du véhicule. Le prêtre vint se placer devant les enfants pour tenter de les protéger. Une crosse de fusil le frappa à la tête. Les garçonnets se mirent à hurler en le voyant tomber, ils essayèrent de se défendre. L'un reçut deux coups de crosse en plein visage. Le second subit un sort quasiment identique : un coup dans la figure, un autre à l'arrière du crâne tandis qu'il s'effondrait sur le sol. Les militaires ramassèrent les trois corps inertes pour les jeter sur le plancher du camion. L'autre véhicule en profita pour contourner le premier et se dirigea à toute allure vers l'endroit où Willy et son visiteur s'étaient séparés.

Immédiatement, une bonne vingtaine de soldats bondirent pour s'élancer à la poursuite de Marten.

— Nom de Dieu ! murmura celui-ci en s'extirpant à la hâte de sa cachette.

Il se mit à courir sur la piste – trois cents mètres, au mieux, le séparaient des militaires. Il s'avisa soudain qu'il laissait l'empreinte de ses pas dans la boue. Il jeta un coup d'œil à gauche, à droite, plongea hors du sentier au cœur de la végétation touffue. Surpris, les singes et les oiseaux se mirent à hurler dans les cimes.

Il filait au triple galop. Dix mètres, douze mètres, quinze mètres. Il se figea. Il ne distinguait devant lui que l'impénétrable forêt. Il fit demi-tour. Il était obligé de revenir sur ses pas.

Il avait parcouru la moitié du trajet en direction de la piste lorsqu'il les entendit arriver. Ils se déplaçaient vite, sans souci de discrétion, baragouinant en espagnol. Des soldats africains qui s'exprimaient en espagnol ; Marten jugea la chose incongrue.

Soudain, ils se turent. Le silence indiquait qu'ils s'étaient sans doute arrêtés. Les singes et les oiseaux s'immobilisèrent aussi. Marten les imita. On ne percevait plus à travers la jungle que le bruit de l'averse. Il retenait sa respiration. Ils étaient tout près, aux aguets. Il recula imperceptiblement, les yeux rivés aux frondaisons devant lui, tâtonnant du pied le sol détrempé. Puis quelqu'un cria et des hommes s'engouffrèrent dans la trouée par laquelle il avait quitté le sentier principal. Ils avaient retrouvé sa trace.

Marten se jeta parmi les plantes enchevêtrées devant lui. La pluie tombait plus fort, sans pour autant couvrir les voix des poursuivants. Il enjamba tant bien que mal un tronc pourrissant, déchira un rideau de plantes grimpantes au milieu desquelles il se fraya un chemin. Les battements de son cœur l'assourdissaient. Il n'avait aucune chance et il le savait. Que Dieu lui vienne en aide quand ils lui mettraient la main dessus.

La pluie et la boue rendaient sa progression presque impossible. Il glissa, manqua de tomber, se rétablit, lorgna dans son dos. Ils arrivaient. Il distinguait parfaitement les hommes de tête. Ils étaient trois. À douze mètres derrière lui, pas davantage. De grands Noirs, puissants, en tenue de camouflage. Leurs machettes acérées tranchaient l'écran végétal devant eux. L'un d'eux le repéra. Ils se fixèrent.

— Le voilà ! hurla-t-il en espagnol avant de s'élancer vers lui.

Ces yeux... Ce regard implacable, ce regard assassin où brûlait la détermination, était bien la chose la plus effrayante que Marten eût jamais contemplée. S'ils le capturaient, ils ne se contenteraient pas de l'abattre : ils le massacreraient.

Il se remit à courir. La jungle l'enserrait, pareille à une gigantesque toile d'araignée, comme si la forêt elle-même s'était rangée du côté de ses ennemis. Derrière lui, les appels se multipliaient. Ils se rapprochaient à toute vitesse.

— Bon Dieu ! souffla-t-il. Bon Dieu !

Il avait les poumons en feu, ses jambes ne lui obéissaient plus. Il s'apprêtait à lancer instinctivement un regard en arrière lorsque le sol se déroba sous ses pas. Déjà, il dégringolait une berge abrupte. En un éclair, il vit filer autour de lui des arbres, des fougères, des plantes grimpantes. Il tenta d'enfoncer mieux ses talons dans l'humus pour ralentir sa course. Il battait des bras dans l'espoir d'agripper quelque chose qui lui aurait évité la chute. En vain. Le sol gorgé d'eau était aussi glissant qu'une couche de glace. Il accéléra. Accéléra encore.

Son bras droit finit par s'enrouler autour d'une plante, il s'y accrocha de toutes ses forces. Il éprouva une violente secousse, puis s'immobilisa, le visage tourné vers le ciel. Pendant une fraction de seconde, il ne bougea plus, l'averse tropicale le rinçait. Alors il prit une profonde inspiration et baissa le regard. Ses jambes pendaient dans le vide. Il avait bien failli passer par-dessus bord et plonger dans l'inconnu qui se déployait en contrebas. Il se rappela la cascade qu'il avait admirée, moins d'une heure plus tôt, en compagnie du père Willy. Il se souvint d'avoir vu disparaître les eaux bouillonnantes dans les entrailles de la jungle, quelques centaines de mètres plus bas. Si c'était là qu'il se trouvait, il venait de frôler la mort d'un cheveu.

Brusquement, sa poitrine se souleva, un cri animal s'en échappa, entre terreur et soulagement. Loin au-dessus de sa tête, il perçut les voix des militaires. Des voix rudes, âpres, pressantes. Il était incapable d'évaluer la profondeur de sa chute, incapable de prédire si les soldats avaient moyen de contourner l'obstacle pour l'atteindre par le flanc, ou s'ils possédaient des cordes pour descendre en rappel jusqu'à lui.

Sur sa gauche croissait une autre plante grimpante. Au-delà : une autre encore. S'il parvenait à les utiliser pour se déplacer le long de la paroi, peut-être retrouverait-il la terre ferme de l'autre côté. Dans ce cas, il se cacherait dans la jungle jusqu'à la nuit. Qui, selon ses estimations, tomberait dans deux heures au plus.

Il se saisit fermement du végétal. Puis il se balança en direction du suivant. L'ayant atteint, il referma la main dessus avant d'en éprouver prudemment la résistance. Satisfait, il lâcha la première plante. Il répéta plusieurs fois la manœuvre. À présent, il distinguait sa destination finale : le bord du ravin dans lequel il était tombé. La pluie s'intensifiait. Impossible de déterminer si les militaires se trouvaient encore dans les parages.

Il crut atteindre son but dans un ultime effort, mais le mouvement de balancier le rejeta. Il vérifia la solidité de la liane et recommença. Il répéta la procédure maintes et maintes fois. Il était tout près. Ses doigts frôlèrent les buissons qui bordaient le ravin. Puis hélas, il repartit en arrière.

— On se calme, murmura-t-il.

Il s'acharna. Il progressait. Les taillis étaient si proches... Il tendit la main, se cramponna à la première plante – ce fut une terrible secousse lorsqu'elle se déracina. Pendant une fraction de seconde il demeura suspendu dans les airs, ensuite une pluie de roches et de boue dégringola sur sa tête et il plongea dans le néant.

Il s'entendit hurler. Il crut distinguer de l'eau, un courant impétueux qui entaillait la jungle, très loin au-dessous de lui. Il ne cessait de tomber. Alors il heurta quelque chose de dur et tout devint noir.

3

Plusieurs secondes, plusieurs minutes peut-être, s'écoulèrent avant que Marten ouvre les yeux. Il était vivant, songea-t-il. Vivant, trempé et, de toute évidence, en mouvement. Le ciel nocturne, du moins le peu qu'il en décelait à travers la cime épaisse des arbres, reluisait d'étoiles. Il comprit qu'il se trouvait dans une rivière dont le cours l'emportait.

C'est alors qu'il se rappela le père Willy, les photos et les soldats ; sa fuite éperdue au cœur de la jungle, son épouvantable chute. C'était donc la surface de la rivière qu'il avait heurtée, avec une telle violence qu'il s'était évanoui sous le choc. L'eau, si douce à boire, si délicate quand on s'y baignait, pouvait devenir un véritable mur de béton. Et se rebeller lorsqu'on s'avisait d'y naviguer à vue. Car Marten souhaitait à présent atteindre l'une ou l'autre rive, s'extirper du courant, faire le point, déterminer s'il était bel et bien en vie ou s'il rêvait après la mort – dans ce cas, sans doute se dirigeait-il vers l'au-delà.

Jeudi 3 juin, 0 h 12

Marten venait de consulter le cadran lumineux de sa montre. Il avait rejoint la berge, puis rampé dans le noir. Il ignorait la distance qu'il avait parcourue. Il ne pouvait se fier qu'au fracas de l'eau non loin. Lentement, il remua le bras droit, le gauche ensuite. Une jambe. L'autre. Le moindre mouvement le faisait souffrir, mais il ne s'était rien cassé. Il poursuivit son examen. Une longue balafre à vif courait de son genou droit à sa cheville. Il observa une écorchure sur son coude gauche, son avant-bras. Il en sentit une autre sur son front, à la naissance des cheveux. Ses vêtements – chemise légère et pantalon – étaient déchirés, mais ils pouvaient encore servir ; la pochette de voyage contenant son passeport, ainsi qu'un petit portefeuille, pendait toujours à son cou. Il n'avait même pas perdu ses chaussures de marche, certes détrempées.

Il s'assit, aux aguets – les soldats avaient-ils réussi à le suivre ? Se tapissaient-ils dans le noir ? S'approchaient-ils de lui parmi la végétation dense ? Il ne perçut rien d'autre que le jacassement d'un oiseau de nuit. Il leva de nouveau les yeux. Le ciel était piqueté d'étoiles. Il ne savait pas où il se trouvait, ni vers où coulait la rivière.

L'île de Bioko se situait dans le golfe de Guinée. Cela signifiait que, quel que soit le cours d'eau dans lequel il avait plongé, ce dernier se jetterait tôt ou tard dans un autre, plus imposant, puis dans un autre, plus vaste encore, qui finalement le conduirait à la mer. Si Marten suivait la rivière, il atteindrait donc le littoral où, dans un village de pêcheurs, il louerait un bateau grâce auquel il relierait Malabo, la capitale. Il foncerait jusqu'à son hôtel, s'y informerait du sort réservé au père Willy puis, de là, sauterait au plus vite dans un avion pour l'Europe.

Il se remit sur pied et revint au bord de l'eau. Après avoir évalué la direction du courant, il se mit en marche dans l'obscurité en longeant la berge.

4

Toujours ponctuel, Conor White prit place dans le petit bureau sombre aménagé à l'avant du vaste mobile home qui servait provisoirement de quartier général à sa société – il avait installé son logement à l'arrière. Assis face à l'écran allumé de son ordinateur, il attendit 0 h 25, heure à laquelle son contact en Virginie se tiendrait prêt à recevoir l'e-mail confidentiel qu'il comptait lui envoyer.

0 h 24

White tapotait impatiemment la table du bout des doigts. Un peu plus tôt dans la soirée, on avait déploré une coupure d'électricité due à la tempête qui avait balayé l'île – elle avait frappé le sud de la région puis s'était retirée vers la mer, mais quelques heures plus tard, elle s'était déchaînée dans le nord. Aussitôt, le générateur de secours de SimCo avait pris le relais. Enfin le courant avait été rétabli ; le générateur s'était tu. L'incident ne revêtait rien d'exceptionnel aux yeux de Conor White, PDG de SimCo, en charge de quatre cents hommes déployés par sa société en Guinée équatoriale et de soixante-dix soldats opérant en Irak. White était un solide gaillard d'un mètre quatre-vingt-quinze. Beau visage buriné, cheveux ras et noirs. À quarante-cinq ans, il demeurait l'archétype du mercenaire moderne. Jadis colonel dans le SAS britannique, il avait fondé huit ans plus tôt, aux Pays-Bas, sa première société militaire privée : Argosy International, censée fournir « un soutien opérationnel aux gouvernements et entreprises légitimes à travers le monde ». Argosy comptait à présent un millier d'employés et avait essaimé dans cinq pays.

Environ un an plus tôt, Joseph Wirth, pétrolier texan à la tête de la Striker Oil & Energy Company, avait pris contact avec lui, de même que Bruce Truex, ancien ranger de l'armée américaine et fondateur de la Hadrien Worldwide Protective Services Company, la plus grande société privée de sécurité militaire de la planète. Sur l'instance des deux hommes, White avait vendu les parts qu'il détenait dans Argosy pour créer SimCo, structure plus petite et plus maniable. Basée à Bristol, elle se proposait d'assurer « la sécurité des grandes entreprises établies dans les zones sous-développées du globe ». Moins d'un mois après, SimCo signait un contrat à long terme avec Striker afin d'en protéger les intérêts en Guinée équatoriale. Dix jours plus tard, Conor White concluait un accord séparé visant à fournir un soutien opérationnel à la société Hadrien en Irak, où cette dernière travaillait depuis longtemps pour le compte de la compagnie pétrolière, dans le cadre d'une entente entre Striker et le ministère de la Défense des États-Unis.

C'était en l'occurrence à Bruce Truex que Conor White était pressé d'envoyer son e-mail nocturne et confidentiel. Un autre que lui aurait été tendu à la pensée de ce qu'il allait révéler à son correspondant. Pas lui. À ses yeux la situation était limpide : il se trouvait au beau milieu d'une guerre, et si la guerre semait la mort, elle apportait aussi à ses protagonistes son lot de contrariétés. De surcroît, le conflit était devenu ces derniers temps hautement imprévisible. White était un soldat professionnel, il avait suivi un entraînement d'élite. Il agissait en conséquence.

0 h 25

Il pressa le symbole £ sur le clavier de son ordinateur. Un message s'afficha sur l'écran : VOTRE TERMINAL EST ACTIVÉ. VEUILLEZ SAISIR VOTRE CODE PERSONNEL.

White s'exécuta. Le mot VERROUILLÉ apparut à l'écran. Il signifiait que la ligne établie entre Conor White, société SimCo, sise à Malabo, Guinée équatoriale, et Bruce Truex, société Hadrien, établie à Manassas, en Virginie, était sécurisée.

L'homme rédigea le texte suivant :

« Nous avons peut-être un problème. Quelqu'un a pris des photographies de nos hommes en train de remettre des armes aux rebelles. »

Deux secondes s'écoulèrent avant que la réponse de Truex lui parvienne.

« Des photographies ? »

CONOR WHITE : Oui. Qui permettent d'identifier nos hommes sans le moindre doute possible. Je suis d'ailleurs présent sur ces clichés. J'en ai examiné plusieurs. Ce sont des tirages numériques, imprimés par ordinateur. Ces photos ont été prises la semaine dernière. La date est indiquée sur chacune d'elles.

BRUCE TRUEX : Ces clichés ont-ils déjà circulé ?

CW : Nous pensons que non. Les copies que j'ai vues ont été apportées à nos hommes par un indigène désireux de les vendre.

BT : Qui les a prises ?

CW : Un vieux prêtre allemand de Bioko. L'armée lui a mis la main dessus, il est actuellement dans le coma. Les soldats ont fouillé son logement. Ils ont détruit son imprimante. Ils ont aussi trouvé son appareil numérique. Il n'en possédait qu'un. On n'a pas découvert d'autres photos, pas d'autres tirages. La carte mémoire était neuve. Celle qui contenait les clichés a disparu.

BT : Que va-t-il se passer s'il les a envoyés par e-mail à un ou plusieurs correspondants ?

CW : Il n'y a pas de connexion Internet dans le sud de Bioko, où il vivait. Pour envoyer ses photos, il aurait fallu qu'il se rende à Malabo et utilise un équipement appartenant au gouvernement, à Striker ou à SimCo. Il ne l'a pas fait.

BT : Il aurait pu les expédier via son téléphone mobile ?

CW : Son portable est un modèle trop ancien. Et puis dans le sud de Bioko, la qualité du réseau reste très aléatoire.

BT : Il les a peut-être faxées.

CW : On a retrouvé un fax dans son bureau. Hors d'usage. Il y en avait deux autres dans le village, dont on a inspecté la mémoire. L'un n'avait pas émis depuis six mois, l'autre depuis trois. Les soldats ont détruit les deux machines. Leurs propriétaires sont décédés. L'armée fouille les bourgades alentour en quête d'autres télécopieurs. Les enquêteurs ont également examiné les relevés des compagnies de téléphone locales. Pour le moment, on n'a repéré aucune communication vers l'étranger au cours des six dernières semaines. Les autochtones que nous employons vérifient maintenant numéro par numéro. D'après moi, rien n'a filtré, les installations sont trop rudimentaires.

BT : Et les services postaux ? Il a pu envoyer ses photos par courrier.

CW : Dans le sud de Bioko, l'acheminement du courrier est très irrégulier, c'est le moins qu'on puisse dire. Nous ne pouvons retrouver la trace d'une lettre éventuelle que s'il l'a expédiée en recommandé. Ce n'est pas le cas. S'il l'a expédiée en lettre simple, nous n'avons aucun moyen de le savoir.

BT : CRUCIAL – Retrouvez et détruisez toute espèce de preuve photographique. Tirage papier, cliché numérique, etc. PLUS IMPORTANT ENCORE – Localisez et détruisez la CARTE MÉMOIRE ORIGINALE de l'appareil numérique. Une fois que vous les aurez découverts, détruisez tous les ordinateurs et les imprimantes susceptibles de contenir des copies de ces clichés dans leur mémoire ou sur leur disque dur. ENSUITE : Mettez la main sur *tous* les individus ayant pu voir les photos et interrogez-les. Faites-leur dire ce qu'ils savent et à qui ils ont parlé des clichés. Puis agissez en conséquence. Si ces nouvelles s'ébruitaient, la Commission Ryder risquerait de s'intéresser de près à la Guinée équatoriale et, de là, à l'Irak. FAITES LE NÉCESSAIRE ET FAITES-LE VITE. À N'IMPORTE QUEL PRIX. ET NE LAISSEZ PAS DE TRACE. Nous ne pouvons pas nous permettre de laisser cette affaire éclater au grand jour.

CW : Message reçu. Comme indiqué plus haut, les opérations sont en cours.

BT : Tenez-moi au courant.

Sur ce, Bruce Truex se déconnecta. Conor White avait désormais tout loisir de souffler et de réfléchir, confortablement installé dans son mobile home SimCo.

— Fort bien, lâcha-t-il enfin avec cet accent chic qu'il devait à ses années passées dans un pensionnat britannique.

Il avait rencontré Bruce Truex durant la première guerre du Golfe, lorsque les troupes avancées de l'ancien ranger et de l'ex-membre du SAS avaient pénétré loin à l'intérieur des lignes ennemies pour glaner des renseignements sur les lance-missiles soviétiques Scud. Ils avaient passé quatre jours et trois nuits coincés dans une cave minuscule, à un souffle de chameau d'un vaste contingent de la garde républicaine de Saddam Hussein – la plus petite erreur, le moindre manquement à la discipline auraient pu leur coûter la vie. Depuis l'incursion d'Hadrien en Irak, aussitôt après le déclenchement de la seconde guerre du Golfe, White avait travaillé à la fois pour Truex et avec lui, souvent sur le terrain. Il en avait conçu un immense respect pour les qualités de leader de Truex comme pour la logique qui sous-tendait ses décisions, de sorte qu'il comprenait parfaitement les ordres que celui-ci venait de lui donner : *Mettez la main sur tous les individus ayant pu voir les photos et interrogez-les. Faites le nécessaire et faites-le vite. À n'importe quel prix. Et ne laissez pas de trace.* Traduction : localisez l'ensemble des destinataires éventuels de ces clichés. Faites-leur peur. Matez toute espèce de résistance. Récupérez les photographies. Et si les circonstances l'exigent : tuez.

Conor White éteignit l'ordinateur. La tâche était colossale, terrible et complexe. Mais elle demeurait faisable.

— Fort bien, répéta-t-il.

Il se leva pour se diriger vers sa chambre, à l'arrière du véhicule.

5

Jeudi 3 juin

C'était l'aube.

Nicolas Marten émergea d'un lourd sommeil en sentant détaler un petit quelque chose sur son visage. Il le chassa machinalement sans se préoccuper de savoir de quoi il s'agissait. Il s'apprêtait à se rendormir lorsqu'il perçut un autre menu mouvement au sommet de son crâne. Il écarta de nouveau ce qui l'importunait et se réveilla pour de bon. Baissa les yeux. Plusieurs centaines de minuscules crabes gris et rouge étaient en train de le prendre d'assaut. Il y en avait partout. Sur ses bras, ses jambes, son torse. Il poussa un cri et se leva d'un bond, se débarrassant avec des claques de ce qui grouillait sur son corps. Il ne tarda pas à reculer pour observer les crustacés qui se précipitaient dans toutes les directions. Son dos heurta une paroi. Il pivota. Il ne distingua d'abord que du bois, des sortes de planches courbes qui s'élançaient du sol (constitué d'une vase noire mêlée de sable) jusqu'à le dépasser de quelques têtes. Il se crut un instant prisonnier d'une geôle rudimentaire. Alors il sentit l'eau recouvrir ses pieds. Elle reflua. Il balaya les environs du regard, prêt à découvrir les faces hilares de ses ravisseurs. Mais les arceaux de bois se multipliaient à perte de vue. Il finit par comprendre. C'étaient des racines. Il avait ouvert l'œil dans un marais sableux envahi par les arbres de la mangrove. L'eau qui venait lécher ses chevilles avant de se retirer signifiait que la marée montait. Les crabes n'avaient fait que chercher un promontoire où se mettre au sec – il leur avait paru digne de remplir cette fonction.

Où se trouvait-il ? Il ne le savait pas davantage que la nuit précédente. Et comment s'était-il frayé un chemin dans l'obscurité – il avait marché, rampé, nagé – depuis la rivière jusqu'à cette épaisse masse végétale ? Il n'en avait aucune idée. En revanche, il était sûr d'une chose : l'eau douce avait cédé la place à l'eau salée. Il se rapprochait de l'océan.

Il avança, sans que son environnement se modifie. Les arbres de la mangrove poussaient là où la plupart des plantes ne survivaient pas, dans des zones inondées par l'eau de mer. Les hautes racines protégeaient la plante du sel que les cellules de ses feuilles rejetaient ensuite. Mais ces racines salvatrices se révélaient un terrible obstacle pour Marten. Elles le cernaient. Peu importait la direction qu'il allait emprunter : s'il faisait fausse route, il s'enfoncerait toujours plus avant dans le marécage et ne trouverait peut-être jamais moyen d'en sortir. En outre, la mer montait, et la marque laissée sur le bois par les marées précédentes se dessinait largement au-dessus de sa tête. Bientôt, il n'aurait plus d'autre choix que de grimper dans les arbres. Avec lui se hisseraient les crabes, les serpents, et toutes les créatures fuyant l'élévation des eaux.

Les flots de la marée se répandaient depuis la gauche. Si Marten voulait rejoindre la mer, il devait remonter leur flux. Mais il lui était impossible de deviner la distance qui le séparait du littoral.

Il se mit en marche. Accroupi, contorsionné, se baissant parfois jusqu'à ramper, il batailla parmi les crabes et la boue, au cœur de la mangrove. Dix minutes d'abord. Puis quinze. Et quinze encore. L'eau, qui noyait ses chevilles, lui arriva bientôt au-dessous du genou. Dans la lumière du petit jour, il ne distinguait rien d'autre que les arbres et les crustacés grimpés sur leurs racines afin d'échapper à la marée montante – ils étaient partout où il posait la main pour assurer son équilibre et poursuivre son chemin.

Quelque chose de dur le heurta. En se retournant, il découvrit un imposant morceau de bois flotté, vestige d'un arbre mort. Comme l'ensemble du décor autour de lui, l'objet pullulait de crabes. Marten entreprit de l'écarter, mais il se figea, saisi d'horreur. Prisonniers des branches émergeaient les cadavres d'une Équato-Guinéenne et de trois petits enfants, dont le plus âgé ne devait pas avoir plus de cinq ans. Les quatre malheureux avaient eu la gorge tranchée et les crabes s'affairaient à l'intérieur des plaies pour y prélever un peu de chair humaine avant de déguerpir.

Le ressac poussa de nouveau le bois flotté contre Marten. Il le bouscula en hâte et reprit son périple. La femme était morte, les enfants étaient morts, il ne pouvait plus rien faire pour eux, hormis prier en se demandant s'ils étaient originaires du village du père Willy et si ce dernier les avait connus. Bon Dieu, songea-t-il, ces gens sont-ils en train de s'entretuer ? Et les mercenaires de SimCo dans tout ça ? Jetaient-ils de l'huile sur le feu ?

Le ciel s'éclaira peu à peu. La ramure de la mangrove n'en paraissait que plus touffue. Il faisait déjà chaud et l'air enveloppait Marten tel un suaire humide. Les moustiques l'assaillirent. Il les chassa de la main sans cesser de marcher. Il avait faim, il avait soif. Son inquiétude augmentait. Peut-être avait-il à peine entamé sa traversée du marécage. Peut-être celui-ci s'étirait-il sur plusieurs kilomètres avant de rejoindre la mer. Peut-être Marten était-il fou de tenter l'aventure. Au bout de combien de temps ses jambes se déroberaient-elles sous lui ? Au bout de combien de temps son sens de l'orientation lui ferait-il défaut ? Sans s'en apercevoir, il retournerait peut-être sur ses pas. Ou bien il sombrerait dans des sables mouvants.

Il s'immobilisa pour regarder en arrière. Rebrousser chemin se révélerait maintenant aussi dangereux que s'entêter dans son projet. Même s'il réussissait à retrouver la rivière d'où il était parti, il lui faudrait fixer un autre itinéraire. À supposer qu'il ne croise pas les soldats en cours de route. Non, mieux valait à présent se fier à son instinct et s'obstiner en direction de la marée montante.

Dix minutes plus tard, les premiers rayons du soleil transpercèrent les cimes. Dix minutes encore et ils le frappèrent en plein visage. Il en déduisit qu'il marchait vers l'est. C'est-à-dire vers le rivage oriental de Bioko. À une demi-heure de là, il fit une pause et plaça sa main en visière pour observer le décor devant lui. Il en eut le souffle coupé. À travers les arbres, il distinguait l'océan, dont les vagues se déroulaient une à une sous un ciel sans nuages.

— Oui ! Oui !

Il laissa exploser un cri de joie et de soulagement.

Trempé certes, fourbu, affamé, courbatu, écorché, assoiffé, il était parvenu à ses fins : il avait réussi – et peu importait la distance parcourue – à traverser la mangrove qui le retenait prisonnier et à s'extirper du bourbier. Rien ne lui avait jamais semblé plus merveilleux que cette plage de sable et la mer houleuse étendue face à lui.

Il s'assit pour prendre un peu de repos. Après quoi il se remit debout et tourna le regard vers la gauche, en direction du nord. À moins d'un kilomètre, il repéra la coque rouillée d'un cargo enfouie dans le sable. On n'apercevait plus que la poupe et une partie de la proue, reliées entre elles par ce qui subsistait de la structure centrale. Au-delà de l'épave, la plage s'étendait sur plusieurs kilomètres. Marten ne voyait nulle trace de présence humaine. Ni village, ni pêcheur, ni bateau à l'ancre. Rien ni personne qui soit susceptible de le nourrir, de lui permettre d'étancher sa soif ou de se rendre à Malabo, à l'extrémité septentrionale de l'île. Ainsi, il avait bravé le dédale interminable de la mangrove pour déboucher sur une longue plage parfaitement déserte. De nouveau, une seule solution s'imposait à lui : mettre un pied devant l'autre et continuer d'avancer.

Il consulta sa montre.

7 h 48

Un coup d'œil au ciel limpide, une profonde inspiration, et il reprit son chemin.

6

— Regardez ! s'écria Luis Santiago en espagnol.

Le garçon de vingt-quatre ans scrutait la plage et l'océan par-delà les hautes herbes. Gilberto, Rosa et Ernesto le rejoignirent en courant.

— Marita ! appela Rosa par-dessus son épaule, en direction du chef de groupe, une jeune Espagnole, médecin de son état, appuyée contre le toit d'une vieille Toyota Land Cruiser – elle examinait une carte en compagnie de deux guides indigènes en uniforme.

— Que se passe-t-il ? interrogea-t-elle.

— Il y a un homme sur la plage !

Marita se retourna pour observer la scène.

— Là-bas, fit Luis en lui désignant le lieu.

Marita Lozano mit sa main en visière. D'abord elle ne distingua rien, puis elle le repéra ; un homme seul, au loin, titubait au bord de l'eau. Les voitures se trouvaient sur le bas-côté d'une piste creusée d'ornières, à une bonne cinquantaine de mètres du rivage. En outre, la végétation faisait écran. L'inconnu ne les voyait sans doute pas. Il progressait à pas lents, s'interrompait souvent pour tenter de s'orienter. Puis il reprenait son périple, la démarche incertaine. Il trébucha, s'effondra et demeura étendu sur le sable.

— Vite ! s'écria Marita. Vite ! Vite !

Tous se précipitèrent.

Nicolas Marten rêvait à demi. Il crut distinguer le visage d'une belle jeune femme penché sur le sien. Un garçon la

31

remplaça, qui tâcha de le faire boire un peu au goulot d'un bidon. Puis deux robustes Noirs à la mine avenante, vêtus d'un uniforme, tentèrent de le remettre sur ses pieds. Enfin tout s'effaça et il rouvrit les yeux en Angleterre. Il était près de midi, Marten arrivait à bord d'une voiture de location en vue d'un auguste manoir – la propriété de Fifield, non loin d'Oxford. Sous le ciel bleu pommelé, les arbres et les pelouses onduleuses resplendissaient d'un vert vif tel qu'on en admire au début de l'été.

Bientôt il passa devant des hommes en costume sombre et lunettes de soleil ; il serra des mains, étreignit un grand type élégant à la chevelure argentée qu'il surnommait affectueusement « cousin Jack » ; ce dernier, avec une tendresse égale, lui donnait du « cousin Harold ». Le cousin Jack savait des choses que peu d'autres connaissaient – il savait que, quelques années plus tôt, Marten avait appartenu aux forces de l'ordre de Los Angeles, qu'à l'époque il s'appelait John Barron, membre d'un groupe d'élite dissous dans des circonstances complexes où l'effroi le disputait à la violence meurtrière. Menacé de mort par des puissances obscures agissant au sein même de la police, il était devenu Nicolas Marten avant de fuir vers l'Europe avec sa sœur, dans l'intention d'y refaire leur vie. Sa sœur jouait à présent les gouvernantes auprès d'une riche famille suisse. Lui avait commencé par fréquenter l'université de Manchester, dans le nord de l'Angleterre ; il en était sorti avec un diplôme d'architecte paysagiste qui lui valait à présent de travailler, dans la même ville, pour la respectable entreprise Fitzsimmons & Justice.

Marten et « cousin Jack » étaient maintenant assis dans l'orangerie du manoir, où ils déjeunaient : saumon écossais, pommes de terre d'Irlande, petits pois à la française, vin italien, eau minérale espagnole – on tenait à ce cosmopolitisme culinaire.

Même dans son rêve, Marten souriait. « Cousin Jack » n'était pas un cousin ordinaire. Il n'était d'ailleurs pas son cousin. On ne trouvait pourtant pas plus proches que ces deux-là, car « cousin Jack » avait un jour sauvé la vie de Marten, et celui-ci lui avait rendu la pareille à six mois d'intervalle, durant un affreux séjour en Espagne. Jamais Marten n'aurait cru le revoir. « Cousin Jack » s'appelait en réalité John Henry Harris. Il était président des États-Unis.

Plus tôt dans la matinée, Marten avait quitté son domicile mancunien pour s'envoler vers Londres, où il avait loué une voiture qui l'avait mené en pleine campagne. Le président Harris se trouvait en Grande-Bretagne pour y rencontrer le Premier ministre, mais il avait souhaité consacrer un peu de temps à son vieux complice. Marten devinait que l'entrevue n'était pas purement amicale. Leur aventure ibérique, à Barcelone d'abord, puis au monastère de Montserrat, s'était révélée pour le moins périlleuse. Aussi, lorsqu'il avait appris que « cousin Jack » désirait le recevoir à Fifield, propriété splendide et isolée, il s'était senti passablement mal à l'aise.

— Je suppose que vous voulez savoir de quoi il retourne ? fit le président après avoir débité quelques plaisanteries et évoqué une poignée de souvenirs.

— En effet, répondit Marten avec un sourire prudent. Je veux savoir de quoi il retourne.

— Avez-vous entendu parler de Théo Haas, le romancier allemand ?

— Le Prix Nobel ? Évidemment. J'ai lu ses livres et ceux qu'on lui a consacrés. Un type irascible et brillant. Un agitateur de quatre-vingts ans.

— C'est exactement cela, confirma Harris en souriant. Il y a trois jours, il se trouvait à Washington, où il a rencontré l'un de ses plus fervents admirateurs, Fred Ryder, député de New York. Ryder préside le House Oversight and Government Reform Committee, la principale commission d'enquête du Congrès américain.

— Je sais. Marten sourit à son tour. À Manchester aussi, nous avons une connexion Internet. Je me tiens au courant de ce qui se passe au pays. Je n'ai pas oublié l'endroit où j'ai grandi.

— Dans ce cas, vous devez également savoir que Ryder est littéralement obsédé par les milliards de dollars que nous déboursons en Irak. Il s'intéresse en particulier à une compagnie d'exploitation pétrolière nommée Striker, ainsi qu'à l'un de ses sous-traitants, Hadrien, une société militaire privée. Les deux entreprises ont signé un contrat à long terme avec le Département d'État. On leur a versé plusieurs centaines de millions de dollars. Prélevés sur l'argent du contribuable. Sur la foi de factures vagues. Le travail de Ryder consiste à faire toute la lumière sur ces dépenses, mais il a les mains liées car les accords signés sont classés secrets.

— Pas pour vous.

— À condition que j'insiste. (Harris posa sa fourchette, avala une gorgée d'eau.) Les citoyens attendent de leur président qu'il soit au courant de ce qui se passe, mais je dois me montrer prudent si je ne veux pas mettre le feu aux poudres.

Marten le considéra longuement.

— Où voulez-vous en venir ?

— Lors de son entretien avec Ryder, Théo Haas a laissé entendre que quelque chose pourrait se tramer entre Striker et Hadrien, sans rapport avec la situation en Irak. Il a parlé d'une opération pétrolière menée par Striker en Guinée équatoriale.

Le président sortit de la poche de son veston un feuillet plié qu'il tendit à Marten.

— Fred Ryder m'a remis ceci. C'est la copie d'une lettre que Haas a reçue de son frère, le père Willy Dorhn, un prêtre allemand résidant sur l'île de Bioko, qui appartient à la Guinée équatoriale. Dans cette lettre, le père Dorhn décrit les changements à l'œuvre dans le pays depuis quelques mois. Il parle essentiellement de violents troubles à l'ordre public, qui ne cesseraient de se multiplier sur le continent, ainsi que de la brutalité dont fait preuve le régime en place pour les réprimer. Le prêtre craint que l'insurrection se propage à Bioko. Dans le même temps, Striker installe dans le pays un nombre croissant d'employés, qu'une société militaire privée baptisée SimCo est chargée de protéger.

Harris fit une pause.

— D'ailleurs tenez, lisez vous-même.

Marten observa son interlocuteur avant de boire un peu d'eau et d'examiner la lettre. Elle contenait ce que le président venait de lui apprendre et ce que le père Willy lui avait exposé lors de leur périple jusqu'à la cascade, où il lui avait montré les photographies. La missive se terminait par une énigme : « *Il se peut que, dans quelques jours, j'aie des éléments plus concrets à te fournir.* »

Marten replia le feuillet et leva la tête.

— Quel rapport avec moi ?

Harris le regarda droit dans les yeux.

— Après avoir reçu la lettre de son frère, Haas a fait quelques recherches. Il a appris que SimCo n'existait que depuis un peu plus d'un an. Un an au cours duquel la société a conclu deux contrats à long terme : le premier lui confie la sécurité des intérêts de Striker en Guinée équatoriale. L'autre lui attribue une mission similaire, mais en Irak cette fois, et en tant que sous-traitant d'Hadrien.

— Êtes-vous en train de me dire qu'il existe un arrangement entre Striker et Hadrien impliquant SimCo, tant en Irak qu'en Guinée équatoriale ?

Le président fit oui de la tête.

— C'est ce que pense Haas. Il s'est d'abord excusé auprès de Ryder pour son imagination débordante de romancier, mais il a néanmoins insisté en expliquant qu'il connaissait l'intérêt porté par le député à la connexion Striker/Hadrien en Irak. « Il n'est pas possible, mon ami, lui a-t-il dit, que le contribuable américain finance en secret les événements qui se produisent actuellement en Guinée équatoriale, n'est-ce pas ? »

— Vous pensez, intervint Marten, que SimCo pourrait servir de couverture à Hadrien en Afrique ?

— Peut-être bien.

— Ce n'est pas illégal.

— À moins, comme le suggère l'écrivain, que les citoyens des États-Unis ne soient en train de payer ces opérations sans le savoir. Ce qui est le cas si les fonds proviennent des accords passés entre Striker, Hadrien et le ministère de la Défense en Irak.

— Striker est une compagnie pétrolière florissante. Elle semble avoir assez de soucis au Moyen-Orient. Pourquoi ferait-elle une chose pareille ? Pourquoi se mettrait-elle encore plus en danger ?

— J'ignore ce que trament ses dirigeants. Mais j'aimerais le découvrir.

Harris porta à ses lèvres un morceau de saumon, qu'il fit descendre au moyen d'une gorgée d'eau.

— Peut-être n'y a-t-il rien du tout, reprit-il à l'intention de Marten. Peut-être toutes leurs opérations sont-elles légales. Mais la situation se dégrade très vite en Guinée équatoriale, le sang coule. Si Striker et Hadrien tentent d'en tirer profit grâce à l'argent des citoyens américains, nous devons le savoir. Pour le moment, je ne dispose pas d'informations suffisantes pour alerter la CIA. De toute façon, en m'adressant à eux, je risquerais de mettre la puce à l'oreille de Striker comme d'Hadrien : les deux sociétés ont d'excellents amis, tant à l'Agence qu'au Pentagone. Pour couronner le tout, les médias pourraient avoir vent d'une telle enquête. J'aurais ensuite des comptes à rendre.

— J'espère que vous ne pensez pas ce que je pense que vous êtes en train de penser.

— Fred Ryder m'a conseillé d'expédier sur place un « élément indépendant », afin d'évaluer discrètement la conjoncture. Quelqu'un qui sait ce qu'il fait, quelqu'un qui pourrait s'entretenir directement avec le père Dorhn, puis nous faire part de ses conclusions.

Marten leva les mains pour protester.

— Monsieur le président, je suis honoré que vous ayez pensé à moi, mais j'ai cinq contrats en cours, que je me dois à tout prix d'honorer.

— Le prêtre vit en Guinée équatoriale depuis un demi-siècle, poursuivit Harris sans se préoccuper de l'objection émise par son ami.

Il piqua avec sa fourchette une tranche de pomme de terre irlandaise soigneusement débitée.

— Si quelqu'un sait ce qui se passe là-bas, c'est lui. Vu sa lettre, il en sait même beaucoup.

— Ou alors, Théo Haas est simplement inquiet pour lui. Il aimerait que quelqu'un aille lui prêter main-forte. Ou encore : il l'a dit lui-même, il est romancier, il possède une imagination fertile. Il est peut-être en train d'élaborer un scénario sur du vide. Sa mauvaise réputation n'est pas née de rien.

Le président lui décocha un large sourire.

— Je pense que vous avez raison. Vous n'aurez sans doute à déplorer qu'une semaine de vacances tous frais payés sur une île paradisiaque.

Marten posa sa fourchette et observa Harris.

— Allons, cousin, vous pouvez vous adresser à quelqu'un d'autre.

— Quelqu'un d'aussi compétent que vous ? D'aussi fiable ?

— Il existe des centaines, peut-être des milliers d'hommes aussi compétents et fiables que moi. Probablement plus compétents et plus fiables, même.

Le regard du président chercha celui de son interlocuteur.

— C'est possible, cher ami. Mais je ne les connais pas.

7

Bioko, 12 h 20

Marten sentit le soleil lui brûler le visage. Une seconde plus tard, une violente secousse souleva son corps, qu'une force opposée plaqua aussitôt contre le sol. Il s'éveilla brusquement pour découvrir, à travers les dernières brumes d'un sommeil lourd et exténué, qu'on avait pansé les plaies de sa jambe droite et de son bras gauche. Il y eut un autre cahot. Cette fois, il avait les idées suffisamment claires pour comprendre qu'il se trouvait à bord d'un véhicule en marche. Surpris, il leva les yeux. Jamais encore il ne s'était senti pareillement fasciné par la beauté d'une femme. Celle-ci le fixait. Elle portait de sombres cheveux mi-longs dont les mèches étaient retenues derrière ses oreilles. Petit nez en trompette, étincelants yeux verts. Elle était menue et visiblement espiègle.

— Cette route est pleine de nids-de-poule, lui dit-elle dans un anglais où pointait un léger accent. Vous dormiez. Vous étiez épuisé.

Marten s'efforça de chasser sa torpeur pour regarder autour de lui. Il était installé à l'arrière d'un Land Cruiser cabossé et maculé de boue. L'engin fonçait sur un chemin de terre. Deux jeunes Noirs en uniforme, dont l'un conduisait, se tenaient à l'avant. Marten jeta un coup d'œil par-dessus son épaule. Une seconde Toyota les suivait de près. Elle était aussi sale que la leur. Sur la droite, il distinguait des marécages éclaboussés de soleil – la lumière filtrait au travers d'un ciel nuageux. À gauche, d'abruptes collines se dressaient ; leur sommet disparaissait dans une épaisse couche de brume.

— Je m'appelle Marita Lozano, fit la jeune femme en souriant. Je suis docteur. Mes compagnons, dans l'autre voiture, sont des étudiants en médecine. Nous sommes venus de Madrid pour fournir des informations sur le sida aux habitants du sud de l'île. Vous savez sans doute qu'une guerre civile vient d'éclater. Les soldats nous ont ordonné de regagner Malabo sur-le-champ.

— Les soldats ? s'alarma Marten.

— Ils ont intercepté nos Land Cruiser tout à l'heure et nous ont demandé de les suivre.

Au travers du pare-brise zébré de boue, Marten repéra un Humvee de l'armée équato-guinéenne sous les roues duquel jaillissaient de la terre et des graviers. Des soldats en uniforme occupaient le véhicule – l'un d'entre eux, debout, avait installé sa mitrailleuse sur le toit.

— Est-ce qu'ils m'ont vu ? demanda Marten à Marita.

— Oui. Ils ont dû croire que vous étiez l'un des nôtres. Je ne les ai pas contredits. J'ai simplement dit que vous dormiez parce que vous étiez fatigué.

— Ils n'ont pas exigé de vérifier nos identités ?

— Ils n'ont réclamé que mes papiers. Nos guides leur ont expliqué qui nous étions et ce que nous faisions ici.

Elle lui sourit. Il vit ressurgir sur son visage la joie coquine qu'il avait observée tout à l'heure.

— Je savais, reprit-elle, que vous vous étiez retrouvé pris dans les combats qui se sont déroulés dans le sud et que vous aviez échappé aux soldats. J'en ai déduit que vous ne souhaitiez pas qu'ils vous interrogent.

— Comment êtes-vous au courant de tout ça ?

Marten se méfiait. Il lorgna instinctivement du côté des guides, puis revint à Marita.

— C'est vous qui nous l'avez dit, lui apprit-elle. À moi, à mes collègues, aux guides. Nous vous avons repéré sur la plage. Vous avez trébuché, vous êtes tombé et vous ne vous êtes pas relevé. Lorsque nous sommes arrivés près de vous, vous étiez harassé et extrêmement déshydraté. Un peu confus aussi. Et puis vous avez pris peur en voyant les uniformes de nos guides. Vous ne pouviez pas savoir qui nous étions.

— Qu'est-ce que je vous ai raconté, au juste ?

— Que vous vous appelez Nicolas Marten. Que vous êtes anglais. Que vous êtes architecte paysagiste. Et que vous vous trouvez à Bioko pour étudier la flore locale. Vous m'avez dit que vous aviez rencontré un prêtre qui vous avait emmené dans la forêt afin de vous montrer les spécimens que vous recherchiez. Au moment où vous regagniez son village, il y a eu une échauffourée, les camions de l'armée ont surgi. Le prêtre vous a ordonné de vous sauver, et vous lui avez obéi.

Marten la considéra avec incrédulité.

— Vous ne vous rappelez pas nous avoir parlé ? fit-elle doucement.

— Non.

— Que ce soit vrai ou non m'importe peu.

La douceur avait reflué, il ne restait nulle trace de ses airs mutins.

— Je vous ai dit la vérité. Les choses se sont passées telles que je vous les ai rapportées.

— Tant mieux pour vous, parce que vous allez devoir répéter votre récit quand vous serez à Malabo.

— Comment ça, « répéter » ?

— L'armée s'apprête à nous interroger. C'est ce que nous ont dit les soldats. C'est pour cette raison qu'ils nous ont obligés à les suivre.

— Quand vous dites « nous », ça signifie moi aussi ?

— Oui.

Subir les questions de militaires entraînés à ces séances était bien la dernière chose dont Marten avait envie. Que savaient-ils au juste de ses liens avec le père Willy ? Connaissaient-ils l'existence des clichés ? Dans ce cas, ils n'auraient cherché qu'à le piéger, au même titre que tous ceux qui avaient vu ces photos ou en avaient entendu parler. Ils étaient violents, ils menaient une guerre. À ce titre, ils feraient n'importe quoi pour obtenir le plus d'informations possible, comprendre ce qui se tramait et découvrir qui contribuait à armer la rébellion. Le père Willy côtoyait les Équato-Guinéens depuis longtemps, c'est pourquoi il était devenu le principal suspect dans l'enquête sur le soutien apporté à l'insurrection. Les militaires avaient repéré Marten, et Marten s'était enfui à leur vue. Ce seul fait suffisait à lui promettre un interrogatoire long et douloureux, dont il ne sortirait peut-être pas vivant.

Il se tourna vers Marita.

— Il ne faudrait pas que je vous attire des ennuis. Demandez à votre chauffeur de s'arrêter dans le prochain virage et je descendrai. Les soldats ne verront rien. Je débarrasserai le plancher et vous n'aurez pas à répondre à leurs questions lorsqu'ils comprendront que je ne fais pas partie de votre groupe.

— Ils savent combien nous sommes, monsieur Marten. S'il en manque un, ils nous demanderont des explications. Votre départ ne ferait qu'aggraver les choses. Et puis si vous nous quittez, où irez-vous ? Dans la forêt ? Combien de temps êtes-vous prêt à y demeurer ? Nous sommes sur une île, monsieur Marten. Assez peu hospitalière, comme vous avez déjà pu vous en rendre compte. Quels que soient vos problèmes, je vous conseille de tenter de les régler au plus vite.

— Ah oui ?

— Oui.

Marten détourna le regard. Elle avait raison. Le mieux à faire était encore d'affronter quiconque l'interrogerait, avec l'espoir de parvenir à donner le change. Impossible d'appeler le président au numéro direct qu'il lui avait confié. Impossible d'appeler qui que ce soit. On n'était pas aux États-Unis, on n'était pas en Grande-Bretagne ni en Europe. S'il demandait à passer un coup de téléphone, au mieux on lui rirait au nez. Ou bien il subirait des sévices. Ou pire encore. Il s'en remit à l'avis de Marita.

— Très bien. Je vais suivre votre conseil.

— Dans ce cas, commenta-t-elle en laissant reparaître une pointe de malice, racontez-moi encore une fois votre version des faits. Avec autant de précisions que tout à l'heure. Ainsi, nous aurons tous votre récit en tête avant que les soldats nous posent des questions.

Son courage arracha un sourire à Marten. Il se trouvait auprès d'un fort joli médecin engagé dans une mission humanitaire ou pédagogique, les deux sans doute, au cœur d'une région démunie, dévorée par la jungle. Cette femme discernait les faiblesses du monde et elle était capable d'en sourire tout en se donnant les moyens de lutter contre elles. On ne croisait pas souvent des êtres de cette qualité.

8

Conor White s'abritait d'une pluie légère sous la voûte d'un édifice public. Il observait la rue, à l'extrémité du pâté de maisons. Quelqu'un passait de temps à autre. Des Équato-Guinéennes surtout, avec des enfants. Les hommes devaient être ailleurs. De même que les Blancs – Américains, Européens, Sud-Africains, presque tous ayant partie liée, d'une manière ou d'une autre, avec l'industrie pétrolière. Soit ils travaillaient encore, soit ils étaient au bar de l'hôtel Malabo, où la plupart se retrouvaient pendant leurs heures de loisir. Pour les Blancs, ni Malabo ni, plus largement, l'île entière de Bioko – que les Espagnols avaient jadis baptisée Fernando Poo –, ni même le Río Muni, la partie continentale de la Guinée équatoriale, de l'autre côté du golfe du Biafra, rien de tout cela n'était fait pour les civilisés. Si l'on ne s'occupait pas de pétrole, on n'avait aucune raison de s'installer ici.

16 h 22

White tira un mouchoir de sa poche. Le passa sur sa nuque, puis s'épongea le front. Il régnait une chaleur humide. Trente-cinq degrés lorsqu'il avait quitté son mobile home climatisé dix minutes plus tôt.

Le quartier se résumait à un fatras de vieux bâtiments coloniaux parvenus à différents stades de décrépitude. La plupart exhibaient des arches croulantes, des volets brisés ou des stores miteux, des portes grossièrement rafistolées.

Toutes les bâtisses étaient coiffées d'un toit de tôle ondulée, dont la majorité semblait prête à céder sous les assauts de la rouille. Les édifices en béton blanc, qui comptaient deux ou trois étages, avaient probablement été construits dans les années 1930 ou 1940. On avait dû les entretenir et préserver leur cachet jusqu'en 1968, date à laquelle la Guinée équatoriale avait acquis son indépendance, après avoir vécu cent quatre-vingt-dix années sous le joug espagnol. Les dictateurs s'étaient alors succédé, les formidables richesses du pays se retrouvant entre les mains d'une poignée d'hommes, tandis que la masse sombrait dans la pauvreté. Ces indigents vivaient à présent dans ces bâtisses tristement délabrées qu'au fil des ans ils avaient peintes de diverses couleurs, sans le moindre souci d'unité. Celle-ci, d'un jaune passé, arborait un balcon rose terni ; celle-là, dont le blanc était défraîchi, présentait une arche bleu ciel et une autre d'un orange fade ; une troisième resplendissait de rose, mais possédait des volets saumon d'un côté, vert pomme de l'autre.

Conor White avait fait le tour du monde un nombre incalculable de fois, pourtant rien de ce qu'il avait vu n'approchait la lugubre atmosphère de ruine et de misère qui régnait à Malabo, du moins dans cette partie de la ville.

16 h 30

Ses yeux se portèrent de nouveau vers l'extrémité du pâté de maisons.

Toujours rien.

Ils étaient censés arriver à 16 h 25. Où se trouvaient-ils ? Pourquoi ce retard ? Il pouvait toujours utiliser la radio. S'emparer de l'appareil dans la poche de sa veste et le mettre en marche. Indiquer au régulateur de SimCo ce qu'il voulait : en moins de trente secondes, on lui fournirait l'emplacement du véhicule et une estimation précise de son heure d'arrivée corrigée. Mais il s'abstint. Il était inutile de manifester son impatience, y compris au régulateur.

16 h 33

À trois mètres de lui, un coq flânait sur le trottoir ; il gloussa en passant devant un palmier mort puis, d'un air prétentieux, traversa l'asphalte craquelé de la chaussée sous un enchevêtrement de câbles qui pendaient dangereusement entre les poteaux téléphoniques.

16 h 34

White examina la rue. Un vieillard s'y engagea sur une bicyclette et passa devant lui. Les lieux étaient déserts. Au diable la patience. Il posa la main sur la radio.

C'est alors qu'ils apparurent dans le virage pour se diriger vers lui ; un Humvee de l'armée équato-guinéenne, éclaboussé de boue et couronné d'une mitrailleuse. Le véhicule précédait deux Land Cruiser fangeux. Un second Humvee militaire fermait le convoi – celui-là s'était mis à les suivre lorsqu'ils étaient entrés dans la ville.

White se retrancha sous la voûte pour ne pas être vu. Quelques secondes plus tard, le cortège fit halte le long du trottoir d'en face, devant un bâtiment à deux étages qui semblait tout près de s'effondrer. Des soldats en armes sautèrent des véhicules militaires et ouvrirent les portières des Land Cruiser. Ils en firent prestement descendre les occupants pour les conduire à l'intérieur de l'édifice. Ils étaient huit en tout. Quatre jeunes étudiants en médecine espagnols dont White avait entendu parler. On lui avait transmis leur nom, leur numéro de passeport et leur adresse personnelle à Madrid. Deux guides indigènes en uniforme.

Une jeune doctoresse, madrilène elle aussi. C'était le dernier membre du groupe qui intéressait le patron de SimCo. C'était pour lui qu'il s'était déplacé jusqu'ici, pour lui qu'il avait patienté. Pour le moment, il ne disposait d'aucune information à son sujet. Il ne savait que ce qu'il voyait. Un Blanc à la beauté âpre d'environ trente-cinq ans, mesurant à peu près un mètre quatre-vingts, mince et brun. C'était lui que les soldats avaient découvert en compagnie du père Willy Dorhn, celui-là même qui avait tenté de leur échapper en s'enfonçant dans la forêt. Lui seul présentait un intérêt parmi les huit individus qu'on avait conduits ici. Il en savait peut-être beaucoup sur les clichés pris par le prêtre allemand, aussi bien que sur la carte mémoire qui les contenait et qu'on n'avait pas encore retrouvée.

White tenait à le rencontrer personnellement, à l'évaluer avant que les militaires l'interrogent. Car si l'armée échouait à lui soutirer les renseignements qu'il souhaitait obtenir, il devrait prendre le relais. Or, l'expérience lui avait appris qu'il valait mieux connaître sa proie avant même que celle-ci ait eu vent de l'existence du chasseur. Cela vous donnait une longueur d'avance. On observait le gibier, on scrutait son attitude, on tâchait d'en déduire la manière dont il se comporterait, physiquement et moralement, s'il fallait au final s'attaquer à lui. C'était peu, mais c'était toujours plus que n'en possédait l'adversaire.

9

16 h 47

Il régnait dans la pièce une chaleur intolérable.

Le militaire ne portait pas d'insigne à son nom mais arborait des épaulettes dorées. Marten pouvait tout juste en déduire qu'il s'agissait d'un commandant de l'armée équato-guinéenne. Il était grand et robuste. Largement plus d'un mètre quatre-vingts pour au moins cent vingt kilos. Une terrible cicatrice tribale lui barrait la moitié du visage, une autre s'étirait sur son avant-bras droit. Il ressemblait davantage à un guerrier de la brousse qu'à un officier supérieur. Mais rien n'égalait ses yeux. Des yeux noirs injectés de sang, des yeux pareils à ceux du soldat qui s'était élancé à la poursuite de Marten dans la forêt. Des yeux meurtriers, impitoyables, à travers lesquels on lisait son âme ; des yeux que Marten redouterait pour le restant de ses jours.

— Parlez dans le micro, lui ordonna le commandant d'une voix grave où pointait un fort accent.

La sueur luisait sur son front. Il tenait le micro d'un vieux magnétophone sous le nez de Marten.

— Nom, profession, adresse. Puis racontez-moi ce qui s'est déroulé hier lorsque vous vous trouviez dans le sud de Bioko.

Marten était assis au centre d'une pièce chichement éclairée. La transpiration empoissait ses cheveux, elle lui dégoulinait dans le cou, sur le visage, glissait sous sa chemise. À sa gauche, deux colosses en uniforme se tenaient debout en silence. Deux autres soldats gardaient la porte, jeunes, vifs, enthousiastes. Les yeux rivés sur Marten, ils paraissaient presque affamés, peut-être même pressés que leur prisonnier se rebiffe pour avoir l'occasion d'intervenir.

Tous les militaires présents portaient la même tenue de camouflage kaki, tachée de sueur, les mêmes bottes de combat à lacets. Chacun était coiffé d'un béret rouge foncé sur lequel était cousu un insigne noir et jaune vif. Le commandant et les deux officiers exhibaient une arme de poing, les soldats à la porte tripotaient une mitraillette légère.

La pièce était vaste, le sol couvert d'un linoléum craquelé. Près de la porte se trouvait une vieille table en bois flanquée de plusieurs tabourets de cuisine en métal rouillé. L'humidité gâtait les murs de plâtre, jadis peints d'un vert à présent défraîchi. La faible clarté provenait de trois ampoules pendant du plafond au bout de fils usés et de la lumière de l'après-midi qui s'insinuait entre les volets cassés de l'unique fenêtre. Le ventilateur qui tournait lentement au-dessus de Marten parvenait à peine à brasser l'air épais.

Ce qui retenait surtout l'attention du prisonnier, c'était ce jeune bouc attaché à un pied de la table ; il mâchonnait allégrement de vieux journaux. S'agissait-il d'un animal domestique ? D'une mascotte ? D'un porte-bonheur ? Impossible de le savoir, mais sa présence avait quelque chose d'étrange, même dans un lieu aussi détestable que celui-ci.

— Monsieur, parlez dans le micro, répéta le commandant ; l'impatience pointait maintenant dans sa voix. Nom, profession, adresse. Puis racontez-moi ce qui s'est déroulé hier lorsque vous vous trouviez dans le sud de Bioko.

Marten hésita, puis se lança. La meilleure chose à faire, songea-t-il, était encore de gagner leurs faveurs.

— Je m'appelle Nicolas Marten.

Il répéta ce qu'il leur avait déclaré un moment plus tôt lorsqu'ils l'avaient amené dans la pièce, photographié puis fouillé avant d'emporter la pochette dans laquelle il conservait son passeport et son portefeuille encore détrempés. Aussitôt après, le commandant lui avait demandé son nom et les raisons de sa présence ici.

— Je suis architecte paysagiste. J'habite à Manchester, dans le nord de l'Angleterre.

Prudemment, il débita le reste de son histoire, celle qu'il avait rapportée à Marita durant le trajet. Sans doute avait-il mis au point cette version la veille, inconsciemment et en hâte, pendant que les soldats le poursuivaient dans la forêt ; il était alors persuadé qu'il se ferait prendre. Un récit simple mais détaillé qui justifiait à merveille sa présence sur Bioko.

— Je suis ici pour cinq jours. Je suis venu examiner des plantes tropicales dans l'intention d'en décorer la serre qu'un de mes clients est en train de faire construire sur sa propriété. Vous pouvez vérifier la date de mon arrivée grâce au tampon apposé sur mon passeport. J'ai pris une chambre à l'hôtel Malabo pour la durée de mon séjour. Mes bagages y sont encore.

Il fit une pause. Regarda autour de lui d'un air détaché pour observer la réaction de ses hôtes. Se détendaient-ils ? Le croyaient-ils ? Que se passerait-il lorsqu'il achèverait son exposé ? Il aurait été bien en peine de répondre. Les soldats le fixaient sans mot dire. Rien, dans leur attitude, n'avait changé.

Marten se racla la gorge et poursuivit :

— Alors que je me trouvais dans le sud de l'île, j'ai rencontré un prêtre qui m'a dit s'appeler le père Willy Dorhn. Il m'a interrogé au sujet de mes voyages, et quand je lui ai révélé la raison de ma visite en Guinée équatoriale, il m'a gentiment proposé de me montrer des plantes que je n'avais encore jamais vues. À notre retour, nous avons entendu des coups de feu dans son village. Le prêtre, qui s'inquiétait pour ses ouailles, m'a laissé là pour les rejoindre. C'est à ce moment que les camions de l'armée ont surgi. Il s'est retourné en les voyant arriver. De toute évidence, il était terrifié. Il m'a crié de m'enfuir pour sauver ma peau. Ce que j'ai fait. Je n'avais aucune idée de ce qui était en train de se passer, mais le ton de sa voix et la peur que j'ai lue dans ses yeux m'ont suffi. J'ai foncé dans la jungle, poursuivi par des soldats en armes. Peu après, j'ai glissé, je suis tombé d'une falaise pour atterrir dans une rivière. Le courant m'a entraîné loin. Puis la nuit est tombée. Au matin, je me suis aperçu que j'avais atteint la mer. J'étais perdu, j'avais faim et soif. Je n'avais pas le choix : il fallait que je marche. Et j'ai marché. La doctoresse espagnole et ses étudiants m'ont découvert peu après.

Marten s'interrompit et se tourna vers le commandant.

— Vous connaissez la suite.

— Pourquoi avez-vous eu peur des soldats ? l'interrogea celui-ci.

— Quand on est un étranger au fin fond d'un pays, quand on surprend des échanges de coups de feu, quand votre compagnon de route, qui vient de vous révéler qu'il vivait là depuis un demi-siècle, vous ordonne de fuir pour sauver votre peau, il me semble que le plus sage est encore de s'exécuter. Ce n'est pas à vous que je vais apprendre que l'Afrique est le théâtre de guerres civiles sanglantes, de massacres dont personne ne parle jamais, d'incursions de soldats dans des contrées limitrophes. Je ne savais pas qui étaient ces hommes en uniforme. Alors j'ai décampé.

Le commandant le scruta. Il s'apprêtait à reprendre la parole lorsque la porte s'ouvrit. Un militaire au profil d'aigle et aux cheveux gris fit son apparition ; lui aussi portait une tenue de camouflage. Aussitôt, les hommes présents dans la pièce se redressèrent. Deux officiers en uniforme entrèrent également. L'un portait une chaise pliante, qu'il installa à côté de Marten. L'homme au profil d'aigle s'y assit.

Le commandant s'adressa immédiatement à son prisonnier.

— Nom, prénom, profession, adresse. Et racontez-nous votre histoire encore une fois.

Cette fois, c'était un ordre.

— Bien sûr, fit Marten poliment.

Il sentait combien la présence du militaire au profil d'aigle influait sur le comportement des autres soldats. Il avait la peau sombre mais il n'était pas africain, contrairement à ses compagnons d'armes. Un Hispanique peut-être, aux traits taillés à la serpe. Il était plus âgé qu'il ne le paraissait de prime abord. Cinquante ans au moins, peut-être même soixante. Nul insigne sur son uniforme, hors celui de l'armée équato-guinéenne. Pas de ruban, pas d'épaulettes, pas d'étoiles. Rien qui indique son rang dans la hiérarchie militaire. Pourtant, c'était un officier supérieur. Un colonel. Ou un général, qui sait. Impossible de deviner qui il était ni pourquoi il se trouvait ici. Peu importe, songea Marten. On avait exigé de lui qu'il répète son récit, il le répéta donc, soucieux de n'oublier aucun détail.

— Je m'appelle Nicolas Marten. Je suis architecte paysagiste. J'habite à Manchester, dans le nord de l'Angleterre. Je suis ici pour cinq jours…

Tout le temps qu'il parla, l'homme au profil d'aigle l'examina. Il observa ses yeux, ses mains, ses gestes, la position de ses pieds, comme si un mouvement avait pu en révéler davantage sur lui que l'histoire qu'il narrait.

Tout le temps, Marten s'efforça de l'ignorer. Il ne regarda que le commandant. Il connaissait son récit par cœur. Enfin, il se rassit sans lâcher le commandant des yeux, priant pour avoir réussi l'examen ; pourvu qu'ils le croient et le laissent filer.

— Merci.

Le commandant sourit. Marten se détendit. Il avait fait tout ce qu'on avait exigé de lui, il avait manifesté de la courtoisie et de la sincérité. Il avait coopéré d'un bout à l'autre. Pourtant, le micro du magnétophone demeurait planté sous son nez. Qu'attendaient-ils encore ?

Le sourire du commandant s'évanouit en une fraction de seconde et il se pencha vers son interlocuteur.

— Où sont les photos que le prêtre vous a données ?

— Pardon ?

Marten était pris de court. Comment connaissaient-ils l'existence de ces clichés ? C'était impossible : dans la forêt, ils n'étaient que tous les deux.

— Les photos que le père Dorhn vous a remises.

— J'ignore de quoi vous parlez.

— Les photos que le père Dorhn vous a remises, répéta le commandant.

— Le prêtre ne m'a remis aucune photo.

Le commandant le considéra longuement dans un silence absolu. Puis il jeta un coup d'œil en direction de l'homme au profil d'aigle avant de revenir à Marten.

— Levez-vous, fit-il.

Marten ne bougea pas.

— Levez-vous. Et ôtez vos vêtements.

— Mes vêtements ?

— Ma patience a des limites.

Les yeux injectés de sang du militaire vinrent se ficher dans ceux de son prisonnier. Son visage était luisant de sueur. Sa cicatrice tribale se faisait plus effrayante que jamais.

Marten se mit lentement debout. Ils l'avaient déjà fouillé sans rien trouver. Que comptaient-ils faire, bon sang ?

Il balaya la pièce du regard. Tout le monde le scrutait, même le bouc. Soudain, la chaleur lui parut insupportable. Il crut qu'il allait s'évanouir. Il se reprit. S'il voulait les convaincre qu'il ignorait tout de ces photographies, il devait leur obéir sans se rebeller ni manifester la moindre peur. Il devait leur prouver qu'il était un homme de parole.

— Très bien, lâcha-t-il enfin.

Il porta une main à sa chemise. Il en défit les boutons un à un, retira le vêtement qu'il laissa tomber à côté de lui. Sans hésiter il déboucla sa ceinture, ouvrit sa braguette, se débarrassa de son pantalon.

Le commandant le regardait sans ciller. Du menton, il lui désigna ses sous-vêtements.

Tu veux ça aussi ? pensa Marten. *OK, tu vas l'avoir.* Il se hâta de baisser son caleçon, qu'il abandonna sur le sol.

À présent il était nu, ses effets éparpillés à ses pieds. Un Blanc, seul, dans une pièce miteuse et surchauffée, en plein cœur d'une ville miteuse et surchauffée, cerné par sept combattants de la jungle africaine, un officier de haut rang au profil d'aigle et à la nationalité inconnue, et un bouc.

10

17 h 18

— Où sont les photos que le prêtre vous a données ? répéta le commandant.

— Je ne sais pas à quoi vous faites allusion. Le prêtre ne m'a remis aucun cliché. Comme vous pouvez le constater, je ne vous cache rien.

— Vous nous cachez ce qui se trouve là-dedans ! tonna le militaire en frappant brusquement Marten au front. Ce qui se trouve dans votre tête ! Il se tourna aussitôt vers l'un des officiers plantés derrière lui.

L'homme fit un pas en avant. Marten repéra le sourire mauvais, la lueur dans le regard. Il comprit ce qui l'attendait. Il comprit qu'il n'avait aucun moyen de l'éviter. Il tâcha néanmoins de se protéger du mieux qu'il put. En vain. La botte de combat agit sur ses parties génitales à la manière d'un piston. Il hurla et mit un genou à terre. Des nausées l'assaillirent, il toussa. Sa tête tournait. La douleur était atroce. Elle était partout et nulle part à la fois. Marten demeura immobile un long moment, les paupières closes, haletant, priant pour que le calvaire cesse.

Il finit par rouvrir les yeux, découvrit le visage luisant et balafré du commandant à quelques centimètres du sien.

— Je veux les photos, siffla celui-ci entre ses dents. Les photos et la carte mémoire de l'appareil numérique qu'on a utilisé pour les prendre. Où sont-elles ?

Dans le regard de l'homme, Marten lut une profonde haine. Parce que son interlocuteur était blanc ? Parce qu'il ne tirait rien de lui ? Cela ne faisait aucune différence. Le commandant, comme les autres militaires dont Marten avait croisé la route ces derniers temps – ceux qui avaient fracassé le crâne du père Willy et des deux garçonnets à coups de crosse de fusil, ceux qui l'avaient pourchassé dans la forêt – étaient moins des soldats que des tueurs. La vie humaine ne revêtait aucune signification pour eux. Quand ils voulaient quelque chose, rien d'autre ne comptait. Pour l'heure, ils voulaient les clichés et la carte mémoire. Marten n'était pas en mesure de les leur fournir. D'une part, il ignorait si d'autres tirages existaient et si la carte mémoire avait été détruite ou non. D'autre part, les militaires supposaient qu'il avait vu les photographies mais ils n'en avaient pas la preuve. Il devait donc continuer à nier sans faiblir, car s'ils finissaient par le soupçonner de leur mentir, ils le tortureraient jusqu'à ce qu'il craque. Une fois qu'il leur aurait livré la vérité, ils l'exécuteraient sur-le-champ.

Il leva les yeux vers le commandant.

— J'ignore tout de cette histoire de clichés, d'appareil et de carte mémoire, murmura-t-il.

Il remercia Dieu en silence d'avoir poussé le père Willy à brûler les photographies.

— C'est ce que nous allons voir.

Le commandant lui décocha un grand sourire cruel et se leva.

17 h 22

L'officier s'approcha de la table, sur laquelle il s'empara d'un objet, puis revint vers Marten. C'était un tube, d'environ cinq centimètres de diamètre pour soixante de long. Sans les deux électrodes dépassant à l'une de ses extrémités, on aurait cru une matraque. Ce n'était pas une matraque. Il s'agissait d'un vieux modèle d'aiguillon électrique pour le bétail.

— Putain de merde, lâcha Marten dans un souffle.

Déjà, des mains le saisissaient et le plaquaient au sol, sur le dos. Le commandant le dominait de toute sa hauteur. Il approcha l'aiguillon de son visage et pressa un bouton. Une lueur bleue jaillit dans un craquement, un arc électrique se forma entre les deux électrodes. Le militaire ricana en déplaçant lentement l'appareil vers l'entrejambe de Marten, qu'il effleura.

— Les photos et la carte mémoire. Après quoi vous serez libre.

Libre, tu parles. Bientôt, ils se rendraient compte qu'il n'était pas à même de leur offrir ce qu'ils désiraient. Ils ne pourraient pas le laisser filer pour autant, au risque qu'il raconte un peu partout son histoire. Ils n'auraient d'autre choix que de l'éliminer. C'est pourquoi il devait tenter de gagner un peu de temps et chercher une autre issue.

— J'ignore tout de cette histoire de clichés, d'appareil et de carte mémoire, chuchota-t-il. Tout.

— C'est vrai ?

— Oui.

Du coin de l'œil, Marten repéra un mouvement.
Il tourna la tête. Le bouc se trouvait juste à côté de lui.
Un soldat le tenait par les cornes. Un autre lui soulevait
la queue. Le commandant appliqua l'aiguillon contre les
testicules de l'animal et pressa le bouton. Le crépitement
de l'engin fut couvert par le cri de la bête dont les muscles
se contractèrent dans un spasme violent. Le bouc hurlait,
lançait de furieux coups de sabot pour tâcher de se libérer. Mais le militaire lui maintenait la tête d'une poigne de
fer, il était trop robuste pour lui. Le commandant sourit et
répéta l'opération. Puis il recommença. L'animal terrorisé
glapissait de douleur. Un coup de sabot finit par arracher
l'aiguillon des mains de l'officier et le bouc échappa à ses
tortionnaires. Il se mit à tourner désespérément dans la
pièce en quête d'une issue ; les soldats riaient aux éclats.
Il se réfugia sous la table en tremblant. L'homme qui lui
avait tenu la tête s'agenouilla comme pour le réconforter.
Au lieu de quoi il fit surgir son pistolet et l'abattit d'une
balle entre les deux yeux.

— Ce sera notre dîner, fit le commandant.

Il ramassa l'aiguillon et revint vers Marten.

Celui-ci suivait l'engin du regard. Puis il considéra
l'officier.

— Si je savais quoi que ce soit, je vous le dirais. Mais
je ne sais rien.

— Ce n'est pas une réponse satisfaisante, monsieur
Marten. En outre, il est encore tôt. Très tôt. Je suis certain
que vous allez très vite retrouver la mémoire.

De nouveau il se servit de l'aiguillon pour effleurer
les testicules de son prisonnier. C'est alors que l'homme
au profil d'aigle leva une main. Le commandant abandonna Marten pour le rejoindre. Une brève conversation

s'engagea à voix basse entre les deux militaires. Le commandant hocha la tête et retourna auprès de Marten.

— Rhabillez-vous.

Marten lorgna du côté de l'Hispanique.

— Rhabillez-vous, j'ai dit.

Il éprouva un immense soulagement, qu'il n'osa pas manifester de peur que la manœuvre fasse partie du jeu. Lui faire croire qu'on l'épargnait pour lui infliger aussitôt de nouveaux tourments. Il se leva lentement et, lentement, passa un à un ses vêtements. Son caleçon d'abord, son pantalon, sa chemise pour terminer. Prudent, il ne lâchait pas des yeux l'homme au profil d'aigle en se demandant ce qu'il avait bien pu dire au commandant et ce qui allait se passer ensuite.

Ce dernier se tourna vers l'un des soldats qui gardaient la porte. Immédiatement, le jeune homme lui tendit la pochette où Marten rangeait ses papiers.

— Il y a un vol pour Paris ce soir à 22 heures, déclara le commandant en plaçant dans la main de son détenu ses pièces d'identité. Vous allez prendre cet avion.

S'agissait-il d'un nouveau jeu ? se demanda Marten. Tous restaient silencieux.

— Merci, lâcha-t-il enfin, le plus poliment possible.

Il se dirigea vers la porte. L'un des soldats l'ouvrit pour lui.

Marten aurait dû sauter sur la chance qui lui était offerte et déguerpir dans la seconde. Mais il s'immobilisa pour considérer le commandant.

— Qu'est-il arrivé au prêtre ?

— Mort. La réponse fila comme un poignard à travers la pièce.

Marten s'était attendu à une réponse du commandant, mais l'homme au profil d'aigle l'avait devancé. C'était la première fois qu'il s'adressait à Marten, et il le fixait dans les yeux.

— Il y avait deux garçons…

— Morts, répéta l'homme d'une voix égale et glacée. Tous les villageois sont morts. Quelle tragédie : personne ne semblait savoir où se trouvaient ces fichues photos. Si certains d'entre eux avaient pu nous faire des révélations, ils auraient pu sauver leur mère… leur père… ou leur enfant. Tout aurait été tellement plus simple.

Marten n'émit pas le moindre commentaire. Il fit demi-tour et quitta les lieux.

17 h 40

11

Hôtel Malabo, 18 h 30

Nicolas Marten se tenait debout dans la minuscule cabine de douche coincée, avec les toilettes, dans un coin de sa chambre. La tête renversée, les paupières closes, il laissait l'eau ruisseler sur son corps, soulagé, au-delà de tout, d'avoir échappé à ses ravisseurs ; il aurait bientôt quitté le pays. Il songeait également à la froideur mêlée de bravade avec laquelle l'homme au profil d'aigle lui avait annoncé le massacre des villageois.

Combien l'endroit comptait-il d'habitants ? Soixante ? Quatre-vingts ? Peut-être plus. Qu'avaient-elles de si précieux, ces photographies, aux yeux de l'armée pour justifier tant d'efforts et la disparition d'autant de vies humaines ?

Il n'y avait qu'une explication : les militaires voulaient prouver grâce à ces clichés que des forces extérieures soutenaient la rébellion, et qu'à ce titre la répression qu'ils exerçaient sur elle – vigoureusement dénoncée par les défenseurs des droits de l'homme, l'Onu et plusieurs pays – était justifiée. Un mystère demeurait : s'ils désiraient tant mettre la main sur les photos, s'ils n'étaient pas encore parvenus à leurs fins, pourquoi les soldats avaient-ils soudain renoncé à l'interroger et l'avaient-ils laissé partir ?

Une partie de la réponse résidait peut-être dans l'état de sa chambre lorsqu'il avait regagné l'hôtel. Les lieux avaient été mis à sac. Les inconnus avaient fouillé toutes ses affaires, défait son lit, retourné les meubles. Ils n'avaient déniché aucun cliché, pas plus qu'ils n'en avaient trouvé sur lui. Il n'empêche : pour quelle raison l'avaient-ils libéré quand il leur aurait été si facile de le tuer puis d'enterrer son cadavre dans la forêt, où aucun disparu ne refaisait jamais surface ? Défaut de communication entre eux ? Peut-être. Clémence ? Pas de la part d'hommes de leur trempe, qui savaient en outre qu'il avait été témoin des agissements de l'armée ; des hommes qui s'étaient vantés devant lui de l'extermination des villageois. Un autre motif les avait poussés à lui laisser la vie sauve. Mais lequel ?

19 h 10

Rasé de frais, vêtu d'une chemise propre, d'un jean et d'un blouson de sport, Marten déposa ses bagages à la réception pour se diriger vers le bar. Il marchait avec précaution – ses testicules étaient encore douloureux et enflés suite au coup impeccable réalisé par le meilleur buteur du commandant. Il lui fallait un gin tonic, ou peut-être deux, voire trois, pour faire taire la souffrance. Ensuite il sauterait dans l'avion pour Paris. Un doute l'étreignit soudain. Durant la dernière demi-heure, un orage tropical avait surgi de nulle part. Vents violents et pluie battante. Les ampoules électriques avaient clignoté avant de s'éteindre. Après quoi le courant avait été rétabli. Le réceptionniste de l'hôtel venait de lui annoncer qu'on allait peut-être fermer l'aéroport.

— Pour combien de temps ? demanda-t-il à l'homme, un Blanc entre deux âges, aux épaules carrées.

— Jusqu'à ce que l'orage se calme, monsieur. Une heure. Une journée. Une semaine.

— Une semaine ?

— Ça arrive.

L'homme le gratifia d'un large sourire.

— Si l'aéroport ferme, arrangez-vous pour me garder une chambre. Je ne tiens pas à passer la nuit dans le couloir. La semaine encore moins.

— Je ne sais pas si ce sera possible, monsieur.

— Vous ne savez pas ?

— Non, monsieur.

Marten plongea la main dans son blouson, en extirpa un petit rouleau de billets qu'il tendit au réceptionniste. 10 000 francs CFA, la monnaie en cours en Guinée équatoriale. L'équivalent d'une vingtaine de dollars américains.

— Maintenant, vous savez.

— Bien sûr, monsieur. Si l'aéroport ferme, nous vous réserverons une chambre.

— Parfait.

Marten s'éloigna en frissonnant un peu. Il ne voulait pas passer une heure de trop dans cet endroit. Une nuit non plus. Une semaine : hors de question.

12

19 h 15

Le bruit et la fumée de cigarette frappèrent Marten alors qu'il pénétrait dans le tumulte du bar de l'hôtel Malabo. La vaste pièce décorée de meubles en rotin était pleine à craquer d'Occidentaux, mercenaires de SimCo et employés de Striker pour la plupart. Dans un groupe comme dans l'autre, on aimait la caricature. Les premiers jouaient les gros durs, buvaient beaucoup en fumant le cigare. Tous portaient un T-shirt noir et un pantalon de camouflage. Ces vétérans au crâne rasé venaient d'une bonne douzaine de pays différents et d'autant de conflits. Les salariés de Striker étaient visiblement des gens de terrain – foreurs, monteurs, techniciens de tout poil. Ils avaient gardé leurs vêtements de travail tachés de graisse et de sueur, des combinaisons légères marquées dans le dos du logo de la compagnie. Au contraire des mercenaires de SimCo, tous n'étaient pas des hommes.

Quatre femmes, employées de bureau sans doute, s'étaient installées à une table commune, le parapluie accroché au dossier de leur siège. Elles papotaient en jetant parfois un regard à la dérobée en direction d'un mercenaire ou d'un foreur à la mine avantageuse. Quelques créatures très court vêtues se prélassaient devant le long bar en acajou ou dans des fauteuils en rotin, prêtes à fondre sur quiconque daignerait leur accorder un peu d'attention.

Le reste de la foule se composait essentiellement d'hommes entre vingt-cinq et soixante-dix ans. À de rares exceptions près, ils arboraient une tenue tropicale sur une chemise ouverte. Les plus jeunes portaient un jean ou un pantalon de toile avec un polo de golf sous un blouson de sport un peu fripé. À en juger par les langues qu'on entendait, il s'agissait d'Européens ou de Sud-Africains. Marten reconnut de l'anglais, de l'allemand, du néerlandais, de l'espagnol et de l'italien. Son expérience au sein de la police de Los Angeles lui permettait de deviner qu'ils étaient de petits escrocs – joueurs, manipulateurs et parasites en tout genre –, de ceux qu'on voyait rappliquer dès qu'il y avait de l'argent facile à gagner. Or, des quelques jours qu'il venait de passer en Guinée équatoriale, Marten concluait que le pays était une véritable mine d'or. Trafic de drogue, d'armes, d'êtres humains, de renseignements... Trafic de gros ou de détail... Ces gens vendaient n'importe quoi, pourvu que cela leur rapporte quelque chose.

Il bouscula un costaud en costume blanc taché de sueur. Il tentait de déterminer le chemin le plus court pour atteindre le bar lorsqu'il avisa Marita et ses étudiants en médecine serrés autour d'une petite table d'angle. La jeune femme sourit et lui fit un signe. Il hocha la tête en retour. Il ne les avait pas revus depuis que les soldats l'avaient emmené pour l'interroger. Il était heureux de constater qu'on les avait relâchés sains et saufs. Il contourna deux salariés de Striker en pleine discussion pour rejoindre les Espagnols.

— Nous nous faisions du souci pour vous, lui dit Marita. Asseyez-vous.

— Je vais bien, merci. (Les jeunes gens se tassèrent un peu plus, il prit place avec précaution.) Et vous ?

— Nous allons bien aussi. Elle se tourna vers ses étudiants. N'est-ce pas ?

— Oui, approuvèrent-ils.

Il ne connaissait que leurs prénoms : Luis, mince et toujours souriant ; Rosa au visage poupin, quelques kilos superflus, des allures de secrétaire de direction avec ses immenses lunettes et sa robe vert olive ; Gilberto, paisible et joufflu, presque trop sérieux semblait-il ; Ernesto enfin, grand échalas pourvu d'une tignasse rousse en bataille et chaussé de baskets rouges assorties. Dans cette pièce bondée, enfumée, tapageuse, cernés par une foule interlope et cosmopolite, les Espagnols ressemblaient moins à de futurs médecins qu'à une bande de lycéens vivant encore chez leurs parents.

— Ils sont allés récupérer nos affaires dans l'auberge de jeunesse où nous logions, reprit Marita, puis ils nous ont amenés ici en nous disant qu'ils repasseraient nous chercher à 21 heures pour nous conduire à l'aéroport. Ils nous ont demandé de quitter le pays ce soir. D'après ce que nous avons compris, nous allons prendre le même avion que vous.

— Un vol pour Paris.

— C'est ça.

— Heureux hasard, commenta Marten en souriant.

Tu parles d'un hasard. Il s'était renseigné à la réception de l'hôtel : c'était le seul vol dans les deux jours à venir, or l'armée souhaitait de toute évidence les voir déguerpir au plus vite. Il observa ses compagnons. Aucun d'eux ne semblait avoir été maltraité. Cependant, on les avait interrogés. Il tenait à savoir ce qu'ils avaient révélé à leurs interlocuteurs. Leur avait-on parlé des photographies ? En connaissaient-ils seulement l'existence ? Il se tourna vers Marita.

— Que vous ont-ils demandé ?

— Ils nous ont fouillés. Puis ils nous ont posé des questions. Surtout sur vous. Ils voulaient savoir ce que vous faisiez avec nous. Et ce que vous nous aviez dit.

— Que leur avez-vous répondu ?

— La vérité, bien sûr. Que nous vous avons repéré sur la plage, que vous vous êtes évanoui et que nous vous avons porté secours. Ensuite, nous leur avons répété tout ce que vous nous avez raconté.

Marita prit de faux airs de conspiratrice, elle lui sourit. Son espièglerie revenait peu à peu.

— Puis ils nous ont demandé ce que nous faisions sur Bioko, enchaîna-t-elle. Mais nous avions déjà fourni tous les papiers nécessaires aux autorités concernées, dès notre arrivée sur l'île. Nous étions en règle.

— Ils n'ont rien voulu savoir d'autre ?

— Non.

— Ils ne vous ont pas parlé d'un prêtre ?

— Non. Pourquoi ?

— Pour rien, conclut Marten en secouant la tête.

On n'avait donc pas abordé le sujet des clichés. Les soldats étaient satisfaits des réponses fournies par les jeunes gens, probablement. Ou bien ils estimaient que la distance entre le village du père Willy et la plage était trop grande pour qu'il ait été envisageable de faire passer les photographies en fraude d'une zone à l'autre. Évoquer les clichés devenait inutile. Mettre la puce à l'oreille des Espagnols n'aurait fait que compliquer les choses en cas d'imprévu – l'intervention de quelque journaliste un peu trop curieux, par exemple.

Ernesto passa une main dans la masse rebelle de ses cheveux.

— Il y a autre chose, fit-il en anglais. Quand nous avons récupéré nos bagages, nous avons constaté qu'ils les avaient fouillés. Y compris le matériel médical. Mais il ne manquait rien. Nous ignorons pourquoi ils ont fait ça.

— Ne vous en faites pas, le rassura Marten avec un demi-sourire. Ils ont aussi fouillé les miens. Et je n'en sais pas plus que vous.

Ils avaient donc cherché les photos. Ils n'étaient pas si incompétents que cela.

— Ils ont une révolution sur les bras, reprit Marten. Je suppose qu'ils ne veulent courir aucun risque.

À ce moment, une violente bourrasque projeta une avalanche de pluie contre la grande vitre derrière eux. Quelques secondes plus tard, un autre coup de vent parut ébranler le bâtiment tout entier. Les lumières vacillèrent, s'éteignirent un instant puis se rallumèrent.

— Nous aurons de la chance si nous réussissons à partir ce soir, lâcha Marita, qui avait du mal à masquer son appréhension.

Elle non plus n'avait pas envie de rester coincée ici. La situation prenait une vilaine tournure.

— C'est ce que j'étais en train de me dire, lui répondit Marten.

Quelque chose attira l'œil de la jeune Espagnole. Elle se tourna. Marten suivit son regard pour découvrir une grande femme séduisante qui se dirigeait vers eux à travers la foule. La petite quarantaine, elle portait une chevelure élégante et sombre qui lui tombait sur les épaules, un coûteux pantalon de lin blanc assorti à son chemisier sans manches. Elle affectait la mine concentrée, presque sévère, de qui est habitué aux responsabilités ; elle avait visiblement quelque chose en tête.

Derrière elle se trouvait un bel homme habillé d'un costume brun clair sur une chemise bleu ciel. Il semblait un peu plus âgé que sa compagne. Il dépassait largement le mètre quatre-vingts, arborait des cheveux noirs et frisés et semblait tenir une forme impressionnante. Lui aussi dégageait une aura d'autorité. La coupe chic de ses vêtements, son port ; les épaules en arrière, le torse bombé ; la fluidité de ses mouvements ; son allure presque aristocratique. Autant de caractéristiques que Marten avait observées chez certains de ses clients à Manchester. À coup sûr, c'était un militaire de haut rang. Il y avait autre chose, qui ne fut pas loin de lui couper le souffle : cet homme était l'un des membres de SimCo qu'il avait découverts sur les clichés du père Willy ; l'un de ceux en train de livrer des armes aux insurgés au beau milieu de la jungle.

13

— Vous êtes monsieur Marten, n'est-ce pas ? fit la femme en s'approchant de lui.

— Oui. Pourquoi ?

Il se tenait sur ses gardes.

— Je m'appelle Anne Tidrow. Et je vous présente Conor White.

— Que puis-je faire pour vous ?

— J'appartiens au conseil d'administration de la Striker Oil & Energy Company, répondit Anne Tidrow. M. White dirige la société de sécurité que nous avons engagée pour protéger nos salariés en Guinée équatoriale. Nous avons appris que vous aviez assisté à des actes de rébellion durant lesquels un prêtre allemand a été tué. De nombreux employés de Striker travaillent ici et là sur Bioko. Il est normal que nous nous préoccupions de leur sécurité. Tout ce que vous pourrez nous dire à propos de ce que vous avez vu pourrait nous être utile.

— J'ai fourni tous les détails aux militaires qui m'ont interrogé. Allez donc les voir.

— Malheureusement, l'armée ne partage pas avec nous ce type d'informations, monsieur Marten, intervint Conor White. Accepteriez-vous de nous accorder quelques instants ? En privé, si vous le voulez bien. Il y a beaucoup d'oreilles indiscrètes par ici. Nous ne souhaitons pas susciter un climat de terreur injustifié. Dont nous espérons, du moins, qu'il est injustifié.

Marten hésita. Jamais il n'aurait imaginé pareille situation. Le chef de la sécurité d'une compagnie pétrolière, un homme qu'on avait photographié en train de fournir des armes aux rebelles, debout devant lui. Et cette femme, membre du conseil d'administration de Striker, allant jusqu'à mentionner le père Willy – certes sans prononcer son nom. Peut-être l'armée ne partageait-elle pas ses informations avec SimCo, mais de toute évidence, Conor White était au courant de l'existence des clichés. Il n'était pas impossible non plus qu'il sache que Marten avait passé du temps seul à seul avec celui qui les avait pris. Cela signifiait qu'à l'instar des militaires, il soupçonnait le visiteur de connaître l'endroit où se trouvaient les photographies. Il souhaitait les récupérer au plus vite. Sans faire de vagues. Mais où se situait Anne Tidrow dans cette affaire ?

Pour quelle raison était-elle sur Bioko, flanquée de White qui plus est ? Elle aussi savait tout de ces clichés, bien sûr. Sinon, le patron de SimCo n'aurait pas couru le risque de l'emmener avec lui. Mais pourquoi préservait-elle cette société censée protéger ses employés de rebelles qu'elle contribuait elle-même à ravitailler en armes ? Il avait déjà posé cette question au père Willy.

— Je suis entré ici dans l'intention de boire un gin tonic, fit enfin Marten. Puis j'ai rencontré mes amis. Et aucun serveur n'est venu prendre ma commande.

— Un gin tonic ? répéta White. Excellente idée. Allons le déguster au bar.

— Pourquoi pas.

19 h 35

Conor White les emmena dans un coin du bar, loin de la cohue ; un coin relativement tranquille, éloigné des « oreilles indiscrètes » que le patron de SimCo avait évoquées. Un barman asiatique, vieillissant, affublé d'un postiche et qui semblait planté là depuis la construction de l'édifice, prit la commande. Marten approcha un tabouret en osier pour Anne Tidrow.

— Merci, lui dit-elle.

— Comment se fait-il que vous connaissiez mon nom ? Et que vous sachiez – c'est vous qui l'avez dit – que j'ai assisté à des actes de rébellion ? Qui vous a informés ?

— Mes subordonnés, répondit White. Nous interceptons souvent les communications radio de l'armée. Cela nous permet de mieux comprendre ce qui se trame dans le pays.

— Jusqu'à ce que vous vous fassiez pincer.

— Il n'est pas question de nous faire pincer, rétorqua le patron de SimCo avec un large sourire.

Le barman apporta les consommations.

Anne Tidrow s'empara de son verre et se tourna vers Marten.

— Peut-être pourriez-vous nous raconter ce que vous avez vécu durant l'échauffourée. Ce qui s'est passé. Ce que vous avez vu.

— Je n'étais pas au cœur de l'action. (Marten avala une bonne rasade de gin tonic.) Je me souviens d'avoir vu deux petits garçons. Deux petits Africains qui couraient sur un sentier boueux, sous une pluie battante, en hurlant le nom du père Willy Dorhn, le prêtre dont vous parliez tout à l'heure. Quelques minutes plus tard, des coups de feu ont retenti dans le village. Puis deux camions de l'armée, bourrés de soldats, sont apparus. Le premier a fait halte à côté du père Willy et des enfants. Les soldats en sont descendus. L'un d'eux a asséné un coup de crosse de fusil au prêtre, qui est tombé. Vous l'ignorez peut-être, mais c'était un homme âgé. Un autre militaire a fait subir le même traitement aux garçonnets. J'ai appris plus tard qu'ils étaient morts tous les trois. Les soldats du second camion se sont lancés à ma poursuite. (Marten fit une pause, planta ses yeux dans ceux de son interlocutrice et ne les lâcha plus.) Que voulez-vous savoir d'autre ?

— Vous êtes-vous rendu dans le village avant cet incident ? Conor White avait pris le relais. Avant l'arrivée des rebelles ?

— Je ne vous ai jamais parlé de rebelles. J'ai retrouvé le père Willy quelques heures plus tôt. Il m'a emmené dans la forêt pour me montrer des plantes. Je suis architecte paysagiste. C'est pour ça que je suis venu ici. Dans le but d'étudier la flore locale à l'intention d'un de mes clients. C'est après, lorsque nous sommes sortis de la jungle pour regagner le village, que les faits se sont produits. Le prêtre m'a dit de m'enfuir. Je lui ai obéi.

— Avez-vous visité son église ? Son logement ?

— Pourquoi cette question ?

— M. White essaie simplement de comprendre ce qui s'est passé avant l'attaque des rebelles.

Anne Tidrow trempa ses lèvres dans son verre et le reposa sur le bar.

— Vous parlez sans cesse des rebelles. Moi, je n'ai vu aucun rebelle. Seulement des soldats.

— Mais vous êtes allé dans l'église et le logement du prêtre ? insista le patron de SimCo.

— J'ai fait sa connaissance sur la place du village, si c'est ce que vous désirez savoir. (Marten fixa Conor White.) D'abord, vous me parlez des rebelles. Ensuite, vous me demandez à deux reprises si j'ai visité l'église ou l'habitation du père Willy. Que cherchez-vous à découvrir ?

— S'il encourageait l'insurrection. Si vous avez été témoin de quelque chose qui nous permette de pencher en ce sens.

— Non, je n'ai rien vu de tel.

— Vous serez peut-être intéressé de savoir que la sauvagerie n'a fait que croître au cours de ces dernières semaines. L'armée massacre tous ceux qu'elle soupçonne de participer à la révolte, de même que leurs familles. Y compris les vieillards et les enfants. Après quoi les soldats incendient leurs villages. En réaction, les civils assassinent les militaires et les témoins des troubles. La situation devient très dangereuse pour nos employés. Les miens et ceux de Striker Oil.

— Pourquoi ne les faites-vous pas évacuer ?

— Parce que, dans ce cas, nous ne pourrions pas revenir dans le pays avant très longtemps. Or, Striker a investi des sommes colossales ici. Nous ne pouvons pas nous permettre de partir.

— Quoi qu'il en soit, ce sont vos affaires, pas les miennes. (Marten revint à Anne Tidrow.) Si vous n'y voyez pas d'inconvénient, je vais rejoindre mes amis à leur table, afin que nous soyons ensemble lorsque les soldats arriveront pour nous escorter jusqu'à l'aéroport. Vous l'ignorez peut-être, mais l'armée nous expulse. Nous prenons le vol de 22 heures pour Paris. Si l'avion peut décoller. En tout cas, la nuit promet d'être longue.

Soudain, un roulement de tambour résonna dans la salle. Le silence se fit aussitôt. Même l'orage parut s'apaiser. Anne regarda Conor White.

— Ça faisait longtemps…, dit-il.

Une seconde plus tard, une haie d'honneur se forma à la porte, composée d'une douzaine de soldats africains vêtus d'uniformes bleu et or, arborant des gants blancs et des AK-47 plaqués or.

Le tambour résonna de nouveau. Immédiatement, huit soldats supplémentaires, exhibant les mêmes uniformes que leurs camarades, pénétrèrent dans le bar et se figèrent à l'unisson. L'un d'eux portait une grosse caisse, les autres des trompettes dorées, qu'ils portèrent ensemble à leurs lèvres pour en tirer des sons pareils à ceux d'une fanfare.

— Le président Tiombe arrive, expliqua tranquillement Conor White. Il apparaît toujours sur un coup de tête.

Marten se tourna vers la porte. Les musiciens venaient de s'écarter pour céder la place à un Africain paré d'un uniforme militaire des plus élégants. Du sur mesure, à n'en pas douter. Il était grand et large. Il ressemblait davantage à un bouffon qu'au chef d'une armée impitoyable. Pendant un instant, il observa la salle puis, sans plus d'hésitation, il s'avança, flanqué à droite et à gauche d'un garde muni d'un AK-47 plaqué or.

— Que se passe-t-il ? interrogea Marten.

— Il se présente aux étrangers, expliqua Conor White. Il veut qu'on le tienne pour un hôte hors pair et un immense bienfaiteur.

Marten examina le président dictateur Francisco Ngozi Tiombe. Il se comportait en homme politique exemplaire. Il choisissait un individu ici et là, lui serrait la main, échangeait avec lui deux ou trois mots – allant parfois jusqu'à lui presser chaleureusement l'épaule –, avant de passer à un autre. Trente secondes et quelques poignées de main plus tard, il s'immobilisa près du bar.

— Bonsoir, madame Tidrow. Monsieur White. (Sa voix était grave et son anglais impeccable.) Je présume que vous appréciez votre séjour.

— Bien entendu, Excellence, merci, fit Conor White en s'inclinant un peu.

Le président Tiombe sourit. Il posa les yeux sur Marten.

— Je vous présente M. Marten, Excellence. Les circonstances le contraignent hélas à quitter dès ce soir votre pays pourtant si hospitalier.

— J'en suis navré, monsieur Marten. Ayez la gentillesse de dire du bien de mon pays et de mon peuple à vos compatriotes. Je vous accueillerai personnellement lors de votre prochain séjour à Malabo.

— C'est extrêmement généreux de votre part, monsieur le président.

Marten hocha la tête mais ne s'inclina pas.

— Je vous en remercie.

Le dirigeant lui lança un regard glacé. Il se détourna brusquement de lui.

— Vous pourrez vous vanter d'avoir rencontré le président de Guinée équatoriale, fit White en souriant.

— Cela me donne une raison supplémentaire de quitter le pays. (Marten vida son verre et le reposa sur le comptoir.) J'espère vous avoir aidés.

— Merci de nous avoir accordé un peu de votre temps, répondit Anne Tidrow.

— Tout le plaisir a été pour moi.

Après avoir salué Conor White d'un signe de tête, il s'éloigna. Le patron de SimCo attendit qu'il ne puisse plus les entendre.

— Qu'en dites-vous, Anne ?

— Il en sait plus que ce qu'il prétend.

— C'est aussi mon avis. (Il s'empara de son verre.) Mais que faire ?

14

Siège de la Striker Oil & Energy Company, Houston, Texas
Jeudi 3 juin, midi

Joseph Wirth, quarante-sept ans, PDG de Striker, était très énervé. Il observait l'éclat aveuglant de la ville à travers la vitre de son bureau situé au soixante-quatrième étage d'une tour. Grand et maigre, le visage marqué par l'âge, le soleil du Texas et les tensions engendrées par son ambition dévorante, il portait un jean délavé, une chemise western ornée de perles et des bottes en peau d'autruche. Il ressemblait davantage à un cow-boy qu'au patron d'une compagnie pétrolière en pleine expansion.

— Le Gulfstream de M. Bruce Truex a atterri il y a une heure, lâcha-t-il d'une voix glaciale. Théoriquement, il devrait être là.

Il se détourna soudain de la fenêtre pour fixer l'avocat de son entreprise. Arnold Moss était un veuf de soixante-deux ans, arrivé de New York depuis fort longtemps. Il était assis face au PDG.

— Le trajet n'est pas bien long depuis l'aéroport. Où est-il, nom de Dieu ? Il s'est perdu ? Ou bien il s'est arrêté en route pour tirer son coup ?

Wirth s'installa à son bureau et récupéra un énorme cigare éteint dans un cendrier rouge et bleu affectant la forme de l'État du Texas.

La pièce était immense, austère : elle n'était que verre et chrome. On avait groupé ici et là de gros fauteuils – de quoi mener simultanément plusieurs conversations indépendantes. Sur une longue table trônaient des bouteilles d'eau, une pile de gobelets en polystyrène et une thermos de café. On trouvait encore un bar et, au milieu de la pièce, le colossal bureau de Wirth : un plateau en verre de trois mètres de long pour un et demi de large et trois centimètres d'épaisseur. On y recensait un ordinateur portable, une boîte à cigares en cuir, un briquet en forme de derrick, le cendrier texan, une console téléphonique gris ardoise, deux blocs de papier à lettres jaune à en-tête de la société, un taille-crayon électrique et quatre crayons Ticonderoga n° 2 disposés à deux centimètres et demi les uns des autres. Pas de photos de famille. Pas d'ouvrages reliés sur de belles étagères. Pas de portraits des fondateurs de la compagnie ornant les murs. Le seul décor consistait en un énorme logo *STRIKER* doré à la feuille, appliqué sur la porte.

L'interphone retentit.

— Oui ?

— M. Truex, annonça une voix de femme.

— Faites-le entrer.

La porte s'ouvrit. Bruce Truex, fondateur et dirigeant de la société Hadrien Protective Services, fit son apparition.

— Enfin ! cracha Wirth. Qu'est-ce que vous foutiez ?

— Accident de la route. Dans lequel je n'étais pas impliqué, par bonheur.

Le ton de Truex était paisible, un peu traînant.

— Ça vous aurait dérangé de passer un coup de fil ? À moins que vous n'estimiez que cette réunion est sans importance ?

— On dirait ma mère, fit Truex en souriant.

Il se posa sur l'accoudoir d'un gros fauteuil. De toute évidence, il se sentait déjà chez lui.

Bruce Truex avait quarante-trois ans. Il mesurait un peu plus d'un mètre quatre-vingts. Cheveux noirs et bouclés, musculature d'ancien ranger de l'armée américaine. Son calme, son humour de gosse, la fortune qu'il avait bâtie de ses mains – tout en lui reflétait la confiance. Ses vêtements ne disaient pas autre chose : costume sur mesure, ajusté, bleu marine ; chemise blanche sans cravate ; chaussures italiennes ; bracelet en or piqué de diamants à l'un de ses poignets ; à l'autre une Rolex. Sa société, à laquelle il avait donné le nom d'Hadrien en raison de l'admiration qu'il portait au célèbre empereur romain – il était allé jusqu'à choisir pour logo officiel un portrait du grand homme –, se portait à merveille. Il venait de passer une partie de la matinée aux commandes de son avion à lutter contre le mauvais temps entre la Virginie et le Texas. Après quoi il s'était débattu pendant près d'une heure dans les embouteillages. Pour autant, il ne semblait pas affecté. Pas plus qu'il ne l'était par l'appel de Wirth qui, à 6 heures du matin, lui avait ordonné de le rejoindre de toute urgence à Houston. Simplement il était là, comme prévu, et prêt à se mettre au travail.

Le PDG de Striker attaqua bille en tête :

— Les photos de Bioko.

— Vous voulez savoir où nous en sommes.

Truex jeta un coup d'œil à Arnold Moss.

— C'est pour cette raison que vous m'avez demandé de venir.

— Je sais bien où nous en sommes ! Nous n'avons pas réussi à mettre la main dessus ! Si vous êtes ici, c'est parce que je veux savoir ce que Washington sait exactement de cette histoire. Je veux savoir ce que vous leur avez dit ou ce qu'ils ont découvert. S'ils suivent l'affaire de près.

— Pour autant que je sache, fit Truex, tout est resté entre vous et moi. Je communique avec Bioko, c'est-à-dire avec Conor White, comme je le fais avec vous : via des lignes sécurisées. Les gens de SimCo basés à Malabo ont reçu l'ordre de ne parler à personne. Ils le feront, car ils se montrent d'une loyauté sans faille envers White. Ce sont des tombes. Quant aux gens de Washington, s'ils suivent l'affaire de près – ce dont je doute, pour la bonne et simple raison que cette histoire vient à peine de sortir et qu'elle va donc mettre un peu de temps à parvenir à leurs oreilles –, je le saurai bientôt, c'est absolument certain. Pour ce qui est des clichés, les meilleurs agents de White les ont cherchés. Comme ils ont fait chou blanc, ils ont eu recours à l'unité du général Mariano.

— Mariano ? tonna Wirth. Vous êtes complètement cinglé ?

— Du calme, répliqua Truex en levant une main apaisante. Les types de White n'obtenaient rien. Il a donc sollicité l'aide de Mariano. Son unité est la seule à être au courant. On a expliqué à ses hommes qu'ils devaient tenter de dénicher des photos non autorisées prises par le prêtre d'un village et n'en référer qu'à Mariano lui-même s'ils trouvaient quelque chose. Pour autant que je sache, seuls White et une poignée de villageois ont vu ces clichés. C'est d'ailleurs comme ça que White en a eu vent la première fois, par le biais d'un autochtone. Au final, les agents de White et les hommes de Mariano ont soulevé chaque pierre de la région, fouillé sous chaque racine d'arbre. Des gens sont morts durant l'opération. Au moins une centaine. Si les photos se trouvaient là-bas, ils les auraient déjà récupérées. On peut donc supposer que le prêtre les a détruites pour éviter de se faire assassiner. C'est sans doute pour ça que personne ne met la main dessus. Parce qu'elles n'existent plus.

— Ou alors elles existent toujours mais ces types ne sont pas foutus de deviner où, cracha Wirth.

Sa colère, son impatience et son mécontentement allaient croissant.

— Qui est ce Nicolas Marten, l'architecte paysagiste ? lança-t-il à brûle-pourpoint.

— Pas plus que ce qu'il paraît être, je crois. Un expatrié américain en visite sur Bioko pour étudier la flore locale à l'intention d'un client. Il a fait la connaissance du prêtre par hasard. C'est tout ce que nous savons.

— C'est tout ce que vous savez ?

— Nous y travaillons, Joe.

— Je vous ai fait venir ici pour que vous m'apportiez du concret. Or vous n'avez que des suppositions. Et voilà que vous m'annoncez, l'air de rien, que l'armée est aussi au courant de l'existence de ces photos. Faut-il que je me rende là-bas pour prendre moi-même la direction des opérations ? Pourquoi est-ce que je vous paie, White et vous, nom de Dieu ? Merde !

Wirth bondit de son fauteuil et traversa le bureau en tâchant de reprendre le cours des événements. Il n'avait entendu parler de ces clichés que douze petites heures plus tôt, grâce à l'e-mail expédié à Truex par Conor White. Mais comme ce dernier avait tardé à les prévenir, il avait demandé entre-temps à une unité spéciale de l'armée équato-guinéenne de lui donner un coup de main. Résultat : un nombre grandissant d'individus connaissait l'affaire. Pire, ils avaient tous échoué, les photos demeuraient introuvables.

Wirth se planta à côté du logo Striker et fit demi-tour.

— Si ces clichés sont rendus publics, notre projet Bioko est foutu, et l'ensemble de la compagnie avec. Car si les médias ne nous détruisent pas, c'est Washington qui s'en chargera. (Il pointa son cigare éteint en direction de Moss.) On fait quoi, Arnie ?

Les trente années qu'il avait passées dans l'industrie pétrolière avaient rendu Arnold Moss perspicace. Il savait combien la vie était complexe. Aussi avait-il l'habitude de réfléchir longuement avant de parler.

— Lorsque nous avons monté cette opération, lâcha-t-il enfin, nous avons choisi d'accorder à M. Truex, ainsi qu'à sa société Hadrien, en échange de leurs services, 7 % des gains obtenus sur l'extraction du brut en Guinée équatoriale, et ce jusqu'en 2050. Cela représente une somme colossale. M. Truex a donc tout intérêt à ce que les photographies, si elles existent, ne soient pas portées à l'attention du grand public. Car, dans ce cas, comme vous nous l'avez fait remarquer, Washington annulera notre contrat et tout sera terminé.

Moss se leva pour aller se servir un gobelet de café.

— Cela dit, enchaîna-t-il, nous devons supposer que ces clichés existent. Et supposer qu'ils vont bientôt faire du bruit. Et nous devons agir en conséquence. C'est-à-dire prendre nos distances avec SimCo et Conor White. Nous préparer à assurer notre défense, tant d'un point de vue légal que médiatique. Et rompre nos relations avec White et sa société dès que les photos surgiront. Peu importe qu'elles apparaissent grâce à Nicolas Marten, ou à quelqu'un d'autre, ou qu'un anonyme les publie sur Internet. Du moment qu'elles permettent deconclure que les hommes de SimCo livrent des armes aux rebelles, nous devons tout faire pour que l'opinion pense que White a agi seul. Que nous n'étions au courant de rien.

Moss regagna son fauteuil et s'assit.

— Striker est une compagnie d'exploration et d'exploitation pétrolières, reprit-il. C'est tout. Hadrien travaille pour nous en Irak. C'est tout. Si quelqu'un réussissait à prouver que nos deux sociétés se sont associées à SimCo en Guinée équatoriale pour y tirer profit de la révolution en cours, tous les efforts que nous avons consentis seraient réduits à néant. Pire : le ministère de la Justice interviendrait probablement, aiguillonné par le député Fred Ryder. Ce serait une mauvaise publicité et cela nous coûterait sans doute plusieurs millions de dollars. Mais, surtout, nous risquerions de tous finir en prison. Y compris vous, Joe. Ainsi que M. Truex. Et si nous appelions Washington à l'aide, ils feraient la sourde oreille. Pour eux, notre accord n'aurait jamais existé.

Joe Wirth considéra son conseiller sans mot dire, puis il se tourna vers Bruce Truex.

— On se débarrasse de Conor White, soit. Mais qui assure notre protection en Guinée équatoriale ?

— Nous, rétorqua Truex.

— Vous ?

— Si nous nous y prenons bien, si nous persuadons Washington que SimCo va tout encaisser sans faire de vagues, alors Washington nous donnera le feu vert. Ça ne leur plaira pas, mais ils nous le donneront. À cause de l'ampleur de l'enjeu. Et parce qu'ils ne voudront pas risquer de perdre le contrôle qu'ils exercent sur une puissance étrangère. Nous aurons ensuite tout loisir de signer un contrat avec une nouvelle société. Parfaitement irréprochable. Une entreprise belge, peut-être. Ou néerlandaise. Je vais faire mon enquête.

— Vous êtes en train de me dire qu'il va falloir lâcher le morceau à Washington ? conclut Wirth.

— En effet.

Le PDG de Striker scruta un moment Truex avant de s'adresser à Arnold Moss.

— Dites-lui qu'il est complètement cinglé.

— Il n'est pas cinglé, fit l'avocat en secouant la tête. Il a raison. Il faut qu'ils sachent de quoi il retourne. Et qu'ils sachent que nous faisons tout pour arranger les choses. En dépit de ce que M. Truex vient de nous dire, il se peut d'ailleurs qu'ils soient déjà au courant. Dans ce cas, ils doivent se demander pourquoi nous ne les tenons pas informés. Et s'ils ne savent encore rien, c'est plus tard qu'ils se fâcheront en apprenant que nous nous sommes tus. Ils se fâcheront assez pour annuler notre accord et signer un contrat avec une autre compagnie pétrolière. Même si nous mettons la main sur les photos avant que le scandale éclate. Par ailleurs, si nous les prévenons maintenant, ils nous donneront peut-être un coup de main.

— Arnie, dit Wirth qui bouillonnait de rage, ça revient à leur avouer que nous ne maîtrisons pas nos propres affaires ! Nous avançons main dans la main avec eux depuis des années. S'ils nous soupçonnent d'incompétence, ils nous casserons les reins. C'en sera fini de nous ! Et ce, quel que soit le parti au pouvoir.

— Joe, avança Moss en souriant doucement. Vous me payez pour vous donner des conseils. Suivez au moins celui-ci. Nous ne pouvons pas ignorer les gens de Washington pour ensuite leur présenter nos excuses. Nous ne sommes pas en train d'acheter des terrains ou des puits de pétrole là-bas, nous sommes en train de soutenir une révolution. Ils doivent savoir ce qui se trame et comprendre que nous apprécierions qu'ils contribuent à régler notre problème. Il y a des moments dans la vie où l'honnêteté constitue la meilleure politique.

Wirth l'observa. Il détestait tout cela. Il détestait perdre le contrôle. Surtout pour quelques malheureux clichés pris par un prêtre trop curieux. Mais il connaissait Arnie Moss depuis de nombreuses années, il lui faisait confiance depuis qu'il avait pris la tête de la compagnie. Ses conseils se révélaient précieux.

Il finit par se tourner vers Truex.

— Remontez donc dans votre Gulfstream et filez à Washington. Appelez-les depuis l'avion, dites-leur que vous devez les rencontrer au plus vite. Vous devriez être là-bas vers 7 ou 8 heures, heure locale. Dites-leur ce qui se passe et faites-moi porter le chapeau. Dites-leur que je voulais m'occuper seul de cette histoire de photos. Que j'espérais mettre la main dessus avant que quoi que ce soit de fâcheux n'arrive. Mais comme vous n'étiez pas d'accord, vous êtes venu les trouver de votre propre chef. Vous estimez qu'ils doivent être au courant de cette affaire. Pas seulement parce que nous sommes tous associés, mais aussi parce que vous les respectez et que vous les jugez capables de nous aider. Tout cela expliquera notre retard à l'allumage s'ils sont déjà au courant. Cela vous convient, Arnold ?

— Oui, acquiesça Moss.

— Et vous, Truex ?

— Oui.

— Appelez-moi quand ce sera fait.

— Cela va de soi.

Truex considéra les deux hommes l'un après l'autre, puis se dirigea vers la porte.

— Bruce, l'interpella Wirth.

Truex fit volte-face.

— Fred Ryder se trouve en Irak avec d'autres membres du Congrès. Il fouine en quête de la moindre saloperie à nous mettre sur le dos.

— Je sais.

— Quand vous aurez réglé nos affaires à Washington, rendez-vous en Irak. Trouvez Ryder et chargez-vous de lui. Montrez-vous aussi aimable que possible. Léchez-lui les bottes. Emmenez-le partout où il voudra aller. Faites-lui croire que nous n'avons strictement rien à cacher.

— Mais nous n'avons rien à cacher, fit Truex avec un large sourire. Nous n'avons jamais rien eu à cacher. Nous le savons tous, n'est-ce pas ?

Il jeta un rapide coup d'œil à Arnold Moss, le salua d'un signe de tête, ouvrit la porte et s'éclipsa.

15

Joe Wirth et Arnold Moss regardèrent la porte se refermer derrière Bruce Truex. Au bout d'un moment, le PDG de Striker se tourna vers son conseiller.

— Je suis d'accord avec ce que vous nous avez dit concernant SimCo. Nous devons prendre nos distances avec Conor White le plus vite possible. Profitons-en pour nous éloigner aussi de Truex et d'Hadrien. Même si cela nous oblige à accueillir à bras ouverts Fred Ryder et sa commission parlementaire et à rendre jusqu'au dernier penny des neuf millions que nous avons gagnés en Irak. Cet argent n'est rien, comparé à ce que l'avenir nous promet.

Wirth alla se planter devant la fenêtre. Il contempla la ville qui rutilait sous le soleil de midi.

— Nous avions besoin d'une société de sécurité privée pour protéger nos opérations en Guinée équatoriale, réfléchit-il à voix haute. Nous commencions certes à nous poser quelques questions sur notre partenariat avec Hadrien en Irak. Néanmoins, nous avons choisi de faire confiance à Bruce Truex. Nous lui avons demandé de nous recommander une entreprise fiable.

Wirth se tourna pour dévisager Moss.

— SimCo était l'un des petits sous-traitants d'Hadrien en Irak, poursuivit-il. Truex appréciait cette société, de même que son patron, Conor White, avec lequel il avait déjà collaboré et qui possédait des références exceptionnelles. C'est pour ces diverses raisons qu'il nous l'a présenté. L'homme nous a plu. Nous avons signé un contrat avec lui. Comment aurions-nous pu savoir que SimCo était une couverture pour Hadrien, qui tâchait d'étendre ses activités à l'Afrique de l'Ouest sans traîner son boulet irakien ? Nous ignorions également ce qu'Hadrien, par le biais de SimCo, tentait d'obtenir en attisant l'insurrection équato-guinéenne. Vous l'avez dit vous-même, Arnie : « Striker est une compagnie d'exploration et d'exploitation pétrolières. C'est tout. »

« Truex pourra toujours essayer de se défendre en affirmant que nous avons signé un contrat avec lui, qui stipule que nous l'avons aidé à fonder SimCo et expose les raisons qui nous ont amenés à le faire. Mais dans ce cas, il faudra que notre homme produise la copie du document, qui se trouve, nous le savons tous, en sécurité dans un énorme coffre, au sein de l'un des bâtiments les mieux protégés au monde. Si Truex réclame un exemplaire à Washington, Washington refusera à coup sûr de le lui fournir. Le fait qu'il s'apprête à rencontrer Fred Ryder ces jours-ci ne fera que l'enfoncer davantage : on se dira qu'il a essayé de s'attirer les bonnes grâces de tout le monde avant que ses manigances lui explosent à la figure.

« Si jamais les photos apparaissent avant que nous ayons mis la main dessus, ce n'est pas sur Striker que Fred Ryder et le ministère de la Justice braqueront leurs projecteurs, c'est sur Hadrien et SimCo.

Wirth se déplaça jusqu'au bar, s'y servit un whisky qu'il avala d'un trait. Il se tourna vers son acolyte en lâchant un juron.

— Hors de question que je perde les champs pétrolifères de Bioko, Arnie. Je ne les perdrai pas pour les beaux yeux d'Hadrien. Ni ceux de Conor White ou de Fred Ryder. Ni ceux de Washington. Je ne les céderai à aucun prix.

16

Vol Air France 959, Malabo, aéroport Santa Isabel, à destination de Paris, aéroport Charles-de-Gaulle
Jeudi 3 juin, 22 h 30

En classe économique, l'Airbus 319 présentait des rangées de trois sièges de part et d'autre d'une allée centrale. Les quatre militaires qui avaient escorté Marten, Marita et ses étudiants jusqu'à l'aéroport leur avaient retenu une rangée complète. D'un côté, du hublot à l'allée, se trouvaient Marita, Rosa puis Ernesto. De l'autre, Gilberto, Luis et Marten. L'appareil avait décollé à la faveur d'une accalmie. Peu après, on avait tamisé l'éclairage de la cabine. Hors quelques passagers qui avaient allumé une veilleuse pour lire ou travailler, les autres dormaient, soulagés d'avoir échappé à l'éventualité d'un très long retard lié aux conditions climatiques.

Marten était sans doute le plus soulagé de tous.

Nerveusement épuisé, heureux de se trouver désormais hors de portée des soldats, il commençait tout juste à prendre conscience de son état de fatigue extrême. Il n'avait passé que cinq jours sur Bioko mais il avait l'impression d'y être resté une vie entière. Tendu, agité, il tenta en vain de s'assoupir. De l'autre côté de l'allée, Ernesto, un casque sur les oreilles, ne dormait pas non plus. Marten soupira et se tourna vers le hublot comme l'Airbus crevait les nuages pour déboucher dans un ciel nocturne illuminé par la lune.

22 h 38

Il se renversa contre le dossier de son siège et ferma de nouveau les paupières. La route était longue jusqu'à Paris, il aurait aimé passer le plus de temps possible à dormir. Histoire de fuir, pour un moment au moins, les récents événements.

Deux minutes s'écoulèrent. Puis quatre. Et huit. Marten se redressa. Le sommeil ne viendrait pas, il le savait. Il se tourna vers le hublot. L'avion virait au-dessus de l'île. Les ténèbres rivalisaient avec la douce plainte des moteurs. Marten crut un instant qu'il allait s'apaiser suffisamment pour plonger. Mais alors il repéra trois points rouges au sol. Trois points lumineux au milieu de la forêt. Il comprit immédiatement de quoi il s'agissait. Trois villages étaient en train de brûler. Soit les mouvements d'insurrection s'intensifiaient et gagnaient le nord, soit l'armée du président Tiombe prenait les devants en détruisant les habitations susceptibles d'abriter des rebelles ; c'était une démonstration de force. Peut-être les deux hypothèses étaient-elles valables. En tout cas, on massacrait les Équato-Guinéens par centaines et la révolte – justifiée : le régime de Tiombe se partageant entre violence et corruption – prenait de l'ampleur grâce aux livraisons d'armes assurées par Conor White. La situation empirait de jour en jour car les militaires répondaient aux soulèvements par la barbarie. C'était l'escalade de part et d'autre. Pourquoi ? Et pourquoi maintenant ?

Que lui avait dit le président Harris une semaine plus tôt, lors de leur entrevue en Angleterre ? *« Le prêtre vit en Guinée équatoriale depuis un demi-siècle. Si quelqu'un sait ce qui se passe là-bas, c'est lui. Vu sa lettre, il en sait même beaucoup. »*

En réalité, le père Willy en savait peu. Et c'est pourquoi il était mort. Ainsi que les deux garçonnets qui s'étaient portés à sa rencontre. Combien de centaines, de milliers d'individus avaient été éliminés en secret au cours des opérations ? Combien d'assassinats se perpétraient en ce moment même, dans les villages situés à six mille mètres au-dessous de l'Airbus ?

Marten se détourna du hublot. Il baissa le store, comme si le carré de toile avait eu le pouvoir de le protéger contre l'horreur qui se déchaînait en bas.

Presque au même moment, une hôtesse surgit de la cabine de première classe. Avant qu'elle tire prestement le rideau de séparation derrière elle, Marten eut le temps d'apercevoir les passagers installés de l'autre côté. Quelle surprise : Anne Tidrow était du voyage. Elle était vêtue sobrement, pantalon noir et veste ajustée. Auprès d'elle se tenait un homme plus âgé, aux cheveux gris, portant un complet. Impossible de savoir s'il était avec elle.

Marten était en colère, il était sur les nerfs, et sans doute trop fatigué pour réfléchir de façon sensée, mais rien à faire : il ne pouvait se retenir de gamberger.

Dites-leur ce que vous avez vu ! lui avait hurlé le père Willy avant de mourir.

Il parlait des clichés, bien sûr.

Pour le président Harris et pour Fred Ryder en particulier, ces photographies seraient d'une importance considérable. Certes, on y observait des mercenaires de SimCo en train de remettre en secret des armes aux insurgés. Mais les clichés viendraient surtout confirmer la théorie de Théo Haas au sujet d'une collusion née en Irak entre Hadrien et SimCo et dont on pouvait à présent observer les effets en Guinée équatoriale.

Hélas, il ne s'agissait que de spéculations. Ces clichés, Marten les avait pourtant vus. Le prêtre l'avait pourtant pressé d'en parler à qui de droit. Mais sa parole seule ne vaudrait rien. Il fallait des preuves – les photos elles-mêmes et, si possible, la carte mémoire de l'appareil. Des preuves que le gouvernement équato-guinéen souhaitait récupérer pour établir que des forces extérieures soutenaient bel et bien la rébellion. Des preuves que Conor White et Anne Tidrow convoitaient pour un motif opposé : éviter qu'on mette au jour leur trafic.

À l'évidence, chacun était convaincu de l'existence de ces clichés et chacun ferait tout pour mettre la main dessus. Mais pour l'heure, tout le monde avait à l'évidence échoué. Marten ne savait pas davantage où se trouvaient les photographies. Le mystère demeurait complet. Seul le père Willy aurait pu le résoudre. Mais le père Willy était mort.

Marten tourna la tête vers les passagers installés derrière lui, de l'autre côté de l'allée centrale. Il surprit un homme en chemise rayée et pantalon blanc qui l'observait, sa veilleuse allumée. Aussitôt, le voyageur baissa les yeux pour s'emparer maladroitement d'un magazine posé sur ses genoux. C'était un costaud aux joues flasques, que Marten était persuadé d'avoir déjà croisé. Il n'aurait su dire où. Un moment plus tard, il porta son regard deux sièges plus loin. Un type était en train de lire. Pantalon de toile brun clair, polo de golf bleu ciel. Il était beaucoup plus jeune que le passager aux joues flasques. Marten l'avait déjà vu, lui aussi. À l'aéroport, peut-être. C'était peut-être là qu'il avait également repéré l'autre voyageur.

Non.

Brusquement la mémoire lui revint. Ils se trouvaient tous deux au bar de l'hôtel Malabo. Marten avait bousculé le gros homme pour rejoindre Marita et ses étudiants. Quant au polo bleu ciel, il était assis au bar pendant sa conversation avec Anne Tidrow et Conor White. Si leur présence à bord de l'Airbus était due au hasard, pourquoi le type aux joues flasques l'épiait-il ? Mais après tout, l'épiait-il pour de bon ?

Marten éteignit la veilleuse au-dessus de son siège, ferma les yeux, résolu à dormir. Il commençait à somnoler lorsqu'une pensée l'assaillit de nouveau. Pour quelle raison les militaires l'avaient-ils soudain mis dans un avion alors qu'ils auraient pu l'éliminer aisément puis enterrer son cadavre dans la forêt ?

Il n'y avait qu'une réponse : les photographies. Ils ne les avaient pas trouvées sur le corps du père Willy, ni chez lui, ni auprès des villageois, ni sur Marten ou dans ses bagages. Ni dans les affaires de Marita et de ses étudiants. Ils avaient pu en conclure que le prêtre était parvenu à les faire sortir de l'île, à les expédier par courrier postal à un destinataire situé sur le continent. La dernière personne à avoir été vue auprès du père Willy était Marten. Un étranger. Pourquoi ne pas en déduire que l'ecclésiastique, au lieu de lui remettre les clichés, lui avait révélé l'endroit où ils se trouvaient ? Dans ce cas, mieux valait utiliser Marten au lieu de se débarrasser de lui. Le laisser filer puis le suivre. Ils l'avaient fait grimper de force dans un avion à bord duquel avait sans doute pris place un de leurs hommes. L'homme aux joues flasques, tiens, ou le polo de golf bleu ciel. Ou un autre larron. Néanmoins, ils refermeraient leurs bras sur du vide : le père Willy n'avait rien dit à Marten.

Il regarda une nouvelle fois par-dessus son épaule. L'homme aux joues flasques avait éteint sa veilleuse. Le type en polo bleu ciel, lui, continuait de lire. Laisse tomber, songea Marten. Laisse-les à leurs petites affaires. Tu ne sais rien. Oublie cette histoire et dors. Il ramena sur lui la couverture Air France et ferma les paupières.

Tu ne sais rien, se répéta-t-il.

Rien.

Rien du tout.

17

Paris, aéroport Charles-de-Gaulle
Vendredi 4 juin, 7 h 11

Marten patientait aux abords du tapis à bagages avec les autres passagers du vol Air France 959. Non loin, il aperçut Marita et ses étudiants ; les Espagnols triaient leurs cartes d'embarquement et leurs billets. En face de lui se trouvait l'homme aux joues flasques. Il attendait, comme tout le monde, que le tapis roulant se mette en marche. À sa droite, séparé de lui par une douzaine de personnes, il reconnut l'homme en pantalon de toile et polo bleu ciel. Les deux individus semblaient voyager seuls. Anne Tidrow se rapprocha du tourniquet. L'homme aux cheveux gris qu'il avait vu assis près d'elle l'accompagnait. Marten se demanda si, à l'instar des militaires, Anne Tidrow s'imaginait qu'il savait où le père Willy avait dissimulé les clichés. Dans ce cas, peut-être suivait-elle le mouvement dans l'intention de les récupérer la première. Deux groupes se seraient donc lancés à ses trousses. En pure perte.

Un vrombissement retentit et le tapis roulant commença à tourner. Quelques secondes plus tard, les premiers bagages apparurent. Comme il se déplaçait un peu pour guetter les siens, Marten avisa Marita et ses étudiants qui avançaient dans sa direction. Ayant déjà récupéré leurs affaires, ils s'apprêtaient à partir.

— Bonjour et au revoir ! lui lança Marita avec un grand sourire. Nous nous envolons pour Madrid dans une demi-heure. Nous avons à peine le temps de faire enregistrer nos bagages.

— Alors dépêchez-vous, répondit Marten. Encore merci pour toute l'aide que vous m'avez apportée. Un jour peut-être nous pourrons…

— Tenez.

Marita lui fourra dans la main une page qu'elle avait arrachée à son agenda.

— Mon adresse et mon numéro de téléphone. Si vous passez un jour par Madrid. Et mon e-mail, si vous n'y passez pas.

Timide, elle acheva sa phrase dans un souffle, mais son sourire n'avait rien perdu de son espièglerie.

— Si vous avez le temps, appelez-moi. Je tiens à savoir ce qui va vous arriver.

— Il ne m'arrivera rien. Je vais rentrer chez moi, reprendre le travail et vieillir ; rien d'autre.

Leurs regards se croisèrent, la fantaisie disparut de celui de la jeune femme.

— Vous n'êtes pas du genre à qui il n'arrive « rien d'autre », monsieur Marten. Je crois plutôt que vous êtes du genre à vous attirer des ennuis.

Elle sourit de nouveau.

— Nous devons y aller. Appelez-moi.

— Je le ferai, répondit-il en saluant ses compagnons d'un signe de tête.

Bientôt, les Espagnols disparurent parmi la foule.

Marten ne tarda pas à retrouver ses affaires. Il s'éloigna, tirant derrière lui sa valise à roulettes. Il repéra Anne Tidrow et l'homme aux cheveux gris. Ils avaient loué un chariot à bagages et se dirigeaient vers la sortie. Pas une seule fois elle ne tourna les yeux vers Marten. Il avait dû se tromper en pensant qu'elle le filait. Le hasard l'avait placée dans le même avion que lui, rien de plus.

7 h 30

Marten entra dans une boutique baptisée *MUSIKFONE* qui vendait du petit matériel électronique et audio. À l'extérieur de l'aéroport, il avait découvert un lumineux ciel matinal chargé de nuages cotonneux annonciateurs de pluie. Mais pour l'heure, ce qui se trouvait à l'intérieur de l'échoppe l'intéressait davantage – un assortiment d'ipod, de lecteurs mp3, gadgets variés, ainsi que des casques par milliers, des chargeurs, des câbles... Ce qu'il cherchait était sous son nez : une pleine étagère de téléphones jetables et, un peu plus loin, des cartes prépayées.

Son plan était simple : acheter l'un de ces mobiles, appeler le président Harris au numéro personnel qu'il lui avait confié, lui parler des photographies, lui raconter ce dont il avait été témoin sur Bioko. Après quoi, il se débarrasserait du téléphone, sauterait dans un avion pour Manchester et reprendrait ses activités normales. Si quelqu'un le suivait, tant pis pour lui ; il se heurterait bientôt à un mur d'ennui. À moins que cette personne ne tienne à s'instruire sur les espèces de fleurs et d'arbustes.

Marten opta pour un portable bleu foncé, s'empara d'une carte prépayée et se dirigea vers la caisse. Deux choses se produisirent simultanément. Du coin de l'œil, il repéra l'homme aux joues flasques à l'intérieur du magasin. Il observait les articles, comme s'il comptait acheter quelque chose, puis sortit. La seconde chose le frappa comme la foudre.

— Nom de Dieu ! s'exclama-t-il en atteignant la caisse où l'accueillit une pétulante jeune femme à peine âgée de vingt ans.

— Pardon ? lui fit-elle avec un accent français.

— Non, rien, veuillez m'excuser.

Il posa le téléphone sur le comptoir.

— Je prends le mobile et la carte, c'est tout.

7 h 38

Marten emprunta un couloir. Il avait fourré dans sa valise le sac contenant le téléphone et la carte. Il prenait à peine garde aux gens autour de lui. Comment avait-il pu être aussi aveugle ? Comment avait-il pu se montrer tellement naïf ?

Le père Willy lui avait tout révélé tandis qu'ils sortaient de la forêt pour regagner le village, une poignée de secondes avant que les coups de feu retentissent et que les deux garçonnets surgissent en hurlant.

« Je vous ai fait confiance, monsieur Marten, parce qu'il le fallait. Je ne pouvais pas vous remettre les clichés parce que j'ignore à qui vous allez vous confier lorsque nous nous serons séparés. J'espère que vous vous souvenez bien de ce que vous avez vu et de ce que je vous ai dit. Gardez ces informations pour vous et quittez Bioko le plus vite possible. Mon frère se trouve à Berlin, c'est un homme plein de ressources. Je prie pour que vous n'ayez pas à lui raconter tout ça, ni à votre ami américain, l'homme politique. Mais lorsque vous le rencontrerez, racontez-lui quand même. »

RACONTEZ-LUI QUAND MÊME ?

Pourquoi « quand même » ? Parce que alors le frère du prêtre aurait les clichés *juste sous les yeux* !

Le père Willy avait réussi à lui faire parvenir les photos, peut-être tout bonnement par courrier postal. Marten en était certain : les clichés se trouvaient à présent chez Théo Haas, à Berlin.

Hélas, s'il avait deviné la manœuvre, il ne faudrait pas bien longtemps à Conor White, au commandant ainsi qu'à l'homme au profil d'aigle pour la découvrir à leur tour. Ils effectueraient des recoupements et établiraient rapidement que le célèbre romancier n'était autre que le frère du père Willy.

Alors une course s'engagerait pour être le premier à récupérer les preuves compromettantes. Les actions entreprises par le prêtre et les villageois, ce pour quoi ils étaient morts, tout cela viendrait justifier soit que l'armée poursuive ses exactions, soit qu'elle se volatilise sur ordre de Conor White.

Pour Marten, les deux issues étaient intolérables. Il devait rendre visite à Théo Haas et le mettre en garde ; lui annoncer qu'il courait un grave danger ; qu'il lui fallait confier au plus vite les clichés à la police. La police ? Peut-être pas. Qu'adviendrait-il si ces photos tombaient entre les mains d'un individu qui, comprenant leur valeur, les vendrait aux journaux à scandale ou les publierait sur Internet ? Le gouvernement de Guinée équatoriale serait alors parvenu à ses fins sans avoir levé le petit doigt. Non, il s'agissait de prendre mille précautions, sans oublier que la vie du romancier allemand serait bientôt menacée. Marten disposait – ou espérait disposer – d'un peu de temps avant que les autres découvrent le lien de parenté unissant Théo Haas au père Willy.

Il se trouvait déjà à Paris. Berlin n'était plus très loin. Il devait s'y rendre de toute urgence. Et sans éveiller l'attention.

18

7 h 45

Marten traversa le terminal en hâte à la recherche d'un tableau d'affichage indiquant le prochain vol pour Berlin. Brusquement, l'idée qu'il pouvait être suivi, idée qu'il avait jugée grotesque un peu plus tôt, revint le tenailler. Il ne fallait surtout pas que quiconque le voie s'envoler pour la capitale allemande.

Il jeta un coup d'œil par-dessus son épaule.

Aucune trace de l'homme aux joues flasques. Aucune trace de l'homme au polo de golf bleu. Aucune trace d'Anne Tidrow ni de son compagnon aux cheveux gris. Peut-être sa méfiance était-elle excessive. Mais deux précautions valaient mieux qu'une.

À dix mètres devant lui se dressait un panneau d'affichage. Il regarda de nouveau en arrière. Il ne distingua que des inconnus. Quelques secondes plus tard, il examinait la liste des avions en partance.

Derrière lui, à une vingtaine de mètres, un jeune homme barbu, vêtu d'un sweat-shirt frappé des mots *Paris, France* et portant un sac à dos sur l'épaule, s'immobilisa. Il leva nonchalamment une main vers sa bouche comme s'il allait tousser.

— Ici Numéro Deux, fit-il doucement dans un micro minuscule caché à l'intérieur de sa manche. Il s'est arrêté devant le tableau des départs. Il est en train de le lire.

— Merci, nous prenons le relais, lui répondit une voix féminine dans la toute petite oreillette dont il était équipé.

7 h 59

Marten entra dans un café bondé. Il commanda un croissant et une tasse de café, qu'il régla à la caisse avant de s'installer à une table située près d'une grande fenêtre dominant les pistes. Il prit le temps de s'apaiser un peu, puis observa d'un œil tranquille la foule qui l'entourait. Il ne vit que des voyageurs anonymes et plusieurs membres du personnel de l'aéroport. Il mordit dans son croissant, avala une gorgée de café. Il extirpa le sac *MUSIKFONE* de sa valise pour s'emparer du portable. Une autre gorgée de café et il déchira l'emballage. Puis il se leva, jeta des regards faussement indifférents dans diverses directions, s'éloigna de la table pour se poster à côté de la fenêtre. Il composa un code d'accès sur le clavier du téléphone, puis le code Pin. Il tapa encore quelques chiffres.

Un employé des renseignements lui répondit.

— Je voudrais le numéro de M. Théo Haas, à Berlin, s'il vous plaît, fit Marten. Non, je n'ai pas son adresse. (Il patienta.) Vous êtes sûr ? Rien du tout ? Très bien. Merci.

Il raccrocha. Ayant consulté sa montre, il composa un autre numéro.

Ambassade des États-Unis, Sussex Drive, Ottawa, Canada, 2 h 10

La sonnerie d'un téléphone réveilla le président John Henry Harris, qui dormait par intermittence – son cerveau brassait les détails délicats d'un accord commercial qu'il allait tenter de conclure avec le Premier ministre canadien et le président du Mexique. À travers les brumes du sommeil, il considéra les quatre téléphones posés sur sa table de chevet. Deux étaient des téléphones fixes, les autres des mobiles (un rouge, un gris). C'était le portable gris qui se manifestait. Il sut avant de décrocher qui se trouverait au bout du fil.

— Cousin, fit-il dans la pénombre. (Il tira sur son pyjama pour en rajuster la veste.) Où êtes-vous ?

— *À Paris.*

— Est-ce que tout va bien ?

— *Oui.*

— J'étais inquiet. On m'a parlé de la guerre sur Bioko et dans le reste du pays. Je suis heureux que vous vous en soyez tiré sans dommages.

— *En effet.*

Harris perçut de l'émotion dans la voix de Marten. Une émotion qui très vite céda le pas à l'empressement.

— *J'ai vu des photographies des mercenaires de SimCo, la société de sécurité privée engagée par Striker en Guinée équatoriale. Ces clichés les montrent en train de livrer en secret des armes aux rebelles. Le patron de SimCo, un Britannique nommé Conor White, se trouvait parmi eux.*

— Quoi ?

— *Le frère de Théo Haas, le père Willy Dorhn, le prêtre que vous m'avez demandé de rencontrer… C'est lui qui a pris ces clichés. Il est mort. Assassiné par les soldats. J'ignore pourquoi les hommes de White sont de mèche avec les insurgés, mais le fait est qu'ils les aident. Et je suis certain que c'est Striker qui a manigancé tout ça.*

— Ces photos ne laissent aucun doute sur l'identité des protagonistes ?

— *Aucun.*

— Où sont-elles ? Qui les détient ?

Harris alluma une lampe et s'assit au bord du lit.

— *C'est ce que tout le monde voudrait savoir. L'armée équato-guinéenne, ainsi que White lui-même. Pour le moment, personne n'a mis la main dessus, mais je crois avoir deviné où elles se trouvent.*

— Nicolas, cousin.

Le président se mit debout et traversa la chambre, pieds nus.

— J'ai besoin de voir ces clichés. Je dois les récupérer au plus vite et sans que personne soit au courant de rien. Si les gens de Striker l'apprennent, ils s'empresseront de se couvrir. Même chose du côté d'Hadrien. Et si ce sont les médias qui obtiennent ces photos en premier, nous nous retrouverons avec un incident diplomatique d'envergure sur les bras.

Paris, aéroport Charles-de-Gaulle

— J'en ai parfaitement conscience.

Marten se détourna de la fenêtre avec l'air faussement las de qui subit le discours d'un interlocuteur assommant. Personne ne s'était approché de lui. Satisfait, il reporta son attention sur le tarmac en contrebas.

— Ici, enchaîna-t-il, il est à peine plus de 7 h 30. Je vais tenter de prendre le vol de 9 h 30 pour Berlin. C'est là que vit Théo Haas. Son numéro n'est pas dans l'annuaire. Il me le faut.

— *Je n'y comprends rien*, s'étonna le président.

— Je crois que son frère lui a expédié les photos. Si j'ai raison, soit il l'ignore encore, soit il le sait et il est en train de se demander ce qu'il va en faire. Si le père Willy les a envoyées par la poste, elles ne sont peut-être pas encore arrivées à destination. Je ne pense pas que les autres aient déjà fait le rapprochement entre les deux hommes, puisqu'ils ne portent pas le même nom. J'ai donc une longueur d'avance. Mais ils ne tarderont pas à comprendre à leur tour.

— *Vous êtes sûr de vouloir aller là-bas ?*

— Vous avez quelqu'un d'autre à mettre sur le coup ?

Le silence se fit sur la ligne. Harris, à n'en pas douter, réfléchissait à ce qui se passerait s'il faisait appel à la CIA, sachant qu'Hadrien ou Striker en auraient aussitôt vent.

— *Je vais vous obtenir le numéro de Haas.*

— Parfait. Une dernière chose : Haas n'est peut-être pas encore au courant de la mort de son frère. De toute façon, il ne me connaît pas. Il n'a donc aucune raison de me faire confiance. En revanche, il connaît Fred Ryder, et il a confiance en lui. Il faut que Ryder appelle Haas tout de suite pour l'informer de ma visite. Il n'a pas besoin d'entrer dans les détails. Il suffit de lui dire que c'est moi qui ai rencontré son frère sur Bioko.

— *Nicolas, Ryder est en ce moment même en Irak, avec une commission parlementaire. Ils examinent les activités de Striker et d'Hadrien sur place. J'ignore dans combien de temps je parviendrai à le joindre ni combien de temps il lui faudra ensuite pour joindre Haas.*

— Je sais que vous ferez au mieux. En attendant, il me faut le numéro de l'écrivain.

— *Rappelez-moi dans une demi-heure.*

8 h 14

Marten raccrocha et se détourna de la fenêtre. Ce faisant, il reconnut un visage familier qui l'observait depuis un balcon de l'étage supérieur.

Anne Tidrow.

Au lieu de feindre la surprise ou de filer avec l'espoir qu'il ne l'aurait pas repérée, elle sourit gaiement et agita la main dans sa direction, comme s'ils étaient de vieux amis. La dernière fois qu'il l'avait vue, elle quittait l'aéroport avec son compagnon aux cheveux gris. Le suivait-elle ? Il était temps d'en avoir le cœur net.

Il lui rendit son sourire en l'invitant à le rejoindre.

19

8 h 17

Elle emprunta l'escalator. Marten la regarda descendre vers lui. Elle portait toujours son pantalon noir et sa veste ajustée. En revanche, elle lui semblait plus mince et plus athlétique que lorsqu'il avait fait sa connaissance au bar de l'hôtel Malabo. Pour la première fois, il remarqua les longs muscles de son cou. De toute évidence, elle soignait sa condition physique et, vu son port, elle en tirait de la fierté.

— Je m'en allais à la gare prendre un train pour Paris quand je vous ai vu, lui expliqua-t-elle. Je me demandais comment vous vous sentiez après un si long vol.

— Je suis pressé de rentrer chez moi et de reprendre le travail, répondit-il d'un ton léger. Mon avion décolle dans moins d'une heure.

— Pour l'Angleterre. Manchester, c'est bien ça ?

— En effet. Comment le savez-vous ?

— Je sais aussi pour qui vous travaillez. Vous êtes architecte paysagiste chez Fitzsimmons & Justice. (Elle sourit.) C'est Conor White qui me l'a dit. Il est capable de se procurer des renseignements auxquels peu de gens ont accès.

— Pourquoi vous intéressez-vous à l'endroit où je vis et à l'emploi que j'exerce ?

— Parce que M. White et moi pensons que vous n'avez pas été tout à fait honnête avec nous lors de notre conversation à Malabo. Nous sommes inquiets pour nos collaborateurs en Guinée équatoriale. Or, nous croyons que vous ne vous êtes pas contenté d'y recueillir des informations sur la flore locale. C'est pourquoi M. White a procédé à quelques vérifications et…

— Et découvert que je disais la vérité. Que je me trouvais sur Bioko pour y étudier les plantes indigènes.

Il fit une pause, durant laquelle il jaugea son interlocutrice. Elle était intelligente, téméraire et habituée à obtenir ce qu'elle désirait.

— Je suppose que c'est pourquoi vous avez pris le même avion que moi, poursuivit-il. Pour vous assurer que les renseignements collectés par M. White étaient justes. Et c'est pourquoi, au lieu de quitter l'aéroport avec votre ami, vous êtes revenue me surveiller de là-haut.

— De toute façon, répliqua-t-elle avec un grand sourire, je devais me rendre à Paris. J'en ai profité pour accepter la mission.

— Dans ce cas, vous pourrez indiquer à qui de droit que mon avion pour Manchester fait escale à Londres. Il est donc inutile de me filer jusque là-bas. À moins que vous ne souhaitiez visiter le nord de l'Angleterre. Êtes-vous déjà allée à Manchester ?

— Non.

— Si cela vous arrive, je serai ravi de vous faire visiter. À l'inverse, si vous avez un jour besoin des services d'un architecte paysagiste pour votre demeure ou votre entreprise au Texas, vous savez où me joindre. Fitzsimmons & Justice, Manchester, Angleterre. Nous sommes dans l'annuaire. Nous sommes chers, mais nous travaillons remarquablement bien. À présent, si vous n'y voyez pas d'inconvénient… Je ne tiens pas à manquer mon vol. Saluez pour moi M. White, voulez-vous.

Il prit congé d'Anne Tidrow avec un signe de tête et se mit en route.

— Quelle compagnie aérienne ? l'interrogea-t-elle.

— Pourquoi ? s'étonna-t-il en se retournant. Vous voulez venir avec moi ?

— Non, mais je pourrais avoir envie de vous suivre.

— Ne vous gênez pas pour moi. British Airways.

8 h 22

En cherchant tout à l'heure un vol pour Berlin sur le tableau d'affichage, Marten avait noté qu'un autre avion partait bientôt pour Manchester, via Londres. Il avait aussi retenu le nom de la compagnie – il aurait tellement préféré grimper dans cet appareil-là.

Néanmoins, il doutait qu'Anne Tidrow ait accordé foi à ses déclarations – elle ne l'avait déjà pas cru à Malabo. Plaisantait-elle quand elle avait évoqué la possibilité de le filer jusqu'en Angleterre ? Peut-être pas. White et elle étaient convaincus qu'il détenait des informations sur les photos. Ils ne le lâcheraient pas avant d'en avoir le cœur net.

Les passagers du vol Air France en provenance de Malabo avaient débarqué dans le terminal 2F. Pour prendre l'avion de 9 h 10 à destination de Londres, il fallait gagner le terminal 2B. Marten ne disposait que d'une poignée de minutes pour s'y rendre, acheter un billet, trouver un lieu discret depuis lequel il pourrait téléphoner au président, passer son appel et s'avancer vers la porte d'embarquement. Là, il patienterait jusqu'à ce que les premiers passagers montent à bord. Alors il s'éclipserait prestement dans une boutique, comme s'il souhaitait acheter quelque chose à la dernière minute. Il ressortirait par une autre porte pour filer vers le terminal 2D où, à 9 h 30, un appareil d'Air France décollerait en direction de Berlin. L'opération était un peu complexe, mais il avait une chance de semer dans la manœuvre tout poursuivant éventuel.

Quand il l'avait surprise en train de l'observer, Anne Tidrow s'était contentée de sourire et de lui faire un signe de la main. Puis elle avait admis sans gêne qu'elle était en train de le pister. Elle lui en avait exposé les raisons. Du moins en partie. Dans ce genre de situation, rien ne valait la sincérité. Du moins en partie. Mais la plupart des gens n'y parvenaient pas. Ils hésitaient, inventaient des histoires. Et ils évitaient, à l'inverse d'Anne Tidrow, de fixer leur interlocuteur dans les yeux. Peut-être l'assurance dont elle avait fait preuve tenait-elle à son expérience au sein du conseil d'administration d'une grande compagnie pétrolière. Ou peut-être l'avait-elle acquise ailleurs. Marten n'avait aucun moyen de le savoir.

8 h 44

Il s'arrêta au bout de la file d'attente qui s'était formée devant le poste de contrôle. Puis il s'en écarta, attrapa le téléphone portable dans son sac. Il sortit un stylo et un petit bloc-notes d'une poche de son blouson. Il jeta des regards autour de lui.

Le président Harris décrocha après la première sonnerie.

— Je viens d'avoir Fred Ryder au téléphone. Il va appeler Théo Haas dans un instant. Voici le numéro personnel du romancier. Vous avez de quoi noter ?

— *Oui.*

— 030 555-5895.

— *Merci.*

— Après votre rencontre avec Haas, Ryder désire s'entretenir avec vous. Moi aussi. Appelez-moi, nous tâcherons d'organiser une conversation sécurisée à trois. Je ne sais pas encore comment nous allons nous débrouiller, puisque Ryder est en déplacement, mais j'aurai arrangé ça d'ici là.

Le président eut une hésitation.

— Nick… Nicolas… Cousin… J'ai fait ma petite enquête sur Conor White. Il a gagné ses galons au sein d'une unité commando britannique. On l'a décoré de la Victoria Cross. Il est bardé de médailles militaires. Faites très, très attention. Je ne veux pas vous perdre.

— *Je ne veux pas me perdre non plus. Je vous appelle dès que j'ai du nouveau.*

Harris entendit Marten raccrocher. Il consulta sa montre. Il était 2 h 45 du matin. 8 h 45 à Paris.

20

8 h 48

Marten présenta sa carte d'embarquement British Airways au poste de sécurité. Puis il posa sa valise sur le tapis roulant, défit sa ceinture et la plaça sur un plateau en plastique avec les quelques pièces de monnaie trouvées dans sa poche. Il se soumit à l'examen du détecteur de métaux. De l'autre côté, il récupéra la ceinture, l'argent et ses bagages avant de se diriger vers la porte d'embarquement B34. Pour le moment, il n'avait pas repéré d'individu suspect. Cela ne signifiait point qu'on ne le surveillait pas. Cela signalait simplement qu'il n'avait réussi à démasquer ses poursuivants.

8 h 50

La porte B34 se trouvait devant lui, légèrement sur sa droite. Une longue file de passagers attendait de grimper à bord de l'avion pour Londres. Sur la gauche, il y avait des toilettes, une échoppe faisant office de librairie, de kiosque à journaux et d'épicerie sommaire. Juste à côté, une boutique de sandwichs. Marten rejoignit la queue au niveau de la porte d'embarquement.

À moins de dix mètres devant lui, un homme entre deux âges, mince et musclé, vêtu d'un jean et d'un blouson de sport, regardait approcher Marten d'un air absent. Il porta la main à sa bouche comme s'il allait tousser ou se racler la gorge.

— Ici Numéro Trois, fit-il à voix basse en approchant ses lèvres d'un micro dissimulé dans sa manche. Il vient d'arriver à la porte d'embarquement. Il fait la queue.

— *Ici Numéro Un. Merci.*

Un homme venait de lui répondre dans la minuscule oreillette qu'on distinguait à peine dans le creux de son oreille gauche.

— Que voulez-vous que je fasse ?

— *Ne le lâchez pas et embarquez derrière lui. Assurez-vous qu'il est bien dans l'avion quand on retirera la passerelle.*

— Compris.

Quelques secondes plus tôt – instinct ou coup de chance ? –, Marten avait avisé un homme entre deux âges, mince et musclé, vêtu d'un jean et d'un blouson de sport. Il se tenait devant lui, le regardait en remuant légèrement les lèvres après avoir approché sa main de sa bouche. Et voici qu'à présent il s'adressait à un employé de British Airways, à côté de la porte d'embarquement.

Cette fois, Marten savait. On l'épiait bel et bien. Mais de qui s'agissait-il ? Des sbires de Conor White et d'Anne Tidrow ? D'agents travaillant pour le compte de l'armée équato-guinéenne ?

Et l'homme n'était pas seul. Il parlait à quelqu'un. Ils étaient donc au moins deux.

8 h 52

La file d'attente se réduisait à mesure que les passagers montaient à bord de l'appareil. « L'athlète » – Marten avait décidé de l'appeler ainsi – continuait de discuter avec l'employé de la compagnie. Il gesticulait. Une réclamation quelconque. C'est du moins ce qu'il tentait de faire croire. De temps à autre, il détournait le regard en faisant mine de marquer son exaspération. Il s'assurait en réalité que Marten se trouvait toujours là. Si ce dernier voulait jouer les filles de l'air, c'était maintenant.

— Excusez-moi, fit-il à la jeune femme qui patientait derrière lui. J'ai un mal de tête épouvantable. Il faut que j'aille rapidement acheter de l'aspirine. Vous voulez bien me garder la place ? Je reviens tout de suite.

Déjà, il avait filé pour se diriger vers la librairie.

Aussitôt « l'athlète » se détourna de son interlocuteur et porta une main à sa bouche.

— Il vient d'entrer chez un marchand de journaux ! lâcha-t-il dans son micro.

— *Suivez-le ! Suivez-le !*

8 h 55

Marten pénétra en hâte dans la boutique, en quête d'une autre issue. Il repoussa un présentoir chargé de revues, longea une étagère remplie d'articles de toilette. Il n'avait pas le temps de se préoccuper de « l'athlète » ; seule lui importait la sortie qu'il devait dénicher à tout prix pour s'échapper. Mais il ne voyait rien. Devant lui : un mur de best-sellers. Sur sa droite, des magazines. À sa gauche, des casiers garnis jusqu'au plafond de T-shirts *Paris, France* et de casquettes.

— Nom de Dieu ! souffla-t-il en faisant demi-tour.

Au même moment, « l'athlète » entra dans l'échoppe dont il barra l'entrée, son regard balayant la pièce. Marten détourna aussitôt les yeux. L'homme occupait l'unique issue. S'il voulait fuir, il devrait passer près de lui. Le temps pressait. S'il manquait le vol pour Berlin, les gens de Striker/Hadrien ou les agents de l'armée équato-guinéenne se présenteraient sans nul doute à la porte de Théo Haas avant lui. « Athlète » ou pas, il devait s'en aller.

Il s'apprêtait à tenter le tout pour le tout lorsqu'une porte s'ouvrit ; une employée surgit de l'arrière-boutique, poussant devant elle un chariot croulant sous les journaux et les friandises. Marten se rua dans le réduit à la recherche d'une issue. Il ne vit que des étagères.

Déjà, l'employée était dans son dos.

— Monsieur ! lui lança-t-elle avec un accent français. Vous n'avez pas le droit d'être ici.

— Désolé.

Il fit volte-face, découragé. C'est alors qu'il repéra une porte surmontée d'une enseigne lumineuse.

SORTIE DE SECOURS

Il réfléchit. S'il poussait cette porte, l'alarme se déclencherait. Des gens accourraient de partout. Excellent.

— Désolé, répéta-t-il à l'intention de l'employée.

Il se jeta sur la porte.

8 h 59

21

9 h 03

Marten se hâtait, traînant sa valise derrière lui. Il entendait refluer le son de l'alarme et les pas précipités des agents de sécurité. Il quitta le terminal 2B, fendit la foule de badauds attirés par l'agitation soudaine pour se diriger vers le terminal 2D, puis vers la porte D55 où l'attendait le vol Air France de 9 h 30 pour Berlin.

À sa droite, d'immenses baies vitrées ouvraient sur d'autres terminaux. Marten constata que le ciel clair, semé de nuages, s'était couvert ; de grosses gouttes de pluie s'écrasaient contre les vitres. L'averse lui rappela l'orage qui s'était abattu sur Malabo et qui avait failli le retenir pendant plusieurs jours dans la capitale équato-guinéenne. Puis lui revinrent les terribles souvenirs de Bioko : le père Willy et les deux garçonnets, frappés à mort par les soldats, les corps de la femme et des enfants coincés dans les branches du morceau de bois flotté, les visages terrifiants des militaires qui le pourchassaient à travers la forêt pour le tuer, les yeux perçants, le regard assassin du commandant qui l'avait interrogé, la cicatrice tribale qui lui entaillait la figure, l'apparition grotesque du président Tiombe dans le bar de l'hôtel, l'œil abominable et glacé qu'il avait jeté à Marten avant de passer son chemin.

Un seul mot pouvait exprimer ce qu'il éprouvait.

Colère.

Les Équato-Guinéens étaient victimes de machinations, de forces qui les dépassaient complètement. Il enrageait de ne pouvoir rien faire, ou presque. Le père Willy s'était démené, et il en était mort. Mais au moins, il avait essayé. Marten allait essayer à son tour. S'il réussissait à récupérer les photos pour les confier au président Harris, alors ce dernier pourrait contraindre Striker, Hadrien et SimCo à cesser d'armer les rebelles ; dans le même temps, Tiombe serait obligé de rappeler ses soldats. La barbarie refluerait. Le rôle de Marten était minime, mais s'il parvenait à ses fins, ce serait déjà quelque chose. Et tandis qu'il se hâtait vers la porte D55 avec l'espoir d'avoir semé « l'athlète », il songeait que ce « quelque chose » signifiait tout pour lui.

9 h 07

« L'athlète » s'était figé à la sortie du terminal B. Il vit s'ébranler l'appareil de British Airways. Il porta une main à sa bouche.

— Ici Numéro Trois. Qui l'a récupéré ?

— *Ici Numéro Deux. Il a quitté la zone. Les gars de la sécurité se sont amenés, je l'ai perdu. Numéro Un ?*

— *Je ne l'ai pas.*

— Vous êtes trois ! Arrangez-vous pour le retrouver ! Numéro Quatre, où êtes-vous ?

Silence.

— Numéro Quatre, je répète : où êtes-vous ?

Silence.

— *Ici Numéro Un. Numéro Quatre ne répond pas.*

Anne Tidrow regarda Marten pénétrer dans le terminal D puis gagner la zone d'embarquement. Il examinait les numéros de porte en marchant. Personne n'avait eu à lui dire qu'il mentait lorsqu'il avait évoqué son départ imminent pour Manchester. Quelques minutes avant qu'il la repère sur le balcon, elle l'avait vu s'adresser aux membres d'un équipage Air France – tous portaient l'uniforme de leur compagnie. Du doigt, l'un d'eux lui avait désigné le terminal D. Marten avait hoché la tête, puis les avait remerciés. Il avait ensuite acheté un café et un croissant avant de passer un appel sur son portable.

Elle le surveillait toujours. Ayant atteint la porte 55, il se plaça dans la file d'attente. Vol 1734 pour Berlin. Quatre-vingt-dix secondes plus tard, il tendit à un employé sa carte d'embarquement. Il monta à bord de l'avion. Déjà, il avait disparu.

Elle porta une main à sa bouche.

— Ici Numéro Quatre. Je suis au terminal D. Je croyais l'avoir repéré, mais ensuite il a pris l'escalator et je l'ai perdu.

— *Très bien, Numéro Quatre*, lui répondit Numéro Un.

Anne Tidrow patienta. Le dernier passager monta dans l'appareil. On referma les portes derrière lui. Elle s'attarda une ou deux minutes encore avant de s'en aller. Elle sortit prestement son mobile de son sac à main, composa un numéro, attendit la sonnerie.

Vies passées, souvenirs heureux, vieux amis.

Le temps que Marten se pose à l'aéroport de Berlin puis se rende en ville – taxi, voiture particulière, transports publics, à pied si cela lui chantait –, elle saurait où le dénicher.

22

Nicolas Marten descendit de l'avion parmi un groupe de passagers. Traînant sa valise derrière lui, il s'éloigna de la porte A14, passa la douane et gagna la zone des arrivées envahie par une foule venue attendre les voyageurs. Il traversa rapidement la cohue. Deux minutes plus tard, il se trouvait à l'extérieur. Le soleil était chaud. Marten se dirigea vers la file des taxis. Parvenu au bord du trottoir, il jeta un bref regard autour de lui et tira l'une des fermetures éclair de sa valise pour en sortir son mobile jetable. Il connaissait par cœur le numéro de Théo Haas. Quatre sonneries retentirent, après quoi un répondeur se mit en marche. Une voix d'homme, rauque – dont Marten supposa qu'il s'agissait de celle du romancier –, débita une annonce en allemand. Puis il y eut un bref silence, suivi d'un bip invitant à laisser un message. Marten faillit se présenter, mentionner au passage le nom de Fred Ryder, mais il se ravisa. Il raccrocha. Qui allait récupérer le message ? L'épouse de Haas, sa petite amie, sa bonne, son secrétaire ? Comment savoir si l'homme de lettres informait son entourage de ses affaires personnelles ? De plus, Fred Ryder n'avait sans doute pas encore eu le temps de le joindre. Ou bien, comme Marten, il était tombé sur le répondeur. Mieux valait attendre. Rappeler plus tard. Il glissa le portable dans sa poche et prit place dans la file d'attente des taxis.

Une femme imposante aux cheveux gris, vêtue d'une veste brun clair, le regarda s'éloigner. Elle se trouvait parmi la foule qui guettait l'apparition des nouveaux arrivants à la porte A14. Elle l'avait suivi hors de l'aéroport. Elle l'avait vu s'immobiliser sur le trottoir, puis utiliser son mobile. Elle avait ensuite repris sa filature. Sans risque. À bonne distance. Elle continua de le surveiller tandis qu'il grimpait dans un taxi, une Mercedes noire. Numéro d'immatriculation : 77331.

11 h 35

Madrid, aéroport international de Barajas, 11 h 35

Épuisés mais ravis de débarquer enfin chez eux après un retard de près de deux heures en raison d'un problème mécanique, Marita Lozano et ses étudiants en médecine – Rosa, Luis, Gilberto et Ernesto – récupérèrent leurs bagages, passèrent la douane et se dirigèrent vers le métro qui devait les conduire au centre-ville.

Comme à Berlin, la zone des arrivées grouillait de monde ; amis, familles, associés venus attendre les voyageurs. Parmi eux se trouvaient une douzaine de chauffeurs de limousine, presque tous en costume noir et chemise blanche, brandissant des pancartes en carton frappées du nom de leurs clients.

— Marita ! (Rosa fut la première à s'en apercevoir.) Il y a une pancarte avec ton nom.

Interloquée, Marita observa les chauffeurs. Un jeune homme charmant tenait devant lui un petit écriteau : « DOCTEUR LOZANO ».

— Un autre docteur Lozano ! fit Marita en éclatant de rire. Plus riche que moi.

Mais le jeune homme se rapprocha.

— Marita Lozano ?

— Oui.

— Je suis chargé de vous conduire en ville à bord de la limousine.

— Moi ?

— Oui. Ainsi que vos amis.

— Je ne comprends pas.

— Tout a été réglé par la compagnie pétrolière de Bioko. Pour vous remercier du travail que vous avez accompli là-bas et vous faire oublier vos déboires avec les militaires. On m'a demandé de raccompagner chacun d'entre vous à son domicile.

Marita le considéra d'un air méfiant. Quelque chose clochait.

— C'est très gentil, répondit-elle poliment. Mais nous allons plutôt prendre le métro.

— Je vous en prie, docteur, la compagnie y tient. Vous avez fait un très long voyage.

— Je ne sais pas.

Marita hésitait.

— Allez, se mit à glousser Rosa. Nous sommes crevés. C'est adorable de leur part.

— Qui aurait envie de s'engouffrer dans le métro quand une limousine lui tend les bras ? sourit Luis.

— Personne, approuva Ernesto.

Marita ne savait toujours pas quel parti prendre.

— Marita…, insista Rosa.

— D'accord, finit par céder la jeune femme. Prenons la limousine.

— Parfait, fit le chauffeur en souriant chaleureusement.

Il prit son sac et celui de Rosa, puis les mena vers la sortie.

23

Douché et rasé de frais, Nicolas Marten se tenait à la fenêtre ; il observait la rue en contrebas. Pieds nus, il ne portait qu'un jean. Son mobile dans une main, il hésita une fraction de seconde puis, pour la troisième fois depuis qu'il avait loué cette chambre, quatre-vingt-dix minutes plus tôt, il composa le numéro de Théo Haas.

Au bout de la quatrième sonnerie, le répondeur se déclencha de nouveau. De nouveau, Marten raccrocha.

— Et merde.

Où se trouvait le romancier, bon sang ? Qu'est-ce qu'il fabriquait ? Et quand rentrerait-il chez lui ?

Soudain, Marten s'avisa que le lauréat du prix Nobel était peut-être en voyage. Quoi faire, dans ce cas ? Demander au président Harris ou à Fred Ryder de retrouver sa trace ? Cela prendrait probablement plusieurs jours. Mais les photos, où étaient-elles, si tant est que le père Willy les ait fait parvenir pour de bon à son frère ? Où ? À la poste de Berlin ? Au domicile de Haas, dans une enveloppe qu'on n'avait peut-être même pas encore ouverte ? À moins que le romancier les ait emportées avec lui et qu'il s'apprête à les rendre publiques ? Ce serait bien dans la manière de cet auteur célèbre et colérique.

Mais déjà, Marten songeait à autre chose. Si ça se trouve, les hommes de Conor White ou les agents de l'armée équato-guinéenne avaient établi plus vite que prévu le lien entre Théo Haas et le père Willy. Si ça se trouve, ils avaient déjà mis la main sur l'écrivain. Il était en danger. Mort, qui sait. Marten composa une fois de plus son numéro.

Au bout de la quatrième sonnerie, il se préparait à entendre l'annonce enregistrée lorsqu'un homme lui répondit.

— Oui ? grommela-t-il en allemand.

— Je m'appelle Marten. Nicolas Marten. J'aimerais vous rencontrer. Puis-je vous rendre visite à votre appartement ?

— De l'autre côté du Tiergarten, répliqua sèchement Théo Haas en anglais. Platz der Republik. Le parc devant le Reichstag. 17 heures. Je suis un vieux monsieur avec une casquette verte et une canne. Je serai assis sur un banc près de Scheidemannstrasse. Si vous n'êtes pas là à 17 h 10 au plus tard, je m'en irai.

Il raccrocha.

— Très bien, lâcha Marten.

Il était soulagé. Au moins, personne ne l'avait débusqué avant lui. Pas encore.

Platz der Republik, 16 h 45

Marten arriva en avance au parc. Il ne souhaitait pas qu'un imprévu lui fasse manquer sa rencontre avec le romancier. Face à lui, la Platz der Republik grouillait de badauds qui jouissaient par centaines de ce bel après-midi du début de l'été. Sur sa droite se dressait le Reichstag, le bâtiment massif abritant le Parlement. Il se rappela vaguement que l'édifice avait été incendié en 1933, par les nazis disait-on, puis reconstruit et réoccupé par les députés en 1999 – les lieux étaient devenus le symbole de la réunification allemande au terme de la guerre froide. On avait également restauré les mots gravés en 1916 sur la façade : *DEM DEUTSCHEN VOLKE* (« Au peuple allemand »). Peut-être l'écrivain avait-il souhaité impressionner Marten en lui donnant rendez-vous ici, à l'ombre du monument historique. Ou peut-être pas. Plus étonnant était le fait qu'il ait choisi de le rencontrer à l'extérieur au lieu de le recevoir chez lui – il savait pourtant que Marten allait lui parler de son frère. Cela dit, il possédait, de l'avis de tous, un « sacré caractère » ; peut-être, tout bonnement, ne désirait-il pas voir d'étrangers dans sa demeure.

16 h 50

Marten atteignit l'extrémité du parc et fit demi-tour, sans s'éloigner de l'allée qui sinuait non loin de Scheidemannstrasse. Il observait soigneusement chaque banc devant lequel il passait, ainsi que la foule des promeneurs. La tâche lui parut soudain impossible. Comment repérer parmi autant de monde un vieux monsieur avec une casquette verte et une canne ?

16 h 55

Il atteignit le Reichstag et fit volte-face. Il revint sur ses pas. Toujours pas de casquette verte en vue, pas de vieux monsieur ni de canne.

16 h 57

Il s'immobilisa à l'extrémité du parc et fit à nouveau demi-tour. Et si Haas ne se montrait pas ? Il ne lui resterait plus qu'à l'appeler en espérant que le romancier décrocherait, que personne ne l'aurait débusqué entre-temps. Il réfléchit aux dix minutes de retard que le frère du père Willy lui avait accordées. Pourquoi ? Et pourquoi, décidément, avoir opté pour une rencontre dans un lieu bondé ?

Question de sécurité ? Surtout sachant le sort réservé au prêtre sur Bioko. Néanmoins, un restaurant ou un café peu fréquenté aurait aussi bien fait l'affaire.

Marten jeta encore des regards autour de lui. Rien. Enfin, du coin de l'œil, il repéra un taxi qui s'arrêtait le long du trottoir. La portière arrière s'ouvrit. Un vieux monsieur en casquette verte, muni d'une canne, descendit de l'habitacle. Il claqua rageusement la portière derrière lui et se dirigea vers le banc le plus proche. Il était exactement 17 heures. Théo Haas venait d'arriver.

24

Anne Tidrow se trouvait à une bonne vingtaine de mètres derrière Marten lorsqu'il était entré dans le parc. Elle demeura à distance jusqu'à ce qu'il ait atteint l'extrémité du jardin et fait volte-face. Alors elle se réfugia parmi un groupe de touristes en attendant de voir où il comptait se rendre.

Elle l'avait suivi en taxi jusqu'à la Platz der Republik. Elle l'avait vu quitter Friedrichstrasse pour s'engager sur le boulevard Unter den Linden, puis longer plusieurs pâtés de maisons et atteindre enfin la Porte de Brandebourg. Là, il avait tourné à droite, à gauche. Il avait traversé la chaussée pour pénétrer à l'intérieur du parc, en face du Reichstag. C'est alors qu'elle était descendue du taxi pour poursuivre sa filature à pied.

L'avion de la Lufthansa dans lequel elle avait grimpé à Paris avait atterri à Berlin moins d'une heure après celui de Marten. Aussitôt, elle s'était mise en rapport avec son contact (« vies passées, souvenirs heureux, vieux amis ») pour apprendre que l'architecte paysagiste était descendu à l'hôtel Mozart. Peu après, un détective privé s'était installé dans le hall de l'établissement pour y guetter ses allées et venues.

Anne Tidrow loua une chambre non loin, dans l'hôtel Adlon Kempinski. Elle avait réservé un taxi qui l'attendait devant l'entrée. Un peu moins de trois heures plus tard – trois heures interminables ponctuées de nombreux échanges avec le détective en faction dans le hall du Mozart –, son mobile sonna : le privé lui annonçait que Marten venait de déposer sa clé à la réception, qu'il était en train de le suivre et que celui-ci prenait la direction du boulevard Unter den Linden.

En moins de trois minutes (affublée de lunettes noires, les cheveux tirés en arrière, vêtue, comme la plupart des touristes, d'un jean, de chaussures de sport et d'un blouson en jean), elle se trouvait dans le taxi. Elle n'avait pas tardé à repérer Marten.

Elle était maintenant à une trentaine de mètres de lui. Il aborda un vieil homme coiffé d'une casquette verte et muni d'une canne, qui venait de s'asseoir sur un banc. Marten prononça quelques mots, après quoi l'autre le scruta soigneusement et lui fit signe de s'installer à côté de lui. Anne Tidrow ralentit l'allure. Elle s'immobilisa derrière deux garçons en train de jouer au ballon. Elle aurait aimé s'approcher dans l'espoir de surprendre la conversation, mais elle jugea l'opération trop dangereuse ; elle demeura où elle était. Il ne fallait surtout pas que Marten s'avise de sa présence.

Le temps s'écoulait sans qu'elle en ait conscience. Autour d'elle, le parc débordait d'activité ; les deux garçons jouaient toujours au ballon, des enfants réunis pour un goûter d'anniversaire se pourchassaient les uns les autres, des gens manœuvraient des cerfs-volants dans la brise, des chiens gambadaient en essayant de rattraper les frisbees qu'on lançait dans leur direction, des amoureux se promenaient main dans la main sans se soucier du monde alentour. D'autres individus, qui de toute évidence avaient quitté leur travail plus tôt pour profiter du soleil, paressaient sur des bancs ou somnolaient sur la pelouse.

Tout à coup, à cinq mètres de Marten et du vieil homme, trente ou quarante pétards explosèrent simultanément. Il y eut des cris de surprise. Des enfants hurlèrent. Des chiens aboyèrent. Marten lui-même bondit sur ses pieds. C'est alors que le drame se produisit. Un jeune homme aux cheveux frisés vêtu d'un pull noir surgit de nulle part. Il se rua vers le vieil homme. Un couteau brilla dans sa main. Une seconde plus tard, il tranchait la gorge du vieillard. Il contempla son œuvre un instant avant de s'enfuir en direction de Scheidemannstrasse.

Marten repéra l'agresseur au moment où une femme se mettait à hurler. Il se précipita vers le vieil homme. Il souleva sa tête, la maintint doucement entre ses mains, puis la laissa retomber lentement sur sa poitrine avant de se lancer à la poursuite de l'assaillant aux cheveux frisés. En trois pas il avait atteint le virage et fonçait sans se soucier du danger au milieu de la circulation. Les deux hommes couraient vers la Porte de Brandebourg.

25

17 h 18

Marten le voyait, à quarante mètres devant lui, qui louvoyait entre les voitures. Ayant atteint la Porte de Brandebourg, il se retourna. Marten distingua clairement ses traits. Un visage jeune et mince, des yeux rapprochés sous une masse de cheveux noirs et frisés. Qui était-il ? Pourquoi avait-il assassiné Théo Haas ? Et de façon si cruelle ? Et en public ? Était-il un sbire de Conor White ? Ou de l'armée équato-guinéenne ? Avait-il suivi l'écrivain depuis son appartement ? Cela signifiait-il que quelqu'un avait déjà mis la main sur les clichés et que Haas le savait ? Qu'il savait aussi qui était ce « quelqu'un » ? Que ce « quelqu'un » avait tenu à le faire taire avant qu'il se confie à un tiers ? Dans ce cas, pourquoi le tueur n'avait-il pas tenté de se débarrasser également de Marten ?

Ce dernier accéléra pour ne pas perdre de vue le fuyard. Le jeune homme se frayait un chemin entre les automobiles, les bus, les taxis et les touristes agglutinés au niveau de la Porte de Brandebourg. Il se retourna à nouveau. À nouveau, Marten distingua ses traits. Un visage sinistre, une expression farouche, étrangement triomphante. Il ne pourchassait pas un tueur professionnel, songea-t-il durant une fraction de seconde : il pourchassait un fou.

15 h 20

Anne Tidrow accusait une vingtaine de secondes de retard sur Marten. Elle galopait aussi vite que lui. Il fendit la masse des touristes, puis disparut au milieu d'eux. Elle joua des coudes dans la cohue, mais elle ne le voyait plus.

Le meurtre du vieil homme avait engendré un véritable chaos. De qui s'agissait-il ? Était-il au courant de l'existence des photographies ? Si oui, qu'avait-il raconté à Marten avant de mourir ? Dans quelle direction avait-il orienté ses recherches ? Si elle perdait la trace de Marten et s'il allait récupérer les clichés avant de regagner son hôtel, elle n'en saurait rien.

Elle tint bon, emprunta le même itinéraire que lui. Elle se frayait un passage au milieu des badauds électrisés d'avoir vu une course-poursuite. Anne Tidrow espérait qu'au moins l'un de ses contacts était parvenu à la rejoindre. Marten n'était plus nulle part. Elle connut un bref moment de panique. Le voici. Il se trouvait à moins de quatre mètres, bloqué par un groupe de promeneurs arrêté devant une station de taxis. Il jetait des regards furibonds autour de lui. Il cherchait le tueur. Elle ne put s'empêcher d'en faire autant, songeant, comme Marten, qu'il se dissimulait forcément dans la foule.

Des sirènes retentirent. Des véhicules vert et blanc de la police berlinoise affluaient de partout. En quelques secondes, les hommes en uniforme avaient investi les lieux. Ils bousculaient les passants en quête de l'assassin. Elle hésita un instant sur la marche à suivre : se ruer vers Marten pour l'interroger sur le vieil homme avant qu'il se volatilise ? Ou bien courir le risque de continuer à le suivre pour voir où il irait ensuite ? Mais déjà, la question n'avait plus la moindre importance. La foule gesticulait en direction de Marten.

Ce dernier comprit avec horreur, en même temps qu'Anne Tidrow : les gens, qui l'avaient vu détaler comme un lapin, croyaient qu'il était l'homme que les policiers traquaient. Ils le leur désignaient du doigt.

Anne se rapprocha. Elle saisit Marten par le bras.

— Viens, chéri, fit-elle assez fort pour que tout le monde l'entende autour d'eux. Nous sommes en retard.

Elle ouvrit prestement la portière d'un taxi à l'arrêt.

— Hôtel Mozart, s'il vous plaît, ordonna-t-elle au chauffeur.

Sur quoi elle poussa son compagnon dans l'habitacle et s'installa à côté de lui.

— Tout de suite, répondit le chauffeur.

Il démarra, se mit à suivre un autre taxi au milieu de la bousculade. Quelques secondes plus tard, ils roulaient sur le boulevard Unter den Linden en direction de l'hôtel de Marten.

— D'où sortez-vous ? lança celui-ci en la dévisageant, abasourdi par sa présence, hébété par les événements qui étaient en train de se dérouler. Comment saviez-vous que j'étais à Berlin ? Comment saviez-vous où je me trouvais dans Berlin ? Et comment savez-vous à quel hôtel je suis descendu ?

— Je sais tout, chéri. Tu as une maîtresse, et je tiens à la rencontrer.

Anne faisait mine de gronder Marten, assez fort pour que le chauffeur l'entende.

— À Paris, tu m'as dit que tu allais prendre un vol British Airways pour Londres. Mais juste avant, je t'avais vu demander des renseignements à un équipage Air France. Ils t'ont désigné une autre porte d'embarquement. Quand tu fais ce genre de chose, arrange-toi pour que personne ne te voie. Qui suis-je censée rencontrer, à présent ? Laisse-moi deviner. Une blonde de vingt-quatre ans avec des jambes interminables et des gros seins ?

Elle surprit le chauffeur en train de les épier dans le rétroviseur.

— Pouvez-vous mettre la radio, s'il vous plaît ? J'ai envie d'un peu de musique.

— De la musique américaine ?

— Je vous laisse choisir. Merci.

Le chauffeur alluma l'autoradio et de la country jaillit de l'appareil.

Marten lança un regard noir à sa compagne.

— Je vous ai demandé comment vous saviez que j'étais ici. Et comment savez-vous où je loge ?

— N'oubliez pas que j'appartiens au conseil d'administration d'une grosse compagnie pétrolière. Nous avons des amis partout.

Marten jeta un coup d'œil en direction du chauffeur, revint vers Anne en baissant la voix – la musique couvrait-elle pour de bon leur échange ?

— Vous m'avez suivi depuis Malabo jusqu'à Paris, puis Berlin, puis ici même. Pour quelle raison ?

Anne considéra le chauffeur à son tour et lui décocha un large sourire.

— J'adore ! Vous voulez bien monter le son ?

L'homme s'exécuta, la musique se mit à hurler. Immédiatement, Anne dévisagea Marten.

— Je veux les photos. Et ne me répondez pas : « Quelles photos ? »

— J'ignore de quoi vous parlez.

— Bien sûr que non. Vous savez même où elles se trouvent. Le vieil homme vous l'a dit.

— Dommage que vous ayez l'ouïe moins aiguisée que la vue. Il n'a pas été question de photos entre nous.

— Je veux ces clichés, monsieur Marten, articula la jeune femme en se penchant vers lui. Votre prix sera le mien.

— Ces photos m'ont l'air d'avoir une importance capitale à vos yeux. Pourquoi ?

— Ne jouez pas avec moi. Vous savez ce qui se trouve sur les clichés. Je veux les récupérer parce que la sécurité de nos équipes en dépend.

— Et qui sont les membres de ces « équipes », mademoiselle Tidrow ? Le type qui m'a poursuivi dans tout Roissy ? Les gens du conseil d'administration de Striker ? Les mercenaires de SimCo ? En tout cas, votre ami Tiombe n'en fait pas partie. Votre ami le président, dont l'armée est en train de massacrer des centaines de personnes à l'heure où nous parlons.

— Je parle des salariés de Striker, monsieur Marten. Nous avons toujours traité nos employés comme des membres de notre famille. Nous assurons leur sécurité partout où ils travaillent. (Elle s'apaisa un peu.) Je vous en prie, monsieur Marten. Ces photographies m'importent au plus haut point. Je veux les récupérer.

— Je ne sais toujours pas de quoi vous parlez.

— Dans ce cas, expliquez-moi donc pourquoi vous m'avez affirmé que vous alliez vous envoler pour Londres alors que vous êtes venu ici. Et quelques heures plus tard, vous retrouvez ce vieil homme dans le parc. Cette rencontre concernait les clichés. Qui était-il ? Je n'en ai pas la moindre idée. Mais il vous a révélé où se trouvaient les photos. J'ignore pour qui vous travaillez. J'ignore quelles sont vos motivations. Mais quel que soit le prix qu'on vous paie, je vous en offre le double.

— Laissez-moi vous dire quelque chose au sujet du « vieil homme », mademoiselle Tidrow, fit Marten calmement.

De toute évidence, ni elle ni Conor White n'avaient encore établi le lien entre le père Willy et Théo Haas.

— Il s'agissait d'un célèbre auteur allemand, exposa-t-il. Il avait écrit, entre autres choses, plusieurs excellents ouvrages consacrés aux parcs publics. Vous savez déjà que je suis pour ma part architecte paysagiste. Vous ne serez donc pas surprise d'apprendre que j'ai modifié mes projets au dernier moment lorsque ce monsieur a soudain accepté de me voir. Nous avons pris rendez-vous pour discuter de son travail.

— Je ne vous crois pas, monsieur Marten.

Toute douceur avait reflué de la voix d'Anne Tidrow.

— Tant pis pour vous. Vous n'avez pourtant pas le choix.

Le taxi s'immobilisa brusquement. Anne se tourna vers le chauffeur.

— Que se passe-t-il ?

— Vous êtes arrivés, répondit-il en souriant dans le rétroviseur, tandis qu'il baissait le volume de la radio. Hôtel Mozart.

Marten s'empressa de lui tendre un billet de cent euros.

— Veuillez raccompagner madame à son hôtel, je vous prie.

Il ouvrit la portière en hâte.

— Merci de tes attentions, chérie, mais je vais me débarrasser d'elle tout seul. De ses jambes interminables, de ses gros seins. De tout.

Déjà, il avait quitté l'habitacle et pénétrait dans l'hôtel Mozart. Le taxi s'éloigna.

15 h 38

26

Il fallut quatre minutes à Marten pour rejoindre sa chambre et commencer à faire sa valise. L'arrivée d'Anne Tidrow l'avait surpris, mais elle n'était rien comparée au meurtre de Théo Haas. S'il mettait de côté les motivations personnelles de la jeune femme, la présence d'esprit dont elle avait fait preuve en le soustrayant à la foule à l'instant où celle-ci le désignait à la police comme un possible coupable l'avait impressionné ; il lui savait gré de son intervention. Haas était une véritable icône nationale. Nul doute que les autorités allemandes allaient employer les grands moyens pour coincer son meurtrier ou quiconque avait un lien avec lui. Marten devait quitter Berlin, puis le pays, aussi vite que possible, avant que l'enquête démarre pour de bon, que les témoins se manifestent et le décrivent en détail. Il y avait autre chose. Les policiers auraient tôt fait de découvrir que le romancier était le frère du père

Willy. Ils se demanderaient immédiatement si les deux assassinats étaient liés. Si l'affaire était rendue publique, Anne Tidrow, Conor White et l'homme au profil d'aigle – l'officier de l'armée équato-guinéenne – sauraient précisément pourquoi Marten s'était rendu à Berlin.

Celui-ci aurait donc de plus en plus de mal à fuir l'Allemagne sans traîner un indicateur derrière lui. Or il ne pouvait se le permettre, car il savait à présent – du moins croyait savoir – où se trouvaient les photographies.

Assis sur un banc du parc, plongeant son regard dans le sien comme le père Willy l'avait fait avant lui au cœur de la forêt – c'est-à-dire en s'efforçant de déterminer s'il était ou non digne de confiance –, Théo Haas l'avait, de façon détournée (le prêtre n'avait pas agi autrement), mis sur la voie :

— Livros usados, Avenida Tomás Cabreira, avait-il fait en souriant. L'homme s'appelle Jacob Cádiz. C'est un collectionneur.

Quelques secondes plus tard, avant que Marten l'ait interrogé plus avant, les pétards avaient explosé. Puis l'homme aux cheveux frisés avait surgi et le romancier était mort.

17 h 47

Marten boucla sa valise. Il ne signalerait pas son départ à la réception. Il se contenterait de décamper. L'hôtel se chargerait plus tard de retrouver sa trace. Il balaya la pièce du regard pour vérifier qu'il n'oubliait rien. Il ouvrit la porte et se figea.

— Je crois que ceci vous appartient, monsieur Marten.

Anne Tidrow se tenait à l'entrée. Elle lui fourra dans la main le billet de cent euros qu'il avait remis au chauffeur de taxi.

— J'ai encore de quoi payer moi-même la course. Puis-je entrer ?

— Je..., hésita Marten.

— Merci, fit-elle en pénétrant dans la pièce avant de refermer la porte derrière elle.

— Et maintenant ?

— Un autre taxi est en train de patienter devant un accès latéral. Je suggère que nous le rejoignions au plus vite.

— Nous ?

— Après votre départ, le chauffeur a coupé la musique pour se brancher sur une station d'informations en continu. Votre ami n'était pas un auteur ordinaire. C'était le célèbre Théo Haas, lauréat du prix Nobel. Un Nobel qui, quelques instants avant sa mort, a été vu en train de parler sur la Platz der Republik avec un homme qui, aux dires des témoins, vous ressemble beaucoup. Je suis certaine que quand notre chauffeur de taxi aura fait le rapprochement, il sera ravi de décrire cet individu à la police, de lui indiquer qui l'accompagnait et où il a déposé ses deux passagers. Je continue ?

— Non.

Les enquêteurs s'étaient montrés plus rapides et plus efficaces qu'il l'imaginait. Il ne leur faudrait pas longtemps pour retrouver cette chambre et la passer au peigne fin en quête d'indices. Que cela lui plaise ou non, son sort et celui d'Anne Tidrow étaient maintenant liés. Pis, elle ne le lâcherait plus, quelles qu'en soient les conséquences. Il était obligé de céder.

— Où est censé nous emmener l'« autre » taxi ? interrogea-t-il.

— À mon hôtel.

— Comment pouvez-vous être certaine que ce chauffeur-là n'alertera pas la police à son tour ?

— J'ai acheté son silence pour cinq cents euros.

27

Hôtel Adlon Kempiski, chambre 647, 16 h 15

Marten regardait par la fenêtre. À moins de cent mètres, à contre-jour dans le soleil de fin d'après-midi, se dressait la Porte de Brandebourg. De nombreux véhicules de police se trouvaient encore à proximité. Il ne s'était pas aperçu de leur présence en arrivant, car Anne et lui avaient emprunté un accès situé à l'arrière de l'hôtel, sur Behrenstrasse. Ils avaient rejoint la chambre par un escalier de service pour éviter de prendre l'ascenseur.

Marten se tourna vers la jeune femme. Elle se hâtait de remplir sa valise posée sur le lit.

— Quatre voitures de police et trois motos, dénombrat-il. Et encore, je ne peux pas toutes les voir d'ici.

Elle s'interrompit pour le dévisager.

— Comment savais-je que vous viendriez par ici ? J'ai simplement cherché un hôtel près du vôtre.

— Vous auriez mieux fait de rester à Malabo. Ou plutôt au Texas.

— Considérons les choses sous un autre angle, chéri : à l'heure qu'il est, les autorités doivent avoir interrogé tous ceux qu'elles voulaient interroger. Ce qui signifie que la voie sera bientôt libre.

— Et alors ?

— Alors nous filerons et nous irons récupérer les photographies.

— Vous ne renoncez donc jamais ! explosa Marten. Vous avez réussi à vous persuader que je savais où elles se trouvaient et ce qui était dessus.

— Cessez de jouer avec moi, Nicolas, rétorqua-t-elle. Vous vous apprêtiez à décamper avec votre valise lorsque je me suis présentée à la porte de votre chambre. Si les clichés se trouvaient dans les parages, vous vous seriez contenté d'aller les chercher, puis vous auriez regagné votre hôtel. Ils ne sont donc pas à Berlin. Peut-être ne sont-ils même pas en Allemagne. En tout cas, vous partiez les récupérer.

— J'avais ma valise parce que je rentrais chez moi, fit-il calmement.

— Ce matin aussi, vous rentriez chez vous. Résultat, vous êtes à Berlin.

— Je suis venu à Berlin pour voir Théo Haas. Il est mort. Que croyiez-vous que j'allais faire ensuite ? Que vous le vouliez ou non, j'ai un travail qui m'attend. Des employeurs sourcilleux et des clients très exigeants.

— Pas aussi exigeants que les policiers s'ils vous mettent le grappin dessus. Ils exigeront de savoir pour quelle raison vous avez rencontré l'écrivain et ils n'avaleront pas votre histoire de parcs publics, eux. Une fois que vous leur aurez dit la vérité, et vous la leur direz, ils voudront connaître le contenu de ces photos, et vous le leur direz aussi. De quoi provoquer un incident diplomatique majeur. La police veillera ensuite à mettre la main sur les clichés. Vous n'agissez pas seul, chéri. Pas plus ici qu'à Bioko. Si les clichés sont rendus publics, celui ou celle qui vous emploie n'aimera pas ça du tout. Moi non plus. Alors arrêtez de prétendre que vous ignorez tout de l'affaire. Nous n'avons plus le temps de nous amuser. Il existe peut-être un moyen de se sortir du pétrin, mais vous n'y arriverez pas sans moi. Et je ne vous aiderai pas si vous ne me montrez pas les photos.

Marten n'avait pas la moindre idée de ce qu'elle entendait par « un moyen de se sortir du pétrin », mais il savait qu'on volerait à son secours s'il appelait le président Harris pour l'informer de la situation. Seulement, il ne s'y résoudrait qu'en dernier recours, parce que s'il l'appelait, le président ferait tout son possible pour le tirer de ce mauvais pas. Il ferait jouer ses relations et cela seul, malgré la discrétion dont il ne manquerait pas de faire preuve, suffirait à provoquer une crise internationale, en raison de la notoriété de Théo Haas. La police berlinoise et l'opinion publique allemande seraient outrées d'apprendre qu'on avait laissé filer le principal suspect du meurtre sur les instances du gouvernement américain.

Et l'information filtrerait forcément, ne serait-ce que par le biais d'Internet. Les spécialistes de la Toile, les bloggueurs de tout poil auraient tôt fait d'établir le lien entre la « manœuvre diplomatique » et sa source « supposée ». Preuves à l'appui ou non, le mal serait fait. Ce qu'Anne Tidrow avait suggéré – « celui ou celle qui vous emploie n'aimera pas ça du tout » – se vérifierait : le monde entier découvrirait que le président des États-Unis tentait de couvrir un meurtre. Qui plus est, les photographies seraient probablement révélées dans la foulée ; on se demanderait si Harris ne tenait pas surtout à protéger Striker et Hadrien. Ce scénario était inenvisageable. Pour le moment, Marten n'avait donc d'autre choix que de laisser les commandes à Anne Tidrow.

Il se laissa tomber sur le lit.

— Que sommes-nous censés faire en attendant que la police fiche le camp ? s'enquit-il.

— Allumez la télé, vous y glanerez peut-être quelques informations. Voyez s'ils ont établi des contrôles au départ des aéroports, des gares routières et ferroviaires. S'ils fouillent les voitures quittant la ville.

— Je ne parle pas allemand.

— Vous saisirez à peu près. C'est la télévision, ce n'est pas bien compliqué.

— Et vous ?

— Moi, je vais prendre une douche.

— Une douche ?

Marten demeurait incrédule.

— J'ai passé la nuit dernière à bord d'un avion. Puis j'ai passé la journée à vous suivre. Et la soirée promet d'être longue. Si vous n'y voyez pas d'inconvénient, j'aimerais me laver avant de poursuivre.

Sur ce, elle fila dans la salle de bains, dont elle referma la porte derrière elle.

— Comment savez-vous que je ne vais pas vous fausser compagnie ? lança Marten.

— Parce que, dans ce cas, je préviendrai la police.

— Ils vous arrêteront aussi.

Pas de réponse. Il éleva la voix.

— Je dis qu'ils vous arrêteront aussi.

Toujours pas de réponse.

Il entendit l'eau couler.

18 h 25

18 h 37

Marten regardait la télévision, assis dans un fauteuil, lorsque la porte de la salle de bains se rouvrit. Anne sortit, vêtue d'un lourd peignoir de bain en tissu éponge blanc, ses cheveux noirs emprisonnés dans une serviette. Elle se mit à scruter l'écran.

— Avez-vous appris quelque chose ? s'enquit-elle.

Son compagnon ne dit rien. Il ne lâchait pas la télé des yeux. Elle s'approcha. Les envoyés spéciaux se répartissaient entre la Platz der Republik, la Porte de Brandebourg et le quartier général de la police berlinoise, sur la Platz der Luftbrücke. Un des correspondants porta soudain la main à son oreillette – il écoutait sans doute les instructions en provenance du studio. Il fit ensuite une brève introduction, puis sur l'écran apparut l'intérieur du bâtiment de la police : un homme grand s'y trouvait, aux allures menaçantes, l'œil noir et le crâne rasé, vêtu d'une chemise blanche, assortie d'une cravate, sous une veste en cuir. Il s'approcha d'une forêt de micros.

— Avez-vous déjà entendu parler du commissaire Emil Franck ? demanda Marten à Anne Tidrow sans la regarder.

— Non.

— Eh bien, c'est lui. Il y a quelques minutes, on nous l'a montré sur la Platz der Republik. Si j'ai bien saisi, c'est leur meilleur flic et c'est lui qui dirige l'enquête.

— Qu'ont-ils dit jusqu'à présent ?

— Que je suis le type qu'ils recherchent.

— Quoi ?

Anne était abasourdie.

— Enfin, pour autant que je sache.

— Comment peuvent-ils se montrer aussi affirmatifs ? Les témoins n'ont fait que vous décrire.

— Quelqu'un m'a pris en photo avec son téléphone portable.

— Mon Dieu !

— Amen.

— Connaissent-ils votre nom ?

— Si oui, ils ne l'ont pas mentionné.

Quand le commissaire Franck se fut planté devant les micros, il fixa l'objectif de la caméra. Il s'exprima d'abord en allemand, puis en anglais. Le ton était glacé, dépourvu d'émotion.

— Voici l'homme que nous recherchons afin de l'interroger sur l'abominable meurtre de Théo Haas, survenu en plein jour. Nous demandons à tous et à toutes de nous aider à le retrouver.

Un cliché flou de Marten au milieu de la cohue jaillit aussitôt sur l'écran. La voix de Franck énonça un numéro de téléphone, ainsi qu'une adresse électronique.

— On me reconnaît ? s'enquit Marten sans lâcher la télé des yeux.

— Hélas, oui.

Le numéro de téléphone et l'adresse électronique parurent en incrustation sur l'écran. Ils y restèrent un long moment, puis le noir se fit. Quelques secondes plus tard, une photo de Théo Haas les remplaça, accompagnée du texte suivant : « Verbrechen des Jahrhunderts. »

— Le crime du siècle, traduisit Anne Tidrow. Bon sang. Le crime du siècle…

— Quelque chose me dit que le généreux pot-de-vin que vous avez versé au chauffeur de taxi ne va pas suffire à le faire taire.

— En effet.

28

Marten se leva d'un bond.

— Ils seront ici dans peu de temps. Si je m'en vais maintenant en empruntant l'issue par laquelle nous sommes entrés tout à l'heure, vous pourrez nier en bloc. Dites-leur que nous nous sommes rencontrés dans l'avion qui nous ramenait de Bioko, que nous avons un peu flirté et que c'est pour cette raison que vous m'avez suivi jusqu'à Berlin. Vous ignoriez que je devais rencontrer Théo Haas. Vous saviez encore moins que je serais dans les parages au moment de son assassinat. Qui plus est, vous serez en mesure de leur décrire le véritable meurtrier, vous l'avez vu aussi bien que moi. D'autres gens ont dû le voir également, des gens que les policiers ont sans doute déjà interrogés. Vous pourrez faire valoir cet argument auprès d'eux, cela vous rendra d'autant plus crédible. En outre, vous êtes une riche Américaine siégeant au conseil d'administration d'une grosse compagnie pétrolière texane. Ils ne vous feront pas d'ennuis, en particulier lorsque vous les aurez convaincus que vous vous êtes simplement trouvée au mauvais endroit, au mauvais moment. Que vous ignorez où je suis. Ce qui sera la stricte vérité.

— Ça ne marchera pas.

Elle avait planté son regard dans le sien.

— Pourquoi ? Dans dix secondes, j'aurai quitté cette chambre et je me serai volatilisé.

— Pas sans moi.

— Vous n'allez pas recommencer ! Pas avec ce commissaire Franck à nos trousses. S'il vous pince en même temps que moi, nous nous retrouverons tous les deux sous les verrous.

— Je veux récupérer les photographies, monsieur Marten. Je prends le risque. De plus, je vous ai dit que j'avais peut-être un moyen de nous sortir du pétrin. Mais pour ça, vous avez besoin de moi.

— Comment comptez-vous faire ?

— Comme disait ma mère : « Moi je sais, et vous, vous allez le découvrir. »

— Me voici donc à votre merci, capitula Marten.

— Alors allons-y.

Elle fouilla dans sa valise, dont elle extirpa quelque chose qu'elle lança à son compagnon.

— Vous passerez un peu plus inaperçu avec ça.

Une casquette de base-ball, portant le logo des Dallas Cowboys.

Il dévisagea Anne Tidrow comme si elle était folle.

— Ça ne me sera d'aucune utilité.

— C'est mieux que rien, chéri. Maintenant, rassemblez vos affaires, passez au petit coin et filons d'ici.

Anne ôta brusquement son peignoir de bain. Marten eut le temps d'apercevoir quelques centimètres carrés de chair ferme, deux seins superbes et une toison pubienne. Déjà, la jeune femme passait des sous-vêtements, enfilait le jean, le pull et la veste en jean qu'elle portait en arrivant. Elle laça ses chaussures de sport.

Trois minutes plus tard, ils quittaient l'hôtel Adlon par la porte de derrière. Ils s'engagèrent dans Wilhelmstrasse en direction du boulevard Unter den Linden et de la Spree. Marten arborait sa casquette de base-ball et portait sa valise, comme n'importe quel touriste. Anne avait jeté sur son épaule un sac extrait de sa valise. Il contenait l'essentiel : sous-vêtements propres, trousse de toilette, passeport, cartes de crédit, argent liquide, BlackBerry. Elle avait abandonné le reste de ses affaires dans sa chambre, pour faire croire aux enquêteurs qu'elle reviendrait bientôt.

19 h 07

Hôtel Adlon Kempinski, conciergerie, 19 h 28

— Nous comptons plus de trois cents chambres et soixante-dix-huit suites. Il nous est impossible de décrire chacun de nos clients.

Paul Stonner était le concierge de l'hôtel Adlon. Il était fier de sa fonction, portait des vêtements sombres et des lunettes à double foyer. Il se tenait en face du commissaire Emil Franck, dans son bureau. Auprès de Franck se trouvaient ses subordonnés, les inspecteurs Gerhard Bohlen et Gertrude Prosser. Bohlen avait quarante et un ans. Il était d'une maigreur effarante, d'un sérieux excessif. Il était marié. Sa collègue avait trois ans de moins. C'était une jolie blonde énergique dont le travail constituait l'unique passion. Gerhard et Gertrude. Franck les appelait souvent « les deux G ». Ils étaient des enquêteurs hors pair.

— Monsieur Stonner, rétorqua froidement le commissaire – ses yeux noirs et perçants semblaient deux têtes d'épingle piquées dans son crâne. Vous allez convoquer vos collaborateurs ici même et, ensemble, nous allons tâcher de faire de notre mieux. M. Zeller leur fournira une description aussi précise que celle qu'il nous a déjà livrée.

Karl Zeller, cinquante-quatre ans, n'était autre que le chauffeur de taxi aux cheveux blancs qui avait conduit Marten et Anne Tidrow de l'hôtel Mozart à l'hôtel Adlon. Il était précisément 18 h 02, avait-il ajouté à l'intention des policiers.

— Nous serons ravis de vous apporter notre concours, monsieur le commissaire, déclara respectueusement Stonner. Mais comment savez-vous que ces gens sont descendus dans notre établissement ?

— Nous ne le savons pas, monsieur Stonner, mais nous allons tenter de l'établir.

19 h 32

Ils descendaient en hâte Schiffbauerdamm le long de la Spree. Marten s'était débarrassé depuis longtemps de sa valise. L'ayant lestée de quelques morceaux de béton récupérés dans une benne à gravats, non loin du Reichstag, il l'avait jetée dans la rivière. Il n'avait conservé sur lui que l'essentiel : passeport, permis de conduire, cartes de crédit, argent liquide, ainsi que le mobile jetable dont il s'était servi pour appeler le président Harris.

La chaude lueur de cette longue journée d'été miroitait encore sur la ville. La nuit qui tardait à tomber rendait service aux deux fugitifs : ils se fondaient d'autant plus aisément parmi les hordes de flâneurs qui prenaient d'assaut les cafés situés sur les quais. De là, on pouvait observer le ballet des bateaux touristiques naviguant sur ses eaux. Après le coucher du soleil, la foule se disperserait ; Nicolas Marten et Anne Tidrow courraient alors plus de risques d'être repérés par les policiers – il y en avait partout (à chaque coin de rue, à moto, en voiture de patrouille), lancés à la poursuite de l'homme dont le commissaire Franck avait présenté le portrait flou à la télévision.

Ils avaient quitté l'hôtel depuis une demi-heure. Marten avait à peine parlé. Il se contentait de suivre Anne. De toute évidence, elle connaissait la ville, du moins la portion dans laquelle ils se trouvaient. Elle avait en outre une destination bien précise en tête. Marten ignorait laquelle. Il ignorait également qui les attendrait sur place. Ces incertitudes le mettaient mal à l'aise. Au même titre que les deux questions qu'il s'était déjà posées tout à l'heure : comment Anne savait-elle dans quel hôtel il était descendu ? Comment savait-elle qu'il s'était ensuite rendu dans le parc pour y rencontrer Théo Haas ? De plus, avant qu'ils abandonnent sa chambre, elle avait tenu à prendre une douche ; en réalité, elle avait passé un coup de téléphone aussitôt la porte de la salle de bains refermée derrière elle.

— Où allons-nous ? demanda-t-il soudain.

— Ce n'est pas loin.

— C'est trop loin. Nous laissons trop de temps à la police.

— Nous sommes presque arrivés.

— Où ça ? Un bar ? Un restaurant ? Un autre hôtel… ?

— L'appartement d'une amie.

— Quelle amie ?

— Juste une amie.

— Celle que vous avez appelée dans la salle de bains ?

— Qu'est-ce que vous racontez ?

— La douche était une excuse. Vous vouliez vous isoler pour passer votre coup de fil sans que je vous entende.

— Chéri, lui sourit-elle. Je tenais à faire un brin de toilette. Rien de plus.

— Votre BlackBerry se trouvait sur le lit avant que vous entriez dans la salle de bains. Ensuite, il n'y était plus.

— Soit.

Le sourire d'Anne s'évanouit.

— J'ai téléphoné à mon amie. Pour qu'elle nous vienne en aide.

— Dans ce cas, pourquoi ces cachotteries ?

— C'était un appel personnel. Faut-il que je vous expose mes moindres faits et gestes ?

— Emmenez-nous là-bas, ça suffira.

— Nous…, hésita-t-elle.

— Nous, quoi ?

— Nous devons attendre.

— Attendre quoi ?

— Il faut qu'elle prenne certaines dispositions.

— Des dispositions ?

— Oui. Elle m'appellera dès que tout sera prêt.

— Qui est-elle, bon Dieu ?

La colère brilla dans les yeux de la jeune femme.

— Il y a une chose que vous devez vous mettre dans le crâne : la police est partout. Nous n'avons pas d'autre endroit où aller.

Marten n'aimait pas ça. Il n'aimait pas ça du tout. Il insista.

— « Verbrechen des Jahrhunderts. »

— Et alors ?

— « Le crime du siècle. » C'est vous-même qui avez traduit quand nous regardions la télé. Vous comprenez l'allemand. Vous connaissez cette ville. Vous m'avez fait suivre depuis l'aéroport. C'est comme ça que vous avez appris où j'étais descendu. Quelqu'un a ensuite surveillé l'hôtel pour vous et vous a prévenue quand je suis sorti. On vous a également informée sur mon itinéraire. Vous m'avez retrouvé dans le parc. Et voilà que l'envie vous prend d'aller vous laver alors qu'il y a des flics dans tous les coins. Maintenant, nous nous rendons chez une « amie ». Une « amie » qui doit prendre certaines « dispositions ». Quel genre d'amie est-elle donc, chérie, à l'heure où la ville entière est à mes trousses, et probablement aux vôtres ? Vous m'avez demandé d'arrêter de jouer, vous feriez bien d'en faire autant. Vous ne vous contentez pas de siéger au conseil d'administration de Striker. Vous avez d'autres fonctions. Lesquelles ? Qui êtes-vous ?

Un peu plus loin, le pont Weidendamm enjambait la Spree. Un escalier y menait.

— Montons, fit Anne calmement.

— Je vous ai posé une question.

C'est alors que deux policiers à moto ralentirent en passant à côté d'eux. À quelques mètres de là, ils s'immobilisèrent et se retournèrent. L'un d'eux parla dans un micro fixé à son casque. Anne saisit prestement Marten par la main et l'obligea à pivoter vers elle.

— Embrassez-moi, lui ordonna-t-elle en le regardant dans les yeux. Et faites comme si vous en aviez envie. Allez-y.

Marten jeta un coup d'œil en direction des policiers et s'exécuta. Elle lui rendit un long baiser profond.

Les deux motards les observèrent quelques instants avant de s'éloigner.

— L'escalier, le pressa-t-elle.

29

Deux autres policiers à moto patientaient non loin lorsqu'ils parvinrent au sommet de l'escalier. Ils avaient garé leurs engins et bavardaient sur le trottoir. Anne souhaitait prendre à gauche, mais pour ce faire, il lui fallait, soit passer tout près des deux agents, soit traverser la rue, au risque d'avoir l'air de les éviter. Elle tourna donc à droite ; Marten la suivit.

Elle se pencha et l'embrassa de nouveau.

— Droit devant nous, chuchota-t-elle, c'est la gare. Dès que nous y serons, entrez à l'intérieur.

Ils ne se retournèrent pas. Impossible de savoir si les deux policiers les suivaient. Quarante secondes plus tard, ils pénétraient dans l'édifice.

— S'ils nous ont vus entrer et s'ils se méfient, remarqua Marten, des flics vont fouiller chaque wagon. Nous devons sortir d'ici, mais sans prendre de train ni retourner dans la rue.

— Par ici.

Ils longèrent les guichets pour emprunter un escalator qui descendait.

Au pied de celui-ci, Anne tourna à gauche, puis à droite. Ils suivirent un couloir menant à une porte. De l'autre côté de la porte, ils se retrouvèrent sur les berges de la Spree. Ils empruntèrent une passerelle en compagnie d'un groupe d'individus prêts à embarquer sur un bateau touristique à double pont baptisé le *Monbijou*. Le pont inférieur était occupé par un restaurant. Bondé. On les invita à s'installer sur le pont supérieur. Le pont supérieur où l'on pourrait les repérer depuis une autre embarcation, depuis un pont, depuis les rives...

Hôtel Adlon, chambre 647, 20 h 05

— Faites venir les techniciens, ordonna sèchement le commissaire Franck à l'inspecteur Bohlen. Tout de suite.

Bohlen s'empressa d'allumer l'émetteur radio et quitta la pièce.

Il avait fallu à Franck et ses deux subordonnés – avec l'aide de Karl Zeller, le chauffeur de taxi, ainsi que du personnel stylé dont le concierge Stonner avait la charge – un peu plus de trente minutes pour identifier la femme que Zeller avait menée de l'hôtel Mozart à l'entrée de service du Adlon. Avec elle se trouvait un homme qui ressemblait fort à celui que la police recherchait dans le cadre de l'enquête sur le meurtre de Théo Haas.

Stonner se mit à lire un feuillet imprimé qu'une jeune assistante en costume bleu marine venait de lui remettre.

— Elle s'est enregistrée chez nous sous le nom de Hannah Anne Tidrow. Adresse : 2800 Post Oak Boulevard, Houston, Texas. Elle est arrivée ici à 13 h 10. Elle n'a pas indiqué de date de départ. Elle est déjà descendue dans notre établissement. Elle a utilisé une carte de crédit de la Striker Oil & Energy Company, basée à Houston, au Texas. L'adresse de facturation et celle qu'elle nous a indiquée sont les mêmes.

— Quand a-t-elle séjourné chez vous la dernière fois ? interrogea Franck en balayant la chambre du regard sans rien toucher.

— Il y a deux ans. Du 12 au 15 mars.

— Commissaire (Gertrude Prosser sortit de la salle de bains tout en marbre et bois poli), l'un d'eux, au moins, a pris une douche. Le peignoir de l'hôtel est encore mouillé, ainsi que trois serviettes de toilette.

— Deux bagages.

Les yeux de Franck scannaient la pièce. L'une des valises d'Anne trônait sur le porte-bagages, dans l'entrée ; l'autre était posée sur le sol, à côté de la première. Dans le placard on recensait : un pantalon noir, un blazer chic, deux tailleurs, un pantalon et une veste de soirée, un pantalon en lin, certes coûteux mais un peu froissé, ainsi qu'un petit haut sans manches assorti.

L'inspecteur Bohlen reparut.

— L'équipe technique est en route.

Le commissaire porta immédiatement un petit appareil radio à sa bouche.

— Ici Franck. Je veux des renseignements sur une certaine Hannah Anne Tidrow, appartenant à la Striker Oil & Energy Company de Houston, au Texas. Je veux savoir ce qu'elle fait là-bas, quelle est sa fonction, sa place au sein de l'entreprise. Voyez s'il existe une photo récente d'elle. (Il coupa la communication avant de se tourner vers Bohlen.) Faites venir la brigade cynophile. Le plus vite possible.

— Bien, monsieur.

— Emmenez Prosser avec vous et allez faire un tour à l'hôtel Mozart. Procurez-vous le nom et l'adresse de tous ceux qui y sont descendus durant les dix derniers jours. Puis convoquez l'ensemble du personnel, décrivez-leur Hannah Anne Tidrow et montrez-leur la photo du suspect. Peut-être n'ont-ils fait que passer. Ou alors, ils se sont servis de cet hôtel pour tenter de nous semer. Mais s'il logeait là-bas, quelqu'un le reconnaîtra forcément. Nous disposerons alors d'un nom, d'un numéro de chambre et d'une adresse.

— Bien, monsieur.

20 h 12

30

Monte del Pardo, Espagne, 20 h 12

Sous les vieux oliviers la terre était meuble car, en dépit de la saison, il avait plu récemment. La tombe fut facile à creuser. Une pelle et quelques minutes avaient suffi. Conor White souleva le cadavre. Un cadavre menu et délicat entre ses grandes mains. Il l'examina un moment – les deux petites pattes grêles, les plumes ébouriffées au niveau du cou, le bec arrogant, les ailes grises qu'on aurait crues prêtes à battre, soigneusement repliées le long du corps. White ignorait de quelle espèce de volatile il s'agissait.

— J'espère que tu as eu une belle vie, mon garçon, déclara-t-il avec respect.

Après quoi il déposa la petite créature sur le flanc au fond de la fosse, puis la recouvrit de terre.

— Adieu et bon voyage.

Le ton demeurait révérencieux. La pelle à la main, il se dirigea vers la ferme à travers le champ d'oliviers.

À sa droite s'étirait l'A6, l'autoroute menant à Madrid. Des voitures circulaient dans les deux sens. Une épaisse forêt de conifères se dressait à l'arrière du bâtiment et sur l'un de ses flancs, si bien que depuis la route on ne le voyait pas. À l'avant de la maison s'étendaient des champs laissés en jachère, pas moins de vingt-cinq hectares, répartis en demi-cercle aux abords de l'édifice. L'ensemble était à vendre depuis la mort de son propriétaire, survenue deux ans plus tôt. Aucun acheteur ne s'était encore présenté et il n'y avait pas d'argent pour assurer l'entretien des lieux. Personne ne s'occupait plus des oliviers, pas plus que de l'allée de terre et de gravier menant au corps de ferme. Les précipitations hivernales en avaient eu raison. Le délabrement n'avait pas empêché des vandales de s'introduire dans la demeure pour y dérober tous les objets de valeur – ils n'avaient laissé que le poêle, les toilettes et quelques meubles qui ne les intéressaient pas. Non loin de la ferme se trouvait une grange menaçant ruine. Bref, l'endroit était idéal pour y mener l'interrogatoire en cours depuis que White et ses collaborateurs avaient atteint Madrid en jet privé ; ils venaient de Malabo et une voiture de location les avait menés là quelque six heures plus tôt.

Six heures d'interrogatoire. De quoi laisser les prisonniers à la fois terrifiés et fourbus. Et expliquer, peut-être, pourquoi White n'avait toujours pas obtenu de réponses à ses questions. Il était sorti pour les laisser reprendre leur souffle et mesurer toute la gravité de la situation. Lui-même en profitait pour s'offrir un bol d'air. C'est alors qu'il avait découvert l'oiseau mort dans l'ombre, près de la porte.

20 h 18

White s'était rapproché de la maison. À l'intérieur se détachait la faible lueur d'une lanterne qu'un de ses hommes avait eu la bonne idée d'apporter, supposant à juste titre que l'électricité serait coupée. White leva les yeux vers le soleil couchant, le ciel chargé de traînées rouges et de nuages. S'il avait été fumeur, il aurait allumé une cigarette. Mais White ne fumait plus. Il ne pouvait désormais compter que sur ses émotions et ses pensées qui, pour l'heure, se révélaient passablement confuses.

Comment aurait-il pu imaginer se retrouver un jour en pareille posture quand il avait accepté de fonder SimCo pour le compte de Striker et d'Hadrien, il y a un an de cela ? Il avait alors démissionné de sa propre entreprise dans l'espoir d'accomplir un pas supplémentaire au sein de l'univers lucratif des sociétés de sécurité privées. Un pas ? Non : un véritable bond en avant. Il s'agissait d'un contrat de six ans avec Striker, pour protéger les salariés de la compagnie pétrolière en Guinée équatoriale. Contrat renouvelable tous les cinq ans pendant un demi-siècle. Cette aubaine lui avait permis de rivaliser aussitôt avec les principales sociétés de sécurité privées de la planète – y compris Hadrien. Mais personne n'avait entrevu le champ de mines sur lequel avançaient à présent SimCo et son grand manitou. Cette histoire de photographies était stupide. Presque aussi stupide que ce qui avait provoqué la crise du Watergate et précipité la chute de l'administration Nixon. Pourtant, les faits étaient là, aussi réels qu'ils l'avaient été naguère pour le président déchu. Mais Conor White n'était pas un homme d'État paranoïaque retranché dans l'enfer doré de la Maison Blanche. C'était un homme cultivé, un guerrier chevronné, dont la tâche consistait à résoudre au plus vite, et dans la plus grande discrétion, l'affaire des photographies. Avant que tout s'écroule autour de lui.

Durant ces dernières heures, il avait été deux fois en contact avec Bruce Truex. De même qu'avec Joe Wirth qui, à cette heure, faisait route vers l'Europe à bord d'un jet de la compagnie Striker. Un homme comme lui, songeait White, ne se déplaçait que dans une seule intention : surveiller le moindre de ses agissements, lui dicter sa conduite pas à pas. Truex et Wirth avaient exigé de savoir où il se trouvait, comment il avançait dans ses démarches et quand le problème serait résolu, comme s'il n'était qu'un vulgaire plombier auquel on aurait eu recours pour réparer les toilettes au beau milieu d'une noce – tous les invités étaient pressés qu'il en finisse. Le patron d'Hadrien et celui de Striker voulaient que tout soit bouclé pour hier. Aucun d'eux ne comprenait combien il était difficile de mettre la main sur ce fantôme après lequel il courait. Au moins, Truex parlait le même langage que lui. Mais Wirth était un homme très différent. Un homme excessif à l'ego surdimensionné, trop riche, trop surexcité pour voir le monde sous un autre angle que le sien. Des gens comme lui avaient tôt fait de se montrer imprudents, voire irresponsables, en particulier quand ils commençaient à perdre confiance et sentir que les choses leur échappaient. Résultat, ils cédaient à la panique et devenaient dangereux, pour eux-mêmes, mais aussi pour leurs associés. Conor White n'avait aucune envie de sombrer à cause de Wirth.

Ni maintenant ni jamais.

20 h 20

Dans le crépuscule qui s'installait, il discernait la limousine noire qui avait amené les captifs jusqu'à la ferme. La Mercedes était garée sous les arbres. Un peu plus loin se tenaient le chauffeur en livrée et le porteflingue revêtu du même uniforme qui étaient venus le chercher à l'aéroport de Madrid où il avait débarqué avec deux de ses mercenaires. Ils bavardaient en fumant. Leur présence se révélerait utile si les choses tournaient mal dans la maison. Les mercenaires se nommaient Jack Hanahan et Patrice Sennac. Le premier avait appartenu aux rangers de l'armée irlandaise, unité baptisée « Sciathán Fianóglach an Airm ». Un type massif, vif comme l'éclair et pourvu de poings énormes. Patrice Sennac avait joué les contre-insurgés pour le compte de la CIA en Amérique centrale. C'était un vieux guerrier de la jungle – ce dont témoignait la longue cicatrice sur son visage. Selon les circonstances, ces deux garçons étaient capables de faire preuve d'une politesse exquise ou d'une violence inouïe. Ami, ennemi, peu leur importait. À l'intérieur de la demeure patientaient la jeune doctoresse espagnole et ses quatre étudiants en médecine. Cinq personnes. Cinq individus susceptibles de détenir une information que l'armée équato-guinéenne n'avait pas réussi à leur extorquer : l'endroit où l'on avait dissimulé les photographies. Car Nicolas Marten leur avait peut-être tout raconté. Sur la route qui les avait conduits de l'une des plages de Bioko à Malabo. Ou dans la capitale, tandis qu'ils partageaient quelques verres au bar de l'hôtel. Ou, plus probablement, au cours du long vol vers Paris.

White aurait préféré s'élancer à la poursuite de Marten et laisser à d'autres le soin de se charger des Espagnols. Mais la mission avait été confiée à Anne Tidrow, dont Truex et Joe Wirth – ainsi qu'Anne elle-même – pensaient qu'elle avait plus de chances d'opérer un rapprochement avec Marten.

L'urgence était le maître mot. Il fallait dénicher les clichés et les détruire avant que le grand public en prenne connaissance. La pression était d'autant plus forte pour White qu'il figurait sur de nombreuses photographies. Si celles-ci étaient rendues publiques, tout s'effondrerait pour lui.

Tout.

Colin Conor White était né à Londres, fils unique d'une jeune serveuse et de George Winston White, employé des chemins de fer qui avait succombé à une crise cardiaque quelques semaines après la naissance de son garçon. Sa mère, triste et désespérée, n'avait pas tardé à quitter la capitale pour s'installer près de sa sœur, dans un petit deux pièces à Birmingham. Conor White vivait alors dans la pauvreté. Et il avait appris la loi de la rue. À onze ans, il découvrit une lettre d'adieu rangée dans un placard au-dessus de l'évier de la cuisine, à l'intérieur d'une boîte oubliée là depuis longtemps et bourrée de souvenirs. Il apprit que son père n'était pas l'employé des chemins de fer précocement décédé, mais un homme marié. Il eut une conversation houleuse avec sa mère, qui refusa en bloc de lui révéler quoi que ce soit, le nom de l'inconnu, sa profession... Elle alla jusqu'à insinuer que cette histoire avait été inventée de toutes pièces : l'affaire était grotesque, elle ignorait qui avait écrit cette lettre, elle ignorait d'où elle venait ; elle interdit à son fils d'aborder de nouveau le sujet.

Elle avait nié les faits si farouchement que Conor White n'en fut que plus pressé d'approfondir ses recherches. Il apprit qu'aucun George Winston White n'avait jamais appartenu aux chemins de fer britanniques au moment de sa naissance. Dix-huit mois plus tard, au terme d'une enquête minutieuse, il découvrit que son père se nommait sir Edward Raines. C'était un bel homme à la chevelure argentée, membre du Parlement, ancien soldat décoré après avoir combattu à Aden en 1963. Non content d'être le père de White, Raines versait en outre une pension annuelle à sa mère pour qu'elle garde le silence.

Cette dernière, de nouveau interrogée par son fils, s'en tint à sa version initiale. Comment Conor pouvait-il s'imaginer qu'un homme tel que sir Edward Raines ait pu seulement faire attention à une femme sortie de rien, qui ne possédait que son certificat d'études ? White entendait encore résonner à ses oreilles sa voix stridente et furieuse :

« Mets-toi bien dans la tête, monsieur Conor White, que ni toi ni moi n'atteindrons jamais un tel niveau social. Tu ferais mieux de te préparer à devenir ouvrier au lieu de fantasmer sur le père que tu aurais préféré avoir. Ces folies ne te mèneront pas plus loin que le deux pièces dans lequel nous vivons. Et encore : si tu as de la chance. »

Peut-être. Mais rêves ou pas, Conor White avait ourdi d'autres plans. Il alla trouver sir Edward pour qu'il lui confirme qu'il était bien son père. En tout cas, il essaya. Chaque fois, il se vit refouler par un employé du parlementaire. Sir Edward ne voulait pas le recevoir.

Robuste, maussade et rageur, Conor White dut son salut à une détermination aussi farouche que celle de son père. Grâce à son amour de la lecture et du rugby, qu'il pratiquait avec une fureur entièrement vouée à sir Edward, il obtint une bourse pour intégrer Eton College. Il y obtint un diplôme en anglais et fut nommé capitaine de l'équipe de rugby. On l'admit ensuite à Oxford, après quoi il entra à l'Académie royale militaire de Sandhurst. Il désirait devenir officier dans l'armée britannique. Peu après, il fut invité à rejoindre le SAS, unité d'élite des forces spéciales. Il ne laissa pas passer l'occasion. Il allait combattre en première ligne. Les coïncidences n'existent pas : avec un peu de chance et beaucoup de courage, il allait devenir un héros militaire. Comme son père avant lui.

Il avait tracé sa route pendant presque un quart de siècle. Il s'était forgé une excellente réputation dans le monde entier. Sa carrière au sein du SAS et la série de médailles qu'il avait décrochées parlaient pour lui. DSO (Distinguished Service Order) – attribué pour la valeur exceptionnelle d'un soldat et sa bravoure face à l'ennemi –, Irak, 1993. DSO, Irak, 1998. DSO, Bosnie, 2000. DSO, Sierra Leone, 2002. La Victoria Cross – la plus haute distinction – lui avait été accordée en 2003 pour son action en Afghanistan. DSO, Irak, 2004. Après quoi il avait intégré le secteur privé. Il n'en demeurait pas moins l'incarnation du héros. À l'issue de ce parcours, il ne pouvait accepter la honte et l'humiliation d'être traîné dans la boue, de voir son visage apparaître sur des écrans d'ordinateur et de télévision, à la une des journaux ; il ne supporterait pas qu'on le traite de laquais d'une compagnie pétrolière désireuse de renverser le gouvernement d'un pays du tiers-monde pour accroître ses profits – même s'il s'agissait d'un régime tyrannique.

20 h 22

Parvenu au seuil de la ferme, il déposa la pelle contre la porte ; faudrait-il creuser d'autres tombes cette nuit ? Il prit une profonde inspiration, extirpa un passe-montagne noir d'une poche de sa veste, enfila la cagoule et entra.

Les cinq « invités » se trouvaient là où il les avait laissés, éclairés par la lumière chiche de la lanterne portative, assis sur un banc de bois dans la pièce qui servait à la fois de cuisine et de salle à manger. Il connaissait leurs noms – Marita, Gilberto, Rosa et ses lunettes immenses, Luis, Ernesto le rouquin. Tous étaient aussi pâles, aussi apeurés, aussi silencieux que lorsqu'il était sorti prendre l'air. À l'exception de Marita, tous fixaient le sol. Les yeux de la jeune femme s'étaient rivés sur White dès qu'il avait reparu. Ils étaient pleins de défi et de haine.

Jack se tenait debout à une extrémité du banc, bras croisés sur la poitrine. Patrice faisait face aux prisonniers, jambes écartées, mains derrière le dos. Les deux hommes portaient le même jean et le même pull que White. Tous deux exhibaient un pistolet automatique dans un holster en kevlar accroché à leur ceinture. Tous deux avaient le visage masqué par une cagoule noire.

— Qui est décidé à me parler des photographies ? interrogea White.

— Pour la centième fois, cracha Marita avec fureur, nous ne pouvons pas vous dire ce que nous ignorons.

Conor White considéra les visages épouvantés. Il se gratta la tête.

— Peut-être y sommes-nous allés un peu fort, concéda-t-il en ôtant son passe-montagne.

C'était la première fois qu'il l'enlevait devant les captifs. Il perçut leur surprise : les cinq Espagnols se rappelaient l'avoir croisé à l'hôtel Malabo.

— Messieurs, fit-il en direction de Patrice et de Jack. N'affolons pas ces gens plus que de raison.

Les deux mercenaires retirèrent immédiatement leur cagoule, qu'ils glissèrent dans leur ceinture.

White se rapprocha.

— Vous voyez à présent que nous jouons franc-jeu avec vous. Et que nous ne vous voulons aucun mal. Toute cette affaire est liée à la guerre civile en cours sur l'île de Bioko. Les photos comptent énormément pour la compagnie pétrolière qui nous emploie. Notre travail consiste donc à les récupérer au plus vite. Ensuite, nous vous relâcherons.

Rosa leva brusquement les yeux vers lui. Elle reprit les termes de Marita.

— Nous ne pouvons pas vous dire ce que nous ignorons.

White hésita un instant avant de s'adresser à Patrice.

— Accélérons le mouvement, voulez-vous.

— Oui, monsieur.

Le mercenaire effectua un demi-pas de côté de manière à se trouver bien en face des prisonniers. Il les considéra l'un après l'autre, puis tout à coup avança vers Rosa. Ses camarades retinrent un cri lorsque Jack se plaça derrière elle et la saisit par les épaules. Sa poigne était de fer – White lui-même n'aurait su lui échapper.

— Marita ! hurla Rosa.

Patrice fit surgir son pistolet automatique, dont il plaqua le canon sous le nez de l'étudiante.

— Où sont les photographies ? demanda White à Marita.

Celle-ci observa sa compagne, l'œil hagard, puis revint à leur ravisseur.

— Mais bon sang, nous ne savons rien ! Nous vous le répétons depuis le début !

— Quel dommage…

Conor White adressa un signe de tête à Patrice. Jack s'écarta. Son camarade pressa la détente. Un bruit assourdissant retentit et le crâne de Rosa explosa. Ses lunettes immenses disparurent derrière elle tandis que son corps s'affaissait sur le banc comme celui d'une poupée de chiffon.

White ne laissa pas aux autres le temps de reprendre leurs esprits. Il fonça sur Marita.

— Les photos. Où sont-elles ?

Hébétée. Horrifiée. L'Espagnole se contenta de secouer la tête.

— Vous continuez à prétendre que vous ne savez rien ?

— Oui ! Non ! Mon Dieu ! Nous ne savons pas ! Je vous en prie ! Mon Dieu, je vous en prie ! Je vous en prie !

White scruta Gilberto, Luis, puis Ernesto. Il porta une main au holster fixé à sa ceinture, dans son dos. Il en retira un Sig Sauer 9 mm semi-automatique. Avec un mouvement fluide, il pivota et atteignit Marita en pleine tête.

31

Berlin, vendredi 4 juin, 20 h 30

Le *Monbijou* avait quitté le quai à 20 h 02 pour remonter le cours de la Spree avant d'effectuer un demi-tour ; il se dirigeait de nouveau vers la ville qui commençait de s'éveiller à la nuit. La foule entassée sur le pont supérieur avait fait taire les craintes d'Anne et de Marten, qui redoutaient de se faire repérer depuis la rive : quatre-vingts personnes au moins, à quoi s'ajoutaient deux serveurs en veste blanche très affairés, soucieux de satisfaire leur clientèle huppée. Si de nombreux Berlinois avaient éprouvé du chagrin à l'annonce du meurtre de Théo Haas, la peine n'avait pas affecté l'excursion. Sans doute parce que la majorité des passagers étaient anglophones ; ils ne mesuraient pas l'émotion suscitée dans toute la ville par la mort de l'écrivain.

Néanmoins, Marten n'était pas tranquille. Ses voisins immédiats l'avaient peut-être vu à la télévision. Il s'agissait certes d'une balade sur l'eau, d'un moment de détente, mais les téléphones portables devaient pulluler, sans compter les ipod et autres gadgets électroniques – les informations pouvaient surgir de partout. Pour l'heure, personne n'avait seulement jeté un regard dans sa direction. Anne ne s'était peut-être pas montrée aussi sotte qu'il l'avait cru en lui prêtant la casquette des Dallas Cowboys.

À part le public et la police, qui pouvaient observer le bateau depuis la rive, il y avait Anne elle-même. Les questions qu'il lui avait posées plus tôt – qui était-elle et quelles étaient ses motivations ? – demeuraient sans réponses. Ce n'était d'ailleurs pas le moment d'y revenir.

Il avait un instant contemplé Berlin en se demandant ce qui allait ensuite se passer. Le problème était de taille, car il avait besoin d'Anne autant qu'il rêvait de se débarrasser d'elle. Le BlackBerry de la jeune femme avait alors sonné. Elle avait décroché sans hâte.

— Oui. Tout va bien. Non, pas pour le moment. Ce n'est pas encore sûr. Oui. D'accord.

Elle remettait le téléphone dans son sac à main lorsqu'il avait retenti de nouveau.

— Salut.

Elle avait dit à peu près la même chose à ses deux interlocuteurs. Ensuite, elle avait souri et embrassé Marten sur la joue. Elle lui avait pris la main ; deux parfaits tourtereaux, comme ils avaient fait semblant de l'être pour les policiers à moto croisés dans la rue. Elle n'avait pas évoqué les deux appels téléphoniques.

Si Marten avait pu voir le SMS qu'elle avait expédié plus tôt à Joe Wirth, ainsi qu'à Bruce Truex et Conor White, il aurait compris.

Rencontré votre candidat à Berlin. Réticent à intégrer notre compagnie. Il me faut plus de temps pour le persuader. Inutile de missionner d'autres cadres de la société, ils ne feraient que compliquer les choses. Je vous recontacterai.

Manière d'indiquer qu'elle avait suivi Marten jusqu'à Berlin, qu'elle l'avait localisé, qu'elle ne souhaitait pas que quiconque s'immisce dans ses affaires. Mais elle avait envoyé son texto *avant* le meurtre de Théo Haas. L'assassinat changeait tout. Marten était soudain devenu le principal suspect. Bientôt, la police apprendrait qu'Anne l'avait rejoint peu après le drame ; elle était peut-être déjà au courant. Les enquêteurs en découvriraient assez pour se rendre à l'hôtel Adlon, où on leur dévoilerait l'identité de la jeune femme. Que feraient alors Wirth, Truex et White ?

Marten ignorait tout de ce SMS. Il savait simplement qu'Anne venait de recevoir deux brefs appels, auxquels elle avait répondu de manière ambiguë. Le BlackBerry s'était fait entendre une troisième fois. C'était un texto. Elle avait lu le court message, puis observé Marten : visiblement, elle craignait que cette avalanche de communications le pousse à lui fausser compagnie à la première occasion. Pour apaiser leurs angoisses mutuelles, elle s'apprêtait à lui révéler le contenu du dernier SMS, lorsqu'il y eut un peu de remue-ménage autour d'eux.

— Cela vous dérangerait-il, monsieur… ?

L'un des serveurs en veste blanche, un quinquagénaire à moustache, s'était immobilisé auprès d'eux et s'adressait à Marten. Il tenait un plateau chargé d'une demi-douzaine de grands verres de bière.

— Ces deux-là sont pour le couple assis à côté de votre femme, monsieur.

— Bien sûr, répondit Marten en prenant des rafraîchissements.

Il les tendit à Anne, qui les confia aux deux Australiens installés près d'elle.

— Ça fait dix euros, indiqua le serveur.

L'Australienne fourgonna dans son sac, tendit un billet de vingt euros à Anne, qui le tendit à Marten, qui le tendit au garçon. La cliente récupéra sa monnaie par le même chemin. Un pourboire de trois euros passa encore de main en main.

— *Danke schön*, remercia le serveur, qui s'éclipsa pour aller s'occuper d'autres clients.

— Merci, fit l'Australienne à Anne Tidrow.

— Je vous en prie.

Anne lui rendit son sourire, qui s'évanouit dès qu'elle se tourna vers Marten. Elle lui dévoila le contenu du texto à voix basse.

— Mon amie a pris ses dispositions, chéri. Nous descendons au prochain arrêt. C'est à dix minutes à pied, tout au plus.

32

Hôtel Adlon, chambre 647, 20 h 42

Le commissaire Emil Franck observait Friedrich Handler, le maître-chien. Il mena ses deux malinois dans la salle de bains, ôta leur laisse et leur présenta le peignoir, ainsi que les serviettes de toilette utilisées par Anne Tidrow après sa douche. Les deux animaux reniflèrent le linge avant de se figer un instant. Handler fit un signe de tête. Les chiens reculèrent en chœur pour s'en aller explorer la chambre. En trente secondes ils avaient accompli leur tâche : ils s'étaient attardés devant le placard où la jeune femme avait rangé ses vêtements, de là ils avaient gagné le fauteuil trônant devant le poste de télévision. Enfin, ils avaient tourné autour du lit, la truffe en action. Un instant plus tard, ils se dirigeaient vers la porte. Handler leur remit leur laisse. Sur un geste de Franck, il quitta la pièce.

20 h 47

Les bêtes les conduisirent vers l'escalier menant à l'issue de service de l'hôtel, sur Behrenstrasse. Dehors, les malinois prirent à gauche, puis à gauche encore pour s'engager sur Wilhelmstrasse. Ils se dirigeaient vers le boulevard Unter den Linden. Moins d'une minute plus tard, ils filaient en direction de la Spree.

— *Commissaire*, fit une voix dans l'oreillette de Franck.

Celui-ci s'empara de sa radio et ralentit l'allure ; Handler et ses chiens poursuivaient leur route.

— Oui ?

— *Hannah Anne Tidrow fait partie des dirigeants de la Striker Oil & Energy Company à Houston, au Texas. Cette entreprise a passé un contrat avec le ministère de la Défense américain en Irak.*

Franck semblait perplexe.

— Elle siège au conseil d'administration ?

— *Oui, monsieur.*

— Je veux en savoir plus sur Striker. Savoir où ils opèrent en dehors de l'Irak. Savoir s'ils ont des bureaux en Allemagne ou ailleurs en Europe. Vous avez découvert l'identité de son compagnon ?

— *Pas encore, monsieur.*

— *Si, ça y est.* (Gertrude Prosser prenait soudain le relais.) *Il s'appelle Nicolas Marten. C'est un architecte paysagiste. Il vient de Manchester, en Angleterre. Il est arrivé à l'hôtel Mozart cet après-midi, peu après 13 heures.*

— Un architecte paysagiste ?

— *Oui, monsieur.*

— Trouvez-moi l'endroit où il était avant de venir à Berlin. Voyez s'il est arrivé directement de Manchester ou d'ailleurs. Vérifiez également s'il a un casier. Et je veux des informations sur l'entreprise pour laquelle il travaille. Comment se portent leurs affaires, le genre de clients qui font appel à leurs services. Mais surtout : motus et bouche cousue. Rien ne doit filtrer dans les médias. Black-out total.

— *Bien, monsieur.*

— Commissaire, l'interpella Handler.

— Oui ?

Franck éteignit la radio et leva les yeux.

Le maître-chien et ses malinois se tenaient devant une benne à gravats, non loin du Reichstag. Les animaux décrivaient des cercles, ils paraissaient confus.

— Elle s'est arrêtée ici, expliqua Handler. Elle est restée quelques minutes, et puis elle est repartie. J'ignore si l'homme se trouvait avec elle.

— Dans quelle direction ?

— Vers la Spree, je crois.

— Vous croyez ?

— Les gravats sont trop nombreux. Il y a aussi de la poussière de plâtre et de ciment en grande quantité. Ils ont perdu sa trace.

Franck le dévisagea. Il était contrarié.

— Je suis navré, commissaire.

— Ce n'est pas grave, Handler. Vous avez fait du bon travail. Nous prenons le relais. Merci.

21 h 12

33

21 h 45

Anne Tidrow et Nicolas Marten se hâtaient dans Friedrichstrasse. Tête basse, ils louvoyaient entre les flâneurs en tâchant de ne pas se faire remarquer. Quatre minutes plus tôt, ils étaient descendus du *Monbijou* non loin du pont Weidendamm, qu'ils avaient emprunté pour reprendre le même chemin qu'à l'aller. Leur périple, excursion fluviale comprise, avait duré presque deux heures. Deux heures qui, au final, les ramenaient au cœur de la ville, où la police avait déployé ses filets.

— C'est de la folie, souffla Marten tandis que deux agents à moto passaient lentement en examinant la foule. C'est encore loin ?

— Nous sommes presque…

— Vous parlez anglais ? les coupa un homme à la barbe soigneusement entretenue qui venait de surgir sous leur nez.

Il pouvait avoir trente ans. Il portait des vêtements à la mode, costume beige et T-shirt noir assorti.

Marten et Anne ne répondirent pas. Ils continuèrent d'avancer.

— Anglais, oui ? insista l'homme. J'essaie de vous aider.

— Que voulez-vous ? fit Anne en lui jetant un coup d'œil.

— J'ai de la bonne came, chuchota-t-il avec un sourire. De la coke pure. Pas la merde habituelle.

— Non, merci.

— Et lui ? Le garçon désigna Marten du menton. C'est elle qui décide pour toi, c'est ça ?

Marten ne disait toujours rien.

— Je te parle, mec. Allez, quoi, c'est de la bonne came. On n'en trouve pas partout.

— Foutez-nous la paix, fit Marten en lui lançant un regard acéré.

L'homme fronça les sourcils.

— Toi, je t'ai déjà vu quelque part. Et il n'y a pas longtemps.

Marten se figea, attrapa l'importun par le col et se colla contre lui.

— Je suis flic. Inspecteur de police à Los Angeles. Tu veux que j'appelle un de mes collègues berlinois ?

— Lâche-moi, mec ! glapit le garçon en se débattant. Lâche-moi !

Après l'avoir fusillé du regard, Marten le repoussa.

— Dégage de là. Grouille-toi !

Le gêneur hésita une demi-seconde, puis fila sans demander son reste dans la direction opposée. Il se fondit parmi les passants.

Anne se tourna vers Marten avec un large sourire.

— Un flic ?

— Où que nous allions, la pressa-t-il en lui agrippant le bras, allons-y le plus vite possible.

22 h 10

L'appartement était fonctionnel. Situé au dernier étage d'un vieux bâtiment de briques qui en comptait trois, dans une allée perpendiculaire à Ziegelstrasse. Le logement se composait de deux petites pièces chichement meublées, plus une minuscule cuisine et un semblant de salle de bains. La chambre se situait à l'arrière. Elle comportait un lit à deux places, un gros fauteuil usé, une commode. Une étroite fenêtre s'ouvrait sur une cheminée d'aération munie d'une échelle de secours menant au toit. L'autre pièce, qui faisait office de salon, de salle à manger et de bibliothèque, se trouvait côté rue ; par les deux fenêtres, on distinguait l'allée en contrebas et une courte portion de la Ziegelstrasse.

On avait rempli le placard de la cuisine couvert d'une peinture rouge écaillée : soupes en boîte, plats préparés, deux paquets de céréales, un pot de moutarde, un autre de confiture de fraises. Dans le réfrigérateur, on recensait une livre de café moulu, du fromage, un litre de lait, des tranches de jambon fraîchement coupées, plusieurs pommes, deux miches de pain noir, une demi-douzaine de bouteilles d'eau minérale et huit cannettes de bière Radeberger. De quoi assurer leur subsistance pour « quelques jours », ainsi que l'avait expliqué Anne.

— Quelques jours ? se récria Marten.

Ils se dirigèrent vers la chambre.

— Je fais de mon mieux pour nous tirer d'affaire. Ce n'est pas facile. Il se peut que ça prenne un peu de temps.

Anne alluma une lampe de chevet. La lueur chaleureuse qu'elle opposait aux ténèbres était la bienvenue. Le reste de l'appartement demeurait dans l'obscurité, sans doute pour éviter d'attirer l'attention depuis l'allée.

— Vous pourriez au moins dire merci !

— Merci, finit par répondre Marten.

Il alla se camper à l'entrée du salon, silencieux, les yeux dans le vide, seul avec ses pensées.

— De rien, fit-elle dans son dos.

Elle tira un T-shirt de son sac et entreprit de se déshabiller. Elle ôta sa veste et son jean, puis son chemisier et son soutien-gorge. Elle plia les vêtements avec soin avant de les empiler sur la commode. Elle enfila le T-shirt. Elle sentit une présence derrière elle : Marten l'observait depuis la porte.

— Qu'est-ce qui se passe, bon Dieu ? Chez qui nous trouvons-nous ? Qui êtes-vous ? interrogea-t-il sans s'emporter.

— Je suis fatiguée, je veux dormir.

— Moi aussi, je suis fatigué.

— Pas maintenant, s'il vous plaît.

Comme elle se dirigeait vers la salle de bains, il lui barra la route avec son bras.

— Je vous donne dix secondes pour répondre à mes questions. Si vous refusez, je fiche le camp. J'irai tenter ma chance auprès de la police.

Son regard était implacable. Il avait pris sa décision. Elle le fixa à son tour.

— Que voulez-vous savoir ?

— Parlez-moi de la compagnie. Parlez-moi de vous. Expliquez-moi tout.

— Je ne vois pas par où commencer.

— Par le début.

— Très bien, abdiqua-t-elle.

Elle réintégra la chambre et s'assit en tailleur sur le lit. Elle ne portait qu'une culotte, ainsi qu'un T-shirt en coton sous lequel on discernait la pointe de ses seins. Si leur vue était provocante, tant pis ; elle ne semblait pas s'en soucier.

— Striker Oil appartenait à mon père. Il a acheté la compagnie lorsqu'elle n'était encore qu'une petite société basée dans l'ouest du Texas, dans les années 1970. Ma mère est morte quand j'avais treize ans. Je n'étais encore qu'une enfant. Il m'a élevée seul. Il m'a emmenée aux quatre coins du monde. Il tâchait alors de faire des affaires partout où il y avait du pétrole ; partout, aussi, où se trouvaient des entreprises désireuses de faire appel à des spécialistes en exploration pétrolière. Il a frôlé la faillite plus d'une fois. Mais il s'est accroché, et il a fini par faire de Striker une compagnie publique. À ma sortie de l'université, je me suis lancée à mon tour dans les affaires. Je me suis mariée, puis j'ai divorcé. Peu après, mon père a eu une attaque. Il m'a fait entrer au conseil d'administration de Striker. D'une part, il souhaitait que je défende les intérêts de la compagnie. D'autre part, j'en savais plus sur la société que n'importe qui, à part lui. Puis il a eu une seconde attaque. J'ai quitté mon travail pour m'occuper de lui. Je suis restée à ses côtés pendant quatre ans, jusqu'à sa mort.

Elle s'interrompit soudain.

— C'est assommant, non ? Et si nous en restions là ?

Marten s'appuya contre le chambranle.

— Qu'est-il arrivé à la compagnie ensuite ?

Elle l'observa longuement. Il voulait tout savoir. Il ne renoncerait pas avant qu'elle se soit exécutée. Si elle tenait à le garder dans son camp, elle devait poursuivre.

— Joe Wirth, qui siégeait au conseil d'administration, s'est arrangé pour que ses alliés au sein de la société le nomment président-directeur général. L'entreprise est redevenue privée. La nouvelle équipe en a profité pour éjecter la plupart des anciens cadres. Wirth s'est mis à cultiver des amitiés avec Washington. C'est par ce biais qu'il a demandé à Hadrien de veiller sur nos installations dans le monde entier. Dès le début, ou presque, les magouilles ont commencé autour des contrats passés avec le ministère de la Défense. Wirth a fait appel à toutes sortes de sous-traitants. Et puis ça a été la double facturation. Les comptables se montraient particulièrement inventifs. Et d'une adresse remarquable. Je n'étais pas contente et je l'ai fait savoir. Ils ne m'ont gardée parmi eux qu'eu égard à la réputation dont jouissait jadis mon père auprès de nos employés, de nos fournisseurs, de nos associés. J'aurais pu rendre publiques leurs malversations, mais ça n'aurait mené à rien. C'étaient des individus arrogants, ils gagnaient des centaines de millions de dollars. Pourquoi auraient-ils changé ? Même la Commission Ryder ne les a pas fait trembler. Conor White était…

Elle se tut de nouveau. Elle était en colère. Avait-elle l'impression d'en dire trop ?

— Je suis vraiment épuisée. J'aimerais dormir.

— Pas encore.

Elle le fusilla du regard.

— Vous êtes un sale con.

— Peut-être. Il se peut aussi que je veuille simplement savoir à qui j'ai affaire. Conor White était… ?

— Conor White a été embauché pour fonder SimCo. SimCo a été chargé de remplacer Hadrien en Guinée équatoriale, afin que l'enquête de Fred Ryder en Irak ne risque pas de le mener jusqu'en Afrique.

— Et vous étiez au courant.

— En effet. Mais j'ignorais que White armait les rebelles. L'homme avec qui vous m'avez vue dans l'avion était un vérificateur indépendant. J'ai fait appel à lui pour qu'il examine nos livres de comptes à Malabo. Je voulais m'assurer qu'il n'existait aucun rapport entre les combines Striker/Hadrien en Irak et ce dont nous nous occupions en Guinée équatoriale. Pour autant que je sache, il n'y en a pas. Tout est légal. L'audit a pris fin le jour où j'ai entendu parler des photos. Le jour où l'on m'a également révélé la mort du prêtre qui les avait prises. J'ai interrogé Conor à leur sujet. Il m'a affirmé que c'était des faux. Quoi qu'il en soit, a-t-il enchaîné, nous devions les récupérer, rapidement et discrètement, avant que le grand public les découvre.

« Je ne l'ai pas cru. Je ne le crois toujours pas. Je pense que ces clichés sont authentiques. Sinon, le prêtre n'aurait pas été assassiné et on n'aurait pas fouillé le pays de fond en comble, et avec une telle violence, pour mettre la main dessus. De plus, je me demande si White n'agit pas sur ordres directs de Joe Wirth et des dirigeants d'Hadrien.

Marten l'examina soigneusement. Il examina ses yeux, les mouvements de son corps, tout ce qui pourrait lui permettre de deviner si elle était en train de lui mentir. En vain. Néanmoins, elle ne lui avait livré qu'une partie de l'histoire. Il exigeait de l'entendre tout entière.

— Nous avons donc l'armée, SimCo, ainsi que les grosses pointures de Striker et d'Hadrien. Où vous situez-vous dans ce tableau ? Nous ne sommes pas ici parce que vous avez éprouvé une brusque envie de prendre des vacances…

Anne prit une profonde inspiration.

— Je vous ai dit tout à l'heure que c'était personnel. Je veux récupérer les photographies afin de les utiliser contre Wirth, contre Hadrien et Conor White. Je veux pouvoir les menacer de tout révéler à la Commission Ryder s'ils ne cessent pas immédiatement d'aider les insurgés et de mettre de l'huile sur le feu au sein d'un conflit déjà terrible. De surcroît, et c'est peut-être encore plus important pour moi…

Ses yeux s'embuèrent un instant.

— Je veux tenter de préserver autant que faire se peut la réputation de notre compagnie. Pour mon père. Pour sa mémoire.

« Ma mère est tombée gravement malade lorsque j'avais trois ans. Elle a passé un mois à l'hôpital. Elle ne me reconnaissait plus, elle ne reconnaissait plus son mari. Personne ne comprenait de quoi elle souffrait. Finalement, elle s'en est sortie. Mais cet épisode m'a terrorisée, comme il a terrorisé mon père. J'étais très jeune, mais je m'en rendais bien compte. Il était perdu. J'aurais tellement voulu l'aider, mais je n'en avais pas les moyens.

« Je vous l'ai déjà dit, ma mère est morte quand j'avais treize ans. D'une tumeur au cerveau. La maladie l'a emportée vite, mais elle a vécu des moments abominables. Mon père aussi. Comme il l'avait fait lors de la première alerte, il s'est démené pour me préserver, alors que lui-même était en train de sombrer. Je me demande encore comment il a réussi à s'occuper de moi sans craquer et à continuer de tenir les rênes de la compagnie. À la mort de ma mère, nous avons poursuivi notre route main dans la main. Jusqu'à ce que j'entre à l'université. Ensuite, ce lien ne s'est jamais rompu, pas même quand je me suis mariée. Je l'adorais. Je le respectais infiniment. J'étais à son chevet lorsqu'il est décédé.

Elle souffla, puis se tourna vers Marten.

— Ces explications vous suffisent-elles ?

— Presque.

— Mais que voulez-vous savoir, à la fin ? explosa-t-elle.

— Chez qui nous nous trouvons. Qui va nous permettre de quitter Berlin. À qui vous avez ordonné de me suivre de manière à savoir dans quel hôtel j'étais descendu et à quelle heure je l'avais quitté pour rencontrer Théo Haas.

Anne avait réussi jusqu'alors à éluder ces questions. Elle savait à présent qu'il ne la lâcherait pas avant d'avoir obtenu des réponses. Sinon, il s'en irait, comme il avait menacé de le faire tout à l'heure.

— Ce sont de vieux amis qui m'ont aidée, dit-elle d'une voix paisible. J'ai passé dix-huit mois à Berlin il y a quelques années.

— Vous y faisiez quoi ?

Elle ne répondit pas.

— Vous y faisiez quoi ? insista-t-il.

— Je travaillais pour le gouvernement des États-Unis.

— En tant que… ?

— Mon rôle était « classé secret ».

— « Classé secret » ?

— Oui.

— Ce qui signifie que vous étiez un agent…

— Je travaillais pour la CIA.

22 h 30

34

Lac Mousseau, Canada, résidence d'été officielle du Premier ministre canadien
Vendredi 4 juin, 16 h 35

Le président Harris flânait en compagnie du Premier ministre canadien, Elliot Campbell, Lorraine, l'épouse de ce dernier, et Emiliano Mayora, président du Mexique. Il faisait chaud. Des nuages cotonneux s'assombrissaient ici et là ; il pleuvrait sans doute avant la fin de la journée. Tous quatre arboraient des tenues décontractées, adaptées à la promenade. Une promenade sans autre but que d'offrir à trois grands dirigeants l'occasion de papoter un peu avant de retourner à des discussions officielles concernant le commerce et la sécurité.

Le Premier ministre Campbell et le président Mayora marchaient en tête, absorbés par leur conversation sur la pêche à la mouche. Harris cheminait auprès de Lorraine Campbell. Jolie et pleine d'entrain, elle lui demanda comment il allait. Elle lui rappela finement qu'un bel homme comme lui n'avait pas été vu en charmante compagnie depuis le décès de sa femme quelque deux ans plus tôt, lors de la campagne électorale.

— Pour être tout à fait sincère, fit-il avec un sourire, je n'ai pas eu particulièrement le temps d'y songer. Ma charge est plutôt lourde.

— J'en suis bien consciente, monsieur le président. Néanmoins, vous y songez. J'ai surpris votre regard à plusieurs reprises. Tout ce que vous faites, vous êtes contraint de le faire seul.

Le sourire de John Henry Harris se fit plus profond.

— Vous êtes très perspicace, madame Campbell. Je me sens seul, en effet. Mais c'est à ma défunte épouse que je continue de penser. Elle me manque beaucoup. J'évite le plus possible d'y songer.

— Monsieur le président !

Une voix s'était élevée dans leur dos. Harris et Lorraine Campbell se retournèrent. Lincoln Briggs, le chef de cabinet du président américain, se frayait un chemin au milieu d'une horde d'agents secrets. Il les rejoignit.

— Veuillez m'excuser. Monsieur le président, madame Campbell. Le député Ryder est en ligne depuis le Qatar. C'est important.

— Je prends l'appel.

Le président regarda la femme du Premier ministre.

— Je suis obligé de m'éclipser pendant quelques minutes. Dites à votre époux et au président Mayora que je vous rejoins très vite.

— Bien sûr, monsieur le président.

16 h 47

— *Êtes-vous au courant de ce qui s'est passé à Berlin ?*

L'inquiétude perçait dans la voix de Fred Ryder.

— Le meurtre de Théo Haas.

— *Oui.*

— Je n'en sais pas davantage. Marten a-t-il réussi à lui parler avant ?

— *Marten est recherché par la police. On le soupçonne d'avoir assassiné l'écrivain.*

— Quoi ?

— *On ne parle que de cela à la télévision. L'histoire fait la une du* Washington Post, *du* New York Times. *Internet est en pleine effervescence. Vous étiez occupé. Et pourquoi vos conseillers vous auraient-ils prévenu ? Cette affaire n'est pas censée vous concerner.*

— Mon Dieu, Fred. Mais où est-il ?

— *Pour autant que je sache, toujours à Berlin. En cavale. Il y a une femme avec lui. Jusqu'ici, personne n'a révélé son nom. Celui de Marten n'a pas été cité non plus, d'ailleurs.*

— Dans ce cas, comment savez-vous qu'il s'agit de lui ?

— *Quelqu'un l'a pris en photo au moyen de son téléphone portable. Le cliché est mauvais. Mais c'est lui, sans aucun doute possible. Ou son sosie. Vous m'avez montré une photo de vous deux lorsque vous m'avez suggéré qu'il était l'homme de la situation...* (Le membre du Congrès eut une hésitation.) *John. Monsieur le président. Vous ne pouvez pas vous permettre de vous trouver mêlé à cette affaire. Vous ne pouvez pas lui venir en aide. Vous ne pouvez pas risquer que des curieux établissent le moindre lien entre lui et vous.*

— Je ne le sais que trop !

Le président Harris avait les yeux dans le vague.

— Et Marten le sait aussi.

— *Que fait-on ?*

— Rien. On se contente d'attendre en espérant qu'il trouve un moyen d'entrer en contact avec moi.

— *Ensuite ?*

— Ensuite, je ne suis pas encore sûr. Je vais m'y atteler.

— *Et s'il avait réellement tué Haas ?*

— Il ne l'a pas fait.

— *Vous en êtes certain ?*

— Absolument certain.

— *Vous pouvez compter sur moi, John. Pour n'importe quoi. Et n'importe quand.*

— Je le sais, Fred. Nous allons résoudre cette affaire. Merci. Merci pour votre présence et votre action. Je vous appelle dès que j'ai du nouveau.

Le président raccrocha. Pourvu, songea-t-il, que Marten parvienne pour de bon à le joindre. Ce qu'il ferait alors, il n'en avait pas la moindre idée. Il devait trouver la solution au plus vite.

16 h 52

35

Marten se laissa tomber dans le gros fauteuil usé. Il regardait Anne dormir, sur le lit face à lui. Une cannette de Radeberger à la main, il portait un caleçon et la chemise bleu clair qu'il avait enfilée avant de rejoindre Théo Haas dans le parc.

Il avala une gorgée de bière, puis leva nerveusement les yeux au plafond. Il faisait chaud dans l'appartement. Un drap avait suffi à Anne. Elle lui avait proposé de le rejoindre sur le lit, puisque c'était le seul endroit où prendre un peu de repos. Il avait préféré le fauteuil. Entre autres parce que, de là, il jouissait d'une vue imprenable sur la porte d'entrée. S'il se passait quelque chose, il tenait à voir les intrus avant qu'ils ne le voient. En particulier s'il s'agissait de policiers prêts à faire feu.

1 h 32

Marten avala une autre gorgée de bière. De nouveau il observa Anne. Il la devinait dans le noir, allongée sur le flanc, les jambes ramenées contre son buste en position fœtale. La CIA, songea-t-il. Bon Dieu ! À quelle section avait-elle appartenu ? Était-elle affectée aux recherches ? Aux opérations sur le terrain ? En tout cas, elle devait occuper un poste assez important pour avoir gardé des contacts avec des gens susceptibles de filer pour elle un parfait inconnu, de l'aider à échapper à la police, de lui fournir un logement sûr avant d'essayer de leur faire quitter la ville.

Elle avait quarante-deux ans. Soit sept de plus que lui. À la contempler ainsi, il aurait pu croire qu'elle n'était qu'une enfant. Des enfants, justement, en avait-elle ? Après tout, elle avait été mariée. Si oui, combien étaient-ils ? Et quel âge avaient-ils ? Où habitaient-ils ? Ils pouvaient avoir une vingtaine d'années, fréquenter le lycée ou l'université. Ils pouvaient vivre sans elle.

1 h 40

Ayant terminé sa bière, il emporta la cannette dans la cuisine. Il était à la fois épuisé et tendu. Le sommeil le fuyait. Le meurtre de Théo Haas l'avait plongé dans l'horreur. Mais que dire du concours de circonstances qui avait fait de lui le principal suspect du crime ? Cela dépassait l'imagination. Et ce Franck qu'on avait chargé de l'enquête… Ses références, son maintien, ses gestes et l'intensité de son regard lorsqu'il s'était adressé aux caméras de télévision. Il lui avait rappelé son mentor au sein de la police de Los Angeles, Arnold McClatchy, son chef, qui s'était révélé en son temps l'un des enquêteurs les plus respectés, les plus implacables et les plus redoutés de l'histoire de la Californie. Comme McClatchy, Franck pouvait compter sur le dévouement de toute son équipe et, comme McClatchy, il ne devait pas lâcher une affaire avant que sa proie ait mordu la poussière.

Quant à la photo de Marten, elle était certes floue, mais on l'avait diffusée partout. Et si ses anciens collègues, qui le traquaient encore, la découvraient et prenaient contact avec Franck ? Dans ce cas, deux inspecteurs ne tarderaient pas à débarquer de Los Angeles en attendant que le commissaire berlinois lui ait mis le grappin dessus. Après quoi il le leur confierait. Le lendemain, on découvrirait son cadavre dans un fossé. Personne ne saurait qui avait fait le coup. De quoi épargner à la police allemande un procès retentissant et de colossales dépenses. Il s'en voulut soudain d'avoir inconsidérément révélé au dealer qu'il appartenait aux forces de l'ordre californiennes. Et si cet imbécile se faisait pincer et crachait le morceau ?

Il s'était montré stupide.

Totalement stupide.

1 h 42

Marten déposa la cannette sur le plan de travail. Il se dirigeait vers le salon quand il entendit le vacarme des sirènes approcher. Il se figea pour écouter. Les pompiers ? Une ambulance ? Non : la police. Il en était certain. Les véhicules se rapprochaient. Il passa au salon et se planta près des fenêtres étroites. Il jeta un coup d'œil dans l'allée en contrebas, à peine éclairée. Les sirènes approchaient encore. Il en dénombra une, deux, puis trois. D'instinct, il guetta le vrombissement d'un hélicoptère. Que ferait-il s'ils se garaient devant l'immeuble ?

— Qu'est-ce que c'est ? l'interpella Anne depuis la chambre.

— Rien. Rendormez-vous.

Peut-être ferait-il mieux de lui ordonner de se lever et de s'habiller. Mais qu'adviendrait-il ensuite ? Ils grimperaient jusqu'au toit par l'échelle de secours ? À quoi bon ? Si la police savait où ils se trouvaient, ils n'auraient aucune chance.

Il s'écarta de la fenêtre de manière à distinguer le carrefour entre l'allée et Ziegelstrasse. Les stridences se firent plus fortes, elles rebondissaient contre les vieilles façades de briques des bâtiments voisins. Son cœur battait la chamade. S'ils venaient pour lui, alors qu'ils viennent. Rends-toi. Il n'y avait rien d'autre à faire.

Le fracas était maintenant tout près. Marten patienta : dans quelques instants il y aurait des crissements de freins, les sirènes se tairaient, les policiers feraient claquer leurs portières derrière eux. Mais il ne perçut que les éclats des gyrophares. Les voitures passèrent, emportant les hululements avec elles.

Il resta longtemps figé dans le noir. Il écoutait les battements fous de son cœur, il écoutait son souffle haletant. Il fallait, se dit-il tout à coup, qu'il soit en piteux état pour se laisser impressionner de la sorte, pour perdre la maîtrise de ses émotions. Or ce n'était ni l'heure ni le lieu. Cette faiblesse se révélerait bien trop dangereuse.

— Vous avez besoin de dormir, fit doucement la voix d'Anne, qui flotta dans son dos.

Il se tourna vers elle. Elle était debout sur le seuil de la pièce. Elle avait ramené ses mèches sombres derrière ses oreilles. Pieds nus, elle ne portait toujours rien d'autre qu'un T-shirt et une culotte.

— Vous êtes épuisé, insista-t-elle sans violence.

— Je sais, murmura-t-il.

— Venez vous coucher.

Il la fixa.

— S'il vous plaît.

— D'accord, lâcha-t-il enfin.

Il s'éloigna de la fenêtre pour la suivre dans la chambre.

1 h 48

36

Quartier général de la police de Berlin, Platz der Luftbrücke 2 h 02

— J'ignore pourquoi il a fallu tant de temps pour que ces renseignements remontent jusqu'à moi, mais je vous promets de le découvrir.

Assis derrière son bureau, le commissaire Emil Franck, sans ciller, dardait des regards noirs vers les deux hommes.

Ces derniers, deux motards en uniforme, se tenaient debout face à lui. Les inspecteurs Gerhard Bohlen et Gertrude Prosser s'étaient placés à la gauche de leur supérieur. Celui-ci pressa le bouton « Play » d'un magnétophone posé devant lui. Il y eut un bref silence, puis une conversation radio, enregistrée un peu plus tôt, se fit entendre entre le dispatcheur du quartier général et l'un des motards.

Agent : *Ouest pour Ouest 717.*

Dispatcheur : *Ouest 717, à vous.*

Agent : *Deux piétons, un homme et une femme, correspondant au signalement des fugitifs, sur Schiffbauerdamm. Ils s'approchent du pont Weidendamm, au niveau de Friedrichstrasse. À vous.*

Dispatcheur : *Bien reçu, Ouest 717.*

Il y eut une pause de plusieurs secondes.

Agent : *Ouest pour Ouest 717. Laissez tomber. Ce sont deux tourtereaux en train de se lécher la pomme.*

Dispatcheur : *Bien reçu, Ouest 717.*

Franck appuya d'un index vengeur sur la touche « Stop ». Le magnétophone se tut. Le commissaire releva la tête vers les deux motards.

— Votre premier appel a été enregistré à 19 h 38 min 44 s, cracha-t-il à Ouest 717. Pourquoi l'avez-vous annulé ?

— J'ai cru que je m'étais trompé. Quand ils nous ont repérés, ça ne leur a fait ni chaud ni froid. Ils ne se comportaient vraiment pas comme des fuyards, monsieur le commissaire.

— Qu'en savez-vous ? Vous avez dit vous-même qu'ils correspondaient au signalement des suspects. Comment pouviez-vous savoir ce qu'ils mijotaient ? Le pont est à moins de vingt minutes à pied de l'hôtel Adlon. 19 h 38. En termes d'horaires, ça coïncide. (Franck dévisagea le second agent.) Vous êtes d'accord ?

— Oui, monsieur le commissaire.

— Je veux un rapport sur mon bureau dans cinq minutes. Description complète des deux individus. Les vêtements qu'ils portaient. Le, ou les sacs, s'ils en avaient. Tout ce dont vous vous souvenez. Dépêchez-vous !

Les deux hommes saluèrent en hâte et quittèrent la pièce. Leur avenir au sein des forces de l'ordre berlinoises paraissait compromis.

Ils refermèrent la porte derrière eux. Franck considéra Bohlen et Prosser.

— Peut-être s'agit-il bien de notre M. Marten et de notre Mlle Tidrow. Peut-être pas. L'horaire correspond. Le quartier aussi. Les chiens de Handler ont perdu leur trace sur le chantier du Reichstag, à un jet de pierre de la Spree. Ces « tourtereaux en train de se lécher la pomme » se trouvaient près du pont Weidendamm. Sur la Spree. Et tout près du Reichstag.

Franck se leva pour s'approcher d'une grande carte de Berlin accrochée au mur. Il l'examina un moment, comme pour se rassurer sur sa connaissance des lieux. L'intersection Schiffbauerdamm/pont Weidendamm, il aurait pu la désigner en dormant. Mais le commissaire revérifiait toujours tout. Enfin, il se tourna vers ses subordonnés.

— Ce carrefour possède deux particularités : la proximité de la gare et celle de la Spree. Et qui dit Spree dit bateaux touristiques. Dès que j'aurai le rapport de nos deux rois de l'observation, je veux que des enquêteurs interrogent l'ensemble du personnel de la gare et tous ceux qui travaillaient sur les bateaux vers 19 h 38. Qu'ils sortent les gens de leur lit si nécessaire. Si nos « tourtereaux » étaient dans les parages, j'exige tous les détails.

S'ils étaient dans la gare, je veux savoir par quelle porte ils sont entrés et par quelle porte ils sont sortis. S'ils ont pris un train ou un bateau, je veux savoir où ils sont montés et à quel arrêt ils sont descendus.

2 h 25

Debout devant la carte murale, seul, Franck tentait de deviner où Marten et Anne Tidrow s'étaient rendus. Il s'efforçait de recouper les diverses informations reçues. Peu après minuit, on lui avait livré une brève biographie de Marten. Il était américain. Expatrié en Angleterre. Pas de casier judiciaire. Il louait un bel appartement et réglait ses factures dans les délais. Quant à la société qui l'employait, Fitzsimmons & Justice, elle existait depuis longtemps et jouissait d'une excellente réputation. On la chargeait diversement de missions publiques ou privées, sa clientèle était plutôt huppée. Marten y travaillait depuis plus de deux ans après avoir obtenu un diplôme à l'université de Manchester. Ses références étaient exceptionnelles. Celles de Hannah Anne Tidrow ne l'étaient pas moins. Non contente de siéger au conseil d'administration de la Striker Oil & Energy Company à Houston, au Texas, elle était la fille de l'avant-dernier PDG en date, Virgil Wyatt Tidrow. Striker, en partenariat avec une société de sécurité privée nommée Hadrien et basée à Manassas, en Virginie, avait signé un contrat avec le ministère de la Défense américain pour œuvrer en Irak ; l'accord avait été passé peu après le début de la guerre. Une commission parlementaire se penchait actuellement sur leur cas, soupçonnant des malhonnêtetés. Marten avait atterri à l'aéroport berlinois de Tegel la veille au matin, vers 11 heures. Il ne venait pas de Manchester, mais de Paris. À peine deux heures plus tard, Anne Tidrow se posait à son tour, également en provenance de Paris.

Franck contempla la carte encore un moment, puis il alla s'asseoir à son bureau. Pourquoi diable ces deux individus s'étaient-ils déplacés jusqu'ici pour assassiner Théo Haas ? Et dans un lieu très fréquenté, par-dessus le marché ?

Il alluma son ordinateur et envoya un message intitulé « Urgent » à ses adjoints Bohlen et Prosser.

Veuillez approfondir vos recherches sur les activités de Striker en dehors de l'Irak et des États-Unis. Tâchez aussi de découvrir où se trouvaient Marten et Tidrow avant de se rendre à Paris.

Sur quoi, il tira devant lui une pile de rapports, rédigés par deux bonnes douzaines d'enquêteurs ayant interrogé témoins et badauds sur la Platz der Republik et à la Porte de Brandebourg immédiatement après le meurtre de Théo Haas. Il ouvrit le premier et se mit à lire. Avec un peu de chance, il y dénicherait un élément négligé par ceux qui l'avaient épluché avant lui.

37

2 h 57

Dans deux des quatre premiers rapports, trois témoins oculaires – l'un sur la Platz der Republik, deux près de la Porte de Brandebourg – signalaient la présence d'un jeune homme aux cheveux frisés vêtu d'un pull noir ; il courait parmi la foule comme si quelqu'un le poursuivait. C'était tout. Rien sur sa physionomie, sa taille, ses vêtements – hors le pull. Dans les trois cas, la remarque avait été faite en passant. Il n'avait probablement aucun lien avec Marten, Anne Tidrow ni le meurtre de Théo Haas. Franck consigna néanmoins l'observation par écrit avant d'ouvrir le cinquième rapport. Son téléphone sonna. Ayant consulté la pendulette posée sur son bureau, il décrocha.

— Oui ?

— *Commissaire ?*

C'était Gertrude Prosser.

— Vous feriez mieux de dormir. De vous reposer quelques heures.

— *Vous êtes bien en train de travailler.*

— Mais moi, je suis cinglé. Rentrez chez vous, Gertrude. Vous ne serez bonne à rien si vous ne faites pas une pause.

— *Commissaire*, insista-t-elle. *Je viens de recevoir les réponses aux deux questions que vous nous avez posées par e-mail tout à l'heure. Ce sont des informations qu'on peut qualifier de « confidentielles ».*

— Je vous écoute.

— *Vous désiriez savoir où se trouvaient Nicolas Marten et Anne Tidrow avant de se rendre à Paris. Eh bien, ils avaient pris tous deux le même vol Air France au départ de Malabo, sur l'île de Bioko, en Guinée équatoriale.*

— En Guinée équatoriale ?

— *Oui, monsieur.*

— Poursuivez.

— *Striker Oil opère un peu partout dans le monde. Ils ont récemment étendu leurs activités à l'île de Bioko. Là-bas, ils ont fait appel à une société militaire privée appelée SimCo, afin qu'elle protège leurs intérêts sur place. J'ai découvert autre chose.*

Elle fit une pause. Franck percevait son enthousiasme à l'autre bout du fil.

— Allez-y.

— *Un prêtre catholique, le père Willy Dorhn, a été assassiné dans le sud de Bioko par des membres de l'armée équato-guinéenne la veille du départ de Marten et de Mlle Tidrow.*

— Et alors ?

— *Le père Dorhn était le frère de Théo Haas.*

— Quoi ?

— *C'est tout ce dont je dispose pour le moment. Une guerre civile est en train d'éclater en Guinée équatoriale. Peut-être existe-t-il un lien avec tous ces individus.*

— C'est possible. Bon travail, inspecteur Prosser. Merci. Et maintenant, rentrez chez vous et dormez.

Emil Franck raccrocha. Il ne s'attendait pas à ces nouvelles. Se pouvait-il que Marten et Anne Tidrow, ainsi que sa compagnie pétrolière, aient partie liée avec la guerre civile équato-guinéenne ? Et que l'affaire ait eu des répercussions jusqu'à Berlin par le biais de Théo Haas et de son frère ? Si oui, pourquoi ? Le commissaire se sentait à la fois perplexe et troublé. Il se demanda soudain s'il devait transmettre le dossier au BND, les services secrets allemands, ou à la BKA, la police fédérale.

Mais dans ce cas, toute la donne changerait. Les procédures s'en trouveraient alourdies et les médias seraient forcément mis au courant. Résultat, il risquait de perdre la trace de Marten et d'Anne Tidrow. Hors de question, se dit-il. Pour le moment du moins, il suivrait la suggestion de Gertrude Prosser : ces renseignements resteraient « confidentiels ».

Il consulta de nouveau la pendulette.

3 h 09.

L'heure de s'allonger sur le vieux canapé en cuir de son bureau et de se reposer un peu lui aussi. Il referma les rapports qu'il était en train d'étudier. Il s'apprêtait à éteindre la lampe lorsque la sonnerie de son mobile personnel se fit entendre.

Qui cela pouvait-il être ? Son épouse dormait depuis longtemps. Ses enfants n'étaient même pas en Allemagne ; sa fille de vingt ans passait une année dans une université chinoise et son fils, plus jeune d'un an, jouait les routards en Nouvelle-Zélande. À part eux, presque personne ne connaissait ce numéro.

Le portable se tut, puis sonna de nouveau. Le policier décrocha.

— Oui ?

— *J'aurais parié que tu serais encore en train de travailler*, fit une voix de femme. Une voix rauque.

Franck tâchait de l'identifier.

— Ça faisait longtemps, lâcha-t-il enfin.

— *Il faut qu'on parle.*

— Quand ?

— *Dans vingt minutes.*

— Au même endroit ?

— *Oui.*

— J'y serai.

Le commissaire raccrocha doucement. En effet, cela faisait longtemps. Mais, tout bien considéré, il aurait dû s'attendre à avoir de ses nouvelles.

3 h 12

38

7 h 15

Marten s'éveilla en sursaut. Le lit était vide. Il regarda autour de lui. Les vêtements qu'Anne avait ôtés la veille au soir avant de les plier soigneusement puis de les déposer sur la commode avaient disparu.

— Anne ?

Pas de réponse. Il se leva en hâte.

— Anne ?

178

Il jeta un coup d'œil par la porte ouverte de la salle de bains. Il inspecta le salon, la cuisine minuscule. Elle n'y était pas. C'est alors qu'il perçut une odeur de café. Il avisa la cafetière électrique près de l'évier. La verseuse était pleine. Une tasse était posée à côté. Ainsi qu'un billet.

Je reviens bientôt. Ne bougez pas.

J'ai votre passeport.

Son passeport ? Certes, il l'avait menacée de filer et d'aller se confier à la police mais, pour le moment du moins, il préférait se tenir tranquille et la laisser trouver un moyen de leur faire quitter Berlin. Elle aussi risquait à présent de se faire prendre. Où était-elle allée, bon sang ? Et si on frappait à la porte ? Pis : si quelqu'un tournait la clé dans la serrure et entrait ? Anne savait de quoi il retournait. À l'inverse, il ignorait jusqu'à l'identité du propriétaire de l'appartement.

Comme une réponse à ses interrogations, des voix retentirent dans l'allée. Il s'approcha de la fenêtre et regarda prudemment. Une pluie fine tombait. Plusieurs personnes empruntaient l'allée, munies d'un parapluie. Des jeunes gens pour la plupart, des étudiants peut-être. Marten en déduisit qu'une école pouvait se situer dans le voisinage et qu'on y dispensait des cours le samedi. Dans ce cas, passeport ou non, il tenterait de se mêler à la foule des élèves si la police entreprenait de fouiller le quartier.

7 h 19

Un petit poste de télévision trônait sur une étagère, à l'autre bout du séjour. Marten s'en approcha pour l'allumer. Il espérait obtenir quelques nouvelles de l'enquête menée par le commissaire Franck. Il fit défiler les chaînes une à une. Les programmes habituels du samedi matin, dessins animés, émissions de sport et documentaires de voyages. Il finit par dénicher une chaîne d'informations anglophone. Un présentateur météo indiquait les prévisions pour l'Europe. Marten consulta sa montre, releva les yeux vers la porte. À quelle heure Anne avait-elle bien pu s'éclipser ? Puis vint une publicité pour Audi. Marten retourna à la fenêtre. Les jeunes gens étaient de plus en plus nombreux sous les parapluies. Une file d'attente commençait à se former. Que se passait-il, surtout un samedi matin ? Les spots publicitaires cédèrent la place à une série de nouvelles.

L'histoire dont il était question concernait l'explosion d'une voiture sur une autoroute. On distinguait des policiers, ainsi que la carcasse incendiée du véhicule. Marten supposa que le drame avait eu lieu en Allemagne. Il s'agissait en réalité de l'Espagne. C'était une limousine. Le chauffeur comptait parmi les victimes. On penchait pour l'hypothèse de la bombe. Les trois passagers avaient été tués, trois individus appartenant à un groupe de cinq personnes dont on avait justement perdu la trace à leur arrivée à Madrid la veille au matin ; ils venaient de Paris. Cinq Espagnols appartenant au corps médical, de retour de Guinée équatoriale. On ne révélerait leurs noms qu'après les avoir formellement identifiés.

— Mon Dieu, je vous en prie ! Non !

Marten s'était figé. Mais la dénégation et les prières ne serviraient à rien. Il savait très précisément qui étaient les victimes de la tragédie : Marita et ses étudiants. La coïncidence était trop énorme pour qu'il puisse s'agir de quelqu'un d'autre. Bouleversé, le cœur au bord des lèvres, il regarda encore un moment, puis coupa le son et s'éloigna. Il se sentait comme engourdi. Il gagna la cuisine pour se verser une tasse de café. Debout, il fixait le vide. Il finit par reposer la tasse et se rendit dans la salle de bains.

Il s'observa dans le miroir. Il était blanc comme un linge. À côté du lavabo se trouvaient des gobelets en carton. Il en remplit un, qu'il vida d'un trait avant de l'écraser entre ses doigts et de le jeter dans la corbeille. Il retourna se planter devant le poste de télévision silencieux. Les réclames se succédaient. On évoqua ensuite des problèmes économiques. On revint enfin à l'explosion de la limousine.

Le compte rendu initial mentionnait que les victimes manquaient à l'appel depuis leur arrivée à Madrid la veille. Une idée traversa tout à coup l'esprit de Marten : si la police avait retrouvé sur le lieu de l'explosion le corps du chauffeur et ceux de trois personnes, où se trouvaient les deux autres ? Et qui étaient-elles ? S'agissait-il de Marita et de l'un des deux étudiants ? Ou de deux des jeunes gens ? Auquel cas, la doctoresse compterait parmi les victimes ?…

Marten sentit la rage envahir tout son être. À moins d'une incroyable coïncidence, ce drame était lié aux photographies. C'était l'œuvre de Striker et SimCo. L'armée sanguinaire du président Tiombe n'y était pour rien. Certes, les militaires avaient probablement eu envie d'intervenir, mais jamais ils n'auraient possédé les contacts nécessaires pour agir à une telle vitesse ; Conor White, lui, était un mercenaire d'envergure internationale, il disposait de toutes les connexions.

Anne avait donc menti en lui disant qu'elle ne faisait pas confiance au patron de SimCo, qu'elle souhaitait récupérer les clichés pour apaiser la violence du conflit équato-guinéen et préserver la réputation de la compagnie de son père. Pis : Anne était sans doute au courant des agissements de White en Espagne. Peut-être même l'avait-elle aidé à mettre l'opération sur pied. Ces gens s'imaginaient que Marten, craignant pour son avenir, s'était confié à Marita et à ses étudiants ; qu'il leur avait exposé le contenu des photographies ; qu'il leur avait dit où les trouver. Anne Tidrow se moquait bien de l'honneur de sa société…

Marten retourna à la fenêtre. Il observa la longue file de parapluies. Puis son regard se porta vers l'extrémité de la voie, du côté de Ziegelstrasse. C'est par là qu'Anne reparaîtrait.

Où pouvait-elle bien être ?

7 h 33

39

Londres, hôtel Dorchester
Samedi 5 juin, 8 h 50 (UTC + 1)

Joe Wirth avait atterri à l'aéroport de Stansted peu après minuit. Une limousine l'avait conduit jusqu'à un appartement privé de Mayfair. À 1 h 30 du matin, heure de Londres, il était allé se coucher. Quatre heures et demie plus tard, il transpirait dans la salle de sport de l'appartement. À 7 h 07, il prit une douche, puis se vêtit d'un costume bleu nuit, ajouta une cravate. Seuls son accent et ses bottes en peau d'autruche trahissaient encore ses origines texanes. 7 h 30 : un chauffeur l'emmena à l'hôtel Dorchester, situé sur Park Lane. Un quart d'heure de plus et il était assis dans la salle à manger d'une suite. Il attendait son hôte. Encore trois minutes et l'homme se présenta en fanfare – Dimitri Korostin, oligarque russe de quarante-huit ans, tapageur et voyant, habillé par un grand couturier, faisait son apparition flanqué d'une horde de gardes du corps. Ces derniers se retirèrent immédiatement. Les deux entrepreneurs se saluèrent comme deux vieux amis, comme deux vieux rivaux. Ils commandèrent le petit déjeuner et entamèrent leur discussion par les menus propos d'usage.

— Comment vont vos enfants, Dimitri ?

— Très bien. Déjà à l'université, vous vous rendez compte ? Oxford, Yale et la Sorbonne.

Korostin sourit largement. Son accent russe était très marqué.

— C'est dire si nous couvrons du terrain. Et pourtant ils ne sont que trois ! Et vous, Joe, comment vous portez-vous ? Ou préférez-vous que je vous appelle à nouveau Joseph, histoire de vous redonner un peu de dignité biblique ?

— Je travaille dans l'industrie pétrolière, Dimitri. Je n'ai aucune dignité, fût-elle biblique. Vous non plus, d'ailleurs.

— Si je comprends bien, nous passons tout de suite aux choses sérieuses. Pourquoi êtes-vous ici ? Que désirez-vous me vendre ?

— Échanger, plutôt.

— Quoi contre quoi ?

— Je… (Wirth eut une hésitation.) J'ai besoin de votre aide.

— Ça risque de vous coûter cher.

— La concession du champ gazier des Andes. Pour trente-cinq ans.

— Lequel ?

— Magellan, à Santa Cruz, dans la région de Tarija.

— Il est colossal. Vos ennuis doivent être d'ordre personnel.

— Quelqu'un détient plusieurs photographies, ainsi que la carte mémoire de l'appareil numérique avec lequel elles ont été prises. Je veux récupérer les clichés et la carte.

— On vous fait chanter ?

Wirth hocha la tête.

— Une femme ? Ou un homme peut-être ?

Wirth hocha la tête. Les suppositions de Dimitri en valaient d'autres.

— Ne me dites pas que vous n'avez pas des collaborateurs capables de se charger de cette affaire, Wirth ?

— Je n'en suis pas persuadé. Ici, à l'Ouest, nous avons gardé une mentalité un tantinet provinciale. Nous tâchons de faire les choses proprement, c'est une tradition. Hélas, ça ne marche pas à tous les coups, surtout s'il faut agir dans l'urgence. Vous, à l'inverse, optez systématiquement pour le chemin le plus court. L'issue est loin d'être toujours satisfaisante. Je pense par exemple à l'ancien agent du KGB, empoisonné au polonium ici même, à Londres.

— En effet, le résultat n'est pas toujours joli-joli.

— Mais c'est efficace.

Wirth sortit une feuille pliée de la poche intérieure de sa veste. Il la tendit à Korostin. Le contrat Magellan.

Le Russe chaussa ses lunettes et se mit à lire.

Le document n'avait pas été rédigé sur du papier à en-tête. Rien ne permettait d'en déterminer l'origine. Le texte ne couvrait que les deux tiers de la page. Les termes en étaient simples. Joe Wirth avait apposé sa signature au bas du feuillet.

— Tout y est, déclara le Texan. Le nom de l'individu concerné, ce que je souhaite. La manière dont je souhaite que les choses se déroulent. Dès que j'aurai récupéré les éléments, le champ gazier sera à vous.

Korostin lut le document dans son intégralité. Puis le relut et leva les yeux vers son interlocuteur.

— Vous exigez d'être tenu au courant de nos agissements ?

— Oui. À chaque étape de l'opération. Je veux savoir où se trouvent vos hommes et Nicolas Marten. Vous ne prendrez aucune initiative jusqu'à mon arrivée. De cette façon, dès que vous aurez les photos et la carte mémoire, vous pourrez me les remettre en mains propres.

— Ça risque d'être compliqué.

— Vous êtes un homme plein de ressources, Dimitri. Vous trouverez une solution.

— Si ce que vous souhaitez récupérer est aussi précieux que votre offre me le laisse penser, comment pouvez-vous être sûr que je ne me retournerai pas contre vous ?

— Nous ne sommes certes pas des géants. Striker Oil possède néanmoins des concessions pétrolières et gazières dans le monde entier. Et vous le savez parfaitement. Vous tenez donc à continuer de faire affaire avec nous. Je viens de vous le dire : vous êtes un homme plein de ressources. Vous ne commettrez pas l'erreur de remettre en cause notre partenariat.

Korostin replia le feuillet et le glissa dans la poche de sa veste.

— Pour quand devons-nous accomplir notre mission ?

— Pour hier.

40

Berlin, 8 h 18

Cinq individus se tenaient dans la pièce principale d'un modeste appartement de Scharrenstrasse. Le commissaire Franck, l'inspecteur Gertrude Prosser, deux policiers en uniforme, ainsi que Karl Betz. Une sixième personne, l'épouse de Betz, guettait avec inquiétude par une porte entrebâillée menant au reste du logement. Betz avait cinquante-deux ans. Il accusait quelques kilos superflus, arborait une moustache et de gros sourcils. Il se montrait extrêmement nerveux. Il était par ailleurs serveur sur un bateau touristique, le *Monbijou*.

Franck lui présenta la photographie de Nicolas Marten.

— C'est bien l'homme que vous avez servi hier soir sur le *Monbijou* ?

— Servi ? Pas exactement, monsieur le commissaire.

Le malheureux s'efforçait de sourire en dépit de son malaise.

— En fait, il m'a aidé à servir quelqu'un d'autre. Sa femme m'a aidé aussi. Ou quelqu'un que j'ai pris pour sa femme. Ils ont passé des bières aux deux passagers assis à côté d'eux.

— Mais c'était lui, vous en êtes sûr ? insista Franck d'un ton impassible.

— C'est l'homme que vous recherchez ? Le meurtrier de Théo Haas ?

— C'est lui ou ce n'est pas lui ?

— Oui, monsieur le commissaire. C'est bien lui.

— Et la femme qui l'accompagnait est celle que vous a décrite l'inspecteur Prosser ?

— Oui, monsieur le commissaire.

— Vous nous avez déclaré qu'il portait un accessoire vestimentaire particulier ?

— Une casquette de base-ball des Dallas Cowboys.

Betz sourit fièrement.

— Je suis allé à Dallas. À Dallas, au Texas. J'ai failli acheter la même, mais on avait un budget très serré.

— Où ont-ils embarqué sur le *Monbijou* ?

— Je n'en suis pas sûr, mais je crois que c'était au Lustgarten.

— Et où sont-ils descendus ?

— Au pont Weidendamm. Au coin de Friedrichstrasse.

— À quelle heure ?

Le serveur baissa soudain les yeux.

— À quelle heure, monsieur Betz ? le pressa Emil Franck.

L'homme releva la tête, plus stressé qu'auparavant.

— On n'a rien fait d'illégal. C'était une excursion spéciale réservée à des agents de voyage étrangers. On a démarré plus tard que d'habitude. On avait une permission officielle, vous pouvez vérifier. Le bateau était plein comme un œuf. Je ne sais pas comment ils ont fait pour monter à bord. En tout cas, ils ont réussi.

— Monsieur Betz, je n'appartiens pas à la brigade fluviale.

Franck commençait à s'impatienter.

— À quelle heure ont-ils quitté le bateau ?

— Vers 21 h 40, monsieur le commissaire. J'ai consulté ma montre quand on a accosté.

— 21 h 40.

— Oui, monsieur le commissaire.

— Je vous remercie.

8 h 24

8 h 26

Debout près de la fenêtre, Marten observait l'allée. La bruine continuait à tomber. La file des étudiants serrés sous leurs parapluies semblait plus longue que jamais. Ils avançaient à petits pas.

Une fois, puis deux, Marten était retourné devant le poste de télé. Il avait rétabli le volume, ouvert grands les yeux. Les journalistes revenaient de loin en loin sur le drame espagnol. Si la police ibérique en avait appris davantage au cours des dernières heures sur ce qui s'était passé, elle n'en disait rien. Même silence à Berlin. L'enquête sur l'horrible meurtre de Théo Haas était en cours. Les autorités demandaient au public de les aider à localiser l'homme

« auquel elles souhaitaient poser des questions » relatives à l'assassinat. On avait de nouveau montré la photo floue de Marten, assortie d'un numéro de téléphone et d'une adresse électronique. On avait ensuite annoncé que la police avait choisi de ne pas communiquer avec les médias. Cette nouvelle troubla beaucoup Marten. S'il se fiait à son expérience au sein des forces de l'ordre de Los Angeles, un tel black-out donnait à penser que les enquêteurs suivaient des pistes prometteuses qu'ils ne voulaient pas risquer de gâcher. Cela signifiait souvent qu'une arrestation était imminente.

Il se tourna vers la porte d'entrée.

Où était Anne ? Que faisait-elle qui lui prenne autant de temps ? Et si elle avait été interpellée ? À cette perspective, il eut un haut-le-cœur. Elle avait emporté son passeport avec elle. Au bout de combien de temps finirait-elle par leur confier l'adresse de la planque ? Le silence envers les médias pouvait venir de là.

La sueur perla à son front. Pour la énième fois il songea à l'Espagne, aux deux personnes épargnées par l'explosion du véhicule. Il était obligé de faire confiance aux autorités espagnoles dans l'espoir qu'elles mettraient bientôt la main sur ces deux disparus. Elles n'y parviendraient peut-être pas. D'où venait la limousine ? Quelle distance avait-elle parcourue avant d'être pulvérisée ? Il pouvait en découler des problèmes de juridiction, une concurrence entre plusieurs services. Le monde politique pouvait aussi s'en mêler. Marten était persuadé que les deux absents étaient encore en vie, qu'ils se trouvaient quelque part dans la campagne et qu'on était en train de les torturer pour leur extorquer des renseignements sur les photographies. La police n'avait aucun moyen de savoir ça. Il devait prévenir quelqu'un. Mais comment ?

Un nouveau flash d'informations commença. Marten traversa la pièce en hâte pour le suivre. Les reporters étaient en direct de Madrid, où les enquêteurs se préparaient à faire une déclaration.

Le porte-parole de la police s'avança vers une rangée de micros. Marten avait la chair de poule. Le discours fut simultanément traduit en anglais. Deux corps avaient été découverts, sommairement enterrés aux abords d'une ferme abandonnée, à moins de huit kilomètres du lieu de l'explosion. Un autre cadavre gisait dans une grange délabrée non loin. Les trois victimes avaient reçu une balle dans la tête. Les deux premières étaient des femmes. Leur identification, ainsi que celle de l'homme, était en cours.

Marten fixait l'écran, hébété, paralysé par l'effroi. Il tourna lentement la tête vers la fenêtre, vers le ciel gris, la bruine et les bâtiments qu'on apercevait au-delà. Ses souvenirs lui sautaient à la figure. Il distinguait les visages de Marita et d'Ernesto, de Rosa, de Luis et de Gilberto lorsqu'ils lui avaient offert de l'eau, lorsqu'ils l'avaient soustrait à la morsure du soleil, sur la plage de Bioko, pour le porter à l'ombre de la Land Cruiser. Il les revoyait assis avec lui autour de la table, à l'hôtel Malabo, tandis que l'orage tropical se déchaînait. Il les revoyait en train de dormir dans l'avion qui les emmenait à Paris. Il se rappelait parfaitement son échange avec Marita à l'heure des adieux ; la manière dont elle lui avait fourré dans la main une page de son carnet en lui décochant l'un de ses sourires espiègles.

« *Mon adresse et mon numéro de téléphone. Si vous passez un jour par Madrid. Et mon e-mail, si vous n'y passez pas. Si vous avez le temps, appelez-moi. Je tiens à savoir ce qui va vous arriver.* »

« *Il ne m'arrivera rien. Je vais rentrer chez moi, reprendre le travail et vieillir ; rien d'autre.* »

« *Vous n'êtes pas du genre à qui il arrive « rien d'autre », monsieur Marten. Je crois plutôt que vous êtes du genre à vous attirer des ennuis. Nous devons y aller. Appelez-moi.* »

Il perçut le son du poste de télévision. Une réclame pour une crème de beauté. Il fut soudain pris de vertiges. Une faiblesse l'envahissait. La pièce se mit à tourner autour de lui. Puis son cœur s'emballa. Déjà, il devait lutter pour tenter de reprendre son souffle. Il était trempé de sueur. Il avait chaud, il avait froid. Il ne comprenait pas ce qui lui arrivait. Il plaqua une main contre le mur pour assurer son équilibre. Il haletait. Il se sentait piégé, comme si les parois se rapprochaient de lui. Il fallait qu'il sorte. Qu'il aspire quelques goulées d'air frais. Le son de sa voix le surprit : il couvrait celui de la télé ; son souffle était rauque. Cela monta du plus profond de son être. C'était intense et puissant, plein de rage. C'était une litanie de noms qu'il répétait à la manière d'un mantra satanique.

Striker, Hadrien, Conor White, Anne Tidrow.
Striker, Hadrien, Conor White, Anne Tidrow.
Striker, Hadrien, Conor...

Un autre bruit attira son attention. Celui d'une clé qu'on introduisait dans la serrure de la porte d'entrée. Il se colla contre le mur et demeura immobile. Une demi-seconde plus tard, la porte s'ouvrit.

— Nicolas ?

La voix lui était familière.

— Nicolas ?

Anne Tidrow.

41

Il se souvenait de l'avoir vue refermer la porte derrière elle et la verrouiller avant de se tourner vers lui. À son sac à main s'ajoutait un cabas en tissu. Elle était en train d'ôter une vilaine capuche en plastique. Il se rappelait à peine la suite. Tout ce qu'il savait, c'est qu'elle était maintenant assise dans un fauteuil, près de la télévision, et qu'elle le fixait. Ses cheveux étaient ébouriffés, elle avait laissé tomber ses sacs sur le sol. Lui se tenait contre le mur, il reprenait son souffle, les bras croisés sur sa poitrine. Il évitait de la regarder.

— Racontez-moi ce qui s'est passé, fit-elle doucement.

— Je n'en sais rien.

— Racontez-moi ce qui s'est passé.

— Je...

— Dites-moi.

Il tourna lentement les yeux dans sa direction.

— Je vous ai saisie à la gorge et je vous ai plaquée contre le mur. Violemment. Et je vous ai maintenue dans cette position.

— Qu'avez-vous dit ?

— Je n'ai rien dit. Je vous ai interrogée.

— Que m'avez-vous demandé ?

— Pourquoi eux ?

— Et qu'ai-je répondu ?

— « De qui parlez-vous ? »

Marten serrait les mâchoires sous l'effet de la colère.

— Vous saviez parfaitement de qui je parlais.

— Non. Et je ne le sais toujours pas.

— Allez vous faire foutre.

— Dites-le-moi.

— Vous tenez vraiment à entendre des explications détaillées ?

— Oui.

— La doctoresse espagnole et ses étudiants en médecine. Je vais vous apprendre leurs noms : Marita, Ernesto, Rosa, Luis et Gilberto. Marita n'avait pas trente ans. Ses étudiants n'en avaient pas plus de vingt-trois. Ils sont tous morts ! On les a assassinés ! Dans la région de Madrid. Dieu seul sait ce qu'on leur a fait subir avant de les tuer.

— Nicolas, je n'étais pas au courant. Vous devez me croire. Comment aurais-je pu savoir ?

— Je vous ai dit d'aller vous faire foutre.

— Je ne mens pas.

— Nom de Dieu…

Marten se planta à la fenêtre. Il regarda dehors. Il avait envie de briser la vitre d'un coup de pied pour hurler aux gens patientant dans l'allée qu'une meurtrière se trouvait à côté de lui et qu'il fallait appeler la police.

— Vous auriez pu me tuer, remarqua-t-elle.

Il tourna la tête à toute vitesse, les yeux emplis de haine.

— J'aurais dû vous tuer.

— Mais vous ne l'avez pas fait.

— J'aurais dû.

— Qu'avez-vous fait ?

— J'ai desserré mon étreinte autour de votre cou et je vous ai laissée vous dégager.

— Quoi d'autre ?

— Je n'en sais rien.

— Mais si.

— Non.

— Vous vous êtes mis à pleurer.

Marten se tut longtemps. Il se contentait de la dévisager.

— Foutez-moi la paix, lâcha-t-il enfin. D'une façon ou d'une autre, Conor White et votre ignoble compagnie les ont assassinés. J'ignore si vous l'avez aidé à mettre au point l'opération. Vous, vous le savez. Pas moi.

— Nicolas, avança-t-elle calmement. Je suis affreusement navrée pour vos amis. Et je suis sincère. Mais je ne comprends pas pourquoi vous en êtes venu à penser que

Striker, White ou moi avions quelque chose à voir avec ce drame.

— Vous ne comprenez pas pourquoi ? Je vais vous le dire : vous vous imaginiez que je leur avais révélé où étaient les photos. Vous vous êtes chargée de moi. White s'est chargé d'eux.

— C'est faux.

— Ah bon ?

— Oui.

— Où se trouve Conor White actuellement ?

— À Malabo, je pense.

— Vous avez son numéro de portable ?

Anne acquiesça de la tête. Marten alla récupérer le sac à main, il en sortit le BlackBerry de la jeune femme, qu'il lança sur ses genoux.

— Appelez-le. Demandez-lui où il est.

— Si vous y tenez.

Elle composa un numéro. Patienta quelques secondes. Une voix masculine se fit entendre à l'autre bout du fil. Un ton cassant. Un accent britannique immanquable.

— *Oui ?*

— Anne à l'appareil. Où êtes-vous ?

Elle marqua une pause – elle l'écoutait.

— Au cas où j'aurais besoin de vous, tout simplement.

Une autre pause.

— Je suis toujours à Berlin. Inutile de venir, j'ai la situation bien en main. Ne vous fiez pas à ce que racontent les médias.

Cette fois, la pause dura plus longtemps.

— Oui, je crois. Pardon ? Non, je ne le crois pas, Conor, j'en suis sûre. (Elle semblait irritée.) Nous restons en contact.

Marten la regarda raccrocher. Puis elle se leva et déposa le BlackBerry sur une table.

— Alors, où est-il ?

Anne hésita.

— Où ?

— À Madrid. À l'aéroport de Barajas.

— À Madrid ?

— Oui.

Marten colla presque son visage contre celui de la jeune femme.

— La prochaine fois que vous lui parlerez, dites-lui de ma part qu'il a fait tout ça pour rien. Les gens qu'il a tués ne savaient strictement rien de ces photographies. Je ne leur en ai pas soufflé mot.

Anne le considéra. Elle semblait sincère. Vulnérable, même.

— Pensez ce que vous voulez. Mais je n'étais au courant de rien. Quoi que Conor White ait fait, il a agi de son propre chef. Sur les instances de Joe Wirth ou des gens d'Hadrien, je suppose.

Marten lui jeta un regard mauvais. Il prit une profonde inspiration et traversa le salon pour se planter à nouveau près de la fenêtre.

— Quand allons-nous enfin sortir d'ici ?

— Une camionnette va venir nous chercher. (Elle consulta sa montre.) Dans cinq minutes.

— Où ça ?

— Sur Ziegelstrasse.

— Une camionnette va venir jusqu'ici ?

— Oui.

— Pour quoi faire ? Pour filer sous le nez des cinq mille flics qui sont actuellement à nos trousses ?

— Je l'espère.

— Vous l'espérez ?

— Le commissaire touche au but. À l'heure qu'il est, il a dû interroger les passagers et le personnel du bateau touristique. La police est en train d'installer des barrages routiers dans la zone où nous avons débarqué. Si mon plan ne fonctionne pas, nous risquons, vous et moi, de passer les trente prochaines années dans une prison allemande.

— Allez en enfer. Vous. Votre compagnie pétrolière. Hadrien. Conor White. Vous tous.

— Je suis désolée.

8 h 50

42

9 h 12

La camionnette était arrivée à l'heure. Elle était garée le long du trottoir, au bout de l'allée. Une camionnette blanche, assez récente. Un homme, dont Anne indiqua à Marten qu'il se nommait Hartmann Erlanger, se tenait derrière le volant. Il approchait les soixante ans. Il était mince, les cheveux gris clairsemés. Il portait des lunettes sans monture, un gilet de laine marron clair et un pantalon marron foncé. Il avait l'air d'un enseignant à la retraite ou d'un antiquaire. C'était d'ailleurs le rôle qu'il semblait vouloir jouer, du moins Marten le pensa-t-il lorsqu'on le pria de s'installer à l'arrière du véhicule parmi une douzaine de vieilles chaises. Erlanger ôta un panneau, qui révéla un tout petit compartiment au-dessus d'une des roues.

— Entrez là-dedans, fit l'homme avec un fort accent. La police arrête les voitures aux carrefours, ils vérifient l'identité de tout le monde. J'ai eu de la chance, je m'en suis tiré sans encombre. Si on nous arrête, ne bougez pas, ne faites pas un bruit. Retenez votre respiration si vous le pouvez.

Marten grimpa à l'intérieur de l'alvéole et se contorsionna pour tenter d'y fourrer son mètre quatre-vingts. Erlanger remit le panneau en place et le verrouilla. Marten se retrouvait seul dans une obscurité totale.

Quelques secondes plus tard, l'homme s'adressa à Anne.

— Comment est ton allemand ? Je suis sûr qu'ils vont nous contrôler.

Anne répondit dans la langue de son interlocuteur, après quoi Marten entendit claquer la portière du chauffeur. Erlanger mit le moteur en marche. La camionnette s'ébranla.

Qu'importe qu'Anne ait pu ou non se rendre coupable, quelles que soient les affaires louches dans lesquelles elle trempait peut-être, le fait est qu'elle avait du cran. Suffisamment pour prendre place aux côtés d'Erlanger tandis qu'ils tâcheraient de quitter la ville. Elle se ferait passer pour l'épouse de l'« antiquaire », pour sa sœur ou sa nièce. Et elle réussirait. Parce qu'elle était résolue et qu'elle parlait un allemand impeccable. Parce qu'elle avait soigné sa mise – c'est pour cette raison qu'elle était revenue de son escapade avec un sac supplémentaire. Juste avant de rejoindre la camionnette, elle avait dissimulé ses cheveux noirs sous une perruque blonde, troqué son jean et ses chaussures de sport contre un tailleur-pantalon beige des plus ordinaires et d'affreuses sandales orthopédiques. Elle avait emporté le sac dans lequel elle avait fourré ses anciens vêtements.

Marten bougea avec mille précautions afin de rendre un peu plus confortable sa prison roulante. Pendant un moment, il crut avoir réussi et se détendit du mieux qu'il put. Mais alors la camionnette passa sur un nid-de-poule. Il se cogna la tête contre le couvercle du caisson. Une poignée de secondes encore et le véhicule ralentissait. Il s'arrêta. Marten perçut plusieurs voix, dont une, masculine, coupante, qui s'exprimait en allemand. Erlanger sembla lui répondre. Ils se trouvaient à un barrage de police.

Qu'allait-il se passer maintenant ?

Soudain, les portes arrière de la camionnette s'ouvrirent. Quelqu'un se hissa dans l'habitacle. Marten retint sa respiration, comme son chauffeur lui avait recommandé de le faire. On racla les chaises sur le plancher du van. Des coups retentirent contre sa cloison – un agent, peut-être, tapait du poing. Les policiers inspectèrent les panneaux d'habillage du véhicule. On frappa le couvercle au-dessus de sa tête. Anne s'empressa d'intervenir, en allemand. Son ton était paisible, affable. Plusieurs secondes s'écoulèrent. Erlanger s'entretint encore avec un agent, puis la camionnette se remit en route.

Marten souffla.

Ils venaient de franchir un poste de contrôle. Combien en restait-il ?

9 h 32

9 h 40

Le commissaire Franck était assis au volant d'une Audi gris foncé garée non loin du Tiergarten, le grand parc de Berlin. Il était seul. Il regardait sans la voir la bruine incessante en écoutant crachoter la radio – ses collaborateurs étaient sur le terrain, ils communiquaient entre eux, en particulier ceux qu'il avait envoyés en mission après sa conversation avec le serveur du *Monbijou*. La description qu'il avait fournie du couple descendu au Lustgarten, ainsi que sa remarque sur la casquette des Dallas Cowboys, tout correspondait aux éléments consignés dans le rapport des deux motards.

Après avoir examiné la zone par ordinateur, il avait fait installer des barrages routiers aux diverses intersections. Il avait en outre chargé deux cents policiers en civil et en uniforme de mener une enquête au porte à porte. Enfin, il avait sauté dans sa voiture pour venir jusqu'ici. À présent, il attendait.

Il porta à ses lèvres une petite brique de jus d'orange, avala une gorgée et replaça le carton dans le porte-gobelet de l'Audi. Le ciel gris, la bruine. Il aurait dû se trouver chez lui, il aurait dû dormir, se reposer. Dans d'autres circonstances, les suspects seraient déjà sous les verrous. Il ferait la grasse matinée, prendrait une tasse de café en compagnie de son épouse. Puis il se rendrait à la salle de musculation avant la conférence de presse.

« *Il faut qu'on parle.* » Il gardait dans l'oreille cette voix de femme. Cette voix rauque.

« *Quand ?* »

« *Dans vingt minutes.* »

« *Au même endroit ?* »

« *Oui.* »

L'endroit en question était un troquet sombre non loin de la place Gendarmenmarkt. L'heure : 3 h 30. Ils n'étaient que tous les deux dans le clair-obscur – seul un réverbère dispensait ses lueurs depuis la rue. Elsa avait vieilli, comme lui. Elle n'en demeurait pas moins très attirante. Intellectuellement et sexuellement. Sur ce plan, ils avaient cessé toute relation de nombreuses années auparavant. Il savait que replonger aurait été pure folie. Surtout vu la situation.

— Ce Nicolas Marten…, commença-t-elle en passant derrière le comptoir pour leur servir à chacun un petit verre de cognac avant de revenir s'asseoir sur un tabouret.

— Que sais-tu de lui, Elsa ?

— Il existerait un jeu de photographies en rapport avec la rébellion en Guinée équatoriale. C'est pour cette raison que Marten est venu à Berlin, pour les récupérer.

— Qu'y a-t-il sur ces clichés ?

— On nous a simplement dit qu'ils étaient d'une importance capitale. Déduis-en ce que tu veux.

— « Il existerait. » Ce n'est donc pas certain ?

— Nous supposons que ces photos existent.

— Que veux-tu que je fasse ?

— Que tu suives Marten. Que tu mettes la main sur les photos – il se peut qu'il y ait aussi la carte mémoire de l'appareil. Et que tu nous les livres. Puis que tu élimines Marten et quiconque est avec lui.

— Pour pouvoir le suivre, Elsa, il faut que je retrouve sa trace sans qu'il s'en aperçoive. Une tâche déjà difficile en soi, mais d'autant plus compliquée vu le battage autour de l'affaire et le nombre de policiers engagés dans l'enquête.

— C'est néanmoins faisable, Emil. Nous avons réussi d'autres missions par le passé. Et les circonstances étaient autrement plus défavorables.

— Nous n'avions pas ces satanés médias sur le dos.

Elle ne répondit pas. Elle se contenta de le fixer en silence. Il avait reçu un ordre. Aucune excuse n'était valable. Comme « par le passé ».

Il avala une gorgée de cognac et lui rendit son regard.

— Qui est-il ?

— Marten ?

— Oui.

— À part un architecte paysagiste, tu veux dire ?

Il fit oui de la tête.

— Pour le moment, nous n'en savons rien.

Franck n'avait pas de raison de lui cacher quoi que ce soit. De toute façon, elle serait bientôt au courant.

— Avant de venir à Berlin, lui révéla-t-il, il était en Guinée équatoriale. Anne Tidrow aussi. Nous pensons que cette femme s'est enfuie avec lui.

— Membre du conseil d'administration de la Striker Oil Company. Basée à Houston, au Texas. Ils mènent une opération d'envergure en Guinée équatoriale.

— Tu es donc au courant.

— Raconte-moi la suite, Emil.

— Pendant qu'ils se trouvaient tous les deux là-bas, un prêtre a été assassiné. C'était le frère de Théo Haas.

— L'un ou l'autre a-t-il été en contact avec ce prêtre ?

— Je l'ignore. J'ignore également pourquoi Marten…

— … a tué Théo Haas ?

— Oui.

— Est-il vraiment le meurtrier ?

— Je n'en suis pas sûr.

— Quoi qu'il en soit, ça te fournit une raison suffisante pour l'abattre une fois que tu auras récupéré les photos.

— Certes. À condition que tes renseignements soient valables et qu'il sache réellement où elles se trouvent.

Elle lui opposa un silence glacé. Il l'avait toujours connue ainsi : parfois pleine de condescendance.

— Je te donnerai de plus amples informations dès que j'en recevrai.

Elle posa son verre sur le comptoir et dévisagea Emil Franck – se rappelait-elle le bon vieux temps ou bien le jaugeait-elle pour déterminer si elle pouvait encore lui faire confiance ?

— Referme la porte en sortant, s'il te plaît.

Elle se leva et quitta les lieux.

Les instructions d'Elsa lui étaient parvenues deux heures plus tard. Il venait de s'endormir sur le canapé de son bureau. Il devait rencontrer un homme dans le Tiergarten, sur la rive méridionale du Neuer See, à 10 heures ce matin-là. Il s'agirait d'un Russe d'environ quarante-cinq ans, barbu, légèrement enveloppé. Il s'appelait Kovalenko.

43

9 h 48

Marten sentit la camionnette pencher vers la droite, accélérer puis stabiliser sa vitesse. Il ne perçut plus que le paisible murmure des pneus sur l'asphalte. Si Anne et Erlanger étaient en train de parler, il ne les entendait pas.

Qui donc était cet homme ? Peut-être l'un des agents autrefois placés sous les ordres d'Anne lorsqu'elle travaillait pour la CIA. Quand était-ce ? Elle avait quarante-deux ans. À quel âge avait-elle quitté les services secrets pour veiller sur son père ? Vingt-neuf, trente ans, un peu plus ? Depuis une bonne dizaine d'années, elle était donc demeurée en contact avec ces gens. Pas uniquement Erlanger, mais aussi la femme chez qui ils avaient logé, ainsi que le ou les individus qui l'avaient filé depuis l'aéroport. De toute cette équipe, Erlanger et la propriétaire du logement étaient ceux qui couraient le plus de risques. Ils aidaient des fugitifs. L'aventure pourrait leur valoir la prison. Mais s'ils avaient été des agents, ou s'ils l'étaient encore, ils s'adonnaient à ce genre d'activités chaque jour, ils évoluaient au sein d'un univers où les connexions importaient plus que tout, où le silence et la loyauté étaient les maîtres mots.

Si Marten en croyait sa montre, ils roulaient depuis près de trente minutes. On ne les avait pas arrêtés depuis le premier barrage – sans doute s'étaient-ils engagés sur l'autoroute ; sans doute s'éloignaient-ils de Berlin et de ses policiers. Mais il faudrait ensuite parvenir à quitter l'Allemagne. Ce serait une autre paire de manches. On aurait renforcé les contrôles dans les aéroports, le métro, les trains et les gares routières. Erlanger devrait probablement tenter de franchir la frontière avec sa camionnette. Peut-être en avait-il déjà l'intention. Peut-être Anne avait-elle déjà préparé cette partie de l'opération. Non, puisqu'elle ignorait où se trouvaient les photographies. Jusqu'ici, Marten avait soigneusement évité de lui révéler quoi que ce soit, mais dès qu'ils auraient atteint leur but, il devrait parler.

Il avait compris, à l'instant où ils avaient laissé derrière eux l'hôtel Adlon, qu'à un moment ou un autre il lui faudrait se dévoiler. Après tout, s'ils s'en tiraient sans encombre, le mérite en reviendrait à Anne. Mais l'affaire était délicate : s'il en disait trop, elle n'aurait plus besoin de lui, elle le livrerait à Franck pour avoir les mains libres ; s'il ne disait rien, sa route s'arrêterait dès qu'Erlanger aurait coupé le moteur de sa camionnette.

Marten décida d'attendre de connaître leur destination et de jauger la situation à leur arrivée.

9 h 57

44

Berlin, le Tiergarten, Neuer See, 10 h 10

Ils suivaient un sentier boisé au bord de l'eau. Ils avaient remonté le col de leur veste pour se protéger de la bruine. On aurait cru Laurel et Hardy. Emil Franck : un mètre quatre-vingt-quinze. Youri Kovalenko : vingt-cinq centimètres de moins. Il parlait un allemand hésitant ;

202

le russe de Franck était tout juste passable. Ils choisirent donc de converser en anglais.

Leur principal sujet de préoccupation : les photographies et, avec un peu de chance, la carte mémoire de l'appareil dont on s'était servi pour les prendre. Les deux interlocuteurs ignoraient tout du contenu des clichés. Ils n'étaient même pas certains de leur existence. S'ils s'étaient rencontrés, c'est parce qu'on leur avait affirmé l'importance de ces photos et parce qu'on les avait chargés de les récupérer.

10 h 15

La présence des deux hommes fit s'envoler des canards. Franck s'arrêta pour les regarder prendre leur envol au-dessus du lac puis se poser à bonne distance de la rive. Il jouissait un instant du bonheur simple qu'on éprouve à observer la nature. Il finit par attraper les photos de Marten et d'Anne Tidrow dans la poche de sa veste.

Kovalenko y jeta un coup d'œil avant de les glisser dans la sienne.

— Merci, commissaire. On m'avait déjà montré Mlle Tidrow en photo. Quant à M. Marten, je sais quelques petites choses sur lui.

— Vous savez qu'il est architecte paysagiste en Angleterre et qu'il se trouvait en Guinée équatoriale lorsqu'on y a assassiné le frère de Théo Haas ?

— En effet. Et deux ou trois détails supplémentaires.

— Dans ce cas, vous disposez d'informations que nous ne possédons pas.

— Il était autrefois inspecteur au sein de la police criminelle de Los Angeles.

— Quoi ?

— Une excellente recrue, d'ailleurs.

— Comment le savez-vous ?

— C'est une longue histoire, fit Kovalenko avec un sourire. Contentez-vous de vous réjouir que je le sache. (Son sourire s'évanouit.) Bientôt, vos brillants subordonnés l'auront appréhendé, de même que Mlle Tidrow. Vous comprenez bien qu'il ne faut surtout pas que cela se produise.

— Avec un peu de chance, il réussira peut-être à s'enfuir, indiqua Franck d'un ton égal.

Ils reprirent leur promenade. Le grand Allemand, le petit Russe. Le ciel gris. La bruine incessante.

10 h 20

10 h 28

Conor White fixait le vide à travers le hublot du Falcon 50 qui volait vers le nord en direction de Berlin. Neuf mille mètres au-dessous de lui, il distingua à travers les nuages le lac Léman et son immense jet d'eau. Il n'y prêta aucune attention. Il ne pensait qu'à Berlin et aux événements qui allaient s'y dérouler.

La mission qu'il venait d'accomplir en Espagne s'était révélée un véritable gâchis. Un fiasco – dès le début des opérations, il avait compris que la doctoresse et ses étudiants n'étaient au courant de rien. Mais il ne pouvait les laisser partir sans en avoir acquis la certitude. Il était allé aussi loin que possible. Après quoi il n'y avait plus eu moyen de faire demi-tour. Il avait donc achevé la besogne en espérant que l'épisode ne reviendrait pas le hanter. Si on lui avait donné le choix, il se serait lancé sur les traces de Nicolas Marten, mais c'est à Anne qu'on avait confié cette tâche. Résultat…

Elle n'avait guère réussi qu'une chose : prouver que Marten savait où se trouvaient les photos. Elle le lui avait confirmé quand elle l'avait appelé à l'aéroport de Madrid.

« *Où êtes-vous ?* lui avait-elle demandé. *Au cas où j'aurais besoin de vous, tout simplement* », avait-elle expliqué lorsqu'il s'était étonné de la question.

À son tour, il avait voulu savoir où elle se trouvait. À Berlin, où elle ne souhaitait pas qu'il la rejoigne. « *Et ne vous fiez pas à ce que racontent les médias.* » Il avait ensuite tenu à s'assurer que Marten l'accompagnait. Il exigeait également de savoir si les clichés existaient pour de bon et si Marten savait où ils étaient.

« *Oui, je crois* », avait-elle hésité. Il avait insisté.

« *Vous le croyez ou vous en êtes sûre ?* »

« *Non, je ne le crois pas, Conor, j'en suis sûre* », avait-elle répliqué sèchement avant de raccrocher.

White secoua la tête. S'il avait filé Marten lui-même, il serait maintenant seul à seul avec lui. Peu importait la présence policière. Et Anne serait sortie du tableau. Il aurait récupéré les clichés et bouclé l'affaire au plus vite. Au lieu de quoi, hélas, il faisait route vers Berlin. Non pour se charger d'Anne et de Marten, mais pour y rencontrer Joe Wirth. Il ignorait pourquoi le Texan l'avait convoqué.

C'était Wirth qui avait accepté qu'Anne se charge de suivre Marten tandis que lui, White, s'envolait pour l'Espagne. S'il persistait ainsi dans l'erreur, la police aurait tôt fait de mettre le grappin sur les deux fugitifs ainsi que sur les photographies. Ce serait la catastrophe.

Il se détourna du hublot. Jack et Patrice jouaient tranquillement aux cartes en face de lui. La tenue des trois hommes était impeccable, costume et cravate. On aurait cru des athlètes professionnels sur le chemin de leur prochaine compétition. Ce n'était pas faux, en somme ; du moins si White réussissait à laisser Wirth en dehors du coup. Mais pour le moment, le pétrolier américain menait la barque. White ferait donc tout pour lui être agréable.

10 h 32

45

Potsdam, Allemagne, 10 h 40

La camionnette était immobile depuis plusieurs minutes. Du fond de ses ténèbres, dans le compartiment secret aménagé au-dessus de la roue arrière, Marten se demandait ce qui se passait. Erlanger avait prononcé quelques mots d'allemand, après quoi les portières côtés chauffeur et passager s'étaient ouvertes, puis refermées. Avaient-ils atteint leur destination finale ou la police les avait-elle interceptés ? Leur avait-on ordonné en silence de descendre du véhicule, une arme pointée sur eux ?

Une minute s'écoula encore. On manœuvra les portes arrière, quelqu'un grimpa à l'intérieur du van. Marten retint sa respiration. Il y eut du bruit juste au-dessus de sa tête. Le couvercle s'ouvrit brusquement. Il se tassa, prêt à découvrir un agent en uniforme, voire le commissaire Franck en personne, flanqué d'une douzaine de policiers. Le visage d'Erlanger apparut.

— Tout va bien ?

— Je suis un peu ankylosé, répondit Marten avec un soupir de soulagement. Et un peu stressé. À part ça, tout va bien.

— Je suis navré, nous n'avions pas le choix. Notre tactique a fait ses preuves durant la guerre froide. Nous avons fait quitter l'Europe de l'Est à pas mal de monde à cette époque.

— Il faut que j'aille aux toilettes. C'est urgent.

Anne, toujours affublée de sa perruque blonde et de ses vêtements ternes, patientait à côté de la camionnette. Pendant un instant, elle parut sincèrement préoccupée par le bien-être de Marten, soulagée qu'ils soient sortis sains et saufs de leur escapade. Mais déjà, la professionnelle reprenait le dessus.

— Suivez-moi dans la maison, fit-elle.

Ils empruntèrent un chemin gravillonné parmi les arbres jusqu'à une demeure de deux étages située dans un quartier résidentiel et verdoyant.

Marten passa aux toilettes, puis retraversa le hall jusqu'à la porte d'entrée.

— Ici ! lui lança Erlanger depuis une pièce attenante.

Il fit demi-tour pour pénétrer dans un petit bureau lambrissé de bois. L'homme était seul. Il se leva de derrière sa table de travail. Dans son dos, une fenêtre s'ouvrait sur un jardinet.

— Où est Anne ? s'enquit Marten.

— À l'étage. Elle arrive. Voulez-vous du café ?

— Volontiers, merci.

Erlanger quitta la pièce. Marten inspecta les lieux du regard. Comme le reste de la maison, elle était confortable, vieillotte, chargée de livres qu'on avait visiblement lus et relus, de bibelots et de photos de famille. Celui qui vivait là y vivait depuis longtemps et n'avait pas l'intention de déménager. L'endroit n'évoquait en rien la planque d'un homme recherché par la police.

— Ça va mieux ?

Anne entra. Elle avait remis son jean, sa veste et ses chaussures de sport, noué sa chevelure noire en chignon. Elle était sexy. Impatiente, aiguisée. Dangereuse.

— Oui. Et vous ?

— Je me sentirai mieux quand nous repartirons.

— Où sommes-nous ?

— À Potsdam. À une trentaine de minutes de Berlin. Cette maison appartient à Erlanger. Il a pris beaucoup de risques pour nous amener ici. Il va encore nous aider, mais nous devons établir notre plan au plus vite. Donc : où allons-nous ? Où sont les photographies ? Ni Erlanger ni moi ne pouvons plus rien faire tant que vous ne nous avez pas indiqué une destination.

— Erlanger sait-il quelque chose concernant les clichés ?

— Non.

Marten ferma la porte.

— Pendant tout le voyage, coincé dans le noir de ce petit caisson, j'ai réfléchi au prix.

— Au prix de quoi ?

— Des photos. Combien de personnes sont mortes à cause d'elles ? Sur Bioko, en Espagne, à Berlin. Qui seront les prochaines victimes ? Où les prochains meurtres auront-ils lieu ?

Il s'approcha de la fenêtre pour regarder dehors.

— Où voulez-vous en venir ?

— La meilleure chose à faire est encore de prendre contact avec le commissaire Franck pour lui dire où nous sommes. Laissons le gouvernement allemand prendre le relais.

— Ce n'est pas une très bonne idée.

— Peut-être. Mais vu les circonstances, je n'en vois pas d'autre.

Anne se mit soudain en colère.

— Où sont les photos, Nicolas ?

— Je veux que la guerre cesse, rétorqua-t-il, les yeux rivés à ceux de son interlocutrice. Qu'au moins la violence s'apaise un peu. Les photos peuvent y contribuer. Les médias du monde entier vont se précipiter sur l'affaire. Journalistes, équipes de tournage. Pas seulement en Guinée équatoriale. À Houston aussi, où ils vont harceler les gens de Striker. Ils se rendront également en Angleterre, au siège de SimCo. On s'interrogera. Les blogs s'empareront de cette histoire, la télé leur consacrera des émissions. Les hommes politiques s'en mêleront, parce qu'ils ne pourront pas faire autrement. Et pas question d'étouffer l'affaire comme c'est le cas pour le Congo, le Darfour, l'Afrique en général. Parce que les principaux acteurs en sont une compagnie pétrolière américaine et une société militaire privée. Il n'est plus question de révolte contre un dictateur sanguinaire. Il s'agit d'une guerre menée au nom du profit. Si vous contribuez à faire tomber les méchants, vous vous retrouvez avec un allié victorieux qui ne risque plus de mettre fin à vos concessions pétrolières puisqu'il sait que vous allez lui permettre de gagner des sommes colossales, et pendant très longtemps. Il vous proposera même un contrat autrement plus avantageux que celui que vous aviez passé avec le tyran dont vous venez d'accélérer la chute.

— Je veux voir cesser les massacres autant que vous. Je vous l'ai déjà dit.

— Vous m'avez dit aussi que vous vouliez récupérer les photos pour menacer vos petits copains de Striker, d'Hadrien et de SimCo et les transmettre à la Commission Ryder s'ils continuaient d'armer les rebelles.

— En effet.

— Comment puis-je être sûr qu'en réalité vous ne cherchez pas simplement à protéger Striker ? Vous mettez la main sur les clichés et vous vous empressez de les détruire.

— Ce n'est pas le cas.

— Comment puis-je en être sûr ?

— Je vais vous reposer la question que je vous ai posée hier : combien voulez-vous contre ces photos ? Votre prix sera le mien.

— Sans blague ?

— Sans blague.

— C'est vous que je veux.

— Moi ?

— Oui.

Marten était très calme. Anne au contraire tombait des nues.

— Mais enfin, Nicolas ! Au bout du compte, tout se ramène au sexe pour vous ? Vous voulez me baiser, c'est ça ? Mon Dieu…

— Je ne veux pas vous baiser. Je veux que vous baisiez votre compagnie.

— Qu'est-ce que ça veut dire ?

— Conor White figure sur plusieurs clichés.

— Vous les avez donc vus, sourit-elle finement.

— Pas tous.

Marten s'approcha d'elle, comme pour souligner la gravité des propos qu'il s'apprêtait à tenir.

— Toujours est-il qu'on reconnaît parfaitement Conor White. Peut-être ne souhaitez-vous pas détruire ces photos. Lui, si. Car il risque gros si elles sont rendues publiques. Peu lui importe qui il assassine au passage. Peu lui importent les moyens qu'il utilise pour parvenir à ses fins. Il est déjà responsable de la mort du père Willy et de celle de son frère, sans parler de mes amis espagnols. Si vous récupérez ces tirages, membre du conseil d'administration de Striker ou pas, CIA ou pas, il vous tuera.

— Je ne comprends toujours pas ce que vous voulez que je fasse.

Il planta son regard dans celui de la jeune femme.

— Si vous venez chercher les photos avec moi, je veux qu'ensuite nous allions les remettre ensemble à Fred Ryder. Vous lui direz qui vous êtes, et qui est Conor White.

Vous lui direz que vous désirez tout faire pour que ces gens cessent d'armer les rebelles afin que le ministère de la Défense, de son côté, fasse pression sur Tiombe pour qu'il rappelle ses guerriers.

« Bien sûr, Ryder souhaitera en savoir plus. Vous lui expliquerez que SimCo est une société écran. Qu'Hadrien se cache derrière. Le député redoublera d'ardeur dans son enquête sur les liens entre Striker et Hadrien. S'il réussit à prouver qu'Hadrien et SimCo arment la rébellion sur ordre de Striker, votre Joe Wirth et sa clique de décideurs, ainsi que Conor White et les dirigeants d'Hadrien, tout ce monde-là se retrouvera en très fâcheuse posture. Il se pourrait qu'ils finissent derrière les barreaux. Vous aussi, d'ailleurs. Vous m'avez dit que mon prix serait le vôtre. Eh bien, voilà. Sinon…

On frappa à la porte.

— J'ai fait du café ! Je le laisse dehors ?

— Donne-nous encore une petite minute, Hartmann ! lui cria Anne.

Elle revint à Marten.

— Sinon, quoi ?

— Sinon, je serai obligé de penser que vous ne souhaitez récupérer les photos que pour protéger Striker et vos intérêts en Guinée équatoriale. Je serai obligé de penser que c'est vous qu'ils ont envoyée parce que vous êtes une femme très séduisante et que vous pourriez user de votre charme contre moi. Vous l'avez déjà fait. Vous vous êtes déshabillée sous mon nez à l'hôtel, vous m'avez embrassé en pleine rue sous prétexte que la police nous surveillait. Hier soir, vous vous êtes contentée d'enfiler une culotte et un T-shirt au travers duquel on distinguait le bout de vos seins. Vous avez appartenu à la CIA. Vous saviez donc pertinemment ce que vous faisiez. Vous avez reçu une formation spéciale.

Il crut un instant qu'elle allait le gifler, mais elle s'abstint. Elle le considérait en silence, elle respirait doucement.

— Voilà, lâcha-t-il enfin. Vous comprenez ma proposition ?

— Oui.

— Dites-moi que vous êtes d'accord.

— Même si je vous le dis, comment saurez-vous que vous pouvez me faire confiance ?

— Parce que j'ai envie de vous croire quand vous me dites que vous agissez pour votre père. Pour sa mémoire, pour la réputation de son entreprise. Parce que vous l'aimiez. Et puis, au pire, je peux toujours me tourner vers le commissaire Franck.

Elle le fusilla du regard, mais elle ne prononça pas une parole. Elle hocha imperceptiblement la tête.

— Allez-y, dites-le, la pressa-t-il.

— Je suis d'accord.

— Pour tout ?

— Pour tout.

Il l'observa longuement. Il s'efforçait de la jauger. Puis il passa à l'étape suivante.

— Il nous faut un avion, dit-il. Un bimoteur de l'aviation civile. Un jet de préférence. Un appareil à turbopropulseur, ce serait parfait. Nous avons environ deux mille cinq cents kilomètres à parcourir.

— Le pilote va devoir remplir un plan de vol. Il aura besoin de savoir où nous allons.

— À Málaga, sur la côte méridionale de l'Espagne.

— Málaga ?

— C'est ça, mentit Marten.

11 h 12

46

Le lieu du rendez-vous était un luxueux appartement au troisième étage d'un bâtiment situé dans la partie ouest de la ville, non loin du Kurfürstendamm. Les livres d'histoire indiquaient que durant les années 1930 l'édifice avait abrité un bordel chic baptisé « Salon Kitty ». Au cours de la Seconde Guerre mondiale, c'était toujours une maison close, mais le SD (le Sicherheitsdienst, service de renseignements de la SS) l'utilisait pour ses activités d'espionnage ; on y enregistrait les conversations des prostituées haut de gamme avec des diplomates étrangers ou des dignitaires allemands susceptibles de trahir leur patrie. Pour l'heure, une discussion se tenait entre deux individus bien peu concernés par ce passé lointain : Joe Wirth et Conor White.

— Combien d'hommes avez-vous amenés ? s'enquit le premier.

— Deux.

— Des bons ?

— Les meilleurs.

— Deux, c'est suffisant ?

— Pour le moment, oui.

— Où sont-ils ?

— Ils m'attendent dans notre voiture de location.

Wirth souleva une cafetière en argent et se versa une tasse. D'un signe de tête il en proposa une à Conor White.

— Non, merci.

— L'Espagne n'a pas donné grand-chose de bon, lâcha Wirth.

— Vous entendez par là que nous n'avons rien appris concernant les photographies ?

— En effet.

— Nous avons agi comme vous nous l'avez demandé. Ils ne savaient absolument pas de quoi nous parlions. Ces cinq personnes, ainsi que le chauffeur de la limousine et l'homme de main local, ont emporté dans leur tombe le détail de ce qui s'est passé entre eux et nous.

White guetta sur le visage de Wirth une trace de remords. Ou le signe qu'il regrettait son erreur. Comme il s'y attendait, il ne décela rien.

— Nicolas Marten est le seul à être au courant ?

— Interrogez Anne à ce sujet.

Wirth lui jeta un regard mauvais. Il n'appréciait pas la remarque.

— Anne n'est pas ici. C'est à vous que je m'adresse.

— Si les clichés existent, Marten sait où ils se trouvent. C'est du moins ce qu'elle m'a affirmé. Sinon, elle ne serait pas restée avec lui.

— Je voudrais bien savoir ce qui s'est passé au juste à Roissy. (Wirth tentait de noyer un peu le poisson.) Anne continuait de le filer. Les autres l'avaient perdu. Puis elle l'a perdu aussi. Si ce n'est qu'elle l'a retrouvé à Berlin quelques heures plus tard.

— À mon avis, elle l'a « perdu » volontairement, afin de rester seule sur le coup.

— Pourquoi ferait-elle ça ?

— Elle s'imagine peut-être que nous sommes incapables d'accomplir cette mission. Ou bien elle a autre chose en tête. Je n'en sais rien.

Joe Wirth avala une gorgée de café et réfléchit avant d'enchaîner.

— Quand lui avez-vous parlé pour la dernière fois ?

— Ce matin.

— Que vous a-t-elle dit ?

— En gros, ce qu'elle nous a déjà indiqué dans son SMS d'hier. Qu'elle se trouve à Berlin avec Marten. Qu'il est inutile de l'y rejoindre. Et qu'il ne faut pas croire ce que racontent les médias. Pour le moment, je pense que la police ignore qui elle est.

— Je le pense aussi.

— Sinon, ils auraient déjà diffusé sa photo partout, comme ils l'ont fait pour celle de Marten.

White conservait son calme. Il s'en voulait pourtant d'avoir contrarié Wirth en lui suggérant d'interroger la jeune femme. Le Texan lui déplaisait tellement qu'il s'était laissé aller un instant. Il ne commettrait pas deux fois la même erreur.

Wirth consulta sa montre et se leva.

— Il faut que j'y aille. Amenez vos hommes ici et attendez mon appel. J'espère que je ne tarderai pas à savoir où se trouve Anne et si Marten est toujours avec elle.

— Vous le saurez, l'assura White d'un ton neutre.

— Oui.

Le mercenaire se tut quelques instants, puis déplia son mètre quatre-vingts.

— Comment allez-vous obtenir ces informations ? interrogea-t-il respectueusement.

— Ce sont mes affaires.

— Vous avez embauché une tierce personne ?

— Non, monsieur White. J'ai simplement pris certaines dispositions.

— Je vois.

Les pires craintes de Conor White étaient en train de se concrétiser. Ce type trop riche, trop puissant, obsessionnel, ce type accoutumé à tout régenter jusque dans les moindres détails, avait perdu confiance en ses collaborateurs. Il s'était tourné vers quelqu'un d'autre. Dans le cadre d'un contrat pétrolier, c'était sans conséquence. On risquait seulement de perdre de l'argent. Mais dans des circonstances comme celles-ci, Wirth risquait de les entraîner dans des eaux dangereuses et glacées. S'il se fiait à des gens plus égoïstes encore, plus expérimentés et plus impitoyables que lui, c'était le désastre assuré. White risquait de tout perdre.

Pauvre crétin, aurait-il aimé jeter à la figure du Texan. Il se maîtrisa.

— J'attends votre appel, monsieur Wirth, fit-il poliment.

Celui-ci hocha sèchement la tête et quitta la pièce sans ajouter une parole.

13 h 05

47

Potsdam, 13 h 10

Hartmann Erlanger ouvrit un meuble de rangement près de la fenêtre de son bureau. Il en sortit un ordinateur portable qu'il posa sur sa table de travail. Il jeta un coup d'œil en direction d'Anne et de Marten, installés dans des fauteuils face à lui. Il alluma l'engin. Une fois l'écran éclairé, il tapa une série de codes, puis tourna la machine vers ses deux invités.

— Voici ce que j'ai téléchargé hier après ton coup de fil. Ça a déjà deux jours. Je ne sais pas si ça pourra t'être utile. En tout cas, c'est mieux que rien. Je vous laisse juges, monsieur Marten et toi. Moi, je vais tâcher de dénicher un avion et un pilote. Ça risque d'être un peu compliqué. Surtout vu les circonstances. Et puis c'est une requête de dernière minute.

— Navrée, Hartmann, mais je n'ai moi-même reçu l'information qu'à la « dernière minute ».

Anne n'eut pas besoin de regarder Marten. Le reproche perçait dans sa voix.

— Tu sais combien je te suis reconnaissante de tout ce que tu fais pour nous. Et des risques que tu cours.

Erlanger lui lança un regard particulièrement tendre.

— C'est à ça que servent les collègues et les amis. Je reviens dès que j'ai du nouveau. Si tu as besoin de quoi que ce soit, ma femme est à l'étage.

Ils se regardèrent un moment, puis l'homme quitta la pièce en refermant la porte derrière lui.

D'abord, Anne demeura immobile. Sans un mot, elle pressa ensuite la touche « Play » de l'ordinateur. L'écran s'anima. Un globe terrestre apparut. Le logiciel zooma lentement sur l'Afrique de l'Ouest.

— C'est une vidéo confidentielle de la CIA, expliqua-t-elle. Il en arrive parfois une par jour. Parfois moins souvent. Tout dépend de l'urgence de la situation et des renseignements nécessaires aux agents sur le terrain. Je vous préviens, vous ne verrez jamais ces séquences sur une chaîne de télévision.

Une image satellite de la Guinée équatoriale se matérialisa. On en distinguait à la fois la partie continentale et l'île de Bioko. La voix d'un narrateur s'éleva.

« La situation empire dans le Río Muni, ainsi que sur l'île de Bioko où se situe Malabo, la capitale. La rébellion, emmenée par Alfonso Bitui Ada, surnommé Abba, prend de l'ampleur. Abba est un instituteur membre du Parti libéral, le PL. Il y a quinze mois, il a été libéré après dix années passées en prison pour appartenance au Parti du peuple, désormais interdit. Depuis, il s'efforce d'unir les tribus afin de protester en masse contre la pauvreté, la corruption du régime et les actes de violence physique perpétrés par l'administration du président Tiombe. »

L'image vira au vert. Cette séquence avait été tournée au moyen d'une caméra à vision nocturne. C'était un homme entre deux âges, un bel homme aux manières posées, aux cheveux courts et grisonnants, vêtu d'un treillis de camouflage. Il s'adressait à une vingtaine de rebelles réunis dans une clairière, au milieu de la jungle.

« Voici Abba. Cette vidéo a été prise en secret il y a trois jours, sur Bioko, tandis que ses hommes et lui se dirigeaient vers Malabo. Ce qui n'était encore, il y a une dizaine de semaines, qu'une vague de manifestations contre le gouvernement de Río Muni s'est transformé en un vaste mouvement de rébellion armée, essentiellement suscité par la sauvagerie dont les soldats de l'armée équato-guinéenne ont fait preuve envers les manifestants. Les principales tribus du pays, comprenant les Fangs, les Bubis et les Fernandinos, ont fait front commun derrière Abba. Sa puissance s'accroît d'heure en heure. En réaction, les militaires se montrent de plus en plus barbares, tant à l'égard des insurgés que des civils. On recenserait pour le moment plus de quatre mille morts. »

S'ensuivit une série d'horribles séquences, tournées en plein jour : villages incendiés, cadavres par centaines. Décapités pour beaucoup, et atrocement mutilés. Des hommes, des femmes, des enfants, des vieillards. Même des animaux. Chiens, chèvres, vaches ; un cheval encore sellé abandonné sur le bord de la route.

— Mon Dieu, murmura Marten.

Déjà, on revenait aux images clandestines et nocturnes. Cette fois, elles montraient des soldats en train de mettre un village à sac. Les militaires exécutaient des civils avec des machettes, des pistolets, des fusils, des mitraillettes. Une scène épouvantable montrait une femme que cinq soldats violaient l'un après l'autre ; la malheureuse hurlait. Un petit garçon se précipita vers eux. L'un des hommes s'empara de lui et l'obligea à regarder. Les efforts de l'enfant terrorisé pour se libérer contrastaient affreusement avec les visages des violeurs rassasiés qui, maintenant, riaient à gorge déployée. On passa ensuite aux lance-flammes ; des soldats incendiaient des huttes. Soudain, un homme nu surgit des ténèbres, les bras levés, suppliant les militaires de cesser leur saccage. L'instant d'après, un soldat orienta son lance-flammes dans sa direction. Le villageois se métamorphosa en torche humaine.

— Pour l'amour de Dieu, Anne, je suis incapable d'en voir davantage !

Marten commençait à détourner les yeux lorsqu'il s'arrêta net.

— Attendez !

L'image montrait un homme en treillis, plus âgé que ses compagnons, trônant majestueusement parmi un petit groupe de soldats lourdement armés. Il avait un profil d'aigle, des cheveux gris. Il n'était pas noir.

— Je le connais, fit Marten. Il était là quand les soldats m'ont interrogé à Malabo. Qui est-ce ?

Le narrateur reprit son récit, comme pour répondre à la question.

« Voici Mariano Vargas Fuente, l'ancien général connu sous le simple nom de "Mariano". Il fut jadis un officier de haut rang au sein du célèbre DNI – Directorate of National Intelligence – entre 1973 et 1990, pendant la dictature du général Augusto Pinochet. Il est célèbre dans le monde entier pour sa propension à bafouer éhontément les droits de l'homme. Il a été condamné par contumace pour actes de torture et massacres. Accusé de crimes de guerre, il s'est évaporé dans les jungles de l'Amérique centrale. On pense que le président Tiombe l'a personnellement engagé pour superviser la contre-insurrection dans le Río Muni et sur Bioko. C'est la première fois que nous obtenons confirmation de sa présence en Guinée équatoriale. »

Une carte de Bioko apparut, sur laquelle se trouvait indiquée la position des forces d'Abba ; elles se rapprochaient de Malabo.

« Nos agents pensent que Tiombe est prêt à fuir le pays si Abba et ses hommes continuent à gagner du terrain. Nos analystes estiment que les rebelles auront pris le pouvoir d'ici dix à quatorze jours. Demain à midi, heure locale, l'ambassade des États-Unis fermera ses portes jusqu'à obtenir de plus amples informations. La plupart de ses membres ont reçu l'ordre d'évacuer. Le ministère de la Défense encourage tous nos ressortissants à quitter immédiatement la Guinée équatoriale. »

La vidéo s'acheva.

Marten se tourna vers Anne.

— Vous teniez à ce que je voie ces images. Pour quelle raison ?

— Je tenais à ce que nous les voyions tous les deux. Afin de parler d'une même voix face à Fred Ryder. Et pour que vous me fassiez désormais confiance. Pour que vous soyez convaincu que je souhaite autant que vous l'arrêt des massacres.

Marten demeura silencieux un long moment.

— « Tous nos ressortissants », dit-il enfin. Y compris les salariés de Striker ?

— Abba et ses rebelles cherchent à se débarrasser de Tiombe, pas de nous. Nous avons demandé à nos collaborateurs de ne pas quitter nos infrastructures, sur lesquelles veillent de nombreux mercenaires de SimCo. Ils ne risquent rien.

— En êtes-vous sûre ? Permettez-moi de vous apprendre quelque chose : le général Mariano connaît l'existence des photos. C'est à ce sujet que les soldats m'ont interrogé. Mais peut-être êtes-vous déjà au courant.

— Non.

— Alors priez pour qu'il n'ordonne pas à ses bouchers de fouiller vos installations pour tenter de mettre la main dessus. Les mercenaires de White n'auraient aucune chance de leur tenir tête. Qu'adviendrait-il alors des foreurs, des techniciens, des secrétaires, des comptables ? Et de tout le « petit personnel » que j'ai vu au bar de l'hôtel Malabo ? Surtout si les tueurs de Tiombe leur rendent visite armés de lance-flammes.

Marten fit une pause. La colère et l'indignation le rongeaient.

— Qu'avez-vous fait, tous autant que vous êtes, au nom du profit ?…

Anne se taisait.

— Ne vous donnez pas la peine de chercher une réponse, chérie. Il n'y en a aucune.

13 h 37

48

Air Force One
Samedi 5 juin, 8 h 15

Le président John Henry Harris était assis, en bras de chemise. Il écoutait Lincoln Briggs, son chef de cabinet, lui débiter l'emploi du temps du jour – trois rendez-vous à la Maison Blanche, dont l'un avec le secrétaire d'État de retour d'Inde et de Chine ; ensuite il prendrait l'hélicoptère jusqu'à Camp David pour s'entretenir de la crise économique avec ses principaux conseillers financiers.

Briggs s'éclipsa au terme de son exposé. Le président regarda par le hublot. L'appareil survolait le lac Ontario ; on pénétrait dans l'espace aérien des États-Unis. Après avoir pris un petit déjeuner très matinal en compagnie du Premier ministre canadien et du président du Mexique, Harris avait sauté dans l'avion. Dans quatre heures, il serait à Camp David, où il passerait le reste du week-end à jongler avec le budget national et à préparer la réunion du lundi matin, au cours de laquelle les gouverneurs d'une douzaine d'États viendraient réclamer des fonds supplémentaires.

Ces sujets étaient d'importance. Mais d'autres soucis accablaient le président : Fred Ryder l'avait appelé d'Irak avant le petit déjeuner, pendant qu'il se rasait. Le député lui avait appris que Bruce Truex, patron de la société Hadrien, avait débarqué, offrant généreusement à Ryder et à ses collègues d'examiner comme bon leur semblait tout ce qui touchait à la collaboration entre son entreprise et la compagnie Striker. Selon les termes de Ryder, l'homme avait agi « comme s'il cherchait en hâte à nous cacher quelque chose en nous le fourrant sous le nez ». Stratégie payante, à l'évidence, puisque les membres de la commission parlementaire n'avaient rien trouvé de suspect pour le moment.

Puis il y avait eu la réunion quotidienne sur la sécurité. Il s'était enquis de la situation en Guinée équatoriale. On lui avait indiqué que l'armée du président Tiombe était aux prises avec les insurgés et que, dans le même temps, elle massacrait la population civile sous prétexte de traquer les chefs rebelles. Les analystes estimaient que le régime du dictateur vivait ses dernières heures ; Tiombe, sa famille et ses sbires s'apprêtaient à fuir le pays.

— Pour aller où ? avait demandé Harris.

Les rapports n'étaient pas probants, mais on savait que le tyran possédait des résidences un peu partout dans le monde, dont une à Beverly Hills. Berverly Hills. Une telle perspective avait arraché un sourire au président Harris. Il n'y avait pourtant pas de quoi s'amuser. Il appela aussitôt Lincoln Briggs, afin qu'il prenne contact avec Kim Ho, le secrétaire général des Nations unies : il fallait pousser ces dernières à intervenir en Guinée équatoriale. Après quoi le chef de cabinet de Harris devrait téléphoner à Pierre Kellen, président de la Croix-Rouge internationale – les États-Unis souhaitaient agir au plan humanitaire.

Le dirigeant américain avait beau se préoccuper du sort du peuple équato-guinéen, il ne devait pas manifester trop d'intérêt personnel pour le conflit. Sinon, il risquait d'éveiller l'attention des diplomates et des services secrets aux quatre coins de la planète. On se demanderait pourquoi il portait ses regards sur un pays en particulier, quand de nombreuses régions d'Afrique connaissaient des troubles similaires. Il ne faudrait pas que l'un de ces fouineurs récupère les photographies avant qu'on les ait confiées à Harris ou remises à Fred Ryder.

Disposer d'un tel pouvoir et s'empêcher de l'utiliser... C'était l'un des fléaux de sa charge. Le destin de Marten ne s'en trouvait que plus compromis. S'il avait pu, le président aurait expédié à sa rescousse Hap Daniels, son agent très spécial. Il avait en lui une confiance absolue, Marten le connaissait bien, et l'homme aurait été capable de faire savoir à ce dernier où le rejoindre. Une fois le contact établi, Daniels l'aurait tiré du pétrin et, ensemble, ils seraient allés chercher les photos. Hélas, l'agent spécial venait de subir un pontage coronarien. Il était en convalescence. Hors de question pour lui de partir en mission. David Watson, son remplaçant, avait certes de la valeur, mais Harris le connaissait trop peu pour lui proposer une tâche aussi délicate. Qui plus est, Marten ne l'avait jamais vu – comment aurait-il accepté de sortir de sa cachette ? Personne ne pouvait donc intervenir.

— Et merde, lâcha le président entre ses dents.

Il observa son veston, placé sur le siège en face de lui, à portée de main. Dans l'une des poches intérieures se trouvait un objet qui ne le quittait pas depuis qu'il s'était envolé de Washington : le téléphone portable gris, son unique lien avec Nicolas Marten. À condition que celui-ci appelle. Lui-même ne connaissait pas le numéro du mobile jetable de son ami.

Il n'avait cessé d'espérer son appel. En vain. Sans doute à cause de la police. Ou alors il était blessé. Ou – Harris détestait évoquer cette hypothèse – il était mort. Peut-être n'avait-il pas la possibilité de téléphoner, c'est tout. Peut-être n'avait-il rien à lui révéler. Que lui avait-il dit au terme de leur dernier entretien ? « *Je vous rappelle dès que j'ai du nouveau.* »

Quelle que soit la raison pour laquelle le téléphone ne sonnait pas, ce silence était insoutenable. Certes, il désirait ardemment qu'on mette la main sur les clichés. Certes, il s'en voulait beaucoup d'avoir expédié Marten en Guinée équatoriale. Mais surtout, il tenait à lui. Les épreuves qu'ils avaient traversées ensemble en Espagne, à peine un an plus tôt, la solide amitié qui en avait résulté… Ils étaient maintenant comme deux frères. Il voulait à tout prix que Marten s'en sorte. Il imaginait le pire. Il n'en espérait pas moins que ce portable allait enfin sonner.

— Quelle merde ! lança Harris aux murs indifférents de la cabine présidentielle d'Air Force One.

Sur quoi il s'empara d'un dossier contenant une analyse budgétaire et se mit au travail.

49

Marten, Anne et Hartmann Erlanger se tenaient debout dans un champ, à côté de la camionnette. La main en visière pour se protéger du soleil qui avait enfin eu raison de la grisaille et de la bruine, ils observaient un Cessna 340, un bimoteur amorçant sa descente. Il atteignit la cime des arbres en s'approchant d'une piste privée. Quelques secondes plus tard, le train d'atterrissage entrait en contact avec le tarmac. Il glissa en rugissant devant les trois spectateurs, qui distinguèrent l'immatriculation de l'appareil, inscrite sur son fuselage : D-VKRD. L'avion ralentit en bout de piste, fit demi-tour et s'immobilisa devant eux.

— Moteur à pistons, annonça Erlanger en écrasant son mégot sous son talon avant de le ramasser pour le fourrer dans sa poche. Je n'ai pas pu trouver mieux. Il vous emmènera où vous voulez. Certes pas aussi vite que vous l'espériez.

— Ça fera l'affaire, Hartmann, répondit Anne. Merci.

Il la regarda intensément. Puis il lui sourit en posant une main sur sa joue. À l'évidence, il y avait quelque chose entre eux. Quelque chose qu'ils ne souhaitaient pas partager avec Marten.

Le bruit des moteurs était assourdissant. Le silence ne le fut pas moins lorsque le pilote coupa enfin les gaz. Presque aussitôt, le gazouillis des oiseaux et le bourdonnement des insectes recommencèrent. Tout autour d'eux, la forêt était épaisse, percée seulement par la piste d'atterrissage et la route gravillonnée qu'avaient empruntée Marten, Anne et Erlanger. Ce dernier n'avait fourni aucune explication, mais il avait visiblement accès à l'aérodrome.

Le pilote émergea de l'appareil. C'était une femme. Blonde, vêtue d'une combinaison de vol, elle pouvait avoir trente-cinq ans. Elle possédait un charme un peu androgyne.

— Elle se prénomme Brigitte, indiqua Erlanger. Dites-lui où vous désirez vous rendre. Elle vous y conduira. En revanche, ne me dites rien, je ne veux rien savoir. Vous ne m'avez jamais vu. Rien de tout ce qui vient de se passer n'a eu lieu.

Il se tourna brusquement vers Anne. La chaleur et la tendresse qu'il lui avait manifestées tout à l'heure s'étaient évanouies. Il n'était plus qu'un professionnel aux manières glacées.

— Ne t'adresse plus à tes anciens contacts, la mit-il en garde. Tu t'en es bien tirée cette fois-ci, mais, je t'en prie, ne retente pas ta chance.

Après un coup d'œil en direction de Marten, il regagna la camionnette. Il monta dedans, claqua la portière, démarra et partit.

Il ne regarda pas une fois en arrière.

18 h 50

Berlin, quartier général de la police, 19 h 05

Le commissaire Franck décrocha son portable pour répondre à l'appel et quitta immédiatement la pièce. Les inspecteurs Bohlen et Prosser, ainsi qu'une douzaine de fins limiers, s'interrompirent pour le regarder faire. Il referma la porte derrière lui. Ils venaient de passer huit heures aux côtés du commissaire dans la pénombre de la salle de gestion de crise, cernés d'ordinateurs et de moniteurs jusqu'au plafond.

Franck les avait convoqués le matin même, peu après 10 h 30, une fois constaté le fiasco de l'opération visant à capturer Nicolas Marten et Anne Tidrow aux abords du pont Weidendamm. Le commissaire leur avait passé un terrible savon, dénonçant leur échec au même titre que le sien. Il s'était montré clair et dur.

— J'étais en charge de cette mission, avait-il asséné. Je suis responsable des mauvaises décisions. Les suspects courent toujours. Un second ratage est inenvisageable. Pour vous, pour moi, pour les Berlinois. Pour l'Allemagne. J'espère que je me fais bien comprendre.

Le petit discours avait produit son effet. Chacun s'était senti honteux, gêné. Quelques minutes avaient suffi pour que le service entier bouillonne. C'est pourquoi, lorsque le commissaire avait si prestement quitté les lieux pour répondre à l'appel, tous ses collaborateurs avaient retenu leur souffle. Peut-être s'agissait-il d'une nouvelle capitale, du tuyau en or d'un des nombreux informateurs d'Emil Franck. Peut-être avait-on localisé les fuyards ; dans quelques heures, qui sait, l'enquête serait bouclée.

19 h 12

— Il y a trop de gens impliqués dans l'affaire, ça ne me plaît pas.

Le commissaire parlait dans son mobile. Il était sur le trottoir, à l'extérieur des bâtiments de la police, le dos tourné aux passants.

— Ça va être une partie de billard, tu le sais aussi bien que moi. A joue contre B, B joue contre C… Où cela va-t-il s'arrêter ? Impossible de prévoir quoi que ce soit. Le danger est partout.

— *C'est dans ce genre de situation que tu fais des merveilles*, répliqua Elsa. *Ça devrait te faire plaisir, tu as toujours adoré ça. D'ailleurs, c'est pour ça qu'ils ont fait appel à toi. Ils ne voulaient personne d'autre.*

— Très bien. Je vois. Oui. Oui. Bien sûr.

Il raccrocha.

Dès les premières années de sa carrière, il avait été entendu qu'Emil Franck n'était jamais plus efficace que quand il travaillait seul. Entre vingt-quatre et vingt-sept ans, il avait, sans l'aide de personne, mis un terme au parcours de dix-neuf ennemis publics. Dix d'entre eux croupissaient en prison, les autres étaient morts. Les médias, ainsi que ses collègues, le surnommaient « Inspecteur Harry » ou « le cow-boy de Berlin ». Il n'allait pas faillir à sa réputation en regagnant la salle de gestion de crise. Il allait annoncer à ses hommes qu'il avait du nouveau. Et qu'il allait agir seul. Les autres demeureraient engagés dans la vaste chasse au meurtrier de Théo Haas. Les médias ne seraient pas informés du départ du commissaire. On se contenterait de leur signaler qu'il n'était pas disponible pour le moment. Pas d'autres détails. C'était aussi simple que cela.

50

Hôtel Ritz-Carlton, Berlin, suite 1422, 20 h 08

Joe Wirth déconnecta l'un des deux BlackBerry dont il ne se séparait pas depuis son départ de Houston et s'empara d'un crayon Ticonderoga fraîchement taillé. Il rédigea une note sur l'un des six blocs de papier jaune disposés sur la table devant lui ; il avait déjà griffonné une vingtaine de remarques, suite à d'innombrables appels – il avait passé plusieurs heures au téléphone. Il consulta sa montre et décrocha le BlackBerry qu'il venait d'utiliser, celui qu'il surnommait « l'ordinaire » et dont il se servait pour ses communications personnelles et professionnelles. Il s'apprêtait à composer un numéro lorsqu'on frappa à la porte.

— Oui, fit-il d'un ton impatient.

— Room service, monsieur Wirth.

Le Texan se leva pour ouvrir. Un serveur en livrée poussait devant lui un chariot supportant un plateau couvert d'une cloche, une cafetière et une bouteille d'eau minérale. Il allait disposer les plats quand Wirth intervint.

— Laissez, je vais m'en occuper.

Il lui remit un billet de vingt euros.

— Merci, monsieur Wirth. Guten Abend.

Le garçon salua et sortit en refermant la porte derrière lui.

Wirth souleva la cloche en argent, examina le sandwich club qui se cachait dessous. Sans y toucher, il retourna à son bureau, composa un numéro sur son BlackBerry « ordinaire » et attendit d'entendre sonner à l'autre bout du fil.

— *Oui ?* fit la voix de Dimitri Korostin.

— Tout va bien ?

— *Vous semblez nerveux, Joe.*

— Vous allez me faire attendre combien de temps ? Où en êtes-vous de notre projet ?

Korostin éclata de rire.

— *Vous, vous êtes sur les nerfs. Moi, je suis en train de me faire sucer. Ensuite, j'irai dîner avec des amis. J'aime mieux être à ma place qu'à la vôtre, Joe. Excusez-moi un moment.*

Le silence se fit, comme si le Russe avait raccroché. Deux bonnes minutes plus tard, il reprit la conversation.

— *Vous êtes toujours là, Joe ?*

— Allez vous faire mettre.

— *Du calme, Joe. Comme on dit : « Votre transaction est en cours. » J'aurai des informations à vous transmettre avant minuit. Ça vous va ? Je m'en voudrais de vous décevoir et de perdre le champ gazier bolivien.*

Korostin raccrocha. Wirth resta seul avec ses deux BlackBerry, ses six blocs-notes, son café, son eau minérale, son sandwich club et son angoisse.

20 h 20

Le commissaire Emil Franck s'engagea au volant de son Audi sur une voie de service non loin de l'aéroport de Tegel. Le soleil dardait ses derniers rayons, ce qui, après la grisaille et la bruine de la matinée, aurait dû le réjouir. Mais il n'avait pas le cœur à se réjouir. Appréhender Marten pour le meurtre de Théo Haas était une chose. Mais depuis que les photographies et la rébellion en Guinée équatoriale s'étaient invitées dans le décor, l'affaire était devenue beaucoup plus compliquée. Il ne s'agissait plus du simple assassinat d'un lauréat du prix Nobel. Comme il l'avait indiqué à sa correspondante, on était à présent en pleine partie de billard. Kovalenko avait déjà commencé à jouer. Moscou était aux aguets. Comment savoir ce qui allait arriver ensuite ?

Devant lui, il distingua une Opel bordeaux garée sur le bas-côté, le long d'une clôture de sécurité. On entendait rugir les avions atterrissant ou décollant de l'aérodrome. Franck ralentit pour s'immobiliser derrière l'Opel. Deux hommes se trouvaient à l'intérieur. Kovalenko et son chauffeur. Le Russe lui dit quelque chose, puis ouvrit la portière. Il descendit de la voiture pour se diriger vers l'Audi.

— Notre ami s'est donc envolé à bord d'un Cessna ? fit Kovalenko en prenant place auprès du policier.

— Numéro d'immatriculation : D-VKRD. D'après le plan de vol, ils se dirigent vers Málaga. Ils devront s'arrêter en route pour faire le plein de carburant.

— Vous avez fait du bon boulot, commissaire. Je n'ignore pas le travail des informateurs. J'espère que vous saurez récompenser celui-ci comme il faut.

— Les choses se font comme elles doivent se faire…

— Vous avez raison, commissaire.

Le Russe se mit à sourire.

— Ça ne… (Sa voix fut un moment couverte par le fracas d'un Airbus de la Lufthansa en train de décoller.) Ça ne vous dérange pas de laisser votre véhicule ici ? reprit-il.

— Pourquoi ?

— Je ne compte pas m'en prendre à un membre des forces de l'ordre berlinoises, le rassura Kovalenko en souriant de nouveau. Il se trouve tout bonnement que j'ai un chauffeur. Prenons plutôt ma voiture.

— Pour aller où ? Nous décollons d'ici, de Tegel, non ?

— Non. De Schönefeld.

— Je ne comprends pas.

— J'ignore ce que Moscou a en tête, fit le Russe en haussant les épaules. Je ne sais pas quoi vous dire. Si vous voyiez les hôtels dans lesquels ils m'obligent à descendre.

Franck le dévisagea un instant. Il n'aimait pas cet imprévu. Kovalenko était censé faire affréter un jet privé au départ de Tegel. Voilà qu'on optait pour l'aéroport de Schönefeld, à Brandebourg, dans le sud de la ville. Ce serait une perte de temps. Il avait l'impression de renouer avec le passé, avant la chute du Mur. On ne posait pas de questions, on se contentait d'obéir aux ordres de Moscou.

— Très bien, lâcha-t-il finalement.

Ils descendirent de l'Audi. Franck attrapa un nécessaire de voyage sur le siège arrière, referma la portière et la verrouilla. Trente secondes plus tard, les deux hommes s'installaient dans l'Opel. Ils se mettaient en route pour l'aéroport de Schönefeld.

51

Cessna 340, D-VKRD, quelque part au-dessus du sud de l'Allemagne
Altitude : 26 170 pieds. Vitesse de croisière : 190 miles/ heure. 21 h 35

Ils volaient depuis près de deux heures et demie. Anne et Marten étaient paisiblement assis dans de bons fauteuils en cuir derrière Brigitte, la jolie blonde qui pilotait l'appareil. Avant le décollage, elle leur avait livré son nom – Brigitte Marie Reier – et un peu de son histoire. Elle avait trente-sept ans. Avait servi dans l'armée de l'air allemande. Elle était mère célibataire ; ses jumeaux avaient douze ans. La jeune femme et ses enfants vivaient « provisoirement » chez son frère, son épouse et leurs deux bambins. La cohabitation se déroulait plutôt bien. Puis elle était revenue à sa mission : elle avait indiqué à ses passagers que de l'eau minérale, des sandwichs et une thermos de café se trouvaient à bord ; qu'on avait installé de minuscules toilettes à côté du poste de pilotage – elle leur avait néanmoins conseillé d'attendre l'escale, car selon les vents, il faudrait faire halte au moins une fois. Ensuite, Brigitte avait aidé Anne et Marten à embarquer, elle-même s'était installée dans le cockpit et avait décollé. Depuis, on n'avait pratiquement pas échangé une parole.

Anne en particulier demeurait silencieuse. Les mains sur les genoux, elle regardait dans le vague par le hublot. Lorsque Marten lui avait demandé si elle désirait

boire ou manger, elle s'était contentée de secouer négativement la tête. Il avait d'abord songé qu'elle regrettait
la promesse qu'elle lui avait faite de rencontrer Fred
Ryder, de lui remettre les photographies – à condition
qu'ils les trouvent – et de lui révéler les manœuvres
secrètes unissant Striker Oil, Hadrien et SimCo. Promettre n'était rien. Mais en respectant cette promesse,
elle risquait de ternir la réputation de son père et d'être
mise en examen. Deux perspectives qui la poussaient
peut-être, en ce moment même, à chercher une issue
plus favorable. Non, songea Marten. Ce qui la préoccu-
pait n'avait rien à voir avec ça.

Il comprit soudain – l'avertissement lancé par Erlanger
avant qu'ils grimpent dans l'avion, la froideur avec laquelle
il s'était éloigné.

« *Ne t'adresse plus à tes anciens contacts*, avait-il dit.
*Tu t'en es bien tirée cette fois-ci, mais je t'en prie, ne
retente pas ta chance.* »

L'avait-elle aimé ? Était-elle toujours amoureuse de
lui ? Avait-elle compté sur de tendres adieux ? Un baiser,
une étreinte affectueuse, un geste qui aurait témoigné de
ses sentiments. Ou bien s'agissait-il d'une chose qui avait
effrayé Anne plus qu'elle ne l'avait meurtrie ? Probable,
songea Marten, qui crut lire dans le regard de la jeune
femme de la peur plutôt que du chagrin.

— Puis-je vous poser une question personnelle ?
lança-t-il avec un sourire.

— Ça dépend de la question.

Elle tournait les yeux dans sa direction pour la première fois depuis le décollage.

— Ce qu'Erlanger vous a déclaré juste avant de partir
vous a profondément affectée…

— Erlanger, c'est du passé, lâcha-t-elle froidement.
Laissez tomber.

Marten l'examina. Non, ce n'était pas du passé. Pas le moins du monde. Il venait de toucher un point sensible, il le devinait à la brusquerie de son ton, à la manière dont elle l'avait regardé. Oui, c'était de peur qu'il s'agissait. Peur de quoi ? Impossible à dire.

— Et si nous parlions d'autre chose ?

— Pourquoi ? interrogea-t-elle, méfiante.

— Eh bien, la nuit va être longue, et Brigitte n'a pas dû penser à embarquer une pile de magazines pour nous occuper.

Anne le considéra attentivement.

— De quoi désirez-vous parler ?

— Je n'en sais rien. Vous m'avez dit que vous aviez été mariée. Une seule fois ?

— Non, deux.

— Deux ?

— Ne prenez pas cet air choqué. J'ai des amis qui estiment que ce n'est qu'un échauffement.

— Je ne suis pas choqué. Je suis surpris, c'est tout.

— Pour quelle raison ?

— Vu votre genre de vie, je vous imagine mal avec un mari, un foyer, des enfants…

— Si vous voulez savoir si j'ai une maison, la réponse est oui. En revanche, je n'ai pas d'enfant. Aucun de mes deux maris n'aurait fait un bon père à mon goût. Quant à moi, je ne suis pas certaine d'être douée pour la maternité. De toute façon, je ne peux pas en avoir.

— Je ne vous en demandais pas tant.

— Le fait est que, maintenant, vous savez. À votre tour. Combien de fois avez-vous été marié ?

— Jamais.

— Pourquoi donc ? Vous n'êtes pas vilain garçon.

— Merci.

— Ce n'était pas un compliment, c'était une question.

— Les deux seules femmes auxquelles j'ai suffisamment tenu pour envisager de les épouser ont suivi un autre chemin.

— Lequel ?

— J'ai rencontré l'une d'elles en Angleterre. Elle m'a quitté du jour au lendemain pour épouser l'ambassadeur de Grande-Bretagne au Japon.

— Et l'autre ?

Marten hésita un moment.

— Eh bien ? le pressa Anne.

Elle espérait un détail croustillant. Ce fut tout autre chose.

— Elle est morte il y a un peu plus d'un an. Elle était jeune. Elle était mariée. Son époux et son fils avaient été tués quelques semaines plus tôt dans un accident d'avion. Nous avions été élevés ensemble. Nous nous aimions depuis notre plus tendre enfance. Je l'adorais.

— Je suis navrée.

Anne était décontenancée, soudain mal à l'aise.

— Je ne voulais pas me mêler à ce point de vos affaires.

Elle offrait à Marten un visage plein de compassion. Il ne l'avait pas encore découverte sous ce jour.

— Vous ne pouviez pas savoir.

— Puis-je vous demander ce qui lui est arrivé ?

— Elle a été… (Marten détourna les yeux. Le chagrin était encore vif.) Elle a été assassinée.

— Assassinée ?

— On lui a volontairement inoculé un staphylocoque. C'est une longue histoire. Très compliquée. Par bonheur, elle a fini de souffrir.

— Mais pas vous.

— En effet.

Anne demeura longtemps silencieuse. Elle le laissait errer dans ses pensées. Il se trouvait à des années-lumière.

On n'entendait plus que le ronronnement des moteurs du Cessna.

— Comment s'appelait-elle ? fit-elle enfin.

— Caroline.

— Elle devait être très belle.

— Ça oui.

22 h 02

52

Berlin, l'appartement du 11 Giesebrechtstrasse, 22 h 47

— Nous partons, monsieur Wirth. Je vous le confirmerai quand nous aurons décollé.

Conor White déconnecta son BlackBerry, puis composa un autre numéro.

Face à lui, Patrice et Jack étaient déjà debout. Ils rangeaient les cartes à jouer, s'apprêtaient à quitter les lieux.

— Ici White. Remplissez un plan de vol pour Málaga, en Espagne. Préparez-vous à décoller. Nous partons dans quarante minutes.

— Málaga ? s'étonna Patrice en haussant les sourcils.

— Oui.

— Chouettes bars, chouettes gonzesses, chouettes plages, fit Jack avec un grand sourire. Chouette, quoi.

— Jack, le rappela à l'ordre Conor White. Nous ne sommes pas en vacances.

— Allez, colonel. Ce qu'on a à faire nous prendra quelques minutes à tout casser. Hein ? répondit le mercenaire en clignant de l'œil en direction de Patrice.

— Possible, répondit White posément. (Il n'était pas d'humeur à plaisanter.) Il y a intérêt.

— Oui, colonel, il y a intérêt.

Patrice jeta un regard à son collègue, manière de lui conseiller de se montrer moins léger. Les deux hommes savaient combien leur supérieur tenait à récupérer les photographies. Il suffisait de songer à ce qui s'était passé dans la ferme espagnole. L'interrogatoire serré de la jeune doctoresse et de ses étudiants était allé si loin que White avait fini par en avoir assez. Il avait ôté sa cagoule et ordonné à ses deux subordonnés d'en faire autant. C'était le signal : ils allaient offrir à leurs prisonniers une ultime chance de coopérer. Ils avaient abattu la jeune fille devant ses amis. Une tactique vieille comme le monde : de quoi terrifier assez les survivants pour qu'ils craquent. En vain. White avait donc mis un terme à l'épisode. En s'excusant auprès des otages épouvantés, il leur avait décrété qu'il avait suffisamment perdu de temps. Il avait demandé au chauffeur de la limousine de les reconduire chez leurs parents, à Madrid – il savait que Patrick avait programmé le véhicule pour qu'il explose douze minutes après le démarrage du moteur. Une fois les étudiants partis, White était retourné dans la grange pour abattre l'homme de main qu'on leur avait fourni.

Pour un professionnel comme Conor White, être obsédé par une mission était une chose. Cette fois, l'intensité de sa passion avait quelque chose de particulier. À peine entamé l'interrogatoire des Espagnols, il avait indiqué à ses mercenaires que les jeunes gens ne savaient rien des clichés ; il en était sûr. Il avait pourtant mené l'opération jusqu'à son terme. Et s'était lui-même chargé de leur exécution.

Depuis plusieurs années, Jack et White luttaient côte à côte contre des hommes cruels, des fanatiques parfois. Mais rien n'équivalait à ce que White avait accompli en Espagne. Il était devenu fou. Jamais il ne s'était comporté de la sorte, pas même sur un champ de bataille. Jack et Patrice avaient saisi que des événements d'envergure étaient en cours. Des événements qu'on n'allait certes pas expliquer à de simples fantassins comme eux. Mais quand on travaillait pour un homme de la trempe de Conor White, on obéissait aux ordres sans poser de questions.

Hôtel Ritz-Carlton, Berlin, suite 1422, 22 h 55

— *Málaga.*

Dimitri Korostin avait appelé dix minutes plus tôt. Un message précis et concis :

— *Ils atterriront probablement un peu après 4 heures. L'avion est un Cessna 340, moteur à pistons. Immatriculation D-VKRD. S'il y a du changement, je vous rappelle. Faites de beaux rêves, faites-vous sucer aussi et ne vous bilez pas trop.*

Sur ce, il avait raccroché.

Joe Wirth était toujours assis à sa table de travail, le menton dans les mains, ses blocs-notes jaunes empilés à côté de lui, les restes de son sandwich club posés sur une autre table.

— *Un Cessna 340. Immatriculation D-VKRD. D'après le plan de vol, ils se rendent à Málaga, en Espagne. Estimation de l'heure d'arrivée : un peu après 4 heures du matin.*

Tels étaient les renseignements qu'il avait transmis à Conor White. Il avait l'assurance que si le plan de vol était modifié en cours de route, Dimitri ne manquerait pas de le prévenir dans la minute. Lui-même répercuterait le changement auprès de White. Pour l'heure, ce dernier avait ordre de suivre Marten jusqu'en Espagne.

« Laisse-le partir le premier, songea Wirth. Attends qu'il arrive là-bas. Il faut qu'on croie qu'il agit seul, qu'il se démène pour se protéger, pour protéger SimCo et Hadrien. Striker n'est au courant de rien. »

Le Texan lorgna les deux BlackBerry posés sur la table auprès de lui. Il y avait « l'ordinaire ». Sur l'autre, il avait collé une languette adhésive bleue pour le distinguer du premier. Les appels qu'il passait depuis ce mobile étaient redirigés vers le siège de la société Hadrien à Manassas, en Virginie. De quoi dérouter les fouineurs éventuels.

Depuis sa réunion à Houston avec Bruce Truex et son conseiller Arnold Moss, il n'utilisait plus que ce portable pour communiquer avec Conor White – les trois hommes ayant, d'un commun accord, décidé de prendre leurs distances avec SimCo. Mais, après le départ de Truex, ils avaient décidé avec Moss de se détacher aussi d'Hadrien. Tous les appels qu'il passerait à Conor White sembleraient donc provenir désormais des locaux d'Hadrien. C'est lui qui en avait eu l'idée, et l'un de ses amis du FBI, installé à Houston, l'avait mise en pratique.

23 h 07

Wirth consulta sa montre. Il appela les pilotes du Gulfstream de Striker qui attendaient à l'aéroport de Tegel : qu'ils se préparent à décoller dans deux heures. Il régla l'alarme de sa montre sur minuit, se dirigea vers le lit, s'allongea et ferma les paupières, résolu à dormir ne serait-ce que cinq minutes. Le sommeil ne vint pas facilement. Son esprit et ses sens demeuraient en éveil.

En plus du trafic habituel, il y aurait vers 1 h 30 quatre avions supplémentaires dans le ciel, tous quatre en route vers Málaga : le Cessna de Marten, ainsi que trois jets – le Falcon 50 de Conor White, l'engin des sbires de Dimitri et l'appareil de Joe Wirth. Beaucoup d'argent. Beaucoup d'hommes. Beaucoup d'avions. Pour un simple jeu de photographies.

53

Un Learjet 55, quelque part au-dessus de l'Europe méridionale.
Numéro d'immatriculation LX-C88T7. Altitude : 39 000 pieds. Vitesse : 270 miles/heure. Nombre de pilotes : 2. Nombre maximal de passagers : 7. Nombre de passagers à bord : 2
Dimanche 6 juin, 1 h 25

Emil Franck distinguait Kovalenko dans la pénombre de la cabine, penché sur un téléphone portable. De temps à autre il hochait la tête, faisait un geste de sa main demeurée libre. Le commissaire se dit d'abord que son correspondant se trouvait à Moscou – son épouse, peut-être, ses enfants, à moins que ce ne soit sa maîtresse. Mais à la réflexion, il était bien tard pour un appel personnel ; 3 h 30 du matin dans la capitale russe. Franck en conclut qu'il discutait plutôt de sa mission avec l'un de ses supérieurs.

Ils avaient décollé de l'aéroport de Schönefeld peu après 21 h 30. Deux heures plus tard, ils décrivaient un large cercle au-dessus de Toulouse pour attendre le Cessna de Nicolas Marten et d'Anne Tidrow, plus lent que leur Learjet. Ils le suivraient ensuite jusqu'à Málaga ou n'importe où ailleurs. N'importe où ailleurs : Marten n'était pas assez sot pour remplir un plan de vol avec l'intention de le respecter à la lettre.

Franck examina l'écran de son ordinateur portable, comme il le faisait à intervalles réguliers depuis leur départ de Berlin. Sur une carte de l'Europe de l'Ouest, un minuscule point vert figurait la position du Cessna de Marten – l'information était relayée par un puissant émetteur de la taille d'un ongle de pouce dissimulé dans l'avion.

C'était le résultat des dispositions prises par le commissaire sitôt après sa rencontre du matin avec Kovalenko. Il avait puisé parmi ses nombreux informateurs. Quelques heures plus tard, il apprenait que quelqu'un avait réclamé en urgence l'affrètement d'un avion rapide – jet ou turbopropulseur – pour emmener deux passagers à Málaga, au départ d'un aérodrome privé de Potsdam. Franck s'était empressé de modifier la demande : un appareil plus lent ferait l'affaire, un Cessna 340 par exemple. Puis il avait fait installer le mouchard à bord de l'engin.

Selon ses estimations, l'avion de Marten se trouvait à environ deux cent cinquante miles derrière eux. Il volait à cent quatre-vingt-dix miles à l'heure. Direction : sud-ouest. Il semblait continuer à faire route vers Málaga. Pour le moment, rien n'avait changé.

1 h 30

Franck posa l'ordinateur à côté de lui et se cala contre le dossier de son siège. Il aurait aimé dormir une heure ; il savait déjà que c'était peine perdue. Il observa le nécessaire de voyage en face de lui. À l'intérieur se trouvaient une chemise propre, des chaussettes et un slip de rechange, une brosse à dents et un rasoir. Il avait aussi emporté un pistolet-mitrailleur Heckler & Koch MP5 qui, lors de l'embarquement, avait rejoint le porte-bagages avec le Glock 9 mm que Kovalenko promenait d'ordinaire dans un holster fixé à sa ceinture.

Qui était-il au juste, ce Russe ? Un agent du FSB apparu en plein Berlin comme par magie ? À peine quelques heures après la conversation entre Franck et Elsa dans le troquet obscur, comme s'il s'était déjà trouvé sur place à la recherche de Marten. Ce pouvait être le cas. Le commissaire était certes un policier hors pair, mais il ne connaissait pas tout le monde et ne savait pas tout. La preuve : il n'avait pas entendu parler d'Elsa depuis des lustres. Cela faisait peut-être plusieurs années qu'elle collaborait avec Kovalenko. Ce dernier semblait savoir que Marten avait appartenu aux forces de l'ordre de Los Angeles. C'était curieux. Il y avait plus étrange encore : par quel prodige Franck et le Russe se retrouvaient-ils là, à bord d'un avion décrivant des cercles au-dessus de Toulouse en attendant celui de Marten, dans l'intention de mettre la main sur des photographies au contenu visiblement sensible ? Comment Elsa lui avait-elle présenté les choses, déjà ?

« Quoi qu'il en soit, ça te fournit une raison suffisante pour l'abattre une fois que tu auras récupéré les photos. »

C'est pour cette raison qu'il était là. En vertu, aussi, de son statut de commissaire chargé de l'enquête sur le meurtre de Théo Haas. Ainsi que pour les liens qu'il entretenait avec les polices du monde entier et qui se révéleraient fort utiles si Marten venait à leur échapper. Récupérer les clichés pour Moscou ne constituait qu'une partie de la mission. Une fois celle-ci accomplie – à condition que les deux compères y parviennent –, Kovalenko et les photos disparaîtraient dans la nature. À charge pour Franck de nettoyer derrière. D'éliminer Marten et quiconque l'accompagnerait. Anne Tidrow en particulier. Personne ensuite ne pourrait plus remonter jusqu'à Moscou. Personne ne soupçonnerait la Russie d'être impliquée dans l'affaire.

Le commissaire jeta un coup d'œil à l'écran du portable. Le Cessna ne bougeait plus. Le petit point vert s'était figé non loin de Bordeaux. Franck se redressa sur son siège. Kovalenko s'approcha de lui.

— Le Cessna s'est immobilisé. L'émetteur est cassé ? L'avion s'est écrasé ?

— Rassurez-vous, commissaire, l'apaisa le Russe avec un large sourire. Ils ont atterri à l'aéroport de Mérignac, sans doute pour faire le plein de carburant. Ça ne change rien aux plans initiaux.

— Et nous, où en sommes-nous question carburant ?

Franck s'en voulait d'avoir manifesté cette pointe d'appréhension à laquelle Kovalenko avait réagi avec beaucoup de condescendance.

— Pour le moment, nous avons tout ce qu'il nous faut, commissaire.

Franck plissa les yeux pour tenter de mieux discerner son interlocuteur dans la pénombre. Il changea volontairement de sujet.

— Vous m'avez dit que vous connaissiez Marten du temps où il appartenait à la police de Los Angeles ?

— Oui, je me trouvais là-bas dans le cadre d'une enquête sur le meurtre de ressortissants russes. Nous avons eu affaire l'un à l'autre. Il portait un autre nom, à l'époque.

— Pourquoi en a-t-il changé et pourquoi s'est-il installé dans un autre pays ? Pourquoi exerce-t-il un métier différent ? Des histoires de corruption ?

— Ce n'est pas un policier dans l'âme, commissaire. Je crois qu'il voulait couper les ponts. Il a préféré se tourner vers la beauté du monde au lieu de s'imposer la vision quotidienne de l'horreur dont les humains sont capables.

— Aujourd'hui pourtant, il renoue avec l'horreur.

— C'est le destin, commissaire. (Kovalenko pointa un doigt vers le ciel.) C'est écrit depuis longtemps dans les astres. Il aura tout de même bénéficié de quelques années de répit. J'espère qu'il a su en profiter.

— Vous croyez au destin, Kovalenko ?

Le Russe esquissa un sourire.

— Si je n'y croyais pas, moi aussi je m'en irais planter des fleurs. Tout le monde planterait des fleurs. Ce serait plus raisonnable. Peu de gens réussissent, comme Marten, à prendre conscience de leur situation et à tenter d'y remédier.

La plaisanterie déserta soudain le ton de Kovalenko.

— Jusqu'à ce que le destin les rattrape. C'est actuellement le cas pour Marten.

— Que se passe-t-il alors ?

— Il se passe ce qui doit se passer.

1 h 45

54

France, aéroport de Bordeaux-Mérignac, 1 h 50

Marten traversa le tarmac illuminé de la zone réservée à l'aviation civile. Douze appareils y étaient garés à intervalles réguliers. Tous plongés dans le noir. Verrouillés pour la nuit. Le treizième, le Cessna D-VKRD, se trouvait très à l'écart. On avait fait le plein, la machine était prête à redécoller. Anne et Brigitte, qui s'étaient rendues aux toilettes du terminal avant d'acheter quelque chose à manger, devaient déjà être à bord. Elles l'attendaient.

Il était d'abord demeuré près de l'avion, laissant les deux jeunes femmes prendre de l'avance. Il avait prétexté le besoin de se dégourdir les jambes et de s'accorder un moment de solitude pour réfléchir. Ce qu'il avait d'ailleurs fait ; il avait songé à son récent échange avec Anne.

Le souvenir de Caroline l'avait profondément bouleversé. La situation en Guinée équatoriale l'affectait aussi. Les massacres perpétrés là-bas ne laissaient en lui qu'une insondable colère et une haine sourde à l'encontre de ceux qui les avaient commis. À quoi venait s'ajouter l'épuisement, physique et mental.

Pour tout dire, il était près de craquer. En entamant une nouvelle existence en Angleterre, il avait cru en finir à jamais avec la violence. Et voilà que du jour au lendemain il se retrouvait plongé dans un monde plus sombre et bien plus monstrueux que les rues de Los Angeles. Il n'était plus certain d'être encore capable d'affronter ces réalités. Il craignait d'avoir perdu les réflexes d'autodéfense développés par les policiers. S'il était amené à poursuivre l'aventure, il lui faudrait pourtant reconstituer cette cuirasse. Sinon, il risquait d'y laisser sa peau. Et d'entraîner Anne avec lui. En particulier s'il lui fallait faire face à Conor White et aux mercenaires qui ne devaient pas manquer de l'accompagner.

Son instinct lui conseillait de prendre ses jambes à son cou. D'envoyer promener Anne, les photos, Fred Ryder, et jusqu'au président. De laisser le Cessna où il était. Sans un mot d'explication. Sans une note manuscrite. De regagner Manchester pour y jouir à nouveau de la quiétude et des splendeurs naturelles. De se persuader que rien de tout cela n'était arrivé.

Il aurait pu le faire s'il n'avait été tiré de sa rêverie par le rugissement d'un jet paré au décollage à moins de deux cents mètres de lui. Il le regarda s'élever dans les airs et disparaître dans la nuit, ses feux de navigation s'évanouissant peu à peu dans le néant. À ce moment, il entendit les paroles d'Erlanger résonner à ses oreilles :

« *Ne t'adresse plus à tes anciens contacts. Tu t'en es bien tirée cette fois-ci, mais je t'en prie, ne retente pas ta chance.* »

Aussitôt, il songea au Cessna qu'on avait affrété pour eux, un appareil beaucoup plus lent que celui qu'il avait réclamé. S'agissait-il vraiment du seul avion disponible ou y avait-il autre chose ?

Une seconde plus tard, il s'approchait de l'engin, inspectait les moteurs, le dessous des ailes, le fuselage et la queue. Il faisait de son mieux en dépit de la lumière basse. Il grimpa à bord. Il examina le tableau de bord, les sièges, le porte-bagages. Il cherchait un éventuel mouchard électronique. Il entendit revenir les deux jeunes femmes. Il se hâta de redescendre de l'appareil.

Après avoir échangé quelques mots avec elles, il se dirigea à son tour vers le terminal. Il se rendit aux toilettes, puis gagna la zone de la cafétéria équipée du Wi-Fi. Il demanda à un jeune homme qui travaillait seul devant son ordinateur de le lui prêter quelques minutes contre vingt euros – il avait besoin, lui dit-il, de relever son courrier. Il s'empressa, grâce à Google Maps, de localiser la petite ville que Théo Haas avait mentionnée, Praia da Rocha, dans la région de l'Algarve, sur la côte méridionale du Portugal. Elle n'était pas loin de Portimão. L'aéroport le plus proche était celui de Faro, à environ trois cents kilomètres de Málaga. Il lut encore qu'on trouvait à l'aéroport plusieurs agences de location de voitures, dont la plupart ouvraient à 6 heures du matin.

Faro était suffisamment près de Málaga pour permettre à Brigitte d'indiquer au dernier moment à la tour de contrôle que ses passagers lui avaient demandé d'effectuer un détour par le littoral ; après quoi elle renouerait avec son plan de vol initial, ajouterait-elle. Une fois sur place, Anne louerait une voiture. En une trentaine de minutes, ils rejoindraient Praia da Rocha. Il résolut néanmoins d'attendre encore avant d'arrêter sa décision finale.

55

1 h 53

— Avons-nous reçu l'autorisation de décoller ? demanda Marten à Brigitte en regagnant le Cessna.

Assise derrière le manche à balai, elle examinait des cartes à la lumière vive du plafonnier. Du fond de la cabine, Anne observait Marten.

— Oui, monsieur.

— Alors, allons-y.

— Oui, monsieur, répéta-t-elle.

Marten se faufila vers son siège. Les deux femmes échangèrent un regard.

— Quelque chose ne va pas ? s'enquit-il auprès d'Anne.

— Combien de temps vous faut-il pour aller aux toilettes ? fit-elle en haussant les sourcils.

— Il arrive que ça aille tout seul, répondit-il avec un large sourire. Mais il faut parfois faire quelques efforts.

Brigitte éteignit le plafonnier du cockpit. Le tableau de bord s'éveilla à la vie. L'avion gémit lorsqu'elle mit les gaz. Une seconde plus tard, le moteur bâbord rugit, puis ce fut à tribord. L'appareil s'ébranla.

Marten baissa la voix. Il avait retrouvé tout son sérieux.

— J'avais réclamé un avion plus rapide. Nous ne l'avons pas obtenu. C'est votre idée ou celle d'Erlanger ? Ou celle de quelqu'un d'autre ?

— De quoi parlez-vous ?

— Je vous ai interrogée tout à l'heure sur sa mise en garde à Potsdam, avant notre départ. Vous avez refusé de me fournir la moindre explication. Vu tous les liens que vous avez gardés à Berlin, il aurait dû réussir à affréter l'appareil que je souhaitais. Ça n'a pas été le cas. Et ce, pour une bonne raison : on nous a fourni un avion plus lent pour pouvoir nous filer au moyen d'un avion plus rapide. Nous ne pourrons pas les semer. Ils connaissent notre appareil, son numéro d'immatriculation. Ils savent qui est notre pilote. Ils se sont procuré notre plan de vol. Pour couronner le tout, il y a ceci.

Marten sortit de sa poche une petite boîte noire qu'il lui présenta. Il l'ouvrit pour en extraire un mince objet de dix centimètres sur trois. Une minuscule diode rouge clignotait en son centre.

— Je l'ai trouvé sous le siège du copilote. Celui ou celle qui l'a placé là a agi à la va-vite.

Anne considéra le petit rectangle, puis revint à Marten.

— C'est un mouchard, un émetteur.

— Et je suppose que vous n'étiez pas au courant de sa présence à bord ?

— En effet.

— Je l'aurais parié, lança-t-il d'un ton cynique. Ceux qui l'ont mis là ne voulaient pas perdre notre trace.

Sa voix se durcit soudain.

— Quel rapport avec la CIA ? Et ne me répondez pas que vous n'en savez rien. J'ai compris en voyant votre réaction face à l'avertissement d'Erlanger que vous étiez bouleversée. Que se passe-t-il ?

Brigitte accéléra. Les moteurs grondaient. Le vacarme était assourdissant. Dix secondes, vingt, trente. Ça y est, ils avaient décollé. Les lumières de l'aéroport de Mérignac s'évanouissaient derrière eux.

Anne baissa la voix.

— J'ignore ce qu'Erlanger savait déjà ou ce qu'il a appris en cours de route. Mais j'ai fait le rapprochement avec un incident qui s'est produit lors de la dernière soirée que j'ai passée à l'hôtel Malabo. Lorsque je suis partie pour l'aéroport, j'ai vu Conor White bavarder avec un homme en treillis de combat. Il était armé, il n'était pas rasé. On aurait dit qu'il venait de passer plusieurs jours dans la forêt. Ils ont parlé un moment, puis ils se sont éloignés ensemble. J'en ai déduit qu'il travaillait pour SimCo, mais je ne l'avais encore jamais vu là-bas.

— Où ça, là-bas ? À Malabo ?

— Non. En Guinée équatoriale en général.

— Mais vous l'aviez déjà vu ailleurs ?

— Pas seulement vu. J'ai fait sa connaissance quand j'étais un agent actif de la CIA au Salvador. Il s'appelle Patrice Sennac. C'est un Québécois. Un excellent élément. Formé au combat dans la jungle. Spécialiste de l'insurrection et de la contre-insurrection. Il se bat d'un côté le matin, de l'autre l'après-midi. On ne sait jamais dans quel camp il se trouve.

— Formé au combat dans la jungle ?

— Oui, pourquoi ?

— Il est grand et très mince ? Sec et nerveux ?

— Comment le savez-vous ?

— Il apparaît sur plusieurs photos.

Anne ne fit aucun commentaire, mais Marten lut dans ses yeux la crainte qu'elle avait déjà manifestée lorsque Erlanger l'avait mise en garde sur l'aérodrome.

— Vous pensez que White l'a engagé pour l'aider à armer les rebelles d'Abba, mais qu'il s'est arrangé pour que vous ne le voyiez pas parce qu'il savait que vous le reconnaîtriez et que vous lui demanderiez des comptes. C'est bien ça ?

Anne demeurait silencieuse.

— C'est bien ça ?

— Oui, lâcha-t-elle enfin.

— Pour résumer, vous ignorez s'il travaille à plein temps pour SimCo ou s'il appartient toujours à la CIA. Dans ce cas, il se pourrait que White en fasse également partie. Un agent infiltré au sein de l'association Striker/Hadrien. Parfaitement incognito.

Anne opina du chef.

— Je ne comprends pas. L'association Striker/Hadrien a été placée sous l'égide du ministère de la Défense. Elle n'est pas censée avoir de rapport avec la CIA ou le FBI. Sinon, c'est eux qui enquêteraient, pas la Commission Ryder. Vous avez appartenu à l'Agence. Pour quelle raison serait-elle impliquée ? Et de manière aussi étroite ?

— Je n'en sais rien. Mais c'est un fait. Et Erlanger l'a découvert – c'est un fouineur invétéré. Vous comprenez ? Il a fait ce qu'on lui a dit de faire : il nous a fourni un Cessna à la place d'un jet. Mais il a tout de même essayé de me prévenir. Je ne pense pas qu'il connaissait l'existence du mouchard.

— Vous, vous étiez au courant.

Pendant un bref instant, Anne ne dit rien. Puis elle lorgna vers Brigitte avant de fusiller Marten du regard. Elle se mit à chuchoter. Sa voix était chargée de fureur.

— Je vous ai dit que non et j'étais sincère. Je vous ai tout raconté. Il n'y a rien d'autre. Pigé ?

Marten ne réagit pas. Elle pouvait se fâcher à loisir, il ne comptait pas lâcher le morceau.

— Admettons que vous disiez vrai. Alors revenons aux photos. Vous et vos amis de Striker voulez les récupérer. Peut-être pour des raisons différentes. Il n'empêche : vous les voulez. Chez Hadrien, on les veut aussi. Pareil pour l'armée équato-guinéenne, Conor White et ses petits copains de SimCo. Et maintenant : la CIA. On se croirait dans une comédie où tout un tas de cinglés courent après la même chose. Ou alors dans un film noir. Parce qu'ils sont cinglés, certes, mais ça ne rigole pas beaucoup. Ça pourrait être drôle. Ça ne l'est pas. Une guerre civile fait rage. On massacre des civils à tour de bras. Ce que j'ai vu de mes propres yeux m'avait déjà suffi. La vidéo de la CIA a été la goutte d'eau qui a fait déborder le vase.

Anne regarda de nouveau en direction du cockpit – si Brigitte avait surpris leur conversation, elle n'en laissait rien paraître.

— Ce que nous avons découvert sur ces images m'a bouleversée autant que vous. Elles sont gravées dans mon esprit. Votre méfiance perpétuelle à mon égard ne sert strictement à rien. Je vous ai dit la vérité depuis le début, mais si vous ne me croyez pas, nous pouvons nous en tenir là. Dès que nous atterrirons, je m'en irai. Vous vous débrouillerez tout seul.

Marten chercha les yeux de la jeune femme. Il ne savait que penser. Il y a peu encore, il aurait été ravi de se débarrasser d'elle. Il ne l'était plus. Quoi qu'Erlanger ait insinué, l'affaire était trop importante pour qu'il abandonne maintenant.

— Et si je vous dis que je vous crois ? Que je vous crois sans doute depuis le début ?

— Alors je vous dis que je ne suis pas certaine de vous croire.

— Dans ce cas, nous sommes à égalité. Aucun de nous ne sait à quoi s'en tenir. (Il baissa les yeux vers le mouchard.) Vous êtes capable de désactiver ce truc-là ?

— Oui.

— Parfait, fit-il avec un sourire. Je vous dirai quand.

2 h 37

56

Emil Franck était affalé sur son siège, somnolant à demi, songeant à ses enfants qui vaquaient chacun sur un continent différent. Dans le même temps, il surveillait le point vert indiquant la progression du Cessna sur l'écran de son ordinateur portable. Derrière lui, dans la pénombre de la cabine, il entendait Kovalenko parler en russe. Un appel sur son mobile, sans doute. La conversation fut brève. Déjà, son compagnon s'asseyait en face de lui.

— Moscou vient de m'informer que deux autres avions sont en train de suivre le Cessna, annonça-t-il.

— Quoi ? (Franck se redressa d'un coup.) Quels avions ? Qui est à bord ?

— L'un est celui du PDG de Striker. L'autre a été affrété par le patron de la société de sécurité privée qui veille sur les intérêts de Striker en Guinée équatoriale. Il s'appelle Conor White. C'est un Rosbif, un ancien colonel du SAS.

— Striker court aussi après les photos.

— J'en ai bien l'impression.

— S'il y a des mercenaires dans le coup, ça signifie qu'il y a des armes.

— Probablement.

— Pourquoi deux appareils ? Pourquoi ne voyagent-ils pas ensemble ?

— Je n'en sais rien.

— D'où provient cette information ? Comment Moscou se l'est-il procurée ?

— On ne me l'a pas dit.

Franck le dévisagea. Cela faisait bien longtemps que Moscou n'avait pas ressurgi dans son existence. Il n'aimait pas ça.

— Dans ce cas, que vous a-t-on dit ?

— De continuer à leur indiquer la position de Marten.

— Position qu'ils transmettront à leur tour à je ne sais quelle mystérieuse entité qui la transmettra à Striker et White.

Kovalenko opina. Le commissaire considéra l'écran de l'ordinateur. Il se mit debout et fit quelques pas dans l'allée centrale. Il se retourna.

— Moscou tente de servir ses propres intérêts sans faire de vagues, fit-il au Russe. En gros, ils nous suggèrent de maintenir ces deux groupes à distance pour que nous soyons les premiers à mettre la main sur les clichés.

— Exactement.

— Comment sommes-nous censés nous y prendre ?

— Moscou nous laisse carte blanche. Et moi, je m'en remets à vous. Vous êtes un homme plein de ressources, commissaire. Qui plus est, nous sommes en Europe, pas en Russie. Les choses sont différentes, ici.

Franck lui lança un regard noir. Il haïssait les Russes.

— Eh bien ? le pressa Kovalenko.

— Laissons-les suivre le Cessna jusqu'à Málaga. Ensuite, nous verrons ce que fait Marten. Je peux vous assurer que Málaga n'est pas sa destination finale. Mais vous le savez mieux que moi. Qu'est-il en train de se dire, selon vous ?

— Pour le moment, disons qu'il sait, ou du moins se doute, qu'il est suivi. Il va quand même tâcher de se rendre là où il a prévu d'aller. C'est un garçon déterminé. Intelligent, de surcroît.

— Donc… ?

— Je serais fort étonné qu'il se pose à Málaga. Il ne s'est pas amusé à remplir un plan de vol pour le respecter à la lettre. Cela dit, si sa cible l'oblige à prendre une voiture depuis Málaga, il sait que, dès lors, il sera facile à filer.

— Vous pensez donc qu'il va se poser le plus près possible de sa destination finale ? Pas plus d'une heure de route. Dans un véhicule de location, par exemple ?

— En effet, acquiesça Kovalenko.

— Ensuite, il tentera de nous semer. Puisque les deux autres avions comptent sur nous pour le localiser, il est peu probable qu'ils l'aient en visuel. Lorsqu'il changera de cap, nous leur transmettrons les renseignements que nous jugerons les plus « opportuns ».

Le Russe eut un mince sourire.

— Nous leur en donnerons un peu, mais pas trop. Sachons préserver l'équilibre. Dans l'intérêt de Moscou.

— Et du nôtre.

3 h 07

57

Cessna 340, au nord de Madrid
Altitude : 25 600 pieds. Vitesse : 190 miles/heure. 3 h 30

Anne dormait. Du moins faisait-elle mine de dormir, recroquevillée sur son siège, le souffle régulier. Assis à côté d'elle, Marten, lui, était bien réveillé. Tendu. Il tentait de déterminer la meilleure tactique à adopter pour échapper à ceux qui les suivaient ; il songeait à Anne. Elle l'avait assuré de sa bonne foi avec véhémence – elle voulait que la guerre cesse, elle souhaitait préserver la réputation de son père, elle acceptait de rencontrer Fred

Ryder une fois qu'ils auraient récupéré les photos...
Il n'empêche : que penser de ses liens avec la CIA ?
D'Erlanger ? De tous ceux qui lui étaient venus en aide
à Berlin ? De la soudaine apparition de Patrice, l'ancien
agent ? De l'émetteur dissimulé à bord de l'avion ? Le passé
de la jeune femme au sein de l'agence américaine de renseignements rendait la situation de Marten passablement
aléatoire. Comment savoir envers qui, envers quoi elle se
montrerait vraiment loyale ? L'enjeu était trop important ;
il ne pouvait se permettre de lui faire confiance.

Comme il avait craint de devoir le faire, il fallait qu'il
se débarrasse d'elle et continue sa route en solitaire. Brigitte atterrirait à Málaga, comme prévu. Il gagnerait le terminal avec Anne, puis prétexterait un passage aux toilettes
pour lui fausser compagnie. Il se volatiliserait, trouverait
ensuite un moyen de rejoindre Praia da Rocha. Autocar,
train. Auto-stop si nécessaire. Les accords de Schengen
avaient aboli depuis 1985 la plupart des postes-frontières
sur le territoire européen. Quant à sa photo, diffusée par
la police de Berlin, elle était floue. De plus, il ne s'était pas
rasé depuis deux jours et demi. De quoi l'aider à échapper
aux contrôles, même si son portrait continuait à circuler
dans les médias, ou si les polices espagnole et portugaise
se trouvaient en état d'alerte à son sujet. Il pourrait passer
entre les mailles du filet.

Il était prêt à se lancer. Sauf que.

Sauf qu'Anne avait refusé d'éclairer sa lanterne concernant la mise en garde d'Erlanger. Une mise en garde qui
l'avait trop profondément secouée pour ne pas en déduire
qu'un énorme secret se trouvait lié à Striker, à Hadrien et
à leur collaboration en Guinée équatoriale. Il hésitait donc
à se séparer de la jeune femme par crainte qu'un élément
majeur ne lui glisse entre les doigts. Il en revint à son plan
initial : on atterrirait à Faro, Anne louerait une voiture et,

ensemble, ils se rendraient à Praia da Rocha. Ce projet n'était pas sans risque non plus, surtout si les aéroports se trouvaient – il en était presque sûr – sur le pied de guerre et si les autorités les traquaient tous les deux. Il ne devait pas oublier non plus qu'on les suivait.

Il réfléchit encore un moment. Il finit par détacher sa ceinture pour aller se glisser sur le siège du copilote, auprès de Brigitte.

— Sommes-nous dans les temps ?

— Oui, monsieur. Nous devrions nous poser à Málaga peu après 5 heures.

— Et la météo ?

— Couverture nuageuse à basse altitude.

— Épaisse ?

— Entre deux cent cinquante et trois cents mètres.

— Cela risque-t-il de gêner l'atterrissage ?

— Non, monsieur.

— Je vous remercie.

3 h 57

58

Falcon de la société Simco, près de Málaga, Espagne. Altitude : 27 700 pieds. Vitesse : 355 miles/heure. 4 h 49

Conor White se pencha en avant. Casque sur les oreilles, ordinateur portable sur les genoux – l'écran figurait une carte de Málaga –, il écoutait les messages des contrôleurs du trafic aérien. Dans son dos, Patrice et Jack avaient disposé devant eux un assortiment d'armes diverses : deux couteaux-scies dans leur fourreau de nylon, dont la lame mesurait une vingtaine de centimètres ; deux M4 modifiés – pistolets-mitrailleurs pourvus de silencieux – ainsi que leurs munitions ; deux Beretta 93R et leurs munitions. Conor White n'était pas venu les mains vides non plus : un couteau identique à celui de ses subordonnés, deux pistolets-mitrailleurs MP5 avec silencieux intégral et lot de munitions ; enfin, un Sig Sauer 9 mm semi-automatique – celui-là, il le conservait sous sa veste, dans un holster fixé à l'arrière de sa ceinture. Il s'en était servi, entre autres, pour abattre la jeune doctoresse espagnole puis l'homme de main local.

4 h 52

Le Cessna de Marten avait déjà reçu l'autorisation de pénétrer dans l'espace aérien de Málaga. Selon les estimations de White, l'appareil se poserait dans une quinzaine de minutes, vers 5 h 07.

L'un de ses hommes travaillait à la tour de contrôle, deux autres montaient la garde dans le terminal, un quatrième guettait sur le tarmac, un cinquième était posté à la sortie de l'aéroport. Les deux derniers patientaient dans un véhicule à l'extérieur du bâtiment, l'un près de la station de taxis, l'autre non loin des agences de location de voitures.

Lorsque le Cessna aurait touché terre, il roulerait jusqu'aux abords du terminal. Anne et Marten descendraient. À condition que les autorités berlinoises n'aient pas émis de mandat d'arrêt européen contre ce dernier, il leur suffirait de passer au comptoir des douanes « Rien à déclarer » et de quitter les lieux. Ils prendraient ensuite un taxi, loueraient un véhicule ou emprunteraient un moyen de transport qui restait à déterminer. Quoi qu'il en soit, l'un des hommes de White serait là pour les filer. White lui-même, flanqué de Patrice et Jack, ne tarderait pas à leur emboîter le pas dans une voiture vert foncé qui l'attendait à l'extrémité du tarmac. Véhicule gracieusement fourni par Spitfire Ltd., société de sécurité privée établie à Madrid et œuvrant dans l'ensemble de la péninsule Ibérique – Espagne, Portugal, Andorre, Gibraltar, ainsi qu'un petit territoire français dans les Pyrénées. Son fondateur, ancien officier du SAS, était l'un des plus proches amis de Conor White.

Celui-ci songea soudain à son père, sir Edward Raines. Il avait presque tout : l'argent, la réputation politique et la gloire militaire, une famille – une épouse, une fille, deux autres fils et trois petits-enfants. Mais il ne possédait pas cette Victoria Cross qui, plus que toute autre décoration, faisait la fierté de White. Grâce à elle, il supplantait son père dans l'histoire militaire de son pays. Mais si la reine avait salué ses mérites, sir Edward Raines ne s'était pas manifesté. Il n'avait pas honoré l'invitation à la cérémonie. Il n'avait pas téléphoné, pas expédié de fax ni d'e-mail, il n'avait pas écrit. C'était pour lui une occasion en or de reconnaître son bâtard sans avoir besoin de dire un mot. Un geste aurait suffi. Une poignée de main, un regard, quelques félicitations. White n'en demandait pas davantage. Mais sir Edward Raines n'avait rien fait de tout cela.

À ce moment précis, et sans qu'il sache pourquoi, Conor White en éprouva plus de chagrin que jamais. Cette douleur, il l'avait fait taire mille fois sur le champ de bataille, lorsque le visage de l'ennemi devenait brusquement celui de son père. Alors il frappait avec toute la rage dont il était capable. C'est pour cette raison qu'il avait remporté tant de victoires, décroché un pareil nombre de médailles. Et c'est pour cette raison que, dans quelques heures, il réussirait encore. Car l'adversaire auquel il prêterait cette fois les traits de sir Edward Raines risquait de provoquer sa perte. Nicolas Marten.

— *Cessna D-VKRD, vous venez de pénétrer dans notre espace aérien. Veuillez changer de fréquence radio : 267.5.*

La voix du contrôleur venait de retentir dans les écouteurs de Conor White.

— *D-VKRD. Bien reçu.*

On n'entendit plus que des parasites. Le mercenaire ôta son casque, jeta un coup d'œil en direction de Patrice et Jack.

— Messieurs, ils sont en approche, leur lâcha-t-il d'un ton sec. Une journée de travail nous attend. En selle.

4 h 55

59

Cessna D-VKRD, en approche de l'aéroport international de Málaga, 5 h 02

Marten consulta sa montre. Il égrenait mentalement le compte à rebours. Anne s'était réveillée. Elle l'observait dans la pénombre de la cabine.

— Où irons-nous ensuite ? demanda-t-elle calmement.

— Tout dépend de Brigitte.

Il défit sa ceinture pour aller s'installer sur le siège du copilote à côté de la jeune femme, comme il l'avait déjà fait une heure plus tôt. Au-dessous d'eux, il distinguait les nuages dans le faisceau des phares d'atterrissage. Des nuages gris acier, menaçants, qui s'étiraient à la façon d'un gigantesque glacier.

— Dans combien de temps pénétrerons-nous dans ces nuages ?

— Dans huit secondes environ.

Marten jeta un coup d'œil par-dessus son épaule, en direction d'Anne. Puis il reprit son compte à rebours silencieux en retenant son souffle. Cinq, quatre, trois, deux… Cette fois, les nuages les enveloppaient. Il se tourna vers Brigitte.

— Faites ce que je vous ai dit de faire.

5 h 05

Falcon de la société SimCo, 3C-B797K, 5 h 12

Conor White sentit le train d'atterrissage principal heurter le sol. Puis l'avion piqua un peu du nez et le train avant toucha terre à son tour. Il vit passer le terminal illuminé. L'appareil hurla lorsque le pilote inversa les gaz. Il ralentit doucement. Encore quelques secondes et ils atteignaient l'extrémité de la piste et faisaient demi-tour. Déjà, White avait bondi de son siège. Le nez au hublot, il cherchait le Cessna des yeux. Patrice et Jack s'étaient levés à sa suite, leurs armes remisées dans des sacs de sport jaune et vert foncé. Ils guettaient aussi, prêts à débarquer. Ils ne distinguèrent que les ténèbres.

— Il est où, bon Dieu ? Où est-il passé ?

Jack se sentait soudain nerveux. White avait déjà appelé son subordonné dans la tour de contrôle.

— Où le Cessna a-t-il atterri ?

— *L'atterrissage a été annulé au dernier moment.*

— Quoi ?

— *La pilote nous a indiqué que sa radio était défectueuse. Elle nous a dit qu'elle allait demander une autre autorisation d'atterrir.*

— Où est-elle allée ?

— *Je l'ignore. Sa radio ne répond toujours pas.*

White loucha vers Patrice et Jack.

— Cette ordure a profité de la couverture nuageuse pour s'éclipser. Il sait qu'il est suivi.

Il reprit le téléphone.

— Autorisez-nous immédiatement à redécoller, puis localisez le Cessna grâce à son transpondeur. J'ai absolument besoin de savoir où il est.

— *Ça risque de prendre un peu de temps, monsieur. Il y a beaucoup de trafic. Le Cessna est loin d'être le seul appareil du secteur.*

— Cher ami… (La voix de Conor White tremblait de rage.) Je ne peux décemment pas suivre un avion si j'ignore où il a filé ! Trouvez-le. Trouvez-le vite ! Trouvez-le maintenant !

Il raccrocha.

— Et merde ! lâcha-t-il en se tournant vers ses deux acolytes.

5 h 24

Learjet 55, 60 km de Málaga
Altitude : 14 200 pieds. Vitesse : 310 miles/heure. 5 h 24

Emil Franck éteignit son ordinateur portable pour le rallumer aussitôt. Le point vert indiquant la position du Cessna venait de disparaître de l'écran. Il retenait son souffle. Pourvu que le problème soit lié au logiciel. Devant lui, Kovalenko parlait aux pilotes avec animation. Franck avait déjà deviné que le logiciel n'était pas en cause. Les pilotes avaient eux aussi vu le Cessna s'évanouir de leurs écrans de contrôle. Quelque chose de grave s'était passé. Le Russe se dirigea vers lui.

— Marten a compris qu'il était suivi, dit-il. Le Cessna était en approche quand il a brusquement plongé dans les nuages. Il a indiqué que sa radio était défaillante.

— Le mouchard était neuf. Il fonctionnait parfaitement.

— Mais il a cessé d'émettre. À l'instant précis où le pilote a annulé son atterrissage. Soit ils ont désactivé l'émetteur, soit il a arrêté de fonctionner à un moment… opportun. Quoi qu'il en soit, le Cessna s'est volatilisé. La tour de contrôle de Málaga tente de le localiser grâce aux signaux émis par son transpondeur, mais ça va prendre du temps. De quelques minutes à plusieurs heures. Impossible de savoir.

Kovalenko se pencha soudain. Son visage n'était plus qu'à quelques centimètres de celui du policier allemand. Ses yeux semblaient s'enfoncer dans leurs orbites. Le spectacle était pour le moins troublant.

— Commissaire. C'est à vous que revenait la tâche d'installer ce petit mouchard et d'en vérifier le bon fonctionnement…

— Ce n'est pas moi qui l'ai choisi ni fixé. J'ai donné des ordres, c'est tout.

— C'est à vous que revenait cette tâche. Le Cessna a disparu. Et Marten avec lui.

— Je vais le retrouver.

— S'il ne s'est pas déjà posé. Auquel cas il a disparu dans la nature. Qu'adviendra-t-il de nous, commissaire ? Que décidera Moscou, selon vous ?

Franck lui lança un regard furibond. Kovalenko tentait de lui faire porter le chapeau. Il se tut néanmoins. Il attrapa son téléphone mobile au fond de sa poche et composa un numéro.

— Ils ne doivent plus avoir beaucoup de carburant, fit-il à l'adresse de Kovalenko.

Puis il attendit que son correspondant décroche.

— Ici Franck. Alerte générale dans toute l'Europe. Nous recherchons un Cessna 340, immatriculé D-VKRD, vu pour la dernière fois en approche de l'aéroport international de

Málaga, en Espagne. Indiquez-moi ses coordonnées dès que le signal émis par son transpondeur aura été localisé ou que le pilote aura demandé l'autorisation d'atterrir. Transmettez-moi l'information. Personne ne prend contact avec l'appareil lui-même. Tout le monde attend mes instructions. Ne prenez aucune initiative sans mon accord préalable. Bien reçu ?

— *Bien reçu, monsieur.*

Franck raccrocha. Il se tourna vers le Russe.

— Si, comme vous l'avez suggéré, Marten parvient à atterrir quelque part avant que nous l'ayons repéré, qu'il met la main sur les photos et disparaît avec elles, il sera temps de reparler de la notion de destin, que vous évoquiez tout à l'heure. Le vôtre et le mien, tout particulièrement. Pour dire les choses plus clairement : si notre situation ne s'arrange pas très vite, nous sommes des hommes morts.

5 h 31

60

Cessna, D-VKRD
Altitude : un peu plus de 4 000 pieds. Vitesse : 190 miles/ heure. 5 h 57

— Où sommes-nous ? demanda Marten à Brigitte sans la regarder.

Il demeurait les yeux rivés aux scintillements de la ville au-dessous d'eux.

— Nous survolons Gibraltar. En longeant la côte ouest, comme vous me l'avez demandé.

— Parfait.

— Mieux vaudrait me dire où vous désirez vous poser.

— Je vous le dirai quand nous y serons. Je reste fidèle à ma méthode.

— Très bien, monsieur.

Dans un peu moins d'une heure, le soleil se lèverait. Mais Faro se situait au Portugal, songea Marten, pas en Espagne. Il faudrait bientôt retarder sa montre d'une heure. Il était donc presque 5 heures, heure portugaise. Il se remémora la carte qu'il avait examinée sur Internet via Google Maps. À vol d'oiseau, Gibraltar devait se trouver à deux cent cinquante kilomètres de Faro. Mais il fallait bien en ajouter soixante ou quatre-vingts puisqu'on suivait le littoral. L'avion atteindrait donc sa destination peu après 6 heures. Ce détail n'était pas négligeable. Car s'ils arrivaient trop tôt, le terminal serait quasiment désert. Deux personnes débarquant d'un vol privé auraient du mal à quitter le tarmac sans se faire remarquer. L'aéroport de Faro constituait une plaque tournante pour l'ensemble de l'Algarve, la région du sud du pays. Plus on atterrirait tard, plus on aurait de chance de parvenir à se mêler aux touristes ou aux hommes d'affaires. Mais en allongeant l'itinéraire, le carburant viendrait forcément à manquer.

Marten consulta la jauge. Le réservoir était presque vide.

Néanmoins, il ne tenait pas à ce que Brigitte atterrisse entre ici et Faro : à l'instant où il lui donnerait l'ordre de se poser, elle devrait prendre contact avec la tour de contrôle. Une fois à terre, ils seraient vulnérables. Si Brigitte était un agent de la CIA recruté par Erlanger à Berlin, elle risquait d'alerter en secret des acolytes au sol. À peine se seraient-ils posés qu'on les traquerait ; on les attendrait en nombre. Marten était prêt à courir ce risque à Faro parce qu'il savait précisément où se rendre ensuite ; en croisant les doigts, ils découvriraient alors un moyen de quitter l'aéroport au plus vite et sans que personne les repère.

— Dans combien de temps aurons-nous besoin de carburant ?

— Dans une heure. Un peu plus si nous ralentissons.

— Alors ralentissez, fit Marten sans hésitation.

S'ils atteignaient Faro, peut-être se poseraient-ils à sec ; il était prêt à courir ce risque.

— J'espère que vous savez ce que vous faites, lâcha Anne dans son dos.

Il se retourna. Elle était calée dans le fond de son siège, les bras croisés sur la poitrine.

— Je ne suis pas d'humeur à finir au beau milieu de l'Atlantique, ajouta-t-elle avec un petit sourire modeste.

— Moi non plus, si ça peut vous consoler.

— Me voilà rassurée.

Elle sourit de nouveau.

— N'est-ce pas ?

6 h 00

61

Gulfstream de la compagnie Striker. Quelque part au-dessus du nord de l'Espagne. Altitude : 31 300 pieds. Vitesse : 510 miles/ heure. 6 h 14

— Je comprends, Conor, vous ne pouviez rien faire.

La voix de Joe Wirth était d'un calme inhabituel. Il avait l'oreille collée au BlackBerry muni de sa languette adhésive bleue.

— Je suppose que vous êtes toujours à Málaga ?

— *Oui, monsieur. Le trafic est intense. La tour de contrôle a du mal à isoler le signal émis par le transpondeur du Cessna. C'est une opération compliquée dont je ne peux pas me charger. Même le contrôleur aérien qui est aussi mon collaborateur ne peut pas accélérer la procédure. J'ai pourtant insisté auprès de lui. Nous décollerons dès que le signal aura été localisé.*

— Je vous rappelle.

Wirth raccrocha, posa le mobile sur la table pour s'emparer aussitôt du BlackBerry « ordinaire ». Il composa un numéro.

— *Je sais, Joe, ils ont perdu le signal. Mes gars s'en occupent.*

En dépit de l'heure, Dimitri Korostin était à son poste. Il attendait l'appel du Texan.

— *Il est beaucoup trop tôt pour nos affaires. Je finis par me demander si votre champ gazier bolivien en vaut la chandelle.*

— Un champ de la taille de celui de Santa Cruz vaut tous les problèmes qu'on peut rencontrer pour l'obtenir. Si du moins vous êtes toujours décidé à me remettre ce que vous avez promis de me remettre. Bref, allez vous faire foutre et retrouvez-moi ce maudit coucou.

— *Allez vous faire foutre aussi. Je vous rappelle dès que j'ai du nouveau.*

Joé Wirth se versa une tasse de café et se renversa contre le dossier de son siège. Il tenta de s'apaiser ; il n'aurait rien à gagner à se faire du souci. Les sbires de Dimitri se trouvaient actuellement dans un avion et ils traquaient Marten. Malgré les manœuvres de ce dernier, ils avaient jusqu'ici réussi à le suivre. Pourquoi n'y parviendraient-ils pas cette fois encore ? Conor White ne tarderait pas non plus à le retrouver, mais les Russes le feraient plus vite. Et plus discrètement.

Pour fâcheux que soit cet incident, au fond il servait les intérêts du Texan. C'est pour cette raison qu'il ne s'était pas emporté contre Conor White. Pourquoi contrarier quelqu'un qui vous aidait sans le savoir ? En insistant auprès de son complice de la tour de contrôle pour obtenir des informations, il laissait un indice supplémentaire ; les forces de l'ordre n'auraient qu'à effectuer leur récolte au terme de l'affaire Marten. C'était là un indice aussi probant que celui qu'il avait déposé en louant une limousine à Madrid pour conduire la doctoresse espagnole et ses étudiants dans la ferme abandonnée. Puis en grimpant à bord du Falcon qui l'avait mené de Madrid à Berlin, puis de Berlin à l'Espagne de nouveau.

Lorsque c'en serait fini – une fois que Dimitri lui aurait apporté les clichés, ce qui, vu la réputation du Russe et de ses acolytes, devrait se produire bientôt (Marten et Anne auraient été éliminés en cours de route) –, c'est Conor White, et lui seul, qu'on mettrait sur la sellette. Il ne pourrait rien dire sans s'accabler davantage. S'il essayait de faire porter le chapeau à Wirth, rien ne viendrait étayer ses accusations : les photos auraient disparu et les relevés téléphoniques ne comporteraient aucune trace de communication directe entre Striker et SimCo. Si White avançait que le Texan et lui s'étaient rencontrés en secret dans un ancien bordel de Berlin, on ne le croirait pas davantage. L'appartement avait été loué par téléphone, sous le nom de Conor White ; l'un des comptes de SimCo en Angleterre avait été débité. Et ce matin-là, Wirth avait reçu l'oligarque russe Dimitri Korostin dans sa suite de l'hôtel Dorchester, à Londres. Certes, il s'était ensuite rendu à Berlin. Certes, il y était descendu au Ritz-Carlton. Mais c'était pour y discuter avec un associé de Korostin, qui avait annulé le rendez-vous à la dernière minute. Il ne savait même pas que Conor White se trouvait à Berlin. Le lendemain matin, il avait quitté la capitale allemande à bord du Gulfstream de la compagnie et gagné Barcelone pour affaires.

C'est en chemin qu'il aurait eu vent de la tragédie : Anne et Marten assassinés par Conor White et ses hommes de main, que les autorités locales auraient appréhendés pour le double meurtre. Des autorités qu'un informateur anonyme aurait prévenues de la possible implication de White dans les exécutions sommaires auxquelles on avait procédé dans la ferme madrilène. De la même source, elles auraient appris que White estimait avoir un compte personnel à régler avec Anne Tidrow.

Selon l'heure, Wirth se rendrait sur les lieux du drame depuis Barcelone ou demanderait à son pilote de se dérouter. Il ferait part de son indignation face aux agissements de White, il pleurerait la perte d'une collègue estimée qui était aussi la fille de l'avant-dernier PDG de sa compagnie.

Il avala une autre gorgée de café et regarda par le hublot : le jour se levait, des bandes lumineuses commençaient à éclairer l'orient. Wirth se sentit soudain épuisé, comme si l'angoisse des récents épisodes et la fatigue des trajets accumulés venaient de le rattraper. Il avait peu dormi. Or, il lui fallait rassembler autant d'énergie et de lucidité que possible pour affronter les événements lorsqu'ils se produiraient. S'il parvenait à dormir un peu – une vingtaine de minutes suffiraient –, ce serait une bénédiction. Il reposa sa tasse et se renversa contre son siège, il ferma les yeux. Détends-toi, se dit-il. Ne pense à rien. Ne pense à rien du tout.

6 h 28 (heure espagnole)

62

Cessna, D-VKRD
Altitude : 4 500 pieds. Vitesse : 130 miles/heure. 6 h 15 (heure portugaise)

Marten jeta un coup d'œil en direction de Brigitte, puis se tourna vers Anne. La jeune femme le considérait avec un regard dénué d'expression ; elle semblait lasse de ses manigances au point, peut-être, de se demander s'il savait au juste ce qu'il faisait. Il se retourna en silence. L'heure n'était pas à l'affrontement. Pas maintenant qu'ils étaient allés si loin ; pas maintenant qu'ils touchaient au but. Du moins espérait-il qu'ils touchaient au but.

Un peu plus tôt, ils avaient pénétré dans l'espace aérien portugais. Ils longeaient au plus près le littoral. Le soleil illuminait les nombreuses villes côtières semées le long des rives de l'Algarve. Parmi elles se trouvait Faro. Selon ses estimations, ils l'atteindraient d'ici dix ou quinze minutes.

— Monsieur Marten…, l'interpella Brigitte en haussant le ton pour se faire entendre malgré le vrombissement des moteurs.

— Le carburant, je sais.

— Il va falloir nous poser bientôt.

— Je comprends.

Ils pouvaient déjà s'estimer heureux d'être parvenus jusqu'ici. Il n'empêche : il craignait toujours de révéler trop tôt leur destination finale à Brigitte – elle risquait de donner l'alerte ; des agents les attendraient à l'atterrissage. Mais à moins qu'il ne compte se poser sur l'une de ces plages, il n'avait plus le choix.

— Pouvons-nous pousser jusqu'à Faro ?

— Oui, monsieur, je crois.

— Alors, allez-y.

— Faro ? s'étonna Anne.

— Eh oui, chérie. Faro. Autre chose ?

— Pas pour le moment.

— Parfait.

Brigitte manœuvra l'avion. Les moteurs rugirent. L'appareil survola la mer tandis que la jeune femme sollicitait auprès de la tour de contrôle l'autorisation d'atterrir. Quelques secondes plus tard, elle se tourna vers Marten.

— Au Portugal, intervint-elle, on ne contrôle pas les passeports des passagers en provenance d'un autre pays d'Europe.

— Je sais.

— Lorsque nous aurons atteint le terminal, vous n'aurez qu'à entrer, passer par le comptoir des douanes « Rien à déclarer ». De là, vous gagnez le hall des arrivées, et vous sortez. Moi, je retourne en Allemagne. C'est aussi simple que ça.

Brigitte connaissait donc, en partie du moins, leur situation. Elle savait que Marten aimait autant ne pas avoir à présenter ses papiers d'identité. Mais souhaitait-elle sincèrement l'aider ou ce coup de pouce ne visait-il qu'à endormir sa méfiance ? Ainsi, il baisserait sa garde et faciliterait la tâche de ses poursuivants.

— J'espère que c'est aussi simple que ça, commenta Anne.

— J'espère aussi, répondit Marten.

6 h 22 (heure portugaise)

63

Gulfstream de la compagnie Striker. En approche de Málaga.
Altitude : 28 300 pieds. Vitesse : 470 miles/heure. 7 h 35 (heure espagnole)

Joe Wirth venait de s'offrir une heure de sommeil profond. Il s'éveilla en sursaut. Il bondit aussitôt sur son

BlackBerry pour tenter de joindre Korostin. Il tomba sur sa boîte vocale. Furieux, il entreprit d'appeler Conor White avant de se raviser. Il n'avait aucune raison d'agir ainsi. Si le Russe avait localisé le Cessna, il l'aurait prévenu. Et s'il ignorait où il se trouvait, White n'en savait probablement pas davantage. Il ne lui restait plus qu'à patienter ; l'une des choses qu'il détestait le plus au monde.

Il finit par se mettre debout et gagna les toilettes. À son retour il se rassit, attrapa un bloc-notes jaune et un Ticonderoga fraîchement taillé dans son attaché-case. Il griffonna quelques mots qui lui serviraient lors de la conversation qu'il comptait avoir d'ici une poignée d'heures avec Arnold Moss, son avocat et conseiller.

1. Se préparer à nier publiquement tout lien avec Conor White, Marten et Anne dès qu'on aura récupéré les photos. Dans tous les cas, White a agi seul ou (voir ça avec Arnie), comme nous en avons déjà discuté : mettre en avant la collusion Hadrien/SimCo – dont Striker, quoi qu'il en soit, ignorait l'existence. Dénoncer White publiquement et le plus vite possible (de toute façon il finira ses jours en prison) et réorganiser SimCo de manière à poursuivre notre collaboration en Guinée équatoriale (note : SimCo représente un avantage pour nous, ses employés sont déjà en poste en G. éq. Il serait dommage de démanteler la société entière).

2. Mettre au point des arguments, surtout vis-à-vis de Washington, afin que Striker passe pour la victime de la débâcle Hadrien/SimCo.

3. Se préparer à cesser toutes les opérations en cours en Irak. Réunir un groupe d'avocats parés à contrer toute action juridique entreprise par White, Bruce Truex/ Hadrien ou la Commission Ryder.

4. Analyser les affaires de Striker à travers le monde, envisager une reconfiguration globale de manière à ce que, d'ici six mois ou un an, la Guinée équatoriale et le champ pétrolifère de Bioko se retrouvent au cœur de nos activités.

5. Préparer...

Le BlackBerry « ordinaire » se mit à sonner. Il décrocha immédiatement.

— *Faro, au Portugal,* lui cracha Korostin à l'oreille. *Ils ont atterri il y a environ cinq minutes.*

— Vos gars sont sur place ?

— *Nous avons passé un accord, Joe. J'effectue la livraison, mais je ne vous demande pas votre avis.*

— Merci, cher ami.

— *Allez vous faire foutre aussi !*

Quelques instants plus tard, le Texan appelait Conor White sur le BlackBerry à la languette bleue.

— *Oui, monsieur. Je suis toujours à Málaga. Rien de nouveau pour le moment.*

— Rappelez-moi. La connexion est mauvaise de mon côté.

— *Oui, monsieur.*

Au bout de huit secondes, le BlackBerry « ordinaire » sonna.

— Conor, ils viennent de se poser à Faro, au Portugal. Décollez immédiatement. Il faut que vous y soyez dans moins d'une heure. Rappelez-moi dès que vous avez atterri. J'aurai sans doute du nouveau.

— *Faro. D'accord, monsieur.*

Wirth raccrocha. Un sourire mauvais éclaira son visage. L'affaire touchait enfin à son terme.

7 h 47

— Faro, indiqua White, debout à l'entrée du cockpit, le BlackBerry toujours en main. Dépêchez-vous. Et prévenez-moi dès que vous aurez une estimation de l'heure d'arrivée.

Il regagna la cabine, où Patrice et Jack l'attendaient.

— Faro, leur dit-il.

Il passa à côté d'eux, se glissa sur son siège et boucla sa ceinture. Les moteurs grondèrent. L'avion se mit en branle.

White coiffa son casque pour écouter la conversation entre son pilote et la tour de contrôle. Il se tourna ensuite vers Patrice.

— Contactez Spitfire. Dites-leur qu'il nous faut une voiture sur le tarmac de l'aéroport de Faro à notre arrivée.

— Oui, monsieur.

Le mercenaire hocha la tête et sortit son portable.

— D'où tenez-vous cette information, colonel ? s'enquit Jack avec l'enthousiasme dont il faisait toujours preuve avant de passer à l'action. Toujours le même petit oiseau qui nous donne la becquée depuis le début ?

— Toujours le même petit oiseau, Jack. Le même petit oiseau.

White, lui, se demandait où diable Wirth se procurait ses renseignements. Qui était cette personne qu'il avait engagée ? Une personne capable de localiser Anne et Marten avec une vitesse et une efficacité effarantes. Soit cet inconnu avait le bras particulièrement long, soit il disposait d'équipements ultra-sophistiqués. Soit les deux. White n'aimait pas ça. Il était persuadé que le Texan avait mis en branle des forces qui le dépassaient. Hélas, pour le moment, il ne pouvait rien faire. La mystérieuse personne avait toutes les cartes en main.

7 h 53 (heure espagnole)

64

Anne et Marten pénétrèrent séparément dans le terminal. Ils se mêlèrent à la foule des passagers de plusieurs vols commerciaux. Personne n'aurait pu deviner qu'ils circulaient ensemble. Marten regarda derrière lui. Brigitte manœuvrait le Cessna ; elle allait faire le plein de carburant avant de regagner l'Allemagne. Impossible de savoir si elle avait donné l'alerte à des complices au sol.

6 h 57

Marten se trouvait à une douzaine de pas derrière Anne. Ils se rapprochaient du comptoir des douanes au-delà duquel se déployait le hall des arrivées. Ici et là se tenaient de petits groupes d'agents de la police de l'air portugaise. Ils observaient le flot des voyageurs. Déjà, Marten et Anne avaient rejoint le hall des arrivées. « Aussi simple que ça. »

7 h 00

Ils se rejoignirent à l'entrée principale. Il y avait du monde partout. Ils surveillaient du coin de l'œil deux policiers plantés à l'extérieur du bâtiment. Chacun tenait en laisse un grand labrador noir. Des chiens renifleurs, songea Marten. Ceux-là ne recherchaient que de la drogue.

Ils n'avaient pas de bagages. Tout ce dont ils avaient besoin se trouvait sur eux ; c'était ainsi depuis qu'ils avaient quitté l'hôtel Adlon, à Berlin. Dans un sac qu'elle portait à l'épaule, Anne avait fourré le strict nécessaire : trousse de toilette, sous-vêtements, T-shirt pour dormir, passeport, cartes de crédit, argent liquide, BlackBerry et chargeur. Quant au passeport de Marten, sa brosse à dents, son téléphone jetable et son portefeuille (contenant son permis de conduire britannique, ses cartes de crédit et son argent), il les avait répartis entre les poches de son jean et celles de son blouson.

— Où va-t-on maintenant ? lui demanda Anne calmement.

Marten l'entraîna vers la sortie.

— Nous cherchons un autobus.

— Un autobus ?

— Ne me dites pas que vous refusez de vous abaisser à prendre les transports en commun ? lâcha-t-il avec un sourire ironique.

Elle lui jeta un regard indigné.

— Mon père et moi avons pris le car et le bus pendant des années quand nous tâchions de monter la compagnie. À l'époque, nous n'avions pas de quoi nous offrir mieux. Mais au cas où vous l'auriez oublié, les transports en commun constituent des espaces clos emplis de gens qui regardent la télé, qui surfent sur Internet et qui lisent les journaux. Or je suppose qu'à l'heure qu'il est, votre ami le commissaire a fait diffuser votre photo dans toute l'Union européenne. La mienne aussi, peut-être.

— Ensuite, nous aurons besoin d'une voiture, enchaîna Marten, ignorant les réticences de la jeune femme.

— Vous comptez la louer ou la voler ?

— Vous allez en louer une.

— Moi ?

— Je ne peux pas courir le risque d'utiliser ma carte de crédit. On saurait immédiatement où je me trouve.

— Et si je suis également recherchée ?

— Nous devons tenter notre chance.

— Nous ?

— Si vous préférez, nous pouvons marcher. Mais ça va faire un peu loin.

Deux véhicules de police étaient garés devant eux. Trois agents en uniforme papotaient non loin en surveillant l'accès à l'aéroport.

— Il y a des agences de location à deux pas, fit Anne en se mettant en marche. Tenter de prendre le bus serait une folie.

— Certes. Mais pas si l'on considère que celui qui nous suit va forcément commencer ses investigations auprès de ces agences et des chauffeurs de taxi. Il lui désigna du menton un autobus qui venait de faire halte à moins de vingt mètres devant eux. Il va fouiner, mais il ne va rien trouver. Le temps qu'il ait l'idée de se rendre dans les agences de location de la ville, nous serons loin. Du moins je l'espère.

— Et où serons-nous ?

— Pas encore, chérie…

— Vous ne me faites toujours pas confiance, c'est ça ?

— En effet.

7 h 10

65

Faro, quartier de Montenegro
Dimanche 6 juin, 8 h 12

Nicolas Marten enfonça les mains dans ses poches et traversa la rue pour entrer dans un petit parc bordé d'arbres ; il s'assit sur un banc. Au loin, les cloches d'une église invitaient les fidèles à la messe du dimanche.

Il sentit tout près de lui une légère odeur d'ail ornemental. Il chercha la plante des yeux, curieux d'en connaître la variété. En contrebas, deux vieux messieurs jouaient aux échecs sous un gros amandier qui pouvait avoir, selon les estimations de Marten, une bonne quarantaine d'années.

Il demeura assis un moment. Enfin, il regarda de l'autre côté de la rue, derrière lui, où se trouvait l'agence de location de voitures dans laquelle Anne était entrée depuis plus de dix minutes. Il espérait que l'utilisation de sa carte de crédit n'avait pas déjà alerté la police, comme la jeune femme le redoutait. Il se retourna, se leva, puis s'enfonça dans le parc en flânant. Il consulta sa montre.

8 h 18 à Faro.

3 h 18 à Washington.

Camp David, Maryland, Aspen Lodge, 3 h 20

Une sonnerie musicale tira le président John Henry Harris d'un demi-sommeil. Il était dans sa chambre, vêtu d'un pyjama et d'un peignoir, dans un rocking-chair proche de son lit, le dossier consacré au budget fédéral toujours sur les genoux. Il lui fallut quelques secondes pour se rendre compte que le son provenait du portable gris. Ce portable dont il attendait depuis des heures qu'il se mette à sonner. Il le considéra d'un œil incrédule, puis se jeta sur lui.

— Nicolas ! fit-il en hâte. Est-ce que tout va bien ? Où êtes-vous ?

— *À Faro. Au Portugal.*

— Au Portugal ?

— *Pouvons-nous parler ? Êtes-vous seul ?*

— Oui.

— *Je n'ai pas beaucoup de temps.*

— Je vous écoute.

— *Vous êtes au courant pour Théo Haas, pour l'enquête de la police berlinoise ?*

— Évidemment.

— *Je ne l'ai pas tué. C'est un jeune homme qui l'a assassiné. Il s'est ensuite fondu dans la foule. Quand je me suis lancé à sa poursuite, les gens ont pensé que c'était moi qui fuyais la scène de crime.*

— Je vous crois, ne vous inquiétez pas.

— *Juste avant de mourir, Haas m'a donné un indice concernant l'endroit où pourraient se trouver les photographies. Il m'a parlé d'un certain Jacob Cádiz, à Praia da Rocha. Il y a une femme avec moi.*

— Je sais. Anne Tidrow. Striker Oil. Son père a fondé cette compagnie. Elle a jadis appartenu à la CIA.

— *Vous faites consciencieusement vos devoirs.*

— J'essaie.

Marten tourna le dos à deux cyclistes qui passaient près de lui en maillot coloré pour rejoindre six autres sportifs arrêtés au fond du parc.

— *Elle se trouve actuellement dans une agence de location de voitures. Avec un peu de chance, nous allons récupérer un véhicule. Peut-être travaille-t-elle encore pour la CIA. Ce sont ses anciens contacts qui nous ont permis de quitter Berlin, puis l'Allemagne. Nous avons pris un avion privé. Mais nous sommes suivis, et il se peut que notre pilote ait alerté d'autres agents au sol. Bref, pour le moment, je ne sais pas qui est qui.*

— Avez-vous parlé à Mlle Tidrow de Jacob Cádiz ou de Praia da Rocha ?

— *Pas encore.*

— Pouvez-vous vous débarrasser d'elle et poursuivre votre mission en solo ?

— *C'est bien le problème. Elle m'affirme qu'elle tient à défendre la réputation de son père et celle de la compagnie. Qu'elle n'apprécie pas ce que ses dirigeants actuels manigancent, particulièrement en Irak, en collaboration avec la société Hadrien. Les photographies, ainsi que la responsabilité de Striker dans la guerre civile équato-guinéenne, l'ont fait sortir de ses gonds. Lorsque nous étions à Berlin, elle a accepté de rencontrer Fred Ryder une fois que nous aurons récupéré les clichés, pour lui raconter ce qu'elle sait des liens qui unissent Striker et Hadrien, tant en Irak qu'en Guinée équatoriale. Encore faut-il les retrouver, ces photos. Encore faut-il qu'elles existent. Ce n'est pas tout. L'un de ses anciens contacts de la CIA en Allemagne lui a dit quelque chose qui l'a totalement bouleversée. Mais elle refuse de m'expliquer quoi que ce soit. En tout cas, j'ai l'impression que c'est beaucoup plus important que les clichés. C'est pourquoi je ne veux pas me séparer d'elle. D'un autre côté, elle peut très bien être en train de me rouler dans la farine pour être là quand je mettrai la main sur les photos. Auquel cas, dès que nous aurons ces tirages, la CIA m'appréhendera et on me jettera en prison pour le meurtre de Théo Haas.*

— Nicolas, vous n'êtes pas obligé de continuer à prendre autant de risques. Laissez tomber Anne Tidrow, récupérez les clichés et filez.

— *Je ne peux pas.*

— Pourquoi ?

— *Je ne peux pas, c'est tout.*

— Est-elle au courant de mon rôle dans cette affaire ?

— *Non.*

Soudain, la porte de l'agence de location de voitures s'ouvrit. Anne sortit. La main en visière au-dessus des yeux, elle cherchait Marten. Il se replia dans l'ombre d'un bouquet de conifères qui se dressaient au centre du parc.

— Que se passe-t-il ? s'enquit Harris, inquiet du brusque silence de son correspondant.

— *Rien. Appelez Fred Ryder pour lui raconter ce qui se passe. Je vous préviens dès que j'ai les photos. Ou dès que je m'aperçois qu'elles n'existent pas. Pendant ce temps-là, trouvez-nous un endroit où rencontrer Fred Ryder sans attirer l'attention. Une ville assez grande dans les environs, ce serait la meilleure solution. Un lieu où l'on puisse disparaître si quelqu'un s'avise de nous suivre. Ce qui implique aussi de faire revenir Ryder d'Irak.*

— Ça risque de prendre un peu de temps. Laissez-moi vous rappeler, cette fois. Je n'aime pas ne pas pouvoir vous joindre. Donnez-moi votre numéro de portable.

Anne traversa la rue et pénétra dans le parc. Marten s'enfonça plus avant parmi les conifères. Il ne tenait pas à ce qu'elle le surprenne au téléphone et lui pose des questions.

— *Non, c'est moi qui appellerai. Si quelqu'un me confisque ce téléphone... Si c'est la CIA qui s'en empare, vous pouvez être certain qu'ils remonteront jusqu'à vous.*

— Laissez-moi une heure.

Anne passa à côté des joueurs d'échecs. Elle se rapprochait de Marten. Elle paraissait inquiète. Sans doute craignait-elle qu'il lui ait faussé compagnie.

— *Une dernière chose* (Il y avait soudain de l'émotion dans la voix de Marten), *avez-vous visionné la dernière vidéo de la CIA consacrée à la Guinée équatoriale ?*

— Non.

— *Arrangez-vous pour la voir, sans que la demande émane de vous. Puis regardez-la seul. Vous comprendrez alors pourquoi je fais ce que je fais. Vous n'aurez pas besoin d'explications supplémentaires.*

Anne n'était plus qu'à une dizaine de mètres de lui.

— *Je dois raccrocher. Je vous rappelle.*

Marten glissa le portable dans la poche de son blouson et émergea du bosquet.

8 h 53

66

— Je suis certain que vous avez une voiture.

Marten avait engagé la conversation dès qu'il avait rejoint Anne. Si elle l'avait vu parler au téléphone, ou même fourrer le portable dans son blouson, il ne souhaitait pas qu'elle lui pose la moindre question. En prenant l'initiative de la discussion, il espérait qu'elle ne parlerait de rien.

Elle hocha la tête en direction de l'agence.

— Elle est garée devant.

— Ils ne vous ont rien demandé ? Ont-ils voulu savoir qui vous étiez, pour combien de temps vous désiriez louer la voiture, où vous comptiez vous rendre ?

— Je leur ai dit que je faisais du tourisme. Que je voulais une voiture pour un jour ou deux, peut-être plus. C'est tout.

Elle le fusilla soudain du regard.

— Où étiez-vous passé, bon sang ? Je vous ai cherché partout. Vous étiez incroyablement pressé de quitter Faro, et voilà que vous disparaissez au beau milieu du parc. Qu'étiez-vous en train de faire ? Vous grimpiez aux arbres ?

— Je cherchais quelque chose.

Marten balaya les environs des yeux. Les deux vieux messieurs jouaient toujours aux échecs. Un peu plus loin, un couple d'amoureux s'était allongé dans l'herbe, indifférent au monde alentour. Un homme d'une quarantaine d'années, vêtu d'un jean et d'un pull léger, jouait avec un petit singe en laisse à l'entrée du parc.

— Que cherchiez-vous ?

— Pardon ?

Marten reporta son attention sur Anne.

— Vous venez de me dire que vous cherchiez quelque chose. De quoi s'agissait-il ?

— D'ail.

— D'ail ?

— D'ail ornemental. Ou *Tulbaghia violacea*. Il en pousse par ici. Je l'ai senti. Mais je n'arrive pas à le trouver.

Anne demeurait incrédule.

— Nous tâchons de quitter cette ville et vous, vous cherchez des plantes ?

— N'oubliez pas que c'est mon métier. Et la raison pour laquelle je me trouvais sur Bioko. C'est également un monde que je serai ravi de rejoindre, et le plus tôt possible. Oui, de l'ail. Si vous ne me croyez pas, prenez donc une profonde inspiration et dites-moi ce que vous sentez.

— Vous plaisantez ?

— C'est ce que vous avez l'air de penser, en tout cas. Allez-y, sentez.

— Ça suffit.

— Sentez.

— Vous m'énervez.

Elle s'exécuta néanmoins.

— Que sentez-vous ?

— De l'ail.

— Merci, fit Marten avec un large sourire.

9 h 30

La voiture était une Opel Astra gris métallisé à transmission automatique. Marten emprunta la N125 en direction de Portimão, à une soixantaine de kilomètres de là. Si le commissaire Franck avait émis un mandat d'arrêt européen contre Anne Tidrow, ou si les comptes bancaires de la jeune femme avaient été placés sous surveillance, les conséquences n'étaient pas encore visibles. Ceux qui les suivaient – membres de la CIA ou de SimCo – ne s'étaient pas manifestés non plus. Marten n'en jetait pas moins d'incessants coups d'œil dans le rétroviseur.

— Très bien, lança soudain Anne. Nous sommes seuls, nous avons une voiture et nous roulons. Allez-vous enfin me dire où nous allons ?

Marten savait qu'il ne pouvait plus tergiverser.

— L'agence de location vous a-t-elle fourni une carte de la région ?

— Oui.

— Dépliez-la et cherchez Praia da Rocha. Sur la côte, tout près de Portimão.

— Praia da Rocha.

— Vous connaissez ?

— Non.

— Moi non plus.

9 h 35

67

*Learjet 55. En approche de l'aéroport international de Faro
Altitude : 2 420 pieds. Vitesse : 190 miles/heure. 9 h 35*

Au bout de trente ans passés dans la police, le commissaire Emil Franck avait noué de nombreux contacts sur l'ensemble du territoire européen. Certains de ces contacts étaient éminemment respectables, d'autres étaient des hors-la-loi. À peine le Cessna de Marten s'était-il posé à Faro que la police de l'air l'en avait informé, répandant de surcroît la nouvelle dans toutes les directions. C'était magique.

Une cousine de l'inspecteur Catarina Melo Tavares Santos travaillait dans une agence de location de voitures, dans le quartier de Montenegro. La femme qui lui avait loué une Opel Astra gris métallisé une petite demi-heure plus tôt correspondait parfaitement au signalement d'Anne Tidrow fourni par l'enquêtrice. Elle avait patienté quinze minutes de plus – elle devait attendre que son supérieur hiérarchique se soit accordé une pause pour accéder aux fichiers et confirmer l'identité de la cliente. Elle en avait profité pour relever le numéro d'immatriculation du véhicule. Puis elle était sortie et avait appelé sa cousine sur son portable. L'inspecteur Santos était maintenant au téléphone avec le commissaire Franck.

— *Une Opel Astra gris métallisé, cinq portes, numéro d'immatriculation 93-AA-71. Louée dans le quartier de Montenegro à 8 h 57 par Anne Tidrow de Houston, au Texas, pour vingt-quatre ou quarante-huit heures.*

— Destination ?

— *Elle ne l'a pas précisée, monsieur.*

— Obrigado, inspecteur. Merci.

Franck raccrocha et se tourna vers Kovalenko.

— Ils ont entre trente minutes et une heure d'avance sur nous, fit-il avec une assurance qui frisait le mépris. Une voiture nous attendra lorsque nous aurons atterri. Si vous avez un appel à passer, je vous suggère de le passer maintenant. Moscou doit attendre de vos nouvelles.

— En effet, commissaire.

Le Russe planta ses yeux dans ceux du policier.

— Impatiemment.

Marten se dirigea vers le sud pour contourner la ville. Il avait jeté des coups d'œil dans le rétroviseur pendant tout le trajet. Pour le moment, rien n'indiquait qu'ils étaient suivis. Il n'y avait pas non plus d'hélicoptère dans les parages, ni d'avion civil suggérant qu'on les surveillait depuis les airs. Il restait bien le satellite, par le biais du système GPS de la voiture, mais il faudrait du temps pour entamer les procédures de recherche – les autorisations à obtenir étaient nombreuses. Ils semblaient donc avoir pris de l'avance sur leurs poursuivants. Marten touchait au but. Il espérait que tout se déroulerait sans encombre. Il n'en oubliait pas moins de se méfier d'Anne ; l'enjeu était trop important pour qu'il baisse sa garde.

10 h 20

On ne comptait pas plus de trois kilomètres entre Portimão et Praia da Rocha. Anne et Marten roulaient plein sud sous le soleil. La brume qui flottait sur la mer rendait le jour particulièrement lumineux. Tout brillait d'un éclat menaçant. On avait du mal à fixer son regard sans plisser les yeux. À gauche se déployait l'estuaire du rio Arade qui se jetait dans l'océan entre Praia da Rocha et Farragudo. Ils étaient presque arrivés. Le pouls de Marten s'accélérait. Il leur suffisait à présent de pénétrer dans la ville et, avec un peu de chance, de dénicher l'avenue Tomás Cabreira, puis ce Jacob Cádiz et sa librairie d'occasion – ainsi Marten avait-il traduit le « livros usados » mentionné par Théo Haas.

10 h 32

L'avenue Tomás Cabreira n'était autre que la voie principale de Praia da Rocha. On y trouvait des hôtels, des échoppes et des restaurants. On distinguait au loin des falaises escarpées au pied desquelles s'étendait une plage recouverte de rangées de parasols rouges ; les lieux étaient bondés.

10 h 50

Ils venaient de parcourir l'avenue à deux reprises. Ils s'y engageaient pour la troisième fois. Pour la troisième fois, ils virent ce qu'ils avaient déjà vu. La circulation automobile, des touristes, l'hôtel Da Rocha, l'hôtel Jupiter, trois restaurants respectivement baptisés La Dolce Vita, A Portuguesa et l'Esplanada Oriental, des bars, des terrasses de café, des boutiques de curiosités, une banque, une pharmacie et plusieurs boulangeries. Mais pas la moindre librairie.

— Des livres d'occasion, fit Anne. Vous en êtes sûr ?

— C'est ce que Théo Haas m'a dit.

— Sans vous donner le nom du magasin ?

— Il a simplement indiqué : « Livros usados, Avenida Tomás Cabreira. »

Où se cachait cette fichue librairie ? se demandait Marten. Était-elle tout près ? Avait-elle déménagé ? Ou Haas l'avait-il mené en bateau ? L'avait-il égaré parce qu'il se méfiait de lui ? Et si les photographies se trouvaient encore à Berlin ?

— Nom de Dieu ! grommela Marten.

Il regarda autour de lui. Des adolescents les saluèrent avec de grands gestes. Ils s'amusaient de les voir perdus – ils les avaient vus passer trois fois en moins de dix minutes. Derrière eux, un conducteur klaxonna pour manifester son impatience avant de les doubler. Il se rabattit brusquement. Toujours pas de librairie. Marten consulta sa montre. 10 h 55.

Plus ils mettraient de temps à résoudre l'énigme, plus ils laisseraient de chances à leurs poursuivants de les rattraper. Si la CIA les traquait, elle les avait sans doute déjà identifiés grâce à la carte de crédit utilisée par Anne. Ils devaient être tout près. Conor White ne se montrerait pas moins efficace. Et leur réserverait le même sort que celui qu'il avait réservé à Marita et ses étudiants en médecine. Plus que jamais, Marten aurait souhaité posséder une arme.

— Garez-vous ! lança soudain Anne.

— Pourquoi ?

— Garez-vous.

Marten obéit. Il fit halte dans un couloir d'autobus. La jeune femme descendit de la voiture sans un mot et se dirigea vers deux vieux messieurs en train de bavarder devant un troquet. Ils l'examinèrent, échangèrent un regard, la dévisagèrent à nouveau. L'un d'eux, un petit bonhomme replet coiffé d'un chapeau fripé et vêtu d'un costume sombre plus fripé encore, lui décocha un large sourire. Puis il lui indiqua, du bout de l'index, une ruelle étroite derrière eux. Anne sourit à son tour, hocha la tête et lui tapota affectueusement la joue. Elle revint à la voiture.

— La librairie s'appelle Granada, expliqua-t-elle à Marten. Elle se trouve dans cette ruelle.

— Comment avez-vous fait ?

— Souvenez-vous, chéri : j'ai été autrefois en poste au Salvador. (Elle se coula sur le siège passager.) Quelques notions d'espagnol peuvent se révéler utiles aux quatre coins de la planète, même au Portugal. Qui plus est, un bon agent de la CIA, qu'il soit à la retraite ou toujours en activité, est capable de vendre n'importe quoi à n'importe qui. C'est dans ses gènes.

— Que leur avez-vous vendu ?

— Un sourire. Le sourire d'une femme de quarante-deux ans encore pas trop mal foutue.

10 h 59

68

Hôtel Largo, Faro, Portugal, 11 h 02

Joe Wirth était arrivé dix minutes plus tôt, il avait filé dans sa suite et téléphoné aussitôt à Dimitri Korostin. Il s'était heurté à sa boîte vocale. C'était la quatrième fois qu'il l'appelait en vain depuis une trentaine de minutes, heure à laquelle son Gulfstream s'était posé sur une piste de l'aéroport international de Faro. Quatre fois il avait laissé un message. Pour le moment, il n'avait obtenu aucune réponse.

Il rappela. Boîte vocale encore. Il raccrocha sans un mot. C'était complètement fou. Ils étaient restés en contact permanent depuis son départ de Berlin. Et voilà qu'au moment le plus crucial, le Russe restait silencieux.

Le Falcon de Conor White avait atterri. Chacun attendait de nouvelles instructions. Où aller ? Les hommes de Korostin devaient être dans la place depuis longtemps. Théoriquement, ils avaient déjà localisé Marten. Théoriquement. Le Texan ne pouvait pas expédier White à sa poursuite s'il ignorait où il était. Seul Korostin possédait la clé de l'énigme. On se retrouvait peu ou prou dans la même situation qu'à Málaga, lorsque Marten était parvenu à désactiver l'émetteur dissimulé dans le Cessna pour s'évanouir dans les nuages. Maintenant il était au sol. Les routes étaient nombreuses... Si les Russes avaient perdu sa trace, il allait presque à coup sûr réussir à mettre la main sur les photographies et se volatiliser. Que faudrait-il faire ensuite ? S'asseoir en attendant que les clichés soient rendus publics ?

Quant à Korostin, il représentait une menace plus noire encore. Il connaissait l'importance des photographies. Qu'adviendrait-il si ses sbires avaient déjà capturé Marten ? S'ils examinaient les clichés, ils ne tarderaient pas à en comprendre la vraie valeur ; Wirth, lui, ne l'apprendrait que trop tard. L'oligarque aurait à la fois les tirages et le champ gazier bolivien. S'il transmettait les photos au gouvernement russe, Striker perdrait peut-être aussi le champ pétrolier de Bioko.

Il se rendit dans la salle de bains, où il se passa de l'eau sur le visage. Puis il s'examina dans le miroir. Qu'avait-il fait ? Jamais il ne lui était venu à l'idée que Korostin pourrait le doubler. Et c'était son idée. Il était l'unique responsable. Même Arnold Moss, son avocat et conseiller, ignorait tout de l'accord conclu avec le Russe. Seul Conor White avait flairé l'entrée en scène d'un tiers. Mais il ne savait pas de qui il s'agissait.

Wirth s'accabla d'injures. Pourquoi avoir fait une confiance aveugle à l'oligarque ? L'inviter ainsi à partager le plus formidable triomphe de son existence était pure folie. C'était comme s'il avait confié à une maîtresse des secrets dont elle aurait pu user ensuite pour détruire son mariage, sa famille, avant de décamper.

Affolé, hors de lui, il retourna dans la chambre et s'empara du BlackBerry. Il s'apprêtait à rappeler Korostin lorsque l'engin sonna.

— Oui, aboya-t-il.

— *Joe, vous me téléphonez toutes les cinq minutes. J'en ai attrapé mal à la tête. Où diable êtes-vous ?*

— À Faro. Et où diable sont vos gars, Korostin ?

— *Ils étaient déjà sur place. Ils sont partis.*

— Pour où ? Ils savent où se trouve Marten ?

— *Ils ont loué une voiture et quitté la ville. C'est tout ce que je sais. Je vous rappelle dès que j'ai du nouveau.*

— Ça ne me suffit pas.

— *Je n'en sais pas plus. Faites-moi confiance.*

— Vous faire confiance ?

— *Oui, me faire confiance.* (Le Russe marqua une pause.) *J'ai l'impression que vous recommencez à vous énerver. Ne stressez pas comme ça, c'est inutile.*

— N'oubliez pas les termes de notre accord, Dimitri. Je veux être là quand vous récupérerez les photos. Et vous me les remettrez sans les examiner.

— *J'avais raison. Ces clichés compromettants sont très... personnels, n'est-ce pas ? Vous avec une femme. Ou avec plusieurs. Ou bien avec des hommes ? Et alors, Joe ? Nous sommes des êtres humains. Nous faisons des choses. Personne n'est parfait. Comment se fait-il que ces photos vous empêchent littéralement de vivre ?*

— Ça ne vous regarde pas.

— *Joe, vous serez sur place lorsque nous trouverons ces clichés. Nous vous les remettrons en mains propres. Ce sont les termes de notre accord. Vous avez ma parole.*

Korostin avait raccroché.

11 h 15

Assis à une table du restaurant de l'hôtel, Joe Wirth contemplait le port sans le voir. Les deux BlackBerry étaient posés devant lui. Un serveur vint prendre sa commande – du café et des fruits frais. Peut-être était-il en train de perdre la tête. Peut-être Dimitri avait-il eu raison de lui conseiller de se calmer. Pourquoi l'aurait-il doublé quand le champ gazier bolivien était à sa portée ? D'autant plus que le Texan lui avait laissé entendre à Londres que cet épisode pourrait inaugurer une série de collaborations. Pourquoi aurait-il mis son propre avenir en péril ?

Relax. Lève le pied. Jusqu'ici, tout s'était déroulé comme prévu, en dépit des retards. Maintenant il s'agissait d'attendre. Cela faisait partie du jeu.

Il jeta un coup d'œil en direction du BlackBerry à la languette adhésive bleue. Conor White n'était pas loin. Il patientait, lui aussi. Il pouvait bien patienter quelques minutes de plus.

Le Texan s'empara du BlackBerry « ordinaire » pour appeler Arnold Moss. Il était presque 5 h 20 à Houston. Tant pis s'il réveillait son conseiller. Si les événements se succédaient au mieux, White entrerait bientôt en action. Il faudrait se hâter de prendre les dispositions nécessaires. Moss comprendrait.

— *Bonjour, Joe.* (Il avait décroché dès la première sonnerie.) *Où êtes-vous ?*

— À Faro, au Portugal.

— *Je croyais que vous deviez vous rendre à Barcelone.*

— C'était mon intention, en effet. Conor White m'a appelé voilà quelques heures pour me dire qu'il venait ici. Il a demandé à me voir. Il m'a dit que c'était urgent. Sans m'expliquer pourquoi. Au son de sa voix, j'ai compris que c'était plus qu'urgent : c'était crucial. J'avoue que j'hésite à lui téléphoner parce que j'ignore ce qui se trame. J'aime autant qu'il vienne me voir.

— *Vous pensez qu'il faut prévenir Hadrien ?*

— Sans doute. Je ne sais pas. Les sociétés Hadrien et SimCo ont leurs propres arrangements. Si toute cette histoire a un lien avec Striker, pour le moment je suis dans le noir complet.

— *White a-t-il repris contact avec vous depuis votre arrivée ?*

— Non. Pas encore.

— *S'il s'est montré aussi empressé, j'en conclus que nous devons avertir Hadrien. Ils prendront les choses en main ou, du moins, éclaireront notre lanterne. Voulez-vous que j'appelle Bruce Truex ?*

— Non, je m'en charge. Il est toujours en Irak avec Fred Ryder ?

— *Oui.*

— Je vous rappelle.

— *Bonne chance.*

— Je vais en avoir besoin.

Wirth raccrocha à l'instant où on lui apportait son petit déjeuner.

— Autre chose, monsieur ? s'enquit le serveur.

— Non, pas pour le moment, merci.

— Très bien, monsieur.

Le Texan le regarda s'éloigner, soupesa le BlackBerry, le reposa sur la table. Bruce Truex se trouvait en Irak. Wirth pourrait toujours prétendre qu'il avait cherché à le joindre là-bas. En vain. De sorte qu'aucune communication ne pourrait être relevée entre le patron d'Hadrien et lui jusqu'à ce qu'on ait récupéré les photographies. Jusqu'à ce que Marten et Anne Tidrow soient morts. Conor White et ses mercenaires, eux, croupiraient dans une geôle portugaise. Le Texan confierait à Truex que l'empressement de White à le rencontrer à Faro lui avait fait craindre qu'il l'élimine à son tour. Ainsi le PDG d'Hadrien serait-il obligé de comprendre que son ami avait bel et bien perdu la tête.

11 h 09

69

Au-dehors, le soleil était éclatant ; il faisait chaud. À l'intérieur de la boutique régnaient la pénombre et la fraîcheur. Un haut-parleur diffusait de la musique classique en sourdine. On comptait cinq petites pièces communiquant les unes avec les autres, chacune envahie du sol au plafond par des étagères et des caisses chargées de livres d'occasion rédigés dans une bonne douzaine de langues.

Une trentenaire aux cheveux courts et noirs, vêtue d'une robe légère, se tenait derrière la caisse lorsque Marten et Anne pénétrèrent dans l'échoppe. Huit personnes musardaient ici et là, feuilletant, lisant. S'il y en avait d'autres, Marten ne pouvait pas les voir depuis l'entrée.

Il piocha dans un présentoir en bois une carte du magasin. Il allait s'adresser à la jeune femme de la caisse quand un homme rondelet, affublé de lunettes à verres épais et d'une volumineuse crinière grise, sortit de l'arrière-boutique. Il devait approcher les soixante ans et portait un polo noir à manches courtes estampillé « Livros usados Granada » sur la poche de poitrine. Il semblait se diriger vers eux, deux volumes fatigués sous le bras. Il s'arrêta pour discuter avec une blonde très mince en jean blanc.

Du menton, Anne le désigna à Marten.

— Cádiz ? murmura-t-elle.

— Possible. Surveillez l'entrée.

Sur ce, Marten gagna l'autre pièce. Il manipula quelques ouvrages dans un casier tandis que l'homme et la blonde poursuivaient leur conversation en portugais.

Enfin, la femme renonça à acheter quoi que ce soit, remercia le vendeur – le propriétaire des lieux, de toute évidence – et s'éclipsa. Marten s'approcha de lui.

— Excusez-moi. Parlez-vous anglais ?

Le libraire se retourna.

— Que puis-je faire pour vous ?

Il parlait anglais couramment. Avec un accent américain.

— Êtes-vous Jacob Cádiz ?

— Pourquoi ?

Il examina attentivement Marten.

— L'une de mes connaissances m'a demandé de lui rendre visite.

— Un homme ou une femme ?

— Un homme.

— Je m'appelle Stump Logan. Je viens de Chicago. Que lui voulez-vous, à Jacob Cádiz ?

— Je vous l'ai dit, l'un de mes amis…

— Qui ? le coupa Logan. Quel est son nom ?

— Cádiz travaille-t-il ici ?

— Comment s'appelle votre ami ? Pourquoi cherchez-vous Cádiz dans ma librairie ?

Marten jeta un coup d'œil en direction d'Anne, toujours debout près de la caisse. Rondelet, certes ; affublé de culs de bouteille, certes ; mais il n'était pas né de la dernière pluie. À sa manière de le scruter, Marten se demanda même s'il ne s'agissait pas d'un ancien flic. Quoi qu'il en soit, il fallait lui dire la vérité. Il regarda autour de lui, puis revint à Logan.

— Je m'appelle Nicolas Marten. C'est Théo Haas qui m'a donné le nom de Cádiz et m'a indiqué votre boutique. Je me trouvais avec lui à Berlin juste avant son assassinat. La police croit d'ailleurs que c'est moi qui ai fait le coup, mais ce n'est pas vrai. Je connaissais aussi son frère, le père Willy Dorhn. Je l'ai rencontré il y a quelques jours, sur Bioko. J'étais là quand une patrouille de l'armée l'a tué. Théo m'a envoyé ici pour parler à Jacob Cádiz. Il m'a dit qu'il détenait quelque chose qui pourrait m'être utile. Une chose en rapport avec la guerre civile qui fait rage en Guinée équatoriale.

Stump Logan considéra longuement Marten. Il le jaugeait. Soudain, il se tourna vers Anne.

— Elle est avec vous ?

— Oui.

— Allez la chercher, et suivez-moi.

Le bureau de Stump Logan étouffait sous les livres autant que le reste de l'échoppe – ils s'empilaient sur des étagères, sur le sol, partout. Le libraire avait néanmoins réussi à conserver suffisamment d'espace pour y loger une vieille table de travail métallique, un fauteuil, et deux chaises pliantes sur lesquelles il invita Anne et Marten à s'asseoir. Il continuait de les examiner.

— Je connaissais Théo depuis trente ans, fit-il enfin. Jamais il ne vous aurait dit de rendre visite à Jacob Cádiz s'il n'avait pas eu une bonne raison de le faire. En revanche, j'ignore ce qu'il souhaitait que vous trouviez.

Logan attira à lui un bloc-notes, sur lequel il griffonna une adresse. Il tendit le feuillet à Marten. 517, avenue João Paulo II.

— Suivez-la jusqu'au bout, puis cherchez un vieux portail en bois et une allée gravillonnée menant à la plage. C'est la maison de Cádiz. Il n'y est pas en ce moment. Je ne veux pas savoir comment vous allez faire pour entrer.

— Merci, monsieur Logan, du fond du cœur.

Marten se leva. Anne l'imita.

— Si quelqu'un vous pose des questions, vous ne nous avez jamais vus.

— Monsieur Marten, dit Stump Logan en le fixant à travers les verres épais de ses lunettes, je connaissais très bien le père Willy. Je lui ai rendu visite plusieurs fois à Bioko. Il possédait deux trésors : son frère et ses ouailles.

— J'ai eu l'occasion de m'en rendre compte.

— Je sais que Théo Haas ne vous a pas fait venir par hasard.

11 h 25

70

Hôtel Largo, 11 h 37

Wirth avait regagné sa suite. Il finissait de se laver les dents lorsque son BlackBerry sonna. Il s'essuya la bouche et décrocha.

— Oui ?

— *Praia da Rocha. Opel Astra cinq portes gris métallisé*, fit sèchement Korostin. *Immatriculation 93-AA-71. Le temps que vous arriviez, mes hommes auront cueilli Marten. Je vous dirai où.*

— Merci.

Le Texan raccrocha. Il était temps de se mettre en route.

Il alla chercher le BlackBerry à languette bleue dans la chambre. Il comptait passer deux appels. Le premier à Conor White. Il allait lui transmettre la description de la voiture et lui indiquer qu'il lui fournirait plus tard d'autres informations. Il ne passerait le second que quand le mercenaire aurait atteint Praia da Rocha. Il s'agirait d'un SMS. À destination d'un informateur du FBI vivant en Espagne et dont son ami du bureau de Houston lui avait fourni les coordonnées. Il écrirait simplement : « OK ». Alors l'homme prendrait contact avec les forces de l'ordre espagnoles pour leur révéler le rôle joué par Conor White dans le massacre de la ferme madrilène. Il ajouterait que le mercenaire était armé et qu'il se trouvait à l'heure actuelle au Portugal, à Praia da Rocha.

Wirth jeta un coup d'œil par la fenêtre. Des bateaux de plaisance profitaient du dimanche pour sillonner les eaux du port. Il composa le numéro de White.

— *Oui, monsieur Wirth ?* fit Conor White d'un ton cassant.

— La ville de Praia da Rocha. Au bord de la mer, à côté de Portimão. J'y vais de ce pas.

— *Il me faut un lieu précis.*

— Le temps que vous arriviez, j'aurai récupéré cette information.

— *Très bien, monsieur.*

11 h 45

517, avenue João Paulo II, 11 h 50

Ils trouvèrent la maison suivant les indications de Stump Logan. Vieux portail en bois. Sentier gravillonné. Marten ouvrit le portail, fit entrer l'Opel et referma derrière eux. Ils empruntèrent l'allée au bout de laquelle se dessinait la demeure.

Un bâtiment de pierre et de stuc blanc à un étage, coiffé d'un toit de tuiles rouges. Il se dressait sur la plage même, à une trentaine de mètres au-dessus de la ligne des eaux à marée haute. Des falaises déchiquetées l'enserraient – l'endroit paraissait d'autant plus isolé. Si les plages avoisinantes grouillaient de monde, il n'y avait ici que les mouettes et les vagues se brisant doucement sur le rivage.

Marten coupa le moteur au bout de l'allée. Ils descendirent du véhicule et observèrent un moment la maison, puis ses alentours. Personne en vue.

— Dépêchez-vous, fit Marten.

Le sable s'était accumulé sous l'effet du vent aux abords immédiats de la demeure et un store à demi décroché par les bourrasques battait à l'une des fenêtres. Stump Logan avait raison. Jacob Cádiz n'était pas là. Et il était absent depuis un certain temps.

Anne et Marten se glissèrent sur le côté de la maison. Tous les volets étaient fermés. Ils retournèrent sur leurs pas. C'est alors que Marten repéra une petite ouverture dépourvue de volet. En s'y penchant, il distingua dans un vestibule étroit une table chargée de courrier – quelqu'un avait dû le déposer en attendant le retour de Cádiz. Un voisin. Ou un gardien, peut-être.

Du courrier.

Marten se rappela soudain ce qu'il avait pensé dans l'avion qui le ramenait de Malabo : si l'armée n'avait pas trouvé les photographies sur Bioko, ce pouvait être parce que le père Willy les avait expédiées par la poste.

— La porte d'entrée, souffla-t-il à Anne.

Il sonna. Pas de réponse.

Il sonna encore. Rien.

— Je suppose que la CIA vous a appris comment pénétrer chez les gens par effraction ?

— Oui, mais je me suis surtout formée toute seule.

Anne se pencha pour ramasser un gros caillou.

— J'espère simplement qu'il n'y a pas de système d'alarme, fit-elle.

— Chérie, brisez-moi cette foutue vitre.

Au troisième coup, le verre explosa. Ils tendirent l'oreille. Pas d'alarme. Ayant ôté les morceaux acérés qui adhéraient encore au cadre de la fenêtre, Marten s'introduisit dans la demeure. Anne le suivit.

— Il y a quelqu'un ?

La voix de Marten résonna dans la pièce. Ils se dirigèrent vers l'entrée. À main gauche, un petit bureau aux murs couverts d'étagères. Une table de travail, assortie d'un fauteuil ergonomique, sur laquelle trônaient un ordinateur et une imprimante. Plus loin, ils découvrirent une cuisine et une salle de séjour avec vue sur la mer.

Ils atteignirent la table envahie par le courrier. Des factures surtout, des journaux, des magazines et des publicités. Vu les dates, quelqu'un les déposait là depuis quatre ou cinq semaines.

Marten jura dans sa barbe.

— Rien. Rien du tout.

Il poursuivit son examen minutieux. Il finit par se demander si, contrairement à ce qu'avait déclaré Stump Logan, Théo Haas ne l'avait pas attiré ici pour se payer sa tête.

— Attendez, lâcha soudain Anne.

Du courrier gisait au sol, dissimulé par une des rallonges de la table. Il y avait trois colis et quatre grandes enveloppes. Anne les inspecta rapidement. La dernière était une enveloppe matelassée adressée à Jacob Cádiz et affranchie à Riaba, en Guinée équatoriale, à la fin du mois de mai. On ne lisait pas la date exacte.

— C'est peut-être ça ! souffla Anne en tendant l'objet à Marten.

— Bon Dieu… (Il déchira l'enveloppe.) Oui ! Oui !

Il venait de faire surgir des tirages imprimés identiques à ceux que le père Willy lui avait montrés dans la forêt. Il en recensa vingt-six.

Il connaissait déjà les premiers : l'hélicoptère, posé dans une clairière en plein cœur de la jungle, dont on débarquait des caisses d'armes que des autochtones rangeaient à l'arrière d'une camionnette.

— Vous reconnaissez votre ami Conor White ? interrogea-t-il.

Sur le cliché suivant, deux autres Blancs apparaissaient – cheveux ras, T-shirt noir ajusté, pantalon de camouflage. Ils se tenaient à la porte de l'hélicoptère.

— Patrice, fit Anne en montrant celui de gauche. L'autre s'appelle Jack Hanahan. C'est un ancien ranger de l'armée irlandaise. Conor ne s'en sépare pratiquement jamais.

Marten tâcha de mémoriser les deux visages.

— Vous savez qui sont ces hommes mais vous allez me faire croire que vous n'aviez aucune idée de ce qui se passait ?

Marten parlait calmement, mais l'accusation dans sa voix était perceptible. Anne réagit avec violence.

— Bien sûr que je savais ce qui se passait. D'ailleurs, c'est moi qui ai tout mis sur pied. J'adore regarder les gens s'entretuer par milliers. C'est autrement plus excitant qu'un match de football américain. Je continue ? Non ? Très bien. Dans ce cas, dépêchons-nous de déguerpir d'ici.

Marten la dévisagea. Un indice se lisait-il sur ses traits, susceptible de lui révéler qu'elle était réellement au courant des exactions commises par Striker et SimCo ? Il ne lut rien du tout.

— Je suis navré, dit-il.

— Vous pouvez.

— Je le suis sincèrement.

Comme il replaçait les clichés dans leur emballage plastifié, une enveloppe glissa et tomba par terre. On l'avait pliée plusieurs fois et maintenue en place au moyen d'un élastique. Il défit l'élastique, la déplia et la retourna. Il recueillit un petit rectangle dans le creux de sa main.

Il échangea un regard avec Anne.

La carte mémoire de l'appareil photo.

— Dépêchons-nous de ficher le camp d'ici, répéta la jeune femme.

Déjà, elle se dirigeait vers la porte.

— Non. Le père Willy n'a pas tout imprimé. Je veux visionner le contenu intégral de cette carte.

— Maintenant ?

— Oui, maintenant.

— Pourquoi ?

— Parce qu'il y a un ordinateur dans l'autre pièce et parce que l'occasion ne se représentera peut-être pas de sitôt. Et parce que, quand nous appellerons Fred Ryder, je veux qu'au moins l'un d'entre nous soit en mesure de lui décrire ce qui se trouve là-dessus.

— Comment ça, « au moins l'un d'entre nous » ?

— Eh bien, si votre M. White et ses amis nous rattrapent, il se peut qu'« au moins l'un d'entre nous » se fasse tuer.

12 h 16

71

12 h 17

Marten s'installa au bureau de Cádiz et alluma l'ordinateur. Puis il chercha la fente dans laquelle glisser la carte mémoire.

— Ici.

Anne lui présenta un lecteur externe qu'elle venait de découvrir derrière une pile de livres, à côté de l'unité centrale. Elle le posa dessus.

Marten s'aperçut qu'une carte se trouvait déjà dans l'appareil. Il s'apprêtait à l'ôter. Anne arrêta son geste.

— Voyons d'abord ce qu'il y a dessus. Ce peut être une carte expédiée plus tôt par le père Willy.

Elle se planta derrière Marten. Celui-ci cliqua sur l'icône représentant les photographies. L'écran se couvrit de plusieurs clichés. Des images banales. La plage devant la maison, des oiseaux marins, la demeure elle-même – dehors et dedans –, puis une palette impressionnante de très jeunes femmes nues ou à demi nues en train de prendre le soleil. Le photographe s'était visiblement caché pour les immortaliser.

— Jacob Cádiz est un petit coquin, sourit Marten.

— Arrêtez de baver, chéri. Le temps presse. Ôtez cette carte.

Marten éjecta la première carte, fit glisser l'autre hors de l'enveloppe blanche pour l'introduire dans le lecteur. Il s'agissait bien de celle du père Willy. Ils se penchèrent sur l'écran. C'est alors qu'ils entendirent les pneus d'un véhicule crisser sur le gravier.

— Cádiz, fit Anne.

— Ou un ami. Ou la femme de ménage. Ou…

— Conor White ferait une entrée plus discrète. Les autres aussi.

Marten éteignit l'ordinateur et replaça la carte mémoire dans l'enveloppe avec les tirages papier.

— Sortez par la porte principale. Dites à celui ou celle que vous trouverez dehors que nous cherchions Cádiz et que l'une des vitres était brisée.

12 h 23

Le soleil de midi les aveugla quand ils jaillirent hors de la maison. Ils plissèrent les yeux. La voiture qui venait d'arriver était garée derrière la leur. C'était une Peugeot gris foncé. Deux personnes occupaient les sièges avant. La portière s'ouvrit côté conducteur. Un homme de haute taille apparut, un pistolet-mitrailleur Heckler & Koch à la main.

Le commissaire Emil Franck.

— Bon Dieu de merde ! lâcha Marten.

Il regarda au-delà. Il cherchait d'autres policiers. Il n'en repéra aucun. La portière passager s'ouvrit à son tour. Marten en eut le souffle coupé : une figure familière se dessinait dans le soleil portugais, avec ses quelques kilos superflus et sa barbe.

— Bonjour, tovaritch. Ça faisait longtemps.

— En effet.

Marten ne se remettait pas de sa surprise. Il fixait les deux visiteurs.

— Youri Kovalenko, expliqua-t-il à Anne. Un vieil ami de Moscou.

Que se passait-il, bon sang ? Quel était le rôle du Russe dans toute cette histoire ?

— Pourquoi êtes-vous ici ? Que voulez-vous ?

— Posez donc la question au commissaire.

Emil Franck répondit avant que Marten ait eu le temps d'ouvrir la bouche.

— Les photos.

— Quelles photos ?

— Celles qui se trouvent dans l'enveloppe que vous tenez à la main. Le facteur nous a confirmé qu'il est venu régulièrement déposer le courrier ici depuis quelques semaines. Il se rappelle une enveloppe en provenance de Guinée équatoriale. Il s'en souvient à cause des timbres. (Franck eut un sourire forcé.) Il rendait souvent de petits services à Jacob Cádiz. Il l'aimait bien.

— Où sont les autres policiers ? s'enquit Marten, plus méfiant que jamais.

— Ils savent que je préfère me débrouiller en solo. Ça fait moins de bruit.

— Mais pourquoi lui ? Marten hocha la tête en direction de Kovalenko, puis revint vers l'Allemand.

Pour qui d'autre travaillait donc le commissaire ? Pour la petite mère Russie ? Pour Hadrien ? Pour SimCo ? Ou pour Striker ?

— Les photos, s'il vous plaît.

Franck leva son pistolet-mitrailleur et s'avança vers la maison.

— Le commissaire et moi nous sommes rencontrés à Berlin, fit Kovalenko en marchant à ses côtés. Nous avons ensuite discuté avec un vieil ami de Mlle Tidrow. De toute évidence, vous avez découvert notre émetteur. En le désactivant, vous êtes parvenu à semer les autres. Parce que d'autres vous filent, permettez-moi de vous l'apprendre. Ils sont peut-être en chemin, à l'heure qu'il est.

Kovalenko posa les yeux sur Franck, puis de nouveau sur Marten. Il continuait d'avancer lentement, au même rythme que l'Allemand.

— Vos photographies semblent intéresser beaucoup de monde. Si nous sommes ici alors que les autres n'y sont pas encore, c'est parce que le commissaire jouit d'une formidable réputation au sein de l'Union européenne. En particulier auprès de la police. Nous savions que vous vous dirigiez vers Faro avant même que vous ayez atterri. Nous avons très vite appris que vous aviez loué une voiture. On nous en a indiqué la couleur et le numéro d'immatriculation.

Kovalenko se tourna de nouveau vers Franck. Il le laissait prendre l'initiative. Il s'adressa à Marten.

— Vous n'auriez pas dû sillonner autant de fois l'avenue Tomás Cabreira ni garer votre véhicule où vous l'avez garé. La police locale n'a eu aucun mal à vous localiser.

Ils nous ont dit où vous vous étiez rendus. Le facteur a fait le reste.

Anne saisit soudain pourquoi aucun autre policier n'était présent.

— Nicolas, le commissaire appartient à la CIA.

Kovalenko lâcha un demi-sourire.

— C'est vrai, Emil ? Vous avez donc un autre employeur ?

— Je n'ai que celui que vous connaissez déjà.

Franck pointa son arme sur Anne.

— Écartez-vous de M. Marten, s'il vous plaît.

Marten vint se placer entre le commissaire et la jeune femme.

— Ne faites pas ça, tovaritch, le mit en garde Kovalenko.

Il fit jaillir un Glock de sa ceinture. Marten se figea.

— Les photos, s'il vous plaît.

Franck lui faisait face, le canon du pistolet-mitrailleur dirigé vers sa poitrine.

— Vous êtes recherché pour le meurtre de Théo Haas. On vous a débusqué ici. Vous avez refusé de vous rendre. Personne ne sera surpris d'apprendre qu'il m'a fallu vous abattre.

— Remettez-lui les clichés, tovaritch. Allons.

Franck sentit le Russe se placer brusquement derrière lui. Il comprit tout en un éclair. Kovalenko l'avait amené à baisser sa garde. Les autorités moscovites savaient qu'il était un agent double. Elles le savaient sans doute depuis plusieurs dizaines d'années. Avant même la chute du Mur.

Une fraction de seconde plus tard, Kovalenko pressa l'extrémité du canon de son Glock contre l'oreille du commissaire. L'acier était glacé. Franck aurait souhaité agir. Il était trop tard. Il songea à son épouse et à ses enfants. Pria pour qu'ils parviennent à faire front sans lui. Puis un « pop » retentit et il fut aveuglé par un éclair de lumière blanche.

Le corps du commissaire s'effondra sur le sol comme si une force de gravité exceptionnelle venait de le terrasser. Marten et Anne sursautèrent ; tout s'était déroulé si vite.

— Mlle Tidrow avait raison, tovaritch. Emil Franck appartenait à la CIA.

Kovalenko gardait le Glock dans sa main. Il était paisible, comme si rien d'exceptionnel ne s'était produit. Le ton de sa voix, ses gestes... Son calme était le même que celui dont il avait fait preuve quelques années auparavant, après avoir abattu un homme dans des circonstances presque identiques en présence de Marten. C'était à Saint-Pétersbourg, en Russie.

Il se hâta de confisquer au défunt son pistolet-mitrailleur et en passa la sangle à son épaule. Il considéra Marten.

— J'aimerais que vous me donniez un coup de main, tovaritch. (Il agita le Glock en direction du cadavre.) Je crains que vous ne soyez obligé de le transporter tout seul.

Marten le fixa, puis remit les photos à Anne avant de déplacer le corps du commissaire jusqu'à la Peugeot.

Le Russe ouvrit le coffre, dans lequel Marten fourra Emil Franck. Ce superflic au crâne rasé, au blouson de cuir, ce superflic que sa réputation précédait partout n'était plus qu'un cadavre dont la moitié de la tête avait été emportée par le coup de feu. Rien qu'un corps mutilé. Combien de fois Marten avait-il observé un tel spectacle lorsqu'il travaillait à Los Angeles ? On était vivant. Une seconde plus tard, on était mort. Aujourd'hui néanmoins, la situation était différente. Franck n'était pas tombé par hasard, ni parce qu'il appartenait à un gang. Il n'était pas tombé pour la drogue, pour l'argent ou pour une femme. L'enjeu était beaucoup plus important. Ce qui venait de tuer le commissaire avait déjà tué le père Willy, Marita, ses étudiants et plusieurs milliers d'Équato-Guinéens. Théo

Haas y avait peut-être succombé également – de cela, Marten n'était pas encore sûr. Mais quelle était donc cette chose immense qui semait ainsi la mort ?

Le pétrole ?

Possible.

La planète entière convoitait les ressources pétrolières. Mais quelque chose clochait. SimCo armait les insurgés sans protéger les salariés de Striker des rebelles.

— Les photographies, tovaritch.

Kovalenko pointait son arme vers Anne, qui tenait l'enveloppe entre ses mains.

— Tous les groupes en présence ont pensé que le prêtre les avait expédiées à son frère par la poste. Ils avaient raison. Abritons-nous du soleil et visionnons-les, voulez-vous.

Marten regarda le Russe. Il regarda le Glock.

— Après tout ce temps, vous avez encore besoin d'utiliser ce truc-là contre moi ?

— Pour le moment, tovaritch, je crois que c'est plus prudent.

12 h 35

72

Quatre-vingt-dix secondes plus tard, ils étaient à l'intérieur de la maison, dans l'entrée. Anne et Marten avaient ouvert l'enveloppe et étalé les photographies sur la table. Marten les retournait une à une.

— Lui, fit soudain Kovalenko en pointant l'index vers un cliché. Lui, c'est Conor White.

— Je sais, rétorqua Marten.

— Il fait partie de ceux qui vous filent.

— Je m'en doutais.

— Vous le connaissez donc ?

— Je l'ai croisé.

Marten jeta un coup d'œil en direction d'Anne.

— Méfiez-vous, tovaritch. Ce type est un ancien officier supérieur de l'armée britannique, bardé de décorations. Il a beaucoup à perdre si ces photos sont rendues publiques.

— Je le sais aussi.

Anne dévisageait Kovalenko.

— Qui d'autre nous suit ?

— Deux de ses mercenaires.

Kovalenko fourgonna parmi les clichés jusqu'à trouver celui qui l'intéressait.

— Ces deux-là.

Patrick et Jack se tenaient à côté d'un hélicoptère. Anne échangea un regard avec Marten. Puis elle revint au Russe. Il ne lui disait pas tout.

— Vous avez dit « les autres ». Qui sont-ils ? Des hommes à vous ? Qui sont-ils et combien sont-ils ?

— Pour autant que je le sache, il n'y en a qu'un, mademoiselle Tidrow. Le PDG de votre compagnie.

— Joe Wirth ?

Kovalenko opina.

— Il voyage, du moins aux dernières nouvelles, en solo. Il transmet des informations concernant votre position à Conor White et ses sbires. J'ignore où tout ce beau monde se trouve à l'heure qu'il est.

— D'où tient-il ces « informations concernant notre position » ?

Marten se tourna délibérément vers Anne.

— Vous êtes malade ! s'écria-t-elle. Je ne lui ai pas parlé depuis que j'ai quitté Malabo. Interrogez plutôt ce type, fit-elle en désignant Kovalenko du menton.

— Moscou, lâcha celui-ci.

— Je devrais être surpris et, pourtant, je ne le suis pas. Je suppose que Moscou était également au courant de l'existence de Jacob Cádiz ?

— Ça leur a pris un peu de temps, mais oui, ils étaient au courant.

— Pourquoi le père Willy lui a-t-il expédié les photos plutôt qu'à son frère ? Ils étaient donc si proches ?

— Vous ne savez pas ? s'étonna le Russe.

— Savoir quoi ?

De sa main restée libre, Kovalenko balaya l'espace autour de lui.

— C'est ici que Théo Haas venait travailler pour échapper au froid de Berlin et à l'attention des médias. Pour être certain qu'on ne le traque pas jusqu'ici, il utilisait le nom de Jacob Cádiz. Peu de gens savaient qu'il parlait couramment portugais.

Son expression se modifia tout à coup. Il déposa les clichés pour ramasser l'enveloppe pliée contenant la carte mémoire de l'appareil photo.

— Qu'est-ce que c'est que ça ?

Marten ne répondit pas. Kovalenko déplia l'enveloppe.

— Ah, fit-il, satisfait. La cerise sur le gâteau.

Il planta ses yeux dans ceux de Marten.

— Vous avez visionné son contenu ?

— Pas complètement.

— Où se trouve l'ordinateur dont vous vous êtes servi ?

— Dans l'autre pièce.

— Lorsqu'on m'a chargé de cette mission, j'ignorais que vous étiez concerné, Marten. Moscou surveille de très près la situation en Guinée équatoriale. Ils se posent toujours beaucoup de questions quand une compagnie pétrolière occidentale manifeste un intérêt un peu trop marqué pour une région du monde et s'y installe. En particulier s'il s'agit de l'Afrique de l'Ouest dont le sous-sol est supposé contenir d'immenses réserves. Si l'existence de ces réserves se confirme, il serait fâcheux que d'autres nations, la Chine en particulier, mettent la main dessus en premier. Je suppose que vous comprenez le processus. Ils se comportent en hommes d'affaires.

73

Marten jeta un coup d'œil en direction de Kovalenko avant d'allumer l'ordinateur et de glisser la carte mémoire dans la fente du lecteur. Anne s'était installée dans un fauteuil sur sa droite. Le Russe avait pris place sur un tabouret. Il ne lâchait pas son Glock et le pistolet-mitrailleur pendait toujours à son épaule.

— Voyons un peu ce que nous avons là, *tovaritch*.

Marten fit apparaître un cliché sur l'écran. Pris, de toute évidence, avec un téléobjectif. Le photographe devait se dissimuler dans les buissons. C'était un étrange pique-nique en pleine jungle. Six chaises en osier autour d'une longue table recouverte d'une nappe en lin blanc. Porcelaine fine, argenterie, verres en cristal. Des soldats en gants blancs, portant l'uniforme de l'armée équato-guinéenne, faisaient office de serveurs. L'un d'eux découpait un énorme rôti sur une desserte. Deux officiers de haut rang étaient assis à table. On reconnaissait en outre les lieutenants de Conor White – Patrice et Jack –, vêtus comme à l'accoutumée d'un T-shirt noir ajusté et d'un pantalon de camouflage. D'autres mercenaires de SimCo aux cheveux ras veillaient à l'arrière-plan, leurs bras musclés croisés sur leur poitrine. Tous arboraient des lunettes de soleil panoramiques et un pistolet automatique était fixé à leur ceinture.

Conor White lui-même était présent : veston blanc sur chemise blanche ; pas de cravate. Un homme lui faisait face, qui tournait le dos au photographe.

— Montrez-nous la suivante, ordonna Kovalenko.

Marten s'exécuta. Cette fois, l'inconnu révélait son visage. Il était plus âgé que son interlocuteur. Ses yeux étaient d'un noir de jais. Il portait la tenue d'un général de l'armée équato-guinéenne.

— Mariano, souffla Marten, surpris.

— Le généralissime Mariano Vargas Fuente, précisa le Russe. Vous le connaissez ?

— J'ai eu le plaisir d'être interrogé par des soldats de l'armée équato-guinéenne. Mariano s'est invité à la fête.

— Vous avez eu de la chance qu'il ne vous massacre pas sans autre forme de procès. C'est un Chilien. Il appartenait au DNI au temps de la dictature d'Augusto Pinochet. Il commandait personnellement les escadrons de la mort. Il est responsable de toutes les horreurs qu'ils ont commises. Plusieurs milliers de personnes ont disparu sur son ordre et puis, du jour au lendemain, il a…

— … disparu dans les jungles de l'Amérique centrale, compléta Marten. C'est en tout cas ce qu'on m'a rapporté. Comment s'est-il retrouvé en Guinée équatoriale ? Et quand ?

— Il vivait en Espagne sous un faux nom. Jusqu'à ce que votre ami Conor White le recrute pour l'armée équato-guinéenne.

— White ?

— Oui, mais en secret. Le président Tiombe s'imagine que c'est lui qui a attiré Mariano en le payant une fortune pour qu'il dirige la contre-insurrection.

— Dans quel but ?

Marten n'y comprenait plus rien.

— Tiombe tient à montrer à son peuple qu'il sait mater les fauteurs de troubles.

— Et il ignore que White est derrière tout ça ?

— Sans doute.

Marten jeta vers Anne un regard acéré.

— Est-ce que c'est Striker qui a ordonné à White de faire appel à Mariano ?

— Je n'en sais rien, se défendit-elle. Peut-être s'agit-il d'un arrangement entre Wirth et Truex. Peut-être White a-t-il pris des initiatives pour des raisons qui lui sont propres.

— J'ai l'impression que vous ignorez beaucoup de choses au sujet de votre propre compagnie.

— C'est pour cette raison que je suis ici avec vous, chéri. Pour en apprendre davantage.

Le regard d'Anne aurait pu couper Marten en deux.

— Tovaritch, intervint Kovalenko, amusé par leur petite querelle. Peu importe qui est à l'origine de cette collaboration. Quoi qu'il en soit, tout est affaire de stratégie. Le but ? Attiser l'ardeur des rebelles en poussant l'armée à les réprimer dans le sang. On extermine des hommes, des femmes, des enfants. Même des animaux. On les brûle vifs si besoin est. La ferveur des insurgés augmente en proportion. Et vu la situation, ces derniers s'attirent la sympathie des autres pays. Si le monde…

— Les brûler vifs ? le coupa Marten. Vous, vous avez regardé la vidéo de la CIA.

— En effet. Le commissaire Franck œuvrait des deux côtés de la barrière. Pour nous et pour la CIA. Dès qu'il a appris que le prêtre assassiné en Guinée équatoriale était le frère de Théo Haas, il a réclamé la vidéo. Il l'a regardée. Il nous a suffi d'intercepter la transmission et de copier les images. Je dois reconnaître que nous avons été aussi surpris que vous par ce que nous avons découvert et par ce que le général Mariano est en train de mener avec une évidente efficacité. Cela dit, si nous avons récupéré cette vidéo, comment savoir si des bloggueurs, des passionnés d'Internet, n'ont pas également mis la main dessus ? Si c'est le cas, nous leur donnons carte blanche. De toute façon, le règne de Tiombe touche à sa fin. Les troupes d'Abba sont trop puissantes et trop motivées pour que le régime leur résiste.

Marten fixa Kovalenko. Qu'y avait-il donc de si important en Guinée équatoriale pour que White soit allé jusqu'à recruter Mariano et pour que les services secrets américains et russes se soient mêlés de l'affaire ?

Le pétrole, de nouveau ?

Peut-être. Mais on découvrait du pétrole un peu partout en Afrique de l'Ouest. Cela ne méritait pas a priori qu'on y accorde autant d'importance. Il y avait quelque chose de plus.

— Vous m'avez l'air estomaqué, tovaritch. Vous aimeriez qu'on vous explique ce qu'il en est précisément.

— En effet.

Kovalenko gesticula, le Glock au bout du bras.

— Je crois que Mlle Tidrow pourrait éclairer votre lanterne. Allez-y, la poussa-t-il. Nous, nous sommes déjà au courant.

Les yeux de la jeune femme avaient plongé dans ceux du Russe.

— Dans ce cas…, commença-t-elle.

Elle fit face à Marten.

— Il y a un peu plus d'un an, les ingénieurs de Striker ont repéré d'énormes réserves de pétrole sous celles que nous étions déjà en train d'exploiter. Quelque chose de colossal. Probablement cinquante fois plus que l'ensemble des ressources saoudiennes. Cela équivaut, en termes de volume, aux Grands Lacs d'Amérique du Nord. On pourrait raffiner plus de six millions de barils par jour. Quatre fois plus que l'Arabie Saoudite. Il y a là de quoi répondre aux besoins énergétiques des trois quarts de la planète pendant un siècle.

« Dès que nous avons reçu confirmation de cette découverte, Joe Wirth a organisé une réunion au siège de Striker, à Houston. Bruce Truex s'y trouvait. Il représentait la société Hadrien. J'étais là aussi, ainsi qu'une poignée d'autres, dont Arnold Moss, notre avocat et conseiller. Ce gisement représente plusieurs milliards de profits potentiels, voire plusieurs billions. Mais il y avait autre chose. Son intérêt est stratégique : il pourrait permettre aux États-Unis de se libérer du joug de l'Opep. Truex nous a mis en garde. La CIA ne tarderait pas à apprendre la nouvelle. Elle s'arrangerait forcément pour protéger ce trésor.

« Il nous a affirmé qu'il était primordial que nous fassions le premier pas. Joe voyait cela d'un très mauvais œil. Il ne souhaitait pas que le gouvernement se mêle de nos affaires ; il estimait que c'était à Truex, et non à la CIA, de veiller sur notre trouvaille. La réunion s'est terminée là-dessus. En tant que PDG de la société, il avait le pouvoir d'exiger le silence complet de la part de ses collaborateurs. Mais il est clair à présent que l'Agence a été mise au courant. Soit par Joe lui-même, soit par Truex, je l'ignore. D'ailleurs, ça ne change rien. Le fait est que la CIA fait tout pour prendre le contrôle des opérations. C'est pourquoi elle tient également à récupérer les photos. En revanche, je ne sais pas comment Moscou a appris la nouvelle.

Marten était éberlué. C'était donc bien de pétrole qu'il s'agissait. D'un océan de pétrole.

— C'est pour cette raison qu'aucun membre de l'armée équato-guinéenne ne m'a suivi depuis Malabo, réfléchit-il à voix haute. Ils obéissaient aux ordres de Mariano, qui a laissé Conor White se charger de la mission, puisqu'ils sont tous deux du même côté.

Il se leva d'un bond. Ses yeux coururent d'Anne à Kovalenko, puis il détourna le regard. Il tentait de remettre en place les diverses pièces du puzzle. Il traversa la pièce.

— Tiombe a tout contrôlé pendant des années, poursuivit-il. Il a fait main basse sur les profits pétroliers. Sa famille et lui se sont enrichis, pendant qu'il laissait son peuple s'enfoncer dans la misère. Les Équato-Guinéens ont fini par se fâcher et réclamer des comptes au gouvernement par l'intermédiaire de leur leader, Abba. Tiombe n'a pas apprécié. Il a envoyé ses troupes. La guerre a éclaté. Sur ce, Striker, déjà présent dans le pays, a fait cette formidable découverte.

« Pourquoi risquer de laisser tomber cette manne entre les mains de Tiombe, qui aurait pu du jour au lendemain annuler tous les contrats et expulser la compagnie pour faire affaire avec un partenaire plus important ? La Chine, peut-être. Dans ce cas, mieux valait se mettre la CIA dans la poche et apporter son soutien à Abba. Envoyer Conor White et ses mercenaires dans la mêlée, avec leurs provisions d'armes. S'allier à la rébellion tout en invitant secrètement Mariano à participer aux réjouissances pour s'assurer de la violence des soldats, histoire de galvaniser les insurgés.

Marten traversa de nouveau la pièce. Sa voix était glacée, son expression empreinte de cynisme.

— Au bout de deux, trois ou quatre mois, Tiombe est obligé de fuir. Abba prend sa place. Largement redevable à SimCo et Striker. Sur proposition de White, et avec l'accord de l'ancien chef rebelle, l'armée est démantelée, puis remplacée par les mercenaires de SimCo, qui transforment les insurgés d'hier en policiers. Encore quelques mois et le peuple commence à bénéficier des revenus du pétrole. Un peu seulement, mais beaucoup plus qu'à l'époque de Tiombe. Eau potable. On prévoit des routes, des hôpitaux, des logements décents, des écoles. Quelques mois plus tard, la construction commence. Enfin, on annonce l'immense découverte, rapports géologiques à l'appui. L'onde de choc est colossale. Sur le plan politique, économique et psychologique. L'Occident, en particulier, pousse un soupir de soulagement. C'est bien ça ?

Kovalenko hocha positivement la tête.

— Personne d'autre ne peut toucher à ces réserves. Ni Shell, ni Exxon/Mobil, ni la Russie, ni la Chine. Personne. Parce que la Guinée équatoriale est une nation souveraine et que personne ne saurait rivaliser avec la puissance qu'elle détient grâce à ce gisement. Du jour au lendemain, ce tout petit pays pauvre devient l'exemple même de la nation prospère du tiers-monde, paisible et moderne. La réalité, c'est que la Guinée équatoriale n'appartient pas à ses dirigeants, à son armée ou à sa population reconnaissante. Non. Elle appartient à Striker, et ce pour une bonne centaine d'années.

Marten se tourna vers Anne.

— Est-ce donc l'avenir que votre père envisageait pour sa compagnie ? L'enrichissement par le massacre ? L'expansion au lance-flammes ?

— Espèce d'ordure !

— Je pose simplement la question.

— Non ! Ce n'est pas ce que mon père avait en tête !

— Le monde change, tovaritch, intervint Kovalenko. Et pas toujours dans le bon sens.

Il se mit debout.

— Le temps presse. Je dois vous quitter. Vous vous êtes donné beaucoup de mal pour récupérer ces photographies. Je vais donc vous les laisser. Je me contente d'emporter la carte mémoire. (Il agita son Glock.) Voulez-vous la sortir du lecteur et me la remettre ?

— Si c'est ce que vous voulez, fit Marten d'un ton neutre en contemplant le pistolet.

Il revint au bureau de Jacob Cádiz et fit jaillir la carte de la fente du lecteur posé sur l'ordinateur. Il jeta un coup d'œil en direction d'Anne.

— Vous préférez peut-être que je la remette dans l'enveloppe où elle se trouvait ? fit-il au Russe. Il ne s'agirait pas que vous la perdiez en route, ironisa-t-il.

— Merci, tovaritch. Vous êtes très prévenant.

Marten fourragea dans la pile de clichés, dénicha l'enveloppe au fond de laquelle il laissa tomber la carte mémoire. Il la replia, enroula l'élastique autour et tendit le paquet à Kovalenko.

— Fermé par mille baisers, fit-il.

Le Russe empocha l'objet avec un large sourire.

— J'ai toujours autant de plaisir à vous voir, tovaritch. Pourtant, de nombreuses années se sont écoulées depuis notre dernière rencontre. Votre chère sœur Rebecca vit-elle toujours en Suisse ?

— Oui.

— Transmettez-lui mes amitiés. Peut-être un jour prendrons-nous nos vacances ensemble.

Après avoir salué Anne d'un signe de tête, il se dirigea vers la porte.

— Une dernière chose, l'interpella Marten. Pourquoi avoir abattu le commissaire alors que vous auriez pu vous servir de lui pendant encore quelques années ? Vous aviez une taupe agissant à la fois au sein de la CIA et de la police berlinoise. Il était pour vous d'une grande valeur.

317

— Une fois les clichés en notre possession, il était prévu qu'il vous tue, ainsi que Mlle Tidrow. C'était sa mission. J'aurais trouvé fort mal élevé de le laisser faire. Vous n'êtes pas d'accord ?

Il glissa le Glock dans sa ceinture, attrapa le pistolet-mitrailleur et le pointa dans leur direction. Marten et Anne écarquillèrent les yeux.

— C'est donc vous qui allez vous en charger, souffla Marten. Il n'y aura plus personne pour vous gêner.

— Après tout ce que nous avons vécu ensemble, tovaritch ? Votre manque de confiance me blesse. Je pense que vous n'êtes pas au bout de vos peines. Surtout avec ce Conor White. D'autant plus que cette fois, ça y est, les photos sont à vous.

Il récupéra le Glock à sa ceinture et le lança à Marten. Il lui donna également des munitions sorties de la poche de sa veste.

— Chargeur de quinze balles. Il y a le même dans le pistolet. Il n'y manque qu'une balle, celle que j'ai utilisée tout à l'heure. Il vous en reste donc vingt-neuf en tout.

Il fit une pause, considéra Anne. Se tourna de nouveau vers Marten.

— Votre voiture de location. Une Opel Astra gris métallisé, cinq portes, numéro minéralogique 93-AA-71. La police portugaise possède ces informations.

— Ainsi que feu le commissaire nous l'a indiqué.

— Ils ne vont pas se lancer à votre poursuite maintenant, puisque Franck avait suspendu l'avis de recherche. Mais faites très attention à vous, tovaritch. Je sais que nous restons les meilleurs amis du monde et que vous n'allez pas retourner cette arme contre moi. S'il vous prenait quand même l'envie de le faire, vous vous retrouveriez avec deux cadavres sur les bras.

Sur ce, il fit volte-face et partit.

Anne et Marten le regardèrent par la fenêtre grimper dans la Peugeot. Un moment plus tard, il fit démarrer le moteur et décampa.

Marten attendit que la voiture ait disparu. Il n'aurait pas été autrement surpris de voir surgir à sa place une horde de policiers. Rien ne se passa. Trente secondes encore et il alla rassembler les photos éparses sur le bureau.

Anne l'observait depuis l'entrée.

— Conor et ses hommes ne doivent pas être bien loin.

— White n'est pas notre seul problème, répondit Marten en glissant les clichés dans leur emballage plastique, qu'il fourra à l'intérieur de l'enveloppe. Kovalenko va abandonner son véhicule quelque part. Une fois qu'on aura découvert le corps de Franck, nous aurons toutes les polices d'Europe aux trousses. Ils penseront que c'est nous qui l'avons abattu. Ils ne mettront pas longtemps avant de comprendre que tout a commencé ici.

13 h 21

74

Praia da Rocha, forteresse Santa Catarina, 13 h 21

La vieille forteresse se dressait à l'extrémité orientale de l'avenue Tomás Cabreira. Perchée sur les rives du rio Adrade, elle surplombait son embouchure sur la mer. On l'avait construite en 1691 pour défendre les villes de Silves et Portimão contre les Maures et les pirates espagnols. Ce n'était plus aujourd'hui qu'une attraction touristique ; quelques vieux bâtiments de pierre flanqués d'une petite chapelle consacrée à Sainte Catherine d'Alexandrie. Depuis son esplanade, on jouissait d'une vue superbe sur l'Atlantique, le fleuve, les plages de Praia da Rocha et les falaises de calcaire. C'était aussi là que Conor White et Joe Wirth s'étaient retrouvés pour tâcher de comprendre ce qui clochait dans leur opération afin d'y remédier.

À une vingtaine de mètres, Patrice et Jack étaient assis dans un Land Cruiser noir garé sur le parking de la forteresse ; ils veillaient sur les deux hommes. Wirth faisait les cent pas. Il déblatérait dans son BlackBerry tandis que White patientait calmement près de lui. Le grand soleil transformait la mer en mur éblouissant.

Jack pointa ses jumelles en direction de l'esplanade. Une seconde plus tard, le Texan raccrocha et détourna le regard, visiblement furieux.

— Peut-être votre ami n'a-t-il aucune information à vous transmettre pour le moment, monsieur Wirth. C'est sans doute pour cela qu'il ne vous a pas rappelé.

White tâchait de se montrer aussi affable que possible envers cet homme qu'il haïssait.

— Peut-être Marten a-t-il échappé à ses hommes. Peut-être se trouve-t-il toujours à Praia da Rocha. Rappelez votre ami, il était peut-être dans une zone sans réseau. Ou bien il a eu un problème avec son téléphone.

— Il ne peut pas se trouver dans une zone sans réseau depuis plus d'une heure et demie. Et je ne vois pas pourquoi il aurait un problème de portable. Non. Il ne décroche pas parce qu'il n'a pas envie de décrocher.

— Dans ce cas, il a dû se passer quelque chose avec Anne et Marten.

— Non.

Le BlackBerry à la main, Wirth s'éloigna un peu pour observer l'océan. Une douzaine de trois-mâts se mesuraient à l'occasion d'une régate.

White le vit composer un numéro. Il patienta. Au bout de quelques secondes, il raccrocha. Décrocha de nouveau. Il tentait de joindre un autre correspondant.

Comment savoir ce qu'il était advenu entre le moment où le Texan lui avait ordonné de se rendre à Praia da Rocha et celui de son arrivée dans la ville pour mettre le grappin sur Marten ? Le fait est que Wirth avait beaucoup de mal à masquer son exaspération et son inquiétude. Le vernis commençait à craquer. Visiblement, il avait l'impression qu'on l'avait doublé. Il se sentait à la fois hors de lui et impuissant.

Ils avaient d'abord cru se trouver à deux doigts de récupérer les photographies. Ce n'était plus le cas. Si celui ou celle que Wirth avait embauché en secret avait mis la main sur les clichés et refusait de les confier au Texan, cela signifiait qu'il ou elle connaissait depuis le début de l'affaire le contenu de ces photos.

Cela signifiait aussi que les pires craintes de White étaient en train de se réaliser : Wirth s'était engagé dans un processus qui le dépassait complètement. Il avait toujours détesté le Texan. Aujourd'hui, il le détestait plus que quiconque. Y compris son père.

— Conor, l'interpella sèchement Wirth en se précipitant vers lui. On a déposé une enveloppe pour moi à l'hôtel de Faro où je suis descendu.

— Les photographies ?

White éprouva soudain un espoir insensé, comme si un rayon divin avait tout à coup percé le ciel au-dessus de lui. Il s'était peut-être trompé. Wirth n'était peut-être pas aussi imbécile qu'il le pensait.

— On m'a simplement dit qu'une enveloppe m'attendait à l'hôtel.

Wirth se mit en marche en direction du parking.

— Nous en saurons plus une fois sur place.

13 h 42

75

Livros usados Granada, 13 h 47

Lorsqu'ils entrèrent, Stump Logan se tenait derrière la caisse. Ils avaient chaud, ils transpiraient. Ils semblaient avoir marché longtemps sous le soleil de la mi-journée. Et marché vite.

— Pouvons-nous passer dans votre bureau quelques minutes ? interrogea Marten d'une voix pressante ; il plissait les yeux pour s'accoutumer à la relative pénombre des lieux.

— Mon bureau ? lâcha Logan en l'examinant à travers les verres épais de ses lunettes.

Marten tenait à la main une grande enveloppe matelassée qu'il n'avait pas lors de sa première visite à la librairie.

— Anne aimerait d'abord passer aux toilettes, précisa Marten. Si vous en avez.

Logan l'observa encore un moment, puis se tourna vers la jeune femme.

— Allez tout au fond de la boutique, puis descendez l'escalier qui mène à la cave. Ce n'est pas le grand luxe, mais ça fonctionne.

— Je vous remercie.

Anne s'éclipsa dans la direction indiquée par le libraire, qui dévisagea Marten une fois de plus.

— Vous, vous avez des ennuis.

— Et pas des petits, confirma Marten. Nous avons besoin de votre aide.

Un couple entre deux âges pénétra dans l'échoppe. L'homme et la femme se mirent à examiner les livres.

— Occupez-vous d'eux. Si vous êtes d'accord, je vous attends dans votre bureau.

— Vous savez où il se trouve.

— Merci.

À l'exception du couple qui venait de se présenter, il n'y avait pas d'autre client. La seule employée était la trentenaire aux cheveux noirs qu'il avait repérée lors de sa première visite. Elle lui tournait le dos. Elle était en train de ranger des livres.

Ils avaient tout planifié. Ils avaient garé l'Opel de location sur un parking proche de la plage. De là, ils avaient marché jusqu'au seul endroit sûr qu'ils connaissaient dans cette ville, la boutique de Stump Logan. Pendant leur périple, ils avaient guetté l'éventuelle arrivée de la police ou de Conor White ; ils les devinaient près du but. Leur intention était de rejoindre la librairie, de raconter à Logan l'histoire par le menu, puis d'implorer son secours. En agissant ainsi, ils prenaient un risque, mais ils n'avaient nulle part où aller. Et puis le commerçant leur avait déjà rendu service. Ils priaient pour qu'il accepte de nouveau, au nom des liens qu'il avait entretenus avec Théo Haas et le père Willy. C'est Marten qui avait eu l'idée d'expédier Anne aux toilettes – il souhaitait d'abord essayer de convaincre Logan seul à seul. D'homme à homme. C'est du moins ce qu'il avait expliqué à la jeune femme. En réalité, il souhaitait s'accorder quelques minutes de solitude pour appeler le président Harris et l'informer des derniers événements. Lorsque le couple était entré dans la boutique, il y avait vu son salut.

Il ouvrit la porte du bureau et entra.

13 h 59, Praia da Rocha

8 h 59, Camp David, Maryland

Le président Harris s'était retranché dans un petit bureau attenant à sa chambre depuis deux heures. Bloc-notes et crayon à portée de main, il était encore aux prises avec le budget fédéral lorsque le portable gris sonna sur la table. Il s'en empara.

— Où êtes-vous ? Que s'est-il passé ? Est-ce que tout va bien ?

— *Praia da Rocha. L'arrière-boutique d'une librairie d'occasion.*

Quatre-vingt-dix secondes plus tard, Marten lui avait tout raconté.

— *Et Fred Ryder ?* s'enquit-il au terme de son exposé.

— Il a quitté l'Irak. Il fait escale à Rome, puis il se rend à Lisbonne pour vous y rencontrer. Il sera au Four Seasons Ritz. Mais pas avant demain matin au plus tôt. Il dîne demain soir avec le maire de Lisbonne. Nous avons prétexté une « visite de courtoisie » avant son retour à Washington. L'épouse du maire et celle de Ryder soutiennent la même association caritative. C'est une bonne couverture. Depuis l'Irak, le Portugal n'est pas la porte à côté. Ça devrait vous laisser le temps de rejoindre Lisbonne. La question est de savoir si vous y parviendrez. Vous pensez y arriver ?

— *Nous fournira-t-on une planque sur place ?*

— Tout est prêt. Un petit appartement dans le Bairro Alto.

Harris attira à lui un carnet, qu'il ouvrit.

— 17, Rua da Almada. Demandez une certaine Raisa Amaro, elle vit au rez-de-chaussée. Elle sait que vous venez.

Ce n'est pas un palace, mais ça fera l'affaire d'ici l'arrivée de Fred Ryder. Allez-y et restez-y. Il sait où vous trouver. C'est lui qui prendra contact avec vous. Je répète donc ma question : croyez-vous être capable de vous rendre à Lisbonne ? Si c'est non, je tâcherai de m'arranger autrement.

— *Nous y serons.*

— Parfait. Appelez-moi dès que vous serez en sécurité. Pour le moment, je vais travailler sur les informations que vous m'avez transmises. Si le gisement pétrolier est aussi considérable qu'on vous l'a annoncé, son importance va se révéler hautement stratégique. Quoi que vous pensiez d'eux, les dirigeants de Striker ont bien fait de ne rien divulguer. Il faut agir avec une extrême prudence. Rien ne doit filtrer.

— *Cousin, je ne fais pas confiance à la CIA non plus*, le mit en garde Marten.

— Le responsable de l'Agence à Lisbonne est déjà au courant de la visite de Ryder. Mais il n'en sait pas davantage. Le député sera placé sous la protection du RSO, l'Office de sécurité régional du ministère de l'Intérieur. Ils coordonneront ses déplacements, mais ils ne connaissent pas votre existence ni celle de Mlle Tidrow. Quant à Fred Ryder, c'est un homme plein de ressources. Il se débrouillera pour vous rencontrer en tête à tête.

— *Merci, mon ami.*

— C'est moi qui vous remercie, cousin. Faites très attention à vous. Bonne chance et que Dieu vous garde.

14 h 06

Marten raccrocha à l'instant où Logan ouvrait la porte du bureau. Anne était sur ses talons.

Le regard de la jeune femme se posa sur le téléphone portable.

— On dérange ?

— L'une de mes ex.

— L'une de vos ex ? Au beau milieu de toute cette folie ?

— Eh bien, oui…

— Vous étiez ensemble il y a longtemps ?

— Disons… que ça fait un bon moment.

— Et elle a toujours votre numéro ?

— Et comment !

Marten fit un léger sourire avant de glisser le mobile dans son blouson. Son sourire s'évanouit soudain et il se tourna vers Logan.

— Fermez cette porte, s'il vous plaît.

Il patienta jusqu'à ce que le libraire se soit exécuté.

— Un policier de Berlin m'a suivi jusqu'ici. Il enquêtait sur le meurtre de Théo Haas. Il a été abattu devant la maison de Cádiz par un homme qui était venu avec lui. Cet homme est ensuite reparti avec le cadavre dans son coffre. Une fois que le corps aura été découvert, la police quadrillera tout le secteur pour me retrouver. Ils penseront que c'est moi qui ai fait le coup. Comme je vous l'ai indiqué plus tôt, tous ces événements ont partie liée avec la guerre civile qui fait rage en Guinée équatoriale. Mlle Tidrow et moi avons rendez-vous demain à Lisbonne et j'espère…

— Un rendez-vous à Lisbonne ? s'étonna Anne.

Elle venait de comprendre les raisons de l'appel téléphonique. Elle venait aussi de comprendre qu'elle n'avait plus le choix. Elle devait tenir sa promesse de parler à Fred Ryder. Au moins pour le moment.

— Oui, un rendez-vous à Lisbonne, reprit Marten en se tournant de nouveau vers Logan. Cette rencontre pourrait influer sur le cours de la guerre. Mais il ne se passera rien si la police nous appréhende.

— Vous voulez que je vous aide à vous rendre à Lisbonne ?

— Oui.

Le libraire examina ses visiteurs.

— Et si vous aviez tué ce policier ? Si vous aviez tué Théo Haas ? Peut-être même le père Willy ? Et si vous m'aviez menti d'un bout à l'autre ? Dans ce cas, si je vous aide, que m'arrivera-t-il une fois que la police aura tout découvert ?

— À vous de voir. C'est Théo Haas qui a mis en branle toute l'affaire parce qu'il était inquiet au sujet de la sécurité de son frère et de ce qu'il avait découvert sur Bioko. C'est pour cette raison que je me suis rendu en Guinée équatoriale. Pour rencontrer le père Willy. Et c'est pour cette raison que je suis venu ici à la recherche de Jacob Cádiz. Et c'est pour cette raison que le policier allemand m'a suivi, ainsi que l'homme qui l'a finalement assassiné – un agent des services secrets russes. Ils étaient censés agir main dans la main, mais ce n'était pas le cas.

Marten poursuivit sans reprendre son souffle.

— Je vous dis la vérité. Sinon, Mlle Tidrow et moi irions à Lisbonne par nos propres moyens. Nous sommes venus vous voir parce que vous connaissiez bien Théo Haas et le père Willy. Vous saviez quel genre d'homme ils étaient. Vous vivez ici depuis longtemps, les lieux n'ont plus de secret pour vous. Nous devons filer avant que la police resserre les mailles au filet. Si nous nous faisons prendre, le père Willy sera mort pour rien. Je vous en prie. Pouvez-vous nous aider ? Acceptez-vous de nous aider ?

Stump Logan ôta ses lunettes et se frotta les yeux. Il les reposa sur son nez.

— Je commets peut-être une grave erreur, monsieur Marten. Mais oui, je vais essayer de vous aider.

14 h 13

76

Joe Wirth et Conor White filèrent tout droit jusqu'à la réception. Patrice et Jack patientaient devant l'hôtel, dans la Toyota noire. Vu la tournure des événements, le Texan avait renoncé à garder ses distances avec le mercenaire. L'enjeu était trop important tant d'un point de vue psychologique que physique.

— Vous allez constater que les termes de notre contrat ont été respectés, lui avait annoncé Korostin par téléphone. Tout se trouve dans une grande enveloppe qu'un coursier est en train de déposer en ce moment même à la réception de l'hôtel Largo. Tout ne s'est pas passé comme prévu, navré. Nous ferons mieux la prochaine fois.

Il avait raccroché sans évoquer Marten ou Anne. Peu importait. S'il récupérait les clichés, il les détruirait aussitôt, ainsi que la carte mémoire. Il ne resterait plus qu'à pousser un immense soupir de soulagement. Après quoi White et ses hommes regagneraient Malabo ; lui-même rentrerait à Houston.

— Je suis monsieur Wirth, chambre 403. Vous avez un paquet pour moi.

— Oui, monsieur, répondit la grande rousse de l'accueil.

Elle disparut.

Le Texan jeta un coup d'œil en direction de Conor White. Puis la réceptionniste revint avec une grosse enveloppe matelassée, qu'elle lui tendit.

— Qui l'a déposée ici ? s'enquit Wirth.

— Je crois que c'est un chauffeur de taxi, monsieur. Je prenais ma pause déjeuner à ce moment-là. Je peux me renseigner.

— Non, inutile.

Déjà, il se dirigeait avec White vers les ascenseurs. Il appuya sur le bouton. Les portes coulissantes s'ouvrirent. Les deux hommes pénétrèrent dans la cabine. Le Texan pressa immédiatement la touche du quatrième étage. La porte commença à se fermer. Elle se rouvrit soudain pour laisser passer un jeune couple. L'homme tenait un petit garçon par la main. Son épouse, du moins la femme qui l'accompagnait, était visiblement enceinte. Ils sourirent tous les deux et d'un signe de tête saluèrent les deux hommes, qui ne réagirent pas.

L'ascenseur s'éleva en silence. Deuxième étage. Troisième. La cabine fit halte au quatrième. Tous ses occupants descendirent. Wirth laissa le jeune couple partir devant. Puis il s'engagea dans le couloir, White à ses trousses. Devant la chambre 403, le Texan s'arrêta et glissa sa carte-clé dans la fente. Une diode verte s'alluma. Les deux hommes entrèrent.

— Fermez à clé, ordonna Wirth à son compagnon.

Il se hâta vers son bureau, situé à côté de la fenêtre. Il déchira l'enveloppe, dont il vida le contenu sur la table.

— Qu'est-ce que c'est que ce bordel ?

Il y avait une douzaine de photographies. Onze clichés de filles nues dans diverses postures pornographiques. Le douzième figurait Joe Wirth, debout près du logo de Striker dans le hall de la compagnie, à Houston.

On recensait encore deux enveloppes. Furieux, le Texan déchira la première et en sortit un petit rectangle mince de la taille d'une carte mémoire. À ceci près qu'il ne s'agissait pas d'une carte mémoire, mais d'un magnet touristique à coller sur la porte d'un réfrigérateur.

« Souvenir de Faro, Portugal », était-il écrit en grosses lettres rouges.

— Enfoiré de Russe de merde ! souffla Wirth, le visage cramoisi.

Il s'empara aussitôt de la seconde enveloppe. Il regarda à l'intérieur. White vit le sang refluer de son visage.

Lentement, le Texan retourna l'enveloppe. Une demi-douzaine de petits morceaux de papier s'éparpillèrent sur la table parmi les photos de charme. White ignorait ce que c'était. Wirth ne le savait que trop bien. C'était tout ce qui restait du contrat de cession du champ gazier bolivien à Korostin.

— Qu'est-ce que c'est ? interrogea le mercenaire.

— Je croyais avoir affaire à un ami, répondit le Texan. Je me suis trompé.

— Vous avez mentionné un Russe. De qui s'agit-il ?

Wirth le regarda fixement.

— Je n'ai pas parlé de Russe. Je n'ai rien dit du tout.

— Avez-vous mis les Russes dans le coup ?

Cette fois, White ne lâcherait rien.

— C'est bien ça ?

Le Texan garda le silence.

— Ce sont eux qui ont récupéré les photos ?

— Je n'en sais rien.

La grande expérience de White et sa remarquable formation – diversement acquise à Eton, Oxford, l'Académie royale militaire de Sandhurst, lors de sa longue carrière d'officier de l'armée britannique puis en tant que soldat mercenaire de haut vol – lui ouvrirent les yeux en un instant. Jamais il n'aurait pu imaginer une horreur pareille.

— Monsieur Wirth, pressa-t-il son interlocuteur. Je vous suggère d'appeler Anne pour tâcher de savoir où elle se trouve. Et si elle se trouve ou non auprès de Marten. Pendant ce temps-là, je pourrais appeler Bruce

Truex pour l'informer de ce qui se passe. Si les Russes sont entrés en possession des photographies, nous n'avons plus qu'à nous en remettre à Dieu, car cela signifie qu'ils ont maintenant de quoi confirmer ce qu'ils avaient déjà dû deviner concernant les activités de Striker sur Bioko.

« Nous parlons de quantités de pétrole colossales, monsieur Wirth. Les Russes vont vouloir se les adjuger, ne serait-ce que pour empêcher l'Occident d'y avoir accès. Dès qu'ils auront commencé leurs mouvements, les Chinois apprendront ce qui se trame. À leur tour, ils se mettront en tête de récupérer cette manne. Ils trouveront n'importe quelle excuse pour intervenir militairement dans le pays et prendre les commandes de la Guinée équatoriale. Les États-Unis y verront une menace pour leur sécurité. Washington n'aura pas d'autre choix que de les empêcher d'agir.

White marqua une pause, tandis que la fureur s'emparait de lui.

— Vous venez peut-être bien de provoquer un conflit majeur, monsieur Wirth. Majeur.

15 h 08

77

15 h 34

Stump Logan engagea son vieux bus Volkswagen vert et blanc de 1978 sur l'autoroute menant à Lisbonne ; la capitale portugaise était située à moins de cent cinquante kilomètres au nord. Logan avait songé que s'il fallait certes quitter Praia da Rocha, mieux valait aussi s'éloigner de la région de l'Algarve tout entière avant qu'on découvre le cadavre du commissaire Franck. Par bonheur, on était dimanche après-midi ; celles et ceux qui avaient passé la journée à la plage regagnaient les villes par centaines, Lisbonne en particulier. Logan confia la librairie à ses employés en leur annonçant qu'il embarquait tout le monde à bord de sa camionnette.

« Tout le monde », c'est-à-dire Anne, Marten, lui-même, ainsi que ses cinq chiens – qui constituaient à peu de chose près sa famille. Deux avaient pris place à côté de lui ; un westi et le fruit d'un croisement entre un caniche et un golden retriever. Derrière lui, sur le plancher du véhicule, entre Anne et Marten, se trouvait Bruno, un terre-neuve de deux ans et soixante-dix kilos, qui avait affectueusement posé sa grosse tête sur les genoux de Marten. On recensait encore un vieux chien de berger baptisé Bowler et Leo, jeune et fringant bouvier des Flandres de quarante kilos qui semblait s'être donné pour tâche de veiller sur Anne, Marten, Bruno et Bowler.

15 h 40

Anne entendit sonner son BlackBerry pour la quatrième fois en une demi-heure. Les trois premiers appels provenaient de Joe Wirth ; elle n'avait pas décroché. À trois reprises, Marten avait lorgné dans sa direction sans faire de commentaire. Il s'agissait à nouveau du Texan. Un SMS :

Anne. C'est Joe. Je suis très inquiet pour toi. J'ai tenté de te téléphoner en vain. Où es-tu ? Est-ce que tout va bien ? Je dois absolument te parler. Rappelle-moi au plus vite.

Anne se tourna vers Marten et lui présenta l'écran du BlackBerry.

— C'est lui qui m'a appelée les trois premières fois. Je n'ai pas répondu parce que je savais que c'était lui. Il est bien la dernière personne à qui j'ai envie de parler.

— Mais vous venez de décrocher.

— Je savais qu'il s'agissait d'un SMS. Je voulais voir ce qu'il avait à raconter.

— Peut-il nous localiser par ce biais ?

— Non. J'ai désactivé l'application GPS du téléphone avant de quitter Paris. Si je tenais à ce qu'ils sachent où je me trouve, je le leur dirais moi-même.

— Savez-vous où est Wirth ?

Elle secoua négativement la tête.

C'est alors que Leo, le bouvier des Flandres, vint poser sa tête sur celle de Bruno et leva les yeux vers Marten, comme en quête d'explications.

— Désolé, les gars, mais ça devient un peu encombrant. Allez jouer ailleurs.

Il repoussa doucement les deux chiens. Ce faisant, il sentit sous son blouson le Glock que Kovalenko lui avait confié et qu'il avait fourré dans sa ceinture avant de quitter la maison de Cádiz. Il jeta un coup d'œil en direction de Stump Logan. Puis il se tourna vers Anne et baissa la voix.

— Wirth sait que nous avons atterri à Faro. Il veut à tout prix comprendre ce qui s'est passé ensuite. C'est pour ça qu'il essaie de vous joindre. Je suppose que White et Patrice, peut-être même Jack l'Irlandais, se trouvent avec lui.

— Police ! s'exclama Logan.

Le libraire avait les yeux collés au rétroviseur. Anne et Marten se retournèrent. Deux motards se rapprochaient du véhicule.

— Restez calme et surveillez votre vitesse, conseilla Marten.

Il ébouriffa d'un air dégagé la tête de Bruno. Anne sourit paisiblement à son compagnon comme s'ils passaient ensemble un moment agréable.

Quelques secondes plus tard, les motards se portaient à leur hauteur, de part et d'autre du bus Volkswagen. Le policier de gauche plongea le regard dans le véhicule. Celui de droite l'imita. Les passagers eurent l'impression que l'examen durait une éternité. Marten finit par se tourner vers l'un d'eux et le salua poliment de la tête. L'instant d'après, les deux agents accélérèrent et filèrent droit devant.

Logan regarda dans le rétroviseur.

— Nous avons eu de la chance, souffla-t-il. Beaucoup de chance.

Il remit en place les oreillettes de son ipod et continua à rouler. Anne et Marten gardèrent le silence. Certes, les motards s'étaient éloignés, mais leur soudaine incursion les avait beaucoup perturbés. Impossible de savoir si l'on avait déjà découvert le corps du commissaire Franck. La police avait-elle déjà lancé un vaste coup de filet ? Quoi qu'il en soit, ce n'était plus qu'une question de temps. Le Glock aggravait la situation, Marten ne s'en avisait que maintenant : non seulement il s'agissait de l'arme qui avait servi à abattre Emil Franck, mais ses empreintes étaient aussi partout sur le pistolet.

Et puis il y avait Joe Wirth. Où qu'il fût lorsqu'il avait tenté de joindre Anne – probablement Faro, peut-être même Praia da Rocha –, il était trop près. Et il était avec White. Le mercenaire avait le bras long, la situation n'en devenait que plus dangereuse. Il suffisait de se rappeler le sort réservé à Marita et ses étudiants.

Qu'avait dit le président Harris au sujet du chef de la CIA à Lisbonne ? Qu'il était au courant de la visite de Fred Ryder dans la capitale portugaise et…

« Mais il n'en sait pas davantage. Ryder sera placé sous la protection du RSO, l'Office de sécurité régional du ministère de l'Intérieur. Ils coordonneront ses déplacements, mais ils ne connaissent pas votre existence ni celle de Mlle Tidrow. »

Sauf si White appartenait à la CIA. Auquel cas ce dernier aurait tôt fait d'apprendre que Ryder avait soudain quitté l'Irak pour se rendre à Lisbonne. Il saurait où il allait descendre. Il comprendrait pourquoi il venait au Portugal. Le tableau s'assombrissait encore…

Tout à coup, une énorme masse noire se matérialisa devant Marten et le poussa rudement au fond de son siège. L'instant d'après, il humait l'haleine fétide d'un gros chien. Bruno avait bondi et plaqué ses deux pattes avant contre la poitrine de Marten. Il le regardait avec attention, les yeux dans les yeux, apparemment soucieux, comme s'il avait perçu les tourments qui agitaient l'esprit de son compagnon de voyage ; il tenait à partager ses problèmes.

— Merci mon pote. Tu es un vrai copain, toi.

Marten se saisit des pattes de Bruno pour le réinstaller sur le plancher de la camionnette. Puis il lui tapota affectueusement la tête.

— Si je rentrais chez moi, je demanderais à Stump l'autorisation de t'emmener avec moi. Malheureusement, il me reste deux ou trois bricoles à faire d'ici là.

15 h 48

78

Lisbonne, 6 juin, 17 h 12

Ils dépassèrent les villes de Palmela, Fernão Ferro puis Almada, sur la rive méridionale du Tage. La circulation restait dense. Ils franchirent le pont du 25-Avril – qui ressemblait beaucoup au Golden Gate Bridge de San Francisco – et pénétrèrent dans la ville par l'Avenida da Ponte.

Marten se pencha en avant pour parler à Stump Logan.

— Nous souhaitons nous rendre dans le Bairro Alto. Rua da…

Le libraire lui coupa la parole en levant la main. Il ôta prestement les oreillettes de son ipod.

— Non, fit-il sèchement en fixant Marten dans le rétroviseur. Je ne veux rien savoir, point. Ni le quartier, ni la rue, ni la personne que vous vous apprêtez à rencontrer. Rien du tout.

Il replaça les oreillettes et retomba dans le silence.

À six ou huit kilomètres de là, il prit une sortie proche du jardin zoologique. Il tourna à gauche. Puis à droite. Encore vingt mètres et il se gara le long du trottoir.

— Au coin de la rue, expliqua-t-il, vous trouverez la gare routière. C'est là qu'arrivent tous les autocars qui sillonnent l'Algarve. Entrez dans cette gare, puis empruntez l'accès principal pour en ressortir. Personne ne fera attention à vous, sauf si on a déjà placardé votre portrait partout après la découverte du cadavre du policier allemand. Si c'est le cas, vous êtes fichus. Sinon, on pensera que vous êtes arrivés dans la ville en autocar. Quant à moi, si la police vient me demander si je suis venu à Lisbonne, je répondrai que oui. Je dirai que je suis allé chercher des livres chez un ami libraire. Ce que je vais d'ailleurs faire pour de bon avant de repartir. Sauf si nous avons vraiment joué de malchance avec les deux motards, personne ne sera en mesure d'affirmer que je vous ai conduits ici. Je pourrai toujours indiquer que vous êtes venus dans ma boutique pour vous enquérir de Jacob Cádiz. Que vous êtes revenus ensuite pour me demander de vous aider à quitter Praia da Rocha. Pour aller où, vous ne me l'avez pas confié. Je vous ai assuré que je ne pouvais rien faire. Vous êtes repartis. C'est la dernière fois que je vous ai vus.

— Ça me paraît raisonnable, approuva Marten.

— Bien. Maintenant, si vous n'y voyez pas d'inconvénient, j'ai plusieurs livres à aller chercher avant de rentrer chez moi.

Ils se séparèrent après s'être souhaité bonne chance.

Marten regarda autour de lui, puis se mit en route en direction de la gare routière.

— Ce quartier du Bairro Alto dont vous avez parlé à Logan, fit Anne. Vous savez où ça se trouve ?

— Non, mais nous allons le découvrir. Achetons un plan.

— Où allons-nous ?

— Dans une planque.

— Une planque ?

— Oui.

— Et demain, nous rencontrons Fred Ryder ?

— Oui.

— Cette « ex » avec laquelle vous étiez au téléphone dans le bureau de Logan. C'est elle qui a tout arrangé, n'est-ce pas ?

Marten fit oui de la tête.

— Qui est-elle donc pour avoir les moyens d'orchestrer une telle opération ?

— Une amie, c'est tout.

— Non. C'est quelqu'un qui a le bras très long et qui peut agir très vite. Il ne suffit pas de claquer des doigts.

Marten observa de nouveau la circulation automobile ; il cherchait à repérer d'éventuels policiers.

— Qui êtes-vous vraiment, monsieur Nicolas Marten ? Pour qui travaillez-vous ?

— Fitzsimmons & Justice. Architectes paysagistes. Manchester, Angleterre.

— Cette réponse ne me convient pas.

— Pour le moment, il faudra vous en contenter.

17 h 20

79

Jeremy Moyer, responsable de la CIA pour la ville de Lisbonne, travaillait parfois le dimanche lorsqu'il y était contraint. C'était le cas ce jour-là. Quatre heures et demie plus tôt, il avait reçu un appel de Newhan Black, directeur adjoint de la CIA, lui ordonnant de se rendre à l'ambassade pour sortir le dossier d'un agent nommé Fernando Coelho et de le prévenir dès que ce serait chose faite.

Traduction : « Filez au bureau sur-le-champ et rappelez-moi depuis une ligne sécurisée. » De toute évidence – il était alors 13 heures à Lisbonne, 18 heures à Langley, en Virginie –, ce dont Black souhaitait l'entretenir était urgent.

Vingt minutes après, Moyer était installé dans son bureau. Porte verrouillée. Téléphone en main.

— Je ne vais pas tout vous expliquer en détail, et c'est sans doute mieux comme ça. Mais voici ce que je souhaite que vous fassiez.

Il était maintenant presque 17 h 30. Moyer était assis à une petite table, au bar du Ritz. Il sirotait un Dubonnet en bavardant avec Debra Wynn, quarante ans, responsable de l'Office de sécurité régional (RSO) dépendant du ministère de la Défense américain. Comme Moyer, elle possédait un bureau à l'ambassade des États-Unis. Elle se chargeait de la sécurité des invités et des dignitaires en visite. On s'apprêtait en l'occurrence à recevoir un membre du Congrès, le député Fred Ryder, de New York, qui présidait le House Oversight and Government Reform Committee.

— Debra, je souhaite superviser la visite de Fred Ryder.

À cinquante et un ans, avec ses cheveux grisonnants impeccablement coiffés, son blazer bleu marine sur une chemise rayée, son pantalon kaki et ses mocassins, Moyer se fondait parfaitement dans le décor luxueux de l'hôtel.

— Il s'agit d'un personnage important, enchaîna-t-il. Donc d'une cible de choix. D'autant plus qu'il revient d'Irak. J'aurais d'ailleurs préféré qu'il loge à l'ambassade.

Debra Wynn dévisagea son interlocuteur. Elle était jolie, musclée. Elle travaillait depuis vingt ans pour le Département d'État. Elle avait su sortir du rang peu à peu, comme Moyer. Mais au contraire de son collègue, elle était très réservée. Il buvait un Dubonnet ; elle avait opté pour un thé glacé.

— C'est lui qui a choisi de descendre à l'hôtel, fit-elle.

— Je sais. C'est pour cette raison que je suis ici, pour faire le tour du propriétaire et vous offrir mon aide.

— Vous pensez qu'il aura besoin d'aide ?

Moyer avala une gorgée de Dubonnet.

— Disons que je préfère ne pas imaginer ce qui se passerait s'il devait lui arriver quelque chose de fâcheux.

En d'autres termes : il ne donnait pas cher de la carrière de la jeune femme si un incident se produisait alors qu'elle avait refusé le soutien de la CIA.

Elle contempla son verre de thé glacé posé sur la table à côté d'elle. Elle s'en empara sans boire.

— Combien comptez-vous me fournir d'hommes ?

— Un seul.

— Un seul ?

— Un seul homme en vaut parfois dix, répondit Moyer en souriant. Quand avez-vous prévu de sécuriser la chambre de notre visiteur ?

— Demain matin, à 7 heures.

— Mon homme sera là à 6 h 30. Je tiens à ce qu'on lui laisse toute liberté. Je suppose que vos subordonnés comprendront.

— Vous voulez dire qu'il refusera de recevoir des ordres de notre part ?

Moyer acquiesça de la tête.

— Cet homme a-t-il un nom ? s'enquit Debra Wynn en souriant à son tour.

— Carlos Branco. Mais il se présentera sous un nom d'emprunt.

— C'est un Portugais ?

— En effet. Vous le connaissez ?

— Seulement de nom.

— Il travaille avec nous depuis longtemps. Et il connaît la ville comme sa poche. Ce qui tombe à pic, puisque notre député compte visiter un certain nombre de sites avant de dîner avec le maire.

Moyer avala une autre gorgée de Dubonnet, reposa le verre et se mit debout.

— Une dernière chose, ajouta-t-il. Ryder est habitué à traiter avec vos services. Faites-lui croire que notre homme appartient au RSO. Inutile de l'inquiéter pour rien.

— Il aurait des raisons de s'inquiéter ?

— Nous préférons prendre toutes les précautions, c'est tout.

— Alors, merci.

— Nous faisons ce que nous pouvons.

Sur ce, Moyer salua sa collègue et se retira.

La jeune femme le regarda s'éloigner. Son chauffeur le rejoignit dans le hall. Ils quittèrent l'hôtel.

Moyer avait prétendu qu'il était venu « pour faire le tour du propriétaire » et offrir son aide. Faire le tour du propriétaire ? Il travaillait à Lisbonne depuis plus de trois ans. Il fréquentait régulièrement le Ritz. Quant au soutien qu'il avait proposé, il aurait pu le soumettre par téléphone. En réalité, il était venu dans cet hôtel pour recueillir des informations. De toute évidence, il se passait quelque chose, et la CIA était impliquée. Moyer était là pour observer les réactions de sa collègue, pour lire dans son regard. Il n'avait rien lu du tout puisqu'elle ne savait rien. Et elle ne voulait rien savoir.

17 h 52

80

Falcon de la société SimCo, 17 h 57

Conor White considéra Patrice et Jack assis en face de lui. Ils étaient calmes. Ils attendaient patiemment que l'avion se pose pour démarrer l'étape suivante. White n'était pas aussi paisible.

Il regarda par le hublot tandis que l'appareil amorçait sa descente vers Lisbonne, une ville dans laquelle il s'était rendu une douzaine de fois. Mais jamais dans de telles circonstances. Jamais avec l'assurance d'y jouer son destin. Dans quelques heures peut-être, les photos seraient rendues publiques, préalablement tombées entre les mains des Russes. Rien ne pouvait être pis. Non seulement la Guinée équatoriale deviendrait le théâtre du terrible affrontement de plusieurs superpuissances, mais sa carrière, par conséquent son existence entière, allait se trouver réduite à néant. Tout cela à cause de l'imbécillité abyssale de Joe Wirth. Si cela avait pu servir à quelque chose, il l'aurait tué à Faro, dans sa chambre d'hôtel. Mais à quoi bon ? Aucun des deux hommes ne maîtrisait plus la situation. Il s'était donc contenté d'observer le Texan, plongé dans un état qu'il aurait pu qualifier de violente stupeur. Il l'avait regardé se saisir d'un de ses BlackBerry pour appeler Bruce Truex en Irak et lui vider son sac. Au même instant, le second BlackBerry s'était mis à sonner. Wirth avait fixé celui qu'il tenait dans la main – muni d'une petite languette adhésive bleue – puis, comme s'il s'était soudain rendu compte de son erreur, il l'avait promptement glissé dans sa poche. Il avait décroché l'autre. C'était Truex, très agité. Tout s'était soudain accéléré.

Truex avait appris à son correspondant que Fred Ryder avait dû quitter précipitamment Bagdad. Trente minutes plus tard, il était assis dans un avion au départ de Rome, première étape de son voyage de retour vers Washington. Mais sa véritable destination européenne, Truex n'avait pas tardé à l'apprendre, était Lisbonne. Pourquoi Lisbonne ? Une « visite de courtoisie » au maire de la ville. Foutaises. Un homme comme Ryder, expédié en Irak pour traquer d'éventuelles malversations dont se seraient rendus coupables Striker et Hadrien lors de leurs opérations sur place, accompagné de plusieurs membres de sa commission, ainsi que d'une équipe de soutien et du personnel d'un cabinet d'audit, n'aurait pas abandonné l'ensemble de ses collaborateurs pour regagner Washington en hâte – sans que personne sache pourquoi – en s'octroyant un détour par Lisbonne pour une « visite de courtoisie ». Il y avait autre chose. Et puisque Marten et Anne se trouvaient justement au Portugal, on pouvait à bon droit supposer que ces trois-là avaient prévu de se rencontrer. Vu l'empressement manifesté par Ryder, il n'était pas aberrant non plus de conclure qu'Anne et Marten avaient soufflé les photographies aux Russes et comptaient les remettre au député.

White avait senti l'espoir renaître. Tout n'était peut-être pas perdu. Peut-être allait-il parvenir à récupérer les clichés. Alors, c'en serait enfin terminé de ses tourments.

Moins d'une heure après l'appel de Truex, ils s'étaient envolés pour Lisbonne. Comme à l'accoutumée, Joe Wirth avait emprunté le Gulfstream de la compagnie Striker, tandis que White grimpait avec ses deux mercenaires à bord du Falcon. Le Texan avait promis de reprendre contact avec lui dès qu'il aurait du nouveau. Dix minutes après le décollage, il avait appelé :

— *Ryder va descendre au Four Seasons Ritz. Il arrivera demain matin. Demain soir, il dînera à 20 heures avec le maire de Lisbonne. Je ne sais pas encore où. Un homme du nom de Carlos Branco vous attend sur le tarmac de l'aéroport. Il va vous conduire dans un appartement de la Rua de San Filipe Néry, à deux pas du Four Seasons. Allez-y et attendez que je vous téléphone. Branco est un free-lance. Un professionnel hors pair. Il travaille avec nous depuis longtemps. C'est Truex qui a tout organisé, pas moi. Vous pouvez avoir confiance. Nous serons bientôt tirés d'affaire, Conor. Nous ne tarderons pas à rire de toute cette histoire.*

— En effet, monsieur Wirth. Nous ne tarderons pas à rire de toute cette histoire.

18 h 05

White entendit le train d'atterrissage du Falcon s'ouvrir. Puis le pilote entama son approche finale. Le tarmac apparut, les terminaux de l'aéroport de Portela et la ville elle-même. Là-dessous, quelque part au milieu des avenues bordées d'arbres et des squares, sous les toits de tuiles rouges, se trouvaient Anne Tidrow, Nicolas Marten et – Conor White formulait des prières en ce sens – les photographies. Il lui suffisait maintenant de les localiser.

— Conor White ?

C'était un quadragénaire, mince, aux cheveux sombres, portant une chemise hawaiienne et un jean.

— Oui.

— Je m'appelle Carlos Branco. Une voiture vous attend.

— Parfait.

18 h 30

Une BMW 250 gris métallisé s'éloigna de l'aéroport en direction de Lisbonne. White avait pris place à l'arrière, auprès de Patrice et Jack. Branco occupait le siège passager.

18 h 38

Tandis que le chauffeur de Branco louvoyait dans la circulation pour s'enfoncer au cœur de la ville, White sentit grimper la pression. Il se mit à gamberger. Où diable Marten, Anne et Ryder allaient-ils se rencontrer ? Et comment lui, Conor White, allait-il mener au mieux cette opération ?

18 h 52

— C'est ici, annonça Branco en pointant un doigt mince vers la droite.

Juste au-dessus d'eux, dominant la ville comme une sentinelle, se dressait l'hôtel Four Seasons Ritz dans lequel Fred Ryder s'apprêtait à descendre.

18 h 54

81

Il restait près de trois heures avant le coucher du soleil. Nicolas Marten se tenait dans la lumière, à l'extrémité d'un petit parc verdoyant, non loin d'un banc de pierre. Il ne lâchait pas l'enveloppe contenant les photographies du père Willy. Il portait toujours le Glock de Kovalenko à la ceinture, sous son blouson. Anne s'était assise à une dizaine de mètres, sur un autre banc. Elle nourrissait une horde de pigeons en leur offrant peu à peu le contenu d'un paquet de biscuits qu'elle avait acheté quinze minutes plus tôt, dans une boutique du quartier touristique de Baixa. Autour d'eux, une douzaine de personnes. On papotait, on lisait, on jouait aux cartes – on profitait tout simplement de la longue soirée d'été. Impossible de savoir s'il s'agissait de touristes ou de Lisboètes. Quoi qu'il en soit, aucun d'entre eux ne prêtait la moindre attention à Anne ou Marten.

De l'autre côté du parc se trouvait une ruelle pavée, Rua da Almada, ainsi qu'un pâté de quatre ou cinq immeubles. Le numéro 17 était le troisième bâtiment. Ses appartements possédaient d'immenses fenêtres donnant sur de minces balcons aux rambardes en fer forgé ouvragé. Au cinquième et dernier étage, pas de balcon mais de vastes fenêtres qui ouvraient directement sur la ruelle en contrebas et sur le parc.

19 h 16

Marten jeta un coup d'œil à Anne et hocha la tête en direction du numéro 17. Elle eut un geste imperceptible et recommença à nourrir les pigeons.

Ils avaient chaud, ils étaient éreintés. Ils venaient de traverser la ville à pied pendant près d'une heure et demie depuis la gare routière où Stump Logan les avait déposés. Leur destination finale ne se situait plus qu'à quelques mètres. Mais ils auraient aussi bien pu se trouver encore à Praia da Rocha. Certes, il était dangereux pour eux de rester à découvert, mais Anne trouvait encore plus périlleux de se présenter tout de go à la porte d'entrée ; elle préférait surveiller d'abord l'édifice et ses environs.

— Observez les véhicules qui circulent, avait-elle commandé à Marten. Tâchez de vous rappeler s'ils passent plus d'une fois. Regardez qui entre dans l'immeuble et qui en sort. Vérifiez si quelqu'un guette par la fenêtre. Voyez si, en longeant le bâtiment, un piéton ou un cycliste lui prête une attention particulière. Examinez soigneusement les gens dans le parc.

— Anne, avait répondu Marten d'un ton impatient. Une seule personne est au courant de notre visite : Raisa Amaro. Et elle se trouve à l'intérieur. Allons-y.

— Pas encore, chéri.

C'était définitif. Sur ce, elle était entrée dans le parc pour y nourrir les pigeons. Pendant combien de temps ? Elle n'avait pas précisé.

Exaspéré, Marten l'avait pourtant suivie – il ne pouvait décemment pas la saisir par les cheveux pour l'entraîner à sa suite dans l'immeuble. Il s'était installé près d'un banc.

Leur périple lisboète avait commencé aussitôt après le départ de Stump Logan. Ils avaient d'abord suivi ses directives, traversé le dépôt de cars pour pénétrer dans la gare routière, dont ils étaient ressortis par l'accès principal. Il y avait là des taxis et des autobus, mais Marten craignait de laisser trop de traces en empruntant l'un ou l'autre. Il avait acheté un plan de la ville et ils s'étaient mis en route à pied.

Guettant les patrouilles de police, marchant chacun sur un trottoir pour éviter que d'éventuels témoins se rappellent avoir vu un couple, ils s'étaient petit à petit enfoncés dans la ville. Ils avaient peu dormi et peu mangé depuis leur départ de Berlin. La balade leur avait semblé interminable. Les vingt dernières minutes s'étaient révélées particulièrement pénibles. Ils progressaient au cœur du quartier bondé de Baixa. Anne jouait les touristes – faisant halte ici ou là devant une vitrine.

Marten avait finalement renoncé à ses mesures de prudence initiales. Il avait traversé la rue et pris le bras de la jeune femme. Carte en main, comme un vacancier, il lui avait ensuite fait grimper une rue pavée dans le quartier à la mode du Chiado, avec ses terrasses, ses boutiques d'antiquités et ses magasins chic. Hors de question de s'attarder. Anne s'était seulement arrêtée dans un hôtel cinq étoiles pour y demander les toilettes.

Dix minutes encore et une autre rue escarpée plus tard, ils pénétraient dans le Bairro Alto. À cinq minutes de là, ils s'installaient dans le parc, face au numéro 17, où ils se trouvaient à présent depuis un quart d'heure.

Marten se tourna de nouveau vers Anne. Elle l'ignora. Cette fois, c'en était trop. Il s'approcha et se pencha vers elle.

— Personne n'est entré, personne n'est sorti. Aucun piéton n'est passé devant l'immeuble. Aucun véhicule non plus. Aucune bicyclette. Il est temps d'y aller.

Elle se leva d'un bond pour s'éloigner un peu. Les pigeons la suivirent. Marten en fit autant. Il allait dire quelque chose mais elle l'arrêta.

— Le député Ryder va arriver à Lisbonne, dit-elle calmement sans le regarder. L'ambassade des États-Unis est forcément au courant. Ce qui signifie que le responsable de la CIA local l'est aussi.

— Soit, mais il ne doit pas connaître les raisons de cette visite.

Elle se tourna brusquement vers lui.

— Parce que vous vous imaginez qu'il ignore que nous étions à Praia da Rocha et qu'il ne nous soupçonne pas de nous trouver au Portugal pour autre chose que du tourisme ?

Elle le dévisagea, puis se remit à nourrir les pigeons.

— Erlanger, reprit-elle. Erlanger, que vous avez vu à Berlin, appartient à la CIA. Vous vouliez savoir ce qui s'était passé sur l'aérodrome de Potsdam ? Eh bien, il a tenté de me faire comprendre que l'Agence était mouillée jusqu'au cou dans cette affaire et que, quelles que soient mes intentions, j'avais tout intérêt à me retirer du jeu. Ensuite, nous avons découvert que le commissaire Franck était lui aussi un agent de la CIA. Au même titre que Patrice, l'ami de Conor White.

— White également, si ça se trouve.

— Nicolas…

Quelque chose attira l'attention de la jeune femme. Un couple âgé, élégamment vêtu, les observait avec attention. Anne leur sourit poliment, puis revint à Marten.

— Tout tourne autour des photographies, reprit-elle d'un ton badin, comme s'ils discutaient de la météo, ou du restaurant dans lequel ils comptaient dîner. J'ignore si Erlanger était au courant de leur existence. Franck, lui, savait. Il a traîné Kovalenko avec lui parce qu'il ne pouvait pas faire autrement, mais il était prêt à le tuer ensuite. Il nous aurait également abattus.

— Vous êtes en train de me dire que la CIA fait tout pour que Ryder ne voie jamais ces clichés ?

— En effet.

— Pourquoi ?

— Je pense qu'ils n'apprécient guère que quiconque – l'un de leurs anciens agents, un architecte
paysagiste ou un membre éminent du Congrès américain – détienne la preuve qu'une société de sécurité privée
est en train de provoquer une révolution dans un pays
du tiers-monde, causant plusieurs milliers de morts, pour
accroître les profits d'une compagnie pétrolière américaine. Franck était chargé de nous éliminer après avoir mis
la main sur les photos. Et nous sommes toujours en danger
de mort ! L'Agence a le bras long, Nicolas. Et de très grandes
oreilles. (Du menton, elle désigna le numéro 17.) Et s'ils
sont déjà dans la place ? Et si on les prévient de notre arrivée ? Qui sait de quel côté se trouve cette Raisa Amaro.

Le couple âgé passa lentement, bras dessus bras dessous. L'homme, qui tenait une canne, souleva son chapeau
en les croisant.

Marten attendit qu'ils se soient suffisamment éloignés.

— Fred Ryder va prendre contact avec nous par l'intermédiaire de Mme Amaro, exposa Marten. Nous pouvons
toujours essayer de le joindre directement mais, à supposer que nous y parvenions, il sera obligé de changer ses
plans. Auquel cas, son entourage se posera des questions.
Il sera forcé d'inventer une histoire de toutes pièces. La
situation ne fera qu'empirer. Nous devons courir le risque
de nous présenter à Mme Amaro, en espérant que le responsable de la CIA local, Joe Wirth, White et ses amis ne
sachent pas encore où nous sommes.

Anne détourna le regard. Elle n'aimait pas du tout ça.

L'instant d'après, une voiture de police glissa sans
hâte sur la chaussée. Deux motards la suivaient de près.
Ils jetèrent un coup d'œil acéré en direction du parc.

— Je suggère autre chose, reprit Marten. À l'heure qu'il
est, on a dû découvrir le corps du commissaire Franck.

Mais les autorités se taisent jusqu'à ce que les policiers portugais, ou leurs homologues espagnols, français et italiens soient alertés, de manière à localiser puis à appréhender les deux personnes que Franck poursuivait pour le meurtre de Théo Haas. Ces deux personnes dont les forces de l'ordre savent à présent qu'elles se trouvaient dans une maison de Praia da Rocha appartenant à un certain Jacob Cádiz.

Anne laissa échapper un mince sourire.

— Êtes-vous en train de me dire que nous devons courir le risque de rencontrer cette Raisa Amaro le plus vite possible ?

— Encore plus vite que ça, chérie.

19 h 34

82

19 h 45

— Vous n'êtes que trois ?

— Oui.

— Une voiture avec chauffeur vous attendra dehors en permanence. S'il vous faut d'autres véhicules, nous vous les fournirons en dix minutes maximum.

— Parfait.

— Je sais que vous êtes armés. Avez-vous besoin d'armes supplémentaires ?

— Je ne pense pas, mais tout dépendra de l'évolution de la situation.

Conor White et Carlos Branco se trouvaient sur le balcon d'un modeste appartement situé au quatrième étage d'un immeuble proche de l'hôtel Four Seasons Ritz.

Au loin, le coucher de soleil projetait de longues ombres sur le Tage. Le pont du 25-Avril était illuminé.

Les deux hommes distinguaient, à travers la baie vitrée coulissante, Patrice et Jack qui patientaient au salon. Vêtus d'un jean et d'un T-shirt noir moulant, ils jouaient aux cartes en buvant du café. Au-dessus des toits se dressait le Four Seasons Ritz, où le député Ryder arriverait le lendemain matin. Quatre minutes de marche pour s'y rendre d'ici, trente secondes en voiture.

White examina attentivement Carlos Branco. Il le jaugeait. Évaluait son degré d'expérience, son processus de pensée, son comportement. Pouvait-il lui faire entièrement confiance ? Vu ce que Wirth lui avait confié – Truex lui-même avait embauché le Portugais –, il était tenté de répondre par l'affirmative. La vitesse à laquelle les événements s'étaient déroulés donnait à penser que Truex était en contact direct avec Washington et que le recrutement de Branco était le fait du responsable de la CIA à Lisbonne.

— Que voyez-vous ? interrogea posément le Portugais.

— Un homme plein de ressources dont le nom n'apparaît pas sur la liste du personnel de la CIA. Un free-lance rémunéré à titre privé par le responsable de l'Agence local et accoutumé à ce type de transaction.

— Exactement, sourit Branco.

— Que savez-vous des événements en cours ?

— Pratiquement rien. Je ne suis qu'un « peintre » assigné à la sécurité d'un membre du Congrès américain. Ma mission consiste à préparer sa chambre d'hôtel avant son arrivée puis à ne plus le lâcher d'une semelle pour la durée de son séjour.

— Un « peintre » ? Parce que vous lui dessinez une grosse cible sur le dos ?

— Je m'assure qu'il soit en permanence sur écoute. Nous saurons à tout instant ce qu'il dit, ce qu'on lui dit et où il se trouve, même s'il échappe à l'attention du RSO.

— Vous savez que nous nous intéressons à deux autres individus ?

— Un certain Nicolas Marten et une certaine Anne Tidrow. Ils vont tenter de rencontrer le député Ryder. À ce moment-là, j'ai ordre de me retirer et de neutraliser les agents du RSO. C'est alors que vous entrerez en scène avec vos amis.

White le dévisagea encore.

— Vous connaissez bien Lisbonne.

— Vous voulez savoir si je suis capable d'attirer nos trois individus dans un lieu isolé sans qu'ils en aient eux-mêmes conscience ? Dans un lieu où la police ne risque pas d'intervenir ? Un lieu sans le moindre témoin éventuel ?

White hocha positivement la tête.

— Une ville comme celle-ci est pleine de chausse-trapes. Il suffit de savoir à quel moment opérer, et comment.

— Et vous en êtes capable.

— Vous l'avez dit vous-même, je suis « un homme plein de ressources ». Les préparatifs sont primordiaux. C'est en effet un domaine dans lequel je suis très doué.

White contempla le fleuve. Il le contempla longtemps, l'esprit ailleurs. Il finit par se retourner vers Branco.

— Savez-vous à quoi ressemblent Nicolas Marten et Anne Tidrow ?

— On m'a fourni la photo du passeport de Marten et un cliché officiel de Mlle Tidrow. Ces images ont déjà plusieurs années mais il se peut surtout qu'ils aient modifié leur apparence. C'est un paramètre qu'il nous faudra prendre en compte.

— Ils vont arriver par là, fit White en désignant le pont du 25-Avril. Ils viennent de l'Algarve. À moins qu'ils ne soient déjà à Lisbonne. Personne n'en sait rien. Quoi qu'il en soit, réussirez-vous à les localiser ?

— Nous pouvons être certains que Fred Ryder saura où les trouver. Il les rejoindra à un moment ou un autre. Sa chambre sera truffée de micros, ses téléphones placés sur écoute dès son atterrissage. Lorsqu'il prendra contact avec eux, nous nous mettrons en route à notre tour.

— Carlos.

White le saisit par le bras.

— Je ne veux pas attendre aussi longtemps. Marten et Anne constituent mes cibles principales. Si nous parvenons à leur mettre la main dessus avant l'arrivée du député, nous n'aurons pas à l'impliquer dans nos affaires. Ce serait beaucoup plus simple.

Il fit une pause et sourit.

— Et ce pourrait être pour vous une opération extrêmement lucrative.

— Faites-vous allusion à une prime ?

— Oui.

— Versée par qui ?

— Par moi. De la main à la main : cinquante mille euros cash dans les trente-six heures suivant l'accomplissement de votre tâche. Personne d'autre ne sera mis au courant. Ni le responsable de la CIA local ni mes collaborateurs.

— Comment puis-je être sûr que vous tiendrez parole ?

— Vous savez qui je suis. Vous avez dû faire votre enquête avant d'accepter cette mission. Dans notre branche, un homme qui ne tient pas ses promesses ne fait pas long feu. Or, je suis dans les affaires depuis un bon moment.

— Je ne peux pas vous assurer de ma réussite.

— Dans ce cas, nous en reviendrons au plan initial. Tant pis pour vous, vous renonceriez à une grosse somme d'argent.

— Je vais faire tout mon possible.

Conor White sourit de nouveau.

— Je n'en doute pas.

83

17, Rua da Almada, 20 h 02

Qui était Raisa Amaro et pour qui travaillait-elle ? Impossible de le savoir. Elle jouait son rôle d'hôtesse discrète à la perfection. Elle les avait accueillis à la porte, élégamment vêtue d'un tailleur bleu marine – mais coiffée d'une extravagante chevelure rouge. Elle s'était présentée à eux, puis s'était enquise de leur voyage avant de les mener dans un petit ascenseur qui les avait déposés dans le luxe sensuel de l'appartement situé au dernier étage de la bâtisse. Tout le temps, elle s'était comportée comme si le seul but de leur visite était d'assouvir une passion clandestine.

C'était une Française d'une soixantaine d'années, d'à peine un mètre cinquante. L'essentiel de son activité semblait consister à gérer ce logement tout entier dédié aux relations sexuelles illicites. Elle alla jusqu'à préciser à ses visiteurs que s'ils souhaitaient qu'un troisième partenaire – homme ou femme – se joigne à leurs réjouissances, elle se ferait un plaisir et un devoir de le leur fournir dans les plus brefs délais. En résumé, Raisa Amaro était une tenancière de premier ordre qui veillait sur son appartement avec autant de soin que sur son pas de porte. Elle était propriétaire de l'immeuble, leur exposa-t-elle. Ses locataires n'émettaient pas le moindre commentaire au sujet du « nid d'amour », sachant que Raisa les jetterait dehors s'ils s'avisaient de faire une réflexion désagréable.

— Tout ce dont vous aurez besoin durant votre séjour se trouve ici. Un jour, une semaine ou plus. Comme il vous plaira.

Elle leur fit visiter les lieux.

— Salle de bains en marbre, baignoire jacuzzi, bidet, douche à deux pommes, savons d'importation, parfums, serviettes épaisses, peignoirs de bain plus moelleux que tous ceux que vous pourrez trouver dans n'importe quel hôtel d'Europe. Lit king size, draps de soie, oreillers et couette garnis de plumes d'oie. Vous trouverez un vaste choix de préservatifs dans le meuble à côté.

Marten et Anne avaient échangé un regard éloquent.

— Vous trouverez un petit coffre-fort dans le placard à vêtements. Le mode d'emploi est collé sur la porte. Grâce à la télévision du salon, vous pouvez capter cent vingt chaînes en plusieurs langues. Le petit déjeuner vous sera servi quand vous le réclamerez. Si vous désirez quelque chose, composez le 1-1 sur le cadran du téléphone, c'est la ligne directe de mon logement, au rez-de-chaussée.

Elle les avait ensuite précédés dans la cuisine.

— Le réfrigérateur contient du pâté, des assiettes anglaises, un plateau de fromages, du lait, du champagne et de l'eau minérale. Il y a des fruits frais et plusieurs desserts sur la table d'angle. Le café est prêt à passer, vous n'aurez qu'à appuyer sur le bouton. Le téléphone est ici, à côté du réfrigérateur. Il y a un autre poste dans la chambre. Le numéro est sur liste rouge. En outre, je le fais changer régulièrement. Vous pouvez l'utiliser sans crainte pour passer et recevoir vos appels privés. La ligne est couplée à celle d'une blanchisserie qui m'appartient, il est donc impossible de remonter jusqu'ici.

Marten intervint.

— L'un de mes amis doit prendre contact avec moi. Je me demandais s'il avait appelé avant que nous arrivions.

Il se tourna vers Anne avec l'espoir qu'elle avait réussi à faire taire sa méfiance envers Raisa. Il semblait que oui. Pour le moment du moins. Cela dit, lui-même était déstabilisé. Il ne s'attendait pas à cela.

— Ici.

Son hôtesse lui désigna un petit appareil auprès du téléphone de la cuisine.

— C'est un répondeur à l'ancienne. Il clignote en cas de message.

Elle s'avança pour l'examiner.

— Rien. On ne vous a pas appelé.

— Et la clé de l'appartement ?

— Sur la table dans l'entrée. Elle permet d'ouvrir la porte de l'appartement et celle de l'immeuble, au rez-de-chaussée. Assurez-vous que l'une et l'autre sont bien fermées chaque fois que vous rentrez ou que vous sortez. (Elle leur fit un sourire.) Il y a deux clés. Au cas où l'un d'entre vous aurait besoin de prendre l'air. Les querelles et les malentendus surviennent parfois au moment où on s'y attend le moins.

— Merci, fit Marten en se dirigeant vers la porte du logement.

— Autre chose, intervint Anne. Possédez-vous un ordinateur, portable ou non, disposant d'une connexion Internet ? J'ai apporté un peu de travail.

— Nous sommes dans un vieux bâtiment. Nous n'avons pas encore Internet. Bientôt, j'espère.

Elle toisa Marten, puis revint à Anne.

— Mais si j'étais à votre place, j'aurais laissé mon travail à la maison…

Sur ce, elle leur souhaita bonne nuit et s'éclipsa en refermant la porte derrière elle.

Anne considéra la sensualité opulente qui l'environnait.

— J'aimerais bien rencontrer votre ex. Celle qui a tiré les ficelles pour mettre tout ça en place. Elle doit valoir le détour.

— En effet, répondit Marten avec un large sourire.

— Je m'en doutais.

Elle jeta un coup d'œil à la salle de bains puis se tourna vers Marten.

— J'ai faim et je suis fatiguée. Je grignoterais bien quelque chose, je boirais bien un peu de champagne et je prendrais volontiers une douche. Je ne sais pas encore dans quel ordre. Ensuite, si vous n'y voyez pas d'inconvénient, j'irai dormir. Seule.

— Vous ne pensez quand même pas que j'ai manigancé tout ça ? protesta Marten en haussant un sourcil. Il y a des manières autrement moins dangereuses d'attirer une femme dans son lit.

— Permettez-moi de vous dire une petite chose, chéri. Si une femme avait envie de coucher avec vous, elle vous le ferait savoir.

Elle le dévisagea à dessein.

— Maintenant soyez gentil : allumez donc la télé. Sur cent vingt chaînes, vous devriez bien nous en dénicher une qui nous donnera quelques nouvelles du monde. J'aimerais savoir ce qui se passe en Guinée équatoriale, par exemple, ce qu'il en est du voyage de Fred Ryder à Lisbonne et, pourquoi pas, ce qui est arrivé au commissaire Franck.

Elle se rendit dans la cuisine. Au bout d'un moment, Marten l'entendit ouvrir la porte du réfrigérateur. Puis un bouchon de champagne sauta. Un long silence suivit. Deux bonnes minutes.

— Que faites-vous ? interrogea-t-il prudemment.

— Je bois.

— Ça aussi, vous le faites toute seule ?

— Pour le moment, oui.

— Vous devriez faire attention, vous risquez de prendre de mauvaises habitudes.

Anne ne répondit rien. Marten n'insista pas. Il s'empara de la télécommande et s'installa dans un fauteuil rembourré.

Il alluma le poste de télévision.

Quarante-sept chaînes plus tard, il tomba sur une station portugaise d'informations en continu. Un homme et une femme se partageaient l'antenne. Presque aussitôt, on diffusa une série de spots publicitaires. Puis on revint au présentateur, à l'image duquel succéda rapidement celle du commissaire Emil Franck. On découvrit ensuite la carcasse d'une voiture incendiée sur une plage déserte. La police était présente, ainsi que des véhicules d'urgence. Il y en avait partout. Une correspondante en coupe-vent fit une intervention. Ces séquences rappelèrent douloureusement à Marten celles que la télévision espagnole avait tournées après l'explosion de la limousine et la découverte des corps de Marita et de ses étudiants.

— Anne, appela-t-il en hâte.

— Je sais, répliqua-t-elle sèchement. Le commissaire.

Lorsque Marten se retourna, il la découvrit debout à côté de la porte, le sac à l'épaule, dans la main l'une des clés de l'appartement. Il se leva d'un bond, surpris et inquiet.

— Où allez-vous ?

— J'ai noté le numéro d'ici. Je vous appelle plus tard.

Elle ouvrit la porte. Déjà, elle avait filé.

— Nom de Dieu ! souffla Marten en se lançant à sa poursuite.

84

Il se précipita sur le palier. Il s'attendait à entendre ronronner l'ascenseur. Rien. Il repéra des bruits de pas dans l'escalier. Il se pencha par-dessus la rambarde. Elle était déjà au deuxième étage et courait presque.

Il se rua derrière elle. Il la rattrapa au rez-de-chaussée, près de l'appartement de Raisa. Elle avait la main sur la poignée de la porte. Il la saisit et l'obligea à lui faire face.

— Qu'est-ce que vous fabriquez ?

— Je sors.

Elle se libéra de son étreinte.

— Pour aller où ?

— Pour réfléchir. Pour être seule.

— Vous pouvez très bien réfléchir dans l'appartement. Allez dans la chambre. Fermez la porte. Je ne vous dérangerai pas.

Elle se tut. Elle le dévisageait. Elle respirait fort. Il lut dans ses yeux un mélange de fureur, de peur et d'incertitude. Il la devinait en outre pleine d'une résolution presque animale. Elle ferait ce qu'elle avait décidé de faire. Il ne pourrait pas l'en empêcher. Pourtant, il devait essayer. Il ne fallait pas l'autoriser à sillonner la ville. Pas maintenant. Pas après la découverte du cadavre de Franck.

— Voulez-vous que nous en discutions ? proposa-t-il doucement.

— Vous ne comprendriez pas.

— Laissez-moi tenter ma chance.

— J'ai quelque chose à faire. En m'empêchant de le faire, vous rendez la situation encore plus difficile.

— Si vous vous faites arrêter par la police, nous sommes fichus tous les deux. Fred Ryder ne lèvera pas le petit doigt pour nous aider. Il n'osera même pas avouer qu'il sait qui nous sommes. Et si Conor White et ses amis vous retrouvent les premiers, vous êtes morte.

— Alors je vais m'arranger pour ne pas me faire prendre, rétorqua-t-elle d'un ton glacé.

L'instant d'après elle était dehors et s'élançait dans le crépuscule. Il la vit traverser rapidement la rue pour entrer dans le parc. Les ténèbres l'avalèrent.

— Les querelles et les malentendus, lâcha une voix familière dans son dos.

Étonné, il se retourna.

Raisa se tenait à la porte de son appartement, les bras croisés sur la poitrine. Le tailleur bleu marine avait cédé la place à un peignoir de soie rose. Elle portait aux pieds des mules rouges assorties à ses cheveux.

— Je vous ai mis en garde tout à l'heure. Mais elle va revenir. Et quand elle reviendra, elle aura envie de baiser avec vous. Vous pouvez en être certain.

Marten inclina la tête.

— Pardon ?

— Vous m'avez parfaitement entendue, mon biquet.

Il n'empêche : il était passablement surpris. Par ce qu'elle venait de dire et par le naturel avec lequel elle l'avait dit. Elle était un peu cinglée, songea Marten, mais elle connaissait la vie, elle connaissait les hommes et les femmes mieux que quiconque.

— J'ai vu son visage, poursuivit Raisa. Ses yeux, sa façon de se tenir. Elle est bouleversée. C'est pour ça qu'elle est partie, pour tenter de résoudre son problème. Quand elle aura réussi, ou même si elle échoue, elle rentrera ici, complètement vidée. Elle aura besoin de décompresser. Et pour décompresser, je ne connais rien de mieux qu'une bonne partie de jambes en l'air, en particulier avec un partenaire qu'on apprécie et en qui on a confiance.

Raisa Amaro sourit tendrement.

— Soyez doux avec elle. Mais pas trop. Pendant un petit moment, elle n'aura qu'une envie : tout oublier. Bonne nuit, monsieur Marten.

Elle rabattit les pans de son peignoir, rentra chez elle et ferma la porte.

Marten resta figé. Il n'avait pas encore tout à fait enregistré ce que sa logeuse venait de lui dire. Il ne comprenait pas non plus ce qui avait poussé Anne à sortir. Ce qui l'avait poussée à braver le danger que représentait la rue. Il se maudit de l'avoir laissée filer. Son instinct lui enjoignait de partir à sa recherche. De la retrouver vite. De se battre avec elle s'il le fallait, mais de la ramener ici de force avant que la police ou Conor White lui mette la main dessus. Si White et Wirth avaient réussi à les suivre jusqu'à Faro, et sans doute jusqu'à Praia da Rocha, ainsi que Kovalenko le leur avait indiqué, alors ils devaient également savoir qu'ils s'étaient ensuite rendus à Lisbonne. Ils les recherchaient déjà, c'était sûr. Mais s'il se ruait dehors pour tenter de la localiser, il serait contraint de questionner des inconnus. Le risque ne ferait que croître. Il ne pouvait se le permettre. Fred Ryder comptait sur lui. Le président aussi.

Il s'approcha de la porte, contempla le parc. Les lampadaires étaient allumés maintenant. Quelques personnes s'attardaient. Anne n'était pas parmi elles. Il observa encore un moment la scène, puis il regagna l'escalier qui menait à l'appartement.

21 h 18

85

Joe Wirth était assis, seul. Il terminait son deuxième Johnny Walker *on ice*. Une jeune femme séduisante en robe verte s'installa au bar, commanda un Black Russian et sourit au Texan d'un air entendu. Il ne lui rendit pas son sourire. Il régla sa note, puis se leva pour se diriger vers le hall bondé. Il gagna les ascenseurs. Il était presque 21 h 30, heure locale. Presque 15 h 30 à Houston.

21 h 42

La porte de l'ascenseur s'ouvrit. Wirth en sortit. Il marcha jusqu'à sa suite, au dixième étage du bâtiment. Sa clé électronique déverrouilla la serrure. Il entra. Une veilleuse était allumée. Ainsi qu'une lampe de chevet à côté du lit dont une femme de chambre avait rabattu les draps. Un bureau faisait face à une vaste baie vitrée coulissante donnant sur une terrasse depuis laquelle on dominait la masse ténébreuse du parc Édouard VII.

Il s'assit au bureau, alluma la lampe, extirpa les deux BlackBerry de sa poche, posa l'appareil à languette bleue, prit une profonde inspiration, composa sur l'autre un numéro en Angleterre immédiatement redirigé vers le portable d'Arnold Moss, l'avocat et conseiller de Striker, à Houston. Moss décrocha au bout de trois sonneries.

— *J'attendais votre appel*, fit-il aussitôt.
— Où êtes-vous ?
— *Au bureau. Où voulez-vous que je sois ?*
— Vous êtes seul ?

— *Oui.*

Wirth se passa une main dans les cheveux.

— Truex a prévenu Washington. Je suis à Lisbonne. Conor White s'y trouve aussi. S'ils n'y sont pas déjà, Anne et Nicolas Marten ne vont pas tarder à arriver. Ils ont prévu de rencontrer Fred Ryder demain. Sans doute pour lui remettre les photos. Anne en profitera pour lui confier tout ce qu'elle sait de nos opérations. White a déjà pris ses dispositions avec un free-lance travaillant pour le compte de la CIA.

— *Carlos Branco.*

— Comment connaissez-vous son nom ?

Le Texan était éberlué.

— C'est Truex qui vous l'a dit ?

— *Newhan Black.*

— Black vous a appelé ?

— *Il veut que nous lâchions l'affaire, Joe. Il a préféré s'adresser à moi en me chargeant de vous transmettre la nouvelle. Il vient de m'appeler. C'est pour ça que je ne vous ai pas téléphoné tout de suite. J'avais besoin de réfléchir.*

— Arrêtez de réfléchir.

Le Texan se leva d'un bond.

— Voici ce que nous allons faire.

— *Vous ne m'aviez pas dit que les Russes étaient dans le coup.*

— Ils n'y sont plus.

— *Comment diable se sont-ils retrouvés dans...*

— J'ai tenté d'emprunter une voie détournée. Ça n'a pas marché.

Wirth traversa la chambre, se tourna pour revenir sur ses pas. Il était furieux. Contre le monde entier.

— Tout ne se passe pas toujours comme on le voudrait, Arnie. Mais ça va s'arranger.

— *Laissez tomber, Joe. Nous devons limiter les dégâts tant qu'il en est encore temps. Mettre un terme à l'opération. Quitter la Guinée équatoriale.*

— Qu'est-ce que vous me chantez ? explosa le Texan. Dès que l'affaire se corse un peu, vous commencez à larmoyer ? De quel côté êtes-vous ? Du leur ou du nôtre ? Je vous ai déjà dit que je ne renoncerai pas au champ pétrolifère de Bioko. Je n'ai pas changé d'avis.

— *Pour l'amour de Dieu, Joe. Le château de cartes est en train de s'écrouler. Black vient de nous offrir l'occasion de nous en sortir, il nous couvrira.*

— Écoutez-moi bien, Arnie. Nous allons suivre le plan que nous avons élaboré tous les deux à Houston. Fred Ryder sera à Lisbonne demain matin. Je suis descendu dans le même hôtel que lui. Je vais demander à le rencontrer. En tête à tête. Il acceptera, ne serait-ce que dans le cadre de l'enquête qu'il mène en Irak. Je lui révélerai le contenu des photos avant même qu'il les récupère, puis je ferai porter le chapeau à Truex. Je lui dirai que tout est venu de lui, et de Conor White – White dont, entre parenthèses, nous ignorions tout. Nous ne savions pas qu'ils étaient en train d'armer la révolution jusqu'à ce que nous entendions parler des clichés.

« J'exposerai à Ryder mon hypothèse les concernant : leur intention semble avoir été d'accroître leur influence en Afrique de l'Ouest. Pour ce faire, ils se sont servis de nous tout en fournissant à Abba et ses partisans de quoi renverser le régime de Tiombe. Et puis les photos ont fait leur apparition. Après quoi un tout nouveau projet est apparu, un projet à plusieurs centaines de millions de dollars.

« Il ne leur restait plus qu'à exploiter ces clichés. Faire passer les dirigeants de Striker pour les ordures qui avaient tout orchestré. Faire croire que nous avions mis un pays à feu et à sang dans l'unique but d'en tirer profit. S'ils avaient réussi leur coup, on aurait annulé l'ensemble de nos contrats.

« En plein chaos, Truex aurait exposé à Abba qu'il n'avait aucune expérience en matière d'exploration et d'exploitation pétrolières. Avec la bénédiction de l'ancien chef des insurgés, il aurait repris les contrats au nom d'Hadrien en promettant de dénicher une compagnie digne de ce nom pour se charger du gisement de Bioko. De son côté, Moscou n'aurait pas perdu une miette de ce qui se jouait en Guinée équatoriale. Truex aurait fini par leur céder les contrats contre une somme colossale. Puis il se serait retiré de l'affaire, propre comme un sou neuf.

« Hélas, ils n'avaient pas les photos. Mais ils savaient qui les détenait. C'est pour cette raison qu'ils sont venus à Lisbonne. Pour les récupérer à n'importe quel prix. Ils ont recruté un franc-tireur du nom de Carlos Branco, chargé de filer Anne et Marten jusqu'à leur rencontre avec Ryder. Puis d'éliminer le député si nécessaire. Mais entre-temps, j'ai découvert le pot aux roses. J'ai tenté d'arrêter Conor White. Il a refusé de m'obéir. Il a même menacé de me tuer si je lui mettais des bâtons dans les roues. J'ai compris que je devais prendre directement contact avec Ryder. Inutile de lui dire quoi que ce soit au sujet de Black et de la CIA. De toute façon, l'Agence nierait tout en bloc.

— *Vous avez perdu la tête, Joe. Ne faites pas ça ! Ne vous approchez pas de Fred Ryder !*

La voix de Moss résonnait de colère et d'angoisse.

— *Black nous a donné le feu vert pour nous en tirer la tête haute. Il s'arrangera pour faire plonger SimCo, voire Hadrien, à notre place. Après quoi il embauchera une autre compagnie pétrolière, qui ramassera les morceaux. Ce n'est pas un imbécile, il ne compte pas abandonner le champ de Bioko, il est beaucoup trop important. Oubliez Fred Ryder et fichez le camp. Maintenant. Ce soir. Filez.*

Wirth continuait de faire les cent pas sans même s'en rendre compte. Il fulminait contre son conseiller, qu'il considérait de moins en moins comme un collaborateur et de plus en plus comme un vulgaire employé.

— Arnie. C'est moi qui dirige Striker Oil. Pas vous. C'est moi qui ai élevé la compagnie à la position qu'elle occupe aujourd'hui. C'est moi qui ai pris le risque de lancer une campagne d'exploration en Guinée équatoriale et signé des contrats à long terme avec Tiombe. C'est aussi moi qui vous ai dit depuis le début que je ne céderai pas le gisement de Bioko. Ni à la CIA, ni aux Russes, ni à qui que ce soit d'autre. Newhan Black ne veut pas me parler ? Très bien, qu'il aille se faire foutre. Appelez-le et répétez-lui ce que je viens de vous exposer.

« Vous avez raison quand vous dites que Black est trop malin pour risquer de perdre le champ de Bioko. Mais il ne peut pas non plus laisser les photos lui passer sous le nez. Il va donc attendre que Branco, White et ses sbires se débarrassent d'Anne et de Marten, récupèrent les clichés puis s'évanouissent dans la nature. Peu après, quelqu'un viendra trouver tout ce beau monde. Quelqu'un qu'ils connaîtront tous et qui les fera disparaître un à un. D'un claquement de doigts. White, les porte-flingues, Branco. Tout le monde. Et les photos avec. Le jour même, le lendemain au plus tard, Truex sera victime de je ne sais quel accident et le gisement de Bioko restera propriété exclusive de Striker. La CIA préférera agir de cette façon. Pour elle, ce sera beaucoup plus simple. Après tout, c'est nous qui avons signé les contrats à long terme. Les autres n'étaient que des hommes de main. Les hommes de main, on peut s'en passer. Les contrats à long terme, on ne peut pas.

— *Joe, vous êtes fou de croire que vous pouvez tirer votre épingle du jeu ! Vous jouez avec le feu.*

— Je suis le feu, Arnie. Je vous rappellerai après ma rencontre avec Fred Ryder.

21 h 46

86

21 h 52

Il n'était plus question que de la pluie. On annonçait des averses intermittentes pour les jours à venir à partir de minuit. Mais à peine le soir était-il tombé qu'un orage survint. Marten y vit un prétexte pour se lancer à la recherche d'Anne.

Il avait déniché un parapluie dans un cagibi, à côté de l'entrée de l'appartement. Dans le placard voisin, il découvrit des chapeaux et des casquettes. Raisa Amaro avait tout prévu. Le Glock à la ceinture, protégé par les ténèbres et la pluie, il se risqua à l'extérieur.

Parapluie déployé, col du blouson relevé, bob enfoncé jusque sur les oreilles, barbe de plusieurs jours... Il pria pour que ni la police ni les hommes de Conor White ne le reconnaissent trop vite, traversa la rue et s'engagea dans le parc maintenant désert.

Six minutes plus tard, il quitta le Bairro Alto pour pénétrer dans le quartier du Chiado. Il refaisait à l'envers le chemin parcouru avec Anne plus tôt dans la journée. C'était la seule solution, avait-il songé, puisque ni la jeune femme ni lui n'avaient séjourné à Lisbonne auparavant. Elle avait dû voir quelque chose sur le trajet qui avait attiré son attention. Un endroit où se dissimuler, peut-être. Mais pour quelle raison ? Mystère.

La peur qu'elle avait de la CIA semblait constituer le cœur de ses préoccupations. Mais comment diable pouvait-elle agir un dimanche soir pluvieux dans une ville qu'elle connaissait à peine ? Quoi qu'il en soit, elle risquait de se faire arrêter par la police ou abattre par Conor White. Il était inquiet. Il lui en voulait terriblement. En d'autres circonstances, il aurait abandonné l'affaire et aurait patienté dans l'appartement pour être certain que personne ne le repère. Mais il ne pouvait plus se permettre ce luxe. Plus maintenant. Plus après ce que le président lui avait dit.

Vingt minutes plus tôt, alors qu'il était remonté dans l'appartement, il avait appelé Harris à l'aide de son téléphone jetable – à Camp David, à la Maison Blanche, où qu'il pût se trouver. En vain. Il avait retenté sa chance. Sans succès. Quelques secondes s'étaient écoulées, puis le téléphone de l'appartement s'était mis à sonner. Surpris, Marten avait hésité. Il avait finalement décroché, certain d'entendre Anne ou Fred Ryder à l'autre bout du fil.

— *C'est moi*, fit une voix qu'il n'identifia pas.

— Qui ça, « moi » ? répliqua-t-il, méfiant.

— *Cousin Jack. J'étais en réunion lorsque vous avez appelé. Je me suis éclipsé dans une pièce voisine. Je vous téléphone par le biais d'un ordinateur portable équipé d'un filtre voix. Les communications sont pratiquement intraçables.*

Marten se décontracta.

— Vous m'avez demandé de vous prévenir une fois que je serais installé à Lisbonne. J'attendais l'appel de Fred Ryder. Je croyais d'ailleurs que c'était lui.

— *Il est encore à Rome. Il ne prendra pas contact avec vous avant demain matin.*

La voix du président se fit plus solennelle.

— *La police portugaise a découvert le corps du commissaire Emil Franck.*

— Je sais.

— *J'ai demandé un rapport détaillé sur l'affaire. Il a été abattu d'une balle à l'arrière du crâne, après quoi on a fourré son cadavre dans le coffre d'une voiture que son conducteur a menée sur une plage proche de Portimão. Là, il a mis le feu au véhicule. Nulle part il n'est fait mention de ce Russe, Kovalenko, dont vous m'avez parlé.*

— Ça ne m'étonne pas. C'est un homme habile.

— *Quand vous m'avez appelé depuis la librairie, vous m'avez dit que Moscou connaissait l'existence de l'immense nappe de pétrole repérée dans le sous-sol de Bioko. Dans ce cas, pourquoi ce Kovalenko se trouvait-il avec l'Allemand ?*

— À cause des photos. Franck s'était mis en quête des clichés pour le compte de la CIA. Les Russes étaient au courant de leur existence, mais ils ignoraient où ils étaient. Ils espéraient que Franck les mènerait jusqu'à eux. Le commissaire était un agent double. Il était bien obligé d'accepter de fonctionner en tandem avec Kovalenko.

Marten entendit le président hésiter, comme si quelque chose le troublait encore davantage.

— *Ces photographies. Vous les avez avec vous, n'est-ce pas ?*

— Oui. Kovalenko m'a autorisé à les emporter, sans doute dans l'espoir que la police me coincerait et en déduirait qu'elles étaient la raison pour laquelle j'avais assassiné Théo Haas.

— *Ce type a fait tout ce chemin pour récupérer les clichés, il a tué un policier dans la foulée, et pourtant il vous laisse filer avec ?*

Le président était incrédule.

— Pas exactement.

— *Que voulez-vous dire, bon sang ?*

— Kovalenko s'est emparé de la carte mémoire de l'appareil. Toutes les photos n'avaient pas été imprimées, loin de là. Il y en a beaucoup plus sur cette carte.

— *Pour résumer, elles sont en sa possession.*

— C'est ce qu'il croit. Mais lorsqu'il introduira sa carte dans un lecteur, il découvrira sur son écran les photos de jeunes femmes à demi nues que Théo Haas immortalisait en secret pendant qu'elles prenaient le soleil sur la plage à côté de chez lui. J'ai échangé les cartes. J'ai gardé la carte originale. Personne n'est au courant à part vous. Même Anne l'ignore. Les clichés et la carte se trouvent à l'abri dans le coffre-fort de cet appartement.

Marten pouvait presque voir sourire le président. Ce dernier reprit la parole, d'un ton plus grave encore :

— *Il y a un élément que la police n'a pas rendu public : Mlle Tidrow et vous êtes les principaux suspects dans l'enquête sur le meurtre d'Emil Franck.*

— Cela ne me surprend pas. Ils savent que nous étions à Praia da Rocha ce matin. Ils ne divulguent pas l'information de peur que nous leur filions entre les doigts, comme à Berlin.

— *La situation n'est pas la même qu'à Berlin. Vous n'êtes plus seulement un meurtrier. Vous êtes devenu un tueur de flic. Anne Tidrow également. Raisa Amaro est une femme intelligente et pleine de ressources. Elle saura égarer quiconque s'approchera de votre planque. C'est pourquoi je vous ordonne de ne pas en bouger. Attendez l'appel de Fred Ryder.*

— Très bien, acquiesça Marten sans souffler mot de la désertion de la jeune femme.

— *C'est vital, j'insiste. J'ai visionné les images tournées par la CIA en Guinée équatoriale. Je suis aussi bouleversé que vous. J'ai rendez-vous demain avec le secrétaire général des Nations unies. J'aimerais que les États-Unis interviennent. Qu'au moins nous puissions fournir une aide humanitaire. Mais il y a autre chose. Qui justifie que nous fassions tout pour vous sortir de ce guêpier avant que la police ou qui que ce soit d'autre finisse par vous localiser.*

« *Nous avons besoin des photographies et de la carte mémoire. Ce sont des preuves tangibles. Mais il nous faut également le témoignage sous serment d'Anne Tidrow. Elle seule peut nous permettre d'établir sans contestation possible que Striker, Hadrien et SimCo ont armé les révolutionnaires dans le but de servir leurs propres intérêts. Non pas les intérêts du peuple équato-guinéen. Ni ceux des États-Unis.*

— Je ne suis pas sûr qu'elle savait ce qui se tramait.

— *Sans doute pas, mais elle en sait sûrement assez sur les manœuvres de Striker et ses liens avec Hadrien pour donner au bureau du procureur les éléments suffisants afin d'entamer ses investigations. Une chose encore : vous m'avez dit qu'Emil Franck était un agent double et que les Russes étaient au courant ?*

— Tout à fait.

— *Savez-vous s'ils ont visionné les images de la CIA ?*

— Ils les ont vues, oui. Kovalenko m'a expliqué qu'ils les avaient interceptées.

Marten entendit le président pousser un soupir de désespoir.

— *Cela ne fait qu'empirer les choses. Si les photos sont rendues publiques et si, dans le même temps, les Russes mettent la vidéo en ligne, je peux vous assurer que le monde entier considérera les États-Unis comme un pays d'exploiteurs, une nation de meurtriers qui a utilisé les mercenaires rétribués par une compagnie pétrolière à des fins politiques. Nous aurons beaucoup de mal à assurer la planète de notre bonne foi. Il nous faut à tout prix le témoignage de Mlle Tidrow.*

« *Je n'ai pas terminé. Il est à peu près certain que Kovalenko et ses hommes vont s'élancer à votre poursuite dès qu'ils se seront aperçus que vous avez échangé les cartes. Je répète donc : restez où vous êtes. Attendez l'appel de Fred Ryder. Il disposera de son propre service de sécurité, auquel la CIA laissera les mains libres. Ce sont eux qui viendront vous chercher et vous conduiront à l'avion du député. Nous prendrons le relais à partir de là.*

Le président eut une brève hésitation.

— *C'est moi qui vous ai mis dans cette fâcheuse situation. Je ferai tout ce que je peux pour vous en sortir. Hélas, je ne peux pas vous promettre d'y parvenir. Tout ou presque repose entre vos mains, entre celles de Fred Ryder et de ses collaborateurs.*

— J'en ai bien conscience.

— *Bonne chance et que Dieu vous garde. Et ne lâchez pas Mlle Tidrow des yeux.*

— Comptez sur moi, monsieur.

Les deux hommes raccrochèrent.

Marten souffla.

Et contempla la pièce vide.

22 h 10

Perdu dans ses pensées, perturbé par les directives du président et rongé par la culpabilité de lui avoir fait croire qu'Anne était auprès de lui, Marten descendit étourdiment d'un trottoir. Des phares l'éblouirent aussitôt, le hurlement d'un klaxon l'assourdit. Il sauta en arrière. Un autobus lui passa sous le nez. Il jura à pleine voix, puis se retrancha un peu plus sous son parapluie et traversa la rue. Il s'enfonçait toujours plus avant dans le Chiado. Son regard balayait les alentours à la recherche d'Anne.

Certes il pleuvait, et nous étions dimanche soir, mais on était toujours en été ; si la plupart des magasins gardaient leur rideau baissé jusqu'au lendemain, il restait néanmoins, ici ou là, un café ouvert, un bar, un restaurant, une boutique de souvenirs proposant des T-shirts, des mugs ou des porte-clés. Anne était forcément entrée dans un de ces commerces. Mais lequel ? Et quelle distance avait-elle parcourue avant de trouver ce qu'elle cherchait ?

22 h 13

87

22 h 18

Le SMS avait été rédigé par Jeremy Moyer, responsable de la CIA à Lisbonne. Il s'afficha sur l'écran du BlackBerry de Carlos Branco.
« Carte de crédit Striker Oil utilisée à l'hôtel Lisboa Chiado, Rua Garrett, 21 h 57. »

22 h 19

Le même message fut transmis par Branco à White qui, après un moment d'hésitation, le transmit à Joe Wirth.

22 h 20

Le Texan répondit d'un mot.
« Agissez ! »

Nicolas Marten quitta le Casanova, petit restaurant décoré de carreaux bleus et blancs dans lequel flottait une odeur de porc rôti délicatement épicé. Il leva son parapluie et poursuivit sa quête. Il observait les passants. Il avait recensé vingt tables au Casanova, dont six étaient encore occupées. Anne ne s'y trouvait pas. Le signalement de la jeune femme, qu'il avait fourni au serveur anglophone, n'avait pas réveillé sa mémoire.

22 h 35

Marten fit aussi chou blanc dans un café, un bar puis une boutique de souvenirs. Anne n'était nulle part et personne ne l'avait vue.

Il poursuivit sa route. La chaussée détrempée reflétait les couleurs vives des enseignes et les phares des automobiles. Il se trouvait à présent dans la Rua Garrett ; bientôt, il quitterait le Chiado. Il s'apprêtait à tourner au coin de la rue lorsqu'il se rappela deux choses.

La première : ce qu'Anne avait demandé à Raisa lorsque celle-ci leur avait fait visiter l'appartement.

« *Possédez-vous un ordinateur, portable ou non, disposant d'une connexion Internet ? J'ai apporté un peu de travail.* »

Face à la réponse négative de leur hôtesse, la jeune femme avait simplement hoché la tête.

Le second élément : durant leur trajet pour rejoindre l'immeuble de Mme Amaro, Anne s'était soudain engouffrée dans un hôtel cinq étoiles de la Rua Garrett pour, avait-elle ensuite expliqué à Marten, se rendre aux toilettes. À la réflexion, il se demandait si elle ne s'était pas plutôt enquise auprès de la réception d'une éventuelle connexion Internet. Mais pourquoi donc ? Elle avait accès au Web via son BlackBerry.

Et pourtant.

Marten fit demi-tour. Il cherchait l'hôtel. Il se souvenait d'un petit établissement chic sur la gauche. Mais où, précisément ? Et comment s'appelait-il ? La pluie redoubla. Quelques secondes plus tard, Marten se figea.

L'hôtel Lisboa Chiado.

Son sang ne fit qu'un tour.

22 h 46

88

Hôtel Lisboa Chiado, 22 h 48

Le son d'un piano accueillit Marten lorsqu'il pénétra dans le petit hall. La musique semblait venir d'un bar situé au bout d'un élégant couloir lambrissé de bois menant à la réception. Sur la gauche se trouvaient un ascenseur puis l'escalier. L'agencement pouvait surprendre. Sans doute les architectes avaient-ils dû composer avec la structure originelle de l'édifice, qui devait dater de près d'un siècle et avait probablement constitué jadis une résidence particulière.

Marten ferma son parapluie et se rendit au bar. Un jeune Noir en costume blanc était assis au piano. Il jouait nonchalamment pour la douzaine de clients attablés non loin. Anne n'était pas parmi eux.

Marten fit demi-tour pour se diriger vers la réception. Les portes de l'ascenseur s'ouvrirent. Trois personnes en descendirent. Deux employés de l'hôtel en veste sombre, dont l'un était nettement plus âgé que l'autre ; le concierge peut-être. Le troisième individu était un quadragénaire mince et musclé, aux cheveux noirs, vêtu d'un jean et d'une chemise hawaiienne.

— Je sais qu'elle est descendue ici, fit-il énergiquement au concierge, mais je veux savoir où elle se trouve actuellement.

— Je l'ignore, monsieur. Je suis navré. Peut-être est-elle sortie pour acheter quelque chose dont elle avait besoin. Elle s'est présentée sans bagages. Elle nous a dit qu'on les avait égarés à l'aéroport et qu'on les lui livrerait plus tard ici. Ils ne sont pas encore arrivés.

— Mais elle s'est rendue dans sa chambre.

— Oui, monsieur. Le portier de nuit l'y a menée. Vous l'avez d'ailleurs constaté vous-même.

— J'ai simplement constaté que quelqu'un s'était servi d'une serviette de toilette dans la salle de bains. Ce pourrait être n'importe qui.

— Je suis désolé, monsieur Tidrow. C'est tout ce que je peux vous dire.

— C'est ma sœur. Elle ne va pas bien. Elle était censée m'appeler dès son arrivée dans cet hôtel.

— Je comprends parfaitement, monsieur. Nous vous préviendrons dès qu'elle rentrera.

Au nom de « Tidrow », Marten s'était figé. Ils étaient donc là. Ils la cherchaient. Comment pouvaient-ils être déjà au courant ? S'était-elle montrée assez sotte pour utiliser une carte de crédit, auquel cas on pouvait être sûr que ses comptes avaient été placés sous surveillance ? Elle le savait forcément. Cela signifiait qu'avant de régler sa note, elle avait fait ici ce qu'elle était venue faire. Puis elle avait filé. Mais de quoi s'agissait-il ? Quelle était cette chose pour laquelle elle avait pris des risques inconsidérés ?

Marten regarda autour de lui. Il avisa sur une petite table des brochures publicitaires de l'hôtel. Il se précipita pour en prendre une. Il la parcourut en hâte. Parmi la liste des services et équipements fournis par l'établissement, il lut : *Accès à Internet haut débit dans toutes les chambres.*

N'était-elle venue que pour cela ? Il se souvint de la fureur, la crainte et l'incertitude mêlées qu'il avait lues dans les yeux de la jeune femme avant qu'elle quitte l'immeuble de Raisa et disparaisse dans la nuit. Quelle information souhaitait-elle obtenir qu'elle ne pouvait se procurer par l'intermédiaire de son BlackBerry ?

Il reposa la brochure et considéra le hall. L'homme en chemise hawaiienne s'était éloigné pour passer un appel sur son portable.

Fous le camp ! se dit Marten.

Tête baissée, il prit le chemin de la sortie. À cet instant, la porte s'ouvrit et deux hommes se matérialisèrent. L'un était très grand, très fort. L'autre était grand et mince. Marten jeta un bref coup d'œil dans leur direction. Son cœur cessa de battre. Le plus costaud des deux était Conor White. L'autre : Patrice Sennac.

Le souffle coupé, le parapluie en main, Marten poussa la porte pour se ruer sous la pluie. Une BMW gris métallisé était garée devant l'hôtel. De l'autre côté de la rue patientait une Jaguar bleu foncé. Ses feux de position étaient allumés. Marten repéra deux personnes à l'avant. Toutes deux l'observaient. Il se dépêcha de tourner à droite et pressa le pas. Il fonçait vers le quartier de Baixa. Quelques secondes plus tard, il entendit la porte de l'hôtel s'ouvrir dans son dos. On courait derrière lui. La barbe, le col relevé, le bob. Rien à faire, on l'avait démasqué.

Il prit ses jambes à son cou.

22 h 57

89

Marten emprunta au triple galop un escalier de pierre que la pluie avait rendu glissant.

— Marten !

On hurlait dans son dos. Conor White ? Peut-être bien.

— Marten !

Il se retourna pour découvrir deux hommes en train de gravir la colline à pied. La BMW surgit à son tour. Elle s'arrêta derrière eux. Ils sautèrent à l'intérieur et la voiture s'élança à sa poursuite.

Il se retourna encore, sans cesser de courir. Il cherchait une issue. Il s'engouffra, à main droite, dans une ruelle sombre. Il se rapprochait du quartier de Baixa, calculait-il. Au bout de la voie, il prit à gauche et galopa de plus belle. Alors il avisa, à la lueur des lampadaires, la Jaguar bleue. Il tourna à gauche une fois de plus, grimpa, coupa à droite, dévala une autre rue. Pendant une fraction de seconde le silence régna, mais déjà la Jaguar négociait un virage dans un hurlement de freins. Elle manqua d'emboutir une voiture en stationnement, après quoi le chauffeur maîtrisa son véhicule et fonça droit sur lui. Où donc était passée la BMW ?

Il se rappela le Glock de Kovalenko glissé dans sa ceinture. Il s'en saisit. Encore une centaine de mètres et il atteindrait le pied de la colline. De là, on plongeait au cœur du quartier de Baixa. S'il parvenait à l'atteindre, il tâcherait de se volatiliser dans le labyrinthe de ses ruelles.

Hélas, la Jaguar se portait à sa hauteur. Elle le dépassa. S'immobilisa devant lui au terme d'un dérapage contrôlé. La portière passager s'ouvrit à toute volée. Un homme descendit, un pistolet-mitrailleur à la main.

— Bouge plus ! ordonna-t-il en anglais.

— Toi non plus ! brailla Marten en brandissant son Glock.

Il tira deux fois. L'homme fut projeté en arrière. Il rebondit contre la portière avant de s'effondrer sur le sol. L'instant d'après, le conducteur se montra à son tour. Marten eut à peine le temps de plonger derrière un véhicule garé là pour échapper à la salve crachée par le pistolet-mitrailleur. Une pluie de métal et de verre dégringola sur lui. Puis tout se tut. Le chauffeur s'avança au milieu des ténèbres et de l'averse ; il le cherchait.

Marten le laissa approcher. Trente pas, vingt pas. Il l'apercevait à présent, éclairé par les réverbères. Cheveux courts, taille moyenne, mince. Trente, trente-cinq ans. Le déluge s'obstinait. Dix pas. Cinq pas. Deux pas.

Marten se releva lentement. Ils étaient presque nez à nez.

— Ici, fit-il.

L'homme poussa un cri de surprise et leva son pistolet-mitrailleur.

Marten l'abattit d'une seule balle. Entre les deux yeux. Sa tête fut rejetée en arrière, entraînant le reste du corps. Il tituba un peu, comme s'il s'acharnait à défier les lois de l'attraction terrestre. Enfin, ses jambes se dérobèrent et il s'écroula sur le trottoir.

Marten chercha immédiatement la BMW. Il ne la vit nulle part. De l'autre côté de la rue, plusieurs fenêtres s'illuminèrent. On entendit des voix. Marten décampa. Il courut à perdre haleine sous la pluie. En direction du quartier de Baixa.

23 h 11

90

Jack ouvrit la portière arrière gauche de la BMW grise et s'y engouffra pour prendre place auprès de Conor White. Carlos Branco était au volant, Patrice à ses côtés.

— Ce n'est pas un architecte paysagiste comme les autres.

Jack était trempé. Branco avait garé la voiture au sommet de la colline et l'Irlandais en était descendu pour s'approcher de la Jaguar tandis que les riverains commençaient à sortir de chez eux ; on entendait se rapprocher le hululement des sirènes.

— Il a tiré trois fois. Il a mis trois fois dans le mille. Le chauffeur s'est pris un pruneau entre les deux yeux. Ce gars-là sait ce qu'il fait.

Branco observa Conor White dans le rétroviseur.

— Qui est-il au juste ?

White lui jeta un regard noir. Il était furieux.

— Je me demande surtout qui vous êtes, vous, monsieur le free-lance « plein de ressources ». Nous avions localisé Anne et elle a filé. Marten était sous notre nez et il nous a échappé. Deux de vos hommes sont morts. En outre, Marten a eu tout loisir de voir à quoi vous ressemblez quand il vous a croisé à l'hôtel. Demain, vous êtes censé faire partie de l'équipe de protection rapprochée de Fred Ryder. Vous êtes censé vous charger de nos trois amis. Comment comptez-vous vous y prendre maintenant ?

— Je ne porterai pas les mêmes vêtements. Marten ne fera pas le rapprochement.

White consulta sa montre. 23 h 22.

— Vous avez foiré de A à Z. Donnez-moi une bonne raison de vous garder.

Le hurlement des sirènes se rapprochait encore.

— Parce que vous auriez tort de ne pas le faire.

Deux véhicules de police, gyrophares tournoyants, se matérialisèrent soudain pour s'immobiliser devant la Jaguar.

— À quelle heure le bar du Ritz ferme-t-il ? interrogea White posément.

— Une heure du matin, répondit Branco.

— Parfait.

Bar de l'hôtel Four Seasons Ritz, 23 h 52

Joe Wirth entra, regarda autour de lui. Le bar, qu'il avait déjà fréquenté tout à l'heure, n'avait pour ainsi dire pas désempli, à l'exception d'un coin plus cosy garni de tables rondes, de fauteuils et de sofas moelleux. Un homme leva la main. Wirth le rejoignit et s'assit. Il portait un costume noir, un jean et une chemise de soirée choisie à la hâte dans sa penderie.

— Vous êtes Patrice, fit-il sèchement.

— Oui.

— Où est Conor White ?

— Il a eu un léger contretemps. Il vous prie de l'excuser, il sera là d'ici quelques minutes.

— C'est ce qu'il m'a dit quand il m'a téléphoné pour me demander de le retrouver ici. Où est-il, nom de Dieu ? Et qu'est-il arrivé à Anne Tidrow ?

Patrice fit un signe en direction de la serveuse.

— Mlle Tidrow n'a passé que très peu de temps dans l'hôtel. Elle en est repartie sans que personne la voie. Nicolas Marten est entré dans l'établissement presque au même moment que nous.

— Marten ?

— Il nous a repérés et s'est enfui. Nous l'avons poursuivi. Il a tué deux de nos hommes.

— Quoi ?!

— Après quoi il a disparu.

Patrice leva les yeux vers la serveuse.

— Une eau minérale pour moi.

Il regarda Wirth.

— Et vous ?

— Rien.

— Monsieur Wirth, fit le mercenaire en souriant. La journée a été longue, et j'ai l'impression qu'elle est loin d'être terminée. Que buvez-vous ?

— Un Johnny Walker, lâcha le Texan d'un ton irrité.

La serveuse s'éclipsa. Wirth se pencha en avant.

— Qu'est-ce que c'est que ce bordel ?

— Il y a du nouveau. En rapport avec Mlle Tidrow. Carlos Branco, vous connaissez ?

— Pourquoi ?

— Il est en contact avec Conor. C'est d'ailleurs pour cette raison que Conor est en retard et qu'il m'a demandé de venir vous tenir au courant des derniers développements de l'affaire.

— Messieurs.

La serveuse sourit, déposa deux serviettes de cocktail sur la table, ainsi que les consommations.

— À la vôtre ! lança Patrice en levant son verre.

Wirth avala son whisky d'un trait.

Le mercenaire se tourna vers la serveuse en lui souriant.

— Je crois qu'il en prendrait bien un deuxième.

— Oui, monsieur.

La jeune femme disparut tandis que le Texan lançait à Patrice un regard furibond.

— Appelez Conor White. Dites-lui de rappliquer ici. Et tout de suite.

— Inutile, monsieur Wirth, fit Conor White en s'installant dans un fauteuil à côté de lui.

Lundi 7 juin, 0 h 08

91

0 h 12

C'était la deuxième fois en vingt minutes que Marten passait devant cette banque. Il comprit que ses déambulations ne le menaient à rien. Il avait sillonné le quartier de Baixa. En vain. Il n'avait croisé que des taxis, quelques piétons ici et là, et des commerces plongés dans le noir. Anne demeurait introuvable.

Les policiers se faisaient de plus en plus nombreux depuis la fusillade. Marten s'était dissimulé sous un porche à plusieurs reprises après avoir repéré une voiture de patrouille. Par bonheur, la pluie empêchait les motards de quadriller le secteur. Il n'avait pas croisé non plus d'agents à pied. Néanmoins, la prudence s'imposait à chaque instant.

Il finit par renoncer à chercher la jeune femme. Son sort reposait à présent entre ses propres mains. Quant à lui, il allait maintenant tenter de regagner l'appartement de Raisa pour y attendre l'appel téléphonique de Fred Ryder. Une demi-heure de marche – il fallait traverser le quartier de Baixa, puis s'enfoncer dans le Chiado pour rejoindre enfin le Bairro Alto. Une demi-heure s'il ne se perdait pas. Plus il prolongerait son escapade, plus il multiplierait les risques d'être arrêté puis questionné par les forces de l'ordre. Si cela se produisait, il était fichu : il portait toujours à la ceinture le Glock ayant servi à abattre le commissaire Franck, puis les deux hommes à la Jaguar. Le Glock dont il n'osait pourtant pas se débarrasser dans une bouche d'égout, de crainte que Conor White et ses sbires ne lui tombent dessus.

L'averse redoubla de violence. Il serra un peu plus fort son parapluie. Il prit à droite et poursuivit sa route. Il se dirigeait droit vers la zone où s'était produit l'échange de coups de feu, mais hélas, il ignorait comment l'éviter. Il rasa les murs.

Il était trempé, fourbu. La perspective de ces trente minutes de marche l'épuisait d'avance, mais il n'avait pas le choix. Un pâté de maisons. Un deuxième. Il se mit à penser à la fusillade. Dans l'appartement de Berlin, il avait failli craquer en entendant se rapprocher les sirènes de police. Le lendemain matin, il avait découvert le reportage télévisé consacré au meurtre de Marita et de ses étudiants. Il avait alors perdu tout contrôle et agressé Anne physiquement. Il lui avait reproché la mort des Espagnols. À l'aéroport de Mérignac, il avait songé qu'il n'était plus capable de supporter la proximité du sang et de la mort. Puis l'épisode des hommes à la Jaguar était arrivé. Les mécanismes de défense enfouis à l'intérieur de son crâne avaient refait surface. Il avait réagi comme on lui avait appris à le faire dans la police de Los Angeles. Il avait tiré pour tuer. Avec calme. Avec précision. Après quoi il avait filé. Pas de cœur battant la chamade, pas de mains qui tremblent, pas d'hésitation. L'action. Rapide et meurtrière. Aucun remords. Mais au fond, il se sentait plus inquiet que s'il s'était enfui face au danger. Quelles avaient été les paroles de Marita à Roissy ? *« Je crois plutôt que vous êtes du genre à vous attirer des ennuis. »*

Il avait beau essayer de lui échapper, la violence planait au-dessus de sa vie. Il y était prédestiné. Combien de temps s'écoulerait-il encore avant qu'elle l'engloutisse tout entier, avant qu'il devienne à son tour un assassin aux gestes glacés ?

Quelques minutes plus tard, il perçut le son d'un accordéon. À la lueur d'un lampadaire, il finit par distinguer un musicien. L'homme était seul. Il avait installé son siège pliant sous un porche pour se protéger de la pluie. Il portait un vieux manteau et un béret visiblement trop petit. Il ne se souciait pas du monde alentour. Impossible de déterminer son âge. Qu'importe. Son âme était ailleurs, elle évoluait dans une autre dimension, elle voyageait loin d'ici. Le morceau qu'il jouait était à la fois d'une tristesse insondable et d'une envoûtante beauté. Marten aurait aimé s'asseoir près de lui et l'écouter pour l'éternité.

Mais c'était impossible.

Il passa devant lui dans les ténèbres et la pluie.

Sans s'arrêter.

0 h 25

92

0 h 30

La BMW gris métallisé contourna le Jardim da Estrela – « le parc de l'étoile » – et fonça sur l'avenue Infante Santo en direction du port. Il y avait peu de circulation. Pied au plancher, Jack gardait un œil sur le rétroviseur pour vérifier que la police ne les prenait pas en chasse. Assis à côté de lui, Patrice se taisait. Conor White et Joe Wirth avaient pris place à l'arrière.

— Branco a retrouvé Anne, avait annoncé White en rejoignant le Texan au bar du Ritz.

— Où ça ?

Wirth était sur des charbons ardents.

— Dans un petit hôtel d'Almada, de l'autre côté du pont. Branco pense qu'elle attend quelqu'un.

— Ryder ?

— Peut-être. C'est sans doute pour cette raison qu'elle s'est rendue dans le premier hôtel. Pour prendre contact avec lui.

— Et Marten ?

— Il n'est pas avec elle. Il s'est volatilisé après la fusillade. Elle doit savoir où il est. Du moins, elle sait où ils logent.

— Pourquoi aurait-elle décidé de rencontrer Ryder sans Marten ?

— Vous la connaissez mieux que moi. À vous de me le dire.

— Nous n'avons qu'un moyen de le savoir.

Wirth avait fini son verre. Les trois hommes avaient quitté le Ritz pour rejoindre Jack, qui les attendait dans la BMW.

— À quoi pensez-vous ? demanda Conor White à Joe Wirth.

— J'essaie de ne pas penser, rétorqua le Texan en regardant droit devant lui.

0 h 35

Jack roulait le long des docks. Bientôt, ils atteindraient le pont, franchiraient le Tage pour rejoindre Almada où se trouvait l'hôtel dans lequel Anne était descendue. Wirth était surexcité. Conor White voyait presque les pensées se bousculer à l'intérieur de sa tête ; elles dansaient une folle sarabande.

Quelques secondes plus tard, Jack et White échangèrent un regard dans le rétroviseur – White hocha imperceptiblement la tête. La BMW ralentit. Puis l'Irlandais se gara au bord d'un trottoir, le long d'immeubles de bureaux. Les environs étaient plongés dans l'obscurité.

— Que se passe-t-il ? s'étonna Wirth.

— Il nous faut édicter quelques règles de base avant d'aller chercher Anne, répondit posément Conor White.

— De quelles règles parlez-vous, nom de Dieu ?

— Vous nous avez obligés à enlever la doctoresse espagnole et ses étudiants, monsieur Wirth. Une erreur impardonnable. Ils n'étaient au courant de rien. Mais vous avez fait bien pire : vous avez fait appel aux Russes.

— Où voulez-vous en venir ?

— C'est notre ultime chance de récupérer les photos. Je ne veux pas que vous vous en mêliez.

Le Texan était indigné.

— Qui êtes-vous pour me parler sur ce ton ? Grâce au contrat que nous avons signé vous et moi, vous avez acquis une visibilité, un pouvoir et un prestige dont vous n'auriez fait que rêver toute votre vie si je n'avais pas été là.

Il pointa un index vengeur sur son interlocuteur.

— Je peux tout annuler d'un claquement de doigts. Tout. Alors allez vous faire foutre avec vos « règles de base » ! Allons chercher Anne.

— Buvez donc, monsieur Wirth, vous allez en avoir besoin.

White sortit une bouteille de Johnny Walker d'un compartiment situé contre le dossier du siège avant. Il la déboucha.

— Je n'ai pas envie de boire.

— Mais si, répliqua Patrice en se tournant vers lui. Monsieur Wirth.

Ce dernier sentit un frisson lui parcourir l'échine.

— Que voulez-vous ? demanda-t-il lentement à Conor White.

— Je veux que vous buviez un peu, que vous vous détendiez et que vous écoutiez ce que j'ai à vous dire.

— Il me faut un verre.

— Je crains que vous n'en ayez pas besoin.

Le Texan le dévisagea et se jeta soudain sur la poignée de la portière.

— Elle est verrouillée, monsieur Wirth.

Le mercenaire ne manifestait aucune émotion.

— Buvez.

Wirth lorgna en direction de Patrice. Puis du rétroviseur, dans lequel Jack le fixait. De nouveau, White lui présenta la bouteille. Il finit par s'en saisir et avala une gorgée.

— Je vous repose la question. Que voulez-vous ?

— Peut-être allez-vous pouvoir me fournir quelques explications.

Le mercenaire extirpa de la poche intérieure de sa veste deux crayons Ticonderoga.

— Ce sont les vôtres. Je crois qu'ils vont avec ceci.

De la même poche il sortit plusieurs feuillets jaunes qu'il déplia sur le siège, entre Wirth et lui.

— C'est votre écriture, monsieur Wirth.

Celui-ci hésita avant de baisser les yeux vers les notes qu'il avait rédigées à bord du Gulfstream, tandis qu'il volait au-dessus du nord de l'Espagne à la poursuite de Marten. Des notes dont il avait prévu de se servir lors d'une prochaine conversation avec Arnold Moss.

1. Se préparer à nier publiquement tout lien avec Conor White, Marten et Anne dès qu'on aura récupéré les photos. Dans tous les cas, White a agi seul ou (voir ça avec Arnie), comme nous en avons déjà discuté : mettre en avant la collusion Hadrien/SimCo – dont Striker, quoi qu'il en soit, ignorait l'existence. Dénoncer White publiquement et le plus vite possible (de toute façon il finira ses jours en prison) et réorganiser SimCo de manière à poursuivre notre collaboration en Guinée équatoriale (note : SimCo représente un avantage pour nous, ses employés sont déjà en poste en G. éq. Il serait dommage de démanteler la société entière).

2. Mettre au point des arguments, surtout vis-à-vis de Washington, afin que Striker passe pour la victime de la débâcle Hadrien/SimCo.

Il était inutile d'aller plus loin. Il releva la tête pour examiner White. La fureur le dévorait, ses yeux se réduisaient à deux minuscules pupilles rageuses.

— Vous vous êtes introduit dans ma chambre du Ritz pendant que j'étais au bar avec votre collaborateur.

— Je suis ravi d'apprendre que SimCo « représente un avantage » pour vous, monsieur Wirth. Peut-être aviez-vous envie de me l'annoncer vous-même au téléphone.

White leva la main gauche, dans laquelle il serrait le BlackBerry portant la languette adhésive bleue.

— Vous l'avez laissé dans votre chambre. Normal, puisque vous aviez rendez-vous avec moi. Vous saviez qu'il ne vous serait pas utile.

— Je ne comprends pas de quoi vous parlez.

— Vous possédez deux BlackBerry, monsieur Wirth. L'un pour m'appeler, l'autre pour appeler tous les autres. Vous avez collé cette petite bande adhésive bleue pour ne pas les confondre. Les communications que vous établissez depuis celui-ci sont redirigées vers le siège de la société Hadrien, à Manassas. Personne ne peut savoir que c'est vous qui téléphonez. Je suis un bon élève, monsieur Wirth. J'ai fait mes devoirs. Même dans l'urgence.

Le Texan le considéra longuement.

— Combien voulez-vous ? lâcha-t-il enfin.

— Buvez encore un peu, monsieur Wirth.

0 h 47

93

0 h 52

La BMW franchit le pont du 25-Avril. Les essuie-glaces balayaient lentement le pare-brise ; il ne tombait plus qu'une bruine légère. Une voiture croisa les quatre hommes, une autre les dépassa. Puis ce fut tout. La voie était déserte, plongée dans les ténèbres. Derrière eux, les lumières de Lisbonne se détachaient contre le ciel nocturne. Devant eux se dessinait Almada, sur la rive méridionale du Tage, dont le ruban se déroulait soixante-dix mètres plus bas.

À l'intérieur du véhicule, on n'entendait que le murmure des pneus contre l'asphalte et le battement des essuie-glaces. Joe Wirth observait les trois hommes l'un après l'autre. Aucun ne parlait, tous regardaient droit devant eux.

— Où allons-nous ? finit par interroger le Texan d'un ton craintif.

— À un enterrement, répondit doucement Conor White.

Jack donna un coup de volant. La BMW se rabattit sur la voie de droite. Debout sur les freins, le chauffeur immobilisa le véhicule. Il en descendit aussitôt avec Patrice.

— Que se passe-t-il ? hurla Wirth.

Il comprit tout à coup.

— Non ! Non ! Je vous en supplie ! NON !

— Ne suppliez pas, monsieur Wirth.

Il était trop tard. La portière s'ouvrit et les deux mains les plus puissantes dont il eût jamais senti la poigne s'emparèrent de lui pour le faire sortir de force. Il aperçut le visage de Jack, puis celui de Patrice. L'un comme l'autre affichaient la froideur et la neutralité des tueurs professionnels.

— NON ! cria Wirth. NON ! NON ! NON !

Il se débattit pendant qu'on le traînait jusqu'au parapet. Ses pieds raclaient le bitume. Il tenta de frapper, de mordre, de se dégager de l'étreinte. Il aurait fait n'importe quoi pour recouvrer la liberté. En vain. Les deux mercenaires le soulevèrent du sol. White descendit de la voiture pour s'approcher de lui. Il sortit les deux crayons Ticonderoga, qu'il cassa en deux sous le nez du Texan.

— Regardez. (Il lâcha les morceaux au-dessus du vide. Ils semblèrent tomber au ralenti avant de disparaître dans le noir.) Vous ne les entendrez pas toucher l'eau. Vous n'entendrez plus rien, monsieur Wirth.

— Non, je vous en supplie ! Ne faites pas ça ! Je vous en supplie !

— Je vous ai dit de ne pas me supplier, monsieur Wirth.

Soudain, Patrice et Jack le firent basculer par-dessus le parapet et le lâchèrent. Une bouffée d'air frais le submergea. Il s'entendit hurler. Puis il distingua les lumières de la ville. Il eut pendant un long moment l'impression de voler. Il était un oiseau majestueux dans un univers dont il ne savait rien. Puis les ténèbres l'enveloppèrent, dans lesquelles il s'engouffra la tête la première.

0 h 57

94

Nicolas Marten tourna la clé dans la serrure et pénétra à l'intérieur de l'appartement. À l'exception d'une petite lampe restée allumée dans l'entrée, le logement était plongé dans le noir. Il déposa le parapluie sur le sol, verrouilla la porte derrière lui et gagna la cuisine. La diode du répondeur ne clignotait pas. Fred Ryder n'avait pas téléphoné.

Marten était rompu. Il avait finalement mis près de cinquante minutes à revenir à l'appartement : par deux fois il avait dû se cacher pour éviter une patrouille de police ; à plusieurs reprises il avait dû prendre le chemin des écoliers pour contourner les barrages routiers. Peu importait désormais ce qu'il était advenu d'Anne. Peu importait où elle était allée, où elle se trouvait maintenant. Cela ne le concernait plus. Il avait fait tout son possible pour la ramener. Il avait échoué. Il n'y avait plus rien à faire. Il ne désirait que deux choses : prendre une douche bien chaude et aller se coucher.

Il marcha jusqu'à la salle de bains comme un automate, ôtant ses vêtements au fur et à mesure. Il ne conserva avec lui que le Glock.

Il alluma. De minuscules spots halogènes – peut-être une cinquantaine – constellèrent le plafond. De quoi contrer la froideur du marbre omniprésent dans la pièce. Décidément, tout était fait pour exacerber la sensualité des lieux.

La cabine de douche se trouvait face à lui. Sur sa droite, la grande baignoire jacuzzi. Un téléphone était fixé au mur. Il renonça à la douche pour un bon bain fumant. Peut-être même s'offrirait-il le luxe de s'y endormir. Si Ryder appelait, il n'aurait qu'à tendre la main pour prendre la communication. Il ne pensait pas qu'Anne téléphonerait. Néanmoins, elle avait le numéro. Et en partant, elle lui avait promis de l'appeler.

Il ouvrit les robinets, régla la température et laissa couler l'eau.

1 h 07

Il posa le Glock sur une tablette juste au-dessus de la baignoire et se laissa glisser dans l'eau. Elle était plus chaude que prévu, il lui fallut un moment pour s'y accoutumer. Enfin, il s'abandonna en poussant un lourd soupir. Il ferma les yeux, respira profondément. Où était-il ? Comment s'était-il retrouvé là ? Et pourquoi ? Il souhaitait seulement dormir.

— Je vous attendais. Je me suis fait du souci.

La voix d'Anne le fit sursauter. Il se redressa ; il croyait rêver. Elle se tenait debout à côté de la baignoire, enveloppée dans l'un des luxueux peignoirs de Raisa.

— J'ai fini par m'endormir, enchaîna-t-elle. Je ne vous ai pas entendu rentrer. Puis j'ai entendu l'eau couler et j'ai vu qu'il y avait de la lumière. Où étiez-vous ? Avez-vous des nouvelles de Fred Ryder ?

Il la regardait, ébahi. Il ne songea même pas qu'il était nu.

— Depuis combien de temps êtes-vous ici ?

— Environ une heure.

— Bien joué, se fâcha-t-il. Conor White et Patrice vous ont localisée. Ils sont même venus vous chercher à l'hôtel.

— Comment le savez-vous ?

— J'étais sur place. Et ils n'étaient pas les seuls à vouloir vous mettre le grappin dessus. Résultat, j'ai tué deux des hommes de White.

— Quoi ?!

— Grâce au Glock de Kovalenko. Ils me poursuivaient. Je les ai abattus. L'un après l'autre, dans une rue proche de l'hôtel. Puis j'ai continué à vous chercher. En tâchant d'éviter la police, évidemment.

Sa colère montait.

— Donc, pendant que j'étais dehors, sous la pluie, avec les flics aux trousses, vous dormiez tranquillement ici !

Il ferma les yeux, se laissa de nouveau glisser dans l'eau.

— Je suis crevé. Retournez dormir ou faire ce que vous avez envie de faire. J'ai besoin de réfléchir. Peut-être finirez-vous par me faire l'honneur de m'expliquer ce qui vous a poussée à sortir et à provoquer un tel ramdam. Ça me rendra peut-être service. Quoique j'en doute.

— J'ai envie de vous.

— Pardon ?

— J'ai envie de vous.

Elle laissa tomber le peignoir sur le sol avant de se glisser dans la baignoire sans un mot. Elle ouvrit les jambes pour enserrer Marten.

— Dites donc, commença-t-il, le regard plongé dans celui de la jeune femme. Je suis furieux contre vous. Votre escapade était stupide. J'ai failli me faire tuer à cause de vous. Et vous croyez que je vais oublier tout ça en une fraction de seconde pour faire l'amour avec vous ?

— Et moi je vous en veux toujours d'avoir tenté de m'étrangler à Berlin. Mais pour le moment, ce n'est pas la question…

Elle se pencha en avant.

— Embrassez-moi, souffla-t-elle. Comme vous l'avez fait en Allemagne. Au beau milieu de la rue, pour tromper les deux policiers. J'ai adoré.

— Vous êtes cinglée.

— Embrassez-moi.

— Anne…

La chambre était plongée dans les ténèbres. Ils ne s'étaient pas essuyés au sortir du bain : le lit était trempé. Ils se donnaient du plaisir à tour de rôle. Anne se montrait à la fois insatiable et très douée.

— Baise-moi. Baise-moi de toutes tes forces. Et baise-moi longtemps.

95

Depuis combien de temps cela durait-il ? Marten ne se rappelait pas avoir jamais passé un moment aussi intense. Combien de fois avait-il joui ? Et elle ?

— Il faut dormir, lui dit-il enfin. Demain…

Il consulta sa montre, 2 h 32…

— Non. Tout à l'heure, nous risquons de vivre une longue journée. Une journée pleine de dangers.

— J'en veux encore.

— Tu plaisantes ?

— Non.

— Je ne crois pas que je…

— Je sais que si.

Encore humide, elle se mit à cheval au-dessus de lui. Elle prit les commandes. Marten, pendant un moment, ne fut plus guère qu'un jouet sexuel.

Le rythme de ses va-et-vient s'accéléra, ses mouvements se firent plus violents. Ses gémissements devenaient plus profonds, plus forts. Qu'avait dit Raisa, au juste ?

Elle est bouleversée. C'est pour ça qu'elle est partie, pour tenter de résoudre son problème. Quand elle aura réussi, ou même si elle échoue, elle rentrera ici, complètement vidée. Elle aura besoin de décompresser. Et pour décompresser, je ne connais rien de mieux qu'une bonne partie de jambes en l'air, en particulier avec un partenaire qu'on apprécie et en qui on a confiance. Soyez doux avec elle. Mais pas trop. Pendant un petit moment, elle n'aura qu'une envie : tout oublier.

Elle se mit à hurler. Jamais Marten n'avait vu une femme atteindre l'orgasme avec une telle fureur. Elle finit par s'écrouler sur lui dans le noir. Elle haletait, la sueur dégoulinait le long de son corps.

Ils demeurèrent longtemps ainsi, enlacés. Marten la laissait récupérer.

— Tout va bien ? chuchota-t-il.

Elle ne répondit pas. Plusieurs secondes passèrent. Il se demanda si elle s'était endormie. Mais soudain, elle laissa échapper un gros sanglot et se leva d'un bond.

— Que se passe-t-il ?

Silence. Il s'assit sur le lit.

— Que se passe-t-il ?

— Laisse-moi !

Il eut le temps de discerner dans son regard une incroyable dureté. Elle alla se recroqueviller au fond d'un fauteuil, toujours nue, pareille à un animal traqué. Et les larmes vinrent. Douces d'abord, puis ce furent des torrents, des hoquets, des sanglots.

Il se leva pour la rejoindre.

— Dis-moi ce qui se passe, fit-il tendrement.

Elle continuait de pleurer. Il était aussi surpris qu'inquiet. Comment une femme possédant tant de force et d'énergie pouvait-elle ainsi craquer devant lui ?

— Que se passe-t-il ? Dis-le-moi. Laisse-moi t'aider.

— Va te faire foutre.

Anne était au bord de la crise d'hystérie.

Il alla chercher le peignoir, dont il la couvrit tant bien que mal. Elle ne parut même pas le remarquer. Puis il attira une chaise près du fauteuil et s'assit. Dix minutes s'écoulèrent. Il aurait souhaité allumer la lumière, mais il craignait la réaction de la jeune femme.

Dix minutes encore. Puis vingt. Une voiture passa dans la rue. Ses phares illuminèrent un instant le plafond et Marten put discerner sa compagne. Ramassée dans son fauteuil. Pelotonnée dans son peignoir. Le visage ruisselant de larmes.

— C'est à cause de ce que tu as fait en sortant d'ici, n'est-ce pas ? Qu'as-tu fait ? Que s'est-il passé ?

Pas de réponse. Anne était submergée par ses émotions.

— Si tu ne voulais pas que je sache, fit Marten, il ne fallait pas revenir.

De nouveau le silence.

Au bout de quelques minutes, les sanglots commencèrent à s'apaiser. Ils finirent par cesser.

— Dans mon sac à main, lâcha-t-elle. Il est sur la chaise à côté du lit.

— Je ne vois rien. Ça te dérange si j'allume ?

— Non.

Marten se mit debout et pressa l'interrupteur de la lampe de chevet, qui diffusa dans la chambre une lueur douce et chaude. Il s'empara du sac à main.

— Ouvre-le. Il y a une pochette à fermeture éclair à l'intérieur.

— Que contient-elle ?

— Tu verras bien.

Marten ouvrit le sac, fit glisser la fermeture. Il découvrit une enveloppe portant le logo d'une boutique de développement de photos en une heure.

— C'est ça ?

— Oui.

Il ouvrit l'enveloppe. Elle contenait des négatifs. Il se tourna vers Anne, perplexe. Elle avait les yeux rouges. Son maquillage avait laissé sur ses joues de larges traînées sombres.

— Au fond du sac, reprit-elle d'un ton hésitant. Il y a quelque chose que je conserve sur moi depuis que j'ai quitté la CIA. L'appareil photo du super-espion. Un Minolta 35 mm. Lorsque nous avons traversé la ville, j'ai cherché une boutique de développement rapide. J'en ai déniché une dans le quartier de Baixa. Développement en une heure au plus. Ouverte jusqu'à minuit. Sept jours sur sept…

— Je ne comprends pas.

— Tu vas comprendre.

Elle s'essuya les yeux avec la paume de ses mains.

— Va dans la salle de bains. Allume au-dessus du lavabo. Et regarde les négatifs. Ce ne sont pas des images. Ce sont des documents écrits.

96

Marten pénétra dans la salle de bains. Le Glock se trouvait toujours sur la tablette en marbre, au-dessus de la baignoire jacuzzi. Il alluma le néon au-dessus du lavabo, ouvrit l'enveloppe pour en extraire un premier jeu de négatifs. Il avait du mal à distinguer ce qu'ils représentaient. Un document, avait dit Anne, mais trop petit pour qu'il puisse en décrypter le contenu.

— Il y a trois pages en tout.

Anne se tenait à la porte, enveloppée dans son peignoir. Dans la lumière crue, elle semblait très pâle, épuisée.

— Viens t'asseoir, l'invita Marten en tapotant le rebord de la baignoire.

— « Top secret – Protocole XARAK, récita-t-elle sans bouger. Agence centrale de renseignement, Washington. Objet : Protocole d'accord. À l'intention du président-directeur général et de l'avocat et conseiller de la Striker Oil & Energy Company. À l'intention du président-directeur général et de l'avocat et conseiller de la société Hadrien. De la part du directeur adjoint de l'Agence centrale de renseignement. Par l'intermédiaire du directeur du National Clandestine Service (NCS). Référence NSCID-19470 – EO-13318. »

« Tout est là-dedans, Nicolas. Tout ce qui s'est passé en Guinée équatoriale depuis que la CIA a ourdi ses plans pour Bioko. Je connais par cœur ces trois pages. Mémorisation instantanée. J'ai reçu une formation pour ça.

« Je vais te faire un résumé : ce protocole d'accord décrit le vaste projet mis au point par la CIA pour protéger les droits d'exploration et d'exploitation pétrolières des États-Unis en Guinée équatoriale. Cette initiative s'inscrit dans le cadre de la politique menée par notre pays pour gagner son indépendance énergétique en matière de pétrole. Fred Ryder va adorer.

— Comment t'es-tu procuré ce document ? lui demanda Marten en rangeant les négatifs dans leur enveloppe.

Il était stupéfait.

— C'est pour ça qu'il me fallait une connexion Internet et un grand écran. Je m'étais renseignée à la réception de l'hôtel Lisboa Chiado. Hôtel où tu as été assez malin pour te rendre à ton tour. Conor White a appris que je m'y trouvais, sans doute parce que j'y ai utilisé ma carte de crédit. J'étais consciente de ce risque, mais je ne pouvais pas faire autrement.

« Je n'aurais pas pu photographier l'écran de mon BlackBerry, il est trop petit. Je ne pouvais pas non plus télécharger le document : la CIA aurait repéré immédiatement qu'on venait de pénétrer sur le site. Ils auraient tenté de localiser l'intrus. C'est pourquoi j'ai photographié les pages une à une à l'ancienne, sur l'écran de télévision dont je me suis servie comme d'un simple moniteur. Ils ont probablement compris que quelqu'un était entré sur leur site, mais ils n'en ont pas la preuve. Surtout, ils ignoraient où chercher le pirate.

Marten n'en revenait pas.

— Ce fameux site doit être ultra-protégé. Comment as-tu fait ? Il requiert sans doute plusieurs dizaines de codes et de mots de passe.

— J'ai travaillé longtemps pour la CIA, Nicolas. Je connais un peu les procédures. Je fais également partie du conseil d'administration de Striker. Jusqu'à très récemment, j'appartenais aussi à celui d'Hadrien.

— D'Hadrien ?

— Oui. Ces deux sociétés ont peu de secrets pour moi. J'en sais les codes, les mots de passe. Je n'ai pas réussi du premier coup, mais je possédais les éléments de base.

— Depuis quand les membres du conseil d'administration d'une entreprise ont-ils accès à ses codes et ses mots de passe ?

Anne eut un faible sourire et se passa une main dans les cheveux.

— Je t'ai dit que j'avais été mariée deux fois. Je ne t'ai pas dit avec qui. Mon premier époux était Bruce Truex, fondateur et PDG d'Hadrien. Puis je me suis mariée avec

Joe Wirth, président de Striker. Nous partagions des tas de choses, pour tout un tas de raisons. Comme la plupart des couples.

— Bon Dieu...

Marten en avait le souffle coupé.

— Quand Erlanger m'a mise en garde sur l'aérodrome, puis quand Franck s'est mêlé de l'affaire, ainsi que d'autres agents de la CIA, j'ai compris que les photos n'étaient pas seules en jeu. Alors j'ai cherché. Et j'ai trouvé.

Elle fondit de nouveau en larmes.

— J'ai trahi l'Agence. J'ai trahi mon pays, mon père. Je me suis trahie moi-même. C'en est fini de Striker Oil. Et de moi aussi, par la même occasion.

Elle essuya ses larmes avec la paume de ses mains.

— Il faut remettre ce protocole d'accord à Fred Ryder. Il a le droit d'être mis au courant. Il doit l'être. Après quoi il agira. On ne peut pas autoriser la CIA à mener sa propre politique étrangère. Surtout si cette politique se solde par la mort de plusieurs milliers d'innocents.

Anne plongea son regard dans celui de Marten.

— J'ai fait ce que j'ai fait parce que c'était ce qu'il fallait faire. Je n'avais pas l'intention de te blesser, de te faire peur ni de me servir de toi... Je n'en peux plus... Il faut que je dorme... Pardon.

Marten trouva un morceau de papier, y jeta quelques mots en guise de pense-bête et plia le feuillet. Il patienta quelques minutes encore dans la salle de bains pour laisser à la jeune femme le temps de se ressaisir. Il finit par récupérer le Glock sur la tablette en marbre, ainsi que le jeu de négatifs, et regagna la chambre.

Anne avait laissé la lumière allumée. Elle s'était glissée sous les couvertures. Elle lui tournait le dos. Il consulta la pendule.

Il se dirigea vers le placard, composa la combinaison du coffre, attendit que le verrou électronique cède, ouvrit la porte et déposa l'enveloppe contenant les négatifs auprès des photos et de la carte mémoire. Il referma la porte. Quelques secondes plus tard, il abandonnait le Glock sur la table de chevet, éteignait la lumière, ôtait son peignoir et se glissait à côté d'Anne. Il se pencha vers elle pour l'embrasser tendrement, remonta la couverture sur elle, puis se laissa aller sur le dos dans le noir. Il ne désirait plus qu'une chose : dormir.

Mais mille pensées l'assaillirent. Les larmes soudaines de la jeune femme, les émotions qu'elle ne contrôlait plus, autant de signes qui lui rappelèrent l'effondrement de Rebecca, sa sœur, lorsque des intrus avaient abattu leurs parents adoptifs sous ses yeux, dans leur maison de Californie ; elle n'était encore qu'une enfant. Le temps que la police et les voisins la découvrent, elle était au bord de la crise de nerfs. Peu après, elle était tombée en état de choc. Elle ne parlait plus, n'entendait plus. Elle s'était retranchée dans un monde de silence. Elle faisait peine à voir. On l'avait internée. Plusieurs années durant elle était demeurée ainsi, jusqu'à ce qu'un autre traumatisme l'oblige à sortir de sa tétanie.

Marten se souvint de ce qu'Anne lui avait confié à Berlin.

Ma mère est tombée gravement malade lorsque j'avais trois ans. Elle a passé un mois à l'hôpital. Elle ne me reconnaissait plus, elle ne reconnaissait plus son mari. Personne ne comprenait de quoi elle souffrait. Finalement, elle s'en est sortie. Mais cet épisode m'a terrorisée, comme il a terrorisé mon père. J'étais très jeune, mais je m'en rendais bien compte. Il était perdu. J'aurais tellement voulu l'aider, mais je n'en avais pas les moyens.

Puis : *Ma mère est morte quand j'avais treize ans. D'une tumeur au cerveau. La maladie l'a emportée vite, mais elle a vécu des moments abominables. Mon père aussi. Comme il l'avait fait lors de la première alerte, il s'est démené pour me préserver, alors que lui-même était en train de sombrer. Je me demande encore comment il a réussi à s'occuper de moi sans craquer et à continuer de tenir les rênes de la compagnie.*

La maladie de Rebecca avait amené Marten à côtoyer de nombreux spécialistes de la santé mentale. La crise que venait de subir Anne prenait probablement racine dans sa prime enfance. Sans frère ni sœur pour la réconforter, elle avait été contrainte de masquer ses émotions. Son père était devenu son unique source de préoccupation. Le phénomène s'était accentué quand elle l'avait veillé puis regardé mourir après sa série d'attaques. La retenue qu'elle s'était imposée était devenue un mode de vie. En apparence, elle était une femme forte, pleine d'assurance ; en réalité, elle enfouissait les difficultés au plus profond d'elle-même au lieu de les affronter.

Cette fois, la succession des événements l'avait soudain engloutie. Après une orgie de sexe qu'elle avait réclamée, les vannes s'étaient enfin ouvertes. Elle avait craqué.

Maintenant qu'elle avait confié les négatifs à Marten en lui révélant leur contenu, il ne leur restait qu'une chose à faire : attendre que Fred Ryder se pose à Lisbonne et qu'il prenne contact avec eux.

Marten consulta de nouveau sa montre : 3 h 51.

Il ferma les yeux et, enfin, s'enfonça dans le sommeil.

3 h 53

Ils s'exprimaient en portugais.
— Quel étage ?

— Le dernier, je crois. Je suis passée par-derrière. Il n'y avait de la lumière que là-haut. Elle s'est éteinte il y a une vingtaine de minutes. La femme est rentrée vers minuit, l'homme une heure plus tard.

— Tu es sûre que c'était eux ?

Carlos Branco se tenait dans le parc obscur, en face du numéro 17 de la Rua da Almada. Coiffé d'une casquette de pêcheur, il avait remonté le col de sa veste pour se protéger de la bruine. La femme qui l'accompagnait pouvait avoir vingt ans. Ses courts cheveux noirs frisés, son pull léger, son blouson et son jean étaient trempés. Elle était dehors depuis longtemps.

— Je suis certaine que c'est elle. Je l'ai suivie depuis le quartier de Baixa. Lui, je ne peux pas l'assurer à 100 %. J'étais déjà dans le parc quand je l'ai repéré devant l'immeuble. Mais il correspond au signalement qu'on m'a donné.

— Tu as fait du bon boulot.

— Je sais.

Branco prit sa main pour y fourrer un billet de cent euros.

— Rentre te coucher, maintenant. Et tu n'es jamais venue ici.

Il la regarda s'éloigner dans la pénombre. Puis elle passa sous un lampadaire et s'évanouit définitivement au cœur des ténèbres. Il se retourna, sortit de sa veste un petit télescope de vision nocturne qu'il pointa vers le dernier étage du bâtiment. En dépit de la lueur verdâtre émise par l'appareil, il ne distingua rien.

3 h 58

97

Phares éteints, la BMW grise se gara sans bruit le long du parc, de l'autre côté de la Rua da Almada. Quelques secondes plus tard, une silhouette émergea de l'ombre, ouvrit la portière arrière et se glissa aux côtés de Conor White.

— Numéro 17, dernier étage, fit Carlos Branco.

— Vous êtes sûr que ce sont eux ?

— Pour la femme, c'est une certitude. L'homme, ça reste à voir, mais je parie qu'il s'agit de Marten. Il y a une ruelle qui donne sur une autre entrée à l'arrière de l'immeuble. L'un de mes hommes fait le guet. Personne n'est sorti. Je pense qu'ils dorment. La serrure de la porte est facile à forcer. Si vous voulez y aller, c'est maintenant.

White considéra Jack installé derrière le volant, puis Patrice, assis sur le siège passager.

— Jack, faites demi-tour et conduisez-nous dans la ruelle sans allumer vos phares.

— Colonel, intervint Branco. Il faut agir très vite. Aussitôt après, vous devrez filer à l'aéroport et quitter le pays sur-le-champ.

— Comment ça, « sur-le-champ » ?

— Il y a des policiers partout. Ils traquent le meurtrier de mes hommes.

— Quel rapport avec moi ?

— Ils sont aussi à votre recherche, ainsi… ainsi que ces messieurs, lâcha-t-il en désignant du menton Patrice et Jack.

— Pourquoi ? Que nous veulent-ils ?

— Vous êtes soupçonnés du meurtre d'une doctoresse espagnole et de ses étudiants en médecine non loin de Madrid.

— Quoi ? (Conor White était éberlué.) Comment savez-vous ça ?

— J'ai de nombreux contacts au sein de la police. Que vous soyez coupable ou non m'importe peu. Le fait est qu'on vous a vu ce soir dans le hall de l'hôtel Lisboa Chiado, puis au bar du Ritz. À l'heure qu'il est, les policiers passent au peigne fin la zone s'étendant du quartier de Baixa, où mes hommes se sont fait tuer, au Chiado. Conclusion : si vous souhaitez mettre la main sur Nicolas Marten et Anne Tidrow, dépêchez-vous, puis filez. Pénétrez dans l'aéroport par la porte que je vous ai fait franchir à votre arrivée. La police ignore comment vous êtes venu à Lisbonne. Ils vont d'abord fouiner du côté des vols commerciaux. Ils ne penseront pas tout de suite à l'aviation civile. Branco posa la main sur la poignée de la portière en souriant légèrement. Bonne chance, cher ami. Je ne doute pas que vous me rétribuerez en temps voulu.

— Baissez-vous ! lâcha soudain Jack.

Les quatre hommes plongèrent aussitôt sous le niveau des vitres. Une voiture de police passa lentement auprès d'eux. La lumière de ses phares balaya un instant la BMW. Dix secondes plus tard, Branco, White et ses deux mercenaires se redressèrent.

Branco suivit les policiers des yeux.

— Les voilà déjà dans le Bairro Alto.

Il se tourna vers White.

— Estimez-vous heureux qu'ils ne se soient pas montrés cinq minutes plus tard, quand vous auriez été en train de forcer la porte de l'immeuble. Fichez le camp. Rejoignez votre avion le plus vite possible.

— Non, rétorqua White. Nous sommes trop près du but.

— Colonel, fit Patrice. Ça ne vaut pas le coup.

White gratifia son subalterne d'un regard méprisant.

— Qu'en savez-vous ?

Il revint à Branco.

— Dites à vos hommes de rester en place. Marten et Anne vont bien finir par sortir pour rencontrer Fred Ryder. Nous les suivrons. Pendant ce temps-là, vous serez auprès du député, puisque vous êtes censé assurer sa sécurité avec les autres membres du RSO.

— Vous en revenez donc au plan initial ?

— Exactement.

— J'ai pourtant respecté les termes de notre accord.

— En effet. Et je vous paierai en conséquence.

— Vous ne pouvez pas rester dans les parages.

— Vous m'avez dit que la police sillonnait les quartiers de Baixa et du Chiado. Or, les voilà ici. S'ils savent que nous nous trouvions au Ritz dans la soirée, ça signifie qu'ils ont déjà couvert le secteur entre l'hôtel et le quartier de Baixa. Je me trompe ?

— Non, vous avez raison.

— Constatant que nous n'y étions plus, ils ont poussé jusqu'ici. Ils patrouillent. Mais une patrouille, ça s'évite, surtout quand on se sait poursuivi. C'est le jeu du chat et de la souris. Jack, Patrice et moi avons déjà affronté des situations autrement plus dangereuses. Nous avons fréquenté des zones infiniment plus effrayantes que les ruelles pittoresques de Lisbonne. Je suppose que vos sentinelles sont équipées de radios ?

— Évidemment.

— Donnez-moi la fréquence.

— 171.925.

— Bien. Nous resterons à l'écoute. Dès que Marten et Mlle Tidrow quitteront leur appartement, prévenez-nous et suivez-les. Nous vous retrouverons à l'endroit qu'ils auront choisi pour rencontrer Ryder. Vous, occupez-vous de ce dernier. Occupez-vous-en bien. Il ne doit pas soupçonner la présence d'une taupe au sein de son service de sécurité.

— Je comprends mieux pourquoi on vous a remis la Victoria Cross, fit Branco avec un sourire admiratif.

Il ouvrit la portière et disparut dans les ténèbres.

4 h 37

98

6 h 50

Marten se réveilla en sursaut. Anne dormait toujours. Elle semblait ne pas avoir bougé d'un centimètre depuis qu'elle avait posé la tête sur son oreiller. Il se leva, enfila le jean et la chemise qu'il portait depuis Berlin, puis fouilla dans la poche de son blouson en quête de son téléphone jetable. Un coup d'œil en direction de la jeune femme et il ramassa le Glock sur la table de chevet avant de quitter la chambre en refermant soigneusement la porte derrière lui.

Alors qu'il avançait vers la cuisine, quelque chose retint son attention. Il se rapprocha de la fenêtre. L'aube était en train de poindre. La lumière du matin commençait à découper des ombres dans le parc. Un camion passa en grondant. Un cycliste le suivit quelques secondes plus tard. Le parc était vide.

Mais l'était-il vraiment ?

Marten avisa une silhouette masculine sur l'un des bancs où il s'était installé la veille avec Anne. Il se tenait sous un arbre, seul. Marten songea d'emblée qu'il surveillait l'immeuble. Quelqu'un l'avait-il filé jusqu'ici ? Avait-on suivi Anne ?

D'ordinaire, il aurait chassé cette pensée de son esprit. Il aurait décrété qu'il en faisait trop. Un homme seul dans un parc pouvait très bien attendre quelqu'un. Ils iraient ensuite travailler ou se promener ensemble. Mais quelques heures plus tôt, il s'était trouvé nez à nez avec Conor White et Patrice. Quelques heures plus tôt, la présence d'Anne à l'hôtel Lisboa avait été repérée en une poignée de minutes. Quelques heures plus tôt, il y avait eu la Jaguar bleue. White, les responsables de la CIA ou d'autres encore avaient expédié des agents à leurs trousses.

Marten gagna la cuisine.

Il était presque 7 heures. Presque 2 heures du matin à Washington. Le président Harris devait dormir. Tant pis. Il fallait le mettre au courant de la situation. De plus, Marten désirait qu'il prenne immédiatement contact avec Fred Ryder. White savait qu'ils se trouvaient à Lisbonne. Peut-être même l'homme qui patientait dans le parc était-il l'un de ses sbires. À peine Ryder aurait-il atterri dans la capitale portugaise qu'il serait placé sous surveillance. On le suivrait partout. Un rendez-vous secret se révélait désormais impossible. Pis : si Anne et lui rencontraient le député, ils devraient emporter les preuves matérielles avec eux – Anne glisserait les photos et la copie du protocole d'accord dans son sac, Marten cacherait la carte mémoire au fond d'une poche de son jean. Mais s'ils se faisaient prendre, tout s'évanouirait en un instant.

Il commença à composer le numéro du portable du président puis s'interrompit. Si les hommes de White ou les agents de la CIA guettaient l'appartement, peut-être disposaient-ils aussi d'un matériel audio assez sophistiqué pour leur permettre de capter une conversation téléphonique. Non seulement on en surprendrait le contenu, mais on aurait vite fait d'identifier la voix de son correspondant. Il fallait pourtant expliquer au président ce qui se tramait. Restait à espérer que les sentinelles n'avaient pas encore reçu l'équipement nécessaire.

Il composa le numéro. John Henry Harris décrocha au bout de deux sonneries.

— *Que se passe-t-il ? Y a-t-il un problème ? Avez-vous parlé à Fred Ryder ?*

— La CIA. Anne a récupéré en fraude une lettre d'intention émanant de son directeur adjoint. Il a conclu un accord avec Striker et Hadrien pour soutenir l'insurrection en Guinée équatoriale dans le but de s'attirer les faveurs des rebelles et provoquer la chute du président Tiombe afin de préserver les intérêts pétroliers américains.

— *Vous êtes sûr que c'est un document authentique ?*

— Anne l'a photographié intégralement sur l'écran de télévision d'une chambre d'hôtel. La qualité de l'image n'est pas optimale, mais tout y est. Vous craigniez que le bureau du procureur n'ait pas assez d'éléments à se mettre sous la dent. Ajoutez ce protocole d'accord, les photos et le témoignage d'Anne Tidrow : il y a de quoi faire.

« Mais ne mettons pas la charrue avant les bœufs. Fred Ryder ne m'a pas encore appelé et je n'ai aucun moyen de le joindre. Il faut que je lui parle au plus vite. Conor White et ses mercenaires savent que nous sommes ici. Ils m'ont vu. Ils m'ont pourchassé. J'ai dû tuer deux hommes. White a le bras long. Peut-être appartient-il à la CIA. En tout cas, il entretient des liens étroits avec l'Agence. Je me demande s'ils ne sont pas en train de surveiller l'immeuble.

— Ils sont en train de surveiller l'immeuble.

Marten releva la tête. Anne se tenait à l'entrée de la pièce. Elle avait noué ses cheveux en chignon, s'était drapée dans son peignoir.

— Deux hommes, précisa-t-elle. De l'autre côté de la rue. Dans le parc.

— Deux ? s'étonna Marten. Tout à l'heure je n'en ai vu qu'un.

— Eh bien maintenant ils sont deux.

Anne était calme, elle analysait froidement la situation.

— Il faut indiquer à Fred Ryder un lieu de rendez-vous avant qu'il atterrisse, continua-t-elle. Dès qu'il pénétrera dans le réseau de télécommunications lisboète, nous ne pourrons plus nous permettre de lui parler. Toutes ses lignes seront aussitôt placées sous surveillance.

— Vous avez entendu ? fit Marten dans le téléphone.

— *Je suppose qu'il s'agissait de Mlle Tidrow.*

— J'espère que Ryder est encore en chemin à l'heure qu'il est. Tâchez de le joindre et demandez-lui de retarder son atterrissage jusqu'à ce que j'aie déterminé un lieu où nous retrouver sans crainte. Le mieux serait de le voir à l'aéroport.

— *Impossible. Son itinéraire a été fixé par l'ambassade. Il ne peut rien modifier sans attirer immédiatement l'attention. Il est obligé de jouer le jeu, au départ du moins, et de se rendre à l'hôtel. Quoi qu'il en soit, vous ne pourrez pas le rencontrer. Vous devez aller à l'aéroport, embarquer à bord de son avion et quitter Lisbonne avec lui. Dès que vous serez sur le sol américain, je m'occuperai de tout. À vous de grimper dans cet appareil et de vous envoler dès que possible.*

— Nous n'y parviendrons pas seuls. J'ai besoin de l'aide de Raisa. Vous m'avez dit de lui faire une confiance aveugle. Vous en êtes sûr ?

— *Vous pouvez vous en remettre totalement à elle, cousin. Je vous ai dit aussi que c'était une femme intelligente et pleine de ressources. Elle est très efficace. Nous nous connaissons depuis longtemps.*

— Dans ce cas, je vais lui parler, puis je vous rappellerai. J'espère que je pourrai alors vous confirmer un lieu et une heure de rendez-vous avec Ryder. Vous lui transmettrez l'information avant qu'il atterrisse. Si Raisa ne peut pas nous donner un coup de main, nous tenterons autre chose. Je vous téléphone bientôt.

Marten raccrocha.

— Votre ex ? fit Anne avec un mince sourire.

— C'est ça.

Il se dirigea immédiatement vers la fenêtre. L'homme qu'il avait repéré plus tôt s'était rapproché de l'entrée du parc. Un autre se tenait en arrière, près d'une fontaine, les yeux braqués sur l'immeuble. Au bout de quelques secondes, il porta une main à son oreille, comme s'il écoutait quelque chose. Puis il porta l'autre main à sa bouche.

— Il parle à quelqu'un.

Anne le rejoignit.

— Ça signifie que d'autres sont postés à l'arrière du bâtiment.

— Ce ne sont pas des policiers, n'est-ce pas ? demanda Anne.

— Non, je ne crois pas.

Marten traversa la pièce. Il s'empara du téléphone et composa le 1-1, ainsi que Raisa le lui avait indiqué. Elle répondit après deux sonneries.

— *Bonjour, monsieur Marten.*

— Bonjour, Raisa. Je sais qu'il est tôt, mais j'aimerais que vous montiez immédiatement. C'est important. Merci.

7 h 15

99

Une heure et quarante minutes de sommeil lui avaient suffi. Conor White s'était levé à 6 h 45. Un quart d'heure plus tard, il avait pris sa douche et s'était rasé. Il avait réveillé Patrice et Jack. Pieds nus, ne portant rien d'autre qu'une serviette de bain autour de la taille, il avait actionné une petite radio dont il avait glissé l'oreillette dans son oreille droite. Il avait réglé la fréquence selon les indications de Branco afin d'écouter les échanges entre les guetteurs postés devant le 17 de la Rua da Almada. Il avait ensuite gagné la cuisine pour y faire du café. À 7 h 10, il prenait des notes sur son ordinateur portable. Six minutes encore et il dépliait un plan de Lisbonne sur lequel il repérait l'ambassade des États-Unis. Avenida das Forças Armadas. À moins de dix minutes du logement qu'il occupait avec ses deux subordonnés.

7 h 20

White composa le numéro de Carlos Branco sur son BlackBerry.

— *Oui ?* répondit le Portugais.

— Où êtes-vous ?

— *Je suis en train de quitter le Ritz. La suite du député Ryder est fin prête. Nous nous rendons à l'aéroport pour l'accueillir.*

— Il me faut une voiture et un chauffeur. Quelqu'un qui connaît bien la ville. Qui sait aussi ce qui se trame avec Marten et Fred Ryder.

— *Quand et quel type de véhicule ?*

— Une limousine avec des plaques des Nations unies. Qu'elle nous attende devant l'ambassade américaine. Le plus tôt sera le mieux. Dans combien de temps pouvez-vous m'obtenir ça ?

— *C'est un peu compliqué. Je dois passer plusieurs appels.*

— Dans combien de temps, Branco ?

— *Dans moins d'une heure.*

Conor White consulta sa montre.

— Nous partons d'ici à 8 h 20. Nous serons à l'ambassade dix minutes plus tard. S'il y a un problème, rappelez moi.

— *Il n'y aura pas de problème.*

— Parfait.

White se rendit dans la salle de bains, où se trouvaient Patrice et Jack. Ce dernier sortait à l'instant de la cabine de douche. Il se séchait les cheveux à l'aide d'une serviette. Patrice en faisait autant. Il quitta la pièce. Les deux hommes ne portaient qu'un caleçon. Au-delà de leurs différences physiques, tous deux semblaient taillés dans le roc. Ils exhibaient des tatouages et des cicatrices, comme il sied aux vétérans.

— On dirait deux tourtereaux, fit White d'un ton impassible.

Jack lui décocha un large sourire.

— Vous êtes mignon aussi avec votre serviette, colonel. On dirait que vous avez envie de vous joindre à la fête sans y avoir été invité.

Une lueur enfantine brilla un instant dans le regard de Conor White.

— Ma queue est bien trop grosse pour vous, mes agneaux.

Mais déjà, le mercenaire avait repris tout son sérieux.

— Aujourd'hui, c'est costume-cravate. Soyez prêts à 8 h 20.

Il rejoignit sa chambre pour s'habiller. Son BlackBerry émit un son lui indiquant qu'il venait de recevoir un SMS. Il consulta le téléphone. Le message émanait de Bruce Truex, qui se trouvait toujours à Bagdad. White alla dans la cuisine pour le lire.

Il le consulta une première fois. Puis une seconde.

« J'ai reçu la dépêche suivante il y a cinq minutes. Arnold Moss, à Houston, et Jeremy Moyer, à Lisbonne, étaient en copie. Je vous la fais suivre. Ainsi qu'à Anne, si elle peut, ou veut, la lire. Vous savez combien Washington sait se montrer à la fois laconique et ambigu. Si bien que j'ignore s'il s'agit d'une réprimande, d'un compliment, ou s'ils tiennent simplement à nous informer. La voici :

"Né dans les montagnes à l'est de Madrid, le Tage s'écoule vers le nord-ouest. Il traverse le centre de l'Espagne pour former ensuite une partie de la frontière luso-ibérique. Puis il se dirige vers le sud-ouest pour se jeter dans l'Atlantique à Lisbonne. C'est là, entre les villes de Paço de Arcos et de Carcavelos, où le fleuve rejoint l'océan, que le corps de Joseph Wirth, PDG de Striker Oil, a été découvert juste avant l'aube par des pêcheurs, flottant au milieu d'un amas d'algues et de déchets."

Je vous transmets un second message. Il est crypté. Washington ne l'a expédié qu'à Moss et moi-même. Lisez-le sur votre ordinateur portable. Il est tout ce qu'il y a de plus éloquent. Je compte sur vous pour prendre immédiatement les mesures qui s'imposent. Je m'envole pour Washington dans moins d'une heure. »

White s'assit à la table et alluma son ordinateur. Il entra un code, puis un mot de passe, comme on le lui demandait. Il cliqua sur le message le plus récent – envoyé douze petites minutes plus tôt.

« *Protocole XARAK, accès au fichier, 4 juin, 17 h 17 (UTC – 5). Code d'accès AZ101P-22-0LX5-8.*.8.*2.* »

White s'empressa de se déconnecter puis d'éteindre la machine. Le code d'accès était celui de Bruce Truex. L'heure : 22 h 17 heure de Lisbonne. Au moment même où Anne Tidrow s'était trouvée dans une chambre de l'hôtel Lisboa Chiado. On avait accédé au fichier, mais on ne l'avait ni copié ni téléchargé. Sinon, le programme se serait interrompu aussitôt, l'alarme aurait retenti et on aurait pu localiser le pirate. Tout cela, Anne le savait parfaitement. C'est pourquoi elle avait sans doute recopié le document à la main ou photographié l'écran de l'ordinateur.

— Et merde, souffla White.

Comme si Anne et les clichés ne suffisaient pas… Ce document, que Truex, Joe Wirth, Arnold Moss et lui-même avaient surnommé *le Protocole Hadrien*, constituerait une preuve matérielle accablante du rôle de la CIA dans la situation équato-guinéenne. Hors de question que quiconque le rende public. D'ailleurs, Truex avait été clair : « *Je compte sur vous pour prendre immédiatement les mesures qui s'imposent.* » C'était un ordre. Il chargeait White de mettre la main sur les pièces compromettantes, puis d'éliminer Marten, Anne et Fred Ryder dès que possible.

Qu'était-il en train de faire ? se demanda-t-il soudain. Il avait bâti toute son existence avec une seule intention : obtenir la reconnaissance de son père. Pour ce faire il avait fréquenté de brillantes écoles, il était devenu un héros militaire. Mais l'édifice entier menaçait de s'écrouler à cause de ces maudites photographies. C'est pourquoi il avait tout tenté pour les récupérer. Il tenait à préserver son image. Il s'était mué en meurtrier – il avait tué deux jeunes femmes et deux garçons d'à peine plus de vingt ans, il avait tué un pétrolier texan. Dans quelques minutes, dans quelques heures peut-être, il en abattrait trois de plus, dont un membre du Congrès américain. Pour quelle raison ? Pour que l'homme qui n'avait jamais daigné le reconnaître ne soit pas saisi d'effroi en découvrant l'affaire dans laquelle il était mouillé. Cela n'avait aucun sens.

Depuis qu'Anne était entrée en scène, les événements s'étaient précipités, tant et si bien qu'ils ne le concernaient désormais plus exclusivement. Le projet mis sur pied et décrit dans le Protocole Hadrien était en jeu. Rien de moins. White n'aurait jamais cru à un tel coup de théâtre. Étrangement, il se sentait soulagé : il n'était plus un vulgaire assassin, il redevenait un soldat, un patriote.

7 h 48

100

Aéroport international de Portela, 8 h 42

Carlos Branco patientait au pied de la passerelle tandis que le député Fred Ryder et ses agents de sécurité personnels, Chuck Birns et Tim Grant, descendaient de leur Gulfstream 200. Branco savait que Grant et Birns travaillaient pour Ryder depuis quinze mois ; ils veillaient sur lui dès qu'il quittait le sol des États-Unis ; le député leur faisait une totale confiance. Autant dire que le Portugais risquait de rencontrer quelques difficultés quand il s'agirait d'éloigner les deux cerbères de leur maître afin de laisser le champ libre à Conor White et ses mercenaires.

— Agent spécial Anibal Da Costa, se présenta Branco. Bienvenue à Lisbonne, monsieur. Par ici, s'il vous plaît.

Il les mena à une Chevrolet garée sur le tarmac à cinq ou six mètres, où se tenaient deux autres agents dépêchés par l'ambassade.

Un moment plus tard, ils franchissaient les barrières de sécurité pour se diriger vers la ville par la route que Branco avait empruntée une douzaine d'heures auparavant en compagnie de Conor White.

Il avait eu raison d'affirmer que Marten ne le reconnaîtrait pas la prochaine fois qu'il le croiserait. L'homme en chemise hawaiienne, glabre et brun, qu'il avait vu la veille à l'hôtel Lisboa Chiado, portait à présent un costume noir, une chemise blanche et une cravate. Il arborait une chevelure et une barbe grises. Il avait soigné le détail jusqu'à masquer ses yeux noisette sous des lentilles de contact d'un bleu profond. C'est que Marten n'était pas un débutant. Jack l'avait souligné après avoir examiné les deux cadavres à côté de la Jaguar bleue.

« Ce n'est pas un architecte paysagiste comme les autres. Il a tiré trois fois. Il a mis trois fois dans le mille. Le chauffeur s'est pris un pruneau entre les deux yeux. Ce gars-là sait ce qu'il fait. »

Ce souvenir, associé à la présence de Fred Ryder à ses côtés, ramena sèchement Branco aux raisons pour lesquelles on l'avait engagé. Il était le « peintre » qui allait préparer le terrain pour Conor White. Anne Tidrow, Marten et Ryder, pour des motifs qu'il ignorait, constituaient un danger pour la CIA ; il convenait d'y remédier. Les gardes du corps du député représentaient eux aussi des obstacles. C'est pourquoi Branco avait fait appel à cinq anciens membres des commandos de l'armée portugaise, des spécialistes de la contre-guérilla qui fileraient Anne et Marten dès qu'ils quitteraient leur immeuble pour aller rencontrer

Fred Ryder. Si Birns et Grant essayaient de s'interposer au moment crucial, on les mettrait en pièces – deux employés dévoués du ministère de l'Intérieur américain tombés sous les coups d'assaillants non identifiés. Anne Tidrow, Marten et Fred Ryder se retrouveraient à la merci de Conor White et de ses mercenaires.

Hôtel Four Seasons Ritz, 9 h 30

Branco ouvrit la porte de la suite de Fred Ryder, au septième étage de l'hôtel. Birns et Grant entrèrent les premiers pour se livrer à une inspection scrupuleuse des lieux. Le RSO de Lisbonne était passé deux heures plus tôt. Tout était parfait. À l'exception du matériel audio miniature que Branco avait lui-même installé à 6 h 15 en veillant personnellement à ce que nul ne le découvre ensuite. Quant au téléphone portable de Ryder, un opérateur de télécommunications privé recruté par Jeremy Moyer – responsable de la CIA local – se chargeait d'en recenser tous les appels.

Une fois l'examen terminé, Birns fit un signe de tête en direction de Fred Ryder, qui se tourna vers Branco.

— Merci. Je vous sais gré de votre professionnalisme.

— Nous aimons notre travail, monsieur, répondit Branco avec un sourire.

— Je sais. Maintenant, je vais tâcher de me remettre des fatigues du voyage en faisant quelques longueurs dans la piscine de l'hôtel. Il me faudrait une voiture vers 11 h 30. Je déjeune avec un vieil ami.

— Où cela, monsieur ?

— Au Café Hitchcock. Dans le quartier de l'Alfama. Vous connaissez ?

— Oui, monsieur. C'est à moins de dix minutes d'ici.

— Je vous remercie, agent Da Costa.

— Tout le plaisir est pour nous, monsieur.

Branco quitta la pièce. Le député regarda la porte se refermer, puis considéra Grant et Birns.

— Je descends à la piscine. Vous m'y rejoindrez plus tard.

— Vous devriez plutôt nous attendre, monsieur, fit Grant. Nous allons vous escorter.

— Nous sommes au Ritz, messieurs. Pas dans un bunker en Irak. Mais soit, je vous attends.

Les deux hommes reprirent leur inspection dans la pièce adjacente.

Ryder prit une profonde inspiration et s'approcha de la fenêtre. Il distingua le parc Édouard-VII. Chaque arbre, chaque brin d'herbe scintillaient joyeusement dans le soleil matinal. La ville entière semblait comme lavée par les averses de la nuit.

Le président Harris avait réussi à le joindre juste avant qu'il pénètre dans l'espace aérien de Lisbonne. Il avait d'abord demandé à Ryder s'il faisait pleinement confiance à ses agents de sécurité personnels. Oui, avait répondu le député. Puis ç'avait été une mise en garde : il ne devait se fier à aucun membre de l'ambassade américaine. Le moindre de ses mouvements allait être épié, ses conversations téléphoniques écoutées ; il y aurait des micros dans sa suite.

« N'essayez pas de prendre contact avec Marten. Vous allez devoir mettre vos gardes du corps dans la confidence en priant pour qu'ils n'aient aucun lien avec le RSO de Lisbonne. Il va vous falloir quitter votre hôtel au plus vite et sans qu'on vous voie. À présent, veuillez noter ce qui suit :

Il est prévu que vous retrouviez Marten et Anne Tidrow à l'hôpital universitaire, 25 Rua Serpa Pinto, à 11 heures, heure locale. Pénétrez dans le bâtiment par l'arrière. Un *homme grand, au front dégarni, répondant au nom de Mário Gama, directeur de la sécurité de l'établissement, se tiendra à l'accueil. Présentez-vous : vous serez John Ferguson, de l'American Insurance Company. Vous demanderez à vous entretenir avec Catarina Silva, responsable des créances. Gama vous conduira vers Marten et Anne Tidrow. À 11 h 15, une camionnette de blanchisserie vous attendra devant l'entrée du bâtiment. Rendez-vous directement à l'aéroport, sautez dans votre avion et filez tous ensemble. »*

Le président s'était montré emphatique, il avait insisté sur le danger et l'importance de l'opération.

« Anne et Marten détiennent des informations capitales. Des preuves matérielles. C'est pourquoi vous devez agir au mieux. Marten vous attendra jusqu'à 11 h 30. Si vous n'arrivez pas, si vous rencontrez des problèmes en cours de route, alors reprenez toute la procédure le lendemain à la même heure. Enfin, dites aux membres du RSO que vous allez déjeuner avec un vieil ami. Qu'en conséquence vous avez besoin d'une voiture vers 11 h 30. Ce déjeuner est censé se tenir au Café Hitchcock, dans le quartier de l'Alfama. Loin de l'hôpital. À l'ambassade, on vous croira dans votre chambre jusqu'à cette heure-là. Croisons les doigts pour que vous ayez le temps, dans l'intervalle, de quitter l'hôtel pour rejoindre Marten. »

Sur ce, le président lui avait souhaité bonne chance avant de raccrocher.

— Prêt pour la piscine, monsieur ?

L'agent Grant patientait à la porte de la chambre.

— Et comment. Allons-y.

9 h 37

101

Dos courbé, le faisceau de sa torche braqué devant lui, le Glock à la ceinture, Marten menait Anne le long d'un souterrain étroit, sombre, bas de plafond et envahi de toiles d'araignées, qui courait depuis la cave de l'immeuble de Raisa jusqu'à celle du numéro 9 de la même rue. En théorie du moins.

Ces passages, qu'on n'utilisait plus depuis longtemps, avaient été percés durant les premières années de la Seconde Guerre mondiale, à une époque où la neutralité politique du Portugal lui avait valu de devenir un refuge pour les juifs fuyant l'Europe centrale. Lisbonne s'était alors muée en zone de transit pour ces expatriés désireux de se rendre aux États-Unis. En vertu de leur proximité avec le port, les quartiers de Baixa, du Chiado et du Bairro Alto avaient la préférence des fugitifs, ainsi que des espions nazis chargés de surveiller leurs mouvements et de relever le nom et la destination des navires à bord desquels ils embarquaient. C'est ainsi que de nombreux propriétaires d'immeubles, dont ceux de la Rua da Almada, avaient creusé des souterrains secrets reliant les bâtiments entre eux.

Quelques décennies plus tard, Anne et Marten mettaient leurs pas dans ceux des juifs d'autrefois. Ils ne cherchaient cependant pas à prendre le bateau, mais à monter dans la camionnette d'un électricien, qui les attendait à l'extrémité du pâté de maisons pour les conduire à l'hôpital universitaire selon le plan mis sur pied par Raisa.

Celle-ci avait accompli des merveilles. La vitesse d'exécution dont elle avait fait preuve méritait à elle seule l'admiration. Marten l'avait appelée à 7 h 15. À 7 h 18, elle était dans l'appartement, vêtue du peignoir rose et des mules qu'elle portait la veille au soir. Elle avait écouté attentivement Marten, qui avait réussi à lui présenter la situation sans faire mention du président Harris devant Anne.

— Je suppose que vous devinez qui est à l'origine de tout cela, avait-il conclu au terme de son exposé.

— Je le devine parfaitement, avait répondu Raisa avec un fin sourire. Les vieilles amours ont la vie dure.

Anne n'avait fait aucun commentaire. Elle n'était intervenue que pour mettre la logeuse en garde.

— Ceux qui surveillent l'immeuble disposeront sans doute bientôt d'un matériel audio sophistiqué, si ce n'est pas déjà le cas. Ils vont intercepter toutes vos communications téléphoniques.

— Dans ce cas, nous allons contourner la difficulté.

Raisa s'éloigna en extirpant un BlackBerry de la poche de son peignoir. Elle en consulta le répertoire. Puis elle rangea l'objet, se retourna et revint vers eux.

— Ma blanchisserie ne se trouve pas loin d'ici. Je m'y rends tous les matins. C'est ce que je vais faire maintenant. Quand j'aurai des informations pour vous, je vous enverrai un messager. Un adolescent prénommé Otavio. Il vous remettra un feuillet avec mes instructions. Suivez-les à la lettre.

— Raisa, fit Marten. Nous ne pouvons pas quitter l'immeuble sans nous faire repérer.

C'est alors qu'elle leur avait parlé du réseau de souterrains. Elle pensait qu'on pouvait encore y circuler malgré leur ancienneté.

— Quand vous en sortirez, cherchez la camionnette d'un électricien. Une camionnette bleue avec des lettres blanc et or. Elle sera garée à l'extrémité du pâté de maisons. Le chauffeur vous conduira là où vous devez vous rendre. Ensuite, une fourgonnette de ma blanchisserie vous emmènera à l'aéroport.

— Il va falloir transmettre à notre relation commune l'heure et le lieu du rendez-vous, dit Marten à Raisa.

— J'y veillerai, le rassura-t-elle avec un sourire.

Elle se tourna vers Anne.

— Nous avons nos petits secrets, ma chérie. Je suis certaine que vous comprenez.

— Bien sûr. (Anne lui rendit son sourire.) « Les vieilles amours ont la vie dure. »

Elle regarda Marten, qui ne réagit pas.

9 h 45

Il éclaira au moyen de sa torche une barricade constituée de morceaux de bois grossièrement équarris. Elle bloquait le passage. Il se retourna vers Anne.

— Je ne sais pas ce que c'est que ce truc-là. Tiens la lampe, s'il te plaît.

Ils se trouvaient dans le souterrain depuis moins de vingt minutes. L'odeur de moisissure était partout et ils progressaient avec une lenteur exaspérante. Ils devaient contourner ou enjamber des gravats, de vieux meubles, du matériel électrique abandonné là depuis des lustres. Ils avaient même croisé le squelette d'un gros chien.

Cette fois, ils étaient coincés pour de bon. Et l'heure tournait. Combien de temps faudrait-il pour venir à bout de cet obstacle ? Combien de temps la camionnette pourrait-elle rester garée sans éveiller l'attention des guetteurs ? Et Ryder ? songea Marten. Était-il en ce moment même en train de se rendre à l'hôpital universitaire ? Avait-il seulement reçu les directives nécessaires ? Si oui, avait-il pu échapper aux agents du RSO ? Que se passerait-il si, une fois à l'hôpital, il ne les voyait pas ? Que se passerait-il si lui n'y était pas quand ils arriveraient ? Que se passerait-il s'il fallait tout recommencer le lendemain ? Et si le lendemain l'opération échouait encore ? Et si cette fichue barricade refusait de leur livrer passage ?

Marten jura en poussant de l'épaule les poutres empilées. Rien ne se produisit. Il poussa de nouveau. Toujours rien. Il se tourna vers Anne. Tous deux étaient couverts de poussière de brique et de mortier. Elle poudrait leurs vêtements et leurs cheveux, elle laissait des traînées sales sur leur visage, ils en avaient plein les poumons. La jeune femme se trouvait un peu protégée par le bob que Marten portait la veille au soir et qu'il lui avait ordonné de coiffer dans l'espoir qu'on la repère moins aisément lorsqu'ils fileraient vers la camionnette.

Il s'acharnait contre la barricade. Une pluie de terre et de poussière s'abattit soudain et l'assemblage commença à céder.

— Génial ! lança Marten.

Il multiplia les coups de boutoir. Enfin, il eut assez de place pour se faufiler.

— Donne-moi la lampe.

Il passa la tête et les épaules par la brèche. Au même instant, un rat de la taille d'un petit chat se laissa tomber sur son crâne depuis le plafond. Il s'y agrippa.

Marten se mit à hurler en secouant la tête pour s'en débarrasser. Mais l'animal terrorisé se cramponnait de plus belle.

— Casse-toi !

Il s'efforçait d'agiter les bras pour faire fuir le rat. Ce dernier finit par bondir sur le sol et filer dans la pénombre. Dans le faisceau de la torche, ils étaient une bonne douzaine de rongeurs à s'élancer derrière lui.

Marten souffla, puis il aida Anne à se frayer un chemin à son tour. Il gardait l'œil rivé sur le sac qu'elle portait en bandoulière, le sac contenant les précieuses photographies, ainsi que les négatifs reproduisant le Protocole Hadrien.

Il prit le temps d'observer la jeune femme, tâchant d'évaluer son état psychologique. Son regard était clair et résolu. Le sommeil avait visiblement chassé les terribles démons qui avaient surgi la nuit dernière. Elle avait changé de sous-vêtements, mais conservé le jean et le blouson qu'elle arborait déjà à Potsdam. Ils étaient sales, mais peu importait. Marten n'avait pas non plus de quoi renouveler sa garde-robe. Au fond, tout comme ceux qui avaient emprunté ce souterrain durant la guerre, eux aussi étaient devenus des réfugiés. Mais l'ennemi n'était pas le même. Anne et Marten ne fuyaient pas la machine de mort mise au point par Hitler ; ils tentaient d'échapper à leurs compatriotes.

— Que regardes-tu ? finit-elle par lui demander.

— J'essayais de deviner si tu avais peur des rats.

— De l'espèce humaine, uniquement.

— Moi de même.

Il se remit en route.

— Nicolas.

— Quoi ?

— Merci pour la nuit dernière. J'ai perdu les pédales.

— J'ai pleuré à Berlin, la rassura-t-il en souriant. Tu as pleuré à Lisbonne. Nous sommes quittes. Oublie tout ça.

— Je n'oublierai pas.

— Nous avons un membre du Congrès américain à voir.

— Je sais.

9 h 52

102

Fred Ryder et ses gardes du corps, Tim Grant et Chuck Birns, étaient assis dans le sauna de l'hôtel, chacun enveloppé d'une serviette. Grant et Birns avaient veillé sur le député tandis que celui-ci nageait, puis tous trois avaient regagné les vestiaires avant de passer au sauna, où Ryder avait mis ses hommes au courant de la situation.

L'agent spécial Grant – pure coïncidence à l'origine – possédait à peu près la même silhouette que le député. Quelques mois plus tôt, sur la suggestion d'un ami appartenant aux services secrets, il s'était teint les cheveux de la couleur de ceux de Ryder, il avait opté pour une coupe identique, acheté enfin la même paire de lunettes sans monture. Lorsqu'il les chaussait, il devenait quasiment le sosie du député, au point qu'à moins de bien connaître les deux hommes, on les distinguait difficilement l'un de l'autre. Grant s'était livré à ce petit jeu plus d'une fois en Irak pour assurer la sécurité de son protégé.

On allait recourir ici à une stratégie semblable. Portant les vêtements de Ryder, le garde du corps quitterait le spa, prendrait l'ascenseur, déboucherait dans le hall de l'hôtel, se saisirait à la vue de tous d'un exemplaire de l'*International Herald Tribune* sur une table, à côté de la réception, puis regagnerait la suite. Ryder et l'agent Birns quitteraient la piscine par les portes vitrées donnant sur un petit jardin à la française. Ils le traverseraient, descendraient une volée de marches et franchiraient une clôture basse pour se retrouver dans le parc Édouard-VII. Ils en ressortiraient pour chercher un taxi. Ils demanderaient qu'on les conduise au Café Hitchcock, dans le quartier de l'Alfama.

Durant le trajet, ils indiqueraient au chauffeur qu'ils avaient changé d'avis : ils préféraient faire un peu de shopping avant le déjeuner. Ils descendraient du véhicule, attendraient qu'il se soit éloigné pour en héler immédiatement un autre, qui cette fois les mènerait à quelques rues de l'hôpital universitaire. Ils finiraient à pied. Entre-temps, Grant aurait troqué les vêtements de Ryder contre un jean et un blouson léger, il se serait à son tour rendu dans le parc et aurait lui aussi pris un taxi. Non loin de l'hôpital universitaire, il descendrait. Il rejoindrait Birns et le député à l'arrière du bâtiment. Avec un peu de chance, il serait aux alentours de 11 heures.

9 h 59

Comme prévu, Ryder et Birns traversèrent le jardin à la française pour gagner le parc Édouard-VII. Ils progressaient à l'ombre des palmiers et de grands conifères. Ryder portait le pantalon beige de Grant, sa chemise bleue et son blazer. Birns était vêtu d'un costume d'été brun clair sur une chemise blanche. Il tenait dans sa main droite une mallette contenant un pistolet-mitrailleur MP5 à visée laser. En cas d'attaque, il lui suffirait de pointer l'attaché-case en direction de sa cible ; un point rouge se dessinerait. Birns n'aurait plus qu'à presser la gâchette dissimulée dans la poignée du bagage.

10 h 02

Moins de trente secondes après avoir quitté le parc, ils avisèrent un taxi. Birns lui fit signe. Le chauffeur stoppa quelques mètres plus loin.

— Allons-y, ordonna Ryder.

10 h 04

— Vous parlez anglais ? demanda le député au chauffeur.
— Oui, monsieur, répondit celui-ci d'un ton enthousiaste en jetant un coup d'œil dans son rétroviseur.
— Parfait. Café Hitchcock, s'il vous plaît. Dans le quartier de l'Alfama.
— Tout de suite, monsieur.

103

10 h 05

La voiture était une Mercedes S600 noire pourvue de vitres fumées. Ainsi que Conor White l'avait exigé, elle portait des plaques d'immatriculation des Nations unies. Le chauffeur était un jeune Noir séduisant prénommé Moïse et originaire d'Algérie. Il cachait un 9 mm automatique sous le tableau de bord. Moteur V12 développant une puissance de 510 chevaux. Le véhicule atteignait les 100 km/h en 4,5 secondes, départ arrêté. On ignorait en revanche la vitesse à laquelle il parviendrait à rouler dans les ruelles étroites de Lisbonne.

Jack avait garé la BMW grise dans une rue proche de l'ambassade américaine. Moins d'une minute plus tard, à 8 h 37, Moïse était passé les chercher au volant de la Mercedes. Conor White portait un costume bleu marine sur une chemise bleu ciel assortie d'une cravate à rayures bordeaux. Patrice et Jack n'étaient pas moins bien vêtus. Les trois hommes tenaient à la main un attaché-case. Celui de Patrice et Jack contenait un Colt Commando, pistolet-mitrailleur équipé d'un silencieux intégral. Conor White avait opté pour deux MP5, également équipés d'un silencieux intégral. Chacun cachait aussi une arme de poing sous son veston. Un Beretta 9 mm pour Patrice et Jack. Pour White, le Sig Sauer qui ne le quittait pas.

Les mercenaires étaient en outre munis de petites radios accompagnées d'une oreillette minuscule et d'un micro glissé dans leur manche – de quoi suivre les échanges entre les guetteurs affectés par Carlos Branco à la surveillance du 17 Rua da Almada. Pour le moment, rien de notable. White n'en était que plus inquiet. Que faisaient Anne et Marten ? Attendaient-ils l'appel de Fred Ryder ? Ourdissaient-ils d'autres plans ? Comment savoir…

À 9 h 50, Moïse avait déjà sillonné par deux fois la Rua da Almada. Pas de police. Juste une poignée de piétons, quelques personnes dans le parc, et la circulation automobile ordinaire. White avait été tout près de descendre de la Mercedes pour régler lui-même leur compte à ses ennemis. Si une patrouille de police l'interrogeait, les apparences parleraient pour lui : il était un diplomate de l'Onu. Mais dans ce cas, Branco se verrait dans l'obligation d'éliminer Ryder. Les gardes du corps de ce dernier réagiraient, des coups de feu seraient sans doute échangés. L'affaire risquait de faire grand bruit. Or, White souhaitait agir avec discrétion. Il fallait donc attendre. L'attente faisait partie des règles du jeu.

10 h 09

Ils venaient de s'installer à la terrasse d'un café lorsque les sbires de Branco donnèrent l'alerte. L'une des sentinelles avait repéré deux personnes émergeant d'une cave, au bout de la rue, pour s'engouffrer dans la camionnette d'un électricien garée là depuis presque une demi-heure. Le véhicule avait aussitôt démarré.

— *Je n'ai pas vu s'il s'agissait de deux hommes ou d'un homme et une femme. L'un d'eux portait un bob. Une camionnette bleue avec un lettrage blanc et or. Ils ont pris vers le nord. Direction : Travessa do Sequeiro.*

Branco coupa son interlocuteur.

— *Suis-les, Bernardo ! Suis-les !*

— Excusez-moi, fit poliment Conor White en se levant de table.

Il s'éloigna de la terrasse. Il porta discrètement son avant-bras droit à sa bouche.

— Branco, articula-t-il. Pouvez-vous parler ?

— *Oui.*

— C'était eux ?

— *Je n'en sais rien. Ne bougez pas. Nous nous en occupons.*

— Ne perdez pas la camionnette.

— *L'un de mes hommes la suit à moto.*

— Où est Ryder ?

— *Il est descendu à la piscine de l'hôtel. Il a demandé une voiture pour 11 h 30. Il désire se rendre dans un café de l'Alfama.*

— Où est-ce ?

— *De l'autre côté du quartier de Baixa par rapport à l'endroit où vous vous trouvez.*

— Quelle direction la camionnette a-t-elle prise ?

— *Je... Attendez un instant.*

Branco écoutait visiblement un autre correspondant. Après quoi il revint vers Conor White.

— *Calçada do Combro.*

— C'est-à-dire ?

— *C'est-à-dire qu'elle ne se dirige pas vers l'Alfama.*

— Ne la lâchez pas. S'ils se garent, que votre homme reste à proximité mais qu'il n'intervienne pas. Qu'il regarde bien qui descend du véhicule et la direction qu'ils prendront. S'il s'agit d'Anne et de Marten, j'exige que vous me préveniez sur-le-champ.

Conor White regagna la table où patientaient Patrice et Jack.

— Vous avez entendu ? les interrogea-t-il en s'asseyant.

Patrice fit oui de la tête.

— Qu'en pensez-vous ?

— Ils savent que nous les surveillons et ils ont trouvé comment nous semer.

— C'est aussi ce que je me suis dit.

White approcha le micro de ses lèvres.

— Où se trouve la camionnette maintenant ?

— *Rua Antonio Maria Cardosa.*

— Vers où se dirigent-ils ?

— *Rien de bien précis. Ils circulent de rue en rue, c'est tout. Gardez votre calme, mon agent est un excellent motard.*

10 h 13

104

10 h 14

— Une moto nous suit depuis quelques minutes, monsieur.

L'électricien, solide gaillard entre deux âges portant une salopette de travail blanche et une casquette ornée du nom de son entreprise, conduisait la camionnette au cœur des étroites rues pavées. Il se sentait nerveux.

Marten se redressa un peu pour regarder dans le rétroviseur latéral depuis le fond du véhicule où il se tenait tapi avec Anne parmi le matériel électrique. Le deux-roues se trouvait à une soixantaine de mètres. Une voiture s'était glissée entre eux. Le pilote pouvait être un homme : jean, blouson noir. Un casque intégral, dont la visière était baissée, empêchait de distinguer son visage.

— Nous sommes encore loin de l'hôpital ?

— Il reste environ cinq minutes.

— S'il est encore derrière nous après le prochain virage, garez-vous pour le laisser passer. Nous verrons bien ce qu'il fera.

Le chauffeur commença à se tourner vers Marten.

— Non, le mit en garde ce dernier. Je ne tiens pas à ce qu'il s'aperçoive que vous parlez à quelqu'un.

L'homme se concentra de nouveau sur son itinéraire. Son inquiétude allait croissant.

— Je ne suis qu'un simple artisan, monsieur. J'ai accepté de rendre un service à Raisa, c'est tout. J'ai trois enfants.

— Comment vous appelez-vous ?

— Tomás.

Marten sourit.

— Ne vous tracassez pas, Tomás. Tout ira bien.

10 h 15

Moïse se dirigeait au volant de la Mercedes vers la Rua Antonio Maria Cardosa, où on avait vu la camionnette pour la dernière fois, lorsque la voix de Branco retentit dans les oreillettes des mercenaires.

— *Le député Ryder n'est pas dans sa suite. Il est remonté de la piscine pour regagner sa chambre. Depuis, il s'est volatilisé. De même que ses deux gardes du corps.*

— Quoi ?

White jeta un regard excédé à Patrice assis à côté de lui. Jack, installé sur le siège passager, avait tourné la tête.

— *Il semble qu'ils aient réussi à quitter l'hôtel.*

— Ils se déplacent tous en même temps, analysa Patrice. Ils ont réussi à entrer en contact les uns avec les autres. Ce qui signifie qu'ils ont déterminé un lieu et une heure de rendez-vous.

White fixa un instant le vide. Cinq secondes plus tard, il s'était repris.

— Branco, susurra-t-il dans le micro. Puisque vous êtes « un homme plein de ressources », vous avez dû faire vos devoirs : qui est le propriétaire ou le gérant du 17 de la Rua da Almada ?

— *Une certaine Raisa Amaro. Elle habite au rez-de-chaussée du bâtiment. Elle est également propriétaire d'une blanchisserie proche du front de mer. Elle s'y est rendue ce matin vers 7 h 30.*

— Le nom et l'adresse de cette blanchisserie ?

Le Portugais lui transmit les informations.

— Je vous remercie.

10 h 16

— Il nous suit toujours.

— Garez-vous, commanda Marten.

— D'accord.

Tomás ralentit, puis se rangea le long du trottoir. Le motard modéra lui aussi son allure. Soudain, il accéléra pour les dépasser et tourner au bout de la rue. Il avait disparu.

— Descendez de la camionnette et soulevez le capot comme si vous aviez un problème de moteur.

Marten effleura le Glock glissé dans sa ceinture.

Tomás s'exécuta. Rapide et inquiet.

Marten rampa de nouveau pour regarder dans le rétroviseur latéral. Ils avaient fait halte dans une petite rue pavée, au sein d'un quartier à la mode. La voie demeura déserte quelques instants, puis une voiture se présenta, suivie d'un taxi. Le soleil étincelait dans leur pare-brise. Les deux véhicules passèrent. Peut-être avait-on fait preuve d'une vigilance excessive, songea Marten. Peut-être le motard n'était-il qu'un motard comme les autres.

Il s'apprêtait à inviter Tomás à regagner la camionnette quand l'homme se matérialisa au bout de la rue. De toute évidence, il s'était contenté de faire le tour du pâté de maisons. Il ralentit en passant près d'eux pour s'arrêter à l'autre extrémité de la voie.

— Et merde, souffla Marten en se tournant vers Anne. Il est revenu.

Elle regarda à son tour dans le rétroviseur latéral.

— Il suppose que nous sommes dans la camionnette, mais il n'en est pas certain. Il attend que nous redémarrions. Puis il nous filera de nouveau et il appellera les renforts. Si ce n'est déjà fait.

Marten observait Tomás, la tête plongée dans le moteur.

— Tomás, fit-il assez fort pour que l'électricien l'entende. Fermez le capot et remontez dans la camionnette.

L'homme hésita, se redressa, puis fit ce qu'on lui demandait. Il ne put s'empêcher de lorgner vers le motard.

— Tomás ! Remontez immédiatement !

— Il est terrorisé, murmura Anne.

— Je ne le lui reproche pas, mais nous ne pouvons pas rester ici en attendant de voir ce qui va se dérouler ensuite.

Marten extirpa le Glock de sa ceinture.

Tomás se réinstalla derrière le volant. Marten se glissa sur le siège passager.

— Comment je fais pour rejoindre la Rua Serpa Pinto ? Vous m'avez dit qu'elle était tout près.

— Je ne comprends pas.

— Dites-moi simplement comment m'y rendre.

— Suivez cette rue, tournez à gauche au niveau du restaurant. Empruntez la Rua Capelo jusqu'au bout. Vous y êtes.

— Merci, fit Marten en se retournant vers Anne. Vas-y avec Tomás. Je vous retrouve à l'hôpital. Si je suis en retard ou s'il m'arrive quoi que ce soit, file avec Ryder. Remets-lui tous les éléments en ta possession. Ses hommes te protégeront.

— Que comptes-tu faire ?

— Je ne sais pas encore très bien, répondit-il en souriant.

Il ouvrit la portière passager pour descendre sur le trottoir.

— Foncez, Tomás. Dépêchez-vous !

Marten claqua la portière et s'accroupit entre les voitures en stationnement. Il guetta le motard. Impossible de savoir si l'homme l'observait ou s'il suivait la camionnette des yeux. Soudain, il agita résolument la tête – il recevait des ordres ou transmettait des informations par le biais du micro dissimulé dans son casque. Une fraction de seconde plus tard, il démarra. Sa vitesse eut tôt fait de renseigner Marten : on avait enjoint au motard de prendre la fourgonnette en chasse.

Un engin de ce type devait, selon ses estimations, grimper à 250 km/h en une dizaine de secondes. Le temps d'arriver à sa hauteur, il aurait donc atteint 150 km/h. Il compta : un, deux… Il vint se placer au beau milieu de la rue. Il patienta une demi-seconde encore, puis leva le Glock à deux mains pour le pointer sur la poitrine de son ennemi. Celui-ci devait choisir en un éclair : l'éviter, foncer droit sur lui à pleine vitesse ou se faire tuer. La distance entre eux se réduisait dangereusement. Marten ne bronchait pas. Au dernier moment, le motard braqua en freinant. Les lois de la physique prirent le dessus. La machine lui échappa et il se trouva projeté dans les airs. Il s'écrasa, tête la première, contre le pare-brise d'une automobile garée le long du trottoir. Il rebondit avant de disparaître derrière le véhicule. La moto vint heurter une autre voiture. Elle explosa en une gigantesque boule de feu.

Marten fourra de nouveau le Glock dans sa ceinture et se dirigea vers la Rua Capelo, suivant les indications de Tomás. Derrière lui, la circulation était bloquée. Des flammes s'élevaient vers le ciel avec des tourbillons de fumée noire.

10 h 21

105

10 h 22

— Arrêtez-vous ici, s'il vous plaît, ordonna soudain Fred Ryder au chauffeur de taxi.

Ils se trouvaient sur le Rossio, l'une des places principales de Lisbonne, fréquentée par de nombreux touristes qui prenaient d'assaut ses boutiques et ses troquets.

— Nous ne sommes pas encore dans l'Alfama, monsieur.

— Tant pis. Je viens de me rappeler que c'était mon anniversaire de mariage. Il faut que j'achète un cadeau à ma femme.

— Je vous attends.

— C'est inutile, merci. Nous prendrons un autre taxi quand nous aurons terminé nos emplettes.

L'agent Birns descendit de la voiture en premier, sa mallette à la main. Il observa les environs. Ryder régla la course et rejoignit son garde du corps. Les deux hommes regardèrent le taxi s'éloigner avant de s'engager dans une rue adjacente. Ils pénétrèrent à l'intérieur d'une échoppe proposant des objets en céramique. Ils en ressortirent au bout de trente secondes, gagnèrent le pâté de maisons suivant et hélèrent un autre taxi.

— Rua Serpa Pinto, fit Ryder en prenant place sur la banquette arrière.

10 h 24

10 h 25

Abandonnant Moïse et ses deux subordonnés dans la Mercedes, Conor White traversa un parking poussiéreux, monta un petit escalier et entra, par une porte latérale, dans le bâtiment de stuc blanc abritant la blanchisserie de Raisa Amaro.

La porte se referma derrière lui. Il pénétra sur une aire de chargement où l'on pouvait garer deux camionnettes. L'une s'y trouvait encore. White supposa que l'autre, s'il en existait une autre, devait effectuer à cette heure-ci des livraisons ou du ramassage. De l'autre côté de l'entrepôt trônait un vieux bureau derrière lequel un homme entre deux âges, en pantalon et T-shirt blancs, parlait au téléphone. À gauche, une vaste pièce emplie de lave-linge et de sèche-linge industriels. Deux hommes y travaillaient. Le mercenaire ne distingua pas d'autres employés.

Il s'approcha du bureau.

— Vous êtes le responsable ? interrogea-t-il poliment.

L'homme fit oui de la tête, acheva sa conversation et raccrocha.

— C'est bien moi. Que puis-je faire pour vous ?

— Raisa Amaro, s'il vous plaît. J'ai rendez-vous.

L'homme le dévisagea.

— Hélas monsieur, elle est absente. Si vous voulez bien me laisser votre nom et un numéro où vous joindre, je...

— Vous ne comprenez pas, le coupa White. J'ai rendez-vous.

— Je suis navré, mais...

— Je lui ai parlé au téléphone il y a moins de cinq minutes.

L'homme le scruta de nouveau. Il finit par tendre la main vers le combiné.

— Permettez-moi de vérifier.

Conor White arrêta brutalement son geste.

— Contentez-vous de me conduire à son bureau.

Il avait renoncé à toute espèce de politesse. Son ton était glacé, implacable et résolu.

— Ça vaudrait beaucoup mieux pour vous, ajouta-t-il.

L'homme le considéra sans crainte. Puis il tourna le regard vers la porte, qui venait de s'ouvrir pour livrer passage à deux individus en costume. Patrice et Jack. Au loin, la sirène d'un navire se fit entendre.

Conor White fixa le responsable.

— Raisa Amaro, s'il vous plaît.

10 h 30

10 h 31

Marten marchait d'un bon pas dans la Rua Capelo. Les sirènes des véhicules d'urgence résonnaient dans son dos. De la fumée noire, s'échappant de la moto en flammes, montait dans le ciel.

Encore quinze mètres et il atteindrait la Rua Serpa Pinto. Il dépassa une femme qui poussait un vieillard dans un fauteuil roulant, louvoya entre deux adolescents se hâtant à contresens, attirés par les sirènes et la fumée.

Enfin, il atteignit le coin de la rue. Sur la gauche se trouvait le petit hôpital universitaire.

L'édifice en béton ne payait pas de mine, mais il était élégant et soigneusement entretenu. Il comportait quatre étages, dont le deuxième s'ornait à chaque fenêtre d'une balustrade en fer forgé. À droite de l'entrée : une cabine téléphonique.

Marten longea l'établissement. Puis il prit à droite, et à droite encore pour s'engager sur une étroite voie de service. Au bout de cette allée il aperçut l'entrée arrière de l'hôpital. En revanche, nulle trace de la camionnette de Tomás ou de tout autre véhicule. Impossible de savoir si Anne avait déjà trouvé refuge à l'intérieur de l'édifice. Pis : il ignorait si Raisa était parvenue à joindre le président pour lui transmettre les instructions à l'intention de Fred Ryder. Que se passerait-il si Harris et le député ne s'étaient pas parlé ? Ryder ne se trouvait peut-être même pas à Lisbonne.

Marten éprouva de nouveau cette sensation dont il avait fait l'expérience dans le souterrain : il se sentait soudain dans la peau d'un réfugié d'autrefois, traqué par les espions et les guetteurs de tout poil. Tout s'était effondré autour de lui. Il effleura machinalement le Glock passé à sa ceinture. Un dernier regard par-dessus son épaule et il s'avança résolument vers l'entrée de l'hôpital.

10 h 34

106

10 h 35

Raisa Amaro leva les yeux vers Conor White, compara de nouveau avec la pièce d'identité qu'il venait de lui présenter avant de la lui rendre. Il s'appelait Jonathan Cape.

Enquêteur d'Interpol. Un homme et une femme avaient passé la nuit précédente dans l'appartement situé au dernier étage de l'immeuble dont elle était propriétaire. Ils ne s'y trouvaient plus. On souhaitait les interroger dans le cadre des enquêtes menées sur le meurtre du romancier allemand Théo Haas et d'Emil Franck, commissaire de police à Berlin. Elle avait aidé les fugitifs à se volatiliser, il le savait. Si elle consentait à lui révéler où ils étaient maintenant, elle s'épargnerait de longues années d'emprisonnement.

Raisa balaya du regard son immense bureau. Le Britannique qui prétendait se nommer Jonathan Cape avait pris place sur une chaise, de l'autre côté de la table de travail. Ses deux collaborateurs patientaient à l'entrée de la pièce – elle les distinguait à travers la grande vitre qui donnait sur l'ensemble de la blanchisserie.

— Je suis navrée. Je ne vois pas de qui ni de quoi vous voulez parler. Je suis en effet propriétaire de cet immeuble, mais j'y vis seule et j'ai peu de contacts avec les autres habitants. Sauf, ajouta-t-elle en souriant, lorsqu'ils ne règlent pas leur loyer à temps.

— À l'heure qu'il est, ces deux fugitifs sont toujours dans la nature, madame Amaro. Ils représentent un danger pour le reste de la population. Je n'ai pas le temps d'écouter vos mensonges.

Raisa le dévisagea.

— Si vous pensez que je suis impliquée dans quelque chose d'illégal, je vous suggère d'appeler le commissaire Goncalo Fonseca, de la police de Lisbonne. C'est un ami très cher.

— Madame Amaro, vous vous rendez coupable d'entrave à une enquête internationale. J'exige de savoir où se sont rendus l'homme et la femme après avoir quitté votre immeuble. Je veux aussi savoir comment ils ont réussi à échapper à la surveillance dont ils faisaient l'objet. Quant à savoir qui leur a fourni la camionnette de l'électricien et le chauffeur, j'y reviendrai plus tard. Dites-moi où ils se trouvent.

— Monsieur Cape. Je n'ai aucune idée de ce à quoi vous faites allusion.

— Je vois.

Conor White se retourna vers Patrice et lui adressa un signe de tête. Dix secondes plus tard, Jack poussait à l'intérieur du bureau le responsable de la blanchisserie et les deux employés chargés des lave-linge.

White se rassit.

— Je répète ma question : où se trouvent l'homme et la femme ? Où se trouvent Nicolas Marten et Anne Tidrow ?

Raisa observa ses salariés, puis revint vers son interlocuteur.

— Je n'en sais strictement rien.

Conor White n'eut pas même besoin de donner des ordres : Jack savait quoi faire. Comme Patrice avait su comment agir dans la ferme des environs de Madrid. L'Irlandais fit surgir son Beretta de dessous son costume bleu, en pressa le canon contre la tempe de l'ouvrier le plus proche de lui – un jeune homme basané tout juste âgé de vingt-cinq ans – et appuya sur la détente. Le coup résonna à travers la pièce. Des fragments de cervelle éclaboussèrent ses deux collègues. Le cadavre du malheureux s'effondra sur le sol.

Le responsable des lieux et le second ouvrier lâchèrent un cri d'horreur. Le visage de Raisa se figea ; c'était un masque de pierre.

— Marten et Anne Tidrow. Où sont-ils ?

White avait répété sa question posément, comme si rien ne s'était passé. Raisa se débattait intérieurement entre l'hébétude et la terreur. Elle planta ses yeux dans ceux du mercenaire.

— Le chauffeur de la camionnette les a conduits au quai d'Alfândega, d'où partent les ferries. Ils comptaient se rendre à Cacilhas. Je ne sais pas s'ils…

— Ils n'ont pas pris cette direction, la coupa White d'un ton rageur. La distance la plus courte entre deux points est la ligne droite. Je vous ai posé une question. J'exige une réponse correcte. C'est ainsi que je fonctionne. Vous comprenez ? Où sont-ils ?

Raisa le regarda en silence.

White leva une main.

— Jack…

— Non, je vous en prie !

Le responsable hurlait dans le dos de Conor White. Raisa ne quittait pas son subordonné des yeux.

— Ne faites pas ça ! s'exclama-t-elle.

Jack pressa de nouveau la détente.

— La balle est dans votre camp, madame Amaro. De toute façon, je finirai par mettre la main sur les deux fugitifs. Il ne tient qu'à vous d'être encore en vie à ce moment-là, de même que votre ouvrier.

Raisa était dévastée.

— L'hôpital universitaire, murmura-t-elle. L'hôpital universitaire.

— Je vous remercie.

Conor White se leva pour se diriger vers la porte. Patrice se plaça aux côtés du dernier employé de la blanchisserie, fit jaillir son Beretta et l'atteignit en pleine tête.

À l'entrée de la pièce, White se retourna : Raisa était parvenue à rester debout. Elle s'agrippait au bord du bureau pour ne pas perdre l'équilibre.

— Vous êtes un criminel de la pire espèce, articula-t-elle. J'espère que vous grillerez en enfer pour l'éternité.

— Vous auriez mieux fait de rester chez vous aujourd'hui, fit White en souriant.

Il hocha la tête à l'intention de Jack et fila.

Il perçut derrière lui un nouveau coup de feu. Puis le bruit mou d'un corps qui s'affaisse. La sirène d'un bateau mugit dans le lointain. Les trois hommes sortirent dans le chaud soleil lisboète.

10 h 41

107

10 h 42

L'agent spécial Tim Grant, sosie convaincant du député Fred Ryder, descendit d'un taxi, paya le chauffeur et regarda s'éloigner la voiture. Au bout de la rue, il repéra les gyrophares de plusieurs véhicules d'urgence. Une fumée noire s'élevait vers le ciel. L'homme prit la direction de l'hôpital universitaire. Selon ses estimations, l'établissement devait se trouver à un ou deux pâtés de maisons. Il avait jeté sur son épaule un petit sac à dos contenant son portefeuille, son passeport diplomatique, un plan de Lisbonne et un pistolet-mitrailleur avec ses munitions. Il avait l'air d'un touriste.

10 h 43

Carlos Branco patientait dans une vieille Fiat à l'arrêt. Il avait appelé à 10 h 14, quelques secondes avant d'annoncer à Conor White que Fred Ryder et ses gardes du corps s'étaient évanouis dans la nature.

— Vous m'avez demandé de vous prévenir quand j'aurais un appartement à louer pour votre fille, avait-il dit.

J'en ai un, mais quelqu'un d'autre doit le visiter cet après-midi. Venez tout de suite, vous serez le premier à le voir. Rendez-vous à l'intersection de la Rua Vitória et de la Rua dos Fangueiros, dans le quartier de Baixa. Plus vite vous prendrez votre décision, mieux ce sera.

10 h 45

Une Ford grise se glissa le long de la Fiat et s'immobilisa. Branco jeta un coup d'œil autour de lui, quitta son véhicule, puis vint s'installer sur le siège passager de la Ford.

— Que se passe-t-il ? l'interrogea Jeremy Moyer en redémarrant.

— Notre plan commence à prendre l'eau de partout, fit Branco qui pouvait enfin révéler au responsable de la CIA local ce qu'il n'avait pu se permettre de lui dire par téléphone. Ryder et ses cerbères ont quitté l'hôtel sans que personne les remarque. Sans doute avaient-ils deviné qu'on les avait placés sous surveillance. Même scénario du côté de Nicolas Marten et Anne Tidrow. Quelqu'un les a aidés à sortir de l'immeuble. On les a vus grimper dans la camionnette d'un électricien. L'un de mes hommes les a pris en chasse à moto, mais il est mort. Peut-être un accident. Mais je n'y crois pas.

Moyer se mit en colère.

— Vous êtes en train de me dire qu'avec une équipe d'élite sous vos ordres, vous avez tout de même réussi à perdre...

— White a découvert la destination d'Anne Tidrow et de Marten, le coupa Branco. L'hôpital universitaire, Rua Serpa Pinto. Soit c'est un point de chute, soit c'est là qu'ils comptent retrouver Ryder. White est en route. Pour le moment, ni le député ni ses gardes du corps ne se sont manifestés. Une tierce personne est donc intervenue pour coordonner toute l'opération. Nous ignorons de qui il s'agit. Toujours est-il que si nous les coinçons à l'hôpital, nous risquons de provoquer beaucoup de dégâts. À l'inverse, plus nous attendons, plus la probabilité qu'ils nous échappent devient élevée. Que souhaitez-vous faire ? Je m'en remettrai à votre décision.

Moyer contempla les automobiles devant lui en grinçant des dents. Des milliers de pensées l'assaillaient. Newhan Black, directeur adjoint de la CIA, lui avait personnellement ordonné de faire appel à un free-lance chevronné comme Branco pour préparer le terrain à Conor White. Pendant un moment, tous les plans avaient semblé s'effondrer les uns après les autres. Mais la situation s'améliorait soudain. Tant pis si le théâtre des opérations devait être un hôpital. Les choix étaient simples : soit Moyer regagnait l'ambassade et tentait de joindre Black sur une ligne sécurisée pour lui réclamer de nouvelles instructions ; soit il prenait personnellement l'affaire en charge sans dévier du projet initial de Black : permettre à Conor White de nettoyer le terrain. La seconde solution s'avérait ô combien périlleuse pour sa carrière, surtout si l'opération se soldait par un désastre. Mais on manquait de temps. Combien de minutes, d'heures peut-être, s'écouleraient avant qu'une ligne sécurisée lui permette de s'entretenir avec son supérieur ? Et puis si tout se déroulait comme prévu, il récolterait d'autant plus de lauriers qu'il aurait agi sans l'aval de personne.

— Envoyez vos hommes en renfort à l'hôpital, décréta-t-il à Branco. Qu'ils se tiennent à la disposition de White.

Il donna un coup de volant et se dirigea de nouveau vers le quartier de Baixa.

— Les agents du RSO patientent à l'ambassade dans l'attente de plus amples informations. Que fait-on ?

— Je m'en occupe.

Moyer s'écarta du flot des voitures pour longer le trottoir. Il immobilisa la Ford et dévisagea le franc-tireur.

— Vous avez bien compris ?

— Oui.

Branco hocha la tête et descendit de la voiture. Il regagna la Fiat tandis que Moyer, qui venait de lui donner carte blanche, redémarrait et filait.

10 h 50

108

Hôpital universitaire, 10 h 52

Marten hésita avant d'entrer. À quoi devait-il s'attendre une fois à l'intérieur de l'hôpital ? Tandis qu'il avançait sur la voie de service, une voiture de police l'avait dépassé et il avait dû s'écarter pour lui faire place. Un agent en uniforme était descendu du véhicule pour pénétrer dans l'établissement. Il en était ressorti dix bonnes minutes plus tard. La voiture était repartie. Marten se posait des questions. Après tout, on le recherchait toujours pour le meurtre de Théo Haas. Anne et lui étaient aussi devenus les principaux suspects dans l'assassinat du commissaire Franck. Les forces de l'ordre portugaises savaient qu'ils se trouvaient la veille dans la région de l'Algarve. Elles pouvaient supposer qu'ils avaient ensuite gagné Lisbonne. Le policier en uniforme venait peut-être de transmettre son signalement au personnel de l'hôpital ; on donnerait l'alerte dès qu'il paraîtrait. Une preuve, plus que toutes les autres, viendrait l'accabler : il portait à la ceinture le pistolet qui avait tué Emil Franck. Néanmoins, il n'avait plus le choix, il lui fallait suivre les instructions, avec l'espoir que tout se passerait bien. Il prit une profonde inspiration et poussa la porte d'entrée.

C'était, comme il s'y attendait, le petit hall d'un modeste établissement, avec des couloirs menant ici et là et des gens circulant dans toutes les directions. Une pancarte le conduisit jusqu'à une salle d'attente, à l'avant de la bâtisse, où patientaient une douzaine de personnes sur des chaises aux formes étranges. Deux individus montaient la garde au bureau des admissions. L'un d'eux correspondait à la description que Raisa lui avait fournie de Mário Gama, le chef de la sécurité. Il pouvait avoir cinquante ans, portait une chemise blanche et une cravate, un pantalon gris et un blazer vert foncé. Il pianotait sur le clavier d'un ordinateur. Marten s'approcha de lui.

— Excusez-moi, je cherche Mário Gama.

L'homme leva la tête.

— Vous venez de le trouver, monsieur.

— Je m'appelle Marten. Une certaine Mlle Tidrow et un certain M. Ferguson sont-ils déjà arrivés ? J'appartiens à l'American Insurance Company. Nous avons rendez-vous avec Catarina Silva, responsable des créances.

— Mlle Tidrow est ici. M. Ferguson pas encore. Veuillez me suivre.

— Merci.

10 h 54

Gama ouvrit la porte d'une petite salle d'examen, dans laquelle il fit entrer Marten en hâte. Anne s'y trouvait déjà. Elle était seule. Marten fut surpris de voir son visage s'illuminer – de toute évidence, elle s'était beaucoup inquiétée pour lui.

— Je vous prie de m'excuser, fit Mário en s'éclipsant.

— Que s'est-il passé ? interrogea Anne.

— Il y a eu un accident. Le motard s'est lancé à la poursuite de la camionnette de Tomás. Il roulait à toute vitesse. Il a tenté d'éviter quelque chose au beau milieu de la rue.

— C'était quoi ?

— Je n'en sais rien.

Elle haussa un sourcil.

— Tu n'en sais rien ?

— Rien du tout.

— Mais il est mort ?

— Je ne me suis pas attardé assez longtemps pour en avoir le cœur net. Aucune nouvelle de Ryder ?

— Pas encore.

Anne eut une hésitation. Elle avait une information pour lui, mais elle ignorait comment la lui annoncer.

— Qu'y a-t-il ?

— Je...

— Eh bien, vas-y.

— J'ai reçu un SMS de Bruce Truex. Je ne t'en ai pas parlé plus tôt parce que nous étions pressés, et puis je n'avais aucune raison de le faire. Mais il faut que tu saches : Joe Wirth est mort. On a retrouvé son cadavre flottant dans le Tage, en aval, là où le fleuve se jette dans l'Atlantique.

— Il était donc à Lisbonne.

— Apparemment.

— Avec Conor White.

— Sans doute.

— White l'a tué ?

— Je ne pense pas qu'il ait glissé tout seul. Il suffit de remettre en ordre les pièces du puzzle : Joe a passé un contrat stupide avec la CIA pour protéger le gisement pétrolier de Bioko. Ensuite, Bruce et lui ont engagé White et fondé la société SimCo. Tout allait bien jusqu'à ce que les photos surgissent. Le château de cartes a commencé à s'effondrer. White a donc été chargé de les récupérer, mais Joe a exigé de suivre toute l'opération étape par étape. Mais il a dû exagérer. Comme d'habitude.

— En se mêlant de ce qui ne le regardait pas, il a compromis la mission. White, peut-être bien sur ordre de la CIA, s'est débarrassé de lui.

— Je n'en sais rien. Nous n'en saurons peut-être jamais rien, d'ailleurs. Ce qui est sûr, c'est que Conor, Bruce, Joe et l'Agence ont désiré mettre la main sur les clichés dès le départ. Maintenant, ils en veulent davantage.

— Que veux-tu dire ?

— Je savais, en me connectant sur le site de la CIA pour photographier le Protocole Hadrien, qu'ils s'en apercevraient tôt ou tard. Ils n'avaient certes aucun moyen de déterminer la source du piratage, mais ils ont su immédiatement quel jour et à quelle heure il avait eu lieu. C'est-à-dire le jour où je me trouvais à l'hôtel Lisboa Chiado. L'heure aussi correspondait.

« Les clichés prouvaient déjà que Striker était impliqué dans la guerre civile équato-guinéenne. Mais le Protocole, lui, révèle le rôle joué dans l'histoire par la CIA et, plus précisément, par son directeur adjoint. Conor White se doit de protéger ses intérêts et ceux de l'Agence, qu'il en fasse partie ou non. Sinon, il y laisserait sa réputation de héros militaire.

« Autant dire qu'il doit être en ce moment dans une colère noire. Il va déployer tous les talents qu'il possède. Et c'est un homme brillant. Qui plus est, il n'agit pas seul. Il suffit de penser aux guetteurs qui surveillaient l'immeuble de Raisa. Et Conor sait se montrer extrêmement généreux avec ses subordonnés. Le fait est que c'est lui qui dirige les opérations. Et s'il appartient à la CIA, tu penses bien qu'il a reçu carte blanche. Il veut nous voir morts. Il veut s'emparer de l'ensemble des preuves et les détruire une à une. Il est capable d'une violence épouvantable, et il ne reculera devant aucune exaction pour parvenir à ses fins. C'est comme ça qu'il a décroché toutes ses médailles. S'il apprend où nous sommes, il tuera toutes les personnes présentes dans cet hôpital s'il le faut. Je…

Un bruit se fit brusquement entendre à la porte. Marten posa la main sur le Glock. La porte s'ouvrit. Un homme en costume beige entra, muni d'un attaché-case.

— Non, monsieur Marten, dit-il. C'est inutile. Je suis l'agent spécial Birns, le garde du corps du député Ryder. L'un de ses deux gardes du corps, pour être tout à fait exact.

Il jeta un coup d'œil en direction d'Anne, puis fit un pas en arrière.

— Tout va bien, monsieur le député.

Une demi-seconde plus tard, Fred Ryder pénétrait dans la pièce. Tim Grant fermait la marche.

11 h 00

109

Avenida das Forças Armadas, 11 h 00

Jeremy Moyer avait pris le chemin des écoliers pour regagner l'ambassade. Depuis qu'il avait ordonné à Carlos Branco d'épauler Conor White à l'hôpital universitaire, il gambergeait. Comment réagir le mieux possible au désastre imminent qui ne tarderait pas à faire la une des journaux du monde entier ? Il lui fallait également trouver une excuse valable pour inviter les agents du RSO, qui patientaient encore au Ritz, à quitter l'hôtel. On s'interrogerait forcément sur leur rôle durant l'enquête que le FBI ou le Département d'État ne manquerait pas de mener après le meurtre de Fred Ryder. Après avoir envisagé mille et une hypothèses, Moyer opta pour la plus simple : il allait appeler Debra Wynn, responsable du RSO lisboète, et lui annoncer que l'un des gardes du corps de Ryder – l'agent spécial Birns, il se souvenait de son nom – lui avait téléphoné pour lui annoncer que le député avait soudain modifié son emploi du temps : il était en route pour l'aéroport, il s'apprêtait à quitter Lisbonne. Il poursuivrait en disant qu'il n'en savait pas davantage. Mais que, quoi qu'il en soit, la jeune femme pouvait rappeler ses agents en poste au Ritz.

Il mit son plan à exécution aux abords de l'ambassade.

— Si la sécurité du député Ryder s'est trouvée brusquement menacée, fit-il à Debra Wynn pour clore la conversation, son garde du corps ne m'en a pas informé. Mes services n'ont pas reçu l'ordre d'élever le niveau d'alerte actuel. Peut-être s'agit-il d'une affaire politique. Peut-être quelque chose en rapport avec la Commission qu'il dirige. Peut-être repart-il pour l'Irak. Je n'en sais strictement rien.

Après avoir salué sa correspondante, il raccrocha, inspira profondément et tâcha de ne pas penser aux événements qui allaient se produire.

Hôpital universitaire, 11 h 08

Les agents Grant et Birns montaient la garde dans le couloir, devant la salle d'examen où Anne et Marten montraient une à une à Fred Ryder les photographies prises sur Bioko par le père Willy Dorhn. Ils lui avaient déjà parlé de la vidéo tournée par la CIA et montré les négatifs du Protocole Hadrien. Plus exactement – puisque les pages étaient trop petites pour être décryptées –, Anne lui en avait résumé le contenu avec précision. Ryder l'avait crue sans peine. Le ton de sa voix, l'expression de son visage, ses gestes nerveux... tout disait la douleur qu'elle éprouvait à lui faire de telles révélations. Elle s'exposait de plus à mille et un dangers. Elle avait dérobé un document top secret, en outre elle siégeait au conseil d'administration d'une entreprise qu'on risquait de mettre bientôt en examen ; on traînerait ses dirigeants devant le Tribunal pénal international pour crimes contre l'humanité.

Les clichés parlaient d'eux-mêmes, y compris ceux que Marten s'était contenté de lui décrire car ils se trouvaient sur la carte mémoire abandonnée à Kovalenko – ceux figurant Conor White en compagnie de Mariano, le criminel de guerre chilien, se révélaient particulièrement intéressants. Hélas, le fait que les Russes aient mis la main sur cette carte signifiait qu'ils tenteraient sans doute d'intervenir en Guinée équatoriale. Moscou pourrait aussi faire chanter les États-Unis en menaçant de rendre publiques les photographies.

Marten n'avait encore avoué à personne, à l'exception du président Harris, que la carte mémoire était en sa possession. Car ils étaient loin d'être sortis d'affaire. Il ne lâcherait cette ultime preuve que si cela se révélait absolument nécessaire. Sinon, il attendrait que les autres pièces compromettantes soient en sécurité pour faire valoir son bonus. Et encore : il ne remettrait l'objet qu'au président en personne.

11 h 10

On frappa à la porte. Elle s'ouvrit. Birns apparut, accompagné de Mário Gama.

— Il y a un homme vêtu de la tenue de la blanchisserie de Raisa Amaro à l'accueil, annonça ce dernier. C'est la réceptionniste qui m'a prévenu. Il lui a indiqué qu'on l'avait chargé de dire à Mlle Tidrow et M. Marten qu'une camionnette les attendait.

— Il a mentionné nos noms ? interrogea Marten.

— Oui, monsieur.

— Il était censé patienter à l'extérieur de l'hôpital. Et je ne suis même pas certain que Raisa lui ait confié nos noms.

— Il a peut-être oublié les consignes. Il est sûrement entré pour s'assurer que tout allait bien.

— Possible. Marten consulta sa montre. Il a de l'avance. Son arrivée était prévue pour 11 h 15.

— Peu importe, intervint Ryder. Rassemblez les photographies et allons-nous-en.

Anne pressentit un danger. Elle se tourna vers Marten, qui déjà faisait un signe de tête à l'agent Grant, demeuré dans le couloir. Il referma la porte et s'adressa à Gama.

— Connaissez-vous le numéro de téléphone de la blanchisserie ?

— Oui, monsieur.

— Voulez-vous appeler et demander Raisa ? Quand elle sera en ligne, vous me passerez le combiné.

Mário pêcha son BlackBerry dans sa poche et composa le numéro. La sonnerie se fit entendre. Un homme finit par répondre en portugais.

— *Oui ?*

— Raisa Amaro, s'il vous plaît.

Il y eut un silence.

— *Qui est à l'appareil ?*

Gama considéra Marten en plaquant sa main contre le combiné.

— Il veut savoir qui appelle.

— Dites-lui que c'est un ami.

L'homme s'exécuta.

— *Une minute.*

Vingt secondes s'écoulèrent. Trente. Gama observa ses compagnons et haussa les épaules.

— Il a dû aller la chercher.

Anne et Marten échangèrent un coup d'œil. Après quoi Marten revint à Gama.

— Où est garée la camionnette de la blanchisserie ? Par quelle porte l'homme est-il entré ?

— Par la porte principale. Il a rangé sa fourgonnette devant l'hôpital.

Marten sentit sa nuque se hérisser.

— Raccrochez, ordonna-t-il à Gama.

Le chef de la sécurité suivit ses instructions.

— Avez-vous les moyens de savoir si on a envoyé une ambulance à la blanchisserie durant la dernière demi-heure ? reprit Marten.

— Oui, monsieur, répondit Gama, le visage soudain soucieux.

Il composa un autre numéro tandis que Marten se tournait vers les autres.

— Je vous parie ce que vous voulez que c'est la police qui a décroché tout à l'heure. Si j'ai raison, ils ont essayé de localiser l'appel. D'où l'attente. Ça signifie également que White a découvert l'existence de Raisa. Il s'est rendu à la blanchisserie. Le chauffeur qui nous attend est l'un de ses sbires.

— Merci, fit Gama en portugais avant de raccrocher, les traits défaits. La police a fait venir plusieurs véhicules d'urgence à la blanchisserie. Quatre personnes y ont été abattues. Trois hommes et une femme.

— Raisa, articula Anne.

— Qu'avez-vous dit au chauffeur quand il a demandé après nous ? s'enquit Marten auprès du chef de la sécurité.

— Que je n'étais au courant de rien. Que j'allais me renseigner. Je trouvais qu'il ne ressemblait pas à un employé de blanchisserie.

— Je suppose que vos gardes du corps ont amené leurs amis avec eux ? fit Marten à Fred Ryder.

— Ils sont armés, si c'est ce que vous désirez savoir.

Marten revint de nouveau vers Gama.

— J'ai vu des caméras de surveillance au niveau des deux entrées de l'hôpital. Y en a-t-il d'autres ?

— Oui.

— Où sont les moniteurs ?

— Au poste de sécurité.

— Conduisez-nous là-bas.

Gama hésita. Il ne comprenait pas bien ce qui se tramait et s'affligeait du sort réservé à Raisa. Marten devina son trouble.

— J'ignore ce que Mme Amaro vous a expliqué au juste, mais cet homme, qui s'est présenté à vous sous le nom de Ferguson, est en réalité Fred Ryder, membre du Congrès américain. Il se trouve à Lisbonne dans le cadre d'une opération top secret. Ses deux gardes du corps sont des agents gouvernementaux. Des gens tentent de nous éliminer. C'est pourquoi Raisa vous a réclamé de l'aide. Elle savait qu'elle pouvait vous faire confiance. Je vous en prie, conduisez-nous à votre bureau. Le type qui patiente à l'entrée commence à se demander où vous êtes passé. S'il vient fouiner par ici, il ne viendra pas seul.

11 h 14

110

Conor White n'avait pas le moindre doute sur la validité des informations délivrées par Raisa Amaro avant de mourir. Il avait lu la terreur dans ses yeux, elle avait envahi son âme, comme ç'avait été le cas pour la doctoresse espagnole et ses étudiants lorsque l'interrogatoire avait pris un tour tragique. Dans de telles situations les gens ne mentaient pas, à moins d'être des martyrs. Raisa Amaro se souciait trop du sort de ses employés pour jouer les martyres. Elle aurait tout donné pour sauver au moins le dernier d'entre eux.

Depuis le siège arrière de la Mercedes, il distinguait la camionnette de la blanchisserie garée devant l'hôpital, à un demi-pâté de maisons. Des blocs de béton peints en rouge et blanc empêchaient les véhicules de stationner. La seule voiture présente était la fourgonnette – ses feux arrière clignotaient pour signaler un ramassage ou une livraison.

Le temps de quitter la blanchisserie pour se rendre à l'hôpital, White avait déjà rassemblé les pièces du puzzle. Anne et Marten ayant compris qu'on les épiait, ils avaient quitté l'immeuble de Mme Amaro par un souterrain pour s'engouffrer dans la camionnette de l'électricien, grâce à Raisa probablement. Si elle les avait aidés une fois, pourquoi pas deux ? Pourquoi ne pas leur fournir aussi un véhicule susceptible de les mener ensuite auprès de Fred Ryder – à l'aéroport, qui sait, où l'avion du député les attendait peut-être.

Or, tous les hôpitaux avaient du linge à laver. Soit ils possédaient une blanchisserie dans leur enceinte, soit ils faisaient appel à une entreprise extérieure. Quoi qu'il en soit, la camionnette de Raisa Amaro passerait inaperçue, et elle était assez spacieuse pour accueillir Anne, Marten, Ryder et ses deux gardes du corps. White n'ignorait pas qu'il s'agissait de pures conjectures, mais il avait assez d'expérience pour songer que ce scénario était plus que probable. Il devait se mettre à la place d'Anne et de Marten – à la place de deux fugitifs qui s'imaginaient avoir échappé à leurs poursuivants –, puis tirer avantage du moindre de leurs mouvements.

Marten l'avait vu en compagnie de Patrice la veille au soir, à l'hôtel Lisboa Chiado. On pouvait supposer qu'il avait également vu Jack patientant dans la BMW. Il leur faudrait donc une autre voiture. Moïse, le chauffeur algérien recruté par Branco, fut mis à contribution. Vêtu de la tenue des blanchisseurs de Raisa, équipé d'une radio miniature et de son oreillette – le micro pour sa part était dissimulé dans sa manche –, il allait prendre le volant de la camionnette, la garer devant l'hôpital, pénétrer dans l'établissement en demandant à rencontrer Anne ou Marten comme s'il faisait partie de l'équipe mise sur pied pour cette opération. Ce qui se passerait ensuite se révélerait capital. Soit on l'éconduirait en lui disant qu'on ne connaissait ici personne de ce nom. Soit on le mènerait à eux, auquel cas il préviendrait White par radio. S'ils avaient de la chance, ils attireraient aussi dans leurs filets Fred Ryder et ses gardes du corps. Moïse n'aurait plus qu'à les transporter jusqu'à un chantier de construction désert, non loin du front de mer, dont Branco lui avait fourni l'adresse. Si Anne et Marten étaient seuls, il les conduirait d'abord au lieu de rendez-vous fixé avec le député. Enfin, si l'Algérien faisait chou blanc, White et ses deux mercenaires attendraient l'arrivée de leurs cibles. Ou patienteraient, si elles se trouvaient déjà à l'intérieur du bâtiment, jusqu'à ce qu'elles en sortent.

Branco et quatre anciens membres des commandos de l'armée portugaise étaient déjà en position : une Peugeot et une Alfa Romeo garées chacune à un bout de la voie de service courant derrière l'hôpital. Ces hommes étaient en colère, car ils avaient perdu l'un des leurs – le motard dont Marten avait provoqué l'accident fatal. Ils savaient que celui-ci était une pointure – deux balles lui avaient suffi à abattre leurs deux compagnons la nuit dernière, à côté de la Jaguar bleue. Ils étaient prêts à en découdre.

Pour l'heure, White, Patrice et Jack ne bougeaient pas. La Mercedes restait rangée au bord du trottoir, à une cinquantaine de mètres de l'hôpital. Ses occupants conservaient leur pistolet-mitrailleur et leur cagoule à portée de main. Si la situation l'exigeait, ils agiraient à la vitesse de l'éclair.

De toute façon, ces trois-là se chargeraient au final d'éliminer Anne, Marten, Ryder et ses anges gardiens. Branco et son équipe seraient là en renfort. Il ne faudrait pas plus de trente secondes pour accomplir la mission. Aussitôt après, les Portugais se volatiliseraient au cœur de la ville tandis que les mercenaires rejoindraient leur Falcon 50 à l'aéroport – à bord d'un véhicule portant des plaques d'immatriculation des Nations unies, ils ne risquaient pratiquement rien.

Tel était le plan A.

S'il arrivait quelque chose à Moïse, ou s'il ressortait les mains vides, on passerait au plan B. Cauchemardesque. Efficace. Après avoir prévenu les hommes de Branco, White, Patrice et Jack enfileraient leur cagoule et pénétreraient dans l'hôpital. Ils boucleraient les lieux et les passeraient au crible en éliminant quiconque se mettrait en travers de leur chemin. L'établissement était petit et ils s'étaient déjà livrés à ce genre d'exercice. En Bosnie, en Afghanistan et en Irak.

— Qu'est-ce qu'il fout, Moïse ? s'impatienta Jack en se tortillant sur son siège. S'ils sont là, il devrait déjà le savoir. Et s'ils n'y sont pas, il nous aurait transmis l'information.

Patrice pointa ses jumelles sur l'entrée principale.

— Laissez-lui un peu de temps, fit White. Laissez-lui un peu de temps.

— Colonel. Mes boules me disent que c'est trop long.

— Dans ce cas…

White porta son avant-bras à ses lèvres.

— 3-3, ici Contrôle. Avez-vous quelque chose pour nous ? À vous.

11 h 18

111

11 h 19

Marten, Mário Gama et l'agent spécial Grant se tenaient dans la pénombre du poste de sécurité de l'hôpital. Ils scrutaient une série d'écrans.

— Là, indiqua Gama quand un homme en tenue blanche pénétra dans le champ de la caméra. C'est lui qui a demandé après vous.

Moïse patientait à l'accueil. Une main contre l'oreille, il semblait écouter quelque chose.

— Il a une radio, observa Grant calmement. Quelqu'un est en train de lui parler.

Moïse hocha la tête et leva son bras gauche vers sa bouche. Il prononça quelques paroles. Il patienta, hocha de nouveau la tête. Une fraction de seconde

plus tard, il disparut de l'écran. Il reparut sur un autre :
il s'était approché du bureau d'accueil pour s'adresser à
la réceptionniste.

— On lui a dit de se renseigner, reprit Grant. Il va
chercher à comprendre pourquoi c'est si long.

Un moniteur permettait de découvrir l'entrée principale
de l'établissement, devant laquelle était garée la camionnette de la blanchisserie.

— Mário, fit Marten. J'ai deux mots à dire en privé
à l'agent Grant. Ne perdez pas notre homme de vue.
S'il quitte l'accueil, nous devons absolument savoir où
il est allé.

Sur quoi il s'isola en compagnie de Grant et baissa
la voix.

— White est un type intelligent, un tacticien. Il est
rapide et possède des contacts un peu partout. À l'heure
qu'il est, il sait que Ryder et vous avez pris la poudre
d'escampette. Il s'est attaqué à Raisa pour découvrir où
nous étions. Il a supposé que c'est ici que nous avions
rendez-vous avec le député. Puis parié qu'un employé
de la blanchisserie devait nous y récupérer. Mais il ne
pouvait pas connaître l'heure à laquelle le chauffeur était
censé arriver. Il ignorait de même qu'il devait se présenter à l'autre entrée. Mário n'a pas éconduit son agent.
White a dû en conclure d'une part que nous étions bien
là, d'autre part que nous attendions la fourgonnette. Il a
dû s'empresser de déployer ses sbires dans tous les coins
pour nous empêcher de fuir. Vu le temps que nous prenons pour nous montrer, il en déduit sans doute que
nous préférons jouer la carte de la prudence. Mais il
espère que nous allons finir par suivre son agent et grimper dans le van.

— Nous ne pouvons pas faire une chose pareille.

— Si. Trois d'entre nous, en tout cas.

— *Contrôle, ici 3-3. À vous.*

C'était Moïse.

— 3-3, ici Contrôle, répondit Conor White. Pourquoi mettent-ils autant de temps ?

— *Il y a eu une urgence dans les étages. Le chef de la sécurité, à qui j'ai parlé tout à l'heure, a fait demander si je voulais bien l'attendre. Quelles sont vos instructions ?*

White prit une profonde inspiration et contempla l'entrée principale du bâtiment à travers le pare-brise de la Mercedes. Il finit par reporter son attention sur Patrice et Jack.

— Qu'en pensez-vous, messieurs ?

— Ils sont dans l'hôpital, répondit le premier. Ils savent que Moïse les attend. Ils réfléchissent sur la conduite à tenir. D'une façon ou d'une autre, il faudra bien qu'ils sortent. Si Moïse file maintenant, ils vont se demander ce qui se passe. À votre place, je lui ordonnerais de patienter.

— Je suis du même avis, confirma Jack.

— 6-4, ici Contrôle, fit White dans son micro miniature. Avez-vous entendu 3-3 ? À vous.

— *Contrôle, ici 6-4*, répondit Branco. *J'ai entendu, oui.*

— On ne bouge pas. À vous.

— *Reçu.*

— 3-3. Restez où vous êtes et attendez-les. À vous.

— *Reçu.*

Marten, Grant et Mário Gama rejoignirent Anne, Fred Ryder et l'agent Birns dans la petite salle d'examen. Une minute et demie plus tard, Marten avait exposé son plan à ses compagnons d'aventure.

Ils allaient se séparer en deux groupes. Anne, Ryder et Birns d'une part ; de l'autre, Grant et lui. Gama se chargerait de dénicher parmi le personnel de l'hôpital une femme et deux hommes capables de jouer, de loin, les sosies d'Anne, du chauffeur de White et de l'agent Birns. Celui qui incarnerait le chauffeur porterait sa tenue blanche. Le second enfilerait la veste de Birns, chausserait ses lunettes de soleil et emporterait son attaché-case. Quant à la femme censée servir de doublure à Anne, elle porterait le bob que celle-ci exhibait lorsqu'elle avait quitté l'appartement de Raisa.

Anne, Ryder et Birns grimperaient à bord de l'ambulance actuellement garée devant l'entrée des urgences. Après quoi Marten, Grant – en sosie de Ryder – et les salariés de l'hôpital sortiraient par l'accès principal. Ils gagneraient en hâte la camionnette de la blanchisserie, monteraient et fileraient. Dans le même temps, l'ambulance, au volant de laquelle se tiendrait Gama, roulerait vers l'aéroport et l'avion de Ryder. Marten et Grant, de leur côté, entraîneraient les agents de White dans leur sillage, à travers les rues de la ville, en direction du quartier de Baixa. Soudain ils feraient halte, les trois salariés de l'hôpital descendraient. Le véhicule repartirait. White et ses hommes seraient surpris. De quoi laisser à Marten et Grant le temps de les distancer, d'abandonner la fourgonnette et de disparaître à pied dans le quartier bondé de Baixa. Ils prendraient ensuite un taxi pour se diriger à leur tour vers l'aéroport.

Le plan était ingénieux, mais les gardes du corps de Fred Ryder s'y opposèrent. Leur rôle était de protéger le député. Et de le protéger tous les deux. Qui plus est, le faux chauffeur n'avait évoqué que Marten et Anne. On pouvait en déduire que White ignorait que Ryder se trouvait dans l'enceinte de l'hôpital. Pourquoi ne s'enfuiraient-ils pas tous ensemble à bord de l'ambulance ?

— Et si vous vous trompez ? objecta Marten. Peut-être savent-ils que nous sommes ici tous les cinq. Pour le moment, ils n'ont pas envie de venir nous chercher, l'opération ferait trop de vagues. Alors ils attendent. La camionnette de la blanchisserie est là pour nous appâter. Admettons que nous prenions le risque de monter ensemble dans l'ambulance : que se passera-t-il s'ils nous suivent pour nous intercepter ? Ils nous tueront tous et White regagnera Bioko comme si de rien n'était. Je refuse de laisser se dérouler un tel scénario. Et je parie que le député Ryder partage ma vision des choses.

— Il a raison, confirma Ryder. Notre mission consiste à regagner mon avion et à fuir ce piège au plus vite. Le plan de M. Marten me paraît sensé. Une seule chose me chagrine : vous allez courir un immense danger, de même que les trois salariés de l'hôpital.

— Sauf s'ils ont des soupçons, tenta de le rassurer Marten, White et ses hommes ne passeront pas à l'action dans les parages. Il y a trop de monde. Et le quartier est trop huppé. Ça ferait presque autant de bruit que de mettre l'hôpital à sac. Ils attireraient aussitôt l'attention. Je pense qu'ils ont indiqué à leur chauffeur un lieu où nous conduire. S'il ne s'exécute pas, ils croiront qu'il fait mine d'entrer dans notre jeu en respectant d'abord nos instructions. Ils fileront la fourgonnette. Ils frapperont sur un parking désert ou un terrain abandonné. Ce qui signifie que la première partie de notre trajet devrait être sans risque. Mais je suis inquiet, moi aussi, pour le personnel de l'hôpital impliqué dans l'aventure. C'est notre combat, fit-il en se tournant vers Gama, pas le vôtre. Vous n'êtes pas obligés de nous aider. Si vous refusez, je trouverai une autre solution.

— Je vais vous trouver des sosies. C'est à eux que vous ferez part de vos réticences.

— D'accord. En tout cas, il faut agir très vite. Avant que White et les siens décident de pénétrer dans l'hôpital.

— Je pense déjà à trois personnes qui devraient vous convenir, fit Gama en souriant, et qui, j'en suis certain, seront ravies de vous donner un coup de main. Vous l'ignorez peut-être, mais Raisa Amaro siège… Elle siégeait au conseil d'administration de l'établissement. Elle s'est battue pour sauvegarder les emplois durant la crise économique. C'est une véritable légende pour nous. Nous l'adorons. Donnez-moi cinq minutes et je reviens avec vos trois complices.

Gama salua la compagnie d'un hochement de tête et s'éclipsa. Marten consulta sa montre avant de se tourner vers Anne.

— Nous serons prêts à partir dans une dizaine de minutes. Combien de temps White va-t-il patienter ?

— Pas longtemps.

Elle ouvrit son sac, en sortit un petit bloc-notes.

— S'il se passe quoi que ce soit, voici mon numéro de portable, fit-elle en griffonnant quelque chose sur l'un des feuillets, qu'elle détacha avant de le lui remettre. Tu devrais me donner le tien.

— Bien sûr, approuva-t-il en souriant.

Il s'exécuta.

Soudain, leurs regards se croisèrent. Ce fut un moment profondément intime, malgré la présence de Ryder et de ses gardes du corps. Se voyaient-ils pour la dernière fois ? Dans une heure, dans une poignée de minutes, au moins l'un d'eux serait peut-être mort.

Amour ? Conscience aiguë de la poignante fragilité de l'existence ? Autre chose encore ? Comment savoir…

11 h 30

112

11 h 39

— *Contrôle, ici 3-3. À vous.*

Jack et Patrice se redressèrent sur leur siège, ils portèrent en chœur une main à leur oreillette.

— Je vous écoute, fit Conor White.

— *On vient de m'annoncer qu'on avait retrouvé nos « amis ». Le chef de la sécurité arrive. Il va me conduire à eux.*

— Savez-vous combien ils sont ?

— *Non, on ne m'a pas fourni cette information.*

— Je répète les instructions, 3-3 : vous êtes un chauffeur envoyé par Raisa Amaro. On vous a chargé de les récupérer à l'hôpital et de les conduire où ils le souhaitent. Vous n'en savez pas davantage. Une fois qu'ils auront grimpé à bord de la camionnette, emmenez-les sur le chantier proche du front de mer dont je vous ai donné l'adresse. Nous serons derrière vous. Ôtez votre oreillette. Je n'ai pas envie qu'ils se méfient. À vous.

— *Reçu. À vous.*

— 6-4. Vous avez entendu ? À vous.

— *J'ai entendu*, fit Branco. *Nous sommes prêts à partir.*

— 6-2. Vous avez entendu ? À vous.

— *J'ai entendu*, fit le chauffeur de la seconde voiture de l'équipe portugaise. *À vous, Contrôle.*

— Bien reçu, 6-2.

White leva les yeux, par la vitre de la Mercedes, vers l'ombre d'un nuage passant au-dessus du quartier. Il l'observa un moment, marmonna quelque chose au sujet de la pluie. Il ouvrit son attaché-case pour en extraire l'un de ses deux pistolets-mitrailleurs MP5. Il effleura ensuite, presque machinalement, le Sig Sauer caché sous sa veste, contre ses reins.

— Tenez-vous prêts, messieurs.

Moïse suivit Mário Gama dans un couloir. Celui-ci finit par s'arrêter et frapper à une porte.

— Sécurité, annonça-t-il.

La porte s'ouvrit. Moïse découvrit les individus que White lui avait décrits. Nicolas Marten, Anne Tidrow et Fred Ryder. En revanche, il ne vit pas les gardes du corps du député. Il se raidit immédiatement. Trop tard. Gama le poussa à l'intérieur de la pièce. La porte claqua tandis que les deux agents spéciaux s'emparaient de lui en l'immobilisant d'une poigne de fer.

— On se calme, lui conseilla l'un d'eux pendant que l'autre le fouillait à la recherche d'armes.

— Rien.

— Qu'est-ce que vous faites ? geignit Moïse. J'obéis seulement aux instructions…

— Ah oui ?

L'instant d'après, on lui ôta de force sa tenue d'employé de la blanchisserie. Ses assaillants distinguèrent la petite radio fixée sous son aisselle, le fil courant depuis son poignet gauche. Il tenta de se débattre pour atteindre le micro miniature. Grant et Birns se précipitèrent. Marten lui saisit le bras et le tordit vers l'arrière. Moïse poussa un cri de douleur.

— Confisquez-lui son joujou ! fit Marten.

Les gardes du corps le poussèrent sans ménagement contre le mur.

— Mário, appela Marten.

Le chef de la sécurité s'avança avec une paire de menottes.

— Je vous arrête dans le cadre de l'application des lois antiterroristes et de la législation en cours au Portugal.

Sur quoi il porta son talkie-walkie à ses lèvres et lâcha quelques mots. La porte s'ouvrit quelques secondes plus tard pour livrer passage à deux agents de l'hôpital. Ils entraînèrent Moïse hors de la salle d'examen.

11 h 47

Jack gigotait d'impatience, les mains sur le volant, les yeux rivés à l'entrée principale de l'établissement. Deux hommes en sortirent. Puis un taxi vint se ranger derrière la camionnette de la blanchisserie. Une femme et une fillette affublée d'un pansement sur l'œil en descendirent pour pénétrer à l'intérieur de l'hôpital. Le taxi s'éloigna.

— Ça ne me plaît pas, colonel.

— Moi non plus, approuva White.

— *Contrôle, ici 6-4*, intervint Branco dans leur oreillette. *Pourquoi ce retard ? À vous.*

— 6-4, ici Contrôle. Je laisse encore deux minutes à Moïse. Si rien ne se passe, nous entrons. À vous.

— *Bien reçu, Contrôle. Nous sommes prêts.*

— 6-2, à vous.

— *Ici 6-2. Bien reçu, Contrôle.*

11 h 48

Les deux groupes s'étaient rassemblés dans un couloir proche de l'accueil. Anne, Ryder, Birns et Mário Gama – qui avait enfilé une blouse d'ambulancier – formaient le premier. Le second se composait de Marten, qui avait fait main basse sur la radio de Moïse afin de suivre les échanges entre White et ses sbires ; de l'agent Grant « déguisé » en Fred Ryder ; et des sosies d'Anne, de Birns et de Moïse. Une comptable avait enfoncé le bob d'Anne sur ses oreilles. Un anesthésiste avait emprunté la veste beige de Birns. Santos Gama, le frère de Mário, ambulancier de métier, portait la tenue de Moïse. Un infirmier lui avait enduit le visage de fond de teint foncé. C'est lui qui conduirait la camionnette.

— Tout le monde est prêt ? s'enquit Marten.

On murmura que oui en hochant vigoureusement la tête. Il se tourna vers Anne.

— Bonne chance, lui dit-elle.

— À toi aussi.

— Bonne chance à tous, ajouta Ryder en examinant ses compagnons tour à tour. Je remercie Mário du fond du cœur, ainsi que son frère et ses collègues. Merci de prendre autant de risques pour nous aider.

— Allons-y, lança Marten.

Les deux groupes se séparèrent. Anne, Ryder, Birns et Gama se dirigèrent vers l'entrée des urgences où stationnait l'ambulance. Marten et les siens gagnèrent la porte principale.

— Mário, interpella Marten. Y a-t-il un coffret d'alarme à proximité de l'ambulance ?

— Oui. Sur le mur d'un couloir tout proche. Pourquoi ?

— Pour rien, je réfléchissais à voix haute, c'est tout. Pardon. Allez, on fonce vers la fourgonnette !

11 h 49

113

Les deux minutes étaient écoulées.

Conor White était allé trop loin, il avait vu ses plans contrecarrés un trop grand nombre de fois pour renoncer si près du but. L'objectif ne se trouvait plus qu'à quelques mètres de lui. À portée de main. Il pressa le petit bouton du micro et leva l'avant-bras vers sa bouche.

— 6-4, ici Contrôle. Nous entrons. Silence radio et enfilez vos cagoules.

— *Reçu, Contrôle.*

— 6-2, bien reçu ?

White s'empara de son passe-montagne, posé sur le siège à côté de lui.

— *Bien reçu, Contrôle.*

— Ils sortent, annonça soudain Jack.

— Quoi ?

White leva les yeux.

Cinq personnes quittaient l'hôpital en hâte pour se diriger vers la camionnette de la blanchisserie. Moïse ouvrait la marche. Puis venait Marten. Joe Ryder ensuite, portant ce qui ressemblait à un sac à dos, Anne et l'un des gardes du corps. Patrice pointa ses jumelles vers eux.

— 6-4, cracha White dans son micro. On annule tout. Nous voyons nos « amis ».

— Ce n'est pas Moïse ! s'exclama Patrice. Ce n'est pas Anne non plus !

— Nom de Dieu ! lâcha son patron en saisissant son MP5. Foncez, Jack ! Foncez !

Celui-ci tourna la clé de contact. Le moteur de la Mercedes rugit. Une fraction de seconde plus tard, la voiture prenait la fourgonnette en chasse.

— 6-4 et 6-2, lança White. Le van est un leurre. Anne et Ryder vont quitter l'hôpital à bord d'un autre véhicule. Cherchez-le. Nous, nous filons Marten ! À vous.

— *Contrôle, ici 6-4. Reçu.*

— *Contrôle, ici 6-2. Reçu.*

Marten, installé sur le siège passager de la camionnette, scrutait le rétroviseur latéral.

— Les voilà. C'est une Mercedes noire.

L'agent Grant avait pris place derrière lui. Il se tourna vers la comptable et l'anesthésiste.

— Couchez-vous, leur ordonna-t-il avant de faire glisser la fermeture éclair de son sac à dos pour en extirper un pistolet-mitrailleur.

— Santos, fit Marten au frère de Mário, qui pilotait l'engin. Emmenez-nous dans le quartier de Baixa par le plus court chemin.

Vingt mètres plus loin, la Rua Serpa Pinto se terminait. On atteignait le pied de la colline. Debout sur les freins, Santos klaxonna et négocia un virage serré sur la gauche. Le van semblait prêt à verser. La Mercedes suivait toujours.

— Ils s'accrochent, fit Marten à son chauffeur. Que pouvez-vous faire ?

À sa grande surprise, Santos lui décocha un large sourire radieux.

— Je suis ambulancier depuis vingt-cinq ans. Ceci n'est pas une ambulance, mais…

Il braqua violemment à droite pour s'engager dans une étroite ruelle pavée qu'on distinguait à peine depuis la voie principale. La Mercedes n'eut d'ailleurs pas le temps de tourner, elle fonçait droit devant. Elle s'immobilisa, puis recula dans un nuage bleu de gomme brûlée. Elle s'élança de nouveau à la poursuite de la camionnette. Santos filait au cœur du labyrinthe. La Mercedes finit par disparaître.

— Sommes-nous loin du quartier de Baixa ? s'enquit Marten.

— Nous y serons dans trois minutes.

— Conduisez-moi dans une rue où je pourrai prendre le volant à votre place. Puis garez-vous. Je veux que vos collègues et vous preniez le large.

— Pourquoi diable ? s'étonna Santos en souriant de nouveau. Je m'amuse comme un petit fou !

— Vous vous amusez ? Mais ces types risquent de tous nous tuer !

— *Contrôle, ici 6-4,* cracha une voix dans l'oreillette de Marten. *Quelqu'un a déclenché l'alarme incendie dans l'hôpital quelques secondes après votre départ. Je suis branché sur la radio de la caserne. Ils ont expédié cinq véhicules. Tout le secteur va grouiller de voitures de pompiers.*

Le silence se fit un moment.

— *Nom de Dieu !* brailla soudain Branco dans son émetteur.

— Comment ça, « nom de Dieu » ? s'impatienta Conor White. Que se passe-t-il ?

— *Une ambulance vient de nous passer sous le nez. L'agent Birns occupait le siège passager ! Vite ! Nous les prenons en chasse. Je suppose qu'Anne Tidrow et Ryder se trouvent là-dedans.*

— Ne les perdez pas ! 6-2, suivez 6-4. À vous.

— *6-4, reçu. 6-2, à vous.*

— *6-2. Reçu.*

— Je les ai ! hurla Jack.

Il venait d'apercevoir la camionnette de la blanchisserie. Il écrasa la pédale d'accélérateur. La Mercedes bondit en avant. Une poignée de secondes encore et ils se retrouvèrent derrière un vieux tramway. Jack se déporta sur la gauche pour le dépasser. Un autobus arrivait dans la direction opposée. L'Irlandais poussa un terrible juron avant de se rabattre. Il réitéra la manœuvre après le passage du bus. Enfin, il avisa la camionnette, droit devant. Elle emprunta une rue perpendiculaire. Une Opel blanche se glissa malencontreusement entre eux.

— Dégage de là ! s'énerva Jack.

Il lui fit une queue de poisson pour éviter le taxi qui fonçait en sens inverse. Le chauffeur klaxonna et brandit un poing rageur à l'adresse des occupants de la Mercedes.

Cette fois, ils se trouvaient en plein cœur du quartier de Baixa ; Santos avait fait un excellent travail.

Marten jeta un coup d'œil dans le rétroviseur. White et les siens étaient tout près.

— Garez-vous après le prochain pâté de maisons et dites-moi quelle route suivre après ça.

— À droite, puis à gauche. Deux rues plus loin, vous…

— *Contrôle, ici 6-4. Nous avons retrouvé l'ambulance. 6-2 est à leurs trousses. Nous sommes juste derrière. À vous.*

Marten écouta avec attention.

— *Ici Contrôle. 6-4, où êtes-vous ? Pouvez-vous les intercepter ?*

Son sang se glaça : il venait de reconnaître la voix de Conor White. Au même instant, il se rappela leur première rencontre au bar de l'hôtel Malabo.

— *Calçada do Carmo. Nous nous dirigeons vers le Rossio. Les rues sont trop étroites pour tenter une intervention.*

Une sirène hurla dans l'oreillette de Marten, suivie du cri strident d'un klaxon. Puis ce fut un épouvantable fracas.

Auquel succéda un silence terrible.

— *6-4, ici Contrôle !* glapit enfin Conor White. *6-4 ! À vous !*

Pas de réponse.

— *6-2, ici Contrôle. 6-2 ! Est-ce que vous m'entendez ? À vous !*

— *Contrôle, ici 6-4. Un camion de pompiers vient de percuter l'ambulance et la voiture de 6-2. L'ambulance est couchée.*

— *6-4, ici Contrôle. Y a-t-il des morts ?*

— *Je n'en sais rien. Les pompiers ont pris la situation en main. Mes gars ont l'air sonné, mais ils ne semblent*

473

pas blessés. Les pompiers ont ouvert les portières de l'ambulance. Attendez... Je vois Ryder. On est en train de l'aider à sortir. Il paraît un peu KO. J'ignore ce qu'il en est des autres.

— *Évacuez vos hommes*, ordonna White d'un ton calme mais énergique. *S'ils ne peuvent pas marcher, portez-les. Ensuite, décampez au plus vite. Bientôt, la police sera partout. Il ne faut pas que les flics interrogent vos gars. À vous.*

— *6-4, bien reçu. À vous.*

— *6-4, ici Contrôle. Retrouvons-nous près du lieu de l'accident. Notre voiture est équipée d'un GPS. Transmettez-moi les coordonnées. À vous.*

— *Reçu, Contrôle. Calçada do Duque. Au niveau de la Rua da Condessa. À vous.*

— *Nous y serons dans cinq minutes. À vous.*

— *Bien reçu, Contrôle. Cinq minutes.*

D'abord, Marten demeura hébété. Certes, l'accident qui venait de se produire l'avait choqué et il craignait qu'Anne ne soit gravement blessée, peut-être pis. Mais plus encore, il était frappé par la vitesse à laquelle Conor White avait su réagir.

Il jeta un coup d'œil dans le rétroviseur. La Mercedes effectua un demi-tour violent avant d'accélérer dans la direction opposée. Marten se tourna vers Grant.

— Un camion de pompiers vient de percuter l'ambulance. Elle est couchée sur le flanc. Ryder semble aller bien. Je n'en sais pas davantage. White avait deux voitures sur le coup, l'une d'elles est impliquée dans l'accident. Ils ont prévu de se retrouver tous là-bas.

Marten s'adressa ensuite à Santos :

— Votre frère est peut-être blessé. Conduisez-nous près du Rossio le plus vite possible.

— D'accord, monsieur.

L'ambulancier lorgna dans son rétroviseur, laissa passer un cycliste avant de négocier un virage à gauche et d'accélérer.

12 h 02

114

Anne était agenouillée. Un jeune pompier dont la tignasse rousse émergeait ici et là de sous son casque se tenait auprès d'elle. Il tentait de l'aider à se relever. Le choc l'avait un peu étourdie. Du sang coulait d'une estafilade au-dessus de son œil droit. Pour le reste, elle semblait aller bien. C'est du moins ce qu'elle avait déclaré au pompier. Des sirènes se rapprochaient. Elle secoua la tête pour s'éclaircir les idées. Elle avisa Fred Ryder assis sur le trottoir. Deux pompiers s'occupaient de lui.

— Prenez votre temps, lui conseilla celui qui l'avait prise en charge. Pouvez-vous tenir sur vos jambes ?

Elle s'y essaya. Hocha positivement la tête.

— Parfait. Il y a une fuite de carburant. Nous devons nous éloigner du véhicule, mademoiselle.

Soudain, Anne revint totalement à elle. Elle se retourna.

— Que faites-vous ? s'étonna le pompier.

— Il faut que je récupère mon sac.

— Laissez tomber ! Nous devons nous éloigner de cette ambulance !

Il la saisit par le bras. C'est alors qu'elle le vit. Le sac gisait un peu plus loin sur l'asphalte. Elle échappa à l'étreinte de son sauveur, qui jura en tentant de la rattraper.

— Le véhicule va exploser, mademoiselle. Laissez votre sac où il est, ça n'a aucune importance.

— C'est ce que vous croyez.

Elle s'en empara à l'instant où le pompier lui mettait la main dessus. Ils reculèrent ensemble. L'odeur de carburant était partout. À quelques mètres gisait une Peugeot bleu foncé. Deux hommes en jean et coupe-vent, dont l'un avait porté une main à sa tête, discutaient avec un soldat du feu. Derrière eux, en haut de la colline, Anne repéra une Alfa Romeo grise immobilisée au beau milieu de la voie. Un mince barbu en costume noir en était descendu. Il était en train de les rejoindre à pied. La mémoire lui revint tout à fait. L'Alfa et la Peugeot s'étaient lancées à leur poursuite aussitôt après leur départ de l'hôpital.

Le pompier roux la guida vers Ryder. Les sirènes se rapprochaient. Partout, Anne distinguait les visages des badauds massés sur le trottoir. Les curieux guignaient aussi la scène depuis les boutiques et les appartements. Elle regarda Ryder se mettre sur ses pieds. À gauche, deux pompiers hissaient Mário sur une civière. Cette fois, les sirènes hurlaient. Elles se turent brusquement. Deux camions arrivaient en renfort depuis la caserne. Les nouveaux venus se précipitèrent vers l'ambulance pour couvrir d'une mousse grisâtre le carburant répandu sur la chaussée. Une voiture de police s'immobilisa aux abords du lieu de l'accident. Une autre la suivait de près. Des agents en uniforme en descendirent pour repousser les curieux qui s'assemblaient. Les policiers se faisaient de plus en plus nombreux au fil des secondes. Les ambulances se multipliaient dans des proportions comparables. C'était un véritable chaos. Anne se retourna pour découvrir le barbu qui faisait de grands gestes à l'intention des occupants de la Peugeot. Le pompier qui s'était chargé d'elle lui conseilla de regarder où elle posait le pied, lui demanda de nouveau si elle allait bien, s'enquit de son nom et des motifs de sa présence à l'intérieur de l'ambulance.

Elle lui révéla son prénom, puis murmura qu'elle avait oublié où elle était censée se rendre et dans quel but. Elle s'approcha de Ryder. Chercha l'agent Birns du regard. Ne le repérant nulle part, elle posa les yeux sur le député. Celui-ci secoua la tête – il ne savait rien non plus. C'est alors que deux ambulanciers se précipitèrent avec une civière. Un corps reposait plus loin, sur le trottoir, recouvert d'un drap blanc.

Un pompier, qui avait récupéré l'attaché-case de Birns, vint s'entretenir avec les ambulanciers. Au terme d'une brève conversation, il alla trouver un policier. Quelques paroles encore. Un geste en direction de l'ambulance accidentée. L'attaché-case contenait le MP5 de Birns, dont Anne savait parfaitement se servir. Déjà, elle échafaudait des plans pour tenter de récupérer le pistolet-mitrailleur, mais alors le policier haussa les épaules, prit la mallette des mains du pompier pour la ranger dans le coffre de sa voiture de patrouille, dont il referma le hayon.

115

12 h 09

Santos ralentit assez longtemps pour permettre à Marten d'échanger sa place contre celle de l'anesthésiste qui venait de tenir le rôle de l'agent Birns ; il se glissa à l'arrière en compagnie de Grant et de la comptable. Puis on reprit de la vitesse pour se diriger vers le barrage routier.

Là, Santos immobilisa la camionnette et se pencha par la fenêtre pour décliner son identité au policier qui la lui demandait. Son frère, expliqua-t-il, conduisait l'ambulance accidentée. Il souhaitait le rejoindre au plus vite.

— J'ai des gens de l'hôpital avec moi, précisa-t-il d'un ton assuré.

On ne lui posa pas d'autres questions. Moins de deux minutes plus tard, il avait garé la fourgonnette. Avec ses trois compagnons, il gravit la colline. Ils franchirent ensemble le cordon de sécurité.

Ils coururent parmi la foule en direction du lieu du drame. Marten se retourna pour observer les policiers. Il se mit en quête de Ryder, Anne et Birns.

White et ses tueurs devaient être tout près, mêlés aux badauds, qui sait. Marten effleura le Glock sous son blouson. Il lorgna l'agent Grant, qui tenait à présent son sac à dos sous le bras, de manière à diriger droit devant lui le canon du MP5 qu'il contenait. Le garde du corps avait discrètement placé son doigt au niveau de la détente.

Ils louvoyèrent pendant une quarantaine de secondes entre les curieux, les pompiers, les équipes de secours, les policiers, les journalistes. Enfin, ils distinguèrent Anne et Ryder. Birns n'était pas avec eux. À l'exception d'un petit pansement au-dessus de l'œil de la jeune femme, ils semblaient s'en être tirés à bon compte. De plus, Anne serrait contre elle le sac contenant les photos et la copie du Protocole Hadrien.

Ryder indiqua au capitaine des pompiers que sa compagne et lui se portaient bien et qu'ils souhaitaient prendre un taxi pour regagner leur hôtel. Personne autour d'eux ne s'affairait : on ignorait visiblement qu'il s'agissait d'un membre du Congrès américain. Marten fit signe à Grant de le couvrir au cas où Conor White et ses hommes passeraient à l'action.

Il s'avançait vers Anne et Ryder lorsqu'un officier de police, un lieutenant peut-être, vint trouver le député. Il allait lui poser mille questions. Qui était-il ? Qui était Anne ? Pourquoi se trouvaient-ils à bord de l'ambulance ?

Où allaient-ils ? Dès que Ryder aurait décliné son identité, l'ambassade serait informée – la CIA intercepterait l'information, si White ne s'était pas déjà chargé de les tenir au courant. Il fallait que Marten détourne l'attention des forces de l'ordre massées dans les parages, puis entraîne au plus vite le député loin du lieu de l'accident.

Anne le vit approcher. Il secoua négativement la tête en lui désignant le gradé du menton. Puis il songea qu'il avait une bien meilleure carte à jouer. La police elle-même. Si on faisait grimper Anne et Ryder à bord d'une voiture de patrouille, Conor White aurait les mains liées.

Marten attira Grant à lui.

— Occupez-vous de ce flic, lui ordonna-t-il. Montrez-lui vos papiers. Dites-lui qui vous êtes, et qui est Ryder. Ajoutez qu'Anne et moi voyageons avec vous. Précisez-lui que vous êtes chargé d'assurer la sécurité du député. Qu'il a reçu des menaces. Que cet accident n'en était peut-être pas un. Demandez-lui de nous évacuer au plus vite. Il lui faudra obtenir l'autorisation de ses supérieurs, mais dès que ce sera fait, White ne pourra plus agir. Ça nous laissera au moins le temps d'échafauder un nouveau plan.

Grant approuva. Marten balaya la foule du regard. Si White, Patrice et Jack se trouvaient ici, il ne les repéra pas. Derrière lui, l'agent spécial discutait avec Ryder et le policier. Au bout d'un moment, ce dernier se détourna de ses interlocuteurs pour utiliser son talkie-walkie. Marten scruta de nouveau les environs.

La bureaucratie portugaise était la même que partout ailleurs. Les communications iraient bon train. White ou ses associés les intercepteraient probablement. Ils apprendraient ce qui se tramait. Ainsi que le personnel de l'ambassade et, tout particulièrement, le chef de la CIA local.

Le ciel s'assombrissait et une goutte de pluie tomba sur Marten. Soudain, une main se referma sur son bras.

Il fit volte-face. C'était Anne. Ryder et Grant ne la quittaient pas.

— Vous aviez raison, fit celui-ci. Il lui faut des autorisations. Il est en train d'appeler.

Marten se rappela Birns tout à coup. Où était-il ? Anne lut l'interrogation sur son visage.

— L'agent Birns a été tué dans l'accident, lui dit-elle doucement. Mário est blessé. J'ignore si c'est grave.

Marten examina Grant. Il avait été plusieurs années durant le compagnon d'armes de Birns. Ils étaient devenus des amis, presque des frères. Marten avait appartenu aux forces de l'ordre de Los Angeles ; il connaissait l'étroitesse de ces liens. Il savait aussi que face au chagrin du survivant il n'y avait rien à faire, sinon prier et poursuivre la mission.

— Je suis navré, fit-il.

Grant le remercia d'un signe de tête. Anne était pâle, elle tremblait un peu. Elle boitillait. Ryder également.

— Tout va bien ?

— Oui.

Marten lui décocha un large sourire en posant les yeux sur son sac.

— Mademoiselle a le sens des priorités, plaisanta-t-il.

— Ça lui arrive de temps à autre, répondit-elle en lui rendant son sourire.

La pluie se mit à tomber plus fort. Le lieutenant revint vers eux, flanqué de deux agents en uniforme. Ils se concentraient sur Ryder. Une escorte arrivait.

— L'ambassadeur des États-Unis a été prévenu. Il nous a demandé de vous conduire directement à l'ambassade. Vous y serez en sécurité.

— Je vous remercie, répliqua poliment Ryder.

Il se tourna vers Marten et Grant. Son expression en disait long : l'ambassade était selon lui le lieu le moins sûr de la ville. Il faudrait contrarier en chemin les plans des autorités.

12 h 22

116

12 h 28

Conor White savait ce qu'il devait chercher – une Toyota Land Cruiser noire en provenance du lieu de l'accident, suivie par une Ford blanche. Le chauffeur de la Toyota, le sergent qui l'accompagnait, de même que les hommes installés à bord de la voiture de queue, appartenaient au GOE, groupe d'intervention spéciale de la police chargé de lutter contre les terroristes.

Les deux véhicules gagneraient le Rossio, puis feraient le tour de la place pour prendre la direction de l'ambassade des États-Unis. Carlos Branco lui avait transmis ces renseignements quelques secondes après avoir parlé au téléphone avec Jeremy Moyer, le responsable de la CIA à Lisbonne. Le GOE avait fixé cet itinéraire, que l'ambassade avait approuvé.

White disposait donc d'un horaire et d'un trajet. Ce dernier ne durerait pas plus d'un quart d'heure. Les mercenaires frapperaient en cours de route. Branco serait là en renfort, comme à l'accoutumée. Tant qu'il le payait, White pouvait lui demander ce qu'il voulait. Le Portugais se verrait en outre remettre cent cinquante mille euros par Jeremy Moyer, qui les puiserait dans l'un des fonds secrets de l'Agence.

White et Branco avaient cessé de communiquer par radio juste après l'accident : l'un et l'autre avaient deviné que Marten s'était emparé de l'émetteur-récepteur de Moïse. White avait en outre parié que son ennemi, apprenant l'accident survenu à ses compagnons, se précipiterait sur les lieux du drame. Il en eut confirmation en découvrant la camionnette de la blanchisserie garée non loin.

Les trois mercenaires patientaient dans la même rue, à bord de la Mercedes noire. Branco et trois anciens membres des commandos de l'armée portugaise avaient garé leur Alfa Romeo à quelques mètres de là. On allait attendre que passent la Land Cruiser et la Ford, après quoi on s'engagerait derrière elles en se mêlant à la circulation qui encombrait le Rossio, puis on atteindrait la station de métro pour emprunter ensuite l'Avenida da Liberdade. C'est là que l'attaque se produirait. Jack accélérerait, dépasserait la Land Cruiser pour lui barrer soudain la route. L'Alfa Romeo de Branco se rangerait juste derrière la Ford.

Les membres du GOE avaient subi un entraînement proche de celui du SAS britannique, auquel White avait jadis appartenu. Autant dire que le mercenaire connaissait leur tactique et leur état d'esprit. Il savait également comment les surprendre. De nombreux policiers trouveraient la mort au cours de l'opération. Peu importait. Lisbonne s'était mué pour lui en zone de guerre, il s'y comportait comme il l'aurait fait en Irak ou en Afghanistan. En trente secondes, en effet, la messe serait dite. Branco et les siens remonteraient à bord de l'Alfa Romeo pour se volatiliser au cœur de la vieille ville. White et ses deux comparses fileraient à l'aéroport et sauteraient dans le Falcon 50 qui les ramènerait sur l'île de Bioko.

— Colonel, intervint Patrice. Les voici.

12 h 30

117

Le Land Cruiser descendait lentement la colline. Ses essuie-glaces luttaient contre la bruine. La Ford blanche la suivait de près.

C'est au sergent Clément Barbosa, un garçon efflanqué d'environ trente-cinq ans, qu'on avait confié la tâche de mener le député et les siens jusqu'à l'ambassade. Il avait pris place sur le siège passager. Son chauffeur, Eduardo, avait les yeux partout : il observait la route, aussi bien que les rues adjacentes et les immeubles autour d'eux.

Ryder et Grant s'étaient installés derrière les deux hommes, Marten et Anne sur la dernière banquette. La Toyota était équipée de vitres teintées. Un peu avant l'arrivée du GOE, Marten, Anne, Ryder et Grant avaient analysé la situation. Tous étaient tombés d'accord sur un point : il ne fallait en aucun cas se rendre à l'ambassade. Certes, White devait les suivre mètre par mètre, mais s'ils s'éclipsaient rapidement, ils avaient une chance de le surprendre.

Ils comptaient se perdre dans la foule. Même si la pluie s'était invitée depuis peu, les touristes demeuraient nombreux à déambuler. Tout particulièrement près du Rossio – l'endroit grouillerait de promeneurs et de taxis.

Aux abords de la place, Grant demanderait à Barbosa de se garer en prétextant un léger malaise de Ryder ; le député aurait besoin de prendre l'air. Le sergent aurait beau manifester des réticences, il serait contraint d'accepter. Grant le rassurerait en lui rappelant qu'il était armé et ne lâcherait pas Ryder d'une semelle. Quelques secondes plus tard, ils s'évanouiraient dans la cohue. Anne et Marten prendraient une autre direction. Les deux duos s'engouffreraient séparément dans un taxi pour gagner l'aéroport où les pilotes se tenaient prêts à décoller.

Le silence régnait dans l'habitacle. Eduardo s'engagea sur la place Dom Pedro IV. La pluie redoublait d'intensité.

118

Jack augmenta la vitesse de balayage des essuie-glaces. Il se tenait derrière la Ford, à trois véhicules d'intervalle. Après eux venait une vieille Opel gris métallisé, puis l'Alfa Romeo de Carlos Branco. Jack lorgna Patrice, installé sur le siège passager, avant de jeter un coup d'œil dans le rétroviseur en direction de Conor White. Les deux hommes se tenaient prêts, le pistolet-mitrailleur sur les genoux. Il se reconcentra sur son itinéraire ; la Toyota et la Ford roulaient vers l'Avenida da Liberdade.

— Que fait-on ? fit Ryder à Marten.

L'averse qui s'intensifiait avait fait fuir la foule au milieu de laquelle ils avaient compté se fondre jusque-là. Sur la place, il ne restait que des pigeons.

Anne regarda en arrière.

— Nicolas, le mit-elle en garde. L'Alfa Romeo grise, là-bas, à quelques voitures de nous.

Marten vérifia. Il aperçut le véhicule, ainsi que la Mercedes noire cheminant devant lui.

— La Mercedes est celle de Conor White, indiqua-t-il à la jeune femme.

Il s'adressa à Ryder et Grant.

— Ils sont à nos trousses. Sans sous-estimer les mérites du GOE, le fait est que nous n'atteindrons jamais l'ambassade.

Il contempla la place désertée. Que faire ? S'il demandait à Barbosa d'accélérer, White comprendrait aussitôt qu'il venait d'être repéré. Il battrait en retraite, changerait de voiture et reviendrait plus tard à la charge. Il en irait de même s'ils réclamaient des renforts policiers – car le mercenaire suivait forcément leurs communications radio. Il avisa au loin un grand M rouge.

— Nous prenons le métro, annonça-t-il à ses compagnons. Tout de suite.

Conor White se tenait penché vers l'avant, sa cagoule et son MP5 sur les genoux. Dans moins de deux minutes, il passerait à l'action.

— Nom de Dieu ! brailla Jack.

À une cinquantaine de mètres devant eux, la Toyota venait de se ranger le long du trottoir. En une fraction de seconde, les portières s'ouvrirent. Ryder et Grant descendirent, suivis d'Anne et de Marten. Le chauffeur et le passager avant les imitèrent. Marten désigna la Mercedes du doigt. Sur quoi il se rua dans le métro avec Ryder et Anne.

— Neutralisez les membres du GOE, ordonna calmement Conor White. Nous allons les rattraper.

— Restez avec Anne et le député ! lança Marten à Grant tandis qu'ils pénétraient à l'intérieur de la station pour se diriger vers l'escalier menant aux quais. Il se retourna. Il plaquait contre sa cuisse le Glock dont il s'était emparé. La Mercedes se gara derrière la Ford. Les agents du GOE avaient fait surgir leurs armes. Mais trois individus cagoulés bondissaient hors de la Mercedes. Déjà, ils actionnaient leurs pistolets-mitrailleurs munis chacun d'un silencieux intégral. Clément Barbosa et Eduardo s'effondrèrent presque sans bruit. Les quatre policiers en uniforme tombèrent à leur tour sans avoir eu le temps de tirer. Les trois assaillants se précipitèrent dans la station de métro.

Le Glock à la main, le cœur battant la chamade, Marten atteignit l'escalier, qu'il entreprit de descendre. Devant lui, Anne, Ryder et Grant se mêlaient aux passagers. Il se retourna encore. Conor White dévalait les marches à sa suite. Il avait ôté sa cagoule et ouvert sa veste, sous laquelle il dissimulait un objet. Patrice et Jack étaient sur ses talons.

Marten fourra le Glock dans sa ceinture pour extraire le téléphone jetable d'une poche de son blouson. Il pressa la touche de composition rapide en priant pour que le numéro mémorisé soit le bon et qu'il soit toujours en service. Une sonnerie se fit entendre, puis une deuxième. Une troisième. Une voix familière finit par répondre.

— *Oui ?* fit Kovalenko.

— Êtes-vous à Lisbonne ? s'enquit Marten.

— *Où est ma carte mémoire ?*

— J'ai besoin de vous. Vous êtes à Lisbonne ou vous n'y êtes pas ?

— *Je suis votre ange gardien, tovaritch. Je ne m'éloigne jamais. Et puis les Russes ont de grands yeux et de grandes oreilles. Je m'apprêtais à vous rejoindre à l'ambassade des États-Unis. Votre ami Logan, celui qui aime les livres et les chiens... Quelle délicate attention de sa part : il avait glissé sa carte de visite dans l'enveloppe que vous m'avez remise après avoir échangé les cartes mémoire. Vous songiez dès ce moment-là que vous pourriez avoir besoin de moi.*

— En effet. Et le fait est que j'ai besoin de vous.

Marten continuait de descendre l'escalier. Il loucha par-dessus son épaule. Il évita une séduisante jeune femme, bouscula un gros homme ; il tentait de mettre le plus de monde possible entre les mercenaires et lui.

— Nous sommes à la station Rossio. White et deux de ses types sont à nos trousses. Ils viennent d'abattre une demi-douzaine de flics. Il nous faut de l'aide. Il nous en faut maintenant. Sinon, ils me tueront et votre carte mémoire finira dans la vitrine à trophées de White.

Devant lui, Ryder, Anne et Grant s'étaient arrêtés à un guichet. L'agent spécial acheta des tickets et lui fit signe de les rejoindre. Il avait glissé le sac à dos sous son bras, le MP5 prêt à tirer. Il était très calme. Inutile d'alarmer la foule qui se pressait dans la station. Une foule dans laquelle ils disparaîtraient jusqu'à ce que l'occasion leur soit offerte de sauter dans un wagon.

— Nous allons tenter de gagner la station Baixa-Chiado, reprit Marten à l'adresse de Kovalenko. Je l'ai choisie parce qu'elle sera sans doute bondée. Retrouvez-nous là-bas.

Seul le silence lui répondit.

— Kovalenko ? Kovalenko ! Nom de Dieu, est-ce que vous êtes là ?

119

Carlos Branco avait vu la Ford et la Toyota se garer brusquement au bord du trottoir. Marten et les autres en avaient jailli avant de s'engouffrer dans le métro. Les membres du GOE avaient tenté de réagir dès que la Mercedes était venue s'immobiliser à leur suite. Il avait deviné ce qui allait se passer. Il avait pressé la pédale de l'accélérateur et dépassé la station de métro quand les mercenaires sortaient de leur voiture.

Parvenu au Rossio, il se rangea, se retourna puis appela Moyer sur son portable. L'heure n'était plus aux rendez-vous clandestins ni aux lignes sécurisées.

Il fallait informer le chef de la CIA local des événements en cours.

— Tout est parti en vrille. White a abattu six membres du GOE devant le métro Rossio. Il s'est lancé à la poursuite de Marten, Ryder et les autres à l'intérieur de la station. Il va faire un carnage. Quelles sont vos instructions ?

Moyer se tut un instant.

— *Achevez votre mission*, finit-il par lâcher froidement.

Branco s'était contenté de raccrocher. Il considéra ses hommes un à un. Ils disposaient d'une minute, au mieux, avant l'arrivée d'une équipe du GOE qui bouclerait la zone.

Patrice et Jack retrouvèrent White au pied de l'escalier. Plus loin, Grant tendit un ticket à Marten, après quoi les deux hommes suivirent Anne et Ryder au-delà des portes vitrées permettant d'accéder à la station proprement dite. Ensuite venaient les quais. Les rames. S'ils grimpaient dans l'une d'elles, tout était perdu. D'autant plus que les représailles du GOE, après la mort de six d'entre eux, menaçaient d'être terribles. Il fallait agir vite.

— L'agent spécial se promène avec un sac à dos, observa Conor White, les yeux fixés sur ses quatre cibles. Anne a un grand sac. Ryder et Marten se déplacent les mains vides. Les documents se trouvent donc en possession d'Anne ou de Grant. Abattez-les en premier pour récupérer les photos et le reste. Ensuite, occupez-vous de Ryder. Je suppose que Marten est toujours armé. Je me charge de lui. Quoi qu'il en soit, arrangez-vous pour qu'aucun d'entre eux ne monte dans un wagon. Quand tout sera fini, séparons-nous et prenons le métro dans des directions différentes. Nous nous rejoindrons à l'aéroport.

Deux marches encore et ils étaient devant les portes d'accès aux quais. Une femme glissa un titre de transport dans une fente et passa. Les trois mercenaires lui emboîtèrent le pas. Ils la bousculèrent pour poursuivre leurs proies.

— Hé ! s'écria une voix. Vous ! Vous trois, là ! Arrêtez-vous !

Jack jeta un regard de côté. Un agent de surveillance en uniforme s'approchait d'eux. L'Irlandais sourit, ouvrit sa veste, brandit le Colt Commando. L'œil de l'homme s'agrandit sous l'effet de la terreur.

— Non ! hurla-t-il en faisant demi-tour.

Trop tard.

Jack tira en silence. Le corps de l'agent s'écrasa contre un mur avant de s'affaisser. Il y avait du sang partout.

— Vite ! ordonna Conor White.

Ils se dirigèrent vers les quais. Une femme hurla. Les voyageurs, surpris et horrifiés, contemplaient ces trois hommes qui couraient parmi eux.

— Ils arrivent ! prévint Grant en poussant Ryder devant lui. Une rame entrait dans la station. Que tout le monde recule ! Reculez !

Marten aperçut Patrice : un M4 dans les mains, il bousculait les voyageurs pour aller plus vite. Il leva son Glock, prêt à faire feu, mais un couple de personnes âgées l'empêcha de tirer. Il fit un pas de côté. Déjà, le merce-naire s'était volatilisé dans la cohue. Un vent de panique commençait à souffler sur les lieux.

Le train s'immobilisa. Les portes s'ouvrirent. Ses passa-gers descendirent. Grant entraîna Ryder à contre-courant, le sac à dos serré sous son bras, le doigt sur la détente du pistolet-mitrailleur.

Marten repéra Patrice. Il se précipitait vers le député et son garde du corps. Jack n'était pas loin. Il obligea Anne à rejoindre leurs deux compagnons tandis qu'il se retournait en dirigeant son arme vers l'Irlandais. Mais celui-ci s'était éclipsé parmi les voyageurs. Au même instant, Patrice se redressa en brandissant son M4. Il y eut des hurlements. Grant souleva son sac à dos. Le rayon rouge du laser vint se poser sur la poitrine du mercenaire. Une fraction de seconde trop tard. Le pistolet-mitrailleur cracha ses munitions en silence. La tête de l'agent spécial explosa, tandis que son corps tournoyait sur lui-même avant de s'écrouler au milieu de la foule épouvantée.

L'affolement était à son comble : on hurlait, on courait dans tous les sens. Certains tentaient de prévenir les secours avec leur téléphone portable. Marten saisit Anne par le bras en la poussant vers la rame. Il ramassa le sac à dos de Grant et le lui confia.

— Il y a un MP5 là-dedans. Reste avec Ryder. Emmène-le à l'aéroport.

— Non !

Les yeux de la jeune femme ne lâchaient plus les siens. Amour. Terreur. Ils savaient tous deux qu'en demeurant en arrière, Marten risquait d'y laisser sa vie.

— Bon Dieu, Anne ! Fais ce que tu as à faire ! Emmène Ryder loin de cet enfer. Tout de suite !

Elle se rua dans le wagon en quête du député. Elle le découvrit au milieu de la horde de voyageurs à l'instant où les portes se refermaient. Le train s'ébranla. À travers la vitre, elle aperçut Jack qui fonçait droit sur eux. Un peu plus loin, Marten brandit son Glock. L'Irlandais se cacha, cerné par les cris.

La rame commença à prendre de la vitesse. Patrice surgit alors de nulle part, à deux pas du train, le doigt sur la détente.

— Couchez-vous ! cria-t-elle.

Une salve silencieuse fit voler en éclats les vitres du wagon. La jeune femme serra contre elle le sac à dos et se remit debout. Patrice avait disparu. Une bonne demi-douzaine de personnes gisaient sur le sol. Il y avait des morts. Ryder tentait de secourir une femme éclaboussée de sang. La rame se rapprochait du tunnel. Anne avisa Marten : il cherchait Patrice. Il ne voyait pas Jack, maintenant planté derrière lui, à quelques mètres, paré à faire feu. Anne pressa la détente du pistolet-mitrailleur. Les balles giclèrent pour venir s'enfoncer dans le buste massif du mercenaire. Il parut danser pendant une poignée de secondes, puis il s'effondra sur le quai au milieu des hurlements. Elle aperçut Marten une dernière fois. Le train s'évanouit à l'intérieur du tunnel.

120

Les feux arrière de la rame disparurent. Marten se retourna. L'œil égaré, les voyageurs se terraient partout. Sous un banc, derrière une sculpture décorative, à l'intérieur du kiosque à journaux. Un calme apparent régnait, insoutenable. Sur chaque visage se peignait une indescriptible horreur : *Combien de temps me reste-t-il à vivre ?* Deux jeunes femmes se dressèrent d'un bond, traversèrent le quai pour descendre sur les voies à la poursuite du train.

— Ne faites pas ça ! les mit en garde Marten.

Elles ignorèrent son conseil.

Mais où diable se cachait Patrice ? Où était Conor White ? Une seconde plus tard, les lumières s'éteignirent.

Une alarme retentit, à laquelle succéda un silence de mort. De-ci, de-là une malheureuse pleurait, d'autres marmonnaient des prières. Seules les veilleuses de secours, alimentées par des transformateurs, éclairaient faiblement le décor. Elles luisaient dans l'escalier, se reflétaient sur les murs de la station, rasaient le kiosque à journaux et les entrées du tunnel à chaque extrémité de la station.

« POLICE ! lança une voix depuis un haut-parleur, en portugais d'abord, puis en anglais. TOUT LE MONDE AU SOL, FACE CONTRE TERRE ET LES BRAS TENDUS DEVANT VOUS. NOUS ABATTRONS QUICONQUE TEN-TERA DE SE LEVER ! »

Les membres du GOE qui venaient de débouler for-maient à présent une ligne au pied de l'escalier. Vingt ou trente hommes en tenue d'assaut : armure noire, casque à visière. Six de leurs compagnons étaient tombés un peu plus tôt sous des balles inconnues. Ceux qui avaient perpé-tré le massacre se cachaient forcément ici, au beau milieu des voyageurs tétanisés. Ils ne s'en tireraient pas vivants.

Marten ignorait toujours où se trouvaient Patrice et Conor White. Quant aux membres du GOE, ils ne savaient pas combien de meurtriers avaient attaqué leurs collègues. S'ils le découvraient avec son Glock, ils pourraient bien lui régler aussitôt son compte. Il lui était néanmoins impos-sible de s'en débarrasser. Pas maintenant. Il ne lui restait qu'une solution : courir le risque de se glisser le long des rails dans la semi-obscurité.

White se retourna vers l'espace caverneux de la station chichement éclairé par les veilleuses. Les policiers avaient envahi les lieux. Marten s'y trouvait aussi. C'était lui qu'il fallait détruire. Alors la malédiction, à laquelle le merce-naire finissait par croire bien qu'il ne fût pas superstitieux, s'évanouirait d'un coup. Patrice et lui se replieraient dans l'enchevêtrement de tunnels. Ils s'y terreraient le temps nécessaire – une heure, un jour, un mois –, jusqu'à ce que la police abandonne ses recherches. Ils seraient libres. Ils l'avaient déjà fait.

Ils étaient capables de le refaire.

121

Carlos Branco et les trois hommes qui se trouvaient avec lui dans l'Alfa Romeo – ses meilleures recrues au sein des commandos de l'armée portugaise – dévalèrent l'escalier sombre en direction des quais ; les membres du GOE avaient bouclé la zone. Branco portait toujours le costume noir qu'il avait enfilé le matin, mais il s'était débarrassé de sa cravate. Ses comparses avaient opté pour le jean et le blouson, sous lequel ils dissimulaient leur Uzi.

Ils avaient atteint la station Rossio moins d'une minute avant le GOE. Ils étaient entrés pour attendre l'unité spéciale. Branco leva les mains et s'avança vers les agents. Il s'identifia. Demanda à parler au commandant. Quelques secondes plus tard, l'homme était auprès de lui.

Les membres du GOE connaissaient bien Branco. Il travaillait sous couverture depuis de nombreuses années. Il avait rassemblé et transmis de précieuses informations sur le crime organisé, les cellules terroristes, le trafic de drogue en provenance d'Afrique. Il se chargeait du « sale boulot », celui que les agences gouvernementales ne pouvaient se permettre d'effectuer sans risquer de provoquer un scandale politique. Dans des situations comme celle d'aujourd'hui, on s'en remettait donc souvent à lui.

— Il s'appelle Conor White, exposa-t-il au commandant. Ancien colonel au sein du SAS britannique. Décoré de la Victoria Cross. Depuis, il est devenu mercenaire. Il travaille en ce moment en Guinée équatoriale. Il est mouillé dans la guerre civile qui se déroule là-bas. C'est lui qui a commis les meurtres dans la ferme, aux alentours de Madrid. Il file actuellement un membre du Congrès américain. Il cherche à le tuer. C'est comme ça que vos hommes se sont fait tuer. Ils escortaient le député et White les a abattus. Si vous l'éliminez, cela risque de soulever énormément de questions. L'enquête sera rendue publique. Elle peut plonger plusieurs nations dans l'embarras. Si je m'en charge, le gouvernement pourra toujours prétendre que le mercenaire a été abattu par des inconnus qui se sont ensuite volatilisés. On songera à des représailles en rapport avec les événements en cours en Guinée équatoriale. Ni le Portugal, ni l'Espagne, ni les États-Unis n'auront de comptes à rendre à personne.

Le commandant acquiesça au discours de Branco, mais il lui fit remarquer que la vie de nombreux citoyens était en danger. Branco était d'accord, mais il insista : mieux valait quatre hommes en civil qu'une horde d'agents en uniforme.

— Coupez le courant et sécurisez le secteur, enchaîna-t-il. Ensuite, laissez-moi le temps de prendre contact avec White. Après quoi nous entrerons dans la zone.

— Vous pouvez le joindre immédiatement ?

— Oui.

Après l'avoir brièvement dévisagé, le commandant s'éloigna. Branco le vit parler dans un micro miniature fixé à son col. Il revint vers lui au bout de trente secondes.

— C'est d'accord.

— Une dernière chose : il ne va pas tarder à y avoir là-haut une véritable meute de journalistes. Faites évacuer les deux prochaines stations sur la ligne. Ensuite, faites venir jusqu'ici un wagon automatisé. White a deux hommes avec lui. Nous les emmènerons à bord de cette voiture. Au terme de l'opération, nous vous les remettrons. Pas de presse. Pas de police. Juste quelques agents du GOE et une poignée d'ambulances.

— Marché conclu, fit le commandant.

Conor White se retrancha dans l'obscurité du tunnel. Ses yeux, ses sens tentaient de deviner où Marten pouvait bien se cacher. Son téléphone portable se mit à vibrer. D'abord surpris que l'appareil fonctionne encore à une telle profondeur, il ne réagit pas. Enfin, il s'en saisit et consulta l'écran. Il reconnut le numéro.

— Oui ? lâcha-t-il calmement.

— *Je suis avec les membres du GOE*, lui annonça Branco. *Où sont nos « amis » ?*

— Anne et Ryder sont montés dans une rame. Le garde du corps s'est fait tuer. Jack aussi. Patrice est avec moi.

— *Où se trouve Marten ?*

— Quelque part dans la pénombre.

— *J'ai passé un accord avec la police. Je vais vous faire sortir de là. Mais je ne peux rien entreprendre tant qu'il reste des voyageurs dans la station. Je veux que vous les laissiez partir.*

— Ils sont notre assurance vie, Branco. Ils nous serviront d'otages si besoin est.

— *La police sait que nous sommes en contact, vous et moi. Dès que les civils auront été évacués, ils nous enverront un wagon automatisé. Par ailleurs, ils sont en train de vider les deux stations suivantes. Ils attendent. Nous grimperons dans cette voiture, pour descendre au prochain arrêt. Mais je dois pouvoir leur assurer que vous êtes prêt à libérer tous ces gens. Dès qu'ils seront sains et saufs, l'opération commencera pour de bon.*

— Il n'y aura que vous ?

— *Moi et trois de mes hommes.*

— Et la lumière ?

— *Que souhaitez-vous ?*

— Marten est ici. Je le veux. Vous comprenez ? Je le veux à titre personnel. Il n'est ni à vous, ni à vos hommes, ni même à Patrice. Il est pour moi. Rallumez les lumières, faites évacuer les civils, puis coupez de nouveau le courant.

— *Je comprends.*

— Non ! Je ne vous demande pas seulement de comprendre. Je vous demande de me donner votre parole.

— *Vous l'avez.*

— Alors dites aux gars du GOE qu'ils peuvent faire sortir les voyageurs.

122

Marten se tenait accroupi près des rails et du quai lorsque les lumières se rallumèrent. La clarté soudaine le fit sursauter. Les voyageurs furent pareillement saisis – une onde de cris se propagea dans la station. Marten enjamba prudemment le rail central électrifié pour se glisser sous l'avancée du quai dans l'espoir que personne ne le repérerait. Une voix amplifiée par un mégaphone s'éleva.

« POLICE. QUE TOUT LE MONDE SE REMETTE DEBOUT EN LEVANT LES MAINS AU-DESSUS DE LA TÊTE. DIRIGEZ-VOUS LENTEMENT VERS LA SORTIE, À L'EXTRÉMITÉ DE LA STATION. LAISSEZ VOS SACS SUR LE QUAI. ALLEZ-Y. »

Marten était éberlué. À quel genre de tactique avait-on recours ? Que se passait-il ? Si on avait capturé White et Patrice, il aurait entendu du grabuge. Or, aucun des deux mercenaires n'accepterait de quitter les lieux, les mains paisiblement levées au-dessus de la tête. Ils prendraient plutôt des usagers du métro en otages. Le GOE le savait. Marten effleura son Glock et se tapit mieux encore. Des voyageurs commençaient à se mettre debout. Les agents vérifieraient leur identité à mesure qu'ils sortiraient.

Peut-être Conor White et Patrice avaient-ils déjà filé. Peut-être la police en avait-elle été informée. Ils avaient pu s'enfoncer dans les tunnels puis regagner la surface par un puits de maintenance. Ils avaient vu Anne et Ryder sauter dans une rame et probablement deviné qu'ils chercheraient à rejoindre l'aéroport. Les deux mercenaires se lanceraient à leur poursuite. Marten, lui, demeurerait impuissant. Que faire ?

De nouveau, la station fut brusquement plongée dans le noir. Les veilleuses de secours prirent le relais.

— *À nous deux, monsieur Marten*, résonna la voix de Conor White dans l'oreillette qu'il avait confisquée à Moïse. *J'aimerais bien savoir qui vous êtes au juste. Un homme complexe, assurément. Architecte paysagiste anglais possédant un accent américain. Tireur d'élite. On vous a vu à l'œuvre avec les agents de Branco, aux abords de la Jaguar bleue.*

Qui diable était Branco ? s'étonna Marten. Puis il se rappela l'homme qui, à l'hôtel Lisboa Chiado, s'était fait passer un instant pour le frère d'Anne.

— *Carlos Branco. Le barbu en Alfa Romeo. L'une des deux voitures qui pourchassaient l'ambulance avant le malencontreux incident avec le camion de pompiers.*

Marten ôta l'oreillette. Il se souleva légèrement pour lorgner le quai. Les civils avaient déserté la station. La police aussi. Le spectacle était terrible.

Un long quai semé de quatre corps – quatre malheureuses victimes recensées parmi les voyageurs. Le cadavre de Jack non loin de l'entrée du tunnel. Celui de l'agent Grant à quelques mètres. Un théâtre de désolation à peine éclairé par les veilleuses.

— *Montrez-vous, Marten.*

Ce dernier vérifia ses munitions. Le chargeur engagé dans le pistolet contenait encore onze balles. Le chargeur supplémentaire fourni par Kovalenko se trouvait dans sa poche.

— *Je vous attends, Marten.*

Celui-ci leva un avant-bras vers sa bouche.

— Vous d'abord.

123

Marten distingua les quatre hommes. Deux à chaque extrémité du quai. L'un d'eux portait un élégant costume noir. Ses cheveux étaient gris, sa barbe soigneusement taillée. De toute évidence, il dirigeait l'opération. Bien sûr. C'était lui que Marten avait croisé la veille à l'hôtel Lisboa Chiado, vêtu d'un jean et d'une chemise hawaiienne. Carlos Branco, à n'en pas douter.

Ses compagnons étaient armés de pistolets-mitrailleurs. Ils s'immobilisèrent. Marten était étonné : n'étaient-ils là que pour condamner les issues ? Leur présence suffisait à prouver qu'ils avaient reçu l'aval du GOE. De quoi supposer, par déduction, qu'eux aussi appartenaient à la CIA.

Mais il y avait davantage : White savait qu'Anne et Ryder avaient quitté la station dans la dernière rame. Or, si Branco était là, c'est que le mercenaire et lui avaient communiqué. Le Portugais n'ignorait donc plus qu'Anne et le député venaient de jouer les filles de l'air.

— *Marten…*, murmura la voix de Conor White dans l'oreillette.

Il glissa le Glock dans sa ceinture pour récupérer son téléphone portable au fond d'une poche. Il composa en tremblant le numéro qu'Anne lui avait donné.

— *Où es-tu ? Est-ce que tu vas bien ? Nous venons de quitter la station Baixa/Chiado. Nous avons pris un taxi pour l'aéroport.*

— Ne prenez pas son avion !

— *Pourquoi ?*

— Les hommes de White sont ici. La police les a laissés entrer. Ce qui implique que l'Agence sait que Ryder et toi vous en êtes tirés et que vous allez certainement sauter dans son avion. Peux-tu faire affréter un autre appareil ? Ne te sers pas du portable du député, il doit être sur écoute. Le tien aussi, si ça se trouve. Utilise une cabine publique. Appelle l'un des hommes d'affaires que tu connais. Peux-tu y arriver ?

— *Je crois que oui.*

— Alors, fonce. Ensuite, installez-vous dans un parc, par exemple, et n'en bougez plus. Puis quittez Lisbonne au plus vite.

— *Et toi ?*

— Je n'en sais rien. Mais peu importe.

Marten jeta un regard autour de lui. Les agents de Branco n'avaient pas bougé.

— *Marten.* (Conor White s'impatientait.) *S'il faut venir vous chercher, je le ferai.*

— Anne, fais ce que je t'ai dit de faire. Nous nous sommes bien amusés. Nous nous amuserons peut-être encore.

Il raccrocha, glissa le mobile dans son blouson, s'empara du Glock et leva le bras vers ses lèvres.

— J'ai dit : vous d'abord, colonel.

Conor White se tourna vers ce qu'il discernait de Patrice au cœur de la pénombre. Des lueurs firent soudain briller les rails. Le wagon automatisé promis par Branco arrivait.

Marten vit lui aussi se rapprocher les phares de la voiture. Puis la voix de White se fit entendre dans son oreillette.

— *J'arrive, Marten. Je vais faire une cible épatante. À vous de jouer.*

Le ton était d'une assurance glacée. Le soldat professionnel soucieux d'accomplir sa tâche meurtrière reprenait le dessus. Dans le même temps, Marten revit en songe le visage de Marita et de ses étudiants en médecine. Il revit Raisa, ses cheveux rouges et son peignoir de soie. Puis surgit Bioko ; les corps de la femme et de ses enfants égorgés, pris dans les branches du morceau de bois flotté ; le père Willy et les garçonnets frappés à mort par les soldats de Tiombe ; les clichés grotesques de White, Patrice, Jack et le général Mariano festoyant en pleine jungle ; les lance-flammes des militaires et l'homme nu brûlé vif. La station de métro Rossio, White et ses assassins, leurs cagoules noires, les agents du GOE pris dans l'embuscade. L'agent Grant s'effondrant, mort, sur le quai. Jamais de toute sa vie Marten n'avait éprouvé autant de mépris pour un être humain. Il haïssait Conor White.

— Amène-toi, pourriture, cracha-t-il dans son micro miniature tandis que les phares du wagon à l'approche illuminaient crûment l'ensemble du décor. Une ombre jaillit hors du tunnel, bondit sur le quai et le traversa en courant. Marten leva son Glock, fit feu. Une fois. Puis deux. Il manqua sa cible. Les balles ricochèrent contre les murs de béton. La voiture automatisée continuait d'avancer. Un autre homme se tenait accroupi au bord du tunnel. Patrice. Un instant plus tard, les phares étaient sur Marten. Le mercenaire leva son M4, dont il fit gicler une salve ; Marten se plaqua contre le sol. Il ne se releva que pour tirer.

BOUM ! BOUM ! BOUM !

Le fracas était assourdissant. Patrice reçut les trois projectiles dans la figure et la poitrine. Il tomba lourdement à la renverse dans l'obscurité. Un arc électrique bleu se dessina lorsqu'il vint heurter le rail central. White répliqua au moyen de son MP5 ; il arrosa les parois alentour. Cette fois, le wagon était au-dessus de Marten, qui faisait corps avec le sol. La voiture glissa en silence à quelques centimètres de sa tête. La seconde d'après il était debout au bord du quai. Puis il roula sur le flanc pour s'abriter dans les ténèbres. Où était passé Conor White ? D'où étaient venus les coups de feu ?

Le wagon s'immobilisa dans un crissement de freins. Un homme se tenait à l'intérieur, pistolet-mitrailleur à la main. Les portes s'ouvrirent. Il sortit.

Kovalenko.

— Ne restez pas en pleine lumière ! lui hurla Marten. Vous allez vous faire descendre !

— Allez vous faire foutre ! Où est ma carte mémoire ?

— Je ne l'ai pas. (Il porta le micro à sa bouche.) White ? Je suis près du tunnel, venez me chercher.

Sur quoi il saisit fermement le Glock à deux mains, et pointa le canon dans toutes les directions. Il scrutait les alentours, à l'affût du moindre mouvement. Rien. Rien que les corps de Jack et de Grant vaguement éclairés par les veilleuses.

— Tovaritch, fit Kovalenko en lui désignant le kiosque à journaux du menton.

Marten s'approcha. White s'y cachait-il ? Le Russe émergea d'un angle, le pistolet-mitrailleur dressé, le doigt sur la détente. Marten se figea.

Il était là.

À l'intérieur de l'échoppe, son corps se découpait en noir et blanc. Il paraissait assis sur un tabouret. Ses yeux fixaient le vide.

Marten leva son Glock, plein d'incertitude. Qu'allait-il se produire ? Kovalenko fit quelques pas en avant. Lentement, le mercenaire tourna la tête vers eux.

— Il est mort, dit-il doucement. Il est mort.

Son regard se perdit de nouveau dans la pénombre.

Marten s'approcha. Que se passait-il ? White lui préparait-il un vilain tour à sa façon ?

— Attention, tovaritch.

— Lâchez ce flingue ! hurla Marten.

White ne réagit pas.

— Lâchez ce flingue ! Tout de suite !

Kovalenko distingua Carlos Branco. Un Beretta au bout du bras, il était en train de les rejoindre. Ses agents l'escortaient, tous armés d'un Uzi.

Marten les avisa à son tour.

— Restez où vous êtes ! Sinon, je lui fais sauter la cervelle !

Branco s'immobilisa. Ses hommes l'imitèrent. White ne bougeait toujours pas.

Marten lorgna Kovalenko.

— Couvrez-moi.

Le Russe acquiesça de la tête. Marten se rua vers le kiosque en guettant la réaction du mercenaire. Il eut l'impression de contempler un tableau : White était assis au centre de la guérite, la moitié du visage éclairée par les veilleuses, l'autre plongée dans les ténèbres. Entre ses mains : un journal. Il avait abandonné le MP5 et le Sig Sauer sur une pile de magazines à côté de lui.

Marten pressa le canon de son Glock contre la tempe de Conor White. Il plaça ses deux armes hors de portée, toujours dans l'attente du coup de théâtre. En vain. White se contentait de respirer sans faire un mouvement. La vie semblait avoir reflué de sa personne en un instant. Marten abaissa son pistolet.

— Que s'est-il passé ? s'étonna Kovalenko.

— Je n'en sais strictement rien.

— « Il est mort. » De qui parlait-il ? Du type que vous avez buté dans le tunnel ?

— Peut-être.

Marten observa le journal que White serrait toujours entre ses mains. Un exemplaire de l'*International Herald Tribune*. La une évoquait un attentat suicide au Moyen-Orient, la crise financière et une poignée d'informations de moindre importance. Rien qui puisse faire mordre la poussière à un homme de sa trempe. Il fallait chercher ailleurs la cause de son effondrement. Une petite attaque cérébrale ? Une crise cardiaque ?

Kovalenko s'adressa à Carlos Branco.

— L'un des hommes de White s'est fait descendre à l'intérieur du tunnel. Sur le quai, il y a surtout des civils abattus au cours de la fusillade. Mais vous trouverez aussi les corps d'un autre mercenaire, ainsi que celui d'un garde du corps de Ryder.

— Je suis au courant.

— Marten et moi allons monter dans le wagon. Une fois parvenus à destination, je vous le réexpédierai. (Il se tourna vers Marten.) Donnez-moi le pistolet.

— Pourquoi ? Que comptez-vous faire ?

— Donnez-le-moi.

Il s'exécuta à contrecœur. Le Russe s'empara du Glock, sortit un mouchoir de sa poche, s'en servit pour débarrasser l'arme des empreintes de Marten, puis la déposa près de Conor White. L'Anglais était toujours de pierre.

— Montez dans le wagon, tovaritch. J'ai très envie de discuter avec vous de ma carte mémoire.

Marten obtempéra. Kovalenko le suivit. Une fois à l'intérieur de la voiture, il actionna la fermeture au moyen d'un bouton. Le wagon s'ébranla. Un coup de feu retentit dans la station.

— Branco vient d'abattre White, n'est-ce pas ? s'enquit Marten.

— White appartenait à la CIA. Branco travaille en free-lance pour l'Agence.

— Pourquoi l'a-t-il tué, dans ce cas ?

— Pour clore le chapitre, tovaritch. Si on l'avait traîné devant un tribunal, qui sait quelles vilaines histoires auraient été rendues publiques à cette occasion...

— La police pense que j'ai assassiné Franck et Théo Haas. Si je me fais prendre, l'Agence se retrouvera dans le même embarras. Pourquoi Branco ne m'a-t-il pas abattu aussi ?

— Parce que je l'ai payé pour ne pas le faire. Il gagne beaucoup d'argent en s'abstenant de faire certaines choses.

— Anne s'est enfuie. Ryder s'est enfui. Et voilà qu'il me laisse filer également. Que va-t-il lui arriver ?

— Rien. Il va dire à son employeur : « Nous nous sommes chargés de Conor White, ses mercenaires sont morts aussi. Pour le reste, hélas, nous avons fait chou blanc. Mais surtout, n'hésitez pas à m'appeler pour une prochaine mission. » Et ils le feront. C'est magouilles et compagnie, tout ça.

Marten laissa échapper un soupir de soulagement.

— Déshabillez-vous, lui ordonna le Russe.

— Quoi ?

Le pistolet-mitrailleur de Kovalenko était pointé vers sa poitrine.

— Fouille au corps, tovaritch. Vos fringues ! Les chaussettes et le reste. Tout !

— Je n'ai pas la carte mémoire.

— Mlle Tidrow promenait avec elle les clichés qui, maintenant, sont entre les mains du député Ryder. Et qui seront, très bientôt, dans la valise diplomatique. Mais vous ne lui avez pas remis la carte mémoire, parce que vous ne lui avez jamais fait totalement confiance. Je m'en suis rendu compte à Praia da Rocha. Vous l'avez gardée pour vous.

— Vous avez raison, Youri. Je l'avais. Mais je l'ai perdue. Je ne sais pas très bien où.

La colère illumina le visage du Russe.

— Vous vous êtes arrangé pour que je puisse vous suivre sans peine jusqu'ici. Et vous saviez que je viendrais dès que j'aurais découvert le sale tour que vous m'aviez joué. Vous comptiez sur moi pour voler à votre secours. Vous vous doutiez qu'il y aurait du grabuge. Mais vous devinez aussi, je suppose, que l'aide que je vous ai apportée a un prix. Je ne peux pas me permettre de regagner Moscou les mains vides. Sinon, je risque de me retrouver au chômage. Ou pire.

— Vous n'allez pas rentrer les mains vides. Vous avez une carte mémoire. Avec tout un tas de jolies jeunes femmes en train de prendre le soleil. Ce n'est pas votre faute si Théo Haas avait des loisirs un peu coquins.

Kovalenko fit un pas à l'intérieur de la cabine du conducteur. Il écrasa un bouton-poussoir. Le wagon ralentit pour s'immobiliser au milieu du tunnel. Il se retourna, gesticulant avec le pistolet-mitrailleur.

— Retirez ces fringues, tovaritch ! Je pourrai aller jusqu'à vous fouiller le trou du cul, si ça me fait plaisir !

124

Ils émergèrent en plein soleil à la station Martim Moniz. Seuls les trottoirs humides et les flaques témoignaient de la violente averse qui avait sévi un peu plus tôt. Une Peugeot gris métallisé était garée au bord du trottoir. Kovalenko la désigna du menton.

Marten était surpris, presque admiratif.

— Ils auraient pu expédier le wagon dans la direction opposée. Comment saviez-vous que nous arriverions ici ?

— Savoir ce genre de chose fait partie de mon travail.

Cinq minutes plus tard, le Russe les emmenait hors du centre-ville. Deux ambulances étaient garées près d'une station de métro, ainsi que deux voitures de police.

— Ils attendent le colis de Branco, supposa Marten. J'ai de la peine pour les gardes du corps de Ryder. C'était des types bien.

— Nous ne faisons pas un travail très propre, répondit Kovalenko sans lâcher la route des yeux. Je suis en colère, vous savez. À cause de la carte mémoire. Et ne me répétez pas que vous l'avez « perdue ». Où est-elle, bon Dieu ?

— Et si je vous promets que les photos ne seront jamais rendues publiques ? Que la CIA ne mettra pas la main dessus non plus ? Je m'arrangerai pour qu'on déclare officiellement à l'Agence que les clichés et la carte mémoire ont été détruits ou qu'ils n'ont jamais existé. La seule carte mémoire en circulation est celle dont vous disposez. Vos supérieurs en examineront le contenu. Après les grasses plaisanteries d'usage, on vous paiera et personne ne vous cherchera le moindre ennui.

— Vous dessinez des jardins en Angleterre, rétorqua le Russe avec humeur. Les photos, et probablement la carte mémoire, sont désormais en possession d'un membre du Congrès américain. Autant dire que toutes les agences de sécurité des États-Unis sont déjà au courant de l'affaire. Comment, dans ces conditions, pourriez-vous tenir votre promesse ?

— Parce que je le peux. Parole d'homme, Youri.

— Tu parles.

— Je vous assure.

Kovalenko se reconcentra sur son trajet, la mine dédaigneuse. Ils suivaient un long boulevard bordé d'arbres. La circulation automobile était plutôt fluide, des passants bavardaient au coin des rues, ils entraient dans des boutiques ou des bureaux, ils en sortaient. Comme si de rien n'était. Ils n'avaient pas conscience des intrigues meurtrières qui se nouaient autour d'eux, des intrigues meurtrières qui se résolvaient sous leurs pieds.

Marten éprouva soudain de la méfiance.

— Où allons-nous ?

— À l'aéroport. Je vous renvoie chez vous et je vous conseille d'y rester. Retournez à vos jardins anglais, cette existence n'est pas faite pour vous. Je suppose que vous n'avez pas perdu votre passeport ?

— Youri... (Marten se sentait de plus en plus inquiet.) Je ne peux pas me présenter à l'aéroport. Il m'est impossible de tenter d'embarquer à bord d'un vol commercial. La police me passerait aussitôt les menottes.

— Pour quelle raison ? À cause des meurtres de Franck et de Théo Haas ?

— En effet.

Kovalenko sourit.

— J'aimerais certes vous voir sous les verrous pour le vol de ma carte mémoire, mais le fait est que vous n'avez rien à craindre de la police. C'est bien pour ça que j'ai déposé le Glock à côté de Conor White. Il s'agit de l'arme qui a tué le commissaire. Les autorités savent que White se trouvait à Praia da Rocha le même jour. C'est aussi avec ce pistolet qu'on a abattu deux des hommes de Branco à Lisbonne. La nuit dernière, il me semble. Correct ?

— Qu'étais-je censé faire ? Attendre qu'ils me tuent ? Si vous m'avez confié cette arme, c'était bien pour que je m'en serve ! Correct ?

Le Russe lui décocha un large sourire.

— Si la police perd un peu les pédales, Branco la remettra sur les rails. Et il fera vite, car il sait où je vous conduis. Quant au meurtrier de Théo Haas, on l'a appréhendé avant que Franck et moi quittions Berlin.

— Quoi ?

Marten était abasourdi.

— C'est un jeune homme.

— Aux cheveux frisés. Je le sais, je l'ai poursuivi.

— À peine arrêté, il est passé aux aveux. Franck a exigé le silence de ses subordonnés, parce qu'il voulait à tout prix récupérer les photos. Vous saviez où elles se trouvaient. C'est du moins ce que nous pensions. Mieux valait vous maintenir sous pression. Nous nous doutions que les autorités vous localiseraient. Nous n'avons plus eu qu'à vous suivre au Portugal.

— Vous vous rendez compte que j'aurais pu y laisser ma peau ?

— Ça faisait partie des risques, en effet.

— Bande de salauds !

Marten était hors de lui.

— Pourquoi ?

— Pourquoi quoi ?

— Pourquoi le gamin a-t-il assassiné Théo Haas ? A-t-il expliqué son geste ?

— Oui. Il détestait ses romans.

125

New Hampshire, Angleterre, jeudi 10 juin, 20 h 03

Nicolas Marten regardait défiler les arbres dans les dernières lueurs du crépuscule. Des érables, songea-t-il, avec quelques conifères et un chêne de temps à autre.

Le chauffeur ralentit. Il s'engagea sur un sentier gra-villonné semé de flaques qui sinuait à travers les bouleaux. Les forêts alentour étaient détrempées et on avait annoncé d'autres averses.

Cinq jours s'étaient écoulés depuis que Kovalenko l'avait fait grimper à bord d'un vol British Airways pour Manchester. Comme le Russe l'avait promis, la police ne s'était pas manifestée. Six heures plus tard, il retrouvait son appartement de Water Street, dominant l'Irwell.

Physiquement épuisé, moralement fourbu, à peine conscient d'être enfin rentré, il avait immédiatement tenté de joindre Anne – il avait déjà appelé plusieurs fois depuis l'aéroport londonien d'Heathrow, durant son escale, mais seule la messagerie de la jeune femme lui avait répondu. Il n'avait pas eu plus de chance chez lui. Il avait laissé un message dans lequel il indiquait à Anne son numéro de téléphone fixe. Plus inquiet d'heure en heure à son sujet comme au sujet de Ryder, il avait pris une douche, avalé un sandwich et bu une bière. Il avait rappelé. En vain. De guerre lasse il s'était couché. Il avait dormi d'un som-meil de plomb dix heures durant.

Le téléphone avait sonné tôt le lendemain matin. C'était le président Harris. Mlle Tidrow et Fred Ryder, lui avait-il annoncé, étaient arrivés sains et saufs aux États-Unis, à bord d'un jet privé fourni par un banquier zurichois, ami de la jeune femme. Elle se trouvait actuellement sous la protection des instances fédérales, dans un lieu tenu secret. Il en allait de même pour Fred Ryder : ni ses col-laborateurs, ni les médias, ni même sa famille ne savaient qu'il avait regagné le sol américain. Anne et lui partici-peraient sous peu à un debriefing en compagnie d'un assistant du procureur général Julian Kotteras. Ce dernier désirait aussi recueillir le témoignage de Marten. Était-il disposé à se rendre aux États-Unis ? lui avait demandé

Harris. Bien sûr que oui. Parfait. Dans ce cas, on lui transmettrait bientôt d'autres instructions. Le président s'était montré passablement distant lors de cette conversation. Marten en ignorait la cause. La pression des événements ? Le sort tragique réservé à Raisa ? Il avait tenté de le percer à jour.

— Vous êtes au courant pour Raisa ?

— Oui.

— Je suis navré.

— Moi aussi, merci. Nous en reparlerons plus tard.

Ç'avait été tout. Harris avait raccroché.

Puis Marten était retourné travailler chez Fitzsimmons & Justice sans cesser de penser aux épreuves qu'il avait traversées au Portugal, sans cesser de songer à l'interminable conflit qui continuait de mettre la Guinée équatoriale à feu et à sang. Un jour les soldats de Tiombe décimaient les rangs des rebelles, le lendemain la situation s'inversait. Marten n'en finissait pas non plus de s'interroger sur les derniers instants de Conor White. Comment un homme tel que lui avait-il pu rendre les armes sans lutter ? Cela n'avait aucun sens. Le jour suivant, le président l'avait rappelé pour lui demander de s'envoler vers Portland, dans le Maine, le lendemain matin. Un agent secret viendrait le chercher à l'aéroport pour le mener au lieu du rendez-vous, où il devrait demeurer quelques jours.

Le chauffeur franchit un pont de bois avant de gravir une colline entièrement boisée. Des hommes armés se dissimulaient ici et là entre les troncs. Au sommet de la colline, la vue se dégagea. Marten distingua au bout de la route une demeure victorienne érigée au cœur d'une pinède. Plusieurs voitures noires stationnaient devant l'entrée. À mesure qu'ils se rapprochaient, il avisa un tireur d'élite casqué, puis un second, juchés sur le toit de la bâtisse. Deux hommes en jean et coupe-vent surgirent. L'un d'eux ouvrit la portière du véhicule.

— Bonsoir, monsieur Marten. Le président vous attend.

Lorsqu'il pénétra dans le salon, il les découvrit tous assis autour d'une table de conférence : John Henry Harris, Fred Ryder, Kotteras – le procureur général –, une poignée d'avocats semblait-il, et Anne. Ces messieurs arboraient une tenue décontractée. La jeune femme, en revanche, portait un tailleur strict. Elle s'était fait couper les cheveux et son maquillage était impeccable. Elle suivit Marten des yeux tandis qu'il traversait la pièce. Il pouvait presque l'entendre penser : « Voici donc ton "ex", chéri. Tu t'es bien payé ma tête, espèce de salaud. » Néanmoins, il vit aussi briller une étincelle dans son regard.

— Monsieur le président, fit-il. Monsieur le député. Anne.

— Asseyez-vous, répondit Harris, qui lui présenta ensuite le procureur général avec la froideur qu'il lui avait déjà témoignée au téléphone. Désirez-vous boire ou manger quelque chose ?

— Non merci, monsieur.

Le président le dévisagea.

— Tout le monde, ici, sait que je vous ai demandé de vous rendre sur Bioko pour y rencontrer le père Dorhn. D'une part, parce que son frère était inquiet, d'autre part parce qu'il soupçonnait les sociétés Striker et Hadrien de mener des opérations illégales en Guinée équatoriale. À ce propos, vous serez sans doute ravi d'apprendre que le président Tiombe a renoncé à ses fonctions ce matin même. Il a quitté le pays. Abba et ses partisans ont pris le pouvoir. La nouvelle sera rendue publique dès demain. Les Nations unies sont en train d'acheminer de l'aide humanitaire. Nous allons observer le leader de l'insurrection dans les jours qui viennent, afin de déterminer si nous pouvons lui faire confiance et lui apporter notre soutien officiel.

Je sais combien Mlle Tidrow et vous êtes préoccupés par le sort des Équato-Guinéens. J'ai suivi vos conseils et regardé la vidéo tournée par la CIA. Fred Ryder et M. Kotteras l'ont visionnée aussi. Nous avons également examiné les photographies du père Dorhn et les reproductions du Protocole Hadrien. Il ne nous manque que la carte mémoire, dont vous m'avez annoncé il y a peu qu'elle contenait plus de clichés et se trouvait en votre possession.

Anne sursauta et se tourna vers lui. Qu'est-ce que c'était que cette histoire ? Elle l'avait vu remettre l'objet à Kovalenko, dans la demeure de Praia da Rocha. Il lui sourit doucement.

— J'ai échangé les cartes au dernier moment, confessa-t-il. Si vous me permettez, monsieur le président…

Harris acquiesça.

— Si j'en juge par la présence en ces lieux du député Ryder et de Mlle Tidrow, je suppose que la CIA n'a pas été informée de cette réunion ?

— En effet. Le procureur général et moi sommes de vieux amis. Il m'a invité à pêcher. Cette demeure appartient à sa famille. C'est tout.

— Dans ce cas…

Marten se mit debout, plongea la main dans l'une de ses poches, en sortit un mouchoir enveloppant un petit objet rectangulaire qu'il remit au président.

— Voici la carte mémoire de l'appareil du père Willy. Vous y trouverez au moins deux cents clichés pris sur l'île de Bioko.

Anne le fusilla du regard.

— J'ai agi par prudence, se justifia-t-il en lui décochant un sourire. Les photos auraient pu être détruites ou volées.

Il aurait pu t'arriver quelque chose. J'ai glissé la carte dans une enveloppe quand nous étions dans l'appartement de Raisa. J'y ai noté mon adresse à Manchester. Une fois à l'hôpital universitaire, j'ai demandé à Mário de l'expédier. J'avais peur qu'il ne l'ait pas fait. Mais je l'ai reçue quelques jours plus tard.

— Et Kovalenko a récupéré la carte contenant les clichés coquins, conclut-elle d'un ton neutre.

— J'ignorais qu'ils étaient aussi indécents…

De la malice se lut sur ses traits.

— Monsieur Marten, intervint sèchement Harris. Mlle Tidrow a accepté de nous révéler tout ce qu'elle sait au sujet de la collusion Striker/Hadrien en Irak et en Guinée équatoriale. Sachez en outre que les dirigeants des sociétés Striker, Hadrien et SimCo devront bientôt répondre de leurs actes devant le Tribunal pénal international. Ils sont accusés de complicité de crimes de guerre et de crimes contre l'humanité. À ce titre, les photographies montrant Conor White auprès du général Mariano dans la jungle de Bioko sont particulièrement intéressantes. On a déjà condamné Mariano par contumace pour son action au sein de l'armée chilienne durant la dictature de Pinochet. Et je suis navré, mais Mlle Tidrow ne saurait échapper aux poursuites, malgré la valeur de son témoignage.

— Monsieur le président, fit Marten en balayant l'assemblée du regard. Avec tout le respect que je vous dois, je vous suggère plutôt d'agir selon les termes du Protocole Hadrien mis au point par le directeur adjoint de la CIA. Je m'explique : vous n'avez sans doute pas envie que cette lettre d'intention soit rendue publique à La Haye. Ce sera pourtant le cas si Mlle Tidrow ou moi-même sommes invités à témoigner devant la cour. D'autant plus que Mlle Tidrow a naguère appartenu à l'Agence. D'un point de vue légal, j'ignore quelles seraient les répercussions d'un tel scandale sur vous, sur le député Ryder, sur M. Kotteras ou le directeur adjoint de la CIA. Quant aux autres protagonistes de cette affaire, à l'exception de Bruce Truex et probablement d'une poignée de décideurs chez Striker, ils sont morts : Conor White et Joe Wirth inclus. Puis-je vous parler quelques instants en privé, monsieur le président ?

Ils pénétrèrent dans une vaste bibliothèque lambrissée de bois, située à l'arrière de la maison. John Harris referma la porte derrière eux, gagna le bar où il leur versa trois bons doigts de scotch. Il tendit un verre à Marten. Les deux hommes s'enfoncèrent dans des fauteuils de cuir, devant un feu de cheminée crépitant qui atténuait la fraîcheur et l'humidité ambiantes.

Marten avala une gorgée d'alcool et releva la tête vers son ami.

— Vous êtes à cran. Je ne vous le reproche pas.

— Vous avez raison, et je vous présente toutes mes excuses. Cette histoire m'a profondément touché. Sans doute plus que de raison. Je ferais mieux de vous remercier, en tant qu'ami et en tant que président des États-Unis, pour ce que vous avez fait. Pour ce que vous avez enduré. D'ailleurs, je vous remercie du fond du cœur. Mais la mort de Raisa m'a dévasté. Un jour, nous nous enivrerons pour de bon et je vous parlerai d'elle. Pour le moment, je vais vous dire une chose que vous n'avez pas envie d'entendre, mais personne ne peut se mettre à ma place.

Harris se leva pour traverser la pièce jusqu'à la fenêtre. Il contempla le décor boisé, noyé de pluie, comme s'il avait le pouvoir d'alléger un instant son fardeau. Il se tourna vers Marten.

— Au risque de vous paraître vieux jeu, voire sentimental, je vous rappelle que j'ai juré de protéger de mon mieux notre Constitution et le peuple américain. Dans le même temps, il est de mon devoir de garder un œil sur ce qui se passe dans le monde. Ce que le directeur adjoint a autorisé dans le Protocole Hadrien, je l'aurais autorisé moi-même, mais certes pas avec aussi peu de scrupules. Ce gisement pétrolier est une manne providentielle, il fallait que nous conservions la mainmise. Le directeur adjoint a agi en conséquence.

Le président retourna à son fauteuil, prit son verre et se rassit.

— Comme vous le savez, enchaîna-t-il, le poste de directeur de la CIA est une fonction politique. C'est le directeur adjoint qui tient en réalité les rênes de l'Agence. Il occupe cette position parce qu'il a su s'élever au sein de la hiérarchie et parce qu'il sait dans quels placards se trouvent les squelettes. Je peux toujours donner un ordre au directeur, qui le transmettra au directeur adjoint ; rien n'empêchera ce dernier d'agir à sa guise en sous-main. Néanmoins, je ne peux accepter qu'il en vienne à recruter des mercenaires pour mettre la Guinée équatoriale à feu et à sang. Soutenir une rébellion légitime est une chose, surtout contre un dictateur de la carrure de Tiombe, mais donner carte blanche à Mariano en est une autre. Il faut que cela change, et je vous assure que cela va changer. C'est en partie pour cette raison que le procureur général est ici. Il tient à récolter le plus d'informations possible pour nous aider à rétablir la situation.

Marten planta son regard dans le sien.

— C'est précisément tout ce qu'Anne avait en tête quand elle m'a remis les clichés du Protocole. Elle avait beau siéger au conseil d'administration de Striker, je suis persuadé qu'elle ignorait l'implication de sa compagnie dans la guerre civile. Elle savait en revanche qu'en se procurant une copie de cette lettre d'intention, elle violait la loi, qu'elle trahissait la CIA, son pays et l'entreprise à laquelle elle appartenait. Qu'elle se trahissait elle-même. Mais elle aurait tout fait pour mettre un terme aux massacres. Nous aurions tous agi comme elle, vous le premier.

— Je comprends, Nick, et je salue ses mérites. Mais ce qui va advenir d'elle maintenant n'est plus de mon ressort.

— Vous pouvez plaider en sa faveur.

— Comptez sur moi.

Marten avala une autre gorgée de scotch, reposa son verre et observa les flammes.

— Vous avez à présent besoin du soutien inconditionnel d'Abba, mais vous ne pouvez pas procéder autrement qu'en faisant acheminer de l'aide humanitaire en Guinée équatoriale, n'est-ce pas ?

Le président acquiesça de la tête.

— Puis-je faire une suggestion ?

— Bien sûr.

— D'abord, je veux que vous me promettiez quelque chose.

— Quoi donc ?

— C'est en rapport avec un serment que j'ai moi-même prêté à Lisbonne.

ÉPILOGUE

Première partie

Manchester, Angleterre, mercredi 22 septembre, 10 h 35

Marten se trouvait avec trois géomètres. Ils effectuaient un relevé topographique sur une parcelle de vingt hectares qu'une organisation privée souhaitait convertir en parc pour en faire don à la ville. Le soleil brillait, il faisait chaud, quelques nuages cotonneux glissaient dans le ciel. Les géomètres s'activaient, ils manipulaient leurs trépieds, leurs niveaux. Tandis qu'il les regardait faire, Marten s'avisa qu'il n'avait nul besoin de leur tenir compagnie. C'est plus tard que l'architecte paysagiste entrerait en scène, une fois les plans établis. Au fond, il agissait ainsi depuis son retour du New Hampshire. Il s'affairait sans cesse. Il travaillait, rentrait chez lui pour travailler encore et préparer la journée du lendemain.

Il sortait de temps à autre avec des femmes, mais il n'avait envie d'entretenir de relations durables avec aucune d'entre elles. Lady Clementine Simpson avait débarqué à Londres pour rendre visite à quelques vieux amis, d'anciens collègues de l'université. Au beau milieu de la nuit, elle était venue frapper à sa porte comme elle l'avait fait quelques années plus tôt pour lui annoncer que son mariage était à l'eau et lui demander de l'héberger jusqu'au matin. Deux jours plus tard, elle regagnait Londres, se réconciliait avec son époux et s'envolait pour le Japon où il était alors ambassadeur. Cette fois, elle ne se contenta pas de le réveiller : elle lui apprit fièrement qu'elle était enceinte. Leur discussion se prolongea jusqu'à 5 heures. Après quoi elle se dressa brusquement sur ses pieds, l'embrassa puis lui confia qu'elle l'aimait toujours et que c'était sans doute avec lui qu'elle aurait dû se marier. Elle s'éclipsa pour sauter dans le premier train à destination de Londres.

Tandis qu'il observait les géomètres au pied de la colline, ses pensées le ramenèrent à la conversation qu'il avait eue en privé avec le président Harris, dans la bibliothèque de la demeure du New Hampshire.

— J'ai promis à Youri Kovalenko, l'agent russe, que les clichés de Bioko ne seraient jamais diffusés, en particulier auprès des agences de sécurité de Washington, à partir desquelles des fuites risqueraient de se produire. Dans ce cas, Kovalenko se retrouverait en fâcheuse posture, il pourrait même y laisser sa vie. Si je suis encore de ce monde, c'est grâce à lui. Je lui ai donné ma parole parce que je savais que vous soutiendriez ma démarche. Certes au nom de notre amitié, mais aussi parce que les Russes pourraient faire circuler la vidéo tournée par la CIA. Or, sans les photos, impossible de prouver l'implication de Striker, d'Hadrien ou de SimCo dans la guerre civile. La vidéo seule ne vaut strictement rien.

John Henry Harris ferait tout son possible, lui répondit-il, pour sauver l'existence et la réputation de Kovalenko. Néanmoins, il ne tirait pas toutes les ficelles.

— Monsieur le président, avait repris Marten. Vous tenez à vous assurer le soutien d'Abba et de ses partisans.

Mais si le Protocole est rendu public, de même que le recrutement de Mariano, les Équato-Guinéens se retourneront contre vous. L'opinion internationale aussi. Les Russes et les Chinois n'auront plus qu'à intervenir pour tenter de récupérer les contrats d'exploitation pétrolière. Bref, soit vous engagez un procès contre Striker, Hadrien et SimCo, soit…

— Soit je fais comme si rien ne s'était passé ? C'est ça que vous voulez ?

— Laissez-moi terminer.

— Allez-y.

— Vous pouvez vous arranger pour faire débarquer Bruce Truex. Vous arranger pour qu'il ne puisse plus jamais œuvrer dans le domaine de la sécurité privée. Quant à Striker, le principal acteur de cette tragédie a quitté la scène : Joe Wirth est décédé. Le père d'Anne a fondé cette compagnie. Elle aimerait préserver sa mémoire. Or elle travaille dans ce milieu depuis toujours. Confiez-lui les rênes de l'entreprise.

— Pour quoi faire ?

— La Guinée équatoriale est un petit pays pauvre que Tiombe a rendu exsangue. Abba semble un démocrate sincère, mais il peut tout juste essayer de juguler la misère actuelle. Et cela peut lui prendre des années. Autorisez Striker à exploiter le gisement de Bioko, à condition que la compagnie reverse la majeure partie de ses bénéfices au gouvernement équato-guinéen. À condition, également, qu'Abba s'engage à utiliser cet argent pour améliorer les infrastructures : systèmes de purification d'eau, usines de traitement des eaux usées, écoles, hôpitaux, routes goudronnées…

« Je vous fais peut-être l'effet d'un rêveur, mais je suis certain que ça peut marcher. Je suis allé là-bas. J'ai vu dans quelles conditions vivaient ces gens. Le régime injuste et sanguinaire de Tiombe a poussé les tribus à s'unir derrière

Abba. Il leur a redonné espoir. Mais si cet espoir se trouve déçu par manque de moyens, le peuple se cherchera un autre leader.

« Il y a du pétrole. Striker, son équipement et ses collaborateurs sont sur place. Tout est prêt. À moins qu'Abba ne soit un imbécile, et ce n'est visiblement pas ce que vous pensez, il sera ravi d'un tel accord, qui lui offrira l'occasion d'ériger son pays en véritable modèle parmi les nations émergentes.

Sur quoi Marten avait attendu que le président lui oppose une fin de non-recevoir. Mais il lui avait souri. Il avait vidé son verre avant de se lever.

— Cousin, vous avez l'étoffe d'un grand homme politique !

Puis il avait quitté la pièce sans cesser de sourire.

— Pouvez-vous venir, monsieur Marten ?

Il fut brusquement tiré de sa rêverie par l'un des géomètres. Il le suivit au bas de la colline. Il contempla le paysage vallonné autour de lui, les arbres, les nuages courant au-dessus de sa tête. Cela sentait l'automne. Une douce fraîcheur imprégnait l'air.

Seconde partie

Squire Cross Pub, Oxford Street, 19 h 30

Marten avait commandé une bière, son curry de poulet préféré accompagné de riz basmati, un naan et du chutney à la mangue. Il n'avait pas touché à la nourriture. En revanche, il était en train de siroter son troisième verre de bière.

Il avait lu le document plusieurs fois en rentrant chez lui. Il l'avait relu dans le pub. Le courrier était arrivé de Moscou, sans mention de l'expéditeur. Il s'agissait de la copie d'une lettre. Une note manuscrite l'accompagnait :

« *Consultez l'*International Herald Tribune *en date du lundi 7 juin. Au bas de la première page.* »

C'était tout. Kovalenko. Forcément.

La lettre était courte. Marten la trouvait éminemment touchante. Présentée sous forme de note de service, elle était datée de la veille du drame survenu dans le métro de Lisbonne.

DESTINATAIRE : Colin Conor White
EXPÉDITEUR : EKR
DATE : 4 juin

Mon cher fils,
J'ai entamé cette lettre maintes et maintes fois depuis plusieurs années. Invariablement je la jetais à la corbeille, submergé par la honte et, sans doute, la crainte que mon épouse et mes enfants ne découvrent tout. J'ai fini par comprendre qu'il s'agissait de ma vie, non de la leur. Je ne veux pas quitter cette terre sans avoir pris contact avec toi pour te dire combien je suis fier de ta réussite professionnelle et combien je m'en veux d'avoir décliné l'invitation qui m'aurait permis de me tenir à tes côtés lorsqu'on t'a remis la Victoria Cross.
Je sais que tu as tenté plusieurs fois de me joindre. Mon silence ne fait que trahir ma faiblesse. Si tu le souhaites toujours, je serai très heureux de te rencontrer. De te serrer la main, de partager un verre avec toi pour apprendre à te connaître mieux. Puisque j'ignore où tu te trouves actuellement, j'expédie cette lettre au régiment

du SAS auquel tu appartenais, en demandant qu'on te la fasse suivre. J'ai en outre indiqué à ma secrétaire que, si tu téléphonais, elle devait me transmettre immédiatement ton appel. Tu connais, bien sûr, mon adresse et mon numéro.

Dans la hâte de te lire puis, cela va de soi, de te voir,

Ton père qui t'aime,
EKR

Suivant les instructions de Kovalenko, il s'était rendu sur le site de l'*International Herald Tribune* pour y consulter l'édition du 7 juin. Au bas de la première page se trouvait la photo d'un homme élégant aux cheveux gris, surmontée d'une légende :

Sir Edward Kercher Raines, héros militaire et membre du Parlement britannique, est décédé à l'âge de soixante-quinze ans.

Voilà donc ce que Conor White avait découvert dans le kiosque de la station Rossio. « *Il est mort* », avait-il déclaré. Son univers avait soudain volé en éclats.

Marten quitta le Squire Cross Pub pour regagner lentement son domicile. Le soir était clair, la lune presque pleine. Des passants déambulaient, la circulation était dense, l'air résonnait de tous les bruits de la ville. Marten n'y prenait pas garde, il ne songeait qu'à Conor White. Avait-il consacré son existence entière à tâcher d'obtenir la reconnaissance de son père ? Vu la manière dont la nouvelle l'avait terrassé, on pouvait supposer que oui. Quelle ironie du sort : Branco l'avait abattu sans qu'il sache que sir Edward lui avait enfin écrit.

Ses pensées le conduisirent vers Anne et l'amour qu'elle avait porté à son père. Ils avaient certes traversé des moments difficiles, mais au moins avaient-ils connu leur lot d'aventures et de joies.

Pour la première fois depuis plusieurs années, il songea ensuite à son propre père. Non pas le père adoptif, attentif et aimant, qui l'avait élevé en Californie avec sa sœur Rebecca. Mais son père naturel. Était-il toujours de ce monde ? Qui était-il ? Qu'avait-il fait ? Quel âge pouvait-il avoir ? Il savait que sa mère avait succombé à une affection cardiaque quelques semaines après sa naissance. Mais de son père, il ignorait tout. Aux services d'adoption, il avait prétendu s'appeler James Bergen ; c'était un faux nom. Il leur avait également fourni une adresse erronée. Pourquoi avait-il agi de la sorte ? Ces questions hanteraient Marten pour le restant de ses jours.

Il opta pour une promenade au bord de la rivière. Les lumières de la cité s'y reflétaient, et la lune y jetait des lueurs argentées qui rendaient le décor féerique. Ses souvenirs le ramenèrent à Anne, aux derniers moments qu'ils avaient passés ensemble dans le New Hampshire. Au terme de la réunion, ils étaient allés faire un tour dans les bois pour se retrouver seuls ; il leur restait une heure avant de quitter les lieux.

Ils avaient peu parlé. Ils s'étaient contentés de se promener sous le ciel gris à travers la forêt détrempée. Ils se réjouissaient d'être encore en vie. Ils se réjouissaient d'être ensemble. Ils s'étaient embrassés plusieurs fois, plusieurs fois ils s'étaient regardés les yeux dans les yeux. L'un ou l'autre aurait pu lâcher un « Je t'aime », mais ils n'en avaient rien fait, ni l'un ni l'autre. La différence d'âge importait peu. Certes, ils avaient partagé en quelques jours plus que la plupart des couples au long d'une existence entière. Mais ils appartenaient à des univers totalement différents. Dans ce cas, mieux valait faire taire ses sentiments.

Il était un peu plus de 21 heures lorsqu'il s'engagea dans l'escalier menant à son appartement de Water Street. Comme il introduisait la clé dans la serrure, le téléphone se mit à sonner. Il se précipita pour décrocher.

— Monsieur Nicolas Marten ? fit une voix féminine avec l'accent de Manchester.

— Oui.

— Ici la société de livraison H & H. Nous avons un colis périssable pour vous. Serez-vous à votre domicile durant l'heure qui vient ?

— Oui. Merci.

Il relut une dernière fois la lettre du père de Conor White. Des soupçons l'assaillirent tout à coup : il n'avait jamais entendu parler de cette société H & H. Et qui s'aviserait de faire livrer un colis « périssable » après 21 heures ?

On sonna à sa porte.

— Nom de Dieu ! souffla-t-il.

L'image de Carlos Branco s'imposa à lui. Peut-être la CIA l'avait-elle finalement chargé de terminer le travail. On avait guetté son retour. Puis on avait téléphoné pour s'assurer qu'il était bel et bien chez lui. La sonnette retentit de nouveau. Si seulement il avait encore le Glock. Il s'empara d'une batte de base-ball achetée dans le New Hampshire en guise de souvenir. Il éteignit la lumière et s'approcha de la porte. Il patienta un moment, puis l'entrouvrit pour jeter un coup d'œil à l'extérieur. Personne. Il entendit quelqu'un dévaler l'escalier. Il se pencha par-dessus la rambarde. Il n'aperçut qu'une main et, déjà, on ouvrait la porte d'entrée de l'immeuble. C'est alors qu'il perçut un gémissement dans son dos. Il fit volte-face.

Il découvrit un panier en osier tapissé d'une couverture vert foncé. Au beau milieu trônait un chiot, un petit terre-neuve aux yeux bruns, au pelage plus noir et plus luisant que du charbon. Il n'avait pas plus de huit ou neuf semaines.

Ce fut un coup de foudre réciproque. L'homme et l'animal se regardèrent longuement sans ciller. Marten déposa ensuite la batte sur le sol et souleva le chien à bout de bras en souriant à pleines dents. C'était un jeune mâle dont il sentait déjà la puissance entre ses mains. Comme il le prenait contre lui, le chiot le gratifia d'un joyeux coup de langue humide et chaud. Marten repéra le médaillon à son cou :

« Bruno est fier de t'offrir le plus beau rejeton de sa première portée. Il sait que tu feras un père merveilleux. »

Il n'y avait pas de signature.

Bruno Junior sous le bras, Marten regagna son appartement. Il marcha jusqu'à la fenêtre dans l'espoir de découvrir son « livreur ». Il ne vit que la rivière scintillante et les lumières de la ville. Il sourit encore. Une seule personne avait pu faire une chose pareille. Une seule personne autour de lui possédait assez d'adresse et d'humour pour avoir parfaitement imité l'accent mancunien au téléphone sans jamais avoir mis les pieds à Manchester. Une seule personne avait voyagé en sa compagnie dans le bus Volkswagen de Stump Logan entre Praia da Rocha et Lisbonne. Une seule personne avait vu « Bruno Senior » se hisser sur ses genoux pour le réconforter. Une seule personne était assez sensible, assez attentive à son bien-être pour avoir deviné qu'il lui fallait un « compagnon ».

Anne.

Peter Blauner
VERS L'ABÎME

Accusé d'avoir assassiné une jeune femme à coups de marteau, Julian Vega, d'origine portoricaine, a passé deux décennies derrière les barreaux. À 37 ans, libéré pour vice de procédure, il n'a qu'une obsession : prouver son innocence.

Mais a-t-on droit aujourd'hui, dans une ville comme New York, à une seconde chance ? Surtout lorsque l'inspecteur qui a extorqué vos aveux vous harcèle, et n'hésite pas, à peine sorti de prison, à vous coller un second meurtre sur le dos.

Un flic sur le déclin, qui nage en plein brouillard. Un homme en quête de rédemption, qui n'a plus sa place dans la société. L'un plonge vers l'abîme, l'autre cherche à sortir du gouffre.

Torturés par des sentiments de dépossession, de culpabilité, de colère, les personnages de Peter Blauner donnent à ce thriller sa coloration : froide, noire, violente…

Né à New York en 1959, **Peter Blauner** *a d'abord été journaliste d'investigation au* New York Magazine *avant de se tourner vers la fiction. Son premier roman,* L'Irréductible *(Flammarion, 1992), a reçu le célèbre prix Edgar Allan Poe. On lui doit également* L'Intrus *(Le Rocher, 1997),* Casino Moon *(Gallimard, 1998),* Temps de chien sur la ville *(Belfond, 2002) et* Le Dernier Beau Jour *(Seuil, 2006).*

« Un thriller psychologique qui vous noue l'estomac
jusqu'à la dernière page. »
Time Magazine

ISBN 978-2-35287-103-3 / H 50-5678-3 / 544 pages / 8,50 €

Gene Brewer
K-PAX

Lorsque Prot est confié au Dr Brewer, du Manhattan Psychiatric Institute, il semble n'être que l'un de ces marginaux qui hantent la ville. Curieux jeune homme tout de même que cet individu sans papier, qui prétend venir de K-PAX, planète paradisiaque située à 7 000 années-lumière de la Terre.

Prot dialogue avec les animaux, ne se nourrit que de fruits, et sa présence apaise les autres patients... Les certitudes du Dr Brewer vacillent quand il découvre que les connaissances de Prot en astronomie dépassent celles des spécialistes... Qui donc est-il? Un alien ou un schizophrène?

Pour percer son secret, le Dr Brewer sait qu'il a peu de temps : Prot a annoncé qu'il repartirait pour K-PAX dans quelques semaines...

*Spécialiste de biologie moléculaire, **Gene Brewer** est né en 1937. Accueilli comme une révélation, son roman a été adapté au cinéma avec Kevin Spacey et publié dans quinze pays. Devenu livre culte,* K-PAX *reparaît aujourd'hui augmenté d'un épilogue inédit.*

« Parabole sur la tolérance, ce premier roman
devrait conquérir un large public. »
Le Figaro littéraire

« Un véritable coup de cœur. »
Ouest France

ISBN 978-2-35287-129-3 / H 50-5934-0 / 320 pages / 6,50 €

Kim Wozencraft
EN CAVALE!

Rien ne prédestinait Gail, militante politique, et Diane, officier de police, à se rencontrer. Rien ? Sauf que la justice a décidé de s'acharner sur la première, incarcérée depuis dix-huit ans, et que la seconde s'est laissé piéger par des collègues véreux.

Dans la cellule qu'elles partagent, les deux femmes vont apprendre à se faire confiance. Entre elles, un point commun, et de taille : le désir de se venger.

Mais, pour régler ses comptes, il faut d'abord s'évader... Lorsqu'elles y parviennent débute une traque sans merci. Mais Gail et Diane sont prêtes à tout. Et, surtout, elles n'ont rien à perdre...

Ancien agent des narcotiques du Texas travaillant sous couverture, **Kim Wozencraft** *vit désormais à New York avec sa famille. En 1994, elle a défrayé la chronique avec son premier roman,* Rush *(Fixot). Elle est également l'auteur de* Entre deux feux *(Payot, 2001) et de* Blessure ouverte *(L'Archipel, 2010).*

« Un thriller dans la lignée de *Thelma et Louise.* »

Maxi

ISBN 978-2-35287-171-2 / H 50-7051-1 / 448 pages / 8,50 €

Andrew Klavan
LA DERNIÈRE CONFESSION

Psychiatre, Calvin Bradley dirige le Manoir, une clinique privée. Père de trois enfants, l'époux de Marie, est un homme comblé. Jusqu'au jour où on lui confie un bien étrange patient.

Peter Blue, dix-neuf ans, a dans un accès de folie frappé sa petite amie, incendié une église et menacé d'une arme un représentant de la loi...

Au fil de leurs séances, Calvin découvre peu à peu le doute, la trahison et la peur... Les troubles dont souffre Peter semblent intimement liés au passé de Marie, dont Calvin ignore les recoins les plus sombres.

Un drame couve, mais quand la vérité prend forme, Calvin Bradley se tait... Un remords qu'il lui faut aujourd'hui confesser!

__Andrew Klavan__ est né à New York en 1954. Ancien journaliste de radio et de presse écrite, il vit à Santa Barbara (Californie). Il a été deux fois lauréat du prestigieux Edgar Award, distinction accordée aux États-Unis au meilleur roman à suspense de l'année, pour Présumé coupable *(Lattès, 1998), adapté au cinéma par Clint Eastwood, et pour* Pas un mot... *(L'Archipel, 2001), porté à l'écran avec Michael Douglas.*

ISBN 978-2-35287-170-5 / H 50-7050-3 / 320 pages / 6,50 €

Joyce Carol Oates
LE SOURIRE DE L'ANGE

Un visage angélique, un esprit brillant : Colin Ash, vingt-sept ans, fait l'unanimité de la haute bourgeoisie de Boston.

Mais tout le monde ignore son côté obscur : psychopathe, il note ses pensées dérangées et le détail de ses meurtres dans un registre bleu.

Dorothea Deverell, la veuve dont Colin s'est épris, découvrira que son sourire est bien celui d'un ange, mais d'un ange exterminateur...

*Née en 1938, **Joyce Carol Oates** est l'un des écrivains américains les plus talentueux de sa génération. Sous le pseudonyme de Rosamond Smith, elle a publié plusieurs thrillers, dont* Double diabolique *(Archipoche, 2007).*

« Portrait d'un jeune homme terrifiant, ce roman nous rappelle les meilleures pages d'*American Psycho*, de Brett Easton Ellis. »

Le Figaro littéraire

ISBN 978-2-35287-148-4 / H 50-6573-5 / 320 pages / 7,50 €

Joyce Carol Oates
ŒIL DE SERPENT

Lee Roy Sears, reconnu coupable de meurtre et incarcéré dans le Connecticut, arbore au bras un tatouage : un serpent dont les yeux roulent lorsqu'il joue des muscles.

Michael O'Meara, jeune avocat convaincu de son innocence, obtient sa libération après dix ans de prison. Il lui trouve même un emploi et veille à sa réinsertion.

Mais Michael n'aurait jamais dû prendre l'ancien détenu sous son aile. Peu à peu, Sears s'immisce dans sa vie. Et une sourde menace commence à planer…

« Un récit angoissant qui explore les plans les plus inavouables d'êtres désaxés et pervers. »
Le Monde

ISBN 978-2-35287-191-0 / H 50-7890-2 / 384 pages / 7,50 €

*Cet ouvrage a été composé
par Atlant'Communication
au Bernard (Vendée)*

Impression réalisée par

BLACKPRINT IBERICA

*en mars 2012
pour le compte des Éditions Archipoche*

Imprimé en Espagne
N° d'impression : 206
Dépôt légal : avril 2012